J. R. R. TOLKIEN

Né en 1892 à Bloemfontein (Afrique du Sud), John Ronald Reuel Tolkien passe son enfance, après la mort de son père en 1896, au village de Sarehole près de Birmingham (Angleterre), ville dont sa famille est originaire.

Diplômé d'Oxford en 1919 (après avoir servi dans les Lancashire Fusiliers pendant la Première Guerre mondiale), il travaille au célèbre Dictionnaire d'Oxford, obtient ensuite un poste de maître assistant à Leeds, puis une chaire de langue ancienne (anglo-saxon) à Oxford de 1925 à 1945 – et de langue et littérature anglaises de 1945 à sa retraite en 1959.

Spécialiste de philologie faisant autorité dans le monde entier, J. R. R. Tolkien a écrit en 1936 *Le Hobbit*, considéré comme un classique de la littérature enfantine ; en 1938-1939 : un essai sur les contes de fées. Paru en 1949, *Farmer Giles of Ham* a séduit également adultes et enfants. J. R. R. Tolkien a travaillé quatorze ans au cycle intitulé *Le seigneur des anneaux* composé de : *La communauté de l'anneau* (1954), *Les deux tours* (1954), *Le retour du roi* (1955) – œuvre magistrale qui s'est imposée dans tous les pays.

Dans *Les aventures de Tom Bombadil* (1962), J. R. R. Tolkien déploie son talent pour les assonances ingénieuses. En 1968, il enregistre sur disque les *Poèmes et Chansons de la Terre du Milieu*, tiré des *Aventures de Tom Bombadil* et du *Seigneur d…* conte de *Smith of Wootto…* John Ronald Reuel Tolki…

LE SILMARILLION

DU MÊME AUTEUR
CHEZ POCKET

LE SEIGNEUR DES ANNEAUX

1. LA COMMUNAUTÉ DE L'ANNEAU
2. LES DEUX TOURS
3. LE RETOUR DU ROI

CONTES ET LÉGENDES INACHEVÉS

l. PREMIER ÂGE
2. SECOND ÂGE
3. TROISIÈME ÂGE

FAERIE

LES AVENTURES DE TOM BOMBADIL

FERRANT DE BOURG-AUX-BOIS
(bilingue)

CHANSONS POUR J. R. R. TOLKIEN
réunies par Martin Greenberg

1. L'ADIEU AU ROI
2. SUR LES BERGES DU TEMPS
3. L ÉVEIL DES BELLES AU BOIS

HISTOIRE DE LA TERRE DU MILIEU

1. LE LIVRE DES CONTES PERDUS (1ère partie)
2. LE LIVRE DES CONTES PERDUS (2ème partie)

J. R. R. TOLKIEN

LE SILMARILLION

Édition établie et préfacée
par Christopher TOLKIEN

Traduit de l'anglais par Pierre ALIEN

CHRISTIAN BOURGOIS

Titre original :

THE SILMARILLION

© George Allen & Unwin Ltd, 1977.

pour la traduction française :
© Christian Bourgois, 1978.

ISBN : 2-266-12102-2

PRÉFACE

Le Silmarillion, publié aujourd'hui quatre ans après la mort de son auteur, est un récit des Jours Anciens, le Premier Age du Monde. *Le Seigneur des Anneaux* décrivait les grands événements qui conclurent le Troisième Age, mais les contes du *Silmarillion* sont les légendes d'un passé bien plus lointain, au temps où Morgoth, le premier Prince de la Nuit, était encore sur les Terres du Milieu et où les premiers Elfes lui firent la guerre pour reprendre les Silmarils.

Outre qu'il décrit les événements d'une époque plus reculée que celle du *Seigneur des Anneaux*, le *Silmarillion* est une œuvre bien plus ancienne quant à l'essentiel de sa conception. En fait – son titre n'était pas encore *le Silmarillion* –, elle date d'un demi-siècle; on peut en lire les premières versions des principaux récits mythologiques souvent crayonnées à la hâte dans des carnets en mauvais état qui datent de 1917. Mais il n'a jamais été publié (bien qu'on puisse glaner dans *le Seigneur des Anneaux* certaines indications s'y rapportant). Mon père, sa vie durant, ne l'abandonna jamais et ne cessa d'y travailler même en ses dernières années. Pendant tout ce temps, *le Silmarillion*, simple base structurale à de vastes récits, subit peu de modifications profondes; cette base forma une sorte de tradition, l'arrière-plan de nouveaux récits. Mais ce n'était rien moins qu'une tradition fixée, elle ne resta pas sans changement même lorsqu'il s'agit de certaines idées fondamentales sur la nature du monde qu'elle dépeint, cependant que reparaissaient les mêmes légendes redites sous des formes plus ou moins longues et en des styles différents.

A mesure que les années passaient, les modifications et les variantes de détail ou de plus grande importance, à chaque passage du texte, se firent si complexes et si multiples qu'une version finale et définitive semblait inconcevable. De plus les anciennes légendes (« anciennes » non seulement par rapport aux lointains Premiers Ages, mais par rapport à la vie de mon père) lui servirent à consigner et à transmettre ses pensées les plus profondes. Dans ses derniers écrits, la poésie et la mythologie s'effacent devant les préoccupations théologiques et philosophiques : de là viennent de brusques changements de ton.

Il m'échut à la mort de mon père de mettre l'œuvre en forme afin qu'elle puisse être publiée. Il était clair que vouloir conserver à l'intérieur d'un même livre la diversité des matériaux – montrer *le Silmarillion* comme une création continuelle et changeante s'étendant sur plus d'un demi-siècle, ce qui est le cas – ne mènerait qu'à la confusion et à noyer l'essentiel. Je me suis donc efforcé d'arriver à un texte unique en choisissant l'ordre des récits de manière à obtenir une suite cohérente et qui se suffise à elle-même. Les derniers chapitres du livre (après la mort de Túrin Turambar) présentaient des difficultés particulières : ils n'avaient reçu aucun changement depuis de nombreuses années et se montraient sous certains aspects en sérieux désaccord avec les idées plus élaborées du reste de l'œuvre.

Il ne faut donc pas chercher une cohérence parfaite (ni à l'intérieur du *Silmarillion* lui-même ni entre ce livre et les autres écrits déjà publiés de mon père) qui n'aurait pu être atteinte, si même cela avait été possible, qu'au prix de sacrifices coûteux et inutiles. Du reste mon père avait conçu *le Silmarillion* comme une compilation, un recueil de récits établi d'après des sources très diverses (poèmes, chroniques, littérature orale) qui auraient survécu grâce à d'antiques traditions, et cette idée s'est reflétée dans l'histoire réelle du livre, car il repose sur une grande quantité de prose et de poésie plus anciennes et prend ainsi certains aspects d'un compendium en fait et non seulement en théorie. On peut attribuer à cela les rythmes différents des chapitres, les récits plus ou moins détaillés, le contraste par exemple entre les descriptions précises des lieux et des motifs dans la légende du Túrin Turambar et la relation lointaine qui survole la fin du Premier Age, quand Thangorodim fut abattu et Morgoth renversé. Parfois aussi des différences dans le ton ou la manière de décrire, quelques obscurités et parfois un manque de cohérence. Dans le cas du *Valaquenta*, par exemple, nous devons admettre que si ce récit contient des matériaux qui remontent aux premiers jours des Eldar à Valinor, ils furent remaniés à une époque plus tardive, ce qui explique les changements continuels de temps et de point de vue, de sorte que les puissances divines semblent tantôt présentes et actives dans le monde, tantôt lointaines, souvenir d'une ère révolue.

Ce livre, qui a pour titre comme il se doit *le Silmarillion*, renferme non seulement le *Quenta Silmarillion*, le vrai *Silmarillion*, mais aussi quatre œuvres plus courtes. *Ainulindalë* et *Valaquenta*, au début, sont étroitement liés au *Silmarillion*, alors que *Akallabêth* et *les Anneaux du Pouvoir*, qui viennent à la fin, en sont entièrement distincts et indépendants (il faut le souligner). Ce fut le désir explicite de mon père qu'ils fussent inclus dans ce livre : ainsi toute l'histoire commence à la Musique des Ainur, c'est là que commence le monde pour finir avec le départ des Porteurs des Anneaux des ports de Mithlond à la fin du Troisième Age.

On rencontre dans ce livre un très grand nombre de noms, et j'ai établi un index complet, mais le nombre des individus (Elfes ou Humains) qui jouent un rôle important dans les récits du Premier Age est beaucoup plus réduit, et on les trouvera tous dans les chartes généalogiques. J'ai fait aussi la table des appellations plutôt compliquées des différentes tribus des Elfes, une note sur la prononciation du langage des Elfes et une liste des principales racines qu'on trouve dans les noms elfes. Une carte se trouve page 404, ceci pour rendre clair au premier coup d'œil où sont les royaumes des Elfes après le retour des Noldor sur les Terres du Milieu. Je n'ai surchargé le livre ni d'autres notes ni de commentaires. Il est vrai que mon père a laissé une grande quantité de pages inédites sur les Trois Ages, des écrits philosophiques, historiques, linguistiques, comme des récits, et j'espère qu'il sera possible à l'avenir de les publier.

Dans la tâche incertaine et difficile de préparer ce livre, Guy Kay, qui a travaillé avec moi en 1974 et 1975, m'a grandement aidé.

Christopher Tolkien.

AINULINDALË

Il y eut Eru, le Premier, qu'en Arda on appelle Ilúvatar; il créa d'abord les Ainur, les Bénis, qu'il engendra de sa pensée, et ceux-là furent avec lui avant que nulle chose ne fût créée. Et il leur parla, leur proposa des thèmes musicaux, ils chantèrent devant lui et il en fut heureux. Un long temps s'écoula où ils chantèrent chacun seul, ou à quelques-uns, pendant que les autres écoutaient, car chacun ne comprenait que cette part de l'esprit d'Ilúvatar d'où lui-même était issu, et le sentiment de leur ressemblance mit longtemps à venir. Pourtant une meilleure compréhension leur vint à mesure qu'ils écoutaient et les fit croître en accord et en harmonie.

Et il fut un jour où Ilúvatar fit rassembler tous les Ainur pour leur soumettre un thème magnifique qui leur dévoilait des choses plus grandes et plus merveilleuses qu'il ne leur en avait encore révélé. Son début glorieux et sa splendide conclusion éblouirent tant les Ainur qu'ils se prosternèrent devant Ilúvatar sans pouvoir dire un mot.

Alors Ilúvatar leur parla :

– De ce thème que j'ai proclamé devant vous, je souhaite maintenant que tous ensemble, harmonieusement, nous fassions une Grande Musique. Et comme j'ai doué chacun de vous de la Flamme Immortelle, vous allez pouvoir faire preuve de vos dons, chacun jouant s'il le veut de son habileté et de son talent pour embellir et glorifier ce thème. Moi je resterai à écouter et à me réjouir que, grâce à vous, la beauté se soit muée en musique.

Alors les voix des Ainur, tels des harpes, des luths, des flûtes et des trompettes, des violes et des orgues, tels des chœurs aux voix innombrables, commencèrent à tisser le thème d'Ilúvatar dans une harmonie grandiose. Le son des mélodies qui se fondaient sans fin l'une dans l'autre s'éleva pour tisser une harmonie qui dépassa les limites de l'ouïe en hauteur comme en profondeur, les demeures d'Ilúvatar furent pleines à déborder d'une musique dont les échos atteignirent le Vide, et ce ne fut plus le vide. Jamais plus les Ainur ne composèrent une telle musique, bien qu'il soit dit qu'une musique encore plus grande, celle des chœurs des Ainur et des Enfants d'Ilúvatar, doive s'élever devant Eru après la fin des temps. Alors les thèmes d'Ilúvatar seront joués dans leur vérité et adviendront à l'Etre au même moment, car tous alors comprendront pleinement la partie qu'il leur a destinée, chacun atteindra à la compréhension des autres, et Ilúvatar, satisfait, accordera le feu secret à leurs esprits.

Donc Ilúvatar restait à écouter et, pendant longtemps, il fut content, car la musique était sans failles. Mais à mesure que le thème progressait, il vint au cœur de Melkor d'y mêler des thèmes venus de ses propres pensées et qui ne s'accordaient pas au thème d'Ilúvatar. De cette manière il cherchait à augmenter la puissance et la gloire de sa propre partie. Melkor était le plus doué des Ainur en savoir comme en puissance et il partageait les talents de tous les autres. Souvent, seul, il s'était aventuré dans les espaces du vide pour chercher la Flamme Eternelle, car il avait en lui un furieux désir d'amener à l'Etre des œuvres de sa propre volonté, et il lui semblait qu'Ilúvatar n'avait aucune pensée pour le Vide, alors que lui-même ne pouvait souffrir qu'il restât vide. Mais il ne trouva pas le Feu, partage d'Ilúvatar. Et la solitude lui fit concevoir des pensées à part, différentes de celles de ses frères.

Il les fit venir dans sa musique, et une discordance aussitôt s'éleva tout autour. Beaucoup de ceux qui chantaient près de lui tombèrent en désarroi, leur pensée se troubla, leur musique hésita, et certains tentèrent de s'accorder à lui plutôt qu'à leur première inspiration. Alors la discordance gagna du terrain et les mélodies se perdirent dans une mer de sons turbulents. Ilúvatar continua pourtant d'écouter jusqu'à ce que son trône parût au milieu d'une tempête, comme si des océans de noirceur se faisaient la guerre les uns les autres avec une rage inextinguible.

Alors Ilúvatar se leva, les Ainur sentirent qu'il leur souriait, il leva sa main gauche et un nouveau thème naquit au milieu de la tempête, semblable à celui du début et pourtant différent, qui gagna en puissance et en beauté nouvelles. Mais la discordance de Melkor s'enfla jusqu'au tumulte pour s'affronter au nouveau thème, la bataille sonore gagna en violence, si bien qu'un grand nombre des Ainur, découragés, s'arrêtèrent de chanter, et que Melkor eut le dessus. Alors Ilúvatar se leva de nouveau, et les Ainur comprirent que son humeur était sévère. Il leva sa main droite et voici qu'un troisième thème, différent des autres, s'éleva du chaos! D'abord il sembla toute douceur et tendresse, à peine un frémissement de sonorités calmes, de mélodies délicates, mais rien ne pouvait l'éteindre et il se mit à gagner en force et en profondeur. Il semblait à ce moment que deux musiques s'affrontaient devant le trône d'Ilúvatar, en complet désaccord. L'une était large et pleine et splendide, lente cependant et empreinte d'une incommensurable tristesse, de là surtout venait sa beauté. L'autre avait maintenant atteint son unité propre, mais elle était bruyante et vaine, sans cesse répétée, avec un ensemble tapageur en guise d'harmonie, comme si de nombreuses trompettes jouaient la fanfare sur quelques notes. Cette musique voulait submerger l'autre par la violence de ses cris, et il semblait pourtant que ses notes les plus triomphantes fussent reprises par celle-ci et mêlées dans son mouvement solennel.

Au milieu de cet affrontement, alors que les espaces d'Ilúvatar vibraient et que le vacarme envahissait des silences encore jamais troublés, Ilúvatar se leva pour la troisième fois, et son visage faisait peur à voir. Il leva les deux mains : d'un seul accord, plus profond que l'Abîme, plus haut que le Firmament, aussi perçant que la lumière de son œil, la Musique s'arrêta.

Alors Ilúvatar parla, et il dit :

– Puissants sont les Ainur, et Melkor est le plus puissant d'entre eux, mais qu'il sache, ainsi que tous les Ainur, que je suis Ilúvatar, ces thèmes que j'ai chantés, je vous les montrerai pour que vous puissiez voir ce que je vous avez fait. Et toi, Melkor, tu verras qu'on ne peut jouer un thème qui ne prend pas sa source ultime en moi, et que nul ne peut changer la musique malgré moi. Celui qui le tente n'est que mon instrument, il crée des merveilles qu'il n'aurait pas imaginées lui-même!

Les Ainur furent pris de peur sans comprendre encore les mots qui leur étaient adressés, et Melkor fut rempli de honte, en même temps que d'une colère secrète. Puis Ilúvatar se leva dans toute sa splendeur et s'avança hors des régions harmonieuses qu'il avait créées pour les Ainur, et ceux-ci le suivirent.

Quand ils arrivèrent dans le Vide, Ilúvatar leur dit :

– Voyez votre Musique!

Et il leur communiqua une vision, leur donnant la vue alors qu'ils n'avaient encore que l'ouïe. Ils virent un Monde nouveau apparaître devant eux, une sphère au milieu du Vide, soutenue par le Vide, mais qui n'était pas le Vide. A mesure qu'ils regardaient et qu'ils s'émerveillaient, ce Monde dévoilait son histoire et il leur semblait le voir vivre et se développer. Quand les Ainur eurent contemplé en silence pendant quelque temps, Ilúvatar leur dit encore :

– Voyez votre Musique! Ceci vient de votre art et chacun de vous trouvera, dans ce que je présente à vos yeux, les créations mêmes qu'il croit avoir inspirées ou inventées. Et toi, Melkor, tu verras tes pensées les plus secrètes, tu comprendras qu'elles ne sont qu'une part de l'ensemble, tributaires de sa gloire.

En ce temps-là, Ilúvatar parla aux Ainur de bien d'autres choses, et comme ils se souviennent de ses paroles, ainsi que de la musique que chacun d'eux créa, les Ainur connaissent une grande part de ce qui fut, de ce qui est, de ce qui sera, et peu de choses leur échappent. Pourtant il en est qu'ils ne peuvent voir, pas même rassemblés en conseil, car Ilúvatar n'a révélé à personne ce qu'il garde en réserve, et chaque époque voit apparaître des nouveautés qui ne sont dans aucune prédiction, car elles ne sont pas issues du passé. Or donc, comme cette vision d'un Monde nouveau se déroulait devant eux, les Ainur virent qu'il renfermait des choses dont ils n'avaient pas idée. Ils assistèrent avec stupéfaction à l'arrivée des Enfants d'Ilúvatar dans la demeure qui leur était aménagée, et comprirent qu'eux-mêmes, tandis qu'ils élaboraient leur musique, avaient participé à la création de cette demeure sans y avoir d'autre dessein que sa propre beauté. Les Enfants d'Ilúvatar ne furent conçus que par Lui, ils vinrent avec le troisième thème, ils étaient absents du thème proposé à l'origine et aucun des Ainur ne prit part à leur création. Quand ils les virent, ils les aimèrent d'autant plus d'être différents d'eux-mêmes, êtres étranges et libres où ils voyaient l'esprit d'Ilúvatar dans une lumière nouvelle, où ils apprenaient à connaître une part de sa sagesse qui, jusqu'alors, était restée cachée, même à eux, les Ainur.

Les Enfants d'Ilúvatar sont les Elfes et les Humains, les Premiers-Nés et les Successeurs. Et parmi toutes les splendeurs de ce monde, ses vastes régions, ses espaces nouveaux, ses orbes flamboyants, Ilúvatar choisit l'endroit de leur demeure dans les Profondeurs du Temps et parmi les étoiles innombrables. Cette demeure pourrait sembler peu de chose à ceux qui ne considèrent que la majesté des Ainur, sans voir leur terrible acuité, eux qui peuvent choisir la plaine d'Arda tout entière pour les fondations d'une colonne qui se dresse si haut que le sommet en est plus acéré qu'une aiguille; ou à ceux qui ne verraient dans ce Monde que les Ainur continuent d'édifier qu'une immensité sans mesure et resteraient aveugles à la précision extrême qu'ils apportent à chacune des choses de ce Monde.

Quand les Ainur eurent contemplé la vision de cette demeure et qu'ils virent les Enfants d'Ilúvatar, beaucoup d'entre eux parmi les plus forts tendirent toute leur volonté et leur esprit vers ce lieu. Melkor fut le premier de ceux-là, comme il avait été le plus grand, dès le début, à tenir sa partie dans la Grande Musique.

Il sembla, et lui-même commença par le croire, qu'il voulait se rendre en cette demeure et y ordonner toutes choses pour le bien des Enfants d'Ilúvatar, et contrôler les tourbillons de chaleur et de glace qui le traversaient, alors qu'il désirait plutôt soumettre à sa volonté les Elfes et les Humains : il enviait les dons qui leur avaient été promis par Ilúvatar, il voulait pour lui-même avoir des serviteurs et des sujets, s'entendre appeler Seigneur et se sentir le maître d'autres volontés.

Pendant ce temps, les autres Ainur admiraient cette demeure enchâssée dans les vastes espaces du Monde, ce que les Elfes appelèrent Arda, la Terre; leurs cœurs étaient remplis de joie et de lumière, leurs yeux émerveillés étaient noyés de couleurs, mais le grondement de l'océan leur donnait une grande inquiétude. Ils observaient l'air et le vent, et toutes les substances dont Arda était faite, le fer et la pierre et l'or et l'argent et beaucoup d'autres matières, mais de toutes c'est l'eau qu'ils admiraient le plus. Ainsi les Eldar disent que l'eau recèle encore l'écho de la musique des Ainur plus que toute autre substance de la Terre; et nombreux sont les Enfants d'Ilúvatar qui ne se lassent pas d'écouter les voix de la Mer sans pourtant savoir ce qu'ils cherchent à entendre.

C'est donc vers l'élément liquide que celui des Ainur que les Elfes appellent Ulmo tourna ses pensées, lui qu'Ilúvatar avait plus que tout autre pénétré de sa musique. A l'air et au vent surtout s'attacha Manwë, le plus noble des Ainur. Aulë médita sur la substance de la Terre, lui qu'Ilúvatar n'avait guère moins doté que Melkor en talent et en savoir, mais Aulë trouve sa joie et sa fierté dans l'acte de création et dans le résultat de cette création, non dans sa possession ni dans sa maîtrise. C'est ainsi qu'il donne et ne garde pas par-devers lui, qu'il est libre de tout souci et passe sans cesse à une œuvre nouvelle.

Ilúvatar s'adressa à Ulmo et lui dit :

– Ne vois-tu pas comment, dans ce petit royaume au plus profond du Temps, Melkor a entrepris la guerre contre ton domaine? Il a imaginé un froid extrême et cruel sans avoir pu encore détruire la beauté de tes sources, la limpidité de tes lacs. Prends garde à la neige, au travail rusé du givre! Melkor a prévu chaleurs et fournaises ardentes, sans pourtant éteindre ton désir ni taire tout à fait la musique de la mer. Vois plutôt la haute splendeur des nuages et des nuées toujours changeante, écoute la pluie tomber sur la Terre! Ces nuages te rapprochent de Manwë, ton ami, celui que tu aimes.

Et Ulmo répondit :

– En vérité, l'Eau est devenue plus belle encore que n'imaginait mon cœur, mes plus secrètes pensées n'avaient pas rêvé le flocon de neige et ma musique tout entière ignorait le bruit de la pluie. Je vais rejoindre Manwë afin de jouer avec lui des mélodies qui te réjouiront pour l'éternité!

Et, depuis toujours, Manwë et Ulmo sont des alliés, en toutes choses ils ont fidèlement servi les buts d'Ilúvatar.

Mais au moment même où parlait Ulmo, alors que les Ainur contemplaient cette vision, elle disparut, retirée de leur vue, et il leur sembla percevoir ce qu'ils n'avaient jusqu'alors connu que par la pensée : l'Obscurité. Or, ils s'étaient épris de la beauté de cette vision, plongés dans le déploiement d'un Monde qui venait à être, leurs esprits en étaient envahis; car l'histoire restait incomplète et les cercles du temps ne s'étaient pas rejoints lorsque la vision leur fut ôtée. Certains disent que la vision s'arrêta avec l'accomplissement de la Domination des Humains et l'effacement des Premiers-Nés, et c'est pourquoi, bien que la Musique enveloppe toutes choses, les Valar n'ont pas vu de leurs yeux les Derniers Temps ni la fin du Monde.

Les Ainur étaient inquiets, mais Ilúvatar leur parla de nouveau :

– Je sais que vos esprits désirent que ce que vous avez vu vienne vraiment à être non seulement dans vos pensées, mais comme vous-mêmes existez, et aussi autrement. Alors je dis : *Eä!* Que ces choses soient! Et je répandrai dans le Vide la Flamme Eternelle, et elle sera au cœur du Monde, et le Monde sera, et ceux d'entre vous qui le veulent pourront y descendre.

Et soudain les Ainur virent une lueur lointaine, comme un nuage au cœur de flamme, et ils surent que ce n'était pas seulement une vision, mais qu'Ilúvatar avait créé du nouveau : Eä, le Monde qui Est.

Il advint donc que, parmi les Ainur, certains demeurent encore avec Ilúvatar au-delà des confins du Monde, alors que d'autres, et parmi eux beaucoup des plus grands et des plus admirables, prirent ce que leur avait accordé Ilúvatar et descendirent sur le Monde. Mais à une condition – venue d'Ilúvatar ou peut-être seulement de leur amour : désormais leurs pouvoirs seraient limités au Monde et contenus par lui, et ils y resteraient éternellement, jusqu'à sa fin, de sorte qu'ils en seraient la vie et qu'il serait leur vie même. En suite de quoi ils furent nommés les Valar, les Puissances du Monde.

Quand les Valar pénétrèrent dans Eä, ils furent en même temps surpris et désorientés, car il en était comme si rien encore n'existait de ce qu'ils avaient perçu dans la vision, comme si tout était sur le point d'advenir sans avoir nulle forme, et tout était ténèbres. Car la Grande Musique n'avait été que la naissance et l'épanouissement de l'esprit dans les Espaces Eternels, la Vision elle-même un présage, mais maintenant ils étaient arrivés au commencement du Temps et les Valar surent que le Monde n'avait été qu'Annonce et Prophétie qu'ils devaient désormais accomplir. Alors ils entreprirent d'immenses travaux dans les déserts inexplorés et sans limites, en des époques sans nombre et sans souvenirs, jusqu'au moment où, dans les profondeurs du Temps, au sein des grands espaces de Eä, advint le moment et le lieu où fut créée la demeure des Enfants d'Ilúvatar. De cette œuvre, Manwë et Aulë et Ulmo firent la plus grande part, mais Melkor aussi était là dès le début qui se mêla de tout, faisant quand il le pouvait selon ses désirs et ses projets; et il alluma de grands feux. Melkor convoitait la Terre, encore jeune et pleine d'ardeur, et il dit aux autres Valar :

– Ceci sera mon propre royaume, et je le nommerai d'après moi-même!

Dans l'esprit d'Ilúvatar, Manwë était frère de Melkor, c'était lui la voix principale du second thème qu'Ilúvatar avait opposé aux dissonances de

Melkor, et il fit appel à toutes sortes d'esprits grands et moins grands pour qu'ils descendent sur les terres d'Arda pour l'aider dans sa tâche, de peur que Melkor ne retarde à jamais l'accomplissement de son œuvre et que la Terre se flétrisse avant d'avoir fleuri. Et Manwë dit à Melkor :

– Tu ne prendras pas ce royaume pour rien, et injustement, car beaucoup d'autres n'y ont pas moins travaillé que toi.

Alors ce fut la discorde entre Melkor et les autres Valar, Melkor se retira, gagna d'autres régions et fit là-bas ce qu'il voulut, mais ne chassa pas de son cœur le désir qu'il avait du Royaume d'Arda.

Les Valar se mirent à prendre forme et couleur, et comme c'était l'amour des Enfants d'Ilúvatar qui les avait fait venir dans ce monde, et l'espoir qu'ils avaient d'eux, ils prirent la forme qu'ils avaient entrevue dans la Vision d'Ilúvatar, hormis la splendeur et la majesté. D'autant que cette forme venait de la connaissance qu'ils avaient du Monde visible, plutôt que du Monde lui-même, et ils n'en avaient pas besoin, sinon comme nous-mêmes d'un vêtement, alors que nous pouvons aller nus sans rien perdre de notre substance. Ainsi les Valar peuvent marcher, s'ils le veulent, dénudés, et les Eldar eux-mêmes ne peuvent les percevoir clairement. Quand ils préfèrent se vêtir, les Valar prennent qui une forme mâle, qui une forme femelle, car les différences de tempérament qu'ils avaient depuis toujours et qui s'incarnaient dans ce choix ne venaient pas de leur volonté, pas plus que, chez nous, mâles et femelles ne sont déterminés par leur vêture, à laquelle pourtant on les reconnaît. Les formes dont se parent les Puissants ne ressemblent pas toujours à celles des rois et des reines des Enfants d'Ilúvatar, car parfois ils peuvent n'être vêtus que de leur propre esprit, rendu sensible sous l'espèce d'une imposante majesté.

Les Valar firent venir à eux de nombreux compagnons, de même rang qu'eux ou de moindre stature, et ensemble ils œuvrèrent à ordonner la Terre et à calmer ses agitations. Alors Melkor vit ce qui avait été fait : les Valar parcouraient la Terre comme des puissances visibles, vêtues des vêtements du Monde, aimables à voir, et resplendissantes, et bienheureuses. Il vit que la Terre devenait le jardin de leurs plaisirs, car ses tempêtes étaient désormais apaisées. Son envie n'en fut que plus forte, et lui aussi prit une apparence visible, mais son humeur et la malveillance qui le dévorait étaient telles que cette forme était sombre et terrible. Il descendit sur Arda, plus fort et plus majestueux qu'aucun autre Valar, telle une montagne qui s'élève sur l'océan pour dresser sa tête au-dessus des nuages, couverte de glace et couronnée de flammes et de nuées, et dans les yeux de Melkor il y avait comme une flamme dont la chaleur foudroie, dont le froid est mortel.

Ainsi commença la première bataille entre Melkor et les Valar pour la domination d'Arda. De ces tumultes, les Elfes n'eurent guère à en connaître. Ce qui en est raconté ici vient des Valar eux-mêmes, avec qui les Eldalië conversèrent au pays de Valinor, et qui en furent instruits, mais les Valar ne dirent jamais que peu de choses sur les guerres d'avant la venue des Elfes. Pourtant, on raconte parmi les Eldar que les Valar continuèrent, malgré la présence de Melkor, à gouverner la Terre et à la préparer pour la venue des Premiers-Nés. Ils édifiaient des terres et Melkor les détruisait, ils creusaient des vallées et Melkor les comblait, ils élevaient des montagnes et Melkor les abattait, ils faisaient le lit des océans et Melkor les dispersait. Rien ne pouvait trouver la paix ni croître dans la durée car, aussi sûrement que les Valar entreprenaient une tâche, Melkor venait la détruire ou la corrompre. Pourtant leurs travaux ne furent pas vains : si aucun endroit, aucune œuvre ne vit s'accomplir entièrement leurs intentions ou leur volonté, si tout prit des formes et des couleurs autres que celles que les Valar avaient d'abord imaginées, la Terre néanmoins prit forme et consistance. Or donc, la demeure des Enfants d'Ilúvatar fut enfin établie dans les Abîmes du Temps, parmi les étoiles innombrables.

VALAQUENTA

Histoire des Valar et des Maiar
d'après les récits des Eldar

Au commencement Eru, l'Unique, que dans le langage des Elfes on appelle Ilúvatar, de son esprit, créa les Ainur, et devant lui ils firent une Grande Musique. Le Monde est issu de cette Musique, car Ilúvatar rendit visible le chant des Ainur et ils purent le voir comme une lumière dans les ténèbres. Et beaucoup d'entre eux s'éprirent de sa beauté et de son histoire qu'ils virent naître et se développer comme dans une vision. Alors Ilúvatar donna Etre à leur vision, l'installa au milieu du Vide, le Feu Secret fut envoyé au cœur du Monde qui fut nommé Eä.

Ceux des Ainur qui le voulurent se levèrent et entrèrent dans le Monde au commencement du Temps, et ce fut leur tâche que de l'achever et leur travail que d'accomplir la vision qu'ils avaient entrevue. Ils œuvrèrent longtemps dans les espaces d'Eä, qui sont plus vastes que ne peuvent le concevoir les Elfes ou les Humains, jusqu'à ce qu'au moment assigné fût créé Arda, le Royaume de la Terre. Puis ils prirent la vêture de ce monde et y descendirent, et depuis lors y demeurent.

Sur les Valar

Les plus grands de ces esprits furent appelés par les Elfes les Valar, les Puissances d'Arda, et les Humains souvent les appelèrent des Dieux. Les Seigneurs des Valar sont au nombre de sept, et les Valier, les Reines des Valar, sont sept aussi. Ce sont les noms du langage des Elfes comme on le parlait à Valinor, mais ils ont d'autres noms dans le langage des Elfes des Terres du Milieu, et beaucoup d'autres encore parmi les Humains. Voici, dans le bon ordre, les noms des Seigneurs : Manwë, Ulmo, Aulë, Mandos, Lorien et Tulkas. Les noms des Reines : Varda, Yavanna, Nienna, Estë, Vairë, Vana et Nessa. On ne compte plus Melkor parmi les Valar et son nom n'est pas prononcé sur la Terre.

Manwë et Melkor étaient frères dans l'esprit d'Ilúvatar. Le plus grand des Ainur qui descendit sur le monde était d'abord Melkor, mais Manwë est plus cher au cœur d'Ilúvatar et comprend mieux ses intentions. Il était destiné à être, dans la plénitude des temps, le premier des Rois : seigneur du royaume d'Arda et maître de tous ses habitants. En ce monde, il a plaisir aux vents et aux nuages, dans toutes les régions de l'air, des plus hautes aux plus profondes, depuis l'extrême bord du Voile d'Arda jusqu'aux aquilons qui font frémir les herbes. Sulimo est un de ses noms, Seigneur du Souffle d'Arda. L'oiseau rapide, aux ailes vigoureuses, il l'aime, et tous vont et viennent à son ordre.

Avec Manwë demeure Varda, Dame des Etoiles, qui connaît toutes les régions d'Eä. Sa beauté est trop forte pour être chantée par les mots des Humains ou des Elfes, car l'éclat d'Ilúvatar est encore sur son visage. Dans la lumière réside son pouvoir et sa joie. Elle sortit des profondeurs d'Eä grâce à l'aide de Manwë, après avoir connu Melkor avant la Grande Musique et l'avoir rejeté. Il la haïssait et la craignait plus que toute autre créature d'Eru. Manwë et Varda se séparent rarement et vivent à Valinor. Leurs demeures dominent les neiges éternelles, au-dessus de Oiolossë, le dernier pic de Taniquetil, la plus haute montagne de la Terre. Quand Manwë monte sur le trône, son regard, si Varda est à ses côtés, voit plus loin qu'aucun regard, à travers les brumes et dans l'obscurité, par-dessus les étendues marines. Et lorsque Manwë est auprès d'elle, Varda entend plus clairement que tout autre les cris des voix qui viennent de l'est et de l'ouest, par-delà les monts et les vaux, celles qui viennent aussi des lieux ténébreux que Melkor a placés sur la Terre. De tous les Etres Supérieurs qui demeurent en ce monde c'est à Varda que les Elfes donnent en premier leur amour et leur respect. Ils l'appellent Elbereth, ils invoquent son nom dans les ombres des Terres du Milieu et la célèbrent dans leurs chants au lever des étoiles.

Ulmo est le Seigneur des Eaux. Il est seul. Nulle part il ne reste longtemps, mais parcourt à sa guise les profondeurs marines qui entourent la Terre ou s'étendent sous elle. Sa puissance vient en premier après celle de Manwë, et il était son ami le plus proche avant l'existence de Valinor. Ensuite on le vit rarement au conseil des Valar, à moins qu'on y débatte de graves sujets. Car sa pensée enveloppe Arda tout entière et il n'a besoin d'aucune demeure. En outre, il n'aime pas parcourir les terres et rarement se vêtira-t-il d'un corps à la manière de ses pairs. Quand les Enfants d'Eru l'apercevaient, ils étaient pris d'épouvante : l'apparition du Roi des Mers était terrible, telle une haute vague qui s'avancerait sur les terres, un heaume noir couronné d'écume et une cotte de mailles où l'argent ruisselle, moiré d'ombres vertes. Les trompettes de Manwë sont puissantes, mais la voix d'Ulmo est profonde comme les abîmes de l'océan qu'il est seul à contempler.

Néanmoins Ulmo aime autant les Elfes que les Humains et ne les a jamais abandonnés, même lorsqu'ils encoururent la colère des Valar. Parfois, invisible, il vient sur les rivages des Terres du Milieu, ou s'avance loin dans les terres par un bras de mer et là, fait résonner ses grandes trompes, les Ulumuri, creusées dans une nacre blanche. Ceux qui sont touchés par cette musique l'entendront toujours dans leur cœur, et la nostalgie de la mer ne les quittera jamais. Avant tout, Ulmo s'adresse aux habitants des Terres du Milieu par des voix qu'on entend comme la musique des eaux. Car les mers, les étangs, les rivières, les sources et les ruisseaux sont tous et toutes sous son autorité, ce qui fait dire aux Elfes que l'esprit d'Ulmo court dans les veines du monde. Il connaît ainsi, même au plus profond des eaux, tous les besoins et les douleurs d'Arda qui resteraient sans lui ignorés de Manwë.

Aulë n'a guère moins de pouvoir que Ulmo. Sa suzeraineté s'étend sur toutes les substances dont Arda est composée. Au début il avait surtout travaillé de concert avec Manwë et Ulmo; la configuration des terres était de son fait. Il est forgeron, et maître en tous les arts, il prend autant de plaisir aux travaux qui demandent une main habile, si petits soient-ils, qu'aux majestueux palais d'antan. Lui appartiennent les gemmes enfouies dans la Terre, l'or qui brille dans les paumes, comme les parois des montagnes et le lit des mers. Les Noldor ont beaucoup appris de lui, et il leur a gardé son amitié. Melkor en était jaloux, car l'esprit et les pouvoirs d'Aulë ressemblaient trop aux siens, et il y eut entre eux une longue inimitié. Melkor gâchait sans cesse ou défaisait ce qu'avait fait Aulë, Aulë se lassait de réparer le désordre et la confusion apportés par Melkor. Tous les deux, semblablement, désiraient créer du neuf et de l'inattendu, ce à quoi d'autres n'auraient pas encore pensé, et ils aimaient à ce qu'on loue leurs talents. Mais Aulë resta fidèle à Eru : il lui soumettait tout ce qu'il faisait, il n'enviait pas le travail des autres, mais recherchait les avis et en donnait. Alors que Melkor se consumait d'envie et de haine jusqu'à ce qu'il ne puisse plus rien que moquer les pensées des autres et détruire leurs œuvres s'il le pouvait.

Yavanna est l'épouse d'Aulë, celle qui apporte les Fruits. Elle aime toutes les choses qui poussent dans la terre et embrasse dans son esprit leurs formes innombrables, depuis les arbres hauts comme des tours dans les forêts de jadis jusqu'à la mousse sur une pierre ou aux êtres secrets qui peuplent la Terre. Yavanna est la seconde des Reines des Valar, venant après Varda. Sous forme humaine c'est une grande femme vêtue de vert, mais elle prend parfois d'autres apparences. Certains l'ont vue comme un arbre dressé vers le ciel, couronné par le soleil, ses branches déversaient une rosée d'or sur la terre stérile aussitôt couverte par le blé en herbe. Les racines de l'arbre plongeaient dans les eaux de Ulmo et les vents de Manwë murmuraient dans ses branches. Chez les Eldar, on l'appelle Kementari, la Reine de la Terre.

Les maîtres des esprits, les Fëanturi, sont deux frères qu'on appelle le plus souvent Mandos et Lorien. Au vrai, ce sont là les noms des endroits où ils demeurent, et leurs noms véritables sont Namo et Irmo.

L'aîné, Namo, est à Mandos, à l'ouest de Valinor. C'est le gardien de la Maison des Morts, celui qui convoque les âmes de ceux qui sont tués. Il n'oublie rien et connaît toutes les choses à venir, sauf ce qui est resté du domaine d'Ilúvatar. C'est le grand Juge de Valar, mais il ne prononce ses jugements et condamnations qu'à la demande de Manwë. Vaïrë la Fileuse est son épouse, elle tisse tous les événements de tous les temps dans ses toiles historiées qui tapissent le palais de Mandos, lesquels s'agrandissent avec le temps qui passe.

Le plus jeune, Irmo, est maître des visions et des rêves. Ses jardins sont à Lorien, au pays des Valar, les plus beaux qui soient au monde, peuplés de nombreux esprits. Estë la douce, qui soigne tous les maux et les fatigues, est son épouse. Sa robe est grise, elle apporte le repos, elle n'apparaît pas dans la journée, mais dort sur une île au milieu du lac de Lorellin, à l'ombre des arbres. Les sources d'Irmo et de Estë rafraîchissent tous ceux de Valinor, et souvent les Valar eux-mêmes viennent à Lorien pour y trouver le repos et se décharger des fardeaux d'Arda.

Nienna, sœur des Fëanturi, est au-dessus de Estë, et elle vit seule. Son domaine est la souffrance, elle pleure encore toutes les blessures que la Terre a reçues sous les coups de Melkor. Sa douleur était telle, à mesure que la Musique se déroulait, que, bien avant sa fin, le chant de Nienna s'était changé en lamentation et sa voix endeuillée s'entremêla aux thèmes du monde avant même sa création. Mais pour elle-même elle ne pleure pas, et ceux qui l'écoutent apprennent la pitié et l'espoir. Ses demeures sont à l'ouest de l'Ouest, aux limites du Monde, et elle vient rarement dans la ville de Valimar, où le bonheur est roi. Elle se rend plutôt dans les domaines de Mandos, plus près des siens, et tous ceux qui attendent dans les Cavernes de Mandos l'appellent à grands cris pour qu'elle rende force à leur esprit et change le chagrin en sagesse. Les fenêtres de sa demeure tournent le dos aux murailles du Monde.

Tulkas dépasse tous les Valar en force et en actions d'éclat. On le surnomme Astaldo le Vaillant, et c'est lui qui vint en dernier sur Arda pour aider ses pairs à combattre Melkor. Il aime la lutte, les jeux de force, et jamais il ne monte un cheval, lui qui va plus vite que tout ce qui court sur la terre, et ne se fatigue jamais. Il a des cheveux et une barbe dorés, le teint hâlé, toujours les armes à la main. Peu lui importent le passé ou l'avenir, et ses avis ne pèsent guère, mais son courage est grand. Nessa est son épouse, la sœur d'Oromë, agile, des pieds ailés, elle affectionne les cerfs et les biches qui la suivent dans les régions sauvages, et elle peut les distancer, rapide comme une flèche et les cheveux au vent. La danse est sa passion, et à Valinor on la voit danser sur les gazons éternellement verts.

Oromë est un puissant Seigneur. S'il est moins fort que Tulkas, sa colère est terrible, tandis que Tulkas est toujours à rire, qu'il joue ou qu'il se batte. Même devant Melkor, dans les batailles qui précédèrent la venue des Elfes, il riait de même. Oromë aimait beaucoup les Terres du Milieu, et c'est à regret qu'il les quitta pour venir à Valinor. Il repassait souvent les montagnes vers l'est pour retrouver avec ses hôtes les plaines et les collines. C'est un grand chasseur de monstres et de bêtes féroces, il se plaît parmi les chevaux, les meutes et tous les arbres, ce pour quoi on l'appelle Aldaron, et les Sindar l'appellent Tauron, le Seigneur des Forêts. Nahar est le nom de son cheval, blanc sous le soleil, la nuit d'un argent étincelant. Valaroma est le nom de sa trompe, dont l'appel est comme un lever de soleil écarlate, un éclair déchirant les nuages qu'on entendait au-dessus de toutes les autres dans les forêts que Yavanna avait fait lever sur Valinor, car c'est là qu'Oromë entraînait ses amis et ses bêtes à poursuivre les créatures malfaisantes de Melkor. Vana est son épouse, la Toujours Jeune, la sœur cadette de Yavanna. Les fleurs se dressent sur son passage, elles s'ouvrent sous son regard, et tous les oiseaux chantent pour l'accueillir.

Voilà tous les noms des Valar et des Valier, voilà en bref à quoi ils ressemblaient aux yeux d'Eldar dans le pays d'Aman. Mais quelles que soient la beauté et la noblesse des formes qu'ils empruntent devant les Enfants d'Ilúvatar, elles ne servent qu'à voiler leur éclat et leur puissance. Et s'il vous a été dit un peu de ce que les Eldar ont appris jadis, ce n'est rien à côté de leur être véritable, qui s'étend à des espaces et à des époques au-delà de notre imagination. Ils étaient Neuf des plus grands et des plus nobles, mais l'un fut retiré et ils restèrent huit, les Aratar, les Seigneurs d'Arda : Manwë et Varda, Ulmo, Yavanna et Aulë, Mandos, Nienna et Oromë. Si Manwë est leur Roi, garant de leur allégeance envers Eru, ils sont égaux en majesté, sans pouvoir être comparés à d'autres, qu'ils soient Valar ou Maiar, ou à aucun être qu'Ilúvatar ait envoyé sur Eä.

Sur les Maiar

Avec les Valar vinrent d'autres esprits dont l'existence remontait aussi avant la création du Monde, comme les Valar mais à un moindre degré. Ce sont les Maiar, les sujets des Valar, leurs aides et leurs serviteurs. Les Elfes n'en connaissaient pas le nombre, et peu possèdent un nom dans aucun des langages des Enfants d'Ilúvatar. Bien qu'il en fût autrement à Aman, sur les Terres du Milieu, les Maiar sont rarement apparus sous des formes visibles aux Elfes ou aux Humains.

Les premiers des Maiar de Valinor dont les noms furent conservés dans l'histoire des jours anciens sont Ilmarë, la servante de Varda, et Eönwë, héraut de Manwë et son porte-bannière, dont nul sur Arda ne surpasse la vaillance au combat. Mais ce sont Ossë et Uinen, d'entre tous les Maiar, dont se souviennent les Enfants d'Ilúvatar.

Ossë, vassal d'Ulmo, est le maître des mers qui entourent les Terres du Milieu. Il ne plonge pas dans les abîmes mais se plaît sur les côtes et sur les îles, dans les vents de Manwë, car la tempête est son élément et son rire se mêle au rugissement des vagues. Uinen est son épouse, la Dame des Mers, sa chevelure s'étend sur toutes les eaux qui sont sous le soleil, c'est la patronne des créatures qui vivent dans les eaux marines et des plantes qui y poussent. Les marins invoquent souvent Uinen, elle qui peut surmonter la tempête et calmer les élans sauvages d'Ossë. Longtemps les Númenoréens vécurent sous sa protection et la respectèrent au même titre qu'une Valar.

Melkor haïssait la mer, qu'il ne pouvait dominer. On dit qu'à la création d'Arda il voulut faire d'Ossë son vassal, lui promettant, s'il le servait, tous les domaines et les pouvoirs d'Ulmo. Voilà pourquoi il y eut jadis un tel bouleversement des mers que les terres faillirent être détruites. Mais Uinen, à la demande d'Aulë, put contenir Ossë et le faire paraître devant Ulmo. Il fut pardonné et reprit son allégeance qu'il n'a plus jamais trahie. Néanmoins le goût de la violence ne l'a pas entièrement quitté et parfois sa fureur reprend obstinément sans aucun ordre d'Ulmo, son maître. Ceux qui vivent auprès des mers ou naviguent sur leur étendue peuvent aimer Ossë, mais sans se fier à lui.

Melian était le nom d'une Maia qui servait Vana et Estë, et qui vécut longtemps à Lorien où elle soignait les arbres qui fleurissent dans les jardins d'Ulmo, avant de venir sur les Terres du Milieu. Où qu'elle aille, les rossignols l'accompagnent de leur chant.

Le plus sage des Maiar fut Olorin. Lui aussi vivait à Lorien, mais il se rendit souvent dans les domaines de Nienna, de qui il apprit la patience et la compassion.

On parle beaucoup de Melian dans le *Quenta Silmarillion*, mais on n'y mentionne pas le nom d'Olorin car, bien qu'il aimât les Elfes, il passait parmi eux sans être vu, ou sous la forme d'un d'entre eux, et ils ne savaient pas d'où leur venaient les visions magnifiques ou les éclairs de sagesse qu'il mettait en leurs cœurs. Plus tard il fut l'ami de tous les Enfants d'Ilúvatar et prit en pitié leurs souffrances et ceux qui l'écoutaient abandonnaient leur désespoir et leurs noires pensées.

Sur les Ennemis

Dernier d'entre tous, voici Melkor, le Tout-Puissant. Mais il a perdu le droit à ce nom, et les Noldor, ceux d'entre les Elfes qui souffrirent le plus de sa malveillance, ne le prononcent jamais : ils l'appellent Morgoth, le Noir Ennemi du Monde. Ilúvatar le dota de grands pouvoirs et le mit au même rang que Manwë, partageant les pouvoirs et les connaissances de tous les Valar, mais il les utilisa à des fins mauvaises et tourna sa force vers la violence et la tyrannie. Car il convoitait Arda et tout ce qu'elle renferme, il voulait le royaume Manwë et les domaines de tous les autres Valar.

Déchu de sa splendeur, son arrogance tourna au mépris pour tout ce qui n'était pas lui, esprit impitoyable et stérile. Son intelligence se tourna en ruse pour détourner à ses fins propres tout ce qui pouvait lui servir, et le mensonge lui devint naturel. Au début il aspirait à la Lumière, mais le dépit de n'être pas seul à la posséder le précipita dans une colère brûlante jusqu'à plonger dans une fournaise au fond des Ténèbres. Les Ténèbres furent le principal instrument de ses entreprises maléfiques, et elles remplirent de terreur tous les êtres vivants sur Arda.

Pourtant si grande était sa force au début qu'en des âges oubliés il avait affronté Manwë et tous les Valar, et qu'il avait longtemps gardé la maîtrise de la plus grande partie des terres. A cette époque il n'était pas seul, car sa grandeur avait attiré à lui de nombreux Maiar qui restèrent avec lui jusque dans les ténèbres, et d'autres qu'il avait pris à son service grâce à la corruption, au mensonge, à des présents perfides. Les plus redoutables de ces esprits étaient les Valaraukar, les fléaux dévastateurs qu'on appelle sur les Terres du Milieu les Balrogs, les démons de la peur.

Parmi ses serviteurs les plus connus, il en est un

que les Eldar appelèrent Sauron, au Gorthaur le Cruel. Au début, il faisait partie des Maiar d'Aulë, et les récits de ce peuple racontent sa grandeur. A tout ce qu'a fait Melkor le Morgoth sur Arda, les conspirations, les ruses et les trahisons, Sauron a pris part, et il n'était moins mauvais que son maître qu'en ce qu'il en avait longtemps servi un autre. Plus tard, il fut comme l'ombre de Morgoth, le fantôme de son crime, et il le suivit vers l'Abîme sur le chemin du désastre.

Ici prend fin le récit des Valaquenta

QUENTA SILMARILLION

L'HISTOIRE DES SILMARILS

1

AU COMMENCEMENT DES JOURS

On dit parmi les sages que la première des guerres naquit avant même que s'achève la création d'Arda, avant que rien ne marche ni ne pousse à la surface de la Terre et que, longtemps, Melkor eut le dessus. Mais au milieu de cette guerre, un esprit intrépide et puissant vint à l'aide des Valar, ayant appris au fond du ciel qu'il y avait bataille dans le Petit Royaume, et Arda résonna des échos de son rire. Ainsi vint Tulkas le Fort, dont la colère passe comme une tempête précédée de sombres nuées. Melkor s'enfuit devant sa fureur joyeuse et abandonna Arda et la paix régna pendant longtemps. Tulkas resta sur la Terre et devint un des Valar du Royaume d'Arda et Melkor attendit dans les Ténèbres extérieures. Sa haine pour Tulkas ne se démentit jamais.

En ce temps les Valar mirent en ordre les mers et les terres et les montagnes, puis Yavanna sema les graines qu'elle avait depuis longtemps inventées. Alors, comme les flammes avaient été domptées ou enfouies sous les premières collines, il fallut de la lumière. A la demande de Yavanna, Aulë porta au milieu des mers deux énormes lampes qu'il avait fabriquées, pour éclairer les Terres du Milieu. Varda les remplit, Manwë les alluma et les Valar les juchèrent sur de gigantesques colonnes, plus hautes que toutes les montagnes qui nous sont restées. Une fut dressée au nord des Terres du Milieu, qu'on appela Illuin, l'autre au sud, Ormal, et la lumière des lampes des Valar inonda la terre où tout brillait comme si le jour n'avait pas de fin.

Alors les graines semées par Yavanna germèrent et bourgeonnèrent en hâte, une multitude de choses grandes et petites se dressa sur la terre, herbes et mousses et hautes fougères, et des arbres couronnés de nuages comme des montagnes vivantes dont le pied plongeait dans un vert crépuscule. Des bêtes apparurent et s'établirent dans les prairies, dans les fleuves et les lacs, et parcoururent l'ombre des forêts. Nulle fleur encore n'avait fleuri, aucun oiseau n'avait chanté, car ces choses attendaient leur heure dans le sein de Yavanna, mais l'abondance, elle l'avait imaginée et nulle part plus riche qu'au milieu de la Terre, là où se touchaient et se mêlaient les rayons des deux lampes. Dans le Grand lac, sur l'île d'Almaren, quand tout était neuf, quand la verdure nouvelle était encore merveille aux yeux de ses créatures, les Valar firent leur première demeure, et longtemps ils en furent satisfaits.

Il arriva qu'alors que les Valar se reposaient de leurs travaux et contemplaient la croissance et le développement de ce qu'ils avaient imaginé puis créé, Manwë décida une grande fête où les Valar et leurs hôtes vinrent à son appel. Mais Aulë et Tulkas étaient pleins de lassitude, car les talents de l'un et la force de l'autre s'étaient mis au service de tous, sans trêve et sans repos. Et Melkor savait tout ce qui était fait, ayant en secret des amis et des espions parmi les Maiar qu'il avait convertis à sa cause. Au loin dans les Ténèbres, il était plein de haine, jaloux des œuvres de ses pairs qu'il eût voulu assujettir. Alors il rassembla hors des espaces d'Eä les esprits qu'il avait égarés à son service et il se crut fort. Croyant son heure venue, il s'approcha d'Arda, il la contempla de ses yeux et la vue de la Terre en son printemps l'emplit d'une haine nouvelle.

Les Valar étaient donc rassemblés sur Almaren sans crainte et la lumière d'Illuin les empêcha de voir l'ombre de Melkor au nord, lui qui était devenu pareil aux Ténèbres du Vide. Et on raconte qu'à la fête du Printemps d'Arda, Tulkas épousa Nessa, la sœur d'Oromë, et qu'elle dansa devant les Valar sur l'herbe verte d'Almaren.

Alors Tulkas s'endormit, fatigué et content, et Melkor crut le moment venu. Il franchit les Murs de la Nuit avec sa troupe et arriva tout au nord des Terres du Milieu sans que les Valar le sachent.

Là, il entreprit de creuser le sol pour construire une immense forteresse loin sous la terre, sous des montagnes noires où les rayons d'Illuin étaient faibles et glacés. Cette forteresse fut appelée Utumno. Et bien que les Valar n'en sussent rien encore, la malfaisance de Melkor et sa haine brûlante débordaient jusqu'à venir gâcher le Printemps d'Arda. Les plantes, malades, pourrissaient, les rivières se remplissaient d'algues et de vase, des fougères malodorantes et vénéneuses apparurent où grouillaient les insectes, les forêts devinrent obscures et dangereuses, hantées par la peur, les bêtes se changèrent en monstres aux cornes d'ivoire qui ensanglantaient la Terre. Alors, les Valar comprirent que Melkor était à l'œuvre de nouveau et ils cherchèrent sa retraite. Lui-même, assuré de la résistance de sa forteresse comme de la valeur de ses alliés, se jeta soudain dans la bataille pour porter le premier coup avant que les Valar ne fussent prêts. Il attaqua Illuin et Ormal, abattit les colonnes et brisa les lampes. La chute des immenses piliers fit que la terre s'ouvrit et se brisa, que les océans se levèrent en furie, et les lampes elles-mêmes répandirent sur la Terre des flammes dévorantes. A ce moment, le visage même d'Arda fut détruit, l'équilibre entre les terres et les mers fut rompu, et jamais Arda ne retrouva la forme que lui avaient donnée les Valar.

Melkor s'échappa, grâce à la confusion et à l'obscurité, mais la peur était sur lui. La voix de Manwë s'élevait comme un grand vent par-dessus le rugissement des vagues et la terre tremblait sous le pas de Tulkas. Melkor atteignit Utumno avant que Tulkas ne l'eût rejoint et y resta caché. Les Valar étaient impuissants à le vaincre, devant consacrer tous leurs efforts à contenir le désordre du monde et à sauver de la ruine ce qui restait de leur travail. Puis ils hésitèrent à déchirer la Terre à nouveau, sans même savoir où allaient naître les Enfants d'Ilúvatar, dans un avenir qui ne leur avait pas encore été révélé.

Ainsi prit fin le Printemps d'Arda. La demeure des Valar sur Almaren fut entièrement détruite et ils n'en avaient pas d'autre sur la surface de la Terre. Ils quittèrent donc les Terres du Milieu et se rendirent dans le Pays d'Aman, territoire de l'Extrême-Ouest situé au bord du monde. Ses rives sont baignées par la Mer Extérieure, celle que les Elfes appellent Ekkaia et qui entoure le Royaume d'Arda. Nul ne connaît, hormis les Valar, l'étendue de cette mer, qui conduit aux Murs de La Nuit. Sur la côte est du Pays d'Aman venait finir Belegaer, la Grande Mer de l'Ouest, et comme Melkor était sur les Terres du Milieu et qu'ils ne pouvaient le renverser, les Valar fortifièrent leur demeure en élevant près de la côte les Pelori, les plus hautes montagnes du monde. La plus haute de ces montagnes fut celle dont Manwë décida de faire son trône : le sommet sacré du Taniquetil, disent les Elfes, l'Eternelle Blancheur, disent les Oiolossë, la Couronne d'Etoiles, disent les Elerrina – il a bien d'autres noms et plus tard les Sindar l'appelèrent Amon Uilos. De leur palais de Taniquetil, Manwë et Varda pouvaient voir toute la terre jusqu'au fond de l'Orient.

Les Valar établirent leur demeure à l'abri des remparts des Pelori dans la région qu'on appelle Valinor, ils établirent maisons, jardins et citadelles et rassemblèrent dans ce pays fortifié de la lumière en abondance et les plus belles choses qu'ils avaient pu sauver du désastre. Ils en firent de nouvelles, encore plus belles, et Valinor devint plus magnifique même que les Terres du Milieu pendant le Printemps d'Arda. Terre bénie, puisque les Immortels s'y étaient établis, où rien ne se fanait, ne flétrissait, où fleurs et feuilles étaient sans taches, où nulle maladie n'atteignait les créatures vivantes, où même l'eau et les rochers étaient sanctifiés.

Quand Valinor fut achevé et que les domaines des Valar furent établis, ils édifièrent au milieu de la plaine, derrière les Pelori, leur cité, Valimar aux innombrables cloches. Devant la Porte de l'Ouest il y avait une colline verdoyante, Ezellohar, qu'on appelle aussi Corollairë, et Yavanna bénit cet endroit où elle resta longtemps sur l'herbe verte pour chanter l'air sacré où elle décrivait toutes les choses qui poussent dans la terre. Nienna restait silencieuse et pensive, et ses larmes coulaient sur la mousse. Tous les Valar étaient rassemblés pour écouter le chant de Yavanna, ils étaient assis sans mot dire sur les trônes du conseil dans le Mahanaxar, le Cercle du Destin, près des portes d'or de la cité. Yavanna Kementari chantait devant eux et ils la regardaient.

A ce moment, deux pousses fragiles apparurent sur la colline et un silence s'abattit sur le monde, nul autre bruit que le chant de Yavanna et, grâce à ce chant, les pousses grandirent, plus hautes et plus belles, et vinrent à s'épanouir. Ainsi naquirent au monde les deux Arbres de Valinor, de toutes les œuvres de Yavanna les plus célèbres et celles dont le sort est indissociable de tous les récits des Jours Anciens.

L'un avait des feuilles vert sombre, dont l'envers brillait comme l'argent, et il répandait de ses fleurs innombrables comme une inépuisable rosée de lumière argentée qui baignait le sol tacheté d'ombres frémissantes. L'autre avait des feuilles vert tendre comme celles du hêtre nouveau, bordées d'une lisière d'or, ses fleurs se balançaient comme des grappes de flammes dorées, cornes lumineuses qui déversaient une pluie d'or sur la terre, et toute cette efflorescence inondait les alentours de chaleur et de lumière. L'un s'appelait Telperion dans le langage de Valinor, et Silpion, et Ninquelote, et d'autres noms, le second s'appelait Laurelin, et Malinalda, et Culurien, et fut chanté sous beaucoup d'autres noms.

Au bout de sept heures, chaque arbre allait au plus fort de son éclat puis déclinait jusqu'à s'éteindre et renaître à la vie une heure avant que l'autre ne cesse à son tour de briller. A Valinor, il y avait ainsi deux fois par jour une heure paisible de lumière plus douce où l'éclat pâli des deux arbres mêlait les rayons d'or et d'argent. Telperion, l'aîné, fut le premier à grandir et à fleurir : la première heure qu'il répandit sa lumière, une blanche lueur d'aurore argentée, les Valar ne la comptèrent point dans la suite des heures mais l'appelèrent l'Heure Inaugurale et comptèrent dès ce moment les années de leur règne sur Valinor. A la sixième heure du premier jour, et de tous les jours joyeux qui suivirent jusqu'au Déclin de Valinor, Telperion voyait pâlir ses fleurs et, à la douzième heure, Laurelin sa lumière. Chaque journée des Valar d'Aman comptait douze heures et prenait fin avec la deuxième période où les lumières mêlées faiblissaient, Laurelin sur son déclin et Telperion sur son aurore. Et la lumière qu'ils répandaient se conservait longtemps avant d'être emportée dans les airs ou dissipée dans la terre; la rosée de Telperion comme la pluie de Laurelin s'amassaient dans des réservoirs grands comme des lacs qui étaient les sources d'eau et de lumière du pays des Valar. Ainsi commencèrent les Jours Heureux de Valinor et le compte du Temps commença à cette époque.

Le temps approchait du moment assigné par Ilúvatar à la venue des Premiers-Nés. Les Terres du Milieu restaient sur un éternel crépuscule, à la lumière des étoiles autrefois forgées par Varda dans les temps oubliés où elle façonnait Eä. Et Melkor restait dans l'ombre, parcourant souvent le monde sous des formes terribles et puissantes, maniant le feu et la glace depuis le sommet des montagnes jusqu'aux fournaises des profondeurs de la Terre et tout ce qui, en ce temps-là, était cruel ou violent ou mortel est porté à sa charge.

Les Valar passaient rarement les montagnes des Terres du Milieu, ils restaient derrière les Pelori et donnaient à cette contrée de bonheur et de beauté tout leur amour et toute leur attention. Au milieu de ce royaume béni se trouvaient les domaines d'Aulë, où il fit d'immenses travaux, et c'est lui qui a eu la plus grande part à tout ce qui a été fait dans ce pays, des œuvres merveilleuses de beauté qu'il produisit ouvertement ou en secret. De lui nous vient ce que nous savons de la Terre et de ce qu'elle renferme : les connaissances de ceux qui ne produisent pas mais cherchent seulement à comprendre ce qui est, comme les secrets de tous les artisans : tisserands, ébénistes, métallurgistes, et aussi le laboureur, le cultivateur, bien que ceux-là, comme tous ceux qui s'occupent de ce qui pousse et porte fruit, doivent aussi compter avec l'épouse d'Aulë Yavanna Kementari. Aulë, qu'on appelle l'Ami des Noldor, car plus tard ils apprirent beaucoup par lui, et ce sont les plus doués des Elfes. De plus, grâce aux dons que leur avait accordés Ilúvatar, ils ont beaucoup ajouté à son enseignement, s'étant plu à l'étude des langages et des écritures, des formes de la broderie, du dessin et de la sculpture. Ce sont aussi les Noldor qui ont les premiers réussi à créer des pierres précieuses, dont les plus belles furent les Silmarils aujourd'hui perdus.

Manwë Sulimo, le plus grand et le plus saint des

Valar, restait aux limites du Pays d'Aman, et les Terres Extérieures ne quittaient pas ses pensées. Son trône était majestueusement posé au plus haut du Taniquetil, la plus grande montagne du monde, qui surplombait l'océan. Des esprits, sous les formes d'aigles et de faucons, ne cessaient d'entrer et de sortir de sa demeure. Leurs yeux pouvaient voir jusqu'au plus profond des mers et pénétrer les cavernes les plus secrètes. Ils lui rapportaient ainsi les moindres événements de la Terre. Pourtant, certaines choses restaient cachées, même aux yeux de Manwë et de ses serviteurs car, dans les ténèbres où se tenait Melkor, les ombres étaient impénétrables.

Manwë ne se soucie pas de son honneur, il n'est pas jaloux de son pouvoir, et son règne apporte la paix. De tous les Elfes, il préférait les Vanyar et leur apportait musique et poésie, car la poésie est son plaisir, le chant des mots sa vraie musique. Sa robe est bleue, bleue la flamme de ses yeux; son sceptre est de saphir, que les Noldor ont ouvragé. Il fut nommé Légat d'Ilúvatar, Roi du monde des Valar, des Elfes et des Humains, premier défenseur du monde contre les maléfices de Melkor. Varda la très belle était à ses côtés, elle qu'on appelle Elbereth dans le langage des Sindarins, Reine des Valar, maîtresse des étoiles, et autour d'eux, une grande foule d'esprits bienheureux.

Mais Ulmo restait seul, hors de Valinor, où il ne venait que pour un grand conseil. Depuis la création d'Arda, son domaine était la Mer Extérieure et il est encore là-bas. C'est de là qu'il gouverne l'écoulement de toutes les eaux, les marées, les cours des fleuves et le débit des sources, la naissance de la rosée et l'abondance des pluies partout sous le soleil. Dans ces profondeurs, il rêve à une musique imposante et terrible dont les échos parcourent toutes les veines du monde, dans la tristesse et dans la joie; car, si la source qui jaillit au soleil est pleine de gaieté, elle prend naissance dans des puits de douleur qui plongent jusqu'aux fondations de la Terre. Les Teleri ont beaucoup appris d'Ulmo, et leur musique est aussi triste que prenante. Sardar l'avait suivi sur Arda, lui qui a fabriqué les trompes d'Ulmo, celles que nul ne peut oublier après les avoir entendues, et aussi Uinen et Ossë, auxquels il donna autorité sur les vagues et sur les mouvements des Mers Intérieures, et encore beaucoup d'autres esprits. Ce fut donc grâce aux pouvoirs d'Ulmo que la vie, même sous l'ombre de Melkor, put poursuivre ses chemins multiples et secrets, que la Terre ne mourut pas; et à tous ceux qui se perdaient dans les ténèbres ou qui perdaient de vue la lumière des Valar, l'oreille d'Ulmo resta toujours ouverte. Jamais il n'abandonna les Terres du Milieu et quoi qu'il se passât, quels que fussent les changements ou les destructions, il n'a pas cessé de les protéger et il continuera jusqu'à la fin des jours.

En ces temps obscurs, Yavanna refusait obstinément elle aussi d'abandonner les Terres Extérieures car tout ce qui croît lui est cher et elle ne cessait de regretter les œuvres qu'elle avait entreprises et que Melkor avait saccagées. Alors, parfois, elle quittait la maison d'Aulë et les prés fleuris de Valinor pour soigner les blessures infligées par les Ténébreux et, à chacun de ses retours, elle poussait les Valar à la guerre contre le Mal qu'ils devraient sûrement mener avant la venue des Premiers-Nés. Oromë le Dompteur des Fauves chevauchait parfois dans l'obscurité des forêts sauvages, chasseur impitoyable muni d'un arc et de flèches, qui traquait jusqu'à la mort les monstres et les animaux dénaturés du royaume de Melkor. Nahar, son cheval blanc, brillait dans l'ombre comme un éclair d'argent, la terre endormie frémissait sous ses sabots dorés et Valaroma, la grande trompe d'Oromë, sonnait sur les plaines d'Arda au crépuscule du monde. Les montagnes faisaient écho, les ombres maléfiques pâlissaient et Melkor lui-même se réfugiait à Utumno, craignant la colère d'Oromë. Mais, dès qu'il était passé, les serviteurs du Mal s'avançaient à nouveau et la Terre se recouvrait d'ombres et de mensonges.

Tout a été dit sur les usages de la Terre et de ses seigneurs au commencement des jours, et le monde est devenu tel que les Enfants d'Ilúvatar l'ont connu. Car les Elfes et les Humains sont les Enfants d'Ilúvatar, et comme les Ainur ne comprenaient qu'imparfaitement le thème qui les avait introduits dans la Grande Musique, aucun d'entre eux n'osait y ajouter quelque chose d'eux-mêmes. C'est pourquoi les Valar sont plutôt les aînés des Enfants d'Ilúvatar, leurs guides, que leurs maîtres, et lorsque les Valar ont essayé de les mener de force là où ils refusaient de se laisser convaincre, cela n'a presque jamais donné rien de bon, quelles que fussent leurs bonnes intentions. Les Ainur ont eu surtout affaire aux Elfes, car Ilúvatar avait donné à ceux-ci une nature proche de la leur, bien que leur taille et leurs pouvoirs fussent moindres, alors qu'il accorda aux Humains d'étranges qualités.

On rapporte qu'après le départ des Valar il y eut un grand silence et qu'Ilúvatar resta seul à méditer longtemps. Puis il se leva et il dit :

— Voyez comme j'aime la Terre, qu'elle soit la demeure des Quendi et des Atani ! Que les Quendi soient les plus belles des créatures terrestres, qu'ils possèdent et imaginent et fassent apparaître plus de beauté que tous mes autres Enfants et qu'ils trouvent le plus grand bonheur en ce monde ! Mais je donnerai aux Atani un pouvoir différent.

Et il souhaita que les cœurs des Humains soient toujours en quête des limites du monde et au-delà, sans trouver de repos, qu'ils aient le courage de façonner leur vie, parmi les hasards et les forces qui régissent le monde, au-delà même de la Musique des Ainur, elle qui fixe le destin de tous les autres êtres ; et que leur activité fasse que tout en ce monde soit achevé, en sa nature comme en ses actes, que toutes choses soient accomplies, des plus grandes aux plus petites.

Mais Ilúvatar savait que les Humains, jetés entre les puissances qui agitaient le monde, s'égareraient souvent et n'useraient pas toujours harmonieusement de leurs dons, et il dit encore :

– Ceux-là aussi découvriront en leur temps que tout ce qu'ils font ne contribue en fin de compte qu'à la gloire de mon œuvre.

Pourtant les Elfes croient que Manwë regrette souvent l'existence des Humains, lui qui est le plus proche des pensées d'Ilúvatar, car il semble aux Elfes que, d'entre les Ainur, les Humains ressemblent le plus à Melkor, lui pourtant qui toujours les a craints et haïs, même ceux qui le servaient.

Cette liberté accordée aux Humains ne fait qu'un avec le fait qu'ils ne passent que peu de temps à vivre sur ce monde, sans y être attachés, et qu'ensuite ils s'en vont vers un lieu inconnu des Elfes, alors que ceux-ci restent et resteront jusqu'à la fin des Temps. Leur amour de la Terre et de l'univers entier n'en est que plus pur et plus poignant et plus douloureux aussi à mesure que passent les siècles. Car les Elfes ne meurent pas que ne meure le monde, à moins qu'ils ne soient tués ou qu'un deuil ne les frappe (à ces deux formes de mort ils semblent être soumis). L'âge laisse leur force intacte, à moins qu'ils ne se lassent de mille et mille siècles, et quand ils meurent ils se retrouvent à Valinor, dans les Palais de Mandos, d'où ils peuvent sortir au bout d'un certain temps. Alors qu'en vérité les fils des hommes meurent et s'en vont de ce monde, et c'est pourquoi on les appelle les Hôtes, ou les Etrangers. La mort est leur destin, ce don d'Ilúvatar, que même les Puissants leur envieront à mesure que le Temps s'approche de sa fin. Mais Melkor a jeté là aussi son ombre, pour confondre la mort avec les ténèbres. Du bien il a fait naître le mal, de l'espoir la peur. Autrefois, pourtant, à Valinor, les Valar annoncèrent aux Elfes que les Humains les rejoindraient dans la Deuxième Musique des Ainur, alors qu'Ilúvatar n'a pas dévoilé le sort qu'il réservait aux Elfes après la fin du monde, et que Melkor ne l'a pas découvert.

2

SUR AULË ET YAVANNA

On raconte qu'au commencement les Nains furent créés par Aulë pendant la nuit des Terres du Milieu. Aulë désirait si fort la venue des Enfants pour avoir des apprentis auxquels il pourrait enseigner son savoir et ses talents qu'il ne voulut pas attendre l'accomplissement des plans d'Ilúvatar. Et il créa les Nains tels qu'ils sont encore aujourd'hui, car l'apparence des Enfants à venir n'était pas claire à son esprit et la Terre était encore au pouvoir de Melkor : il souhaitait donc qu'ils fussent robustes et résistants. De crainte que les autres Valar ne blâmassent son œuvre, il travailla en secret et c'est dans une caverne sous les montagnes des Terres du Milieu qu'il donna vie aux Sept Pères des Nains.

Ilúvatar apprit ce qui avait été fait et, dès l'instant qu'Aulë eut achevé son œuvre, et qu'il eut commencé à instruire les Nains dans le langage qu'il avait inventé pour eux, Ilúvatar s'adressa à lui. Aulë entendit sa voix et resta silencieux. Et la voix d'Ilúvatar lui disait :

– Pourquoi as-tu fait cela ? Pourquoi tenter de faire ce qui, tu le sais, surpasse ton pouvoir et ton autorité ? Car de moi tu as reçu le don de l'existence, pour toi seul et rien de plus, par conséquent les êtres créés de ta main et de ton esprit ne peuvent vivre que de ta seule existence, bouger lorsque tu penses à les faire bouger, rester comme morts lorsque ta pensée est ailleurs. Est-ce là ton désir?

Et Aulë répondit :

– Je n'ai pas voulu ce pouvoir. J'ai recherché des êtres différents de moi, afin de les aimer et de les enseigner, qu'ils puissent eux aussi percevoir la beauté de Eä, dont tu es l'origine. Car il me semblait qu'il y avait sur Eä tant de place que de nombreuses créatures pourraient s'y plaire alors que, pour la plus grande part, elle est encore vide et silencieuse. Et mon impatience m'a conduit à la déraison. Pourtant, le désir de créer m'a été donné par toi qui m'as créé et l'enfant ignorant qui se fait un jeu des exploits de son père ne croit pas se moquer, mais pense qu'il est le fils de son père. Et que faire maintenant, que je m'encoure pas ta colère à jamais? Comme un enfant à son père, je t'offre ces créatures, l'œuvre des mains que toi-même a créées. Fais d'elles ce que tu veux. Ou dois-je plutôt détruire le fruit de mon orgueil?

Alors Aulë s'empara d'un grand marteau pour écraser les Nains et ses larmes coulaient. Mais Ilúvatar eut pitié d'Aulë et de son désir, à cause de son humilité. Les Nains pris de peur se courbaient sous le marteau et ils baissaient la tête et imploraient pitié. Alors la voix d'Ilúvatar dit à Aulë :

– J'accepte ton offre comme tu me l'as faite. Ne vois-tu pas que ces êtres ont désormais une vie indépendante et qu'ils parlent de leur propre voix? Sinon ils n'auraient pas reculé devant tes coups ni devant ta volonté.

Alors Aulë jeta son marteau et se réjouit, et il rendit grâce à Ilúvatar en disant :

– Qu'Eru bénisse mon œuvre et l'améliore!

Ilúvatar parla encore et dit :

– De même que j'ai donné l'être aux pensées des Ainur au commencement du Monde, de même j'ai accepté ton désir et lui ai fait place, mais en aucune façon je ne corrigerai ton œuvre, elle restera telle que tu l'as faite. Ce que je ne veux pas, c'est que ces êtres apparaissent avant les Premiers-Nés de mes Enfants et que ton impatience soit récompensée. Ils vont dormir maintenant dans la nuit sous la roche et ne se lèveront pas avant que les Premiers-Nés ne soient venus sur terre. Ils attendront et toi aussi tout ce temps, si long qu'il paraisse. Quand le moment sera venu, je les éveillerai et ce seront comme tes enfants, et souvent il y aura bataille entre les tiens et les miens, les enfants de mon choix et ceux que j'avais adoptés.

Alors Aulë prit les Sept Pères des Nains, les fit reposer dans des lieux éloignés puis retourna à Valinor pour attendre de très longues années.

Comme les Nains devaient naître à l'époque où Melkor faisait peser son joug, Aulë leur avait donné une grande endurance. Ils sont donc durs comme le roc, obstinés, prompts à l'amitié comme à l'hostilité, et ils résistent mieux à la peine, à la faim et à la souffrance que tous les êtres parlants. Et ils vivent longtemps, plus longtemps que les Humains, sans atteindre la vie éternelle. On croyait autrefois, chez les Elfes, que les Nains retournaient après leur mort à la terre et aux roches dont ils sont venus, mais eux-mêmes ne le croient pas. Ils disent qu'Aulë, le Constructeur, qu'ils appellent Mahal, prend soin d'eux et les rassemble chez Mandos dans des cavernes séparées des autres et que jadis il avait annoncé à leurs Pères qu'à la fin des Temps Ilúvatar les bénirait et leur ferait place parmi ses Enfants. Alors ils auraient à servir Aulë pour l'aider à reconstruire Arda après la Dernière Bataille. Ils disent aussi que les Sept Pères des Nains reviendront vivre parmi leurs semblables et retrouveront leurs anciens noms. De ceux-là Durin fut le plus célèbre dans les temps qui suivirent, celui qui engendra les Nains les mieux disposés entre les Elfes, ceux des Khazad-dûm.

Quand Aulë travaillait à créer les Nains, il se cachait des autres Valar mais, en fin de compte, il se confia à Yavanna et lui dit ce qui en était. Alors Yavanna lui parla :

– Eru est miséricordieux. Maintenant je vois que ton cœur est en fête, et il en a le droit, car tu n'as pas obtenu que ton pardon, mais aussi une récompense. Mais comme tu m'as caché tes pensées jusqu'à l'achèvement de ton œuvre, tes enfants n'auront guère d'amour pour ce qui vient de moi. Ils aimeront d'abord ce qu'ils auront fait de leurs mains, comme leur père. Ils creuseront les entrailles de la terre sans prendre garde à ce qui pousse et qui vit à sa surface. Nombreux seront les arbres entamés par leurs fers impitoyables.

Aulë lui répondit :

– Ce sera vrai aussi des Enfants d'Ilúvatar, car ils mangeront et ils construiront. Et quelque valeur qu'ait ton domaine, fût-elle éternelle, et même si les Enfants ne devaient jamais exister, c'est à eux pourtant qu'Eru donnera la domination de la Terre, et ils utiliseront tout ce qu'ils trouveront sur Arda, non sans respect ni reconnaissance, d'ailleurs, grâce à Eru.

– A moins que Melkor n'assombrisse leur cœur, dit Yavanna.

Et loin d'être en paix, son cœur était troublé, blessé par la crainte de ce qui pourrait arriver dans l'avenir sur les Terres du Milieu. Alors elle se rendit devant Manwë et lui parla, mais sans trahir le secret d'Aulë :

– Est-il vrai, Roi de la Terre, comme Aulë me l'a dit, que les Enfants à venir auront la maîtrise sur toutes les choses que j'ai créées, pour en faire ce qu'ils veulent ?

– Cela est vrai, dit Manwë. Mais pourquoi demandes-tu cela ? Comptes-tu pour rien ce que t'apprend Aulë ?

Yavanna se tut et regarda en son cœur. Puis elle répondit :

– Parce que mon âme est pleine de crainte, en pensant aux jours à venir. Tout ce que j'ai fait reste cher à mon cœur. N'est-ce pas assez que Melkor en ait déjà tant détruit? Rien de ce que j'ai inventé ne restera donc à l'abri du pouvoir des autres?

– Si tu le pouvais, que préserverais-tu? demanda Manwë. De tout ton royaume, qu'est-ce qui est le plus cher à ton cœur?

– Toutes ces choses ont leur valeur et chacune contribue à celle des autres. Mais les *kelvar* peuvent s'enfuir ou se défendre, alors que les *olvar* qui poussent dans la terre en sont incapables. Et, parmi les plantes, j'aime tellement les arbres : ils grandissent si lentement, ils tombent si vite, et ceux qui ne paient pas leur tribut en portant des fruits ne sont pas regrettés longtemps. Voilà ce que je pense. Que les arbres puissent parler pour tout ce qui a des racines, et punir ceux qui leur font du tort!

– Quelle étrange idée, dit Manwë.

– C'était pourtant dans la Musique, dit Yavanna. Car lorsque vous étiez dans les cieux en compagnie d'Ulmo à fabriquer les nuages et à faire tomber la pluie, j'élevais les branches des grands arbres pour la recevoir et quelques-uns, sous les averses et les bourrasques, chantaient pour Ilúvatar.

Alors Manwë se tut, et l'idée que Yavanna avait déposée dans son cœur grandit et s'épanouit, et elle fut entendue par Ilúvatar. Manwë eut l'impression que la Musique une fois encore s'élevait autour de lui, chargée de significations qu'il percevait maintenant et qu'il avait jusqu'alors entendues sans y prendre garde. Et enfin la Vision grandit à nouveau, non plus lointaine car désormais il en faisait partie et il voyait qu'elle tenait tout entière dans la main d'Ilúvatar. Cette main elle-même se leva et il en sortit des merveilles innombrables qui lui avaient été cachées jusqu'alors au plus profond du cœur des Ainur.

Alors Manwë se réveilla et descendit sur Ezellohar. Il rejoignit Yavanna, s'assit auprès d'elle à l'ombre des deux arbres et lui dit :

– O Kementari, Eru m'a parlé, et il a dit : « Un

seul des Valar croirait-il que je n'ai pas entendu la Musique tout entière, jusqu'au moindre soupir de la plus faible voix ? Ecoute-moi ! Quand les Enfants naîtront, alors l'esprit de Yavanna s'éveillera aussi, elle invoquera des puissances lointaines qui viendront se mêler aux *kelvar* et aux *olvar*, et certains y resteront qui seront respectés et dont la juste colère sera redoutée. Cela pour un temps : tant que les Premiers-Nés garderont leur pouvoir et que ceux qui les suivront resteront jeunes. » Mais ne te souviens-tu pas, Kementari, qu'à ton esprit un autre chant parfois s'en mêlait ? Que ton esprit et le mien se rejoignaient et s'envolaient ensemble comme de grands oiseaux qui s'élançaient au-dessus des nuages ? Cela aussi reviendra, au gré d'Ilúvatar, et avant l'éveil des Enfants les Aigles des Seigneurs de l'Ouest s'élèveront à nouveau comme le vent.

Yavanna fut heureuse, elle se leva et dressa les bras vers le ciel en disant :

– Que les Arbres de Kementari poussent si haut qu'ils puissent être la demeure des Aigles du Roi !

Manwë aussi se leva, et il parla d'une telle hauteur que sa voix descendit sur Yavanna comme venue d'un ouragan.

– Non, dit-il, seuls les arbres d'Aulë seront si hauts. Les Aigles vivront dans les montagnes, où ils entendront les voix de ceux qui nous invoquent. Et il y aura des Gardes dans les forêts pour s'occuper des arbres.

A ce moment, Manwë et Yavanna se quittèrent et elle alla retrouver Aulë qui était dans sa forge et qui coulait du métal en fusion dans un moule.

– Eru est généreux ! s'écria-t-elle. Que ses Enfants prennent garde, désormais ! Car les forêts seront parcourues par des esprits dont il sera dangereux de provoquer la colère.

– Pourtant, dit Aulë, ils auront besoin de bois.

Et il continua de couler le métal.

3

LA VENUE DES ELFES ET
LA CAPTIVITÉ DE MELKOR

Durant de nombreux siècles les Valar coulèrent des jours heureux derrière les Monts d'Aman, à la lumière des Arbres, pendant que les Terres du Milieu vivaient un éternel crépuscule sous les étoiles. Tant que les Lampes avaient brûlé, des plantes avaient grandi qui mouraient dans la nuit, alors que les plus anciens êtres vivants reparaissaient : les algues tapissaient les mers, l'ombre des grands arbres couvrait la terre et de sombres créatures, aussi fortes que jadis, hantaient les collines et les vallées envahies par la nuit. Les Valar venaient rarement dans ces parages, sauf Yavanna et Oromë. Yavanna se promenait dans l'ombre et se lamentait sur les plantes, sur les promesses interrompues du Printemps d'Arda. Et elle plongea dans le sommeil bien des êtres qui étaient nés à ce Printemps afin qu'ils ne vieillissent pas et puissent attendre la renaissance à venir.

Au nord, Melkor développait sa puissance, et sans jamais dormir, il observait et travaillait. Les êtres malfaisants qu'il avait pervertis parcouraient le monde, les forêts obscures et silencieuses étaient traversées de monstres et d'apparitions épouvantables. Il avait rassemblé ses démons à Utumno, ceux qui l'avaient suivi au temps de sa splendeur et s'étaient corrompus comme lui. Ils brûlaient comme des flammes enveloppées de ténèbres et, munis de fouets ardents, ils semaient la terreur devant eux. Plus tard, sur les Terres du Milieu, on les appela Balrogs. A cette époque, le sinistre Melkor créa aussi des monstres innombrables, de toutes formes et de toutes espèces, qui agitèrent longtemps le monde tandis que son royaume s'étendait inexorablement vers le sud, vers les Terres du Milieu.

Melkor bâtit une autre forteresse et tout un arsenal près des côtes nord-ouest de l'océan, pour prévenir toute attaque qui viendrait du Pays d'Aman. Cette place forte était commandée par Sauron, lieutenant de Melkor, on l'appelait Angband.

Il arriva que les Valar réunirent un conseil, troublés qu'ils étaient par les nouvelles que Yavanna et Oromë rapportaient des Terres Extérieures. La première s'adressa aux Valar et leur dit :

– O vous, les Puissants d'Arda, la Vision d'Ilúvatar fut brève et trop tôt disparue, nous ne pouvons prédire au jour près le moment qui doit venir. Mais soyez-en sûrs : l'heure approche, bientôt notre espoir sera comblé, bientôt les Enfants vont s'éveiller. Laisserons-nous alors les terres qui leur sont destinées dans la désolation, sous le règne du mal? Les laisserons-nous dans les ténèbres quand nous sommes dans la lumière? Permettrons-nous qu'ils adorent Melkor comme roi alors que Manwë est là-haut, sur le Taniquetil?

Et Tulkas alors s'écria :

– Que non! Mettons-nous vite en guerre! N'y a-t-il pas trop longtemps que nous nous reposons, nos forces ne sont-elles pas revenues? Un seul réussira-t-il toujours à nous mettre en échec?

Mais Mandos se leva, sur l'ordre de Manwë, et il dit :

– En vérité, la venue des Enfants d'Ilúvatar est pour bientôt, mais ils ne sont pas encore là. De plus, il est ordonné que les Premiers-Nés feront leurs premiers pas dans les ténèbres et lèveront les yeux vers les étoiles. La vraie lumière sera le signe de leur déclin. Et dans le besoin, c'est toujours Varda qu'ils pourront invoquer.

Alors Varda s'écarta du conseil et contempla depuis les hauteurs du Taniquetil les Terres du

Milieu plongées dans les ténèbres sous les étoiles innombrables, si lointaines et si pâles. Et elle entreprit une œuvre immense, la plus grande entreprise des Valar depuis qu'ils étaient descendus sur Arda. Elle récolta la rosée d'argent dans les réservoirs de Telperion et elle en fit de nouvelles étoiles, plus brillantes, pour la venue des Premiers-Nés. Depuis lors, celle qui s'appelait Tintallë depuis les temps reculés où Eä avait été créée, Celle Qui Donne La Lumière Aux Etoiles, fut appelée par les Elfes Elentari, la Reine des Etoiles. A cette époque elle fit naître Carnil et Luinil, Nenar et Lumbar, Alcarinquë et Elemmirë, et elle rassembla beaucoup des étoiles plus anciennes pour en faire des signes au firmament d'Arda : Wilwarin, Telumendil, Soronumë, Anarrima, et Menelmacar avec sa ceinture étincelante qui annonce l'ultime bataille de la fin des temps. Loin au nord, comme un défi à Melkor, elle fit une ronde de sept étoiles majeures, Valacirca, la Faucille des Valar, comme l'annonce de sa ruine.

On raconte que, lorsque Varda eut achevé son œuvre, et il fallut longtemps, quand Menelmacar s'élança dans le ciel et que la flamme bleue d'Helluin perça les nuées au-dessus des murailles du monde, à ce moment même naquirent les Enfants de la Terre, les Premiers-Nés d'Ilúvatar. Ils s'éveillèrent du sommeil d'Ilúvatar sur les rives du Lac de Cuivenen, l'Eau de l'Eveil et, muets encore, leurs yeux virent avant toutes choses les étoiles du ciel. Depuis lors ils n'ont cessé d'aimer cette lumière et d'adorer Varda Elentari avant tous les autres Valar.

Au cours des temps, la forme des terres et des mers du monde a varié, les fleuves ont changé de lit, même les montagnes se sont déplacées, et il n'est pas de retour possible à Cuivénen. On dit pourtant chez les Elfes que ce lac, qui se trouvait loin au nord-est des Terres du Milieu, est devenu un des golfes de la mer intérieure d'Helcar, celle qui marquait l'endroit où s'enracinaient jadis les montagnes d'Illuin avant que Melkor ne les fasse écrouler. C'est là que se rassemblaient les eaux venues des hauteurs orientales, leur murmure fut le premier bruit qui parvint aux oreilles des Elfes : l'eau qui tombait sur les rochers.

Ils restèrent longtemps dans cette première demeure, au bord du lac, sous les étoiles, ils apprirent un langage et donnèrent un nom à tout ce qu'ils voyaient. Ils se nommèrent eux-mêmes les Quendi, ceux qui parlent avec une voix, car ils ne connaissaient encore aucune autre créature douée de la parole ou du chant.

Il arriva un jour qu'Oromë, pendant une de ses chasses, chevaucha vers l'est, tourna au nord près des côtes d'Helcar et continua sous l'ombre des Orocarni, les Montagnes de l'Est. Soudain Nahar partit d'un fort hennissement et s'arrêta tout net. Oromë attendit, silencieux, et il lui sembla entendre, dans le calme de la terre étendue sous les étoiles, de nombreuses voix qui chantaient au loin.

C'est ainsi que les Valar découvrirent, comme par hasard, la venue de ceux qu'ils avaient si longtemps attendus. Et Oromë resta émerveillé en regardant les Elfes, comme s'ils étaient apparus de manière soudaine et inattendue – les Valar auront toujours cette impression. Car tout ce qui a pu être prédit avant le Monde par la Musique ou prévu grâce à une vision, quand cela arrive véritablement sur Eä, paraît alors quelque chose de nouveau et d'imprévu.

Au début les Premiers-Nés d'Ilúvatar étaient plus forts et plus puissants qu'ils ne le sont devenus, mais non plus beaux, car si la beauté des Quendi dans leur jeunesse fut au-delà de tout ce qu'a créé Ilúvatar, cette beauté n'est pas morte, elle se survit dans l'Ouest, et la douleur et la sagesse l'ont enrichie. Oromë aima les Quendi et les surnomma les Eldar, dans leur propre langage : le peuple des étoiles; mais ce nom ne fut porté plus tard que par ceux qui le suivirent sur le chemin de l'occident.

Mais un grand nombre des Quendi fut pris de terreur à sa venue, et ce fut l'œuvre de Melkor. En effet, les sages découvrirent plus tard que Melkor, toujours aux aguets, avait été le premier à apprendre la venue des Elfes et leur avait envoyé des ombres et des esprits malins pour les guetter et les espionner. Ainsi, quelques années avant la venue d'Oromë, il arrivait souvent que des Elfes qui s'aventuraient au loin, seuls ou en groupe, disparaissent sans jamais revenir. Les Quendi disaient que le Chasseur les avait pris et ils avaient peur. Et les plus vieux chants des Elfes, dont la mémoire de ceux de l'Ouest garde encore l'écho, racontent les ombres qu'on voyait sur les hauteurs près de Cuivenen, ou qui brusquement occultaient les étoiles, ou le Cavalier Noir sur son cheval furieux qui poursuivait les isolés pour les prendre et les dévorer. En vérité, Melkor avait beaucoup de haine et de crainte pour les chevauchées d'Oromë: ou bien il envoyait ses sinistres serviteurs sous forme de cavaliers, ou bien il propageait des rumeurs pour que les Quendi, s'ils rencontraient jamais Oromë, se détournassent de lui.

C'est pourquoi, le jour où Nahar hennit, quand Oromë les découvrit, certains des Quendi se cachèrent, d'autres s'enfuirent et disparurent. Mais ceux qui eurent le courage de rester comprirent bien vite que le Grand Chevalier n'était pas une créature des ténèbres, car la lumière d'Aman était sur son visage et les plus nobles des Elfes vinrent à ses côtés.

On sait peu de choses avec certitude sur les malheureux qui furent ensorcelés par Melkor. Qui, en effet, parmi les vivants, est descendu dans les profondeurs d'Utumno, qui a pu assister aux noirs assemblées de Melkor? Pourtant, on dit en Eressëa que tous ceux des Quendi qui tombèrent entre les mains de Melkor avant le démantèlement d'Utumno furent jetés en prison, qu'ils y furent corrompus et réduits en esclavage après de longues et savantes tortures, et c'est ainsi que Melkor créa la race hideuse des Orcs, dans sa haine jalouse des Elfes, dont ils furent ensuite les ennemis les plus féroces. Les Orcs étaient vraiment vivants et se multipliaient comme les Enfants d'Ilúvatar, alors que Melkor, depuis sa rébellion d'avant le Commencement du Monde, pendant Ainulindalë, ne pouvait plus rien créer qui ait une vie propre ni même une apparence de vie; voilà ce que disent les sages. Au plus profond de leur âme noire les Orcs haïssaient en retour le maître qu'ils servaient par peur et qui ne leur apportait que souffrances. Ce fut peut-être l'acte le plus vil de Melkor, celui qui le rendit le plus détestable à Ilúvatar.

Oromë séjourna quelque temps parmi les Quendi puis retraversa en hâte les terres et les mers jusqu'à Valinor pour apporter la nouvelle à Valmar et il parla aussi des ombres qui hantaient Cuivenen. Les Valar se réjouirent, mais un doute se mêlait à leur plaisir, et ils discutèrent longtemps du meilleur parti à prendre pour protéger les Quendi de l'ombre de Melkor. Et Oromë, sans attendre, retourna dans les Terres du Milieu pour rester avec les Elfes.

Manwë médita longtemps sur son trône du Taniquetil, puis il demanda le conseil d'Ilúvatar. Il descendit alors à Valmer et fit rassembler les Valar dans le Cercle du Destin, et même Ulmo quitta la Mer Extérieure pour venir au conseil.

Et Manwë parla :

– Voici l'avis que m'a inspiré Ilúvatar : il nous faut reprendre à tout prix la maîtrise d'Arda et délivrer les Quendi de l'ombre de Melkor.

Tulkas en fut content, mais Aulë s'attrista; pressentant les souffrances du monde dans cette bataille. Alors les Valar se préparèrent et sortirent en armes de leur Pays d'Aman, décidés à attaquer la forteresse de Melkor et à la détruire. Melkor ne put jamais oublier que cette guerre fut entreprise dans l'intérêt des Elfes et qu'ils furent la cause de sa chute. Pourtant ils n'eurent aucune part à ce qui se passa et ils savent peu de choses sur la chevauchée des puissances de l'Ouest contre le Nord au début de leur histoire.

Melkor soutint l'assaut des Valar au nord-ouest des Terres du Milieu, et cette région en fut boule-versée. Mais l'Ouest eut très vite le dessus et les serviteurs de Melkor s'enfuirent jusqu'à Utumno. Alors les Valar traversèrent les Terres du Milieu en laissant une garnison à Cuivénen, et les Elfes ne surent plus rien de la Grande Bataille entre les puissances du Monde, sinon que la Terre tremblait et gémissait sous leurs pieds, que les mers étaient soulevées et qu'ils voyaient au nord comme la lueur de flammes immenses. Le siège d'Utumno fut long et cruel, de nombreuses batailles ensanglantèrent ses portes, dont seules des rumeurs parvinrent aux Elfes. La forme des terres en fut changée et la Grande Mer qui les traversait depuis le Pays d'Aman devint plus large et plus profonde. Elle dévora les côtes pour creuser un grand golfe vers le sud, puis d'autres moins importants jusqu'à Helca-raxë, loin au nord, là où se rejoignent Aman et les Terres du Milieu. La baie de Balar est le plus grand de ces golfes, c'est là que se jette le fleuve Sirion après qu'il a traversé les territoires du Nord nou-vellement émergés : Dorthonion et les monts Hithlum. En ces temps-là les terres du Grand Nord étaient désertes, car Utumno y était enfouie à de terribles profondeurs et ses fosses étaient remplies par les flammes et les innombrables légions des serviteurs de Melkor.

Enfin les portes de la forteresse furent enfoncées, les voûtes des cavernes furent brisées et Melkor dut se réfugier au plus profond de l'abîme. Alors Tulkas s'avança comme champion des Valar et s'affronta à lui. Et Tulkas le renversa face contre terre et il fut enchaîné avec Angainor, une chaîne forgée par

Aulë, et maintenu en captivité pour que le monde connaisse enfin la paix.

Mais les Valar ne découvrirent pas toutes les cavernes et les souterrains habilement dissimulés sous les forteresses d'Angband et d'Utumno. Beaucoup d'êtres malfaisants y restèrent cachés, tandis que d'autres se dispersaient dans la nuit pour rôder dans les déserts du monde en attendant une heure propice; et ils ne trouvèrent pas Sauron.

Quand la bataille eut pris fin et que de grands nuages s'élevèrent des ruines pour cacher les étoiles, les Valar ramenèrent Melkor à Valinor, pieds et poings liés, les yeux bandés, et le jetèrent au milieu du Cercle du Destin. Là, il toucha la terre et son front aux pieds de Manwë et implora son pardon, mais celui-ci fut refusé. On le mit en prison dans le fort de Mandos, dont nul ne peut s'évader, qu'il soit Vala, Elfe, ou simple mortel. Il a de hautes et solides murailles et il se trouve à l'ouest du Pays d'Aman. Melkor fut condamné à y rester de nombreux siècles avant de pouvoir de nouveau plaider sa cause ou implorer son pardon.

Les Valar tinrent à nouveau conseil et leurs voix se divisèrent. Les uns, dont Ulmo était le chef, tenaient qu'il fallait laisser les Quendi libres de leurs mouvements dans les Terres du Milieu où ils emploieraient leurs pouvoirs et leurs talents à guérir leurs blessures et à gouverner la terre. Mais les autres redoutaient pour les Elfes les dangers qui les guettaient sous la clarté trompeuse des étoiles, et de plus ils admiraient tant leur beauté qu'ils désiraient leur compagnie. Finalement les Valar appelèrent les Quendi à venir à Valinor pour qu'ils restent à jamais aux pieds des Puissants dans la lumière des Arbres. Alors Mandros rompit le silence et dit :

– Malheur à nous.

Et, en effet, cette décision fut suivie de grands malheurs qui arrivèrent plus tard.

Les Elfes commencèrent par refuser d'obéir à leur appel, car ils n'avaient connu des Valar que leur colère dans leur guerre contre Melkor, et ils en avaient grand-peur. Mais Oromë, qu'ils avaient déjà vu, leur fut une fois de plus envoyé, et il choisit dans leurs rangs des ambassadeurs qui se rendirent à Valinor et parlèrent pour leur peuple. Ce furent Ingwë, Finwë et Elwë, qui plus tard devinrent rois. A leur arrivée ils furent remplis d'admiration pour la gloire et la majesté des Valar, et de désir pour la lumière et la splendeur des Arbres. Alors Oromë les ramena à Cuivenen où ils parlèrent à leur peuple et lui conseillèrent d'écouter l'appel des Valar et de les suivre dans l'Ouest.

Ainsi eut lieu la première séparation des Elfes. Car les parents de Ingwë et ceux de Finwë et d'Elwë, pour la plupart, furent entraînés par les récits de leurs chefs et prêts à les suivre, ainsi qu'Oromë. Depuis ce temps, ceux-là furent appelés les Eldar, du nom qu'Oromë avait d'abord donné aux Elfes dans leur propre langage. Mais beaucoup refusèrent l'appel des Valar, préférant les grands espaces sous les étoiles de la Terre du Milieu à ce qu'on leur avait dit des Arbres. Ce furent les Avari, les Révoltés, qui furent ainsi séparés des Eldar et ne les revirent plus avant des siècles et des siècles.

Les Eldar s'apprêtèrent au grand départ et s'organisèrent en trois légions. La première, la moins nombreuse et la première à partir, fut conduite par Ingwë, le plus noble seigneur des Elfes. Le premier, il entra dans Valinor et prit place aux pieds des Puissants et tous les Elfes respectent son nom, mais il ne revint pas sur les Terres du Milieu, et n'y jeta jamais plus les yeux. Son peuple s'appelait les Vanyar, les plus beaux des Elfes, les préférés de Manwë et de Varda, et peu d'humains leur ont jamais parlé.

Puis vinrent les Noldor, nom d'un peuple sage, le peuple de Finwë. Ce sont les Penseurs, les amis d'Aulë, il y a de nombreux chants à leur louange car ils ont travaillé et combattu longtemps à grand-peine dans les anciens territoires du Nord.

La plus grande légion arriva enfin, et comme ils avaient tardé en route et n'étaient pas pleinement décidés à s'exposer à la lumière de Valinor, on les appela les Teleri. Ils aimaient surtout vivre près de l'eau et ceux qui arrivèrent enfin sur la côte ouest tombèrent amoureux de la mer. Au pays d'Aman, ils furent donc appelés les Elfes Marins, les Falmari, ceux qui font de la musique près de l'écume des vagues. Ils étaient si nombreux qu'ils avaient deux seigneurs : Elwe Singollo (ce qui signifie robe grise), et son frère Olwë.

Les trois tribus des Eldalië qui atteignirent enfin les limites de l'Ouest à l'époque des Arbres, on les appela les Calaquendi, les Elfes de Lumière. Il y eut d'autres Eldar pour s'aventurer dans l'Ouest, mais ils s'égarèrent en route, ou bien firent demi-tour, ou bien encore s'installèrent sur les rivages des Terres du Milieu, la plupart d'entre eux venant des Teleri, comme il sera dit plus tard. Ils vivaient près de la mer ou exploraient les forêts et les montagnes, mais leur cœur restait tourné vers l'Ouest. Les Calaquendi appelèrent ces Elfes les Umanyar, car ils n'atteignirent jamais le Pays d'Aman, la terre bénie des Valar, et les Umanyar comme les Avari étaient pour eux les Moriquendi, les Elfes de la Nuit, car ils n'avaient jamais vu la Lumière qui existait avant le Soleil et la Lune.

On dit que lorsque les habitants d'Eldalië quittèrent Cuivenen, Oromë était en tête, monté sur Nahar, son cheval blanc aux sabots d'or, et qu'après avoir contouré la mer d'Helcar par le nord ils se dirigèrent vers l'ouest. Mais là, ils virent devant eux vers le nord les grands nuages qui planaient sur les ruines de la guerre et obscurcissaient les étoiles, et beaucoup prirent peur et changèrent d'avis. Ils repartirent en arrière et se perdirent à jamais.

La marche des Eldar vers l'ouest fut longue et lente, car ils devaient traverser des territoires immenses, difficiles, sans route ni chemin. Les

Eldar ne désiraient pas se hâter, car tout ce qu'ils voyaient les remplissait de surprise et d'émerveillement : ils voulaient séjourner dans chaque contrée, au bord de toutes les rivières. Et si tous étaient encore d'accord pour avancer, ils espéraient moins qu'ils ne craignaient le terme du voyage. Quand Oromë les quittait, appelé de temps en temps par d'autres tâches, ils faisaient halte et n'avançaient plus avant qu'il ne revînt pour les conduire. Après plusieurs années de marche, les Eldar durent traverser une grande forêt et arrivèrent soudain devant un fleuve plus large que tous ceux qu'ils avaient vus. Au-delà du fleuve se dressaient des montagnes dont les pics acérés semblaient déchirer le pays des étoiles. On dit que ce fleuve est celui qui, plus tard, fut appelé le Grand Auduin, la frontière ouest des Terres du Milieu. Les montagnes étaient les Hithaeglir, les Tours de la Brume aux portes d'Eriador, plus hautes et plus terribles encore à cette époque, car Melkor les avait dressées là pour barrer la route à Oromë. Les Teleri se reposèrent longtemps sur la rive occidentale du fleuve, et ils souhaitaient y rester toujours, tandis que les Vanyar et les Nordor traversèrent Anduin et suivirent Oromë dans les défilés montagneux. Quand Oromë les eut quittés, les Teleri levèrent les yeux vers les brumes menaçantes, et ils eurent peur.

Alors quelqu'un se dressa d'entre la tribu d'Olewë, toujours la dernière sur la route. Il s'appelait Lenwë et il quitta la marche vers l'ouest en entraînant un grand nombre de gens vers le sud, le long du fleuve. Les Elfes n'en eurent plus de nouvelles pendant de longues années. Ce furent les Nandor, qui restèrent à l'écart, différents des autres, sauf qu'ils aimaient l'eau et vivaient près des torrents et des cataractes. D'entre les Elfes ce sont eux qui connaissaient le mieux les êtres vivants, les herbes, les oiseaux et les animaux. Plus tard Denethor, le fils de Lenwë, reprit enfin la marche vers l'ouest et conduisit une partie de ce peuple par-delà les montagnes jusqu'à Beleriand, avant le premier lever de la Lune.

Les Vanyar et les Noldor traversèrent Ered Luin, les Montagnes Bleues qui se tiennent entre Eriador et l'ouest des Terres du Milieu, que les Elfes rebaptisèrent Beleriand. Leurs avant-gardes dépassèrent la vallée du Sirion et descendirent sur les rives de la Grande Mer entre Drengist et la baie de Balar. Mais quand ils aperçurent la mer, une grande peur les prit et beaucoup s'enfuirent dans les forêts, et les montagnes de Beleriand. Alors Oromë les quitta de nouveau pour aller demander conseil à Manwë.

Les tribus des Teleri franchirent les Montagnes de la Brume et traversèrent les vastes plaines d'Eriador, vivement menées par Elwë Singollo qui était impatient de revoir Valinor et la Lumière qu'il avait aperçue. Il ne voulait pas non plus rester séparé des Noldor à cause de sa grande amitié pour Finwë, leur chef. Ainsi, après de longues années, les Teleri franchirent eux aussi Ered Luin et atteignirent l'ouest de Beleriand. Là ils firent halte et séjournèrent quelque temps auprès du fleuve Gelion.

4

THINGOL ET MELIAN

Melian était une Maia de la race des Valar. Elle vivait dans les jardins de Lorien et nulle parmi son peuple n'était plus belle, nulle plus sage ni plus douée pour chanter d'une voix ensorcelante. On dit que les Valar quittaient leurs travaux, que les oiseaux de Valinor faisaient taire leurs chants, que les cloches de Valmar restaient muettes et que les sources oubliaient de couler quand, à l'heure où se mêlent les rayons des deux Arbres, la voix de Melian s'élevait sur Lorien. Les rossignols lui faisaient escorte, elle leur enseignait son chant, et elle se plaisait dans l'ombre profonde des grands arbres. Avant que le Monde fût créé, elle était sœur de Yavanna, et quand les Quendi s'éveillèrent au bord du lac de Cuivénen, elle quitta Valinor et se rendit dans les Terres du Milieu. Là, dans le silence qui précède l'aube, elle mêla sa voix au chant de ses oiseaux.

Alors que leur voyage approchait de son terme, comme on l'a dit, la tribu des Teleri resta longtemps à l'est de Beleriand, au bord du fleuve Gelion. Au même moment, une grande partie des Noldor était encore à l'ouest, dans ces forêts qu'on appela plus tard Neldoreth et Region. Elwë, Seigneur des Teleri, traversait souvent les bois pour aller voir son ami Finwë chez les Noldor, et il arriva qu'un jour il se trouva seul sous les étoiles dans la forêt de Nan Elmoth et qu'il entendit monter le chant des rossignols. Alors un charme le saisit, il ne bougea plus, et loin par-delà les trilles des *lomelindi* s'éleva la voix de Melian qui emplit son cœur d'un désir émerveillé. Il oublia d'un coup son peuple et tout ce qui occupait son esprit et s'avança sous les arbres à la suite des oiseaux. Il fut bientôt perdu au plus profond de la forêt de Nan Elmoth mais arriva enfin dans une clairière ouverte sur le ciel étoilé où se tenait Melian. Lui, dans la nuit, la contemplait, et la lumière d'Aman était sur son visage.

Elle ne dit pas un mot mais, tout empli d'amour, Elwë vint à elle et lui prit la main. Aussitôt un enchantement les saisit qui les fit rester ainsi debout pendant que les étoiles parcouraient le ciel au-dessus d'eux en mesurant les années et que les arbres de Nan Elmoth grandissaient et s'épaississaient.

Alors, son peuple, qui le cherchait, ne le trouva point et Olwë prit la tête des Teleri et continua le voyage, comme on le dit plus tard. Elwë Singollo ne traversa jamais la mer jusqu'à Valinor tant qu'il vécut, et Melian n'y remit pas les pieds tant que dura leur règne. C'est elle qui fit comprendre aux Elfes et aux Humains un peu de ce qu'étaient les Ainur d'avant la création d'Eä. Plus tard Elwë devint un roi célèbre qui régna sur tous les Eldar de Beleriand; ceux qu'on appela les Sindar, les Elfes gris, les Elfes du Crépuscule, tandis qu'il fut nommé le Roi à la Robe Grise, Elu Thingol dans le langage du pays. Melian était sa reine, plus sage qu'aucune fille des Terres du Milieu, et leur palais secret s'appelait Menegroth, les Mille Cavernes, à Doriath. Melian donna de grands pouvoirs à Thingol, qui était déjà grand parmi les Elfes, car il était le seul de son peuple à avoir vu de ses yeux les Arbres quand ils fleurissaient encore. Roi parmi les Umanyar, il ne fut pas compté parmi les Moriquendi, mais parmi les Elfes de Lumière, et sa puissance fut très grande. Les amours de Thingol et de Melian donnèrent au monde le plus beau des Enfants d'Ilúvatar qui fut ou qui sera jamais.

5

ELDAMAR ET LES PRINCES D'ELDALIË

Avec le temps les tribus des Vanyar et des Noldor gagnèrent les derniers rivages à l'ouest des Terres Extérieures. Jadis, après la Bataille des Puissances, ces côtes s'inclinaient vers l'ouest jusqu'à ce qu'il ne reste à l'extrême nord d'Arda qu'un étroit bras de mer pour les séparer d'Aman, où était Valinor. Et ce bras de mer, grâce aux froidures apportées par Melkor, était barré par des enchevêtrements de glaces. C'est pourquoi Oromë ne mena pas les légions des Eldalië dans le Grand Nord mais les arrêta dans le beau pays que traverse le fleuve Sirion, qu'on appela plus tard Beleriand. Et de ce rivage où les Eldar virent la mer pour la première fois, étonnés et craintifs, on voyait s'étendre à perte de vue un océan aux eaux noires et profondes qui les séparait des Montagnes d'Aman.

Alors Ulmo se rendit sur les côtes des Terres du Milieu, envoyé par les Valar pour parler avec les Eldar qui attendaient en contemplant les vagues mystérieuses. Grâce à ses paroles et à la musique qu'il fit avec ses conques de nacre, leur terreur de la mer se changea presque en désir. Ulmo déracina une île qui était au milieu de la mer, à égale distance des côtes, depuis la chute d'Illuin, et avec l'aide de ses suivants il la fit venir, telle un gigantesque navire qui jeta l'ancre dans la baie de Balar où le Sirion déversait ses eaux. Les Vanyar et les Noldor embarquèrent sur l'île qui s'avança sur la mer et les porta jusqu'aux grandes plages qui sont devant les Montagnes d'Aman, et ils entrèrent enfin dans le bienheureux pays de Valinor. Mais la pointe est de l'île, qui s'était solidement accrochée aux hauts-fonds de l'embouchure du Sirion, fut brisée au départ et ne les suivit pas. On dit que cela donna l'île de Balar où plus tard Ossë se rendit souvent.

Les Teleri étaient encore dans les Terres du Milieu, et ils vivaient loin de la mer, à l'est de Beleriand. Ils n'entendirent les appels d'Ulmo que lorsqu'il fut trop tard. Beaucoup cherchaient encore leur seigneur Elwë, ne voulant pas partir sans lui, mais quand ils apprirent qu'Ingwë, Finwë et leurs tribus étaient partis, un grand nombre des Teleri se pressèrent sur les côtes de Beleriand et s'installèrent à l'embouchure du Sirion en regrettant leurs amis disparus. Pour roi ils prirent Olwë, le frère d'Elwë. Ils restèrent longtemps près de la mer et Ossë et Uinen vinrent les voir en amitié. Ossë leur enseignait les coutumes de la mer et sa musique, assis sur un rocher à la limite des terres, et de là il vint que les Teleri, qui aimaient l'eau depuis toujours et chantaient mieux que tous les autres Elfes, furent à jamais amoureux de la mer et que leurs chants résonnèrent du bruit des vagues sur la grève.

Après plusieurs années, Ulmo accéda aux prières de Noldor et de Finwë, leur seigneur : il pleurait d'être depuis si longtemps séparé des Teleri et le suppliait de conduire au Pays d'Aman ceux qui le voudraient. Il s'avéra que la plupart voulurent partir, et Ossé eut grand chagrin de voir Ulmo revenir sur les côtes de Beleriand pour emmener les Elfes à Valinor. Car son domaine s'étendait sur les mers qui baignent les Terres du Milieu et leurs rivages, et il lui déplaisait qu'on n'y entendît plus les voix des Teleri. Il put en convaincre quelques-uns de rester : ce furent les Falathrim, les Elfes de Falas qui, plus tard, fondèrent les ports de Brithombar et d'Eglarest. Ce furent aussi les premiers marins du monde et les premiers constructeurs de navires, et Cirdan le Charpentier fut leur roi.

Les parents et les amis d'Elwë Singollo restèrent sur les Terres Citérieures pour le chercher, bien qu'ils eussent été bien heureux de partir pour Valinor et la splendeur de ses Arbres si Ulmo et Ossé avaient voulu attendre. Mais Ossé devait partir, les derniers des Teleri embarquèrent sur l'île et Ulmo les emporta. Alors les amis d'Elwë restèrent seuls et ils s'appelèrent eux-mêmes les Eglath, la Tribu Abandonnée. Ils habitaient les forêts et les collines plutôt que le bord de la mer qui les emplissait de nostalgie, et le désir de voir Aman était au fond de leur cœur.

Quand Elwë s'éveilla de sa longue transe, il sortit de la forêt de Nan Elmoth accompagné de Melian, et ils habitèrent ensuite une contrée boisée au milieu de Beleriand. Si fort qu'il ait voulu revoir la lumière des Arbres, il voyait cette lumière dans le visage de Melian comme dans un miroir sans nuage et il était heureux. Son peuple joyeux se rassembla autour de lui et tous furent émerveillés de voir que, si beau et si noble qu'il eût été, il semblait désormais un seigneur des Maiar aux longs cheveux d'argent, le plus grand de tous les Enfants d'Ilúvatar. Mais un destin funeste l'attendait.

Ossë avait suivi les tribus d'Olwë, et quand ils arrivèrent à la baie d'Eldamar (qui est Elvenhome) il les rappela de sa voix familière. Et ils supplièrent Ulmo d'interrompre leur voyage et Ulmo leur accorda ce souhait. Sur son ordre Ossë lança des amarres et enracina l'île sur le fond de la mer. Ulmo accepta d'autant plus volontiers qu'il connaissait le cœur des Teleri et qu'il s'était prononcé contre l'Appel au conseil des Valar, pensant qu'il valait mieux pour les Quendi qu'ils restassent sur les Terres du Milieu. Les Valar ne furent guère contents d'apprendre ce qu'il avait fait, et Finwë se lamenta de voir que les Teleri ne venaient pas, plus encore quand il apprit qu'Elwë faisait défaut et qu'il ne le verrait plus jamais, sinon dans les cavernes de Mandos. Mais l'île ne bougea plus, elle resta isolée dans la baie d'Eldamar et on l'appela Tol Eressëa, l'Ile Solitaire. Les Teleri y vécurent comme il leur plaisait sous les étoiles du ciel, sans perdre de vue le Pays d'Aman et la rive immortelle, et c'est à cause de ce long séjour dans l'Ile Solitaire que leur langage différa de celui des Vanyar et des Noldor.

A ceux-ci les Valar accordèrent un territoire et une demeure. Même parmi les fleurs éclatantes des jardins de Valinor sous la splendeur des arbres, il leur arrivait de regretter la lueur des étoiles. C'est pourquoi une brèche fut ménagée dans les remparts des Pelori et là, dans une grande vallée qui descendait jusqu'à la mer, les Elfes élevèrent une haute colline verdoyante qu'ils appelèrent Tuna. A l'ouest elle était baignée par la lumière des Arbres, à l'est elle regardait la nuit. Par là on pouvait voir la baie d'Elvenhome, l'Ile Solitaire et les Mers Ténébreuses, et puis, à travers la brèche de Calacirya, le Passage de Lumière, pouvaient s'écouler les rayons du royaume enchanté qui saupoudraient les vagues d'or et d'argent et venaient effleurer l'Ile Solitaire dont la côte ouest devint merveilleusement verte. C'est là que s'épanouirent les premières fleurs qui poussèrent jamais à l'est des Monts d'Aman.

Les Elfes édifièrent leur cité au sommet de Tuna, Tirion aux murailles d'albâtre, et la plus haute tour fut celle d'Ingwë, Mindon Eldalieva, dont le phare d'argent éclairait jusqu'aux brumes marines. Rares sont les navires des humains qui aient aperçu son mince faisceau. A Tirion les Vanyar et les Noldor vécurent longtemps ·bons amis. Comme de tout ce qu'il y avait à Valinor ils préféraient l'Arbre Blanc, Yavanna en fit pour eux une réplique plus petite, identique sauf en ce qu'il ne donnait de lui-même aucune lumière, et on l'appela Galathilion dans la langue des Sindarin. Cet arbre fut planté sur le parvis devant la tour Mindon, il y grandit, et ses rejetons furent nombreux. L'un d'entre eux fut plus tard planté sur Tol Eressëa, il y prit racine et on l'appela Celeborn, puis vint en son temps Nimloth, l'Arbre Blanc de Numenor.

Manwë et Varda aimaient par-dessus tout les Vanyar, les plus beaux des Elfes, mais Aulë préférait les Noldor et lui et les siens venaient souvent parmi eux. Ils en reçurent beaucoup de savoir et d'habileté mais leur soif de connaissance était telle qu'ils surpassèrent bientôt leurs maîtres. Leur langage changeait sans cesse, tant ils aimaient les mots, et ils cherchaient toujours à trouver des noms plus appropriés à tout ce qu'ils connaissaient ou qu'ils imaginaient. Et il arriva que les maçons de la maison de Finwë, qui creusaient des carrières de pierre dans les collines (ils prenaient grand plaisir à construire de hautes tours en pierre), découvrirent les premières gemmes et en rapportèrent des quantités innombrables. Ils· inventèrent ensuite des outils pour les tailler et leur donner des formes variées. Ils ne les gardaient pas pour eux mais les distribuaient avec largesse et leur travail enrichit Valinor tout entier.

Plus tard les Noldor revinrent sur les Terres du Milieu et cette histoire parle surtout de leurs aventures, c'est pourquoi on peut dire ici les noms et la filiation de leurs princes, sous la forme que ces noms prirent ensuite dans le langage des Elfes de Beleriand.

Finwë était roi des Noldor. Ses fils furent Fëanor, Fingolfin et Finarfin, mais la mère de Fëanor fut Miriel Serindé tandis que celle de Fingolfin et de Finarfin fut Indis des Vanyar.

Fëanor était le plus doué pour la parole, le plus habile de ses mains, et le plus instruit des trois frères. Son esprit brûlait comme une torche. Fingolfin était le plus robuste, sérieux et courageux. Finarfin était le plus beau, il avait la sagesse du cœur. Plus tard, il se lia avec les fils d'Olwë, le roi des Teleri, et prit pour femme Eärwen, leur sœur, la Demoiselle au Cygne.

Les sept fils de Fëanor furent Maedhros le grand, Maglor le chanteur dont la voix fut entendue loin de par le monde, le beau Celegorm et le sombre Caranthir, et puis l'habile Curufin à qui son père avait transmis presque tous ses talents, et enfin les plus jeunes, des jumeaux, Amrod et Amras, aussi semblables d'esprit que de corps. Plus tard ils furent de grands chasseurs dans les forêts des Terres du Milieu, de même que Celegorm qui fut l'ami d'Oromë à Valinor et suivit souvent la trompe des Valar.

Fingolfin engendra Fingon qui devint roi des Noldor dans les pays du Nord, et Turgon, seigneur de Gondolin. Une sœur leur vint ensuite, Aredhel la Blanche, qui devint grande et forte : elle se plaisait à la chasse et à chevaucher dans les bois. On la voyait souvent en compagnie des fils de Fëanor, mais elle ne donna son cœur à aucun d'entre eux. On l'appelait Ar-Feiniel, la Blanche Dame des Noldor, car elle avait le teint pâle sous des cheveux noirs et ne se vêtait que de blanc ou d'argent.

Finarfin engendra Finrod le Loyal (qu'on appela ensuite Felagund, le Seigneur des Cavernes), puis Orodreth, Angrod et Aegnor, et tous quatre aimaient les fils de Fingolfin comme s'ils avaient été leurs frères. Ils eurent une sœur, Galadriel, la plus belle fille de la maison de Finwë, ses cheveux avaient un éclat doré commé s'ils avaient capturé dans leur filet les rayons de Laurelin.

Il nous faut maintenant raconter comment les Teleri arrivèrent enfin au Pays d'Aman. Longtemps ils vécurent à Tol Eressëa, et lentement leurs cœurs changeaient et la lumière qui traversait la mer pour venir caresser l'Ile Solitaire les attirait vers elle. Ils étaient pris entre leur amour pour la musique des vagues sur le rivage et le désir de revoir enfin leurs frères et de contempler la splendeur de Valinor, et finalement leur soif de lumière fut la plus forte. Alors Ulmo, s'inclinant devant la volonté des Valar, leur envoya Oromë leur ami, qui leur apprit à contrecœur l'art de construire des navires. Quand ils furent prêts, il leur apporta en guise de cadeau d'adieu une armée de cygnes aux ailes robustes, et les cygnes entraînèrent les blanches nefs des Teleri sur la mer délaissée par le vent. Enfin les derniers des Elfes prirent pied sur le Pays d'Aman aux rives d'Eldamar.

Ils restèrent là où ils pouvaient voir à loisir la lumière des Arbres, parcourir les routes mordorées de Valmar ou gravir les marches de cristal dans Tirion, sur la verte colline de Tuna, mais ils aimaient surtout sillonner la baie d'Elvenhome sur leurs vaisseaux rapides et revenir sur la grève en marchant dans les vagues, leurs longs cheveux brillant sous la lumière des Arbres. Les Noldor leur apportaient des joyaux sans nombre, des opales, des diamants et de frêles cristaux qu'ils répandaient sur le rivage et dans les fontaines. Qu'elles étaient belles en ce temps-là, les plages d'Elendë! Et eux-mêmes arrachaient des milliers de perles au fond des mers et leurs demeures en étaient couvertes : le palais d'Olwë à Alqualonde était en perles, le Port de Cygnes était éclairé par d'innombrables lampes. C'était leur capitale, l'abri de leurs navires, et ceux-ci avaient une forme de cygne avec un bec doré et des yeux noir et or. L'entrée du port était une voûte de pierre creusée par la mer, au nord de Calacirya, près des confins d'Eldamar, là où les étoiles étaient claires et brillantes.

A mesure que les siècles passaient, les Vanyar apprirent à aimer le pays des Valar et la pleine lumière des Arbres. Ils quittèrent peu à peu la cité de Tirion au sommet de Tuna pour s'établir sur la montagne de Manwë ou dans les plaines et les bois de Valinor, et se séparèrent ainsi des Noldor. Ceux-ci gardaient dans leur cœur le souvenir des Terres du Milieu sous le ciel étoilé et ils restèrent en vue de Calacirya, dans les collines et les vallées d'où ils pouvaient entendre la mer. Un grand nombre se rendaient souvent chez les Valar ou faisaient de grands voyages pour découvrir les secrets de la terre, des eaux et des êtres vivants, cependant que les peuples de Tuna et d'Alqualondë se rapprochaient l'un de l'autre. Finwë était Roi de Tirion, Olwë Roi d'Alqualondë, mais Inwë était toujours le Roi de tous les Elfes et il vivait désormais sur le Taniquetil, aux pieds de Manwë.

Fëanor et ses fils restaient rarement longtemps au même endroit, ils exploraient toute l'étendue de Valinor, allant même jusqu'aux frontières de la nuit et aux rivages glacés de la Mer Extérieure, attirés par l'inconnu. Ils étaient souvent les hôtes d'Aulë, mais Celegorm préférait la demeure d'Oromë où il apprenait beaucoup de choses sur les oiseaux et autres animaux, et même leurs langages. Car tous les êtres vivants qui vivent ou qui ont vécu sur Arda, sauf les créatures déchues et malfaisantes de Melkor, étaient représentées dans le Pays d'Aman, et il y avait même alors des êtres qu'on n'a jamais vus sur les Terres du Milieu et qui resteront peut-être inconnus, maintenant que le monde a changé.

6

FËANOR ET LA LIBÉRATION DE MELKOR

Les trois branches des Eldar étaient enfin réunies à Valinor et Melkor était tenu enchaîné. Ce fut l'apogée du Royaume Bienheureux, des siècles de béatitude et de gloire que le souvenir trouve encore trop brefs. En ce temps, les Eldar atteignirent leur plein développement de corps et d'esprit. Les Noldor gagnaient sans cesse en savoir et en talent, leurs travaux joyeux remplissaient les années d'inventions nouvelles et merveilleuses. C'est ainsi que les Noldor eurent en premier l'idée d'écrire des lettres et Rumil de Tirion fut le premier des sages qui trouva les signes propres à conserver la parole et le chant, les uns pour être gravés dans le métal ou dans la pierre, d'autres pour la plume ou le pinceau.

A cette époque, dans le palais du Roi de Tirion au sommet de la colline de Tuna, joyau d'Eldamar, naquit Curufinwë, l'aîné des fils de Finwë et son préféré. Sa mère l'appela Fëanor, l'Esprit du Feu, et c'est le nom qu'il porte dans tous les récits des Noldor.

Miriel, sa mère, était surnommée Serindë pour son incomparable habileté au tissage et aux travaux d'aiguille. Même parmi les Noldor ses mains étaient les plus adroites aux travaux délicats.

Miriel et Finwë s'aimaient grandement et ils étaient heureux, car leur amour était né dans les jours de félicité du Pays Bienheureux, mais l'enfantement de son fils consuma l'esprit et le corps de Miriel et, après qu'il fut né, elle voulut être libérée de la fatigue de vivre. Quand elle eut donné un nom à l'enfant elle dit à Finwë :

– Plus jamais je ne porterai d'enfant, car la force qui aurait pu en faire vivre beaucoup est tout entière passée dans Fëanor.

Finwë se désola, car les Noldor étaient encore dans leur jeunesse et il aurait voulu donner de nombreux enfants à cette terre bienheureuse, et il dit :

– Aman possède sûrement les voies de la guérison. Toute fatigue trouve ici son repos.

Mais Miriel continuait de se languir et Finwë alla demander conseil à Manwë qui la confia aux soins d'Irmo, à Lorien. A leur séparation (qu'ils pensaient devoir être brève) Finwë s'attrista, il lui semblait de mauvais augure qu'une mère dût quitter son fils et manquer ainsi les premiers jours de son enfance.

– Cela est triste, il est vrai, lui dit Miriel, et mes larmes couleraient si je n'étais si lasse. Mais ne me blâme en rien pour cela ni pour ce qui peut s'ensuivre.

Elle se rendit alors dans les jardins de Lorien et se coucha pour dormir, mais quand il parut que le sommeil l'avait prise, en vérité son esprit avait déjà quitté son corps et traversait en silence les cavernes de Mandos. Les suivantes de Estë embaumèrent son corps, qui resta intact, mais elle ne revint pas. Finwë vécut alors dans la tristesse, il allait souvent dans les jardins de Lorien et s'asseyait près du corps de son épouse sous les saules aux feuilles d'argent. Il l'appelait de tous les noms qu'elle avait portés mais rien n'y faisait et il restait seul, dans tout le Royaume Bienheureux, à être privé de joie. Au bout de quelques temps il ne vint plus à Lorien.

Alors il reporta tout son amour sur son fils et Fëanor grandit si vite qu'il semblait recéler quelque feu secret. Il était grand, beau de visage, d'une allure impérieuse que lui donnaient un regard perçant et des cheveux noirs comme le jais. Il allait droit au but qu'il se donnait, avec ardeur et constance. Peu de gens l'ont détourné de son but par un conseil, aucun par la force. De tous les Noldor qui vinrent au monde, il eut l'esprit le plus fin et la main la plus habile. Dans sa jeunesse, perfectionnant l'œuvre de Rúmil, il inventa les lettres qui portent son nom et qu'employèrent ensuite les Eldar. Ce fut lui, premier des Noldor, qui découvrit comment fabriquer des gemmes plus grandes et plus brillantes que celles qu'on trouve dans la terre. Les premiers joyaux qu'il fabriqua étaient translucides et incolores, mais la lumière des étoiles les faisait briller d'un éclat d'azur ou d'argent plus vif qu'Helluin. Il en fit d'autres où on pouvait voir les choses lointaines, minuscules mais claires et nettes comme vues avec l'œil des aigles de Manwë. Et on le trouvait rarement l'esprit ou les mains au repos.

Dans son adolescence il épousa Nerdanel, la fille d'un grand forgeron appelé Mahtan, celui des Noldor que préférait Aulë, et Mahtan lui apprit beaucoup de choses sur le travail de la pierre et des métaux. Nerdanel avait le même caractère volontaire que lui, mais avec plus de patience, et elle cherchait plutôt à comprendre les autres qu'à les dominer. Elle pouvait le contenir, au début, quand son cœur s'enflammait, mais plus tard ses excès la firent souffrir et ils s'éloignèrent l'un de l'autre. Elle lui donna sept fils qui héritèrent en partie de son tempérament, mais en partie seulement.

Il arriva que Finwë prit pour seconde épouse Indis la Blonde. C'était une Vanya, proche parente du grand Roi Ingwë, elle était grande et blonde et en tous points différente de Miriel. Finwë l'aimait beaucoup et retrouva le bonheur mais l'ombre de Miriel ne quitta pas sa demeure ni son cœur, et Fëanor garda la plus grande part de son amour.

Le mariage de son père déplut à Fëanor : il n'aimait guère Indis ni Fingolfin et Finarfin, les fils de celle-ci. Il passait sa vie loin d'eux à explorer le

Pays d'Aman ou à utiliser son savoir et ses talents, c'est à cela qu'il se plaisait le plus. Et plus tard, dans les malheureux événements dont Fëanor prit la tête, beaucoup ont vu l'effet de cette fêlure dans la maison de Finwë, estimant que si Finwë avait assumé son deuil, s'il s'était contenté d'être le père d'un tel fils, de grands maux auraient pu être évités. Et les douloureux affrontements de la maison de Finwë sont gravés dans le cœur de tous les Noldor. Quant aux enfants d'Indis ils se montrèrent pleins de noblesse et de gloire, comme leurs propres enfants, et s'ils n'avaient pas existé l'histoire des Eldar en serait amoindrie.

Même alors que Fëanor et les artisans des Noldor travaillaient avec passion sans en imaginer le terme, et que les fils d'Indis atteignaient l'âge adulte, le Grand Midi de Valinor approchait de sa fin. Car il arriva que Melkor, selon la sentence des Valar, en vint au terme de sa captivité, trois siècles de solitude sous la garde de Mandos. Et on le ramena, comme il lui avait été promis, devant les trônes des Valar. A les voir si radieux, son cœur fut plein d'envie et à voir les enfants d'Ilúvatar assis aux pieds des Puissants, c'est la haine qui le saisit. L'éclat des pierres précieuses augmentait encore sa convoitise, mais il sut dissimuler ses pensées et remettre sa vengeance à plus tard.

Melkor, devant les Portes de Valmar, se prosterna devant Manwë et implora son pardon. Il fit vœu de rester la plus humble des créatures de Valinor si on lui accordait d'aider les Valar à leurs travaux et, avant tout, à guérir les nombreuses blessures qu'il avait portées au monde. Nienna plaida pour lui mais Mandos resta muet.

Manwë lui accorda son pardon mais les Valar ne permirent pas qu'il échappât à leur regard et à leur surveillance : ils le contraignirent à rester dans l'enceinte de Valmar. A cette époque les pensées comme les actions de Melkor semblèrent loyales et les Valar comme les Eldar profitèrent de ses conseils et de son aide. On ne tarda donc pas à lui donner toute latitude pour parcourir le pays et Manwë put croire que Melkor etait guéri de son démon. Car lui-même, étant pur de tout mal, était incapable de comprendre le mal, et il savait aussi que Melkor, au début, était son égal dans l'esprit d'Ilúvatar. Il ne pouvait donc pas lire au fond du cœur de Melkor et voir que l'amour l'avait à jamais déserté. Mais Ulmo ne s'y trompa pas, et Tulkas serrait les poings quand il voyait passer son ennemi, car sa colère était aussi durable qu'elle était lente à venir. Ils respectaient tout de même le jugement de Manwë, car ceux mêmes qui défendent l'autorité ne peuvent se rebeller.

Melkor, au fond de son cœur, haïssait par-dessus tout les Edlar : parce qu'ils étaient beaux et joyeux et parce qu'il voyait en eux la raison de l'ascension des Valar et de sa propre chute. Il affectait d'autant plus de les aimer et il recherchait leur amitié, mettant au service de leurs entreprises son savoir et sa force. Les Vanyar se méfiaient toujours de lui, contents qu'ils étaient de vivre sous la lumière des Arbres, et lui-même faisait peu de cas des Teleri, leur trouvant peu de valeur, des outils trop fragiles pour ses intentions. Mais les Noldor prisaient beaucoup les secrets qu'ils pouvaient leur découvrir, et certains écoutèrent des paroles qu'il eût mieux valu pour eux n'avoir jamais entendues. En effet, Melkor affirma plus tard avoir enseigné à Fëanor nombre de secrets et même lui avoir inspiré son entreprise la plus grandiose. Mais le désir et l'envie le faisaient mentir, car aucun des Eldalië n'avait tant de haine pour Melkor que Fëanor et le fils de Finwë qui fut le premier à le surnommer Morgoth. Et bien qu'il fût pris dans les filets que Melkor tissait autour des Valar, il ne lui parlait jamais ni ne lui demandait conseil. Fëanor ne suivait que le feu de son cœur, il travaillait vite et seul et n'acceptait l'aide d'aucun de ceux qui vivaient à Valinor, grand ou petit, si ce n'est pendant un temps de la Sage Nerdanel, son épouse.

7

LES SILMARILS
ET L'AGITATION DES NOLDOR

A cette époque les Elfes achevèrent les travaux qui firent plus tard leur célébrité. Quand Fëanor eut donné toute sa mesure, il fut saisi d'une pensée nouvelle, à moins que ne l'ait effleuré l'ombre d'un pressentiment sur la catastrophe qui s'annonçait. Il se demanda comment conserver à jamais la lumière des Arbres, la gloire du bienheureux Royaume. Alors il entreprit secrètement une longue recherche où il mit tout son savoir, toutes ses forces et toute son habileté, et il créa les Silmarils.

Ils avaient l'apparence de trois énormes joyaux. Mais nul ne saura jusqu'à la fin des temps, quand reviendra Fëanor, lui qui périt avant la venue du Soleil et demeure maintenant dans les Cavernes de l'Attente sans jamais revoir ses frères, nul, avant que le Soleil ne meure et que la Lune ne disparaisse, ne saura quelle est leur substance. Ils avaient l'apparence du cristal mais étaient plus durs que le diamant, et nulle force du Royaume d'Arda ne pouvait les briser ni même les ternir. Ce cristal était aux Silmarils ce que le corps est aux Enfants d'Ilúvatar, l'enveloppe d'une flamme intérieure contenue dans le cristal, part de sa substance, sa vie même. Fëanor donna à cette flamme les lumières confondues des deux Arbres de Valinor et elle brûle encore en eux bien que les Arbres soient éteints et disparus depuis longtemps. Même au fond de la nuit des trésors cachés, les Silmarils brillent comme les étoiles de Varda, et pourtant, comme les êtres vivants qu'ils étaient vraiment, ils se plaisaient à la lumière, à la recevoir et à la rendre avec des couleurs encore plus merveilleuses.

Tous les habitants du Pays d'Aman furent émerveillés par l'œuvre de Fëanor, et Varda consacra les Silmarils de sorte qu'à l'avenir ni la chair d'un mortel, ni une main impure, ni rien de malfaisant ne pourraient les toucher sans se flétrir et se consumer. Mandos annonça ensuite que le destin d'Arda, des terres, des mers et des airs était contenu dans les joyaux, et le cœur de Fëanor s'attacha d'autant plus à ce qu'il venait de créer.

Alors Melkor voulut les Silmarils et la seule idée de leur éclat lui rongeait le cœur comme une braise. Dès cet instant, consumé par le désir, il mit une ardeur plus grande à chercher comment détruire Fëanor et briser l'amitié entre les Elfes et les Valar. Mais la ruse lui fit si bien cacher ses intentions qu'on ne pouvait rien voir du mal qui l'habitait. Il lui fallut longtemps et une longue patience, qui d'abord ne porta aucun fruit, mais à celui qui sème ses mensonges la moisson ne manquera pas, il pourra bientôt épargner sa peine, d'autres feront à sa place la récolte et les nouvelles semailles. Melkor trouvait toujours des oreilles pour l'écouter et des langues pour amplifier ce qu'elles avaient entendu, et ses mensonges passaient d'un ami à l'autre comme des secrets dont la connaissance est preuve de sagacité. Dans les temps qui suivirent les Noldor expièrent amèrement la folie d'avoir ainsi prêté l'oreille.

Quand il vit que ceux qui l'écoutaient devenaient plus nombreux, Melkor se mit à passer souvent parmi eux en mêlant à ses belles paroles d'autres si subtiles que beaucoup croyaient ensuite les avoir eux-mêmes imaginées. Il faisait naître dans leur cœur la vision des immenses royaumes de l'Est qu'ils auraient pu gouverner à leur guise, libres et puissants, et des rumeurs se mirent à courir comme quoi les Valar ne les avaient fait venir au Pays d'Aman que par jalousie, de peur que la beauté des Quendi et les dons créateurs qu'Ilúvatar leur avait accordés rendent les Valar impuissants à les dominer à mesure que les Elfes grandissaient et se répandaient sur le vaste monde.

De plus, à cette époque, si les Valar étaient prévenus de la venue des Humains dans l'avenir, les Elfes n'en savaient rien, car Manwë ne leur avait rien dit. Melkor leur parla secrètement des mortels, comprenant que le silence des Valar pouvait être retourné contre eux.

Lui-même savait peu de choses des Humains : pendant la Grande Musique, pris qu'il était par ses propres pensées, il n'avait guère prêté attention au Troisième Thème d'Ilúvatar. Mais il fit courir parmi les Elfes le bruit que les Valar les tenaient en captivité afin que les Humains puissent venir les supplanter dans les royaumes des Terres du Milieu, car leur faiblesse et leur courte vie les rendaient plus faciles à gouverner que les Elfes, qui seraient ainsi dépouillés de l'héritage d'Ilúvatar. Rien de vrai dans ce conte et les Valar n'ont vraiment pas tenté d'influencer les Humains, mais beaucoup de Noldor crurent, à moitié en tout cas, ces paroles néfastes.

Ainsi la paix de Valinor en fut empoisonnée sans que les Valar s'en rendissent compte. Les Noldor commencèrent à murmurer contre eux et beaucoup se gonflèrent d'orgueil en oubliant combien de ce qu'ils possédaient et de ce qu'ils savaient leur venait des Valar.

Le cœur de Fëanor brûla d'une flamme nouvelle, un désir de liberté, de grands espaces, et Melkor riait intérieurement, car ses mensonges n'avaient pas visé une autre cible tant il détestait Fëanor et convoitait les Silmarils. Jamais il ne pouvait approcher les joyaux : Fëanor les portait sur son front aux fêtes solennelles et, le reste du temps, ils étaient sous bonne garde à Tirion, dans la dernière des salles de son trésor. Car l'amour de Fëanor pour les Silmarils s'était changé en avarice : il en réservait la vue à son père et à ses sept fils et il avait presque oublié que le feu qui les animait n'était pas venu de lui.

Fëanor et Fingolfin, les fils aînés de Finwë, étaient de grands seigneurs au Pays d'Aman, honorés de tous, mais l'orgueil les prit et ils devinrent jaloux de leurs biens et de leurs prérogatives. Melkor lança de nouvelles rumeurs en Eldamar et on vint chuchoter à Fëanor que Fingolfin et ses fils conspiraient pour usurper l'autorité de Finwë et de Fëanor, son fils aîné, et pour les remplacer avec la permission des Valar : ceux-ci seraient mécontents de ce que les Silmarils fussent à Tirion et non sous leur garde. Tandis qu'on venait dire à Fingolfin et à Finarfin :

– Prenez garde! Dans sa fierté, le fils de Miriel n'a jamais eu grand amour pour les enfants d'Indis. Il est devenu puissant et tient son père bien en main. Bientôt il vous chassera de Tuna!

Quand Melkor vit que les braises couvaient sous la cendre, que l'orgueil et la colère faisaient frémir les Noldor, il leur apprit à faire des armes et ils se mirent à forger des lances, des haches et des épées. Ils firent aussi des boucliers ornés des emblèmes de nombreux clans qui rivalisaient l'un l'autre, et c'étaient les seules choses qu'ils portaient ouvertement car chacun croyait être le seul à être prévenu et ne disait mot des armes.

Fëanor installa secrètement une forge dont même Melkor ignorait l'existence et c'est là qu'il trempa de funestes épées pour lui et ses fils, ainsi que de grands heaumes surmontés de plumes rouges. Cruel souvenir pour Mathan que le jour où il avait appris à l'époux de Nerdanel tous les secrets de la métallurgie qu'il avait lui-même reçus d'Aulë!

A force de mensonges, de rumeurs et de conseils perfides, Melkor fit donc naître la querelle dans le cœur des Noldor et, à la longue, cette agitation amena la fin des grands jours de Valinor, le crépuscule de son antique gloire. Fëanor déjà parlait ouvertement de révolte contre les Valar, criant très haut qu'il quitterait Valinor pour le monde extérieur et délivrerait les Noldor de la servitude s'ils voulaient bien le suivre.

Tirion ne connut plus de repos et Finwë, troublé, convoqua un conseil de tous les nobles. Mais, soudain, Fingolfin se présenta devant lui et lui parla :

– Mon roi et mon père, voudrez-vous mettre un frein à l'orgueil de notre frère, Curufinwë, qu'on appelle trop justement l'Esprit du Feu ? De quel droit parle-t-il au nom de tous, comme s'il était Roi ? C'est vous qui autrefois avez demandé au Quendi d'écouter l'appel des Valar. C'est vous qui avez conduit les Noldor à travers les périls des Terres du Milieu dans leur longue marche jusqu'à la lumière d'Eldamar. Et aujourd'hui, si vous ne le regrettez pas, il vous reste au moins deux fils pour honorer votre parole.

Pendant que Fingolfin parlait, Fëanor fit son entrée, armé de pied en cap, le heaume en tête et un glaive au côté.

– C'est bien ce que je pensais, dit-il. Mon demi-frère se mettrait contre moi, avec mon père, comme pour tout le reste. (Alors il se tourna vers Fingolfin et tira son épée en s'écriant :) Sors d'ici et va reprendre ta vraie place !

Fingolfin s'inclina devant Finwë et sortit de la salle sans un mot ni un regard pour Fëanor. Mais celui-ci le suivit, il le rattrapa devant la porte du palais et appuya la pointe de sa lame étincelante sur le cœur de Fingolfin.

– Vois, demi-frère ! Voilà qui est plus aiguisé que ta langue ! Essaye une fois encore d'usurper ma place et l'amour de mon père et peut-être cette épée débarrassera les Noldor de celui qui se veut le maître des esclaves !

Et beaucoup entendirent ces paroles, car le palais de Finwë donnait sur la grande place du Mindon mais, cette fois encore, Fingolfin resta muet. Il fendit la foule en silence et alla retrouver son frère Finarfin.

Ce n'était pas que le malaise des Noldor fût ignoré des Valar, mais la graine avait été semée dans l'ombre, et comme Fëanor fut le premier à s'opposer ouvertement à eux, ils pensèrent qu'il était le semeur de discorde, d'autant qu'il était connu pour son arrogance et son obstination parmi les Noldor où pourtant l'orgueil avait grandi.

Manwë fut attristé mais resta spectateur et ne dit mot. Les Valar avaient amené les Eldar dans leur pays, libres de rester ou de partir, et s'ils pensaient que ce départ serait une folie ils ne devaient pas, pour autant, les en empêcher. Pourtant, les Valar étaient consternés et leur courroux ne leur permettait plus d'ignorer les actes de Fëanor. Celui-ci fut convoqué devant les Portes de Valmar pour répondre devant les Valar de ses paroles et de ses actions, ainsi que tous ceux qui y avaient pris quelque part que ce fût ou qui en avaient eu connaissance. Dans le Cercle du Destin, debout devant Mandos, Fëanor dut répondre à toutes les questions qu'on lui posa. Alors enfin la racine du mal apparut en pleine lumière et les menées de Melkor furent découvertes. Tulkas quitta aussitôt le conseil pour s'emparer de lui et le juger à nouveau. Pendant ce temps, Fëanor n'était pas pour autant lavé de toute faute, car c'était lui qui avait brisé la paix de Valinor et tiré l'épée contre son frère de clan. Mandos lui dit :

– Tu as parlé de servitude. Si servitude il y a, tu ne peux y échapper, car Manwë est roi d'Arda, pas seulement d'Aman. Et tu t'es mis hors la loi, que ce soit en Aman ou hors d'Aman. Ainsi ton sort est décidé : pendant douze ans tu seras exilé de Tirion, là où tu as proféré ta menace. Tu auras ce temps pour méditer, pour te rappeler qui tu es et ce que tu es. Après quoi, cette affaire sera tenue pour close et la paix revenue, si les autres t'acceptent.

Et Fingolfin s'écria :

– Je tiendrai mon frère pour quitte !

Fëanor ne répondit pas et resta silencieux devant

l'assemblée des Valar. Puis, il fit demi-tour et quitta le conseil et la cité des Valmar.

Ses sept fils le suivirent dans son exil et ils construisirent dans les collines au nord de Valinor une place forte et une salle pour le trésor : Formenos. On y amassa quantité de joyaux, des armes aussi, et on enferma les Silmarils entre des murs d'acier. Le roi Finwë vint vivre à Formenos, à cause de l'amour qu'il portait à Fëanor, laissant Fingolfin régner sur les Noldor. Ainsi les prophéties mensongères de Melkor prirent une apparence de vérité, bien que la cause en fût Fëanor et ce qu'il avait fait, et l'amertume qu'avait semée le Ténébreux prit racine et se dressa longtemps entre les descendants de Fingolfin et de Fëanor.

Melkor, dont les machinations étaient désormais exposées au grand jour, dut se cacher et se glisser d'un endroit à l'autre comme le brouillard entre les collines, et Tulkas le chercha en vain. Puis il sembla aux habitants de Valinor que la lumière des Arbres diminuait et que les ombres des êtres et des choses s'allongeaient et s'assombrissaient.

On dit que Melkor disparut un certain temps de Valinor, qu'on n'entendit plus parler de lui jusqu'à ce qu'il se présentât soudain à Formenos. Il s'adressa à Fëanor depuis la porte du château.

Il employa tous les arguments de la ruse, il feignit l'amitié et tenta de ramener Fëanor à son ancien état d'esprit : échapper aux contraintes des Valar :

– Vois la vérité de tout ce que je t'avais dit, maintenant que tu es injustement banni. Si le cœur est encore aussi libre et fier que l'étaient ses paroles à Tirion, alors je l'aiderai et l'emmènerai loin de ce territoire étroit. Car ne suis-je pas aussi Valar ? Oui, plus encore que ceux qui siègent fièrement à Valmar, et j'ai toujours été l'ami des Noldor, le plus habile et le plus vaillant des peuples d'Arda.

Fëanor était plein d'amertume d'avoir été humilié par Mandos et il regardait Melkor en silence, se demandant s'il pouvait vraiment lui faire confiance et l'aider à s'échapper. Melkor, voyant Fëanor hésiter, sachant aussi l'emprise que les Silmaris avaient sur son cœur, ajouta enfin :

– Ce château est solide, en vérité, et bien gardé, mais ne crois pas que les Silmarils soient en sûreté où que ce soit dans le royaume des Valar!

Et là sa ruse outrepassa son but. Ses paroles étaient allées trop loin et avaient éveillé une flamme plus forte qu'il n'avait espéré. Fëanor lui lança un regard qui transperça l'apparence amicale et les déguisements de son esprit pour découvrir le brûlant désir que Melkor avait des Silmarils. Et la haine l'emporta sur la peur et il maudit Melkor et lui enjoignit de partir en s'écriant :

– A la porte, corbeau! gibier de Mandos!

Et il ferma la porte au nez de l'être le plus puissant que portait la surface de la Terre.

Melkor dut repartir honteusement, toujours pourchassé, sans voir le jour de sa vengeance, mais la colère assombrissait son âme. Finwë fut pris d'une grande peur et envoya en hâte des messagers à Manwë.

Les Valar étaient réunis en conseil devant les portes de la cité, s'inquiétant des ombres plus longues et plus noires, quand les messagers de Formenos se présentèrent. Aussitôt Oromë et Tulkas se levèrent et partirent en chasse mais d'autres messagers arrivèrent d'Eldamar, disant que Melkor s'était enfui par le Calacirya et que, du sommet de la Tuna, les Elfes l'avaient vu passer comme un orage de haine et de colère. Ils ajoutèrent qu'il s'était ensuite dirigé vers le nord car les Teleri d'Alqualondë avaient vu sur leur port son ombre qui courait vers Araman.

Ainsi Melkor quitta Valinor et, pendant un temps, la lumière des Arbres fut sans ombre et revint baigner le Pays d'Aman. Mais les Valar cherchèrent en vain des traces de leur Ennemi et, comme un nuage lointain qu'un vent calme et glacé porte sans cesse plus haut, un doute maintenant venait ternir la joie des habitants d'Aman, la peur d'un mal inconnu qui pourrait un jour s'abattre sur eux.

8

LE CRÉPUSCULE DE VALINOR

Quand Manwë sut la direction que Melkor avait prise, il lui parut évident que l'ennemi cherchait à regagner son ancienne forteresse au nord des Terres du Milieu. Oromë et Tulkas se précipitèrent vers le nord en espérant le dépasser mais, au-delà des rivages des Teleri, dans les déserts inhabités qui mènent à la banquise, ils ne trouvèrent nulle trace de ses pas, nul écho de son passage. La garde fut doublée aux frontières nord d'Aman mais sans effet car, avant même que la chasse lui fût donnée, Melkor avait fait demi-tour et s'était glissé loin vers le sud. C'était tout de même un Valar, et il pouvait toujours changer son apparence ou abandonner tout vêtement de chair, comme ses pairs, bien qu'il dût bientôt perdre ce pouvoir à jamais.

Toujours invisible, il atteignit le noir pays d'Avathar. C'était une terre étroite au sud de la baie d'Eldamar, au pied des Pelori occidentales, dont les côtes interminables et sinistres s'étendaient vers le sud, obscures et inexplorées. Là, entre les murailles rocheuses et les eaux noires et glacées de la mer, l'ombre était plus profonde que nulle part au monde, et c'est là que secrètement, à l'insu de tous, Ungoliant avait fait sa demeure.

Les Eldar ne savaient d'où elle venait, mais certains disaient qu'elle était descendue jadis des ténèbres extérieures au monde quand Melkor avait jeté son premier regard d'envie sur le royaume de Manwë, et qu'elle fut la première créature corrompue par Melkor. Puis elle avait répudié son maître, voulant rester libre de suivre ses propres désirs et d'amasser tout ce qui pouvait combler son vide, elle s'était enfuie vers le sud en évitant les assauts des Valar et des chasseurs d'Oromë qui surveillaient surtout le Nord. Depuis, elle rampait à la lisière du Royaume Bienheureux, car elle avait soif de lumière tout en la haïssant.

Elle vivait dans un ravin sous la forme d'une monstrueuse araignée et tissait sa toile obscure dans une faille rocheuse. Elle absorbait toute la lumière qu'elle pouvait recueillir et en agrandissait sa toile étouffante et noire jusqu'à ce que sa demeure fût plongée dans les ténèbres; alors, de nouveau elle avait faim.

Quand il fut en Avathar, Melkor alla la retrouver et il prit pour cela la forme qu'il avait choisie lorsqu'il était le tyran d'Utumno, celle d'un chevalier noir, immense et terrible, apparence qui fut la sienne à jamais. Et là, à l'ombre de la nuit, à l'abri des regards de Manwë là-haut sur son trône, Melkor dressa les plans de sa vengeance. Quand Ungoliant eut compris les intentions de Melkor, elle fut prise entre le désir et la peur : elle tremblait d'affronter les périls d'Aman et les pouvoirs des Seigneurs, et craignait de quitter son repaire. Alors Melkor lui parla :

— Fais ce que je te dis et, si ta faim n'est pas apaisée lorsque tout sera fini, c'es moi qui te donnerai ce que tu désires, quoi que ce puisse être. Oui, de mes deux mains.

Il fit ce serment aussi légèrement que les autres, en riant par-devers lui. Ainsi un grand voleur pouvait tromper un petit.

Melkor et Ungoliant s'avancèrent, enveloppés du manteau de nuit qu'elle avait tissé autour d'eux, Lumière Noire où les choses semblaient disparaître, un vide qu'aucun regard ne pouvait transpercer. Puis, lentement, elle étendit ses toiles, franchissant les crevasses, s'accrochant à la pierre, tendant ses fils d'un rocher à l'autre, collée aux flancs de la montagne dans une longue reptation jusqu'au sommet du Hyarmentir, le plus haut pic de cette région du monde, très au sud du grand Taniquetil. Les Valar ne s'occupaient pas de cette région, car l'ouest des Pelori était un pays désert sous un éternel crépuscule, vers l'est les montagnes ne donnaient que sur les eaux pâles d'une mer inhabitée, et sur Avathar oubliée depuis longtemps.

Du sommet où elle était montée, Ungoliant la noire jeta une échelle tissée de ses fils et Melkor put venir la rejoindre et contempler à ses côtés le Royaume Interdit. Devant eux s'étendaient les forêts d'Oromë, plus à l'ouest ils voyaient frémir les champs et les prés de Yavanna, les grands épis dorés des dieux. Mais Melkor regarda vers le nord et vit au loin la plaine étincelante et les coupoles d'argent des Valar qui brillaient sous les lumières mêlées de Telperion et de Laurelin. Alors il rit de son grand rire et s'élança vers l'ouest au flanc de la montagne, Ungoliant derrière lui qui les protégeait de sa nuit.

C'était une époque de fête et Melkor le savait bien. Même si les saisons et les marées étaient aux ordres des Valar, si Valinor ne connaissait nul mortel hiver, le Pays d'Aman faisait partie néanmoins du Royaume d'Arda, lui-même perdu au fond des espaces d'Eä dont la vie est le Temps et qui s'écoule éternellement depuis la première note jusqu'au dernier accord d'Eru. Et de même que les Valar avaient alors plaisir (comme il est dit dans *Ainulindalë*) à prendre, tel un costume, les formes des Enfants d'Ilúvatar, de même ils mangeaient et buvaient et récoltaient les fruits de Yavanna poussés sur cette terre qu'ils avaient créée sous l'autorité d'Eru.

Yavanna avait donc assigné à toutes les plantes de Valinor un temps pour la floraison, un temps pour la maturité, et au début de la récolte des fruits, Manwë donnait une grande fête en l'honneur d'Eru où tous les peuples de Valinor donnaient libre cours à leur joie en chantant et en faisant de la musique sur le Taniquetil.

Le temps était venu, et Manwë annonça une fête plus glorieuse que toutes celles qui avaient eu lieu depuis la venue des Eldar au Pays d'Aman. Car, si l'évasion de Melkor laissait prévoir des peines et des souffrances et si personne ne savait les dommages qu'Arda aurait à subir avant qu'il ne soit dompté à nouveau, Manwë voulait guérir le malaise qui agitait les Noldor. Tous furent conviés à sa demeure du Taniquetil pour apaiser les rancunes qui divisaient leurs princes et oublier à jamais les mensonges de leur Ennemi.

Les Vanyar arrivèrent, puis les Noldor de Tirion, et les Maiar se rassemblèrent, et les Valar qui étaient pleins de beauté et de majesté. Tous chantèrent et dansèrent devant Manwë et Varda, dans les vastes salles et sur les pentes herbeuses éclairées par les Arbres. Ce jour-là, les rues de Valmar étaient désertes, silencieuses les marches de Tirion, et la campagne était paisible, comme endormie. Seuls, au-delà des montagnes, les Teleri continuaient de chanter sur les plages, sans penser aux saisons ni aux fêtes, indifférents aux soucis des Seigneurs d'Arda comme à l'ombre qui était tombée sur Valinor, car ils ne les avaient pas encore touchés.

Un seul souci vint assombrir Manwë. Fëanor se rendit à son palais, car seul il en avait reçu l'ordre, mais Finwë ne vint pas ni aucun des Noldor de Formenos. Finwë avait déclaré :

– Tant que Fëanor, mon fils, sera exilé de Tirion je ne serai pas roi et je ne reverrai pas mon peuple.

Et Fëanor ne vint pas en habit de fête, il ne portait aucun ornement, ni or, ni argent, ni pierre précieuse. Il refusait toujours la vue des Silmarils aux Valar comme aux Eldar et les gardait à Formenos dans leur salle aux murs d'acier. Pourtant il rencontra Fingolfin devant le trône de Manwë et se réconcilia, en paroles, avec lui, et Fingolfin compta pour rien qu'il eût tiré l'épée contre lui. Il tendit la main en disant :

– Je fais comme je t'avais juré. Je te tiens quitte et ne me souviens d'aucun grief.

Fëanor prit sa main en silence et Fingolfin ajouta :

– Demi-frère de sang, mais vrai frère de cœur! Conduis-moi et je suivrai. Puisse aucun malheur ne nous séparer.

– Je t'entends, dit Fëanor. Qu'il en soit ainsi.

Mais ils ignoraient le sens que ces mots allaient prendre.

On dit qu'au moment où Fëanor et Fingolfin se tenaient devant le trône de Manwë, les lumières des deux arbres mêlèrent leurs rayons et que la ville silencieuse de Valmar étincela d'or et d'argent. A ce moment même, Melkor et Ungoliant se hâtaient sur les plaines de Valinor comme l'ombre d'un nuage noir court sur la terre ensoleillée et ils arrivèrent devant Ezellohar, la verte colline. Alors la Lumière Noire d'Ungoliant s'étendit jusqu'à noyer les racines des Arbres et Melkor s'élança sur la colline. D'un coup de sa lance de ténèbres, il blessa chaque arbre jusqu'au cœur d'une plaie béante et la sève se mit à couler comme du sang et se répandit sur le sol. Ungoliant alors aspira la sève et vint coller son bec noir sur les blessures jusqu'à ce qu'elles fussent exsangues. Puis le poison mortel qui courait dans ses veines vint envahir les Arbres et dessécha les racines, les branches et les feuilles, et ils moururent. Ungoliant avait encore soif et se jeta sur les Citernes de Lumière pour les assécher. A mesure qu'elle buvait, son corps exhalait des vapeurs noirâtres et s'enflait d'une manière si monstrueuse et gigantesque que Melkor lui-même fut pris de peur.

Ainsi les Ténèbres tombèrent sur Valinor. Ce qui arriva ce jour-là est longuement raconté dans les *Aldunénië* qu'écrivit Elemnire des Vanyar et que tous les Eldar connaissent. Pourtant, il n'est pas de chant ni de récit qui puisse rendre la douleur et la terreur qui suivirent. La Lumière disparut, mais les Ténèbres qui s'abattirent étaient plus encore qu'un manque de lumière. Cette heure vit naître une Nuit qui n'était pas une absence mais une chose en soi et, en vérité, c'était le mal qui l'avait créée à partir de la lumière, et cette Nuit avait le pouvoir de transpercer les yeux, la tête, le cœur et d'étouffer toute volonté.

Du haut du Taniquetil, Varda baissa les yeux et vit l'ombre monter comme des tours maudites : Valmar était déjà plongée dans un oécan de nuit, la Sainte Montagne fut bientôt solitaire, comme une île, dernier vestige d'un monde qui avait sombré. Les chants s'étaient tus. Valinor était muette et nul bruit ne s'entendait que l'appel lointain des Teleri porté par le vent au-delà des montagnes comme la plainte glacée des mouettes. Car à cette heure le froid venait de l'est et les grandes ombres de la mer venaient s'amonceler contre les rivages escarpés.

De son trône Manwë jeta son regard qui seul pouvait percer la nuit jusqu'à ce qu'il voie une ombre plus noire encore que la nuit, énorme mais déjà lointaine, qui courait à toute vitesse vers le nord, il sut que Melkor était venu et était reparti.

Alors commença la poursuite. La terre trembla sous les chevaux des légions d'Oromë et les flammes jaillies des sabots de Nahar furent la première lumière qui revint à Valinor. Mais, dès qu'ils atteignirent le nuage d'Ungoliant, les cavaliers des Valar furent aveuglés, désorientés, ils durent se disperser et se perdre et on entendit faiblir et s'étendre l'appel de Valaroma. Tulkas était dans la nuit comme pris au filet, impuissant, il frappait l'air en vain et, quand l'ombre fut passée, il était trop tard. Melkor était allé où il voulait, et sa vengeance était accomplie.

9

LA FUITE DES NOLDOR

Au bout de quelque temps, une grande foule se ressembla autour du Cercle du Destin où les Valar étaient assis dans l'ombre. Il faisait nuit mais les étoiles de Varda brillaient sur leurs têtes et l'air était clair : le vent de Manwë avait chassé les nuages mortels et fait reculer les ombres de la mer. Yavanna se leva et monta sur Ezellohar, la verte colline maintenant déserte et couverte de cendres. Elle posa une main sur chaque Arbre, mais ils étaient morts, leur écorce noircie, et les branches qu'elle toucha tombèrent sans vie à ses pieds. Des plaintes montèrent de la foule et ceux qui se lamentaient croyaient avoir bu jusqu'à la lie le calice de malheur que Melkor leur avait présenté. Mais il n'en était rien.

Yavanna s'adressa aux Valar :

– La Lumière des Arbres est partie, elle ne vit plus que dans les Silmarils de Fëanor. Quelle prévoyance fut la sienne ! Car même les plus puissantes des créatures d'Ilúvatar ne peuvent accomplir certains exploits qu'une fois, et une fois seulement. J'ai donné au monde la Lumière des Arbres, et jamais plus je ne pourrai le faire en ce monde. Mais si j'avais un peu de cette lumière je pourrais rendre la vie aux Arbres, avant que leurs racines ne soient flétries. Alors le mal serait réparé, la haine de Melkor serait déjouée.

Et Manwë ne leva et dit à son tour :

– Entends-tu, Fëanor, fils de Finwë, les paroles de Yavanna ? Accorderas-tu ce qu'elle demande ?

Il y eut un long silence, et Fëanor ne répondit pas. Enfin Tulkas s'écria :

– Parle, ô Noldor, dis oui ou non ! Mais qui

pourrait refuser Yavanna? Et la lumière des Silmarils n'est-elle pas d'abord venue d'elle?

Aule le Constructeur se leva ensuite :

– Moins de hâte ici! Nous demandons plus que vous ne croyez. Laissez-le en paix quelque temps.

Mais alors Fëanor parla et ses mots étaient amers :

– Pour les plus humbles comme pour les plus grands, il est une œuvre qu'il ne leur est donné d'accomplir qu'une fois et, dans cette œuvre, leur cœur se met tout entier. Il se peut que je laisse sortir les joyaux, mais jamais je n'en ferai de semblables, et, si je dois les briser, je me briserai le cœur et j'en mourrai, moi le premier de tous les Eldar venus au Pays d'Aman.

– Pas le premier, dit Mandos, mais nul ne comprit cette parole et ils restèrent à nouveau silencieux pendant que Fëanor méditait sombrement.

Il lui semblait être entouré d'ennemis et il lui revint en tête les paroles de Melkor : que les Silmarils ne seraient jamais en sûreté si les Valar les détenaient. « Et n'est-il pas Valar autant qu'eux? pensait-il, ne connaît-il pas leur cœur? Oui, il faut un voleur pour en démasquer un autre!» Alors il parla à voix haute :

– Ce qu'on me demande, je ne le ferai pas volontairement. Et si les Valar m'y contraignent, je saurai alors qu'ils sont les frères de Melkor!

– Tu as parlé, dit Mandos.

Et alors Nienna monta sur Ezellohar. Elle rejeta sa cagoule grise et ses larmes achevèrent de laver les souillures faites par Ungoliant. Elle chanta et son chant contenait toute l'amertume du monde, la Profanation d'Arda.

Au moment où Nienna se lamentait, des messagers arrivèrent de Formenos, des Noldor qui apportaient des nouvelles funestes. Ils dirent comment une ombre aveugle s'était avancée vers le nord avec, au sein de cette ombre, une puissance innommable qui répandait la nuit. Ils dirent que Melkor était là lui aussi et qu'il s'était rendu à la demeure de Fëanor où, devant la porte du château, il avait tué Finwë, le roi des Noldor, et versé ainsi le sang pour la première fois au Royaume Bienheureux. Seul Finwë n'avait pas fui devant l'abominable nuit. Et ils dirent que Melkor avait brisé les murailles de Formenos et pris tous les joyaux que les Noldor y avaient amassés. Les Silmarils avaient disparu.

Fëanor se leva, tendit sa main vers Manwë et maudit Melkor. Il lui donna pour nom Morgoth, le Noir Ennemi du Monde, et c'est ce nom qui lui resta pour toujours chez les Eldar. Il maudit également l'appel de Manwë qui l'avait fait venir sur le Taniquetil, égaré par sa douleur furieuse et pensant que s'il était resté à Formenos sa force lui aurait valu un autre sort que d'être abattu comme le voulait Morgoth. Puis Fëanor quitta le Cercle du Destin et s'enfuit dans la nuit. Car il aimait son père plus que la Lumière de Valinor ou que les œuvres sans pareilles sorties de ses mains et qui, parmi les fils des Elfes ou des Humains, peut aimer plus chèrement son père?

Beaucoup plaignirent la souffrance de Fëanor mais son deuil était partagé et Yavanna pleurait auprès de la colline, de peur que la Nuit n'engloutît à jamais les derniers rayons de la Lumière. Car, si les Valar n'avaient pas vraiment compris ce qui s'était passé, ils se rendaient compte que Melkor avait été chercher une aide extérieure à la Terre. Maintenant que les Silmarils avaient disparu, il pouvait sembler indifférent que Fëanor ait répondu oui ou non à Yavanna, pourtant, s'il avait dit oui tout de suite, avant la venue des messagers de Formenos, peut-être aurait-il agi ensuite différemment. Mais le destin des Noldor s'approchait.

Après avoir échappé aux Valar, Morgoth arriva dans le désert d'Araman, qui se trouve au nord des Pelori et de la Grande Mer bordée au sud par Avathar. Araman est un territoire immense où s'étendent entre les côtes et les montagnes des plaines stériles et glacées à cause de la banquise proche. Melkor et Ungoliant traversèrent en hâte ce désert, puis Oiomurë, le pays des brumes, ils franchirent ensuite Helcaraxë, le détroit semé d'un chaos de glaces qui sépare Araman et les Terres du Milieu, et arrivèrent enfin au nord des Terres Extérieures. Ils voyageaient ensemble, parce que Melkor ne pouvait plus échapper à Ungoliant dont le nuage l'enveloppait sans répit et qui ne le quittait pas des yeux, et quand ils se retrouvèrent au nord du Golfe de Drengist, Melkor fut en vue des ruines d'Angband où se trouvait autrefois sa forteresse occidentale. Alors Ungoliant comprit qu'il avait l'espoir de lui échapper et fit halte pour le forcer à tenir sa promesse.

– Traître! dit-elle. J'ai fait ce que tu as voulu, mais j'ai encore faim.

– Que veux-tu de plus? demanda Morgoth. Veux-tu le monde tout entier dans son ventre? Je ne t'ai pas promis cela. Le monde est mon fief.

– Pas vraiment, dit Ungoliant. Mais tu as le trésor de Formenos et je le veux tout entier. Oui, donne-le-moi de tes deux mains.

Alors Melkor dut lui abandonner à contrecœur les joyaux qu'il avait dérobés et les lui rendit un à un, de mauvaise grâce, et elle les dévorait aussitôt et leur beauté quittait ce monde à jamais. Ungoliant enflait à vue d'œil, plus noire que jamais, mais sa faim n'avait pas de mesure.

– Tu donnes d'une seule main, dit-elle, de la main gauche. Ouvre donc ta main droite.

Morgoth serrait les Silmarils dans sa main droite si fort que, bien qu'ils fussent enfermés dans un coffre de cristal, ils brûlaient sa paume qui se crispait de douleur. Mais il refusa de les lâcher.

– Non, dit-il. Tu as reçu ton dû. Le pouvoir que je t'ai donné t'a permis d'accomplir ton travail, et je n'ai plus besoin de toi. Tu n'auras pas ces joyaux, tu ne les verras pas. Je leur donne pour toujours mon nom.

Mais Ungoliant avait grandi et lui-même s'était affaibli de lui avoir prêté son pouvoir : elle se dressa devant lui, l'enveloppa de son nuage mortel et lança autour de lui un filet de lianes gluantes pour l'étrangler. Alors Morgoth lança un cri terrible qui vint heurter les montagnes alentour, et depuis lors, cette région a pour nom Lamoth car les échos de ce cri ne l'ont jamais quittée. Quiconque élève la voix à cet endroit les réveille et la plaine tout entière, des montagnes à la mer, résonne d'un chœur de voix torturées. Jamais le nord du monde n'entendit cri si fort et si terrifiant, la terre trembla, les montagnes furent ébranlées et des rochers se fendirent. Et ce cri porta loin sous la terre, sous les murailles écroulées d'Angband, au plus profond des cavernes oubliées que les Valar dans leur victoire avaient négligé d'explorer et où les Balrogs attendaient en secret le retour de leur maître. Alors, d'un seul geste, ils se levèrent et traversèrent Hithlum comme un nuage de feu. Des lanières ardentes vinrent déchirer les toiles d'Ungoliant qui recula en vomissant de noires vapeurs pour couvrir sa retraite. Elle s'enfuit jusqu'à Beleriand, près d'Ered Gorgoroth, et s'enfonça dans un sombre ravin qu'on appela ensuite Nan Dungortheb, la Vallée de l'Epouvantable Mort, à cause des horreurs qu'elle y engendra. Car d'autres créatures immondes en forme d'araignée y vivaient déjà depuis la chute d'Angband, et Ungoliant s'accoupla avec elles pour ensuite les dévorer. Même après son départ, quand elle s'enfonça dans les terres oubliées du sud du monde, sa descendance continua de tisser ses toiles hideuses dans cette vallée. Aucun récit ne parle du sort d'Ungoliant. Certains disent que c'est là qu'elle termina ses jours il y a bien longtemps, quand sa faim inextinguible la poussa à se dévorer elle-même.

Ainsi il n'arriva pas ce qu'avait craint Yavanna, que les Silmarils soient engloutis dans le néant, mais ils restaient au pouvoir de Morgoth. Il avait retrouvé sa liberté, rassemblé toutes celles de ses créatures qu'il avait pu trouver et il était retourné dans les ruines d'Angband pour y creuser à nouveau ses cavernes et ses donjons. Devant les portes d'Angband il dressa le triple sommet du Thangorodrim et l'entoura d'un perpétuel brouillard noir et tourbillonnant. Les légions de ses monstres et de ses démons se multiplièrent et la race des Orcs, qui était née des siècles plus tôt, put à son tour croître et se répandre dans les entrailles de la Terre. Une ombre noire planait désormais sur Beleriand, comme on le verra plus loin. A l'abri de sa forteresse, Morgoth se forgea une grande couronne de fer, il prit le titre de Roi du Monde et, pour le montrer, il sertit les Silmarils sur la couronne. Le contact des joyaux lui avait brûlé les mains qui furent noircies à jamais, et ses brûlures ne se calmèrent plus ni la rage qu'elles provoquaient. Jamais non plus il n'enleva sa couronne, qui pesait pourtant d'un poids mortel, et il ne quitta plus, sauf une fois en secret, son domaine du Nord. De son trône, sans presque bouger de sa forteresse souterraine, il dirigeait ses armées et il ne prit lui-même les armes qu'une seule fois pendant la durée de son règne.

Car la haine désormais, plus encore qu'avant la chute d'Utumno et l'humiliation qu'il avait subie, la haine brûlait en lui et cette flamme se dépensait à dominer ses serviteurs et à leur inspirer de nouvelles abominations. Il gardait pourtant sur lui la majesté des Valar bien qu'elle n'inspirât plus que la terreur et que tous, sauf les plus grands, fussent pris d'épouvante à sa vue.

Quand ils surent que Morgoth avait fui Valinor et que toute poursuite était vaine, les Valar restèrent longtemps silencieux dans le Cercle du Destin, et les Maiar et les Vanyar étaient auprès d'eux et pleuraient dans la nuit, tandis que les Noldor rentrèrent à Tirion et se lamentèrent sur leur belle cité plongée dans les Ténèbres. Des brumes s'elevaient des mers fantomatiques dans la grande faille de Calacirya et venaient draper ses contreforts, tandis que la lampe de Mindon jetait une sombre lueur sur la cité.

Soudain Fëanor reparut dans la ville et appela tous les Noldor à se rassembler au sommet de Tuna, devant la tour du Roi. Pourtant, son exil n'était pas levé et sa présence était une révolte contre les Valar. Une grande foule fut vite réunie pour écouter ce qu'il avait à dire et les torches que chacun portait illuminaient les escaliers, les rues, la colline tout entière. Fëanor était maître en l'art de parler; sa voix, quand il voulait, pouvait remuer les cœurs et, cette nuit-là, il fit aux Noldor un discours qu'ils n'oublièrent jamais. Les mots tombaient, durs et violents, remplis d'orgueil et de fureur, et faisaient lever chez les Noldor une folle rage. Sa colère et sa haine s'adressaient d'abord à Morgoth, et pourtant tout ce qu'il disait ou presque venait des mensonges du Malin. Il était bouleversé par la douleur à cause du meurtre de son père, par l'angoisse après le vol des Silmarils et, maintenant que Finwë était mort, il revendiquait le titre de Roi des Noldor et rejetait toutes les lois des Valar.

— Pourquoi, ô peuples des Noldor, s'écria-t-il, pourquoi nous faudrait-il servir encore ces Valar jaloux, impuissants à nous protéger de leur Ennemi, incapables de protéger leur propre royaume? Et s'il est maintenant leur Ennemi, ne sont-ils pas de même race? C'est la vengeance qui me fait partir mais, s'il en était autrement, je ne resterais pas sur une terre où sont les frères de celui qui a tué mon père et volé mon trésor. Pourtant, je ne suis pas le seul vaillant de ce peuple vaillant. N'avez-vous pas tous perdu votre Roi? Et que n'avez-vous perdu encore, enfermés que vous êtes sur une terre étroite entre montagne et mer?

» Il y avait une lumière ici, que les Valar refusaient aux Terres du Milieu, mais la nuit désormais rend toute terre pareille. Resterons-nous ici dans un deuil éternel, sans rien faire, un peuple fantôme qui hanterait les brumes, à verser des larmes inutiles dans une mer indifférente? Ou bien allons-nous retrouver notre pays natal? Douces étaient les eaux de Cuivénen qui couraient sous les étoiles sereines, vastes les terres qu'un peuple libre pouvait parcourir. Elles sont toujours là qui nous attendent, nous qui, dans notre folie, les avons abandonnées. Venez! Laissez aux lâches cette cité! »

Il parla longtemps et pressa les Noldor de le suivre et de gagner par leurs exploits la liberté et de vastes territoires dans l'Est avant qu'il ne soit trop tard, et il fit écho aux mensonges de Melkor d'après qui les Valar les avaient trompés et les gardaient captifs pour donner les Terres du Milieu aux Humains. Beaucoup des Eldar entendaient parler des Nouveaux Venus pour la première fois.

– Quel but glorieux, cria-t-il, même si la route est longue et dure! Dites adieu à vos liens! Dites aussi adieu à la vie facile! Dites adieu aux faibles! Adieu à vos trésors! Nous en trouverons d'autres. Ne vous chargez pas pour la route, mais prenez vos épées! Car nous irons plus loin qu'Oromë, nous serons plus résistants que Tulkas : nous n'arrêterons pas notre chasse. Sus à Morgoth, jusqu'au bout du monde! Nous aurons la guerre et la haine pour compagnes mais, quand nous aurons vaincu et repris les Silmarils, nous serons les seuls maîtres de la lumière immaculée, les seigneurs d'Arda dans le bonheur et la beauté. Nul autre peuple ne vous chassera!

Alors Fëanor fit un serment terrible. Ses sept fils sautèrent à ses côtés et firent ensemble la même promesse. Le reflet des torches ensanglanta leurs épées. Un serment que nul ne pourrait briser ni reprendre même au nom d'Ilúvatar, sans attirer sur sa tête les Ténèbres Eternelles. Ils prirent pour témoins Manwë et Varda et les hauteurs sacrées du Taniquetil et jurèrent de poursuivre de leur haine et de leur vengeance jusqu'aux confins du monde tout Valar, Démon, Elfe, tout Homme ou tout être encore à naître, toute créature grande ou petite, bonne ou mauvaise qui pourrait venir au monde jusqu'à la fin des temps et qui aurait un Silmaril en sa possession.

Ainsi parlèrent Maedhros et Maglor et Celegorm, Curufin et Caranthir, Amrod et Amras, les princes des Noldor, et beaucoup reculèrent à ces mots terrifiants. Car, bon ou mauvais, nul ne peut se délier d'un tel serment et il poursuit celui qui le tient comme celui qui le brise jusqu'à la fin du monde. Alors Fingolfin et son fils Turgon se prononcèrent contre Fëanor et les voix s'élevèrent avec violence et les épées furent près d'être tirées. Mais Finarfin parla calmement, comme de coutume, et tenta d'apaiser les Noldor. Il leur demanda d'attendre et de réfléchir avant de s'engager sur une voie sans retour. Un seul de ses fils, Orodreth, parla en ce sens, et Finrod seconda Turgon, son ami, mais Galadriel, la seule femme des Noldor, ces jours-là, qui eut sa place parmi les princes, aussi grande et vaillante qu'eux, était impatiente de partir. Elle ne prêta pas le serment mais les paroles de Fëanor rappelant les Terres du Milieu avaient touché son cœur et elle brûlait de parcourir une terre sans frontières et d'être maîtresse de son propre domaine. Fingon, l'autre fils de Fingolfin, pensait comme elle et bien qu'il n'aimât guère Fëanor, ses paroles l'avaient ému et, comme toujours, il eut à ses côtés les fils de Finarfin, Angrod et Aegnor. Mais ils restèrent calmes et ne parlèrent pas contre leur père.

Après un long débat Fëanor eut enfin le dessus et la plupart des Noldor rassemblés brûlèrent de voir des choses nouvelles et des pays inconnus. Et quand Finarfin voulut à nouveau les mettre en garde et leur conseiller d'attendre, un grand cri s'éleva :

– Non, partons d'ici !

Aussitôt Fëanor et ses fils se mirent à préparer le départ.

Ceux qui osaient entreprendre un tel voyage ne pouvaient guère prévoir ce qui les attendait, et pourtant tout se fit avec précipitation car Fëanor les poussait sans relâche, de peur que, leur ardeur une fois refroidie, ses paroles ne perdissent leur emprise en laissant place à d'autres conseils. Et tout son orgueil ne lui faisait pas oublier la puissance des Valar. Mais aucun message ne venait de Valmar. Manwë gardait le silence, il ne voulait ni empêcher ni gêner l'action de Fëanor, car les Valar souffraient d'être accusés de perfidie par les Eldar et qu'on pût croire qu'ils les tenaient captifs. Alors ils regardaient et ils attendaient sans pouvoir croire encore que Fëanor pourrait maintenir les légions des Noldor sous son empire.

Et, en vérité, lorsque Fëanor voulut rassembler les Noldor pour le départ, la discorde éclata tout de suite dans leurs rangs. Car s'ils étaient d'accord pour le départ, ils étaient loin d'être tous d'accord pour prendre Fëanor pour Roi. Fingolfin et ses fils étaient mieux aimés que lui, et ceux de sa maison et presque tous les habitants de Tirion refusaient de choisir un autre Roi s'il venait avec eux. Ce furent ainsi deux armées rivales qui entreprirent enfin ce cruel voyage. Fëanor et sa suite prirent la tête, mais le plus grand nombre suivit Fingolfin. Lui-même n'avançait qu'à contrecœur, poussé par son fils Fingon et pour ne pas se séparer de son peuple ni l'abandonner à la témérité de Fëanor. Et il n'oubliait pas ce qu'il avait dit devant le trône de Manwë. Finarfin le suivait pour des raisons semblables mais avec une répugnance encore plus grande. De tous les Noldor de Valinor, qui étaient à ce jour devenus un grand peuple, un dixième seulement refusa de prendre la route. Certains pour l'amour qu'ils portaient aux Valar (à Aulë non des moindres), d'autres parce qu'ils aimaient trop Tirion et tout ce qu'ils y avaient construit. Aucun par peur du danger.

Alors que les trompettes sonnaient et que Fëanor avait déjà franchi les portes de Tirion, il vint enfin un messager de Manwë.

– A la folie de Fëanor seule je n'opposerai que ce conseil. N'allez pas plus loin! Ce jour est funeste et votre route mène à des souffrances que vous ne pouvez voir. A cette quête les Valar ne vous aideront en rien, et en rien non plus ils ne vous empêcheront. Libres vous êtes venus, libres vous êtes de partir. Mais toi, Fëanor, fils de Finwë, ton serment te condamne à l'exil. Dans la souffrance tu comprendras les mensonges de Melkor. Il est Valar, dis-tu, alors tu as juré en vain, car jamais en ce monde tu ne pourrais abattre aucun Valar, même si Eru que tu as invoqué te faisait trois fois plus grand que tu n'es.

Mais Fëanor se mit à rire et il ne s'adressa pas au héraut de Manwë, mais aux Noldor :

– Ainsi! Alors ce grand peuple enverrait en exil l'héritier de son Roi et ses fils et retournerait à ses chaînes? Mais, à ceux qui veulent me suivre, je dirai seulement : on vous prédit le malheur, mais ne l'avons-nous pas connu ici? Au Pays d'Aman nous sommes tombés du bonheur à la peine. Et maintenant nous faisons un nouvel essai : à travers le malheur nous trouverons la joie ou, du moins, la liberté. (Puis il se tourna vers le messager :) Rapporte ces mots à Manwë Sulimo, le Grand Roi d'Arda : si Fëanor ne peut abattre Morgoth, lui au moins ne recule pas devant l'assaut, et ne reste pas immobile à pleurer. Et il se pourrait qu'Eru m'ait embrasé d'une force plus grande que tu ne crois. J'infligerai en tout cas de telles blessures à l'Ennemi des Valar que les seigneurs du Cercle du Destin en seront frappés de stupeur. Oui, eux-mêmes à la fin me suivront. Adieu!

La voix de Fëanor était devenue si forte et si haute que même le héraut des Valar s'inclina devant lui, réduit au silence. Il s'en alla et les Noldor se sentirent subjugués. Le peuple en marche continua d'avancer le long des rivages d'Elendë, la maison de Fëanor en avant-garde, et nul ne jeta un dernier regard sur Tirion ni sur la verte colline de Tuna. Les armées de Fingolfin suivaient plus lentement, avec une ardeur moins grande. Fingon marchait en premier, mais Finarfin et Finrod étaient les derniers et, avec eux, beaucoup des plus nobles et des plus sages. Ils se retournèrent souvent pour voir la belle cité qu'ils abandonnaient, jusqu'à ce que la lampe de Mindon Eldaviela se perdît dans la nuit. Plus que d'autres ils conservèrent dans leur exil le souvenir du bonheur qu'ils avaient laissé et les quelques objets qu'ils avaient emportés avec eux sur la route leur étaient un réconfort tout autant qu'un fardeau.

Fëanor mena d'abord les Noldor vers le nord, car son premier but était de retrouver Morgoth. De plus, Tuna, à l'ombre de Taniquetil, était proche des murailles du monde et la Grande Mer s'étendait par là à perte de vue alors qu'au nord les bras de mer se rétrécissaient à mesure que se rapprochaient le désert d'Araman et les Terres du Milieu. Mais son ardeur se calma, il réfléchit et il comprit trop tard que cette foule immense ne viendrait pas à bout d'une telle distance, qu'elle ne pourrait traverser la mer sans navires, et qu'il faudrait beaucoup de temps et d'efforts pour construire une flotte aussi nombreuse pour autant même qu'il y eût des Noldor capables de le faire. Il décida alors de persuader les Teleri, amis des Noldor depuis toujours, de se joindre à eux, et son esprit rebelle pensa qu'ainsi le bonheur des Valar en serait diminué et qu'en serait renforcée sa guerre contre Morgoth. Il fit route en toute hâte vers Alqualondë et parla aux Teleri comme il avait parlé devant Tirion.
Mais les Teleri restèrent insensibles à ses discours. Ils regrettaient bien le départ de leurs frères

et amis de toujours, mais ils voulaient plutôt les dissuader que les aider, ils ne voulaient leur prêter aucun navire ni leur venir en aide pour en construire, contre la volonté des Valar. Ils ne voulaient pas d'autre demeure que les plages d'Eldamar et nul autre seigneur qu'Olwë, prince d'Alqualondë. Celui-là n'avait jamais prêté l'oreille à Morgoth, ne l'avait pas reçu chez lui, et il se fiait toujours à Ulmo et aux autres Valar pour réparer les torts de Morgoth et ramener un jour l'aube après la nuit.

Fëanor fut pris de fureur, car il craignait le moindre retard, et alors il dit à Olwë :

– Vous reniez ainsi notre amitié, même en temps de besoin. Vous fûtes pourtant heureux d'accepter notre aide quand vous avez fini par arriver sur ces côtes, traînards aux cœurs faibles et aux mains vides. Vous seriez encore dans des huttes, sur la plage, si les Noldor n'avaient pas alors creusé votre port et construit vos murailles.

Olwë lui répondit :

– Nous ne renions pas l'amitié. Mais ce peut être le rôle d'un ami de s'opposer la folie de son frère. Et quand les Noldor nous accueillirent et nous aidèrent tu parlais autrement : nous devions alors demeurer toujours ensemble au Pays d'Aman, comme des frères dans des maisons voisines. Quant à nos blancs navires, ce n'est pas vous qui nous les avez donnés. Ce ne sont pas les Noldor qui nous ont appris à les faire, mais les Seigneurs de la Mer. Nos mains ont travaillé la blancheur du bois, nos femmes et nos filles ont tissé la blancheur de nos voiles. C'est pourquoi ni alliance ni amitié ne nous les feront vendre ni donner. Car je te le dis, Fëanor, fils de Finwë, ils sont pour nous ce que les joyaux sont aux Noldor : ils viennent de notre cœur et nous n'en ferons plus de pareils.

Alors Fëanor le quitta et attendit dans l'obscurité, sous les remparts d'Alqualondë, que son armée fût rassemblée. Quand il crut ses forces suffisantes, il se rendit au Port des Cygnes et s'empara des navires qui étaient à l'ancre pour les emmener de force. Mais les Teleri résistèrent et jetèrent à la mer un grand nombre de Noldor. Alors les épées jaillirent et des combats féroces s'engagèrent sur les navires, sur les jetées, sur les quais du port éclairés par des lampes, et jusque sur l'arche de pierre qui en fermait l'entrée. Trois fois les forces de Fëanor furent repoussées et il y eut beaucoup de blessés dans les deux camps, mais l'avant-garde des Noldor fut alors secourue par Fingon qui accourut avec les premiers rangs de l'armée de Fingolfin. Tombant sur une bataille où son peuple avait le dessous, il se précipita au combat sans connaître la cause de la bataille. Certains pensèrent même que les Teleri avaient voulu empêcher la marche des Noldor sur l'ordre des Valar.

Alors les Teleri furent vaincus et un grand nombre des marins d'Alqualondë furent cruellement abattus. Les Noldor avaient le courage du désespoir et les Teleri, moins nombreux, n'étaient armés que d'arcs et de flèches légères. Les Noldor s'emparèrent des navires, ils se mirent aux rames aussi bien qu'ils le purent et suivirent la côte vers le nord. Olwë demanda l'aide d'Ossë, mais celui-ci ne vint pas, car les Valar ne voulurent pas que la fuite des Noldor fût arrêtée par la force. Pourtant Uinen pleurait les marins des Teleri et la mer fit rage autour des assassins, si bien que beaucoup des blancs navires sombrèrent et que ceux qui étaient à leur bord furent noyés. Le Massacre Fratricide d'Alqualondë est raconté dans cette complainte qu'on appelle *Noldolantë*, la Chute des Noldor, que composa Maglor avant de disparaître.

La plupart des Noldor échappèrent tout de même à la tempête et continuèrent dans la même direction quand celle-ci fut apaisée. Certains par mer, d'autres par terre, mais la route était longue et de plus en plus dangereuse. Après qu'ils eurent marché longtemps dans la nuit sans limites, ils arrivèrent à la frontière nord du Royaume des Valar, devant

Araman et ses vastes déserts glacés et montagneux. Alors ils aperçurent soudain une forme noire debout en haut d'un rocher qui surplombait la grève. Quelques-uns dirent que c'était Mandos lui-même, venu comme héraut de Manwë. Et ils entendirent une voix solennelle et terrible, si forte qu'elle les fit s'arrêter pour écouter. Ils restèrent tous debout, immobiles, et les Noldor jusqu'à leurs derniers rangs entendirent la malédiction qu'on appelle la Prophétie du Nord ou le Destin des Noldor. Ces paroles funestes annoncèrent bien des malheurs que les Noldor ne comprirent qu'après qu'ils leur furent arrivés mais, tous, ils entendirent la malédiction qui suivrait ceux qui choisiraient de partir et refuseraient de demander le pardon des Valar.

– Vous pleurerez des larmes sans nombre et les Valar fortifieront Valinor pour vous enfermer au-dehors, afin que même l'écho de vos plaintes ne franchisse plus les montagnes. La colère des Valar s'étend de l'Est à l'Ouest sur la maison de Fëanor, et elle touchera tous ceux qui les suivront. Leur Serment les entraînera, les trahira ensuite et leur fera perdre jusqu'aux trésors qu'ils avaient juré de poursuivre. Tout ce qui commence bien finira mal et la fin viendra des trahisons entre les frères et de la peur d'être trahi. Ils seront à jamais les Dépossédés.

Vous avez répandu injustement le sang de vos frères, vous avez souillé la terre d'Aman. Pour le sang vous verserez le sang et au-delà d'Aman vous marcherez sous l'ombre de la Mort. Car si Eru ne vous a pas destinés à mourir de maladie en ce monde, vous pouvez être tués et la mort s'abattra sur vous : par les armes, la souffrance et le malheur, et vos esprits errants devront alors se présenter devant Mandos. Et là vous attendrez longtemps, vous regretterez vos corps perdus en implorant miséricorde. Croyez-vous trouver de la pitié, croyez-vous que ceux que vous avez tués intercéderont pour vous? Et pour ceux qui n'atteindront pas le trône de Mandos et resteront sur les Terres du Milieu, le monde deviendra un fardeau qui les affaiblira, ils ne seront plus que les ombres d'un regret quand viendra la race plus jeune. Ainsi les Valar ont parlé.

Beaucoup furent frappés de terreur, mais Fëanor endurcit son cœur et s'écria :

– Nous n'avons pas fait ce serment à la légère et nous le tiendrons. On nous menace de grands maux, la trahison n'est pas le moindre, mais il n'est pas dit que nous aurons à souffrir de la lâcheté ou de la peur des lâches. Alors je dis que nous allons continuer et j'ajoute ces mots à la prophétie : les exploits que nous allons accomplir seront chantés sur Arda jusqu'à la fin des temps.

Mais Finarfin, plongé dans l'affliction, fit demi-tour et déserta la grande marche, plein de rancœur contre Fëanor qui avait trahi son ami Olwë d'Alqualondë. Beaucoup des siens le suivirent et ils retracèrent douloureusement leurs pas jusqu'à ce qu'ils aperçoivent à nouveau le Phare de Mindon qui trouait la nuit du haut de la colline verte, et qu'ils retrouvent enfin Valinor. Ils reçurent le pardon des Valar et Finarfin eut charge de gouverner les Noldor qui restaient au Royaume Bienheureux. Mais il n'avait plus ses fils, qui n'avaient pas voulu quitter ceux de Fingolfin quand ils avaient continué la marche, poussés par leurs frères et par la volonté de Fëanor, craignant aussi la sentence des Valar car certains avaient participé au Massacre d'Alqualondë. Et puis Fingon comme Turgon étaient de cœur vaillant et impétueux, il leur répugnait d'abandonner la tâche qu'ils s'étaient donnée, si amère qu'en pût être la fin, si vraiment elle devait être amère. C'est ainsi que la plus grande part de Noldor continua d'avancer et rencontra bientôt le malheur qu'on lui avait prédit.

Ils arrivèrent dans le grand nord d'Arda et virent dans la mer les premières dents de la banquise. Ils surent alors qu'ils approchaient d'Helcaraxë. Entre le Pays d'Aman qui, au nord, s'incurve vers l'est et les côtes orientales d'Endor (les Terres du Milieu) inclinées vers l'ouest, il restait un détroit où s'engouffraient les eaux glacées de la Mer Circulaire mêlées aux ondes de Belegaer, la Grande Mer. Là s'étendaient des brumes d'un froid mortel, des montagnes de glace se heurtaient dans le courant et on entendait le grondement continuel de la banquise. Voilà ce qu'était Helcaraxë, et nul n'avait osé le franchir sauf les Valar et Ungoliant.

Fëanor fit halte et les Noldor discutèrent du parti qu'ils allaient prendre. Ils se mirent à souffrir durement du froid, perdus dans un brouillard tenace que ne perçait aucune étoile. Beaucoup furent pris de regrets et commencèrent à murmurer, surtout ceux qui suivaient Fingolfin. Ils maudissaient Fëanor comme la cause de tous les malheurs des Eldar. Mais lui, sachant ce qu'on disait, tint conseil avec ses fils et ils virent qu'il n'y avait que deux moyens pour passer d'Araman en Endor : passer sur la glace ou trouver des navires. L'Helcaraxë semblait infranchissable et ils manquaient de bateaux : beaucoup s'étaient perdus pendant la longue traversée, ils ne suffiraient pas à les passer tous ensemble et personne ne voulait rester en arrière et laisser les autres traverser en premier. La peur d'être trahi régnait déjà chez les Noldor. Alors Fëanor et ses fils eurent soudain l'idée de s'emparer des navires et de fuir sans attendre. Ils avaient gardé la maîtrise de la flotte depuis la bataille d'Alqualondë et seuls ceux qui avaient combattu au Port, les suivants de Fëanor, manœuvraient les bateaux. Un grand vent de nord-ouest se leva comme à point nommé et Fëanor fit voile en secret avec tous ceux qu'il croyait lui être fidèles. Il gagna le large en abandonnant Fingolfin sur Araman. Et comme la distance n'était pas grande, il put mettre cap à l'est, puis obliquer au sud et les Noldor débarquèrent bientôt sans avoir subi de pertes. Ils retrouvèrent les Terres du Milieu à l'entrée du Drengist, le bras de mer qui traversait Dor-lómin.

Quand ils eurent touché terre, Maedhros, l'aîné des fils de Fëanor, qui avait été l'ami de Fingon avant que les mensonges de Morgoth ne les séparent, vint parler à son père.

– Quels sont maintenant les rameurs et les navires qui vont retraverser, et qui faut-il ramener en premier? Le vaillant Fingon?

Alors Fëanor éclata d'un rire dément et s'écria:

– Aucun et personne! Ce que j'ai laissé derrière moi, je ne le compte pas à perte. Ils se sont révélés des fardeaux inutiles. Que ceux qui ont maudit mon nom le maudissent toujours, qu'ils aillent mendier leur retour dans les cages des Valar! Que ces navires brûlent!

Maedhros se mit à l'écart mais Fëanor ordonna qu'on mette le feu aux blanches nefs des Teleri. C'est à cet endroit qu'on appelle Losgar, sur le bord du Drengist, que disparurent les plus beaux navires qui naviguèrent jamais sur les mers, dans un immense et terrible brasier. Fingolfin et son peuple purent voir au loin la flamme qui rougissait les nuages et comprirent qu'on les avait trahis. Ce furent les premiers fruits du Massacre et le commencement de la Chute des Noldor.

Alors Fingolfin, voyant que Fëanor lui avait laissé le choix, périr en Araman ou rentrer honteusement à Valinor, fut pris d'une rage amère, mais il voulut plus que jamais trouver le moyen d'atteindre les Terres du Milieu et de retrouver Fëanor. Lui et sa suite errèrent longtemps, misérables, en Araman, mais cette épreuve ne fit que renforcer leur courage et leur endurance, car c'était un grand peuple que les premiers enfants d'Eru Ilúvatar. Ils quittaient à peine le Royaume Bienheureux et n'étaient pas encore accablés par la fatigue du monde. La jeunesse et l'ardeur qu'ils avaient au cœur les firent s'aventurer jusqu'au Grand Nord et là, conduits par Fingolfin et ses fils, et Finrod et Galadriel, ils osèrent affronter les terreurs d'Helcaraxë et le chaos des glaces. Les Noldor ne surpassèrent jamais l'exploit que fut cette traversée désespérée dans le malheur et la souffrance. Ils perdirent Elenwë, l'épouse de Turgon, et beaucoup d'autres qui périrent, et ce furent des rangs clairsemés qui touchèrent enfin les Terres Extérieures. Ceux qui suivaient les traces de Fëanor et de ses fils n'avaient guère d'amour pour eux et le premier lever de la Lune les vit sonner leurs trompettes de guerre sur les Terres du Milieu.

10

LES SINDAR

Il a donc été raconté comment Elwë et Melian avaient étendu leur pouvoir sur les Terres du Milieu et tous les Elfes de Beleriand, depuis les marins de Cirdan jusqu'aux chasseurs qui parcou raient les Montagnes Bleues, reconnaissaient Elwë pour seigneur. On l'appelait Elu Thingol dans le langage de son peuple, le Roi à la Robe Grise. Les Elfes Gris de Beleriand avaient pour nom les Sindar, et bien que ce fussent des Moriquendi, des Elfes de la Nuit, ils devinrent sous le règne de Thingol, et grâce aux enseignements de Melian, les plus sages, les plus habiles et les plus beaux des Elfes des Terres du Milieu. A la fin de la première période où Melkor était resté captif, quand la Terre était en paix et que Valinor était au midi de sa gloire, Thingol et Melian mirent au monde leur premier enfant : Lúthien. Si les Terres du Milieu restaient pour la plus grande part plongées dans le Sommeil de Yavanna, une vie joyeuse fleurissait à Beleriand sous l'influence de Melian et les étoiles brillaient comme des flammes d'argent. C'est là que naquit Lúthien, au milieu de la forêt de Neldoreth, et les blanches fleurs du *niphredil* se dressèrent pour l'accueillir comme des étoiles nées de la terre.

Il arriva pendant la seconde période de la captivité de Melkor que les Nains franchirent les Montagnes Bleues, Ered Luin, et arrivèrent à Beleriand. Ils se nommaient les Khazad mais les Sindar les baptisèrent Naugrim, le Petit Peuple, ou Gonnhirrim, les Maîtres de la Pierre. Leurs premières demeures étaient loin dans l'Est, mais ils creusèrent sur les flancs est d'Ered Luin de grandes cavernes, comme ils avaient coutume de le faire pour y demeurer, qui constituèrent deux villes : Gabilgathol et Tumunzahar. Gabilgathol était au nord d'une haute montagne, le Mont Dolmed, et les Elfes l'appelaient Belegost, ou Micklebrug, et Tumunzahar, que les Elfes appelaient Nogrod ou Hollowbold, se trouvait plus au sud. La plus grande cité des Nains était Khazad-dûm, ou Dwarrowdelf, ou encore Hadhodond en langage elfe; elle reçut plus tard le nom de Moria quand la nuit l'eut recouverte. Mais cette ville était au-delà des grandes plaines d'Eriador, loin dans les Montagnes de Brume, et les Eldar n'en connurent qu'un nom, une rumeur, d'après ce que disaient les Nains des Montagnes Bleues.

Les Naugrim vinrent en Beleriand par Nogrod et Belegost et les Elfes en furent stupéfaits. Ils s'étaient crus les seuls êtres vivants sur les Terres du Milieu à être doués de parole ou à travailler de leurs mains, les autres n'étant qu'oiseaux ou bêtes sauvages. Et ils ne pouvaient comprendre un seul mot du langage des Naugrim qui leur semblait lourd et disgracieux. Très peu d'Elfes arrivèrent jamais à le maîtriser. En revanche, les Nains apprenaient vite et ils préféraient même apprendre le langage des Elfes qu'enseigner le leur à une race étrangère. Rares furent les Elfes qui se rendirent à

Nogrod ou à Belegost, si ce n'est Eöl de Nan Elmoth et son fils Maeglin, alors que les Nains venaient commercer à Beleriand. Ils construisirent même une grande route qui passait sous les contreforts du Mont Dolmed, suivait le cours du fleuve Ascar et franchissait le Gelion à Sarn Athrad, le Fort de Pierre où se livra plus tard une bataille. Il n'y eut jamais qu'une amitié assez fraîche entre les Eldar et les Naugrim, bien qu'ils aient tiré grand profit les uns des autres. En ce temps-là rien ne les séparait encore et le Roi Thingol leur fit bon accueil. Plus tard les Naugrim accordèrent leur amitié aux Noldor plus volontiers qu'aux autres Elfes ou Humains, à cause de leur amour et de leur respect pour Aulë, et les joyaux des Noldor étaient pour eux les richesses les plus enviables. Les Nains avaient déjà créé de grandes œuvres dans la nuit d'Arda car, dès l'époque de leurs Pères Fondateurs, ils étaient merveilleusement habiles à travailler le métal et la pierre. Mais autrefois ils préféraient façonner le fer et le cuivre plutôt que l'or et l'argent.

Melian, comme tous les Maiar, avait le don de prévoyance, et quand la seconde période de la captivité de Melkor se termina elle prévint Thingol que la Paix d'Arda ne serait pas éternelle. Il réfléchit alors à ce qu'il devait faire pour s'assurer une position sûre et digne de sa royauté si l'ennemi devait redresser sa tête hideuse, et il demanda aide et conseil auprès des Nains de Belegost. Ils acceptèrent volontiers, étant encore en ce temps-là pleins d'ardeur pour des tâches nouvelles, et s'ils demandaient toujours à être payés pour ce qu'ils faisaient, en plaisir ou en travail, ils s'estimaient pour cette fois déjà récompensés. Melian leur enseignait ce qu'ils désiraient apprendre et Thingol leur offrait des perles que Cirdan lui apportait, car on les trouvait nombreuses sur les hauts-fonds qui entourent l'Ile de Balar. Or les Naugrim n'avaient jamais rien vu de tel et ils les tenaient en grand prix. Une surtout, grosse comme un œuf de pigeon, dont

116

l'orient rivalisait avec le reflet des étoiles sur l'écume de la mer : on l'appela Nimphelos, et le chef des Nains de Belegost l'estimait tout autant qu'un trésor.

Ainsi les Nains, satisfaits de travailler pour Thingol, creusèrent longtemps pour lui aménager des demeures à leur manière, profondément enfouies dans la terre. Au bord de l'Esgalduin, la rivière qui sépare les forêts de Neldoreth et de Region, une éminence rocheuse s'élevait au milieu des bois, sa base baignée par les flots. C'est là qu'ils dressèrent les portes du palais de Thingol, et leur seul accès était un pont de pierre qui franchissait la rivière. Passé les portes, de larges couloirs menaient à de grandes salles et, plus bas, à des chambres creusées dans le roc, si nombreuses et si vastes qu'on appela ce palais Menegroth, les Mille Cavernes.

Mais les Elfes aussi prirent part aux travaux avec les Nains et les deux races, grâce à leurs dons différents, donnèrent corps aux visions de Melian, lointains reflets des merveilles de Valinor. Les piliers de Menegroth furent taillés à la semblance des hêtres d'Oromë, tronc, branches, feuilles, et des lanternes dorées les éclairaient. Des rossignols y chantaient comme dans les jardins de Lorien, il y avait des fontaines d'argent, des bassins de marbre et des sols en mosaïques multicolores. Des oiseaux et des animaux sculptés dans la pierre couraient sur les murs, sur les colonnes, et on en voyait perchés sur les branches parmi les guirlandes de fleurs. Au cours des années, Melian et ses suivantes recouvrirent les murs de tapisseries où étaient décrits les exploits des Valar, ce qui s'était passé sur Arda depuis le commencement du monde et même les fantômes des choses encore à venir. Ce fut le plus beau palais qu'un roi eût jamais à l'est de la Grande Mer.

Quand la construction de Menegroth fut achevée, alors que la paix régnait encore au royaume de Thingol et de Melian, les Naugrim continuaient de franchir les montagnes et de s'affairer dans tout le pays, sans pourtant s'approcher des Falas, ou rarement, car ils détestaient le bruit de la mer et redoutaient sa vue. Et Beleriand ne recevait pas d'autres nouvelles ni de rumeurs du monde extérieur.

Mais la troisième période de la captivité de Melkor tirait à sa fin et les Nains furent inquiets. Ils vinrent au roi Thingol pour lui dire que les Valar n'avaient pas complètement extirpé les monstres du Nord, que ceux qui restaient s'étaient longtemps multipliés dans la nuit et s'avançaient à nouveau de plus en plus loin.

— Il y a des animaux féroces à l'est des montagnes, dirent-ils, et ceux de votre race qui vivaient là depuis toujours abandonnent les plaines pour les montagnes.

Avant longtemps les créatures déchues pénétrèrent en Beleriand par des cols montagneux ou à travers les épaisses forêts du Sud. Des loups ou des êtres qui en avaient la forme, des créatures de l'ombre, et avec elles les Orcs qui devaient plus tard semer la ruine à Beleriand. Ils étaient encore méfiants, peu nombreux, sans bien connaître la région, et ils attendaient le retour de leur maître. Les Elfes ignoraient leur nature comme leur origine, les prenant parfois pour des Avari retournés à l'état sauvage dans le désert; ce en quoi, dit-on, ils étaient bien près de la vérité.

Alors Thingol pensa à s'armer, ce dont son peuple n'avait pas encore eu besoin, et les Nains forgèrent pour lui les premières épées. Il y étaient fort habiles, quoique aucun d'eux ne surpassât les artisans de Nogrod dont Telchar, le forgeron, était le plus connu. Les Naugrim étaient une vieille race guerrière, et ils se dressaient violemment contre qui leur faisait tort, que ce fussent des esclaves de Melkor, des Eldar, des Avari ou des bêtes sauvages, ou même d'autres Nains, des Naugrim d'allégeance différente. Les Sindar apprirent très vite à faire des armes, mais personne ne surpassa les Nains dans l'art de tremper l'acier, pas même les Noldor; et pour les cottes de mailles, d'abord inventées par les armuriers de Belegost, ils n'eurent pas de rivaux.

Quand les Sindar furent bien fournis en armes, ils repoussèrent les sinistres créatures et ramenèrent la paix. Les arsenaux de Thingol restaient garnis de haches, d'épées et de lances, il y avait des heaumes et de longues cottes de mailles brillantes, car les Nains faisaient les hauberts de telle sorte qu'ils ne rouillaient pas, ils brillaient toujours comme s'ils venaient d'être polis. Et Thingol s'en trouva bien quand le moment fut venu.

Il a été raconté que jadis, quand les Teleri firent halte devant le Grand Fleuve sur les côtes ouest des Terres du Milieu, un certain Lenwë de la suite d'Olwë abandonna la marche des Eldar. On sait peu de choses des Nandor errants qui descendirent l'Anduin derrière lui. Certains, dit-on, restèrent toujours sur les pentes boisées de la Grande Vallée, d'autres atteignirent l'embouchure et s'installèrent au bord de la mer, d'autres encore franchirent les Montagnes Blanches, Ered Nimrais, remontèrent vers le nord et arrivèrent en Eriador, le pays sauvage qui va d'Ered Luin aux Montagnes de Brume. Ils vivaient dans les bois sans connaître l'acier et l'invasion des bêtes féroces venues du Nord les remplit d'épouvante. Ce furent les Naugrim qui en apportèrent la nouvelle au Roi Thingol. Le fils de Lenwë, Denethor, ayant eu vent de la puissance et de la majesté de Thingol qui maintenait la paix dans son royaume, rassembla ce qu'il put trouver de son peuple éparpillé pour les conduire à Beleriand. Thingol leur fit bon accueil, comme à des frères égarés depuis longtemps, et ils s'établirent à Ossiriand, le Pays des Sept Rivières.

Il y a peu à dire des longues années de paix qui suivirent la venue de Denethor. On raconte qu'alors Daeron le Ménestrel, premier conteur du royaume de Thingol, inventa les Runes et que les Naugrim de Beleriand les apprirent, très contents de cette invention, et qu'ils tinrent Daeron en plus grande estime que ne faisaient les Sindar, son propre peuple. Grâce aux Nains les *Cirth* franchirent les montagnes de l'Est et vinrent contribuer au savoir de nombreux peuples, alors que les Sindar ne s'en servaient guère pour tenir des livres, avant la Guerre, et beaucoup de souvenirs disparurent sous les ruines de Doriath. Que dire d'autre d'une vie heureuse et paisible, avant qu'elle prît fin, car il en est des œuvres d'une merveilleuse beauté, qui témoignent pour elles-mêmes tant que des yeux peuvent les voir et qui ne passent à la légende que lorsqu'elles sont brisées ou menacées de l'être.

En ce temps-là les Elfes parcouraient Beleriand, les rivières coulaient sous les étoiles, les fleurs nocturnes épanchaient leurs parfums. La beauté de Melian était à son midi et celle de Lúthien à l'aube de son printemps. En ce temps-là le Roi Thingol était sur son trône comme les seigneurs des Maiar, la puissance en repos : la joie était l'air qu'on respirait tout le jour, l'esprit un courant qui s'écoulait sans remous des sommets aux profondeurs.

Mais il advint enfin que ce bonheur approcha de sa fin et que le midi de Valinor pencha vers son crépuscule. Car il a été raconté, et chacun le sait, tant de contes l'ont décrit, tant de complaintes l'ont chanté, comment Melkor assassina les Arbres des Valar avec l'aide d'Ungoliant, comment il s'enfuit et revint sur les Terres du Milieu. Morgoth et Ungoliant s'affrontèrent ensuite loin au nord, mais le grand cri de Morgoth retentit jusqu'à Beleriand et tous ses habitants furent pris de terreur. Sans savoir ce qu'annonçait ce cri, ils entendaient en lui le héraut de la mort. Bientôt, fuyant le septentrion, Ungoliant pénétra au royaume de Thingol, enveloppée d'une ombre effrayante, mais elle fut mise en échec par les pouvoirs de Melian et ne put entrer à Neldoreth. Elle se tint ensuite sur les pentes obscures des précipices qui bordaient Dorthonion vers le sud. On les appela alors Ered Gorgoroth, les Montagnes de la Terreur, et nul n'osait s'y rendre ni même en approcher : la vie et la lumière s'y étouffaient, et l'eau était partout empoisonnée. De son côté Morgoth, comme on l'a dit, retourna à Angband, qu'il reconstruisit, et il dressa devant ses portes les sommets du Thangorodrim. La forteresse de Morgoth était à cent cinquante lieues du pont de Menegroth : si loin et pourtant trop près.

Les Orcs, qui s'étaient multipliés dans les entrailles de la Terre, avaient grandi en force et en férocité. Le Prince des Ténèbres leur inspirait sans cesse un désir de mort et de ruine, et, un jour, les portes d'Angband vomirent de noires légions, protégées par les nuages de Morgoth, qui s'enfoncèrent sans bruit dans les forêts du Nord. Soudain une armée innombrable envahit Beleriand et attaqua le Roi Thingol. C'était un vaste royaume où de nombreux Elfes parcouraient la campagne ou bien vivaient en petits groupes loin les uns des autres et il n'y avait que vers Menegroth, au milieu du pays, et près des Falas, chez les marins, que les gens étaient nombreux à être rassemblés. Les Orcs descendirent de chaque côté de Menegroth, ils campèrent à l'est entre Celon et Gelion, dans la plaine de l'Ouest entre le Sirion et le Narog, et mirent le pays à sac. Quand, à Eglarest, Thingol fut coupé de Cirdan, il appela Denethor à son aide, et des Elfes vinrent en force de Region, au-delà d'Aros, et d'Ossiriand, et ils livrèrent la première bataille des Guerres de Beleriand. Les Orcs de l'armée orientale furent pris entre les armées des Eldar au nord d'Andram, à mi-chemin entre Aros et Gelion, où ils furent écrasés. Ceux qui purent fuir le massacre vers le nord furent abattus par les haches des Naugrim descendus du Mont Dolmed et il en resta bien peu qui rentrèrent à Angband.

Mais la victoire des Elfes était chèrement acquise. Ceux d'Ossiriand n'avaient eu que des armes légères et n'étaient pas de taille contre des Orcs revêtus d'armures et protégés par des boucliers d'acier, armés de lances aux larges lames. Denethor se retrouva isolé et encerclé sur la colline d'Amon Ereb. Lui et ses suivants les plus proches étaient déjà tombés quand Thingol put venir à son secours. Sa mort fut cruellement vengée, car Thingol prit les Orcs à revers et fit des monceaux de cadavres, mais son peuple en garda le deuil et ne prit plus jamais d'autre roi. Quelques-uns retournèrent à Ossiriand après la bataille et leurs récits inspirèrent à leurs compatriotes une telle peur qu'ils ne prirent plus jamais part à une guerre ouverte et se protégèrent désormais par la prudence et le secret. On les appela les Laiquendi, les Elfes Verts, à cause de leurs vêtements couleur de feuillage. Mais beaucoup montèrent vers le nord, dans le royaume mieux gardé de Thingol, et se fondirent avec son peuple.

Quand le Roi Thingol retrouva Menegroth, il apprit que l'autre armée des Orcs avait été victorieuse et avait repoussé Cirdan jusqu'à la mer. Alors il rassembla tous ceux qu'il put trouver aux environs de Neldoreth et de Region et Melian utilisa son pouvoir pour encercler ce domaine d'un mur invisible et enchanté : l'Anneau de Melian. Nul ne pouvait le franchir contre son gré ou celui de Thingol, s'il n'avait un pouvoir égal ou supérieur au sien, à celui de Melian la Maia. Et ce royaume intérieur fut longtemps appelé Eglador, puis Doriath, la terre protégée, le Pays de l'Anneau. Il y régnait une paix vigilante mais, au-dehors, c'étaient le danger et la peur. Les serviteurs de Morgoth y avaient le champ libre, sauf dans les ports fortifiés des Falas.

Mais il s'annonçait des événements nouveaux, que nul sur les Terres du Milieu n'avait su prédire, ni Morgoth dans son abîme ni Melian à Menegroth, car rien ne parvenait plus d'Aman, ni esprit, ni messager, ni même en rêve, depuis la mort des Arbres. C'est l'époque où Fëanor traversa la mer sur les blanches nefs des Teleri jusqu'à l'embouchure du Drengist avant de brûler les navires à Losgar.

11

LE SOLEIL, LA LUNE
ET LA DISPARITION DE VALINOR

On dit qu'après la fuite de Melkor les Valar restèrent longtemps immobiles sur leurs trônes dans le Cercle du Destin. Mais ils n'étaient pas sans rien faire, comme l'avait cru Fëanor dans la folie de son cœur. Car les Valar travaillent autant avec leur pensée qu'avec leurs mains, et ils peuvent s'entretenir l'un l'autre sans employer leur voix.

Or donc, ils veillaient dans la nuit de Valinor et leur esprit parcourait les espaces d'Eä jusqu'à leur terme sans que leur savoir ni leur pouvoir ne pût calmer la souffrance qu'ils éprouvaient de connaître le mal au moment même où il se passait. Ils ne portaient pas le deuil de la mort des Arbres plus lourdement que celui de la perversion de Fëanor, un des actes de Melkor parmi les plus vils. Car Fëanor était le plus grand des Enfants d'Ilúvatar, de corps comme d'esprit, en courage et en endurance, en beauté comme en intelligence, en force comme en adresse et en subtilité, et une flamme claire était en lui. Les chefs-d'œuvre qu'il eût pu ajouter à la gloire d'Arda, seul Manwë pouvait encore les imaginer. Et les Vanyar qui veillaient avec les Valar dirent que, lorsque les messagers rapportèrent les réponses de Fëanor à ses hérauts, Manwë baissa la tête et pleura. Mais aux derniers mots de Fëanor, qu'au moins les Noldor accompliraient des exploits qui vivraient à jamais dans les chants des poètes, il releva la tête comme celui qui s'entend appeler de très loin et il dit :

– Qu'il en soit ainsi! Ces chants seront chèrement payés, mais ils n'ont pas de prix, et c'est le seul possible. Comme nous l'avait dit Eru, Eä verra naître une beauté jusqu'alors impensée, et le mal apportera le bien.

Et Mandos ajouta :

– Tout en restant le mal, Fëanor sera bientôt devant moi.

Quand les Valar surent que les Noldor avaient vraiment quitté Aman et étaient revenus sur les Terres du Milieu, ils se levèrent et se mirent à traduire en actes les idées qu'ils avaient échangées pour guérir le mal semé par Melkor. Manwë dit à Yavanna et à Nienna d'employer tous les pouvoirs qu'elles avaient pour soigner et régénérer les Arbres. Mais les pleurs de Nienna ne pouvaient rien contre les blessures mortelles, et le chant de Yavanna s'éleva longtemps, solitaire, dans l'ombre. Quand l'espoir vint à manquer, que le chant fut près de s'éteindre, il fleurit enfin sur une des branches dénudées de Telperion une grande et unique fleur d'argent, et un seul fruit d'or sur Laurelin.

Yavanna les cueillit de sa main et les Arbres moururent. Leurs troncs sans vie se dressent encore au-dessus de Valinor, souvenirs d'une joie disparue. Mais Yavanna donna la fleur et le fruit à Aulë et Manwë les sanctifia, puis Aulë et son peuple firent des vaisseaux pour les contenir et conserver leur éclat, comme il est décrit dans le *Narsilion*, le Chant du Soleil et de la Lune. Les Vàlar donnèrent ces vaisseaux à Varda pour qu'ils deviennent les phares du firmament et fassent pâlir les anciennes étoiles, étant plus proches d'Arda. Varda leur insuffla la force de traverser les régions inférieures d'Ilmen et leur assigna le trajet qu'ils accompliraient d'ouest en est au-dessus du cercle de la Terre.

Les Valar firent ces choses parce que le crépuscule où ils étaient les faisait souvenir de la nuit qui noyait Arda. Ils décidèrent donc d'illuminer les Terres du Milieu et ainsi de contrarier les entreprises de Melkor. Car ils n'avaient pas oublié les Avari qui étaient restés près des eaux de leur naissance ni abandonné complètement les Noldor dans leur exil, et Manwë savait encore que l'heure approchait de la venue des Humains. Et on dit qu'en vérité, si les Valar avaient fait la guerre à Melkor par amour des Quendi, ils s'en abstinrent alors dans l'intérêt des Hildor, les Seconds, les plus jeunes Enfants d'Ilúvatar. Les Terres du Milieu avaient si cruellement souffert de la bataille d'Utumno que les Valar craignaient qu'il n'arrivât pire encore : les Hildor supporteraient plus mal que les Quendi les terreurs et les fracas de la guerre, d'autant qu'ils étaient mortels. De plus Manwë ne savait prévoir où les Humains allaient apparaître, au nord, au sud ou à l'est. Les Valar firent donc venir la lumière, mais ils fortifièrent aussi leur territoire.

Les Vanyar de jadis nommèrent la Lune Isil de Nacre, la fleur de Telperion, et le Soleil, le fruit de Laurelin, Anar au Feu d'Or. Les Noldor les appelèrent Rana l'Indocile et Vasa, le Cœur de Flammes, qui éveille et consume. Car le Soleil fut le signe de l'éveil des Humains et du déclin des Elfes, alors que la Lune entretint leur souvenir.

Les Valar choisirent une jeune Maia pour conduire le vaisseau du Soleil, ce fut Arien, et Tilion fut celui qui eut à guider l'île de la Lune. Arien, au temps des Arbres, soignait les fleurs dorées dans les jardins de Vana et les arrosait de la rosée de Laurelin. Tilion, lui, était un des chasseurs d'Oromë, armé d'un arc d'argent. Il aimait l'argent plus que tout et quand il ne chassait pas, il sortait des forêts d'Oromë pour venir dans les jardins de Lorien. Il s'étendait près des fontaines d'Estë et rêvait sous les rayons tremblants de Telperion, ne désirant rien tant que de s'occuper toute sa vie des Fleurs Argentées. La jeune Arien était plus forte que lui, on l'avait choisie parce qu'elle ne craignait pas la chaleur de Laurelin et n'en était pas brûlée, étant au départ un des esprits du feu que Melkor n'avait pas détournés à son service. Ses yeux brillaient d'un éclat insoutenable pour les Eldar et, en quittant Valinor, elle abandonna aussi le vêtement de chair qu'elle avait choisi, à l'instar des Valar, et devint comme une flamme nue, terrible et splendide.

Isil fut faite et terminée en premier, et elle monta au royaume des étoiles, l'aînée des nouveaux astres comme Telperion l'était des Arbres. Le monde vécut alors quelque temps au clair de lune et des êtres qui avaient dormi longtemps du sommeil de Yavanna s'éveillèrent et frémirent. Les serviteurs de Morgoth furent frappés de stupeur mais les Elfes des Terres Extérieures levèrent la tête avec bonheur. Au moment où la Lune sortit de la nuit, à l'ouest, Fingolfin fit sonner ses trompettes d'argent et s'avança sur les Terres du Milieu, et sa troupe était précédée de longues ombres noires.

Tilion avait sept fois traversé le ciel et se trouvait à l'est quand le vaisseau d'Arien fut prêt. Alors Anar s'éleva dans toute sa gloire et la première aube du Soleil enflamma les sommets des Pelori et les nuages au-dessus des Terres du Milieu. On entendit bientôt le chant de nombreuses chutes d'eau. Alors Morgoth fut vraiment pris d'épouvante et s'enfonça au plus profond de sa forteresse. Il rappela ses serviteurs et lança de grands nuages noirs et puants pour protéger ses terres de l'éclat de l'Astre du Jour.

Varda avait voulu que les vaisseaux traversent Ilmen sans jamais redescendre, mais pas ensemble : chacun devait aller de Valinor à l'orient et revenir quand l'autre partirait. Ainsi les premiers de ces nouveaux jours furent comme au temps des Arbres, marqués par le mélange des Lumières au moment où Arien et Tilion se croisaient au zénith de la Terre. Mais le vol de Tilion était irrégulier, d'une course incertaine, il ne tenait pas sa route et tendait à se rapprocher d'Arien, attiré par sa gloire, bien que les flammes d'Anar le brûlassent et que l'île de la Lune en fût noircie.

Alors, à cause des caprices de Tilion, et plus encore des prières de Lorien et d'Este, qui disaient que le sommeil et le repos avaient été bannis de la Terre et que les étoiles étaient invisibles, Varda changea d'avis et permit que le monde connût un moment d'ombre et de lumière mêlées. Anar fit donc une pause à Valinor, sur le sein glacé de la Mer Extérieure, et le Soir, l'heure où le Soleil descend se reposer, devint au Pays d'Aman l'heure la plus légère et la plus joyeuse. Mais les serviteurs d'Ulmo attiraient vite le Soleil pour qu'il passe sous la Terre sans être vu, se relève à l'orient et monte à nouveau dans le ciel de peur qu'une trop longue nuit laisse reparaître le mal à la faible clarté de la Lune. Les eaux de la Mer Extérieure étaient réchauffées par Anar et brillaient de flammes colorées qui éclairaient Valinor pendant quelque temps après le coucher d'Arien, mais ensuite, pendant son voyage sous la Terre d'ouest en est la lumière baissait sur Valinor et les Valar pensaient alors avec une tristesse renouvelée à la mort de Laurelin. Et, à l'aube, les ombres des Pelori pesaient lourdement sur le Royaume Bienheureux.

Varda dit à la Lune de faire de même et de passer sous la Terre pour se lever à l'est après seulement que le Soleil fut descendu du ciel. Mais Tilion voyageait d'une allure incertaine, comme aujourd'hui encore, et Arien l'attirait comme il fera toujours : et on peut les voir souvent tous les deux dans le ciel, et parfois il arrive même qu'il vienne si près que son ombre éclipse l'éclat d'Arien et que la nuit arrive au milieu du jour.

Depuis ce moment jusqu'au Changement du Monde les Valar comptèrent les jours d'après Anar, car Tilion restait rarement à Valinor et passait le plus souvent très vite au-dessus des terres occidentales, Avathar, Araman ou Valinor, avant de plonger dans le gouffre au-delà de la Mer Extérieure et de poursuivre sa route solitaire dans les grottes et les cavernes qui sont aux racines d'Arda. Il y restait parfois longtemps et tardait à revenir.

Après la Grande Nuit, la lumière de Valinor était encore plus forte et plus belle que dans le reste du monde, car le Soleil y prenait son repos et les astres à cet endroit étaient plus proches de la Terre. Mais ni le Soleil ni la Lune ne peuvent rendre la lumière d'antan, celle qui venait des Arbres avant qu'ils ne fussent touchés par le poison d'Ungoliant. Cette lumière ne survit que dans les Silmarils.

Morgoth haïssait la nouvelle lumière et resta quelque temps déconcerté par ce coup inattendu des Valar. Puis il attaqua Tilion en envoyant des esprits ténébreux sur sa route et le domaine des étoiles fut un moment troublé, mais Tilion fut victorieux. Morgoth avait encore plus peur d'Arien et il n'osait pas s'approcher d'elle, n'en ayant plus la force, car à mesure qu'il devenait plus venimeux et tirait de lui-même des créatures féroces et des mensonges pervers, son pouvoir se dispersait et chaque jour il s'attachait un peu plus à la terre et répugnait à quitter sa retraite sinistre. L'ombre le cachait, lui et ses serviteurs, aux yeux d'Arien, car ils ne supportaient plus son regard, et ses domaines étaient voilés de vapeurs et de nuages épais.

Les Valar furent pris d'un doute pendant l'attaque contre Tilion, craignant ce que pourraient inventer encore la malveillance et la ruse de Morgoth. S'ils ne voulaient pas le combattre sur les Terres du Milieu ils n'avaient pas oublié la chute d'Almren et décidèrent que Valinor n'aurait pas le même sort. Ils décidèrent alors de fortifier encore plus leur territoire et ils élevèrent pour cela les Pelori à une hauteur vertigineuse, à l'est, au nord et au sud. Les parois extérieures devinrent comme des murs noirs et glacés, sans prise ni aspérité, qui donnaient sur des précipices aux parois lisses et dures comme du verre et s'élevaient jusqu'à des sommets couronnés de glace. Une garde fut installée, de jour et de nuit, et il ne restait aucun passage, sauf le Calacirya. Les Valar ne fermèrent pas cette voie à cause des Eldar qui leur étaient restés fidèles. A Tirion, sous la verte colline, Finalfin gouvernait encore le reste des Noldor au creux des montagnes, et tous les Elfes, même les Ingwë leur seigneur, devaient respirer de temps en temps l'air et le vent qui venaient de leur terre natale par-dessus les mers. Et les Valar ne voulaient pas séparer complètement les Teleri de leurs frères. Mais ils placèrent à Calacirya de hautes tours et de nombreuses sentinelles, et ils firent camper une armée à l'entrée de la passe, du côté des plaines de Valmar, afin que nul n'entrât, ni elfe, ni homme, ni bête, ni oiseau, ni aucune autre créature.

Et c'est aussi à cette époque, que les chants appellent *Nurtalë Valinoreva*, la Disparition de Valinor, que furent créées les Iles Enchantées et que les mers alentours furent peuplées de fantômes et d'enchantements. Ces îles furent jetées comme un filet sur les Mers de la Brume, du nord au sud, devant Tol Eressëa, l'Ile Solitaire, pour que nul ne pût venir par mer. Et un navire aurait eu grand-peine à passer car, entre les îles, on entendait gémir les vagues qui se brisaient sur de noirs récifs, et le soir une immense fatigue et une horreur de la mer s'appesantissaient sur les marins, et tous ceux qui posaient le pied sur une des îles y étaient pris au piège et y restaient endormis jusqu'au Changement du Monde. Il en fut donc comme avait prédit Mandos en Araman : le Royaume Bienheureux était désormais fermé aux Noldor et de tous les messagers qui, plus tard, firent voile vers l'ouest, aucun n'approcha Valinor – sauf un : le plus grand marin de la légende.

12

LES HUMAINS

Les Valar étaient maintenant en paix derrière leurs montagnes et, après avoir donné la lumière aux Terres du Milieu, ils les délaissèrent longtemps et la domination de Morgoth ne fut contestée que par le courage des Noldor. Ulmo pourtant ne cessait de penser aux exilés et toutes les eaux de son domaine lui apportaient des nouvelles de la Terre.

On date de cette époque les Années du Soleil. Elles sont plus courtes et passent plus vite que les longues années des Arbres en Valinor. L'air des Terres du Milieu était alourdi par le souffle de la croissance et de la mort, le changement et le vieillissement de tous les êtres en étaient grandement accéléré. La terre et les eaux foisonnaient de vie en ce Second Printemps d'Arda, les Eldar se multipliaient et le Soleil Nouveau couvrait Beleriand de verdure et de beauté.

Au premier lever du Soleil, les Derniers Enfants d'Ilúvatar s'éveillèrent au pays d'Hildorien, à l'est des Terres du Milieu, et comme le Soleil s'était levé à l'ouest leurs yeux s'ouvrirent à sa vue et leurs pas, pour la plupart, se dirigèrent vers lui quand ils se mirent à errer sur la Terre. Les Eldar les appelèrent les Atani, le Second Peuple, et aussi les Hildor, les Suivants, et d'autres noms encore : Apanonar, les Derniers-Nés, Engwar, les Malingres, Firimar, les Mortels, et ils les surnommèrent les Usurpateurs, les Etrangers, les Impénétrables, les Maudits, les Maladroits, Ceux qui ont Peur de la Nuit, les Enfants du Soleil. Ces contes parlent peu des Humains, car ils décrivent les temps Anciens d'avant l'ascension des Mortels et le déclin des

Elfes, sauf des Atanatari, les pères des Humains, qui errèrent au nord du monde pendant les premières années du Soleil et de la Lune. Aucun Valar ne vint à Hildorien pour guider les Humains ou les inviter à venir à Valinor, et les Humains ont craint les Valar plus qu'ils ne les ont aimés. Ils n'ont jamais compris les intentions des Puissants, étant eux-mêmes trop différents et en conflit avec le monde. Pourtant Ulmo se pencha sur leur sort, suivant le conseil et le désir de Manwë, il leur envoya des messagers dans les rivières ou les inondations. Mais ils n'étaient pas doués pour ce langage, et moins encore avant qu'ils ne se fussent mêlés aux Elfes. Ils aimaient les eaux, leurs cœurs en étaient émus, mais ils n'en comprenaient pas les messages. On dit qu'avant longtemps ils rencontrèrent des Elfes de la Nuit qui leur offrirent leur amitié et que les Humains dans leur enfance devinrent les compagnons et les disciples de ce peuple antique, ceux des Elfes qui n'étaient jamais allés à Valinor et ne connaissaient des Valar que le nom et une rumeur lointaine.

Morgoth n'était pas depuis longtemps sur les Terres du Milieu, son pouvoir ne s'étendait plus très loin et il avait été brutalement mis en échec par la venue de la grande lumière. Les campagnes et les collines n'étaient plus guère dangereuses et des plantes nouvelles, inventées longtemps avant par Yavanna, et plantées comme des graines dans le noir, venaient enfin à bourgeonner et à fleurir. Les enfants des Hommes se répandirent à l'ouest, au nord et au sud et leur joie était toute matinale, celui du matin quand la rosée est encore fraîche et que toutes les feuilles sont vertes.

Mais l'aube est courte et souvent le jour fait mentir sa promesse : le jour approchait des grandes guerres entre les puissances du Nord où les Noldor, les Sindar et les Humains s'uniraient contre les légions de Morgoth Bauglir et connaîtraient la ruine. A cette fin Morgoth avait depuis longtemps semé le mensonge et la ruse et il continuait de plus belle; en outre la malédiction qui avait suivi le massacre d'Alqualondë, comme le serment de Fëanor, était toujours à l'œuvre. On ne trouvera ici qu'une faible part des exploits de ce temps-là, surtout ce qui concerne les Noldor, les Silmarils et les Humains dont le sort s'y trouva mêlé. A cette époque les Elfes et les Humains étaient identiques de corps et de stature, mais les Elfes étaient plus sages, plus habiles et plus beaux. Ceux qui avaient vécu à Valinor et contemplé les Puissants surpassaient en ces domaines les Elfes de la Nuit comme ceux-ci surpassaient les Mortels. Ce n'est qu'au royaume de Doriath, dont la reine Melian était parente des Valar, que les Sindar furent près d'égaler les Calaquendi du Royaume Bienheureux.

Les Elfes étaient immortels, leur sagesse ne faisait que grandir avec le temps, ni maladie ni infection ne pouvaient les faire mourir. En fait leurs corps étaient d'essence terrestre et pouvaient être détruits : en ces temps ils ressemblaient plus aux corps des Humains, car il n'y avait pas trop longtemps que leur esprit les habitait comme une flamme, une flamme qui doit les consumer au cours des siècles. Les Humains sont plus fragiles, tués plus facilement par blessure ou accident, ils vieillissent et ils meurent. Quel était le sort de leur esprit après la mort, les Elfes l'ignoraient. Certains disaient qu'ils se rendaient aussi dans les Cavernes de Mandos, mais qu'ils n'y attendaient pas au même endroit que les Elfes, et sous l'œil d'Ilúvatar, Mandos seul après Manwë sait où ils vont après s'être rassemblés en silence dans les grandes cavernes près de la Mer Extérieure. Nul n'est jamais revenu du séjour des morts, sauf Beren le fils de Barahir, dont la main avait touché un Silmaril, mais il n'a plus jamais parlé à un Mortel. Peut-être que le sort des hommes après la mort n'est pas dans la main des Valar, qu'il ne fut pas même prédit par la Musique des Ainur.

Plus tard, quand le triomphe de Morgoth eut séparé les Elfes des Humains, comme il l'avait voulu, les Elfes qui vivaient encore sur les Terres du Milieu disparurent peu à peu et les Humains usurpèrent la lumière du Soleil. Alors les Quendi errèrent, solitaires, dans les plaines et sur les îles, préférant la lumière de la lune et des étoiles, recherchant les grottes et les forêts, et devinrent comme l'ombre d'un souvenir. Il y eut aussi ceux qui firent voile à nouveau vers l'ouest et disparurent des Terres du Milieu. Mais, à l'aube de ces années, les Elfes et les Humains étaient alliés et se tenaient pour frères : il y eut des Humains pour acquérir la sagesse des Elfes et devenir de grands capitaines chez les Noldor. Et Eärendil, avec Elwing et leur fils Elrond, les descendants des Elfes et des Humains mêlés, eurent toute leur part de la gloire et de la beauté des Elfes, et de leur destin.

13

LE RETOUR DES NOLDOR

Il a été dit que Fëanor et ses fils furent les premiers parmi les Exilés à venir sur les Terres du Milieu. Ils arrivèrent dans le désert de Lammoth, au grand Echo, de l'autre côté de l'estuaire du Drengist. Au moment où les Noldor mirent le pied sur la grève, leurs voix furent reprises et renvoyées par les collines alentour de sorte qu'une grande clameur, comme celle d'une foule immense, retentit sur le rivage du Nord. Et le bruit de l'incendie des navires à Losgar fut porté par les vents marins comme l'écho d'une terrible colère qui vint frapper de stupeur ceux qui au loin l'entendirent.

Il n'y eut pas que Fingolfin, abandonné par Fëanor en Araman, pour voir les flammes de cet incendie, mais aussi les Orcs et les vigies de Morgoth. Aucun récit ne dit ce que Morgoth pensa en apprenant que Fëanor, son plus cruel ennemi, avait amené une armée au nord. Peut-être ne le craignait-il pas, car il n'avait pas encore éprouvé les glaives des Noldor, et il fut bientôt clair qu'il voulait les rejeter à la mer.

Avant que la Lune vînt éclipser la froide lumière des étoiles, l'armée de Fëanor remonta l'estuaire du Drengist entre les Collines de l'Echo, Ered Lomin, et atteignit le vaste territoire d'Hithlum. Quand ils arrivèrent sur la rive nord du grand lac Mithrim ils installèrent leur camp dans la région qui porte le même nom. Mais les hordes de Morgoth, alertées par le fracas de Lamoth et l'incendie de Losgar, traversèrent les cols des Montagnes de l'Ombre, Ered Wethrin, et attaquèrent Fëanor par surprise avant que le camp ne soit complètement installé et en position de défense. Les plaines grises de Mithrim virent alors la Seconde Bataille des Guerres de Beleriand. On l'appelle Dagor-Nuin-Giliath, la Bataille sous les Etoiles, car la Lune n'était pas encore levée, et des chants célèbrent ce combat. Les Noldor, moins nombreux et pris au dépourvu, remportèrent cependant une victoire rapide : leurs yeux avaient conservé l'éclat de la lumière d'Aman, ils étaient encore forts et rapides, leur colère était mortelle et leurs épées grandes et terribles. Les Orcs s'enfuirent ensuite à travers les Montagnes de l'Ombre jusqu'à la grande plaine de Ard-Galen, qui est au nord de Dorthonion. Là, les armées de Morgoth, celles qui avaient descendu la Vallée du Sirion vers le sud pour harceler Cirdan dans les Ports des Falas, vinrent à leur secours et partagèrent leur défaite. Car Celegorm, le fils de Fëanor, ayant appris leur arrivée, les prit dans une embuscade avec une partie de l'armée des Elfes. Il s'abattit sur eux depuis les collines près d'Ethel Sirion et les repoussa dans les Marais de Serech. Il arrivait à Angband des nouvelles désastreuses et Morgoth fut pris d'épouvante. La bataille dura dix jours et, de toutes les armées qu'il avait formées pour la conquête de Beleriand, il ne lui revint qu'une poignée de feuilles mortes.

Pourtant, il avait de quoi se réjouir grandement, même s'il l'ignorait encore. Fëanor, dans sa rage contre l'Ennemi, ne voulait pas s'arrêter et pressait sans relâche ce qui restait des Orcs, pensant que les fuyards le conduiraient à Morgoth lui-même. Il riait tout haut, l'épée brandie, heureux d'avoir osé défier la colère des Valar et les dangers de la route, et de voir approcher l'heure de sa vengeance. Il ne savait rien d'Angband ni des formidables défenses que Morgoth avait rapidement établies, et il l'aurait su qu'il n'aurait pas reculé, car il était comme possédé, consumé par sa propre fureur. Et il se retrouva si loin devant son avant-garde que les créatures de Morgoth firent demi-tour pour l'acculer et que des Balrogs jaillirent d'Angband pour les aider. C'est aux confins de Dor Daedeloth, le territoire de Morgoth, que Fëanor fut encerclé avec quelques amis. Longtemps il combattit, inébranlable, bien qu'il fût enveloppé de flammes et percé de nombreuses blessures, mais il fut enfin terrassé par Gothmog, le Prince des Balrogs, qui fut tué plus tard à Gondolin par Ecthelion. Il serait mort si ses fils n'étaient à ce moment venus avec des renforts, et les Balrogs durent l'abandonner et rentrer à Angband.

Les fils relevèrent le père et le ramenèrent vers Mithrim mais, quand ils furent en vue d'Eithel Sirion, sur la pente qui menait au passage entre les montagnes, Heänor leur dit de faire halte. Ses blessures étaient mortelles et il savait que son heure était venue. Depuis les contreforts d'Ered Wethrin, il porta ses derniers regards sur les sommets de Thangorodrim, les plus hauts des Terres du Milieu, et il sut, avec la prescience des mourants, que jamais les Noldor ne pourraient les abattre. Il maudit trois fois le nom de Morgoth et ordonna à ses fils de tenir leur serment et de venger leur père. Alors, il mourut, mais il n'eut ni funérailles ni tombe, car l'ardeur de son esprit était telle qu'à sa mort, son corps fut réduit en cendres et se dissipa comme une fumée. Jamais Arda n'a revu un être tel que lui, et son esprit n'a pas quitté le Palais de Mandos. Ainsi finit le plus grand des Noldor, celui dont les exploits furent la plus grande gloire comme le malheur le plus cruel.

A Mithrim vivaient les Elfes Gris, ceux de Beleriand qui s'en étaient allés au nord dans les montagnes, et les Noldor furent heureux de les rencontrer. Il leur fut difficile au début de converser, car les langages des Calaquendi de Valinor et des Moriquendi de Beleriand s'étaient éloignés l'un de l'autre pendant la longue séparation. Les Noldor apprirent des Elfes de Mithrim la puissance d'Elu Thingol, le Roi de Doriath, et l'anneau enchanté qui entourait son royaume, pendant que l'écho de leurs exploits arrivait au sud, à Menegroth, et aux ports de Brithombar et d'Eglarest. Tous les Elfes de Beleriand furent pris d'un espoir joyeux devant la venue de leurs frères si puissants qui, sans être attendus, revenaient de l'Ouest à l'heure même où ils étaient dans le besoin, et ils crurent au début que les Valar les avaient envoyés pour aider à leur délivrance.

A la mort de Fëanor, Morgoth envoya un ambassadeur à ses fils pour qu'ils admettent leur défaite et pour leur imposer des conditions allant jusqu'à l'abandon d'un Silmaril. Maedhros le Grand, le fils aîné, amena ses frères à feindre de traiter avec Morgoth et à rencontrer ses émissaires au lieu convenu. Mais les Noldor n'avaient pas plus de confiance que Morgoth et leurs ambassades furent accompagnées de troupes plus nombreuses que prévu. Morgoth lui aussi était venu en force, et avec des Balrog. Maedhros tomba dans une embuscade et tous ses soldats furent tués. Lui-même fut capturé par les troupes de l'ennemi et emmené à Angband.

Ses frères firent retraite, ils établirent un grand camp fortifié sur la plaine d'Hithlum, mais Maedhros était retenu en otage et Morgoth leur fit savoir qu'il ne le relâcherait pas avant que les Noldor n'aient déposé les armes et soient retournés à l'ouest ou bien loin de Beleriand dans le sud de la Terre. Les fils de Fëanor savaient que Morgoth les trahirait, qu'il ne libérerait pas Maedhros quoi qu'ils fassent, et en outre ils étaient tenus par leur serment qui leur interdisait, pour quelque raison que ce fût, d'abandonner la guerre contre l'Ennemi. Alors Morgoth enchaîna Maedhros sur le flanc du Thangorodrim, au-dessus d'un précipice, la main droite fixée au roc par un anneau de fer.

Ceux du camp d'Hithlum eurent vent de la marche de Fingolfin et de son escorte, ils avaient traversé le Chaos de Glace, au moment où le monde entier s'émerveillait à la venue de la Lune. Et quand l'armée de Fingolfin arriva en Mithrim ce fut le Soleil qui se leva, flamboyant, à l'ouest. Alors Fingolfin déploya ses bannières d'azur et d'argent, il fit sonner ses trompettes tandis que les fleurs naissaient sous les pas de ses soldats : l'ère des étoiles avait pris fin. A la venue de la grande lumière, les serviteurs de Morgoth se réfugièrent dans Angband et Fingolfin traversa sans combat les remparts de Dor Daedeloth pendant que ses ennemis se cachaient sous terre. Les Elfes frappèrent de grands coups sur les portes de la forteresse et le défi de leurs trompettes fit trembler les sommets du Thangorodrim. Maedhros les entendit au milieu de ses souffrances et il poussa un cri, mais sa voix se perdit dans les échos de la roche.

Fingolfin n'avait pas le caractère emporté de Fëanor. Il se méfiait des ruses de Morgoth et il quitta Dor Daedeloth pour retourner vers Mithrim, car il avait entendu dire qu'il y trouverait les fils de Fëanor et il désirait l'abri des Montagnes de l'Ombre pour que son peuple se repose et reprenne des forces. Il avait vu la puissance d'Angband et il ne pensait pas que le bruit des trompettes suffirait à la faire tomber. Quand il fut rendu à Mithrim, il établit son premier camp sur la rive nord du lac Mithrim. Ceux qui le suivaient ne portaient pas dans leur cœur la maison de Fëanor , car ils avaient dû endurer d'atroces souffrances en traversant les glaces, et Fingolfin tenait les fils pour complices de leur père. Les armées manquèrent de s'affronter mais, si leurs pertes avaient été cruelles, les gens de Fingolfin et de Finrod, le fils de Finarfin, étaient encore les plus nombreux. L'armée de Fëanor fit retraite et alla s'établir sur la rive sud, mettant le lac entre eux. En vérité, beaucoup de ceux qui suivaient Fëanor regrettaient l'incendie de Losgar, ils restaient stupéfaits du courage qui avait soutenu sur les Glaces du Nord les amis qu'ils avaient abandonnés. Ils leur auraient souhaité la bienvenue, la honte seule les en empêchait.

Ainsi la malédiction qui pesait sur les Noldor les empêcha d'accomplir leur vengeance pendant que Morgoth hésitait et que les Orcs étaient encore terrorisés par la lumière nouvelle. Morgoth reprit ses esprits et se mit à rire en voyant ses ennemis divisés. Du fond d'Angband il produisit d'immenses nuages de fumée qui dévalèrent les pentes des Montagnes de Fer. On pouvait les voir de Mithrim, des vapeurs noires qui souillaient les premiers matins du monde. Et un vent d'est s'éleva qui les porta jusqu'à Hithlum, venant voiler le soleil nouveau : la fumée s'abattit et se répandit sur les prés et dans les ravins, elle vint couvrir les eaux du lac, sinistre et vénéneuse.

Alors le vaillant Fingon, le fils de Finarfin, décida de terminer la querelle qui divisait les Noldor avant que leur Ennemi fût prêt à les attaquer. Car les terre du Nord tremblaient sous le tonnere des forges souterraines. Jadis, aux temps heureux de Valinor, quand Melkor était captif, avant que ses mensonges ne les eussent désunis, Fingon vivait en grande amitié avec Maedhros, et s'il ignorait encore que Maedhros avait pensé à lui avant que les navires ne fussent incendiés, le souvenir de leur amitié était vif à son cœur. Cela lui permit d'oser un exploit justement renommé entre les hauts faits des Princes Noldor. Seul, sans aide de personne, il partit à la recherche de Maedhros et l'obscurité même où Morgoth les avait plongés lui permit d'atteindre sans être vu les remparts de l'Ennemi. Il monta très haut sur le Thangorodrim et ses regards désespérés fouillèrent un paysage désolé sans trouver de passage ni de faille qui pût le conduire vers la citadelle. Alors, défiant les Orcs qui se terraient encore dans les cavernes obscures, il prit sa harpe et chanta une vieille chanson des Noldor de Valinor, avant que leur querelle eût déchiré les fils de Finwë, et sa voix fit résonner les roches sinistres qui n'avaient jamais entendu que des cris de peur et de malheur. Car, soudain, bien loin au-dessus de lui, son chant fut repris et une voix l'appela comme en réponse. C'était Maedhros qui chantait dans la douleur. Fingon grimpa jusqu'au pied de l'escarpement en haut duquel son parent était cloué. Là, il ne put aller plus loin et il pleura en voyant la cruelle invention de Morgoth. Maedhros, dont la torture était sans espoir, pria Fingon de le tuer avec son arc, et Fingon sortit une flèche et banda son arc, désespéré, puis cria vers Manwë :

– Ô Roi à qui tous les oiseaux sont chers, fais voler maintenant ma flèche et trouve quelque pitié pour les Noldor dans leur malheur!

Sa prière fut vite exaucée, car Manwë à qui tous les oiseaux sont chers, eux qui lui portent sur le Taniquetil les nouvelles des Terres du Milieu, avait envoyé la race des Aigles pour surveiller Morgoth et leur avait dit de s'établir dans les montagnes du Nord. Manwë n'avait pas abandonné toute pitié pour les Elfes exilés, et les Aigles lui avaient rapporté la plupart des tristes événements du moment.

Alors, au moment où Fingon bandait son arc, Thorodor plongea du haut du ciel. C'était le Roi des Aigles, le plus grand des oiseaux qui ait jamais existé, et ses ailes déployées mesuraient trente toises. Il retint la main de Fingon, se saisit de lui et le porta sur le rocher où Maedhros était enchaîné. Là, il fut incapable de détacher l'anneau infernal qui enserrait le poignet, ni de le briser ni de l'arracher à la pierre. Dans sa souffrance, Maedhros le supplia de l'achever, au lieu de quoi Fingon lui trancha le bras au-dessus du poignet et Thorondor les remporta vers Mithrim.

Avec le temps Maedhros guérit sa blessure, car la flamme de la vie brûlait en lui et il avait la force de ceux qui avaient grandi à Valinor. Son corps se rétablit, il retrouva sa vigueur, mais la souffrance avait jeté une ombre dans son cœur, et son glaive fut plus redoutable à sa main gauche qu'il ne l'avait été à sa main droite. Cet exploit fit beaucoup pour le renom de Fingon, tous les Noldor l'acclamèrent et la haine entre les maisons de Fingolfin et de Fëanor sembla disparue. Maedhros demanda le pardon pour la désertion d'Araman et renonça à prétendre à la royauté sur tous les Noldor. Il dit à Fingolfin :

– S'il n'était nul grief entre nous, seigneur, la royauté te reviendrait de droit, à toi qui es l'aîné de la maison de Finwë, et non le moins sage.

Mais en cela ses frères n'étaient pas de tout cœur avec lui.

Et comme l'avait prédit Mandos, ceux de la maison de Fëanor furent appelés les Dépossédés parce que la suzeraineté était passée de leur branche, l'aînée, à celle de Fingolfin, à Beleriand comme à Elendë, et aussi à cause de la perte des Silmaris. Néanmoins les Noldor enfin réunis établirent une garde aux frontières de Dor Daedeloth et Angband fut ainsi assiégée par l'ouest, l'est et le sud. Ils envoyèrent aussi des éclaireurs au loin pour explorer le pays de Beleriand et traiter avec ses habitants.

Le Roi Thingol n'accueillit pas sans arrière-pensées la venue d'un si grand nombre de princes venus en force de l'Occident pour se tailler de nouveaux fiefs. Aussi son royaume resta fermé et l'anneau enchanté ne s'ouvrit pas, car, suivant le conseil de Melian, il pensait que Morgoth ne resterait pas longtemps inactif. Les princes de la maison de Finalfin furent les seuls Noldor admis à passer la frontière de Doriath, car ils pouvaient se prévaloir de leur parenté avec le Roi lui-même, leur mère étant Eärwen d'Alqualondë, la fille d'Olwë.

Angrod, le fils de Finalfin, fut le premier des exilés à entrer dans Menegroth comme ambassadeur de son frère Finrod, et il parla longtemps avec le Roi. Il lui conta les exploits des Noldor dans le Nord, il dit quel était leur nombre et l'organisation de leurs armées, mais son cœur loyal et réfléchi le fit penser à toutes les querelles maintenant pardonnées et il ne dit mot du Massacre, ni des raisons de l'exil des Noldor ni du serment de Fëanor. Le roi, après l'avoir écouté, lui dit alors :

– Voilà ce que tu diras de ma part à ceux qui t'ont envoyé. Les Noldor peuvent rester à Hithlum, dans les collines de Dorthonion et sur les terres incultes et inhabitées qui sont à l'est de Doriath. Partout ailleurs mon peuple est nombreux et je ne veux pas les voir manquer d'espace, encore moins chassés de leurs demeures. Que les Princes de l'Ouest prennent garde à leur conduite, car je suis le maître de Beleriand et tous ceux qui veulent s'y installer ont à m'écouter. Nul ne viendra vivre à Doriath sauf ceux que j'inviterai et ceux qui me demanderont secours.

Angrod quitta Doriath et vint porter le message du Roi Thingol aux Princes des Noldor assemblés en conseil à Mithrim. L'accueil leur sembla frais, et les fils de Fëanor montrèrent du courroux, mais Maedhros se mit à rire.

– Un roi est celui qui sait garder ce qu'il tient, ou bien son titre est vain. Thingol ne nous accorde que les terres où il est sans pouvoir. En vérité son royaume serait aujourd'hui réduit à Doriath si les Noldor n'étaient venus. Laissons-le donc régner à Doriath et se réjouir d'avoir pour voisins les fils de Finwë, au lieu des Orcs de Morgoth que nous y avons trouvés. Pour le reste, nous en ferons à notre gré.

Mais Caranthir, le plus violent des frères et le plus emporté, qui n'aimait pas les fils de Finarfin, s'écria soudain :

– Et plus encore! Ne laissons pas les fils de Finarfin courir partout raconter des contes à cet Elfe Noir dans sa caverne! Qui leur a dit de parler en notre nom? Et s'ils sont tout de même venus à Beleriand, n'oublions pas si vite que leur père est un prince de Noldor, si leur mère est d'une autre race.

Angrod, pris de colère, quitta le conseil. Maedhros eut beau blâmer Caranthir, beaucoup des Noldor eurent le cœur inquiet devant la folie des fils de Fëanor qui semblait toujours prête à éclater en paroles ou en actes de violence. Maedhros retint ses frères, ils quittèrent ensemble le conseil et partirent bientôt de Mithrim pour aller vers l'est, au-delà d'Aros, s'établir sur les vastes territoires qui entouraient le Mont Himring. On appelle depuis cette région la Marche de Maedhros, car il n'y avait pas vers le nord de collines ou de rivières pour la protéger d'une attaque venue d'Angband. Maedhros et ses frères montèrent alors la garde contre l'ennemi avec l'aide de tous ceux qui se joignirent à eux, et ils n'eurent plus guère de rapports avec ceux de l'Ouest, sauf en cas de besoin. On dit que Maedhros lui-même voulut qu'il en soit ainsi pour diminuer les risques d'affrontement. Il avait gardé son amitié pour les maisons de Fingolfin et de Finarfin et allait parfois tenir conseil avec eux. Mais lui aussi était tenu par son serment, bien qu'il parût en sommeil.

Les gens de Caranthir allèrent encore plus loin à l'est, au-dessus des sources du Gelion. Ils passèrent le lac Helevorn, à l'ombre du Mont Rerir, et montèrent sur les sommets de l'Ered Luin. Là, ils portèrent vers l'est des regards stupéfaits, tant les Terres du Milieu leur semblaient immenses et sauvages. Et c'est ainsi que le peuple de Caranthir rencontra les Nains qui avaient cessé tout trafic avec Beleriand après l'assaut de Morgoth et la venue des Noldor. Ces deux peuples avaient en commun l'amour du travail et le désir d'apprendre, mais ils ne s'aimaient guère. Les Nains étaient de caractère secret, prompts à la rancune, et Caranthir, toujours arrogant, cachait mal son mépris pour l'aspect disgracieux des Naugrim imité par son peuple. Néanmoins la peur et la haine qu'ils avaient tous deux pour Morgoth en firent des alliés, et ils en tirèrent grand profit, car les Naugrim apprirent beaucoup de nouvelles techniques, les forgerons et les maçons de Nogrod et de Beleriand gagnèrent en renom, et quand les Nains reprirent leurs voyages à Beleriand, tout le commerce de leurs mines passa d'abord entre les mains de Carathir qui en tira de grandes richesses.

Quand le Soleil eut compté vingt de ses années, le Roi des Noldor, Fingolfin, donna une grande fête. Elle eut lieu au printemps, près des fontaines d'Ivrin où Narog, le clair torrent, prenait sa source, dans une campagne plaisante et verdoyante abritée du nord par les Montagnes de l'Ombre. Plus tard, au temps de la peine, on se souvint longtemps de cette fête joyeuse et on l'appela Mereth Aderthad, la Fête des Retrouvailles. Il y vint beaucoup de gens, des officiers des maisons de Fingolfin et de Finrod, des fils de Fëanor comme Madhros et Maglor, des soldats de la Marche orientale, aussi bon nombre d'Elfes Gris, ceux qui peuplent les forêts de Beleriand et enfin ceux des Ports, avec leur seigneur Cirdan. On vit même des Elfes Verts du Pays des Sept Rivières, Ossiriand, qui vivent sous les Montagnes Bleues, mais de Doriath ne vinrent que deux messagers, Mablung et Daeron, venus apporter le salut du Roi.

Mereth Aderthad vit s'échapper des conseils donnés en toute bonne foi, des serments d'amitié ou d'alliance. On y parla surtout la langue des Elfes Gris, même les Noldor, car ils avaient vite appris le langage de Beleriand alors que les Sindar avaient du mal à maîtriser celui de Valinor. Les Noldor avaient le cœur en fête et plein d'espoir, beaucoup voyaient se justifier les appels de Fëanor, quand il leur avait dit d'aller chercher la liberté et les belles contrées des Terres du Milieu. Et de fait il y eut ensuite de belles années de paix : leurs glaives protégeaient Beleriand des atteintes de Morgoth dont le pouvoir restait contenu derrière les portes d'Angband. Le nouveau Soleil et la nouvelle Lune éclairaient des jours joyeux, le pays connaissait le bonheur mais, au nord, l'Ombre était toujours là.

Quand trente années furent écoulées, un des fils de Fingolfin, Turgon, quitta Nevrast où il vivait, et passa prendre son ami Finrod sur l'île de Tol Sirion. Ensemble ils descendirent le fleuve, non sans surveiller au début les Montagnes du Nord, et la nuit les surprit au lac du Crépuscule, sur les berges du fleuve où ils s'endormirent à la clarté d'un ciel d'été. Mais Ulmo, qui remontait le courant, jeta sur eux un profond sommeil troublé de rêves pesants, et ils en gardèrent de l'inquiétude après leur réveil sans en parler ni l'un ni l'autre car ils n'en avaient pas un souvenir clair, chacun croyant qu'Ulmo s'était adressé à lui seul. Désormais le malaise ne les quitta plus, comme un pressentiment de ce qui allait venir : ils s'aventurèrent souvent dans les régions inexplorées pour chercher des endroits propres à être fortifiés, comme s'ils pensaient avoir à se préparer pour des jours funestes et à se garantir une retraite au cas où Morgoth jaillirait soudain d'Angband pour écraser les armées du Nord.

Plus tard Finrod et sa sœur Galadriel furent les hôtes à Doriath du Roi Thingol, leur parent. Finrod fut émerveillé par la puissance et la majesté de Menegroth, ses trésors, ses arsenaux, les salles aux mille colonnes de pierre, et le désir lui vint de construire une vaste demeure aux portes gardées nuit et jour, creusée sous la montagne dans un endroit retiré et secret. Il ouvrit son cœur à Thingol, lui raconta son rêve, et le Roi lui parla de la rivière Narog, de ses gorges encaissées et des cavernes qui donnaient sur la rive ouest, très escarpée. Quand Finrod partit, le Roi lui donna des guides pour le conduire à cet endroit encore presque ignoré. Alors, Finrod se rendit aux Cavernes de Narog et y fit construire des salles et des arsenaux à la manière de Menegroth, et il appela cette place forte Nargothrond. Les Nains des Montagnes Bleues aidèrent aux travaux et en furent largement récompensés, car Finrod avait apporté de Tirion plus de trésors qu'aucun autre prince des Noldor. Et ils firent aussi pour lui le Nauglamir, le Collier des Nains, la plus célèbre des œuvres qu'ils accomplirent jadis. Un collier d'or, où étaient serties d'innombrables pierres de Valinor, qui avait le pouvoir de reposer sur celui qui le portait aussi légèrement qu'un fil de lin et de garder la même élégance et la même grâce sur tout le monde.

Finrod vint habiter à Nargothrond avec un grand nombre de ses gens. Les Nains, dans leur langage, l'appelèrent Felagund, Celui qui creuse les Cavernes, et il porta ce nom jusqu'à sa mort. Mais Finrod n'avait pas été le premier habitant de ces grottes.

Sa sœur Galadriel ne suivit pas son frère à Nargothrond, car Celeborn, un des parents du Roi Thingol, vivait à Doriath, et ils s'aimaient d'un grand amour. Elle resta donc dans le Royaume Caché, près de Melian, de qui elle apprit beaucoup de récits et d'histoires concernant les Terres du Milieu.

Turgon, lui, ne pouvait oublier la ville sur la colline, Tirion la magnifique, sa tour et son arbre, et il ne trouva rien qui lui convînt. Il retourna donc à Nevrast et vécut paisiblement à Vinyamar, près de la mer. L'année suivante, Ulmo lui-même lui apparut et lui enjoignit de retourner, seul, dans la Vallée du Sirion. Turgon se mit en route et découvrit, avec l'aide d'Ulmo, une vallée cachée dans un cercle de montagnes, Túmladen, où se dressait une colline rocheuse. Il revint à Nevrast sans parler à personne de sa découverte et là, au plus secret de ses conseils, il commença de faire le plan d'une cité qui ressemblerait à Tirion sur Túna, la ville que pleurait son cœur exilé.

Alors Morgoth, croyant d'après les rapports de ses espions que les princes des Noldor voyageaient sans trop penser à la guerre, voulut éprouver la vigilance et la résistance de ses ennemis. Et soudain, une fois encore, son pouvoir se déploya, les terres du Nord se mirent à trembler, la terre s'ouvrit en fissures béantes d'où il sortit du feu, les Montagnes de Fer vomirent des flammes et les Orcs envahirent les plaines d'Ard-galen. A l'ouest, ils franchirent le col du Sirion et à l'est ils passèrent entre les collines de Maedhros et les contreforts des Montagnes Bleues pour faire irruption sur les terres de Maglor. Mais ni Fingolfin ni Maedhros ne dormaient et, pendant que d'autres poursuivaient les Orcs qui s'étaient dispersés en petits groupes pour dévaster Beleriand, ils tombèrent chacun d'un côté sur l'armée d'Angband quand elle attaqua Dorthonion. Ils écrasèrent les serviteurs de Morgoth et rattrapèrent les fuyards dans les plaines d'Ard-galen pour détruire jusqu'au dernier, même en vue des portes d'Angband. Ce fut la troisième grande bataille des Guerres de Beleriand, Dagor Aglareb, la Bataille Glorieuse.

Ce fut une victoire, mais un avertissement, et les princes Noldor durent en tenir compte. Ils rapprochèrent les camps de leurs armées, ils renforcèrent les garnisons et se disposèrent à soutenir le Siège d'Angband, lequel dura bien quatre cents années solaires. Après Dagor Aglareb, il n'y eut pendant longtemps aucun serviteur de Morgoth pour s'aventurer hors d'Angband, tant ils craignaient les princes Noldor, et Fingolfin se vantait de ce que Morgoth ne pourrait jamais échapper à ses assiégeants ni les prendre par surprise, à moins de trahison dans leurs rangs. Pourtant les Noldor restaient incapables de faire tomber Angband ou de reprendre les Silmarils, et le siège ne mit pas complètement fin à la guerre car Morgoth inventait sans cesse de nouvelles perfidies qui les mettaient à l'épreuve. En outre, on ne pouvait encercler vraiment la citadelle de Morgoth, car les Montagnes de Fer lui faisaient un rempart circulaire d'où s'avançait le Thangorodrim, et la neige et la glace les rendaient infranchissables pour les Noldor. Ainsi Morgoth avait le champ libre au nord comme sur ses arrières, et ses espions en profitaient pour pénétrer par des voies détournées à Beleriand. Comme il voulait avant tout semer la peur et la querelle parmi les Eldar, il dit aux Orcs d'en prendre quelques-uns vivants et de les amener pieds et poings liés à Angband. Et là son regard leur inspira une telle terreur qu'il fut inutile de les enchaîner et qu'ils obéirent désormais à sa volonté où qu'ils allassent, habités par la peur. Ainsi Morgoth apprit beaucoup de ce qui s'était passé depuis la révolte de Fëanor et se réjouit de voir que de multiples ferments de dissension avaient été semés.

Après que près de cent années furent écoulées depuis Dagor Aglareb, Morgoth, connaissant la vigilance de Maedhros, tenta de prendre Fingolfin par surprise. Il lança une armée vers le nord, dans la neige, qui prit ensuite à l'ouest et au sud pour arriver au Golfe de Drengist par la route même qu'avait suivie Fingolfin pour venir du Chaos de Glace. Ils seraient entrés dans Hithlum par l'ouest s'ils n'avaient été surpris à temps. Fingon s'abattit sur eux dans les collines au nord du Golfe et la plupart des Orcs furent rejetés à la mer. Cette bataille ne compte pas parmi les plus grandes, car les Orcs n'étaient pas très nombreux et une partie seulement des soldats d'Hithlum y combattit. Mais la paix régna ensuite pendant longtemps sans que Morgoth ne tente plus d'attaquer à découvert. Il sentait que, livrés à eux-mêmes, les Orcs n'étaient pas de force devant les Noldor, et il rentra en lui-même pour y chercher des nouvelles traîtrises.

Après cent années de plus, Glaurung, le premier des Uruloki, les cracheurs de feu venus du Nord, sortit la nuit des portes d'Angband. Il était encore jeune et n'avait que la moitié de sa taille adulte, car les dragons grandissent lentement, s'ils vivent longtemps, mais les Elfes furent terrifiés à sa vue et s'enfuirent jusqu'à Ered Wethrin et Dorthonion, le laissant dévaster les plaines d'Ard-galen. Alors Fingon, Prince de Hithlum, marcha sur lui accompagné d'archers à cheval et l'entoura d'un cercle de cavaliers qui le harcelaient de traits. Glaurung n'était pas encore suffisamment cuirassé pour supporter les flèches et il s'enfuit vers Angband dont il ne sortit plus avant longtemps. Fingon fut acclamé et les Noldor se réjouirent, car la plupart ne comprenait pas la menace que représentait cette nouvelle créature. Morgoth fut mécontent de ce que Glaurung se fût trop tôt découvert, et deux cents années de paix suivirent la défaite du dragon. Les Marches de Beleriand n'eurent à connaître que des échauffourées, le royaume s'enrichit et prospéra. Les Noldor, à l'abri des garnisons du Nord, construisirent maisons et châteaux et accomplirent des œuvres de beauté, des poèmes comme des chroniques ou des chansons. En beaucoup d'endroits Noldor et Sindar se mêlèrent en un seul peuple et parlèrent le même langage, bien qu'il restât entre eux cette différence que les Noldor étaient plus forts de corps et d'esprit, qu'ils avaient les plus grands savants et les guerriers les plus redoutables, qu'ils construisaient en pierre et qu'ils aimaient le versant des collines et la pleine campagne, tandis que les Sindar avaient les plus belles voix, de plus grands dons musicaux, sauf Maglor, un fils de Fëanor, et qu'ils aimaient les forêts et les berges des fleuves. Certains des Elfes Gris continuaient d'errer sur la Terre sans demeure établie, et chantaient tout en voyageant.

14

LES ROYAUMES DE BELERIAND

On dira ici comment étaient les terres où vinrent jadis les Noldor, au nord des régions occidentales des Terres du Milieu, et comment les chefs des Eldar tenaient ces terres et les garnisons qui les défendaient contre Morgoth après Dagor Aglareb, la troisième bataille des Guerres de Beleriand.

Autrefois Melkor avait dressé au nord du monde les Montagnes de Fer, Ered Engrin, pour servir de remparts à Utumno, sa forteresse. Elles s'élevaient en lisière des terres éternellement glacées et faisaient une grande courbe d'est en ouest. A l'ouest, derrière leurs murailles, là où elles remontaient vers le nord, Melkor bâtit une autre forteresse pour se défendre des attaques qui viendraient de Valinor, et quand il vint sur les Terres du Milieu, comme il a été raconté, il se retrancha dans les immenses cavernes d'Angband. Lors de la Guerre des Puissants, en effet, les Valar, dans la hâte qu'ils avaient mise à le vaincre à Utumno, avaient négligé de détruire entièrement Angband et d'explorer ses profondeurs. Morgoth creusa un grand tunnel sous Ered Engrin, qui débouchait au sud des montagnes, et qu'il ferma d'énormes portes. Au-dessus de ces portes et au-delà même des montagnes, il éleva les sommets orageux du Thangorodrim, faits des cendres et des scories de ses forges souterraines et des roches où il avait creusé ses tunnels. C'étaient des pics sombres et lugubres, d'une hauteur immense, dont les sommets crachaient une fumée noire et malsaine dans le ciel du Nord. Devant les portes d'Angband un désert couvert d'immondices s'étendait loin sur les plaines d'Argalen mais, après la venue du Soleil, une herbe vigoureuse y poussa et même, lorsque Angband fut assiégé et que ses portes restèrent closes longtemps, des plantes prirent racine dans les crevasses et les roches brisées aux portes de l'enfer.

A l'ouest du Thangorodrim s'étendait Hísilómë, le Pays de la Brume, ainsi nommé par les Noldor dans leur langage à cause des nuages qu'envoya Morgoth la première fois qu'ils y dressèrent leur camp et qui devint Hithlum dans la langue des Sindar qui s'y établirent ensuite. Ce fut un beau pays tant que dura le siège d'Angband, même si l'air y était froid et l'hiver rigoureux. Il était borné à l'ouest par Ered Lómin, les Montagnes de l'Echo qui s'avançaient jusqu'à la mer, à l'est et au sud par le grand arc de cercle d'Ered Wethrin, les Montagnes de l'Ombre, qui dominaient Ard-galen et la Vallée du Sirion.

Fingolfin et son fils Fingon tenaient Hithlum et la plus grande part de leurs sujets s'établit à Kithrim sur les rives du grand lac, tandis que Fingon fut envoyé à Dor-lómin, à l'ouest des Monts de Mithrim. Leur plus grand fort était à Eithel Sirion, à l'ouest d'Ered Wethrim, d'où ils surveillaient Ard-galen, et leur cavalerie parcourait cette plaine jusqu'à l'ombre du Thangorodrim, car le nombre de leurs chevaux avait grandement augmenté, de faible qu'il était au départ, grâce à l'herbe verte et grasse de la plaine. Les étalons de ces chevaux venaient pour la plupart de Valinor, où Maedhros les avait donnés à Fingolfin en dédommagement de ceux qu'il avait perdus, quand ils avaient été emmenés par bateau à Losgar.

A l'ouest de Dor-lómin, au-delà des Montagnes de L'Echo qui s'avancent dans les terres au sud du Golfe de Drengist, se trouve Nevrast, ce qui signifie Haute Rive en langage sindarin. Ce nom fut d'abord donné à toute la côte au sud de l'Estuaire pour ne rester ensuite qu'à celle qui va du Drengist au Mont Taras. Ce fut pendant longtemps le royaume de Turgon le Sage, fils de Fingolfin, bordé d'un côté par la mer, de l'autre par Ered Lómin, à l'ouest par les collines qui prolongeaient la chaîne des Ered Wethrin, d'Ivrin au Mont Taras qui se dressait sur la côte comme un promontoire. Pour certains, Nevrast faisait partie de Beleriand plutôt que de Hithlum, car c'était une terre moins âpre, arrosée par les vents humides venus de la mer, protégée des vents froids du nord qui soufflaient sur Hithlum. Un pays creux entouré de montagnes et, du côté de la mer, de falaises plus hautes que la plaine, où ne coulait aucune rivière. Il y avait au milieu de Nevrast un grand lac aux rives incertaines, entouré de marais, qu'on appelait Lineawen à cause de la multitude d'oiseaux qui vivaient là, ceux qui aiment les hautes herbes et les eaux peu profondes. A l'arrivée des Noldor beaucoup des Elfes Gris habitaient sur les côtes de Nevrast, et surtout au sud-ouest près du Mont Taras où on disait que jadis étaient venus Ulmo et Ossë. Ceux-ci acceptèrent tous Turgon pour seigneur et ce fut là que se mêlèrent le plus vite les Nordor et les Sindar. Turgon vécut longtemps dans les grandes cavernes sous le Mont Taras, près de la mer, qu'on appelle Vinyamar.

Les Hautes Terres qui s'étendent loin au-dessous d'Ard-galen font soixante lieues d'ouest en est et sont couvertes de grandes forêts de pins, surtout au nord et à l'ouest. Elles montent en pentes douces depuis la plaine jusqu'à une région montagneuse et déserte où de nombreux petits lacs reflètent des pics dénudés dont certains sont plus hauts que ceux d'Ered Wethrin, et au sud, vers Doriath, elles plongent soudain dans des précipices vertigineux. Les fils de Finarfin, Angrod et Aegnor, sur les pentes septentrionales de Dorthonion, surveillaient la plaine d'Ard-galen en étant les vassaux de leur frère Finrod, Prince de Nargothrond. Ils avaient peu de sujets car la terre était pauvre, mais les hautes montagnes qui la bornaient faisaient un rempart que Morgoth n'essaierait pas de franchir à la légère.

Entre Dorthonion et les Montagnes de l'Ombre courait une étroite vallée dont les coteaux abrupts étaient couverts de pins mais dans le fond était verdoyant grâce aux eaux du Sirion qui la traversaient dans leur course vers Beleriand. Finrod tenait la Passe du Sirion, et au milieu du fleuve, sur l'île de Tol Sirion, il édifia une tour de guet fortifiée, Minas Tirith, et après la construction de Nargothrond il en remit la garde à son frère Orodreth.

Le grand et beau pays de Beleriand s'étend de chaque côté du puissant fleuve Sirion que les poètes ont si souvent chanté. Il prend sa source à Eithel Sirion et suit la frontière d'Ard-galen avant de s'engouffrer dans la Passe, ses flots sans cesse accrus par les torrents de montagne. De là il coule vers le sud pendant cent trente lieues en s'enflant des eaux de nombreux affluents et c'est un flot tumultueux qui se répand dans les mille bras de son delta sablonneux, dans la Baie de Balar. Quand on descend le Sirion du nord au sud on trouve à main droite la Forêt de Brethil, dans l'ouest de Beleriand, entre Sirion et Teiglin, puis le royaume de Nargothrond entre Teiglin et Narog. La rivière naît des chutes d'Ivrin, sur la face sud de Dor-lómin, et court sur environ quatre-vingts lieues pour rejoindre le Sirion à Nan-tathren, le Pays des Saules. Le sud de Nan-tathren est fait de grands prés semés de fleurs innombrables où peu de gens habitent, au-delà se trouvent les marais, les roseaux de l'embouchure du Sirion, et les étendues de sable peuplées uniquement par les oiseaux marins.

Mais le royaume de Nargothrond allait aussi à l'ouest du Narog jusqu'au fleuve Nenning qui se jette dans la mer à Eglarest, et Finrod devint le suzerain de tous les Elfes de Beleriand depuis la mer jusqu'au Sirion, sauf ceux de Falas. C'est là que vivaient les Sindar qui aimaient encore parcourir l'océan et leur Prince Círdan, le constructeur de navires. Finrod et Círdan étaient des amis et des alliés, et les ports de Brithombar et d'Eglarest furent reconstruits grâce à l'aide des Noldor. Leurs grands murs cachaient de belles cités et des ports avec des quais et des jetées de pierre. Sur le cap qui prolongeait Eglarest vers l'ouest, Finrod édifia la tour de Barad Nimras pour surveiller les mers occidentales, mais l'avenir prouva son inutilité, car jamais Morgoth n'essaya de construire des navires ni de porter la guerre sur l'océan. Tous ses serviteurs avaient peur de l'eau et aucun ne s'approchait volontairement de la mer, si ce n'est pressé par le besoin. Avec l'aide des Elfes des Ports, quelques-uns de ceux de Nargothrond construisirent de nouveaux navires et allèrent explorer la grande île de Balar dans le but d'y aménager un dernier refuge en cas de malheur. Mais le destin ne leur accorda pas de vivre sur cette île.

Le royaume de Finrod était ainsi de loin le plus grand de tous, bien qu'il fût le plus jeune des Princes Noldor : Fingolfin, Fingon, Maedhros et Finrod Felagund. Mais Fingolfin était le roi de tous les Noldor et Fingon son second, même si leurs domaines n'étaient que la partie nord d'Hithlum, et leurs sujets étaient les plus forts et les plus vaillants, ceux que les Orcs redoutaient le plus et que Morgoth haïssait en premier.

A main gauche du Sirion s'étend l'est de Beleriand qui fait dans sa plus grande largeur cent lieues du Sirion au Gelon et aux frontières d'Ossiriand, et où se trouve d'abord le désert de Dimbad, entre le Sirion et Mindeb, sous les pics des Crissaegrim, le repaire des aigles. Entre Mindeb et le cours supérieur de l'Esgalduin se trouve le Pays Mort, Nan Dingortheb, une région habitée par la peur. D'un côté le pouvoir de Melian qui barrait le nord de Doriath, de l'autre les précipices d'Ered Gorgoroth, les Montagnes de la Terreur, à pic depuis les hauteurs de Dorthonion. Et c'était là, comme on l'a dit, qu'Ungoliant s'était enfuie pour échapper aux fouets des Balrogs, là aussi qu'elle avait séjourné quelque temps, inondant les ravins de ses vapeurs mortelles, là encore qu'après son départ elle avait laissé une progéniture infâme qui tissait dans l'ombre ses toiles malfaisantes. Les quelques sources venues d'Ered Gorgoroth étaient souillées, dangereuses à boire, et ceux qui les goûtaient avaient le cœur soudain rempli d'ombres folles et désespérées. Tous les êtres vivants fuyaient cette contrée et les Noldor ne la traversaient qu'en cas de nécesité pressante, sans s'éloigner des frontières de Doriath et en contournant les collines hantées, par une route qui avait été tracée longtemps auparavant, quand Morgoth n'était pas encore revenu sur les Terres du Milieu. Celui qui l'empruntait vers l'est arrivait sur l'Esgalduin où se trouvait encore à l'époque du Siège le pont de pierre de Iant Iaur. De là il passait au Pays du Silence, Dor Dínen, et après avoir traversé Arossiach (le gué d'Aros), arrivait au nord de Beleriand, là où régnaient les fils de Fëanor.

Au sud de Nan Dungortheb, derrière l'enchantement qui les protège, s'étendent les forêts de Doriath, demeure de Thingol, le Roi Caché, où nul ne pénètre contre sa volonté. La forêt du Nord, la moins grande, celle de Neldoreth, est bordée à l'est et au sud par les eaux sombres de l'Esgalduin, là où elle tourne vers l'ouest au milieu de Doriath, et c'est entre cette rivière et l'Aros que se trouvent les bois plus touffus et plus étendus de Region. Sur la rive

154

sud de l'Esgalduin, au tournant qu'elle fait pour aller se jeter dans le Sirion, il y a les Cavernes de Menegroth. Doriath tout entier est à l'est du Sirion sauf pour une étroite région boisée qui va de là où le Teiglin rencontre le Sirion jusqu'aux Etangs du Crépuscule. Les gens de Doriath appellent cette forêt Nivrim, la Marche de l'Ouest. Il y pousse de grands chênes et elle se trouve aussi sous la protection de l'Anneau de Melian car la Reine aimait tant le Sirion, par vénération envers Ulmo, qu'elle avait voulu qu'une part de son cours fût complètement sous la souveraineté de Thingol.

Au sud-ouest de Doriath, là où l'Aros se déverse dans le Sirion, le fleuve est bordé des deux côtés par des étangs et des marais, il hésite à suivre son lit et se divise en multiples bras. On appelait cet endroit Aelinuial, les Etangs du Crépuscule, car ils étaient perpétuellement dans la brume et recouverts par l'enchantement de Doriath. A cet endroit aussi, qui est au nord de Beleriand, les hautes terres ont fait place à la plaine et le cours du fleuve en est ralenti. Mais au sud d'Aelinuial il retrouve soudain une pente rapide et une cataracte sépare le cours supérieur du Sirion de son cours inférieur, et celui qui regarderait vers le nord verrait comme une chaîne montagneuse ininterrompue courant depuis Eglarest, au-delà du Narog vers l'ouest, jusqu'à Amon Ereb vers l'est, non loin du Gelion. Le Narog franchit ces montagnes par des gorges étroites et s'écoule en tumultueux rapides, mais il n'y a pas de cataracte. Sa rive ouest s'élève jusqu'aux hautes terres boisées de Tauren-Faroth. Du même côté, au milieu des gorges, là où le Ringwil, un court torrent couvert d'écume, se jette dans le Narog du haut de Taur Faroth, Finrod avait établi Nargothrond. Et à peu près de vingt-cinq lieues à l'est de ces gorges le Sirion venu du Nord se déversait en chutes majestueuses en dessous des Marais, puis s'enfonçait brusquement sous terre dans des tunnels gigantesques creusés par la force de ses eaux, pour en ressortir à trois lieues au sud dans un grand bruit et un nuage de vapeur, émergeant au pied des collines d'une voûte rocheuse qu'on appelait les Portes du Sirion.

Cette chute qui coupait le fleuve en deux fut nommée Andram, le Grand Mur, pour ce qui allait de Nargothrond à Ramdal, la Fin du Mur, à l'est de Beleriand. Plus à l'est la pente était moins forte car la vallée du Gelion descendait tranquillement vers le sud sans que son cours fût barré de chutes ou de rapides, bien qu'il coulât plus vite que le Sirion. Il y avait entre Ramdal et le Gelion une seule colline de grande taille, aux pentes douces, qui semblait plus haute encore de ce qu'elle était isolée, et elle fut nommée Amon Ereb. Sur Amon Ereb mourut Denethor, le seigneur de Nandor qui vivait en Ossiriand, celui qui vint au secours de Thingol contre Morgoth au temps où les Orcs descendirent en force pour la première fois porter la guerre à Beleriand jusqu'alors en paix sous les étoiles, et c'est sur cette colline que Maedhros se retira après la grande défaite. Puis, au sud d'Andram, entre le Sirion et le Gelion, s'étendait une contrée sauvage couverte de forêts impénétrables où personne n'allait, sauf quelques elfes de la nuit dans leurs errances. On l'appelait Taur-im-Duinath, la Forêt entre les Fleuves.

Le Gelion était un grand fleuve. Il venait de deux sources et avait d'abord deux bras : le Petit Gelion qui venait de Himring, et le Grand Gelion qui descendait du Mont Rerir. Après le confluent de ses deux bras il parcourait quarante lieues vers le sud avant de rencontrer ses affluents et atteignait une longueur double de celle du Sirion avant d'arriver à la mer, bien que son lit fût moins large et moins rempli, car il pleuvait plus à Hithlum et à Dorthonion, d'où le Sirion recevait ses eaux, qu'à l'est. Les six affluents du Gelion descendaient d'Ered Luin : Ascar (qui plus tard fut nommé Rathlóriel), Thalos, Legolin, Brilthor, Duilwen et Adurant, des torrents rapides et turbulents qui plongeaient du haut de la montagne. Entre Ascar, au nord, et Adurant, au sud, et entre le Gelion et Ered Luin s'étendait le vert pays d'Ossiriand, le Pays des Sept Rivières. Presque à la moitié de son cours le lit de l'Adurant se divisait en deux avant de se rejoindre et l'île qui se trouvait ainsi baignée par ses eaux fut appelée Tol Galen, l'Ile Verte. C'est là que s'installèrent Beren et Lúthien après leur retour.

Ossiriand était peuplé par les Elfes Verts, qui vivaient sous la protection des sept rivières, car de toutes les eaux du monde occidental, Ulmo, après celles du Sirion, préférait celles du Gelion. Les Elfes d'Ossiriand avaient un tel art du camouflage qu'un étranger pouvait traverser leur pays d'un bout à l'autre sans en voir aucun. Ils étaient vêtus de vert au printemps comme en été et on pouvait les entendre chanter de l'autre côté du Gelion, d'où il se fit que les Noldor appelèrent cette contrée le Lindon, le Pays de la Musique, et Ered Lindon les montagnes qui la bornaient et qu'ils n'avaient pas vues avant d'arriver en Ossiriand.

Les Marches de Beleriand, à l'est de Dorthonion, étaient les plus exposées à une attaque, et il n'y avait pas une hauteur de quelque importance pour protéger la vallée du Gelion en direction du nord. Dans cette région, sur les Marches de Maedhros et les terres au-delà, vivaient les fils de Fëanor et une nombreuse population. Leurs cavaliers patrouillaient sans cesse dans la grande plaine du Nord, la vaste et déserte Lothlann, à l'est d'Ard-galen, de crainte que Morgoth ne tente une sortie vers l'est de Beleriand. Le fort principal de Maedhros se trouvait sur la hauteur de Himring, la Colline du Froid, une montagne basse et large, au sommet plat et dénudé, entourée de nombreuses collines plus petites. Entre Himring et Dorthonion il y avait un défilé, le Col d'Aglon, dont le flanc ouest était presque à pic, et qui ouvrait sur Doriath. Un vent glacé venu du nord le balayait sans répit. Celegorm et Curufin fortifièrent ce défilé et y installèrent une importante garnison, ainsi qu'au sud dans la région d'Himlad, entre la rivière Aros venue de Dorthonion et son affluent le Celon, lui-même descendu d'Himring.

Maglor reçut la charge des terres qui se trouvaient entre les deux bras du Gelion, à l'endroit où aucune montagne ne les protégeait du nord, et c'est par là que les Orcs arrivèrent à Beleriand avant la Troisième Bataille. C'est pourquoi les Noldor y entretenaient de nombreux cavaliers, tandis que ceux de Caranthir fortifièrent les montagnes jusqu'à l'est de la Brèche de Maglor. C'est là que se dressaient le Mont Rerir et nombre de sommets de moindre hauteur, à l'est de la chaîne de l'Ered Lindon, et dans l'angle entre cette chaîne et le Mont Rerir se trouvait un lac entouré de montagnes, sauf vers le sud. C'était le lac Helevorn, noir et profond, auprès duquel Caranthir fit sa demeure. Toutes les terres qui s'étendaient entre le Gelion et les montagnes, entre le Rerir et la rivière Ascar, furent appelées par les Noldor Thargelion, ce qui signifie le Pays au-delà du Gelion, ou encore Dor Caranthir, le Pays de Caranthir, et c'est là que les Noldor rencontrèrent les Nains pour la première fois. Avant eux les Elfes Gris appelaient ce pays Talath Rhúnen, la Vallée de l'Est.

Ainsi les fils de Fëanor, menés par Maedhros, étaient les seigneurs de l'est de Beleriand, mais en ce temps leurs sujets vivaient surtout dans le nord du pays et ne venaient au sud que pour chasser dans les forêts, alors qu'Amrod et Amras, installés au sud, ne montèrent presque jamais au nord tant que dura le siège. C'était une contrée encore sauvage mais très belle, et souvent d'autres princes des Elfes venaient y chevaucher, même de très loin. Finrod Felagund était l'un des plus assidus de ces visiteurs, car il n'aimait rien tant que voyager, et il alla jusqu'en Ossiriand pour y gagner l'amitié des

Elfes Verts. Pourtant, tant que leur règne dura, aucun des Noldor ne franchit jamais Ered Lindon, et le peu de nouvelles venues de l'Est ne parvenait qu'avec retard à Beleriand.

15

LES NOLDOR A BELERIAND

Il a été raconté comment Turgon de Nevrast, guidé par Ulmo, découvrit la vallée cachée de Tumladen qui (comme on l'a su plus tard) se trouve à l'est du cours supérieur du Sirion, entourée de montagnes abruptes, et n'abrite nul être vivant sauf les aigles de Thorondor. Mais il existait un passage creusé sous les montagnes, dans les profondeurs obscures du monde, par les eaux qui se frayaient un chemin vers le lit du Sirion. Turgon découvrit ce passage, il se retrouva dans la plaine verdoyante au milieu des montagnes et il vit de ses yeux la colline de pierre dure et lisse qui se dressait comme une île, car jadis la vallée avait été un lac. Turgon sut alors qu'il avait trouvé l'endroit de ses rêves et il décida d'y construire une ville de beauté en souvenir de Tirion, celle qui couronnait Túna, puis il revint à Nevrast et y vécut paisiblement, non sans que son esprit ne soit sans cesse occupé par les moyens d'accomplir son projet.

Après Dagor Aglareb l'inquiétude dont Ulmo avait saisi son cœur le reprit et il convoqua nombre des plus habiles et des plus courageux parmi son peuple qu'il conduisit en secret à la vallée cachée où ils commencèrent à construire la ville qu'il avait imaginée. Ils établirent une garde, afin que nul ne pût les surprendre et le pouvoir d'Ulmo, qui courait dans les eaux du Sirion, les protégeait toujours. Turgon restait la plupart du temps à Nevrast et, après cinquante et deux années de travaux secrets, il arriva que la ville fut enfin achevée. On dit alors que Turgon lui donna pour nom Odolindë, dans le langage des Elfes de Valinor, le Roc de la Musique des Eaux, car des sources naissaient sur la colline, mais ce nom fut transformé dans le langage des Sindar en Gondolin, le Roc Caché. Et Turgon s'apprêta à quitter Nevrast et ses palais de Vinyamar au bord de la mer, quand Ulmo vint à lui une fois encore et lui parla :

— A présent, Turgon, tu peux enfin partir pour Gondolin, et mon pouvoir ne quittera pas la vallée du Sirion non plus que les eaux alentour afin que nul ne puisse retracer tes pas ni découvrir contre ton gré le passage secret. Gondolin tiendra plus longtemps devant Melkor que tous les autres royaumes Eldalië. Mais n'aie pas trop d'amour pour ce que tes mains fabriquent ou ce que ton cœur imagine, et souviens-toi que le véritable espoir des Noldor est à l'ouest et qu'il viendra de la mer.

Ulmo fit aussi souvenir à Turgon qu'il restait soumis à la malédiction de Mandos, qu'il n'avait pas lui-même le pouvoir de supprimer.

— Il se peut donc que la malédiction des Noldor te rejoigne ici avant la fin et que la trahison se réveille derrière tes remparts, qui seront alors en danger d'incendie. Mais si vraiment ce péril approchait, c'est de Nevrast encore qu'un messager viendra t'en avertir et c'est grâce à lui, malgré les ruines et les flammes, qu'un espoir nouveau naîtra pour les Elfes et les Humains. Laisse donc dans cette maison des armes et une épée afin que, le jour venu, il puisse les y trouver, et ainsi tu le connaîtras et tu ne te tromperas pas.

Et Ulmo dit à Turgo la taille et la hauteur que devraient avoir le heaume, la cotte de mailles et le glaive qu'il laisserait derrière lui.

Puis Ulmo retourna vers la mer et Turgon fit avancer tous ses gens : près du tiers des Noldor qui avaient suivi Fingolfin, et des Sindar encore plus nombreux. Ils partirent en secret, compagnie par compagnie, sous les ombres d'Ered Wethrin, ils arrivèrent à Gondolin sans être vus et nul ne sut où ils étaient allés. Turgon, le dernier de tous, se leva et s'en alla avec ceux de sa maison à travers les collines, en silence, ils passèrent les portes des montagnes, et elles furent refermées derrière lui.

Après cela, pendant de longues années, personne n'y entra sauf Hurin et Huor, et l'armée de Turgon n'en sortit jamais plus jusqu'à ce que vînt l'Année de la Lamentation, après trois cent cinquante années et plus. Les gens de Turgon se mirent à croître et à se multiplier derrière le cercle des montagnes et à mettre tous leurs talents dans un labeur incessant, tant et si bien que Gondolin sur Amon Gwareth devint une ville d'une beauté digne d'être comparée avec la cité des Elfes, Tirion d'au-delà des mers. Hautes et blanches étaient ses murailles et ses marches de marbre, haute et puissante était la Tour du Roi.

Il y avait le jeu étincelant des fontaines et dans les palais de Turgon se dressaient des images des Arbres d'autrefois, taillées par le Roi lui-même avec le talent des Elfes. L'arbre qu'il sculpta dans l'or fut nommé Glingal, celui dont les fleurs étaient d'argent fut nommé Belthil. Mais la plus belle encore de toutes les merveilles de Gondolin était Idril, la fille de Turgon, celle qu'on appela Celebrindal, la Fille au Pied d'Argent dont les cheveux étaient du même or que Laurelin avant la venue de Melkor. Ainsi Turgon vécut longtemps heureux tandis que Nevrast, à l'abandon, demeura vide et désolée jusqu'à la chute de Beleriand.

Pendant que la ville de Gondolin était construite en secret, Fonrod Felagund œuvrait au plus profond des cavernes de Nargothrond tandis que sa sœur Galadriel vivait à Doriath, comme il a été dit, au royaume de Thingol. Melian et Galadriel s'entretenaient parfois de Valinor et du bonheur passé, et

161

quand venait le sombre récit de la mort des Arbres, Galadriel restait muette, sans vouloir s'en aller. Une fois Melian lui dit :

– Il y a une sorte de malheur qui plane sur toi et les tiens. Cela, je peux le voir en toi, mais tout le reste m'est caché, car je ne puis rien connaître de ce qui se passe à l'ouest, ni par esprit ni par vision : une ombre recouvre tout le Pays d'Aman qui s'étend loin au-dessus de la mer. Pourquoi ne m'en dis-tu pas davantage ?

– Car ce malheur est passé, répondit Galadriel, et je voudrais prendre ce qui reste de joie sans la ternir d'un souvenir. Et peut-être y a-t-il assez de malheur encore à venir, aussi brillant que paraisse l'espoir.

Melian la regarda droit dans les yeux :

– Je ne crois pas que les Noldor soient venus comme les messagers des Valar, comme on l'a d'abord dit, bien qu'ils soient arrivés au moment même où nous étions dans le besoin. Jamais ils ne parlent des Valar et leurs princes n'ont porté à Thingol aucun message, qu'il fût de Manwë, d'Ulmo ou même d'Olwë, le frère du roi, ni même de ceux de son peuple qui ont traversé la mer. Quelle est la raison, Galadriel, qui a fait bannir les seigneurs des Noldor du Pays d'Aman ? Quel mal pèse donc sur les fils de Fëanor, qu'ils soient si arrogants et si cruels ? N'ai-je point touché bien près de la vérité ?

– Très près, dit Galadriel, si ce n'est que nous n'avons pas été chassés, que nous sommes venus de notre plein gré et contre celui des Valar. Malgré les Valar et les grands dangers que nous avons traversés, nous sommes venus dans un seul but : nous venger de Morgoth et reprendre ce qu'il a volé.

Galadriel alors parla des Silmarils à Melian, et du meurtre du roi Finwë à Formenos, mais elle ne lui dit rien du Serment, ni du Massacre, ni de l'incendie des navires à Losgar. Pourtant, Melian lui répondit :

– Maintenant tu m'en dis beaucoup, mais j'en

perçois plus encore. Tu jettes un voile d'ombre sur la longue route franchie depuis Tirion et j'y vois le mal, un mal que Thingol devrait connaître pour l'avenir.

– Peut-être, dit Galadriel, mais pas de moi.

Melian ne parla plus de ce sujet avec Galadriel, mais elle dit au Roi Thingol tout ce qu'elle avait appris des Silmarils.

– Voilà qui est important, dit-elle, plus encore que ne croient les Noldor eux-mêmes, car la Lumière d'Aman et le destin, sort d'Arda, sont scellés dans ces pierres, œuvres de Fëanor qui a disparu. Et je prédis qu'elles ne seront pas retrouvées, que les Eldar seront impuissants et que le monde sera déchiré par des guerres inévitables si les joyaux ne sont pas arrachés à Morgoth. Regarde! Ils ont tué Fëanor et beaucoup avec lui, je le sens, mais de toutes ces morts passées et à venir la première fut celle de votre ami Finwë. Morgoth l'a tué avant de s'enfuir du Pays d'Aman.

Thingol alors ne dit mot, traversé par la douleur et le pressentiment, puis il prit la parole :

– Je comprends enfin pourquoi les Noldor sont venus de l'Ouest, et je m'en suis longtemps étonné. Ils ne sont pas venus à notre secours (si ce n'est par hasard), et les Valar laisseront désormais sans aide ceux qui demeurent sur les Terres du Milieu, quelle que soit leur détresse. Les Noldor sont venus pour se venger, et retrouver ce qu'ils ont perdu. Ils en seront des alliés d'autant plus sûrs contre Morgoth, maintenant qu'on peut penser que jamais ils ne traiteront avec lui.

Melian lui répondit alors :

– En vérité, c'est pour cela qu'ils sont venus, mais pour autre chose aussi. Prends garde aux fils de Fëanor! La colère des Valar jette une ombre sur eux, et je sens qu'ils ont porté le mal tant en Pays d'Aman que contre leurs propres frères. Une grande rancune qui n'est qu'endormie sépare les Princes des Noldor.

Et Thingol :

– Qu'est-ce pour moi que cela? De Fëanor je n'ai entendu que les échos de sa grandeur. De ses fils je n'apprends rien qui me plaise, pourtant il semblerait qu'ils soient les plus féroces ennemis de notre ennemi.

– Leurs glaives et leurs paroles sont à double tranchant, dit Melian, et ils ne parlèrent plus de ce sujet.

Il ne fallut guère de temps avant qu'on entendît murmurer parmi les Sindar toutes sortes de contes sur ce qu'avaient fait les Noldor avant de venir à Beleriand. Nul doute sur l'origine de ces rumeurs, car la terrible vérité était aggravée de mensonges venimeux, mais les Sindar étaient encore peu avertis du langage, ils ne se méfiaient pas des mots et (comme on l'aurait pensé) Morgoth les avait choisis comme première cible de ses attaques, puisqu'ils ne le connaissaient pas. Círdan, quand il entendit ces ténébreux récits, fut pris d'inquiétude, car il était sage et comprit très vite que ce mélange de vrai et de faux venait d'une intention malveillante, bien qu'il l'attribuât aux Princes des Noldor à cause de leur caractère jaloux. Il envoya donc à Thingol des messagers pour dire tout ce qu'il avait entendu.

Il se trouvait qu'au même moment les fils de Finarfin étaient une fois de plus les hôtes de Thingol, étant venus rendre visite à leur sœur Galadriel. Et Thingol, bouleversé, se prit d'une grande colère contre Finrod :

– Bien mal t'es-tu conduit envers moi, mon parent, en me cachant des événements de si grande importance. Et maintenant j'ai appris tout le mal que peuvent faire les Noldor.

Mais Finrod lui répondit :

– Quel mal t'ai-je fait, ô Seigneur? Quelles mauvaises actions les Noldor auraient-ils commises dans ton royaume qui te peinent à ce point? Car ils n'ont rien pensé ni rien fait contre ton trône ni contre aucun de tes sujets.

– Je m'étonne grandement, fils d'Eärwen, que tu puisses venir t'asseoir à la table de ton parent les mains rouges encore du massacre de tes frères, sans rien dire pour ta défense, ni même implorer quelque pardon!

Alors Finrod fut pris d'un grand trouble mais il garda le silence, car il ne pouvait se défendre sans accuser les autres Princes des Noldor et il lui répugnait de le faire devant Thingol. Et le cœur d'Angrod se gonfla soudain au souvenir amer des paroles de Caranthir, et il s'écria :

– Seigneur, je ne sais quels mensonges vous ont été racontés, ni par qui, mais nous ne sommes pas venus ici les mains tachées de sang. Nous avons marché en toute innocence, coupables seulement de quelque légèreté. En écoutant les paroles du cruel Fëanor nous avons été pris d'une sorte d'ivresse, aussi brève que celle donnée par le vin. Pendant ce voyage nous n'avons fait aucun mal à autrui, mais nous avons enduré de lourdes peines, et nous l'avons pardonné. Voilà pourquoi nous paraissons devant vous comme des menteurs et comme des traîtres aux yeux des Noldor, à tort vous le savez, car c'est par loyauté que nous avons gardé le silence devant vous et avons ainsi encouru votre colère. Mais il n'y a plus lieu désormais de porter le poids de ces accusations, et vous allez connaître la vérité.

Alors Angrod parla durement des fils de Fëanor, il raconta le massacre d'Alqualondë, la malédiction de Mandos et l'incendie des navires à Losgar, et il termina en criant :

– Pourquoi devrions-nous porter le nom de fratricides et de traîtres, nous qui avons enduré l'épreuve du Chaos de Glaces?

– Et pourtant l'ombre de Mandos s'étend aussi sur vous, lui répondit Melian.

Mais Thingol resta longtemps silencieux avant de parler à nouveau.

– Partez sur-le-champ! dit-il. Le cœur me brûle par trop. Plus tard vous reviendrez, si vous le voulez, car jamais je ne vous fermerai ma porte, à vous qui êtes de mon sang et qui avez été pris au piège d'un maléfice où vous n'aviez aucune part. Je garde aussi mon amitié à Fingolfin et aux siens, car ils ont durement expié le mal qu'ils ont fait. Et nos querelles se perdront dans notre haine commune contre Celui qui fut l'artisan de tous ces malheurs. Mais écoutez-moi! Jamais plus mes oreilles n'écouteront le langage de ceux qui ont tué mes frères à Alqualondë! Jamais plus, tant que j'aurai pouvoir, on ne le parlera ouvertement dans mon royaume. Tous les Sindar vont recevoir l'ordre de ne plus parler la langue des Noldor et de ne plus y répondre. Et tous ceux qui l'emploieront seront tenus pour des traîtres et des assassins sans remords.

Alors les fils de Finarfin quittèrent Menegroth le cœur lourd, comprenant que Mandos ne se démentirait jamais et qu'aucun des Noldor qui avait suivi Fëanor n'échapperait à l'ombre qui recouvrait sa maison.

Et il en fut comme avait dit Thingol : les Sindar écoutèrent son ordre et par la suite le langage des Noldor fut refusé dans tout le pays de Beleriand comme furent évités tous ceux qui l'employaient. Les exilés ne parlèrent plus que la langue des Sindar pour leur usage quotidien, et l'Ancien Langage de l'Ouest ne fut plus employé que par les seigneurs Noldor entre eux. Il survécut pourtant comme la langue des chroniques et des poèmes partout où il y eut des Noldor.

Il advint un jour, alors que Nargothrond était achevée (bien que Turgon demeurât encore dans son palais de Vinyamar), que les fils de Finarfin se réunirent pour une fête et que Galadriel, venue de Doriath, séjourna quelque temps à Nargothrond. Il se trouvait que le roi Finrod Felagund était sans femme et Galadriel lui demanda pourquoi. Au moment où elle lui parlait, Felagund eut un pressentiment et il lui répondit :

– Moi aussi j'ai un serment à prêter et je dois rester libre de l'accomplir avant de m'enfoncer dans la nuit. Rien ne restera de mon royaume dont un fils puisse hériter.

On dit aussi que jamais auparavant d'aussi froides pensées n'avaient guidé son âme, et qu'en vérité celle qu'il aimait s'appelait Amarië des Vanyar et qu'elle ne l'avait pas suivi dans son exil.

16

MAEGLIN

Aredhel Ar-Feiniel, la Blanche Dame des Noldor, fille de Fingolfin, vivait à Nevrast avec son frère Turgon et elle le suivit au Royaume Caché. Mais elle se lassa bientôt des murailles de Gondolin, désirant chaque jour davantage parcourir à nouveau les vastes plaines et cheminer dans les forêts comme elle se plaisait à le faire à Valinor, et quand il se fut écoulé deux cents ans après l'achèvement de Gondolin, elle demanda à Turgon la permission de s'en aller. Longtemps il la lui refusa, tant cela lui déplaisait, mais à la longue il céda et lui dit :

– Pars donc, si tu le veux, mais cela va à l'encontre de tout ce que je sais, et je prévois qu'il n'en sortira que du mal pour toi comme pour moi. Mais tu pars seulement pour aller trouver notre frère Fingon, et ceux que j'enverrai avec toi devront revenir à Gondolin aussi vite que possible.

Aredhel lui répondit alors :

– Je suis ta sœur, non ta servante, et hors de ton domaine j'irai où bon me semblera. Et si tu me chicanes une escorte, je partirai seule.

Turgon lui dit encore :

– Je ne te refuse rien de ce qui est à moi. Je ne voudrais pas que ceux qui savent comment venir ici restent hors de ces murs. Si j'ai confiance en toi, ma sœur, je crains que d'autres surveillent moins leurs paroles.

Turgon désigna trois seigneurs de sa maison pour escorter Aredhel et leur dit de la conduire en Hithlum, s'ils pouvaient arracher consentement de la Dame.

– Et prenez garde, ajouta-t-il, car si Morgoth est encore assiégé au nord, il existe dans les Terres du Milieu de nombreux périls dont la Dame ne sait rien.

Puis Aredhel quitta Gondolin, laissant Turgon le cœur lourd.

Et quand elle atteignit le Sirion, au Gué de Brithiach, elle s'adressa à ses compagnons :

– Allons maintenant au sud, et non plus vers le nord, car je n'irai pas à Hithlum, mon cœur tend plutôt à retrouver les fils de Fëanor, mes anciens amis.

Et comme ils ne purent la faire changer d'avis, ils suivirent ses ordres, se dirigèrent vers le sud et demandèrent à entrer au royaume de Doriath, où ils furent refoulés par les gardes des frontières. Thingol ne souffrait plus qu'aucun des Noldor ne traversât l'Anneau, sauf ses parents de la maison de Finarfin, et moins que personne les amis des fils de Fëanor. Ainsi le garde dit à Aredhel :

– Pour aller au pays de Celegorm comme tu le souhaites, ma Dame, tu ne peux d'aucune manière traverser le royaume du Roi Thingol. Il te faut chevaucher autour de l'Anneau de Melian, par le sud ou par le nord. La voie la plus rapide passe par les chemins qui partent vers l'est du Gué de Brithiach, traversent Dimbar, longent la frontière nord-ouest de ce royaume jusqu'au Pont d'Esgalduin et au gué d'Aros, jusqu'aux territoires qui s'étendent derrière la Colline d'Himring. Nous pensons que c'est là que sont Celegorm et Curufin, et tu pourras peut-être les y trouver, mais la route est longue et dangereuse.

Alors Aredhel fit demi-tour et prit la piste semée d'embûches qui passe entre les vallées hantées d'Ered Gorgoroth et le nord de Doriath. A mesure qu'ils approchaient de la contrée maléfique, Nan Dungortheb, les cavaliers s'enfonçaient dans l'ombre et Aredhel finit par se perdre, séparée de son escorte. Longtemps ils la cherchèrent en vain, craignant qu'elle eût été prise au piège, ou qu'elle ait bu aux sources empoisonnées, mais les créatures maudites laissées par Ungoliant dans les ravins, alertées, se mirent à leur poursuite, et c'est à peine s'ils purent s'enfuir avec la vie sauve. Quand ils retrouvèrent enfin Gondolin et qu'ils racontèrent leur histoire, la ville fut plongée dans l'affliction et Turgon demeura longtemps solitaire, supportant en silence sa colère et sa peine.

Mais Aredhel, ayant cherché en vain ses compagnons, était allée de l'avant, car elle était sans peur et de cœur intrépide comme tous les enfants de Finwë. Elle ne s'écarta pas de sa route et après avoir traversé Esgalduin et Aros, arriva au pays d'Himlad où vivaient en ce temps-là Celegorm et Curufin, avant la fin du siège d'Angband.

Ils n'étaient pas chez eux, car ils chevauchaient avec Caranthir dans l'est de Thargelion, mais les sujets de Celegorm lui firent bon accueil et l'invitèrent à demeurer en tout honneur avec eux jusqu'au retour de leur prince. Pendant quelque temps, Aredhel fut heureuse de retrouver la joie de ses promenades en forêt, mais l'année s'avançait et Celegorm ne rentrait pas. Alors l'impatience la reprit et elle se mit à chevaucher de plus en plus loin, toute seule, recherchant les chemins nouveaux et les clairières inconnues. Et il arriva qu'au déclin de l'année Aredhel descendit au sud du pays d'Himrad, qu'elle traversa le Celon et qu'elle se retrouva soudain prise au piège de Nan Elmoth.

Au temps jadis, dans cette forêt, quand les Arbres étaient jeunes et protégés par un enchantement, Melian se promenait sous le ciel étoilé des Terres du Milieu. Mais les arbres de Nan Elmoth étaient devenus les plus hauts et les plus sombres de tout Beleriand et le soleil ne les traversait jamais. Là se tenait Eöl, qu'on appelait l'Elfe Noir. Il avait fait partie de la maison du Roi Thingol, mais il s'était toujours senti mal à l'aise et inquiet au royaume de Doriath, et quand l'Anneau de Melian entoura la Forêt de Region où il vivait, il s'enfuit jusqu'à Nan Elmoth. Il vivait là dans une ombre profonde, aimant la nuit et la lueur crépusculaire des étoiles. Il évitait les Noldor, les tenant responsables du retour de Morgoth qui avait troublé la paix de Beleriand, et il préférait les Nains à tous les anciens peuples des Elfes. Les Nains apprirent de lui beaucoup de ce qui s'était passé au pays des Eldar.

Le commerce que faisaient les Nains depuis les Montagnes Bleues empruntait deux routes pour traverser l'est du pays de Beleriand : celle du nord, qui allait vers le Gué d'Aros, passait près de Nan Elmoth. C'est là que Eöl rencontrait les Naugrim et conversait avec eux. A mesure que leur amitié grandit, il allait parfois séjourner quelque temps chez eux, dans les maisons souterraines de Nogrod ou de Belegost. Il y apprit l'art de travailler le métal et y devint très habile. Il inventa même un métal aussi dur que l'acier des Nains et si malléable en même temps qu'il pouvait le rendre aussi mince et souple que la soie tout en restant impénétrable aux flèches comme aux épées. Il l'appela le *galvorn*, car il était noir et brillant comme le jais, et il s'en revêtait chaque fois qu'il voyageait. Mais Eöl, bien que le travail de la forge eût courbé sa taille, n'était pas un Nain, mais un Elfe de haute stature d'une grande famille des Teleri, dont le visage rude ne démentait pas la noblesse, et dont le regard pénétrait au plus profond des ombres et des cavernes. Il arriva donc qu'il aperçut Aredhel quand elle passa entre les grands arbres en lisière de Nan Elmoth, blanche lueur au milieu du crépuscule. Elle lui sembla très belle et il la désira et il disposa autour d'elle ses enchantements afin qu'elle ne puisse plus sortir de la forêt et qu'elle se rapproche à chaque pas de sa demeure au plus profond des bois. Là se trouvaient sa forge, son palais ténébreux, et ceux qui le servaient, aussi secrets et silencieux que leur maître. Et quand Aredhel, lasse d'errer à l'abandon, arriva enfin devant ses portes, il se découvrit à elle, lui souhaita la bienvenue et la fit entrer chez lui. C'est là qu'elle resta désormais, car Eöl la prit pour femme et il s'écoula beaucoup de temps avant qu'aucun des siens ne reçoive de ses nouvelles.

On ne dit pas qu'Aredhel fut prise entièrement contre sa volonté ni que pendant longtemps la vie à Nan Elmoth lui fut haïssable. Car si Eöl lui ordonnait de fuir la lumière du soleil, ils allaient ensemble très loin sous les étoiles ou à la lueur du croissant argenté, à moins même qu'elle ne se promenât seule où elle voulait : Eöl lui avait seulement interdit de revoir les fils de Fëanor ou aucun des Noldor. Dans l'ombre de Nan Elmoth, Aredhel donna un fils à Eöl, et dans son cœur elle lui donna un nom dans la langue interdite des Noldor, Lómion, ce qui veut dire l'Enfant du Crépuscule, tandis que son père ne l'appela d'aucun nom avant qu'il ait atteint l'âge de douze ans. Alors il le nomma Maeglin, Renard Vif, car il vit que les yeux de son fils étaient plus acérés que les siens, et qu'ils pouvaient lire au-delà du brouillard des mots dans le secret des cœurs.

A mesure que Maeglin grandissait, il ressemblait de visage et d'allure à ses ancêtres les Noldor, alors qu'il restait le fils de son père par le cœur et par l'esprit. Il parlait peu, sauf sur ce qui le touchait de près, et alors sa voix savait émouvoir ceux qui l'écoutaient comme elle pouvait déconcerter ceux qui s'opposaient à lui. Il était grand de taille, les cheveux bruns, les yeux noirs et pourtant vifs et perçants comme ceux des Noldor, et il avait la peau blanche. Il accompagnait souvent Eöl dans les cités des Nains à l'est d'Ered Lindon, où il apprenait avec avidité ce qu'ils voulaient lui enseigner, et par-dessus tout l'art de découvrir au sein des montagnes les minerais métalliques.

On dit pourtant que Maeglin préférait sa mère et que, pendant les absences de son père, il passait de longues heures auprès d'elle à écouter ce qu'elle pouvait lui raconter de son peuple, de leurs exploits en Eldamar, de la vaillance et de la force des seigneurs de la maison de Fingolfin. Il prenait tout cela très à cœur, surtout ce qu'il apprenait sur Turgon, et comment il n'avait pas d'héritier : car son épouse Elenwë avait péri pendant la traversée d'Elcaraxë, lui laissant une fille unique, Idril Celebrindal, pour seul enfant.

A raconter ces histoires, Aredhel sentit se réveiller en elle le désir de revoir les siens, et elle s'étonna d'avoir pu se lasser de la lumière de Gondolin, des fontaines en plein soleil et des vertes prairies de Tumladen sous la brise et le ciel du printemps. De plus elle restait souvent seule dans le noir quand son fils et son époux n'étaient pas là. Ces récits provoquèrent les premières querelles entre Eöl et Maeglin. Car Maeglin ne pouvait rien faire pour que sa mère lui révèle l'endroit où demeurait Turgon et le moyen d'y parvenir, mais il attendait son heure, sûr de lui arracher son secret ou peut-être de lire dans son esprit quand elle ne serait pas sur ses gardes. Cependant, il voulait d'abord voir les Noldor et rencontrer les fils de Fëanor, ses parents, qui vivaient à peu de distance. Quand il déclara ses intentions à son père, celui-ci fut pris d'un grand courroux.

– Tu appartiens à la Maison d'Eöl, Maeglin, mon fils, non à celle des Golodorim. Ces terres sont celles des Teleri, et ni moi ni mon fils n'auront commerce avec les assassins de mon peuple, les envahisseurs et les usurpateurs de nos royaumes. En cela tu m'obéiras ou je te tiendrai enchaîné.

Maeglin ne répondit pas, il resta calme et froid, mais il ne voyagea plus avec Eöl et son père ne lui fit plus confiance.

Il advint qu'au milieu de l'été, les Nains, comme ils en avaient la coutume, invitèrent Eöl à une fête à Nogrod et qu'il s'y rendit. Maeglin et sa mère étaient donc libres pour un temps d'aller où ils voulaient, et ils chevauchèrent souvent jusqu'aux lisières de la forêt pour voir la lumière du soleil. Maeglin sentit dans son cœur le brûlant désir de quitter Nan Elmoth à jamais et il s'adressa à Aredhel :

– O Dame, allons-nous-en pendant qu'il est temps! Que peux-tu encore espérer de ces forêts, ou moi? Ici nous sommes captifs et pour moi je n'en attends plus rien, car j'ai appris tout ce que savait mon père et tout ce que les Naugrim veulent bien me révéler. N'allons-nous pas retrouver Gondolin? Tu seras mon guide et moi ton chevalier!

Aredhel, heureuse, regarda son fils avec orgueil. Ils dirent aux serviteurs d'Eöl qu'ils allaient à la recherche des fils de Fëanor et ils chevauchèrent jusqu'à l'extrême nord de Nan Elmoth, traversèrent le cours du Celon au pays d'Himlad, là où il est encore étroit, puis le Gué d'Aros et ils continuèrent vers l'ouest le long du royaume de Doriath.

Eöl revint de l'Est plus tôt que ne croyait Maeglin, deux jours avant le départ de sa femme et de son fils. Sa colère fut si grande qu'il n'attendit pas une heure pour les poursuivre. Quand il fut au pays d'Himlad, il put maîtriser sa rage et avancer avec précaution, se souvenant du danger, car Celegrom et Curufin étaient de puissants seigneurs qui ne l'aimaient guère et, de plus, Curufin était un être d'humeur batailleuse. Mais les éclaireurs d'Aglon avaient suivi les traces des fugitifs jusqu'au Gué d'Aros et Curufin, sentant qu'il se passait des choses étranges, sortit de la Passe vers le sud pour établir son campement près du gué. Avant qu'Eöl eût traversé Himlad il fut surpris par les cavaliers de Curufin et mené jusqu'à lui.

Alors Curufin dit à Eöl :

— Qu'est-ce qui t'amène dans mes terres, Elfe Noir ? Une affaire urgente, peut-être, pour faire voyager de jour celui qui hait tant le soleil.

Eöl, sentant le danger, ne prononça pas les paroles cruelles qui emplissaient son esprit.

— J'ai appris, Seigneur Curufin, que mon fils et ma femme, la Blanche Dame de Gondolin, sont venus te rendre visite lorsque j'étais absent, et il m'a paru convenable de venir les rejoindre.

Alors Curufin lui rit au nez et lui dit :

— Ils auraient pu trouver chez moi un accueil plus frais qu'ils n'auraient espéré, si tu les avais accompagnés, mais peu importe, car ce n'était pas leur but. Il n'y a pas deux jours qu'ils ont traversé Arosiach pour courir vers l'ouest. Il paraîtrait que tu cherches à me tromper, à moins que tu ne l'aies été toi-même.

— Alors, Seigneur, répondit Eöl, peut-être consentiras-tu à me laisser aller chercher la vérité de cette histoire.

— Je te laisse aller, mais ne t'aime point, dit Curufin ; plus tôt tu quitteras mes terres, plus je serai content.

Eöl se remit en selle et dit encore :

— Il est bon, Seigneur Curufin, quand on est dans le besoin, de trouver un parent si prêt à vous aider. Je m'en souviendrai à mon retour.

Curufin lui lança un regard sombre :

— Ne fais donc pas montre devant moi du titre de ta femme. Car ceux qui volent les filles de Noldor pour les épouser sans dot ni consentement n'y gagnent aucune parenté. Je t'ai donné liberté de partir. Prends-la et va-t'en. D'après les lois des Eldar je ne puis te tuer ici. Et j'ajouterai ce conseil : retourne tout de suite dans tes sombres demeures à Nan Elmoth, car mon cœur me dit que si tu

174

poursuis ceux qui ne t'aiment plus, tu n'y retourneras jamais.

Eöl alors s'enfuit en toute hâte, le cœur plein de haine contre tous les Noldor, car il avait compris que Maeglin et Aredhel étaient partis pour Gondolin. La colère et la honte de s'être fait humilier lui firent traverser le Gué d'Aros et courir sur les traces des fugitifs mais, bien que ceux-ci ignorassent qu'ils étaient suivis et bien qu'Eöl eût le cheval le plus rapide, il ne put les voir avant qu'ils n'eussent atteint le Brithiach et abandonné leurs chevaux. C'est alors que le destin les trahit, car ces chevaux hennirent avec bruit et Eöl les entendit. Il courut comme le vent et aperçut de loin la blanche robe d'Aredhel qui lui montra le chemin qu'elle allait prendre pour rejoindre le passage secret à travers les montagnes.

Quand Aredhel et Maeglin atteignirent les Portes Extérieures de Gondolin et les Gardes Noirs dans les entrailles du rocher, ils furent accueillis avec joie et passèrent les Sept Murailles jusqu'à Amon Gwareth où était Turgon. Le Roi fut émerveillé de tout ce que lui raconta Aredhel, il regardait Maeglin avec plaisir, voyant déjà le fils de sa sœur digne de prendre place parmi les princes des Noldor.

– En vérité, je suis heureux qu'Ar-Feiniel soit revenue à Gondolin, dit-il, ma cité me paraîtra plus belle qu'aux jours où je la croyais perdue. Et Maeglin recevra dans mon royaume les plus grands honneurs.

Maeglin alors s'inclina jusqu'à terre et fit allégeance à Turgon, son roi et son seigneur. Il reconnut son autorité, mais ensuite il ne dit mot et ouvrit grand les yeux, car la joyeuse splendeur de Gondolin dépassait tout ce qu'il avait imaginé d'après les récits de sa mère. Il était stupéfié par la puissance de la ville, le nombre de ses habitants et tout ce qu'elle renfermait d'étrange et de merveilleux. Et ses yeux se portaient avant tout sur Idril, la fille du Roi, assise à côté de son père, car elle avait la couleur dorée des Vanyar, les ancêtres de sa mère. Pour lui on aurait dit le soleil dont les rayons illuminent le palais du Roi tout entier.

Mais Eöl, à la suite d'Aredhel, découvrit la Rivière Sèche et le passage secret, et il arriva en rampant jusqu'aux Gardes Noirs qui le prirent et l'interrogèrent. Quand ils comprirent qu'il prétendait qu'Aredhel était son épouse, ils furent stupéfiés et envoyèrent aussitôt en ville un messager qui se présenta dans le palais du Roi.

— Seigneur, s'écria-t-il, les Gardes ont capturé un Elfe arrivé traîtreusement jusqu'à la Porte Noire. Il dit s'appeler Eöl, il est grand et noir, l'air menaçant. Il est du peuple des Sindar mais il prétend que Dame Aredhel est son épouse et demande à paraître devant toi. Sa colère est grande et il est difficile de le contenir mais, selon ta loi, nous ne l'avons pas tué.

Aredhel alors s'écria :

— Hélas! Eöl nous a suivis, comme je le craignais. Quelle ruse il lui a fallu! car nous n'avons vu ni entendu de poursuite quand nous avons pris le passage secret.

Puis elle se tourna vers le messager.

— C'est bien Eöl et je suis son épouse et il est le père de mon enfant. Ne le tuez pas, conduisez-le à la justice du Roi, si mon Seigneur le veut.

Il fut fait ainsi. Eöl fut amené dans le palais du Roi et se tint debout devant le trône avec un sombre orgueil. Bien qu'il ne fût pas moins étonné que son fils par tout ce qu'il voyait, son cœur n'en avait que plus de haine et de colère envers les Noldor. Mais Turgon le traita honorablement, il se leva, voulut lui prendre la main et lui dit :

— Bienvenue, mon parent, car je te tiens pour tel. Tu demeureras ici de la manière qu'il te plaira, à cela près que tu devras y rester sans jamais quitter mon royaume, car j'ai fait le serment que nul ne sortirait qui aurait trouvé le chemin de cette ville.

Eöl retira sa main :

– Je ne reconnais pas ta loi, répondit-il, tu n'as pas le droit, ni toi ni aucun des tiens, de prendre des royaumes dans ces territoires ou de tracer des frontières à quelque endroit que ce soit. C'est ici le pays des Teleri, où vous avez apporté la guerre et la confusion par votre orgueil injuste. Peu m'importent vos secrets, je ne suis pas venu vous espionner mais reprendre ce qui est à moi : ma femme et mon fils. Mais si tu prétends avoir un droit sur Aredhel, ta sœur, elle peut rester : que l'oiseau rentre dans sa cage, bientôt elle y dépérira, comme elle l'a fait auparavant. Mais pas Maeglin. Vous ne me prendrez pas mon fils. Viens, Maeglin, fils d'Eöl! Ton père te l'ordonne. Quitte la maison de tes ennemis, des assassins de ton peuple, ou sois maudit!

Mais Maeglin ne répondit rien.

Turgon alors remonta sur son trône, il saisit le sceptre de la loi et parla d'une voix sévère :

– Avec toi, Elfe Noir, je ne débattrai pas. Tes forêts sans soleil ne sont défendues que par les épées des Noldor. Tu ne dois qu'à mon peuple de pouvoir y errer en liberté, et si ce n'était pour eux il y a longtemps que tu serais enchaîné, à creuser au plus profond des cavernes d'Angband. Ici je suis le Roi, que tu le veuilles ou non, ma sentence fait loi. Tu n'as qu'un seul choix : rester ici, ou mourir ici, et il en est de même pour ton fils.

Eöl alors rencontra le regard de Turgon et le soutint sans faiblir. Il resta longtemps sans un mot ni un geste et un silence terrible s'abattit sur le palais. Aredhel était terrifiée, sachant que son mari était dangereux. Et soudain, aussi vif qu'un serpent, il prit un javelot qu'il avait caché sous son manteau et le lança sur Maeglin en criant :

– Je prends le second choix, et aussi pour mon fils! Tu ne me prendras pas ce qui est à moi!

Mais Aredhel se jeta devant son fils et la flèche lui perça l'épaule. Eöl fut terrassé par une foule de gens qui l'enchaînèrent et l'emmenèrent tandis que d'autres s'occupaient de sa femme. Maeglin regarda son père et resta silencieux.

Il fut décidé qu'Eöl serait amené le lendemain devant le jugement du Roi. Aredhel et Idril implorèrent sa miséricorde. Mais, dans la soirée, Aredhel fut prise par la fièvre, bien que la blessure eût paru légère; elle s'enfonça dans la nuit et mourut avant le jour, car la pointe du javelot était empoisonnée et personne ne s'en rendit compte avant qu'il ne fût trop tard.

Ainsi quand Eöl fut amené devant Turgon, il n'y trouva nulle miséricorde et il fut conduit au Caragdur, un gouffre de pierre noire au nord de la colline de Gondolin, pour y être précipité depuis les remparts de la ville. Maeglin regardait toujours sans rien dire, et enfin Eöl s'écria :

– Ainsi tu abandonnes ton père et ta famille, fils mal acquis! Alors c'est ici que tu perdras tout espoir, ici aussi que tu mourras de la même mort que moi!

Puis ils le jetèrent dans le Caragdur et ce fut sa fin et elle sembla juste à tous ceux de Gondolin, mais Idril en fut troublée et, depuis ce jour, elle perdit confiance en son peuple. Maeglin prospéra, il gagna en renom dans la cité, loué par tous et en grande faveur auprès du Roi, car s'il apprenait avec ardeur tout ce qu'il pouvait, il avait aussi beaucoup à enseigner. Il rassembla autour de lui les plus doués pour la mine et pour la forge et alla explorer les Echoriath (le Cercle de Montagnes) où il trouva de riches gisements de plusieurs métaux. A tous il préférait le fer le plus dur de la mine d'Anghabar au nord d'Echoriath où il amassa un trésor d'acier et de métaux forgés et ceux de Gondolin gagnèrent à cela des armes plus fortes et plus tranchantes, ce qui le rendit précieux pour l'avenir. Maeglin était de bon conseil, sage et prudent, mais cependant courageux et plein d'audace quand il le fallait. Et cela fut vérifié plus tard : quand vint l'année funeste, Nirnaeth Arnoediad, quand Turgon ouvrit ses remparts et s'avança vers le nord au secours de Fingon, Maeglin ne voulut pas rester à Gondolin comme régent mais il suivit le Roi à la guerre et combattit à ses côtés, impitoyable et sans peur.

Ainsi la fortune de Maeglin semblait sans nuage, il s'était élevé aux côtés des plus grands et parmi les plus illustres princes des royaumes Noldor, il ne cédait qu'à un seul. Son cœur pourtant restait caché et, si tout n'allait pas comme il voulait, il souffrait en silence, dissimulant si bien ses pensées que nul ne pouvait les deviner, si ce n'était Idril Celebrindal. Depuis ses premiers jours à Gondolin, Maeglin portait en lui une douleur sans cesse grandissante qui réduisait à rien toutes ses joies : il aimait la beauté d'Idril et la désirait sans espoir. Les Eldar ne se mariaient pas entre si proches parents et jusqu'alors personne n'avait voulu le faire. Quoi qu'il en fût, Idril n'aimait pas du tout Maeglin et d'autant moins qu'elle connaissait ses sentiments. Il lui semblait porter en lui une étrange perversion et depuis les Eldar en ont toujours jugé ainsi : comme un fruit maudit du Massacre Fratricide par quoi l'ombre de la Malédiction de Mandos venait ternir le dernier espoir des Noldor. A mesure que passaient les années et que Maeglin regardait Idril, qu'il attendait Idril, l'amour en son cœur se changeait en ténèbres. Il cherchait d'autant plus à prendre le dessus en d'autres affaires, ne s'épargnait nulle peine, nul fardeau pour gagner du pouvoir.

Ainsi en était-il à Gondolin : au milieu de ce royaume bienheureux, et tant que dura sa gloire, il y germait une semence maudite.

17

LA VENUE DES HUMAINS DANS L'OUEST

Quand il se fut écoulé trois cents ans et plus depuis la venue des Noldor à Beleriand, au temps de la Longue Paix, Finrod Felagund, Seigneur de Nargothrond, se trouvait à séjourner à l'est du Sirion quand il alla chasser avec Maglor et Maedhros, les fils de Fëanor. Puis il se lassa de la chasse et partit tout seul vers les montagnes d'Ered Lindon qu'il voyait briller au loin. Il reprit la route des Nains et passa le Gelion au gué de Sarn Athrad avant d'aller au sud en remontant le cours de l'Ascar et d'atteindre le nord d'Ossiriand.

Dans une vallée au pied des montagnes, en dessous des sources du Thalos, il aperçut un soir des lumières et entendit au loin comme des voix qui chantaient. Il s'étonna grandement, car les Elfes Verts de ce pays n'employaient pas le feu, non plus qu'ils ne chantaient la nuit. Il craignit d'abord que des Orcs eussent fait une descente depuis le Nord mais comprit qu'il n'en était rien dès qu'il se fut rapproché, car les chanteurs employaient un langage qu'il n'avait jamais entendu, ni chez les Nains ni chez les Orcs. Et Felagund, se tenant sans bruit à l'ombre des arbres, plongea ses regards dans le campement et put contempler un peuple étrange.

C'était là une partie des parents et des suivants de Bëor l'Ancien, comme on l'appela plus tard, un chef parmi les Humains. Après avoir erré pendant des éternités dans l'Est, il avait enfin conduit les siens au-delà des Montagnes Bleues, les premiers hommes à entrer dans le pays de Beleriand, et ils chantaient parce qu'ils étaient heureux, qu'ils croyaient avoir échappé à tous les dangers et avoir trouvé une terre où la peur était inconnue.

Le Seigneur Felagund les regardait et sentait son

cœur frémir d'amour pour eux, mais il resta caché dans les arbres jusqu'à ce qu'ils fussent tous endormis. Alors il passa au milieu des êtres saisis par le sommeil et s'assit près de leur feu mourant que personne ne gardait. Il s'empara d'une harpe grossière que Bëor avait laissé tomber et joua sur elle une musique telle que des oreilles humaines n'en avaient jamais entendu, car nul encore ne leur avait appris cet art, sauf les Elfes Noirs des terres sauvages.

Les hommes s'éveillèrent, ils écoutèrent Felagund chanter et jouer de la harpe et chacun crut qu'il était dans quelque rêve enchanté avant de voir que tous ses compagnons écoutaient aussi, mais aucun ne bougea ni ne parla tant que Felagund n'eut pas terminé, tant la musique était belle et telle était la magie de ce chant. Les paroles du roi des Elfes étaient empreintes de sagesse et ceux qui l'écoutaient en devenaient plus sages, car ce que son chant disait, la création d'Arda, le bonheur d'Aman avant les ombres de la mer, s'offrait à leurs yeux avec la clarté d'une vision et la langue des Elfes se faisait entendre à chacun suivant ce que son esprit pouvait en comprendre.

C'est ainsi que les Humains appelèrent le roi Felagund, celui des Eldar qu'ils rencontrèrent en premier : Nóm, c'est-à-dire Sagesse dans le langage de ce peuple, et qu'ils nommèrent son peuple d'après lui, les Nómin, les Sages. En vérité ils crurent d'abord que Felagund était un de ces Valar dont ils avaient entendu dire qu'ils vivaient loin à l'ouest, et certains disent que c'était même le but de leur voyage. Mais Felagund resta parmi eux pour leur enseigner le vrai savoir, ils l'aimèrent et le prirent pour leur seigneur et restèrent ensuite toujours fidèles à la maison de Finarfin.

D'entre tous les peuples, les Eldar étaient les plus doués pour les langues, et Felagund découvrit bientôt qu'il pouvait lire dans les esprits des hommes les pensées qu'ils voulaient exprimer par la parole, et il put ainsi interpréter facilement leur langage. On dit aussi que ces Humains avaient des rapports depuis longtemps avec les Elfes Noirs à l'est des montagnes et avaient reçu d'eux une bonne part de leur langage et, comme toutes les langues des Quendi ont la même origine, celle de Bëor et des siens ressemblait par un grand nombre de mots et de tournures à la langue des Elfes. Il ne fallut donc pas longtemps pour que Felagund pût converser avec Bëor et ils parlèrent beaucoup, tant qu'ils restèrent ensemble. Mais quand il posait des questions sur l'origine des Humains ou sur leurs voyages, Beör ne disait presque rien et, de fait, il en savait peu car les anciens de son peuple n'avaient légué que peu de récits de leur passé et un silence était tombé sur leur mémoire.

– Derrière nous c'est la nuit, dit Beör. Nous lui avons tourné le dos et nous ne voulons pas y retourner, même en pensée. Nous avons tourné nos cœurs vers l'ouest et nous croyons que nous y trouverons la Lumière.

Mais on dit plus tard, parmi les Eldar, que lorsque les Humains s'éveillèrent à Hildorien, au lever du Soleil, ils étaient guettés par les espions du Morgoth qui rapportèrent bien vite la nouvelle à leur maître à qui l'affaire parut d'une telle importance qu'il quitta lui-même Angband en grand secret, sous le couvert de l'ombre, et retourna sur les Terres du Milieu en laissant à . Sauron la conduite de la Guerre. De ses rapports avec les Humains, les Eldar en vérité ne savaient rien à cette époque et n'en apprirent guère plus ensuite, sinon qu'une ombre pesait sur le cœur des Humains (comme celle du massacre et de la Malédiction de Mandos pesait sur les Noldor), ce qu'ils avaient clairement senti même chez les amis des Elfes qu'ils avaient connus en premier. Corrompre ou détruire tout ce qui apparaît de neuf et de beau a toujours été le premier désir de Morgoth et son voyage n'avait sans doute pas d'autre motif que d'employer la peur et le mensonge pour dresser les Humains contre les Eldar et les lancer contre Beleriand en les faisant venir de l'Est. Mais ce plan mit longtemps à mûrir et ne porta jamais ses fruits, car les Humains (dit-on) étaient au début très peu nombreux tandis que Morgoth prit peur de la force et de la solidarité croissantes des Eldar et dut rentrer à Angband, ne laissant derrière lui que quelques serviteurs parmi les plus faibles et les moins habiles.

Felagund apprit de Bëor que beaucoup d'autres Humains animés du même esprit étaient aussi en route vers l'ouest.

– D'autres de ma race ont traversé les montagnes, dit Bëor, et sont dans les environs. Quant aux Haladin, un peuple qui parle un autre langage, ils sont toujours à l'est, dans les vallées, au pied des montagnes, attendant d'en savoir plus avant d'aller plus loin. Il y a aussi d'autres Humains, dont le langage ressemble plus au nôtre, avec qui nous avons parfois eu affaire. Ils étaient devant nous dans la marche vers l'ouest, mais nous les avons dépassés, parce qu'ils sont plus nombreux mais veulent pourtant rester ensemble. Ils vont donc lentement, gouvernés par un seul chef qu'ils appellent Marach.

Il se trouva que les Elfes Verts d'Ossiriand s'inquiétèrent de la venue des Humains, et quand ils surent qu'un seigneur des Eldar d'au-delà des mers était parmi eux, ils envoyèrent des messagers à Felagund.

– Seigneur, lui dirent-ils, si vous avez quelque pouvoir sur ces nouveaux venus, faites-les retourner d'où ils viennent, ou bien continuer de l'avant. Car nous ne voulons pas que des étrangers dans ce pays viennent troubler la paix dans laquelle nous vivons. Ce sont des gens qui coupent les arbres et chassent les animaux, ils ne sont donc pas nos amis et s'ils veulent rester, nous les harcèlerons par tous les moyens.

Alors sur le conseil de Felagund, Bëor rassembla toutes les familles et tous les groupes errants de son peuple, il leur fit passer le Gelion et les conduisit dans les terres d'Amrod et d'Amras, sur la rive est du Celon au sud de Nam Elmoth, près des frontières de Doriath, et depuis ces terres ont pris le nom d'Estolad, le Campement. Au bout d'un an, quand Felagund voulut rentrer dans son pays, Bëor le supplia de le laisser aller avec lui et il resta ensuite au service du roi de Nargothrond tant que sa vie dura. De là il reçut son nom, Bëor, alors qu'avant il s'appelait Balan, car Bëor signifie « Vassal » dans le langage des siens. Il remit le gouvernement de son peuple à son fils aîné, Baran, et ne revint jamais à Estolad.

Peu après le départ de Felagund les autres Humains dont Bëor avait parlé arrivèrent à Beleriand. D'abord les Haladin, mais devant l'hostilité des Elfes Verts, ils obliquèrent au nord et installèrent à Thargelion, au pays de Caranthir, un des fils de Fëanor. Ils y trouvèrent la paix pendant quelque temps et les gens de Caranthir leur prêtaient peu d'attention. L'année suivante, Marach fit traverser les montagnes à son peuple, des hommes de grande taille et d'humeur guerrière qui avançaient en troupes ordonnées. Les Elfes d'Ossiriand se cachèrent alors et ne les attaquèrent point. Mais Marach, apprenant que les gens de Bëor avaient trouvé des terres vertes et fertiles, descendit la route des Nains et s'installa dans le même pays au sud-est des campements de Baran, le fils de Bëor. Là, les deux peuples vécurent en grande amitié.

Felagund lui-même revenait souvent visiter les Humains, et beaucoup d'autres Elfes de l'Ouest, des Noldor et des Sindar, venaient à Estolad animés d'un grand désir de voir ces Edain dont la venue était prédite depuis si longtemps. Atani, le Second Peuple, c'est ainsi que les Humains étaient nommés à Valinor dans les chants qui annonçaient leur venue, mais dans la langue de Beleriand ce nom devint Edain et ne servit qu'à désigner les trois groupes d'Humains amis des Elfes.

Fingolfin, comme Roi de tous les Noldor, leur envoya des messagers de bienvenue, puis beaucoup d'entre les jeunes gens les plus audacieux des Edain s'en allèrent prendre du service auprès des rois et des princes des Eldar. Parmi eux fut Malach, fils de Marach, qui vécut quatorze années à Hithlum où il apprit le langage des Elfes et reçut le nom d'Aradan.

Les Edain ne se contentèrent pas longtemps de rester à Estolad, car beaucoup voulaient continuer vers l'ouest mais sans savoir comment. Devant eux se dressaient la barrière de Doriath, au sud le Sirion et ses marais infranchissables. Alors les rois des trois maisons de Noldor, dans l'espoir que les fils des hommes viendraient augmenter leurs forces, firent savoir que ceux des Edain qui le souhaiteraient pouvaient venir vivre parmi eux. C'est ainsi que commença la migration des Edain : d'abord petit à petit, puis par familles et par tribus entières, ils se levèrent et quittèrent Estolad, tant et si bien qu'au bout de cinquante ans des milliers d'entre eux étaient venus sur les terres des rois. La plupart prirent la longue route par le nord, et ils apprirent à bien la connaître. Ceux de Bëor vinrent à Dorthonion et s'installèrent sur des terres appartenant à la maison de Finarfin. Ceux d'Aradan (car son père Marach resta en Estolad jusqu'à sa mort) continuèrent pour la plupart vers l'ouest, et quelques-uns s'en vinrent à Hithlum, mais Magor, le fils d'Aradan, suivi d'un grand nombre de gens, descendit le Sirion jusqu'en Beleriand et ils restèrent quelque temps dans les vallées qui descendent du versant sud d'Ered Wethrin.

Il est dit qu'en tous ces événements Finrod Felagund fut le seul à prendre conseil auprès du Roi Thingol. Cela déplut au maître de Doriath, pour cette raison d'une part et parce que, d'autre part, il était troublé par des rêves concernant la venue des

Humains depuis qu'il en avait entendu parler. Ainsi il ordonna que les Humains ne prendraient nulle terre pour y vivre qui ne soit dans le Nord et que les princes qu'ils serviraient seraient responsables de tout ce qu'ils feraient et il dit :

– Aucun Humain n'entrera à Doriath tant que durera mon règne, pas même ceux de la maison de Bëor qui servent le bien-aimé Finrod.

Melian ne lui dit rien à cette époque, mais plus tard elle dit à Galadriel :

– Maintenant le monde s'avance très vite vers de grands événements. Et un des Humains, de la maison même de Bëor, va venir en vérité et l'Anneau de Melian ne le retiendra pas car il sera envoyé par un destin funeste qui dépasse mes pouvoirs et les chants que sa venue fera naître dureront encore quand les Terres du Milieu elles-mêmes auront changé.

Mais beaucoup d'Humains restèrent à Estolad et les peuples mêlés y vécurent pendant longtemps, jusqu'à ce qu'ils fussent engloutis dans la chute de Beleriand ou qu'ils s'enfuient à nouveau vers l'est. Car à côté des vieux qui trouvaient que leurs jours d'errance avaient pris fin, il y en avait beaucoup qui voulaient suivre leur propre chemin et qui craignaient les Eldar et l'éclat de leurs yeux. Il se leva chez les Edain des dissensions où on peut voir poindre l'ombre de Morgoth, car il est sûr qu'il avait appris l'arrivée des Humains à Beleriand et leur amitié grandissante avec les Elfes.

Les chefs des mécontents étaient Bereg, de la maison de Bëor, et Amlach, un des petits-fils de Marach, et ils disaient ouvertement :

– La route a été longue pour échapper aux dangers des Terres du Milieu et aux êtres ténébreux qui les peuplent et on nous avait dit que la Lumière était vers l'ouest. Mais, maintenant, nous apprenons que la Lumière est au-delà de la mer et que nous ne pouvons aller là où les dieux vivent dans la félicité, sauf un : car le Dieu des Ténèbres est là devant nous et aussi les Eldar, sages mais cruels, qui lui font une guerre éternelle. Il vit au nord, disent-ils, là où sont la souffrance et la mort que nous avons fuies. Nous n'irons pas là-bas.

Alors il fut convoqué un grand conseil des Humains où ils vinrent nombreux. Et les amis des Elfes répondirent à Bereg :

– Il est vrai que tous les maux que nous avons fuis viennent du Roi Noir, mais il cherche à conquérir les Terres du Milieu tout entières, et où donc pourrions-nous aller qu'il ne nous y poursuive ? A moins qu'il ne soit vaincu ici même, ou du moins tenu en respect. La force des Eldar est le seul rempart qui le contienne, et c'est peut-être dans ce but, de leur porter secours, qu'on nous a fait venir dans ce pays.

A cela Bereg répondit :

– Que les Eldar s'en occupent ! Nos vies sont assez courtes.

Mais alors un homme se leva que tous connaissaient pour être Amlach, fils d'Imlach, et ses mots impitoyables firent trembler les cœurs de tous ceux qui les entendirent :

– Ce ne sont là que des contes, les Elfes vous bercent d'histoires faites pour enjôler les étourdis qui viennent d'arriver. La Mer n'a pas d'autre rivage. Il n'y a pas de Lumière à l'ouest. Vous avez suivi les lanternes des Elfes jusqu'au bout du monde ! Qui d'entre vous a vu le moindre de leurs dieux ? Qui a vu au nord ce Roi Noir ? Ceux qui veulent conquérir les Terres du Milieu, ce sont les Eldar. Leur avidité leur a fait creuser la terre pour s'emparer de ses secrets, ils ont ainsi éveillé la colère des êtres souterrains, comme ils ont toujours fait, comme ils le feront toujours. Laissons aux Orcs le royaume qui leur appartient et prenons le nôtre. Il y a de la place dans le monde, si les Eldar nous laissent en paix !

Ceux qui écoutaient restèrent quelque temps abasourdis, l'ombre de la peur passa sur eux et ils décidèrent de s'en aller loin des terres des Eldar. Mais, plus tard, Amlach revint parmi eux et démentit qu'il eût été présent au conseil ou qu'il eût prononcé les paroles qu'on lui rapportait, et les Humains furent remplis de doute et de confusion. Alors les amis des Elfes dirent encore :

– Maintenant vous croirez au moins ceci : qu'il existe vraiment un Seigneur des Ténèbres et que ses créatures sont parmi nous, car il a peur de nous et de la force que nous pourrions apporter à ses ennemis.

Mais d'autres répondirent aussi :

– Dites plutôt qu'il nous hait et d'autant plus que nous resterons ici à nous mêler de sa querelle avec le roi des Eldar sans profit pour nous.

Et beaucoup de ceux qui restaient à Estolad se préparèrent à partir : Bereg emmena vers le sud un millier de gens de Bëor et les chants de cette époque ne parlent plus d'eux. Puis Amlach fut pris de regrets et parla autrement :

– C'est moi maintenant qui suis en guerre avec ce Maître du Mensonge, et elle continuera ma vie durant.

Sur quoi il alla vers le nord se mettre au service de Maedhros. Ceux de son peuple qui pensaient comme Bereg se choisirent un nouveau chef, ils repassèrent les montagnes jusqu'en Eriador et depuis furent oubliés.

Pendant ce temps les Haladin étaient contents de rester à Thargelion. Mais Morgoth, voyant que ses ruses et ses mensonges ne suffisaient pas encore à séparer les Humains des Elfes, fut pris de rage et entreprit de faire aux Humains tout le mal possible. Il lança les Orcs dans une expédition qui passa par l'est pour échapper aux assiégeants et repassa secrètement Ered Lindon par les cols de la Route des Nains pour tomber sur les Haladin dans les bois qui sont au sud du territoire de Caranthir.

Les Haladin ne vivaient pas en groupes importants ni sous l'autorité d'un seigneur : chaque maisonnée se mettait à l'écart et dirigeait ses propres affaires, il leur fallait donc du temps pour se réunir. Mais il y avait parmi eux un homme nommé Halad, autoritaire et intrépide, qui rassembla tous les braves qu'il put trouver et se retira dans le coin de terre au confluent de l'Ascar et du Gelion. Il construisit une palissade d'une rive à l'autre et il fit venir toutes les femmes et tous les enfants qu'il put sauver et ils durent y soutenir un siège jusqu'à l'épuisement de leurs vivres.

Halad avait des jumeaux : sa fille Haleth et son fils Haldar, tous deux vaillants à la bataille, car Haleth était une femme forte et courageuse. Mais finalement, Halad fut tué pendant une sortie contre les Orcs et Haldar, qui s'était précipité pour sauver le corps de son père du massacre, tomba à ses côtés. Alors Haleth rassembla tous les défenseurs, bien qu'ils fussent sans espoir et que quelques-uns allassent se jeter dans les fleuves pour s'y noyer. Mais, sept jours plus tard, quand les Orcs donnèrent l'assaut final et avaient déjà enfoncé la palissade, on entendit soudain retentir des trompettes et on vit Caranthir et son armée accourir du nord et jeter les Orcs dans les eaux du fleuve.

Caranthir fut plein de bienveillance envers les Humains et fit grand honneur à Haleth, par considération envers son frère et son père. Et, voyant un peu tard la valeur des Edain, il lui dit :

– Si vous voulez venir vivre plus tard au nord, vous y trouverez l'amitié et la protection des Eldar, et des terres pour vous tous.

Mais Haleth était trop fière pour accepter d'être commandée ou guidée, et la plupart des Haladin étaient comme elle. Elle remercia Caranthir en lui disant :

– J'ai maintenant décidé, Seigneur, de quitter l'ombre des montagnes et d'aller vers l'ouest, là où d'autres de mon peuple sont déjà partis.

Et quand les Haladin eurent rassemblé tous les survivants qui s'étaient enfuis dans les bois à l'arrivée des Orcs, qu'ils eurent glané ce qui restait de leurs biens dans les ruines fumantes de leurs foyers, ils choisirent Haleth pour chef et elle les conduisit enfin à Estolad où ils restèrent quelque temps.

Mais ils restèrent un peuple à part et, depuis, les Elfes comme les Humains les nommèrent le peuple d'Haleth. Celle-ci resta à leur tête tant que sa vie dura, mais elle ne se maria point et la succession passa ensuite au fils de son frère Haldar, Haldan. Bientôt Haleth désira poursuivre sa route vers l'ouest, et bien que la majorité de son peuple fût d'un avis contraire, elle prit leur tête une fois de plus. Ils s'en allèrent sans l'aide ni les conseils des Eldar, et après avoir traversé l'Aros et le Celon se retrouvèrent dans le dangereux territoire qui s'étend entre les Montagnes de la Terreur et l'Anneau de Melian. Cette contrée n'était pas encore si terrible qu'elle l'est devenue, mais nul mortel n'aurait dû la traverser sans aide, et ce n'est qu'au prix de grandes souffrances et de lourdes pertes que par la force de sa volonté Haleth put contraindre son peuple à avancer. Ils traversèrent enfin le Brithiach, et beaucoup regrettaient amèrement ce voyage, mais ils avaient passé le point de non-retour. Dans ces terres inconnues, ils reprirent donc leur ancienne vie du mieux qu'ils le pouvaient; certains établirent leurs familles dans les bois de Talath Dirnen, au-delà du Teiglin, d'autres s'enfoncèrent dans le royaume de Nargothrond. Beaucoup pourtant aimaient assez Dame Haleth pour la suivre partout où elle allait et vivre sous sa gouverne, et elle les conduisit dans la Forêt de Brethil, entre le Teiglin et le Sirion. Là, dans les mauvais jours qui suivirent, beaucoup des siens devaient se retrouver.

Or, Thingol prétendait avoir des droits sur la Forêt de Brethil, bien qu'elle ne fût pas contenue par l'Anneau de Melian, et il voulait la refuser à

Haleth, mais Felagund, qui était l'ami du Roi et qui avait appris le sort du peuple d'Haleth, obtint de lui cette grâce : qu'elle pourrait vivre librement à Brethil à la seule condition que son peuple garde les Gués de Teiglin contre tous les ennemis des Eldar et ne permette jamais aux Orcs de pénétrer dans la forêt. Ce à quoi Haleth répondit :

– Où sont mon père, Halad, et mon frère Haldar ? Si le Roi de Doriath redoute qu'Haleth prenne en amitié ceux qui ont dévoré les siens, alors la pensée des Eldar est étrangère aux Hommes.

Haleth vécut à Brethil jusqu'à sa mort et son peuple éleva au-dessus de sa tombe un tumulus couvert de verdure au fond de la forêt, Tûr Harentha, le Tombeau de la Dame, Hauh-en-Arwen en langue sindarine.

Il advint ainsi que les Edain se mirent à vivre sur les terres des Eldar, certains ici, d'autres là, qu'ils fussent vagabonds ou installés par familles ou par petits groupes, et que bientôt ils apprirent pour la plupart la langue des Elfes Verts, à la fois pour leur usage quotidien et parce que beaucoup voulaient connaître le savoir des Elfes. Mais au bout d'un certain temps les Rois des Elfes comprirent qu'il n'était pas bon pour les Elfes ni pour les Humains de vivre ainsi mêlés sans aucun ordre et que les Humains avaient besoin de seigneurs de leur propre race. Ils délimitèrent des régions où les hommes pourraient vivre à leur manière et désignèrent des chefs qui dirigeraient sans partage ces territoires. En temps de guerre ils restaient les alliés des Eldar mais ne suivaient que leurs chefs. Pourtant les Edain étaient nombreux à se plaire dans la compagnie des Elfes et ils restaient parmi eux tant qu'ils en avaient la permission, de même que les jeunes hommes prenaient souvent du service quelque temps dans les armées des Rois.

Or, Hador Lórindol, fils d'Hathol, fils de Magor, fils de Malach Aradan, entra jeune encore dans la maison de Fingolfin et le Roi se prit d'affection pour lui. Fingolfin lui donna ensuite le fief de Dor-lómin où il rassembla la plupart de ses parents et devint le plus puissant des chefs des Edain. On ne parlait dans sa maison que la langue des Elfes, mais les hommes n'oubliaient pas leur langage qui donna plus tard naissance à la langue usuelle de Númenor. A Dorthonion l'autorité sur le peuple de Bëor et sur la contrée de Ladros fut donnée à Boromir, fils de Boron, lui-même petit-fils de Bëor l'Ancien.

Hador eut deux fils, Galdor et Gundor, les fils de Galdor furent Húrin qui engendra Túrin, le Fléau de Glaurung, et Huor qui engendra Tuor, père d'Eärendil le Béni. Brégor fut le fils de Boromir et eut deux fils, Bregolas et Barahir, et Bregolas engendra Baragund et Belegund. Morwen fut la fille de Baragund, la mère de Túrin, et Rían fut la fille de Belegund, la mère de Tuor. Mais le fils de Barahir fut Beren le Manchot, celui qui gagna l'amour de Lúthien, la fille du Roi Thingol, et retourna d'entre les Morts et d'eux furent issus Elwing épouse d'Eärendil et tous les Rois de Númenor qui suivirent.

Tous ceux-là furent pris dans le filet de la Chute des Noldor et les Eldar rappellent encore leurs exploits parmi les récits des Rois de l'ancien temps. A cette époque la force des Humains épaulait les pouvoirs des Noldor et l'espoir était en eux, Morgoth était étroitement encerclé et le peuple d'Hador, qui supportait avec vaillance le froid et les longues randonnées, ne craignait pas de s'aventurer loin au nord pour surveiller les mouvements de l'Ennemi. Les Humains, des Trois Maisons croissaient et se multipliaient et la plus grande était la Maison d'Hador aux Cheveux d'Or, l'égal des seigneurs des Elfes. Ses sujets étaient grands et forts, l'esprit vif, ferme et audacieux, prompts au rire comme à la colère, parmi les plus beaux enfants d'Ilúvatar au temps de la jeunesse des hommes. Ils étaient blonds pour la plupart, avec des yeux bleus, à l'exception de Túrin dont la mère était Morwen de la Maison de Bëor. Les hommes de cette maison avaient les cheveux noirs ou marron avec des yeux gris, et c'étaient, de tous les Humains, ceux qui ressemblaient le plus aux Noldor et que ceux-ci préféraient, car ils étaient passionnés, habiles de leurs mains, ils avaient l'esprit rapide et la mémoire longue et la pitié leur venait plus facilement que la moquerie. Ceux d'Haleth, qui vivaient dans les bois, leur ressemblaient, mais ils étaient moins grands et avaient moins soif de connaissance. Ils parlaient peu, n'aimaient pas les grandes assemblées et beaucoup se plaisaient à la solitude, ils vécurent librement dans les forêts tant qu'ils furent émerveillés par la nouveauté des terres où ils vivaient. Mais leur vie à l'ouest fut brève et leurs jours furent malheureux.

D'après les récits des Humains, l'existence des Edain fut prolongée à leur venue à Beleriand, mais Bëor l'Ancien mourut enfin à l'âge de quatre-vingt-treize ans après avoir passé quarante-trois ans au service du Roi Felagund. Et quand il mourut, ni d'accident ni de blessure, mais sous le poids de l'âge, les Eldar virent pour la première fois le rapide déclin de la vie des Humains et la lassitude mortelle qu'eux-mêmes ignoraient. Ils eurent grand deuil de la perte de leur amï, mais finalement Bëor quitta la vie de son plein gré, et il mourut en paix. Les Eldar s'étonnèrent grandement de l'étrange destin des Humains, car tout leur savoir n'en disait mot et son avenir ultime leur restait caché.

Malgré cela les Edain du temps jadis apprirent très vite des Eldar tous les talents et les connaissances qu'ils pouvaient comprendre. Leurs descendants les dépassèrent en savoir et en habileté jusqu'à devancer de loin tous les Humains qui vivaient encore à l'est des Montagnes et n'avaient pas vu les Eldar ni contemplé les visages qui avaient connu la Lumière de Valinor.

18

LA RUINE DE BELERIAND
ET LA CHUTE DE FINGOLFIN

Or Fingolfin, Roi du Nord et Grand Roi des Noldor, voyant que son peuple croissait en nombre et en force, et que les Humains qui leur étaient alliés étaient nombreux et courageux, médita une fois de plus un assaut contre Angband. Car il savait qu'ils seraient en danger tant que l'encerclement ne serait pas complet et que Morgoth resterait libre d'œuvrer au fond de ses mines à des maléfices imprévisibles. Pour ce qu'il croyait savoir c'était une sage décision, mais les Noldor n'avaient pas encore compris toute l'étendue des pouvoirs de Morgoth ni que la guerre qu'ils lui faisaient sans aucune aide était désespérée, qu'ils la pressent ou qu'ils la retardent. Comme le pays était beau et les royaumes spacieux, les Noldor étaient, pour la plupart, satisfaits de cette situation, croyant qu'elle pourrait durer, et ils hésitaient à lancer une attaque où beaucoup étaient sûrs de trouver la mort, qu'ils soient vainqueurs ou vaincus. Ils étaient donc peu disposés à écouter Fingolfin, et moins que tout autre, les fils de Fëanor. Parmi les chefs des Noldor, Angrod et Aegnor seuls partageaient l'avis du Roi car ils vivaient dans des régions d'où on pouvait apercevoir le Thangorodrim et la menace de Morgoth était toujours présente à leur esprit. Donc les plans de Fingolfin n'aboutirent à rien et le pays connut la paix encore quelque temps.

La sixième génération des Humains après Bëor et Marach n'avait pas encore atteint sa maturité, ceci se passant quatre cent cinquante-cinq ans après la venue de Fingolfin, que s'abattit la terreur qu'il avait longtemps redoutée, plus cruelle et brutale encore que ses plus noires pensées. Car Morgoth

avait secrètement préparé ses forces pendant que
son esprit devenait sans cesse plus malfaisant et
que grandissait sa haine pour les Noldor. Il ne
voulait pas seulement exterminer ses ennemis mais
détruire et souiller jusqu'aux terres qu'ils avaient
rendues si belles. Et on dit que son désir fit taire sa
raison, car s'il avait pu attendre un peu plus, jusqu'à
l'achèvement de ses plans, les Noldor eussent péri
jusqu'au dernier. Mais il prit trop à la légère la
valeur des Noldor et compta pour rien les
Humains.

Il vint un temps d'hiver avec une nuit noire et
sans lune. La vaste plaine d'Ard Galen s'étendait au
loin, grise sous les étoiles glacées, depuis les collines fortifiées des Noldor jusqu'au pied du Thangorodrim. Les feux de garde brillaient à peine et les
sentinelles étaient rares. Dans la plaine, aux campements des cavaliers d'Hithlum, tous ou presque
dormaient. Alors, soudain, Morgoth lança de grands
fleuves de feu depuis le Thangorodrim, des flammes
qui couraient plus vite que les Balrogs et envahirent la plaine, soudain les Montagnes de Fer vomirent des flammes empoisonnées de toutes sortes
qui empuantirent l'air d'une odeur mortelle. Ainsi
périt Ard Galen et le feu dévora ses herbes et elle
devint un désert calciné de cendres étouffantes,
stérile et sans vie. Plus tard on en changea le nom
pour l'appeler Anfauglith, la Poussière d'Agonie. De
nombreux squelettes noircis y trouvèrent une
tombe à ciel ouvert, car d'innombrables Noldor
périrent dans cet incendie, saisis par les flammes
avant de pouvoir atteindre les collines. Les hauteurs de Dorthonion et d'Ered Wethrin retinrent les
fleuves ardents, mais toutes les pentes boisées qui
regardaient en direction d'Angband s'embrasèrent
et la fumée plongea les défenseurs dans la confusion. Ainsi commença la première des grandes
batailles, Dagor Bragollach, la Bataille de la
Flamme Subite.

Au-devant du feu Glaurung le doré, père des dragons, déploya toute sa puissance, escorté par les Balrogs et suivi par les noires cohortes des Orcs, multitude telle que les Noldor n'en avaient jamais vu ou imaginé de pareille. Ils enfoncèrent les forteresses des Noldor, brisèrent ainsi le siège d'Angband et tuèrent partout où ils se trouvaient les Noldor et leurs alliés, les Elfes Verts et les Humains. Beaucoup des ennemis les plus acharnés de Morgoth furent anéantis dès les premiers jours de cette guerre, après avoir été déroutés, dispersés, incapables de rameuter leurs forces. Par la suite, la guerre à Beleriand ne cessa jamais vraiment, mais on dit que la Bataille de la Flamme Subite prit fin avec la venue du printemps, quand les assauts de Morgoth se mirent à faiblir.

Ainsi prit fin le siège d'Angband, et les ennemis de Morgoth furent éparpillés et séparés les uns des autres. La plupart des Elfes Verts s'enfuirent vers le sud et abandonnèrent la guerre; beaucoup furent recueillis à Doriath et la force du royaume de Thingol en fut augmentée, d'autant que les pouvoirs de la reine Melian s'étendaient sur toutes ses frontières et que le mal ne pouvait encore pénétrer dans ce domaine secret. D'autres se réfugièrent dans les forts du bord de mer, ou à Nargothrond, d'autres encore quittèrent le pays pour aller se cacher en Ossiriand, ou aussi repassèrent les montagnes pour errer sans feu ni lieu dans les régions sauvages. Et les Humains qui étaient dans l'est des Terres du Milieu eurent vent de la guerre et de la fin du siège.

Les fils de Finarfin eurent à supporter le plus fort de la bataille : Angrod et Aegnor furent tués, à leurs côtés tomba Bragolas, chef de la maison de Bëor, et un grand nombre de ses guerriers. Mais son frère Barahir combattait plus à l'ouest, près des Gorges du Sirion, et c'est là que le Roi Finrod Felagund, venu du Sud en toute hâte, se retrouva séparé de son armée et encerclé dans le Marais de Serech avec son escorte. Il aurait été tué ou fait prisonnier si Barahir n'était venu à son secours avec les plus braves de ses guerriers pour lui faire un rempart de leurs épées et le sortir de la bataille au prix de lourdes pertes. Felagund put donc s'échapper et se retirer au fond de sa forteresse Nargothrond. Il fit à Barahir un serment d'amitié et d'assistance éternelles et en gage de ce vœu lui donna son anneau. Barahir était maintenant de droit le Seigneur de la maison de Bëor et il retourna à Dorthonion, mais la plupart de ses sujets quittèrent leurs demeures pour se réfugier au fort d'Hithlum.

L'assaut de Morgoth fut si violent que Fingolfin et Fingon ne purent pas venir en aide aux fils de Finarfin, et les armées d'Hithlum furent refoulées avec des pertes sévères jusque dans les forts d'Ered Wethrin qu'ils purent à grand-peine défendre contre les Orcs. Hador aux Cheveux d'Or tomba devant les murs d'Ethel Sirion en défendant les arrières de son seigneur Fingolfin. Il était alors âgé de soixante et six années, et son plus jeune fils Gundor tomba près de lui, percé de flèches, et les Elfes en eurent grand deuil. Puis Galdor le Grand prit la succession de son père et, grâce à la hauteur et à la masse des Montagnes d'Ombre, qui arrêtèrent le torrent de feu, et grâce au courage des Elfes et des Humains du Nord, que les Orcs ni les Balrogs ne purent abattre, Hithlum resta inviolé et continua de menacer le flanc des armées de Morgoth. Mais Fingolfin fut séparé des siens par un océan d'ennemis.

Car la guerre avait mal tourné pour les fils de Fëanor et presque toutes les marches de l'Est furent prises d'assaut. Le Col d'Aglon fut forcé, bien qu'il en coûtât cher aux armées de Morgoth. Celegorm et Curufin, vaincus, s'enfuirent vers le sud et l'ouest par les marches de Doriath et arrivèrent enfin à Nargothrond pour être recueillis par Finrod Felagund. Il se trouva donc que leurs soldats vinrent grossir les forces de Felagund, mais il aurait mieux valu, comme on s'en aperçut ensuite, qu'ils fussent restés à l'est avec les leurs. Maedhros accomplit des exploits d'une audace insurpassable et les Orcs s'enfuyaient à sa vue car, depuis les tourments qu'il avait subis sur le Thangorodrim, son esprit brûlait comme une flamme blanche et on eût cru qu'il était revenu du pays des morts. La grande forteresse sur la colline d'Himring restait donc imprenable et beaucoup des survivants les plus vaillants se rallièrent à Maedhros, qu'ils fussent de Dorthonion ou des marches de l'Est. Il put ainsi tenir à nouveau quelque temps le Col d'Aglon et la route de Beleriand fut bloquée par les Orcs. Mais ils écrasèrent à Lothlann les cavaliers du peuple de Fëanor, car Glaurung s'y rendit, passèrent par la Brèche de Maglor et ravagèrent les terres qui s'étendaient entre les bras du Gelion. Ils prirent ensuite le fort construit sur le versant oriental du Mont Rerir et dévastèrent Thargelion tout entier, le fief de Caranthir. Après avoir souillé le Lac Helevorn, ils traversèrent le Gelion comme un terrible incendie et s'enfoncèrent loin dans l'est de Beleriand. Maglor rejoignit Maedhros à Himring, mais Caranthir s'enfuit, se joignit avec le reste des siens aux quelques troupes éparses qui suivaient les chasseurs, Amrod et Amras, pour faire retraite vers le sud, au-delà de Ramdal. Ils purent monter la garde sur Amon Ereb et y maintenir quelques forces avec l'aide des Elfes Verts, et les Orcs n'atteignirent pas Ossiriand, la forêt de Taurim-Duinath et les terres incultes du Sud.

Hithlum reçut alors l'annonce de la chute de Dorthonion, de la défaite des fils de Finarfin et de la déroute des fils de Fëanor. Fingolfin crut voir arriver la ruine absolue des Noldor et l'écroulement sans espoir de retour de toutes les Maisons. Plein d'une rage désespérée il monta son grand cheval Rochallor et s'en alla seul sans que personne pût le retenir. Il traversa Dornu-Fauglith comme un tourbillon à travers les cendres, et tous ceux qui le voyaient passer s'enfuyaient, stupéfaits, croyant qu'Oromë en personne était venu, car il était pris d'une telle folie enragée que ses yeux brillaient comme ceux des Valar. Seul il arriva devant les portes d'Angband et fit sonner sa trompe en frappant une fois encore sur les portes d'airain, et il défia Morgoth de venir l'affronter en combat singulier. Et Morgoth vint.

Ce fut la dernière fois pendant ces guerres qu'il passa la porte de sa citadelle, et on dit qu'il répugnait à relever ce défi, car s'il était l'être le plus puissant du monde, seul de tous les Valar il connaissait la peur. Mais il ne pouvait pas refuser le duel sous les yeux de tous ses capitaines, car les rochers résonnaient du cri strident de la trompe de Fingolfin et sa voix portait clairement jusqu'au plus profond d'Angband, traitant Morgoth de lâche, de prince des esclaves. Alors Morgoth monta lentement depuis son trône souterrain, et le bruit de ses pas faisait comme un tonnerre qui secouait le sol. Et il sortit, couvert d'une armure noire, et il se dressa devant le Roi comme une tour couronnée d'acier, et son immense bouclier noir sans blason jetait l'ombre d'un nuage d'orage. Sous cette ombre, Fingolfin semblait comme une étoile, sa cotte de mailles était tissée d'argent, son bouclier d'azur était incrusté de cristaux, et Ringil, son épée qu'il brandit, brillait d'un éclair glacé.

Alors Morgoth lança vers le ciel Grond, le Marteau des enfers, puis l'abattit comme un tonnerre. Mais Fingolfin se jeta de côté et Grond creusa dans le sol un gouffre d'où jaillirent des nuages de flammes. Maintes fois, Morgoth tenta de l'écraser et chaque fois Fingolfin s'échappa d'un bond, comme un éclair jailli de sous un nuage noir, et il perça Morgoth de sept blessures et sept fois Morgoth poussa un cri de douleur tandis que les légions d'Angband, de terreur, se jetaient face contre terre, et leurs cris retentissaient dans tous les territoires du Nord.

Mais enfin le Roi se fatigua et Morgoth abattit sur

lui son bouclier. Trois fois, il fut mis à genoux, trois fois il se leva et brandit à nouveau son écu brisé et son heaume fendu. La terre autour de lui était toute semée de crevasses et de trous qui le firent trébucher et tomber à la renverse aux pieds de Morgoth. Morgoth posa son pied gauche sur son cou, et ce pied faisait le poids d'une montagne. Mais, d'un dernier coup sans espoir, Fingolfin lui trancha le pied de son épée Ringil et un sang noir et fumant jaillit qui remplit tous les cratères creusés par Grond.

Ainsi mourut Fingolfin, Grand Roi des Noldor, le plus fier et le plus vaillant des anciens Rois des Elfes. Les Orcs ne se vantèrent point de ce duel aux portes d'Angband et les Elfes ne l'ont pas mis dans leurs chants, car leur tristesse est trop profonde. Pourtant le récit en a été conservé : Thorondor, le Roi des Aigles, en porta la nouvelle à Gondolin et à la lointaine Hithlum.

Morgoth prit le corps du Roi des Elfes, l'écrasa et voulut le jeter à ses loups, mais Thorondor descendit en hâte de son aire, là-haut sur les sommets des Crissaegrim, plongea sur Morgoth et lui déchira le visage. Les ailes du Roi des Aigles faisaient le bruit des orages de Manwë, il saisit le corps dans ses serres puissantes et s'élança au-dessus des flèches des Orcs, emportant Fingolfin. Il le déposa sur un pic montagneux qui fermait vers le nord la vallée secrète de Gondolin et là Turgon vint construire un tombeau en pierre pour son père. Plus jamais un Orc n'osa passer près de cette tombe ou même s'en approcher jusqu'à ce que Gondolin s'effondrât et que la trahison revînt à nouveau parmi ses habitants. Depuis ce jour, Morgoth ne marcha plus que sur un pied, la souffrance de ses blessures ne fut jamais guérie, non plus que la balafre laissée par Thorondor.

Hithlum se remplit de lamentations quand on y connut la nouvelle et Fingon endeuillé prit la tête de la Maison de Fingolfin et la royauté des Noldor, puis il envoya son plus jeune fils Ereinion (qui fut plus tard appelé Gil-galad) aux Forts de la Mer.

Le pouvoir de Morgoth assombrissait maintenant toutes les Terres du Nord, mais Barahir refusait d'abandonner Dorthonion et disputait pied à pied le territoire à ses ennemis. Morgoth extermina ses combattants un à un, jusqu'à ce qu'il n'en restât qu'une poignée, et toute la forêt des pentes septentrionales de cette région s'emplit peu à peu d'une telle terreur et d'une si sombre magie que même les Orcs n'y entraient plus sans nécessité : on l'appela Deldúwath et Taur-nu-Fuin, la Forêt sous la Nuit. Les arbres qui y grandirent après l'incendie étaient noirs et funèbres, leurs racines emmêlées s'étendaient dans l'obscurité comme des griffes et ceux qui s'y aventuraient s'égaraient, aveuglés, puis étranglés ou acculés à la folie par des spectres terrifiants. Le sort de Barahir devint si désespéré que sa femme Emeldir, la Dame au Cœur d'Homme (plutôt prête à combattre avec son fils et son époux qu'à s'enfuir), prit avec elle toutes les femmes et tous les enfants qui restaient, donna des armes à ceux qui pouvaient les porter et les conduisit dans les montagnes qui étaient derrière eux par des sentes périlleuses jusqu'à ce qu'ils parvinssent enfin à Brethil, misérables et décimés. Quelques-uns furent recueillis par les Haladin, d'autres reprirent le chemin des montagnes jusqu'à Dor-lómin où était le peuple de Galdor, le fils d'Haldor. Rian se trouvait parmi eux, la fille de Belegund, et Morwen, qu'on appela Eledwhen, ce qui veut dire Reflet des Elfes, la fille de Baragund. Mais nul ne revit plus les hommes qu'elles avaient quittés, car ils furent tués un par un, jusqu'à ce qu'il n'en restât que douze autour de Barahir : son fils Beren, ses neveux Baragund et Belegund, les fils de Bregolas, et neuf des plus fidèles serviteurs de sa Maison dont les noms sont restés depuis toujours dans les chants des Noldor : Radhruin et Dairuin, Dagnir et Ragnor,

Gildor et Gorlim le Triste, Arthad et Urthel et Hathaldir le Jeune. Ils devinrent des hors-la-loi sans espoir de retour, une bande désespérée qui ne pouvait plus s'échapper et ne voulait pas céder, car leurs demeures étaient détruites, leurs femmes et leurs enfants capturés, tués ou disparus. Aucun message ni aucune aide ne leur parvint d'Hithlum, et ils furent pourchassés comme des bêtes sauvages jusqu'à ce qu'ils se retirent sur les hauteurs désolées au-dessus des forêts et se mirent à errer entre les lacs de montagne sur les plateaux rocheux de la région, le plus loin possible des enchantements de Morgoth et de ses espions. La bruyère leur faisait un lit et les nuages du ciel leur donnaient un toit.

Près de deux ans après Dagor Bragollach les Noldor défendaient encore le Passage de l'Ouest, auprès des sources du Sirion, car ces eaux recelaient le pouvoir d'Ulmo, et Minas Tirith put résister aux Orcs. Mais, après la mort de Fingolfin, le plus grand et le plus terrible des serviteurs de Morgoth, Sauron, qu'on appelait Gothaur en langue sindarine, se présenta devant Orodreth, le gardien de la Tour de Tol Sirion. Sauron était devenu un sorcier aux pouvoirs terrifiants, maître des ombres et des fantômes, dont l'infamie et la force cruelle déformaient tout ce qu'il touchait et pervertissaient tous ceux qu'il gouvernait. Seigneur des Loups-garous, son règne était un supplice. Il prit d'assaut Minas Tirith grâce à un sombre nuage de terreur qu'il jeta sur les défenseurs et Orodreth dut s'enfuir à Nargothrond. Sauron transforma le fort en tour de guet pour les armées de Morgoth, citadelle du malheur qui menaçait le monde, et la belle île de Tol Sirion devint un lieu maudit qu'on appela Tol-in-Gauroth, l'Ile des Loups-garous. Nulle créature vivante ne pouvait passer dans la vallée sans être vue de Sauron tapi en haut de sa tour. Morgoth désormais tenait le Passage de l'Ouest et faisait régner sa terreur dans les plaines et les forêts de

Beleriand. Il poursuivit ses ennemis jusqu'au-delà d'Hithlum, les débusqua de leurs cachettes et s'empara un par un de leurs forts. Les Orcs s'enhardissaient et allaient de plus en plus loin, descendant le Sirion à l'ouest et le Celon à l'est pour encercler Doriath, ils faisaient de tels ravages là où ils passaient que tout ce qui était couvert de poil ou de plume fuyait devant eux et un grand silence funèbre s'étendait sans répit depuis les Terres du Nord. Ils capturèrent beaucoup de Noldor et de Sindar et les envoyèrent à Angband, réduits en esclavage, obligés de mettre au service de Morgoth leur savoir et leurs talents. Morgoth envoyait toujours ses espions vêtus d'apparences trompeuses et doués de paroles rusées, ils promettaient d'illusoires récompenses et cherchaient à semer la peur et l'envie entre les différents peuples, accusant leurs chefs et leurs rois de cupidité et de trahison les uns envers les autres. A cause de la Malédiction qui avait suivi le Massacre d'Alqualondë, ces mensonges trouvaient souvent crédit et en fait, à mesure que la nuit s'approchait, ils prenaient une manière de vérité, car l'esprit et les cœurs des Elfes de Beleriand étaient obscurcis par la peur et le désespoir. Les Noldor craignaient par-dessus tout la trahison de ceux d'entre eux qui étaient enchaînés à Angband, car Morgoth en employait certains pour ses projets malfaisants. Il les laissait aller, feignant de leur rendre leur liberté mais, en fait, leur volonté restait liée à la sienne et leurs pas les ramenaient vers lui. Si donc un des captifs parvenait vraiment à s'échapper et à retrouver les siens, il était mal accueilli et devait s'en aller seul, proscrit et sans espoir.

Morgoth montrait aux Humains une fausse miséricorde, disant à ceux qui acceptaient de l'écouter que tous leurs malheurs venaient de leur soumission aux Noldor rebelles, alors qu'ils retrouveraient l'honneur et la juste récompense de leur valeur s'ils abandonnaient la révolte et se remettaient aux mains du légitime Seigneur des Terres du Milieu.

Mais il trouva peu d'humains dans les trois Maisons des Edain pour lui prêter une oreille complaisante, pas même quand ils furent soumis aux tortures d'Angband, et il n'en mit que plus de haine à les poursuivre et à leur envoyer ses espions.

On dit qu'à cette époque les Hommes Bruns apparurent à Beleriand. Quelques-uns étaient déjà secrètement soumis à Morgoth et vinrent à son ordre, mais pas tous, car la nouvelle de l'existence de Beleriand, de ses plaines et de ses fleuves, de ses guerres et de ses trésors, s'était propagée très loin et en ce temps-là les pas errants des hommes les portaient toujours vers l'ouest. Ces Humains étaient petits, trapus, les bras longs et forts, ils avaient le teint basané ou jaunâtre et les cheveux aussi noirs que les yeux. Ils étaient divisés en de nombreuses tribus et certains préférèrent les Nains des montagnes à la compagnie des Elfes. Mais Maedhros, sachant la faiblesse des Noldor et des Edain devant les réserves d'Angband qui semblaient inépuisables, fit alliance avec les nouveaux venus et donna son amitié aux plus grands de leurs chefs, Bor et Ulfang. Et Morgoth en fut satisfait, car c'est ce qu'il avait prévu. Les fils de Bor étaient Borlad, Borlach et Borthland, et ceux-là suivirent Maedhros et Maglor et leur restèrent fidèles, trompant ainsi les espoirs de Morgoth. Les fils d'Ulfang le Noir étaient Ulfast, Ulwarth et Uldor le Maudit. Ceux-là suivirent Caranthir et lui firent allégeance et ils devinrent des traîtres.

Les Edain et les Orientaux ne s'aimaient guère et se rencontraient peu. Les nouveaux venus restèrent longtemps dans l'est de Beleriand alors que le peuple d'Hador était enfermé à Hithlum et que la Maison de Bëor était pratiquement détruite. Au début, ceux d'Haleth furent épargnés par la Guerre du Nord, puisqu'ils vivaient au sud de la Forêt de Brethil, mais ils durent bientôt livrer bataille contre l'invasion des Orcs, car ce peuple courageux ne voulait pas quitter sans combat le pays qu'il aimait.

Les exploits des Haladin sont à l'honneur dans les récits des défaites de cette époque car, après la prise de Minas Tirith, les Orcs déferlèrent par le Passage de l'Ouest et auraient pu ravager le pays jusqu'à l'embouchure du Sirion si Halmir, le seigneur des Haladin, n'avait rapidement envoyé un message à Thingol, car il était l'ami des Elfes qui gardaient les frontières de Doriath. Alors le chef des gardes de Thingol, Beleg à l'Arc de Fer, amena dans Brethil une forte troupe de Sindar armée de haches, et Halmir et Beleg surgirent ensemble du fond de la forêt et exterminèrent les Orcs pris au dépourvu. La marée noire venue du Nord fut donc mise en échec dans cette région et les Orcs n'osèrent plus traverser le Teiglin pendant de nombreuses années. Le peuple d'Haleth put continuer à vivre en paix dans la Forêt de Brethil, sans cesse aux aguets, il obtint ainsi quelque répit pour le royaume de Nargothrond qui put rassembler ses forces.

A ce moment-là Húrin et Huor, les fils de Galdor et Dor-lómin, séjournaient chez les Haladin dont ils étaient parents. Aux jours d'avant Dagor Bragollach, ces deux Maisons des Edain s'étaient rencontrées à une grande fête et Galdor et Gloredhel, les enfants d'Hador aux Cheveux d'Or, furent mariés à Hareth et Haldir, les enfants du seigneur des Haladin, Halmir. C'est ainsi que les fils de Galdor furent élevés à Brethil par leur oncle Haldir, suivant en cela la coutume des Humains à cette époque, et ils allèrent tous les deux à la bataille contre les Orcs, même Huor, qu'on ne put retenir bien qu'il n'eût que treize ans. Mais ils firent partie d'un détachement qui fut séparé des autres et poursuivi jusqu'au Gué de Brithiach où ils auraient été tués ou capturés si Ulmo n'avait joué de son pouvoir, encore puissant dans les eaux du Sirion. Un brouillard s'éleva du fleuve qui les dissimula à leurs ennemis et ils passèrent le Brithiach, arrivèrent à Dimbar où ils errèrent dans les collines, sous les hauteurs des

Crissaegrim, jusqu'à ce qu'ils fussent complètement désorientés par les trompeuses apparences du paysage et ne pussent plus ni retourner ni aller de l'avant. Alors Thorondor les aperçut et leur envoya deux de ses aigles pour les aider. Les aigles les prirent et les emportèrent au-delà du Cercle des Montagnes dans la vallée secrète de Túmladen jusqu'à la cité de Gondolin, qu'aucun Humain n'avait encore vue.

Le Roi Turgon leur fit bon accueil quand il apprit leur parenté, car des messages et des rêves lui étaient venus de la mer, par le Sirion, envoyés par Ulmo, le Seigneur des Eaux, le prévenant des malheurs à venir et lui conseillant de traiter avec bienveillance les fils de la Maison d'Hador, qui pourraient l'aider en cas de besoin. Húrin et Huor furent les hôtes du palais du Roi pendant près d'un an, et on dit que Húrin apprit beaucoup des Elfes pendant ce temps et qu'il put comprendre en partie les vues et les plans du Roi. Car Turgon se prit de grande amitié pour les fils de Galdor et parla longuement avec eux. C'était vraiment par amour qu'il souhaitait les garder à Gondolin, non pas à cause de la loi qui interdisait à tout étranger, fût-il Elfe ou Humain, qui aurait trouvé le chemin du royaume caché et porté les yeux sur la cité, de repartir jusqu'à ce que le Roi lève son siège et fasse s'avancer son peuple.

Mais Húrin et Huor voulaient retrouver leurs parents et partager leur guerre et les souffrances qu'ils enduraient. Et Húrin dit à Turgon :

– Seigneur, nous ne sommes que des mortels, différents des Eldar. Ils peuvent attendre pendant des années une lointaine bataille avec leurs ennemis, mais notre temps est plus bref, nos forces et nos espoirs s'éteignent vite. De plus, nous n'avons pas découvert le chemin de Gondolin, et en fait nous ne savons pas vraiment où se trouve la ville, car nous avons été transportés dans les hauteurs de l'air, stupéfaits et terrorisés, et on nous a fait la grâce de nous bander les yeux.

Alors Turgon lui accorda ce qu'il demandait en disant :

– Vous pouvez partir par où vous êtes venus, si Thorondor l'accepte. Ce départ me peine, mais nous nous reverrons peut-être bientôt, si on compte le temps à la manière des Eldar.

Mais Maeglin, le fils de la sœur du Roi, qui était un des puissants de Gondolin, ne regrettait en rien leur départ, tout en leur reprochant la faveur du Roi, car il n'avait aucun amour pour aucun peuple des hommes, et il dit à Húrin :

– Le Roi vous fait plus de faveur que vous ne le pensez, et la loi se fait moins dure qu'autrefois, sinon vous n'auriez eu que le choix de rester ici jusqu'à la fin de vos jours.

Húrin lui répondit :

– Le Roi nous fait grande faveur en vérité, mais si notre parole ne suffit pas, alors nous allons prêter serment devant vous.

Et les frères jurèrent de ne jamais révéler les intentions du Roi ni rien de ce qu'ils avaient vu dans son royaume. Puis ils firent leurs adieux et les aigles vinrent les prendre de nuit et les déposèrent à Dor-lómin avant l'aube. Leurs parents se réjouirent de les voir, car des messagers venus de Brethil leur avaient appris leur disparition, mais ils ne voulurent dire à personne où ils étaient allés, pas même à leur père, sinon qu'ils avaient été sauvés du désert par des aigles qui les avaient rapportés chez eux. Galdor dit alors :

– Etes-vous donc restés un an dans le désert ? Ou les aigles vous ont-ils recueillis dans leur aire ? Pourtant vous avez trouvé de la nourriture et de beaux vêtements, vous rentrez ici comme des princes, pas comme des enfants perdus dans les bois.

Et Húrin répondit :

– Soyez déjà contents de nous voir ici, car pour

que cela nous fût permis, nous avons dû jurer de garder le silence.

Galdor ne leur fit plus de questions, mais il se douta de la vérité, ainsi que beaucoup d'autres, et avec le temps l'étrange aventure de Húrin et de Huor parvint aux oreilles des serviteurs de Morgoth.

Quand Turgon apprit que le siège d'Angband était levé, il interdit à tous ses sujets de se rendre à la guerre, pensant que Gondolin était puissante et qu'il n'était pas temps de la découvrir au monde. Mais il crut aussi que la fin du siège annonçait la chute des Noldor s'ils restaient sans secours, et il envoya secrètement des troupes à l'embouchure du Sirion et sur l'Ile de Balar. Là, ils construisirent des navires et partirent loin vers l'ouest comme le voulait Turgon, à la recherche de Valinor pour demander aux Valar leur pardon et leur aide. Ils demandèrent aux oiseaux de la mer de les aider, mais l'océan était immense et sauvage, parsemé d'ombres et de maléfices, et Valinor resta cachée. Aucun des messagers de Turgon ne parvint à l'ouest, beaucoup disparurent, très peu reparurent, et la chute de Gondolin se rapprochait.

Morgoth eut vent de ces événements, il s'en inquiéta malgré ses victoires et voulut savoir à tout prix ce que faisaient Felagund et Turgon. Car ils s'étaient évanouis sans que nul n'en sache rien, pourtant ils n'étaient pas morts, et il craignait ce qu'ils pourraient entreprendre contre lui. Il connaissait bien le nom de Nargothrond, mais rien de l'endroit où elle se trouvait ni de sa force, il ignorait tout de Gondolin et en était d'autant plus inquiet en pensant à Turgon. Il envoya donc de nombreux espions en Beleriand mais fit rentrer à Angband le gros de l'armée des Orcs, sentant qu'il ne pourrait pas livrer une bataille décisive et victorieuse avant d'avoir rassemblé les forces nouvelles, d'autant qu'il avait mal jugé de la valeur des Noldor et de la force des Humains leurs alliés. Si grande que fût sa

victoire et à Bragollach et dans les années qui
suivirent, si dures les blessures qu'il avait infligées à
ses ennemis, ses pertes n'avaient pas été moindres,
et s'il tenait Dorthonion et le Passage du Sirion, les
Eldar se remettaient de leur effroi et commençaient
à regagner ce qu'ils avaient perdu. Ainsi le sud de
Beleriand connut un semblant de paix pendant
quelques brèves années, mais les forges d'Angband
étaient en plein travail.

Quand sept ans eurent passé depuis la Quatrième
Bataille, Morgoth lança un nouvel assaut et envoya
une grande armée contre Hithlum. Il y eut de durs
combats sur les cols des Montagnes de l'Ombre et
le seigneur de Dor-lómin, Galdor le Grand, fut tué
d'une flèche au siège d'Eithel Sirion. Il tenait ce fort
sur l'ordre du Grand Roi Fingon et déjà son père,
Hador Lórindol, y était mort peu de temps avant.
Son fils Húrin venait d'atteindre l'âge d'homme
mais n'en était pas moins aussi fort de corps que
d'esprit, et il chassa les Orcs d'Ered Wethrin, en fit
un massacre et les poursuivit loin sur les sables
d'Anfauglith.

Le Roi Fingon était décidé à repousser les armées
d'Angband qui descendaient du Nord et la bataille
se livra sur les plaines d'Hithlum. Fingon fut
débordé par le nombre mais les navires de Cirdan
remontèrent en force le bras de mer du Drengist et
au dernier moment les Elfes de Falas attaquèrent à
l'ouest les armées de Morgoth. Alors, les Orcs
reculèrent et s'enfuirent, laissant la victoire aux
Eldar dont les archers à cheval les poursuivirent
jusqu'aux Montagnes de Fer.

Ensuite Húrin, fils de Galdor, prit la tête de la
Maison de Hador, à Dor-lómin, et fit allégeance à
Fingon. Húrin était moins grand que ses parents,
ou, plus tard, que son fils, mais il était tenace et
endurant, le corps infatigable, rapide et léger
comme ceux de la famille de sa mère, Hareth des
Haladin. Morwen Eledwhen était son épouse, la fille
de Baragund de la Maison de Bëor, celle qui avait

fui Dorthonion avec Rian, la fille de Belegund, et Emeldir, la mère de Beren.

C'est aussi à cette époque que furent exterminés les survivants de Dorthonion, comme on le raconte plus loin, et seul Beren, le fils de Barahir, put échapper et entrer de justesse à Doriath.

19

BEREN ET LUTHIEN

Parmi les récits de souffrance et de ruine qui nous sont parvenus de ces jours sombres, il y en a où la joie se mêle aux larmes, où une lueur subsiste sous l'ombre de la mort. Et aux oreilles des Elfes la plus belle de ces histoires est encore celle de Beren et de Lúthien. De leurs vies fut tiré le Lai de Leithian, La Délivrance, qui est le plus long, à une exception près, des chants qui nous parlent des temps anciens, mais ici ce récit a pris moins de mots et aucune musique.

Il a été dit que Barahir refusa d'abandonner Dorthonion et qu'il fut impitoyablement pourchassé par Morgoth jusqu'à ce qu'il ne lui restât que douze compagnons. Les forêts de Dorthonion s'élevaient vers le sud jusqu'à des plateaux montagneux à l'est desquels se trouvait un lac, Tarn Aeluin, entouré de landes désertiques où nul chemin n'était tracé car, même au temps de la Longue Paix, nul n'y avait jamais vécu. Pourtant les eaux de Tarn Aeluin étaient tenues pour sacrées : de jour elles étaient d'un bleu transparent, de nuit elles faisaient un miroir aux étoiles et on dit que jadis Melian elle-même les avait bénies. Barahir et ses compagnons arrivèrent jusque-là et y firent leur refuge, que Morgoth ne put découvrir. Mais la rumeur de leurs exploits alla si loin que Morgoth commanda à Sauron de les retrouver pour en finir avec eux.

Parmi les compagnons de Barahir se trouvait le fils d'Angrim, Gorlim, dont la femme s'appelait Eilinel. Un grand amour les unissait avant que le mal ne fît son entrée. Au retour de la guerre, Gorlim avait trouvé sa maison déserte et pillée et sa femme disparue, sans qu'il sût si elle avait été tuée ou capturée. Il avait rejoint Barahir pour devenir le plus féroce et le plus désespéré de ses compagnons, mais le doute rongeait son cœur à l'idée qu'Eilinel n'était peut-être pas morte. Parfois, il s'en allait seul, en secret, revoir la maison qui était encore debout au milieu des champs et des forêts qui lui appartenaient jadis, et les serviteurs de Morgoth l'apprirent.

Un jour d'automne, il arriva au crépuscule et crut voir en s'approchant une lumière à la fenêtre. Sur ses gardes il vint plus près et regarda à l'intérieur où il aperçut Eilinel, le visage creusé par la tristesse et par la faim, et il crut l'entendre se plaindre de ce qu'il l'avait abandonnée. Mais, au moment où il l'appelait d'un cri, la lumière fut soufflée par le vent, il entendit le hurlement des loups et sentit sur ses épaules les mains des chasseurs de Sauron. Ainsi Gorlim fut pris au piège et amené au camp de Sauron pour y être torturé, car ils voulaient connaître les plans de Barahir et l'endroit où il se cachait. Mais rien ne faisait parler Gorlim. Ils lui promirent de le libérer et de lui rendre Eilinel et alors, épuisé de souffrance et de désir pour sa femme, il hésita. Ils le conduisirent aussitôt devant le terrible Sauron et celui-ci lui dit :

– Maintenant, on me dit que tu veux marchander avec moi. Quel est ton prix ?

Et Gorlim répondit qu'il voulait retrouver Eilinel et partir avec elle, car il croyait qu'elle aussi était prisonnière.

Sauron eut un sourire :

– C'est un prix bien faible pour une si grande trahison. Il en sera ainsi. Parle donc!

Gorlim aurait voulu reculer mais, pris par le regard de Sauron, il dit enfin tout ce qu'il savait. Alors Sauron se mit à rire et se moqua de lui, lui disant qu'il n'avait vu qu'un fantôme conjuré par magie pour le prendre au piège, et qu'Eilinel était morte.

– Je vais tout de même te donner ce que tu as demandé, dit Sauron. Tu vas retrouver Eilinel et être libéré de mon service.

Puis il le fit mettre à mort avec la plus grande cruauté.

C'est ainsi que le refuge de Barahir fut découvert, que Morgoth put tendre ses filets et que les Orcs vinrent dans les heures tranquilles d'avant l'aube surprendre les hommes de Dorthonion et les tuer tous, sauf un. Car Beren, le fils de Barahir, était parti sur l'ordre de son père pour une dangereuse mission afin d'espionner l'ennemi, et il était loin quand le refuge fut investi. Et alors qu'il était endormi dans la forêt en pleine nuit il rêva que des charognards se pressaient en rangs serrés comme les feuilles des arbres sur des troncs dénudés près d'un marais, et que du sang coulait encore de leurs becs. Puis il perçut dans son rêve qu'une forme traversait les eaux pour venir vers lui, et c'était le fantôme de Gorlim qui lui raconta sa trahison et sa mort et lui dit de se hâter d'aller prévenir son père.

Beren s'éveilla et courut à travers la nuit pour être de retour au refuge au bout d'un jour et d'une nuit. Et quand il s'approcha, il vit les charognards s'envoler dans les aulnes qui bordaient Tarn Aeluin et l'accueillir de cris moqueurs.

Beren enterra les ossements de son père et dressa au-dessus un tumulus de pierres devant lequel il fit serment de se venger. D'abord, il poursuivit les Orcs qui avaient tué son père et ses compagnons : il découvrit leur camp à la nuit à la

Source de Rivil, près des Marais de Serech. Sa connaissance de la forêt lui permit d'approcher de leurs feux sans être vu. Il entendit leur capitaine se vanter de leurs exploits, il le vit brandir la main de Barahir qu'il avait coupée pour prouver à Sauron qu'ils avaient bien rempli leur mission et l'anneau de Felagund était encore sur cette main. Alors Beren jaillit de derrière un rocher, abattit le capitaine et s'enfuit en s'emparant de la main et de l'anneau. Le sort fut avec lui, car les Orcs furent plongés dans la confusion et leurs flèches ne l'atteignirent pas.

Puis Beren continua de parcourir Dorthonion pendant quatre ans, solitaire et proscrit. Il devint l'ami des oiseaux et des bêtes qui lui prêtèrent leur aide sans jamais le trahir et, depuis ce temps, il ne mangea plus de viande et ne tua plus aucune créature vivante qu'elle ne fût au service de Morgoth. Il ne craignait pas la mort, mais la captivité, et son courage désespéré lui permit d'échapper aux chaînes et à la mort. Les exploits de son audace furent connus dans Beleriand tout entier et le récit en parvint même à Doriath. Alors Morgoth mit sa tête au même prix que celle de Fingon, le Grand Roi des Noldor, mais les Orcs préféraient fuir à la seule idée de sa venue que le poursuivre. Enfin on lança contre lui une armée entière commandée par Sauron, et celui-ci fit venir des Loups-garous, de féroces créatures possédées par des esprits terrifiants qu'il avait emprisonnés dans leurs corps.

Maintenant le mal régnait sans partage sur ces terres et tous les êtres purs les abandonnaient. Beren fut serré de si près qu'à la fin il fut obligé de fuir Dorthonion. Il quitta le pays de son père et sa tombe en hiver, sous la neige, puis monta jusqu'en haut de Gorgoroth, les Montagnes de la Terreur, d'où il aperçut dans le lointain le pays de Doriath. Alors il décida au fond de son cœur qu'il entrerait dans le royaume caché que nul mortel n'avait foulé de son pied.

Son voyage vers le sud fut terrible, le long des gouffres d'Ered Gorgoroth où les ombres dataient d'avant la venue de la Lune. Puis il y eut le désert de Dungortheb où les maléfices de Sauron se heurtaient au pouvoir de Melian, un lieu traversé d'horreur et de folie. Les araignées déchues de la féroce Ungoliant y pullulaient, tissant leurs toiles invisibles et mortelles pour toutes les créatures vivantes, et des monstres y rampaient, nés de la longue nuit d'avant la venue du Soleil, des êtres aux yeux innombrables qui chassaient en silence. On ne trouvait rien dans ce pays hanté qui puisse nourrir les Elfes ou les Humains, on n'y trouvait que la mort. Ce voyage ne fut pas le moindre des exploits de Beren, mais jamais il n'en parla à personne, de peur que l'horreur ne lui revienne en tête; nul ne sait comment il trouva son chemin et, jusqu'aux frontières de Doriath, il dut suivre des pistes qu'aucun Elfe ni aucun Humain n'avait osé emprunter. Il passa au travers des labyrinthes que Melian avait tissés autour du royaume de Thingol, exactement comme elle l'avait prédit, car un destin tragique le conduisait.

On dit dans le Lai de Leithien que Beren entra en trébuchant à Doriath, gris et courbé comme par des années de malheur, si grandes avaient été les souffrances de la route. Puis qu'un été où il parcourait les bois de Neldoreth, il rencontra Lúthien, la fille de Thingol et de Melian, un soir au lever de la lune, au moment où elle dansait sur l'herbe éternelle des prairies d'Esgalduin. Alors, en un instant, il oublia ses souffrances et fut comme ensorcelé car Lúthien était la plus belle de tous les Enfants d'Ilúvatar. Sa robe était bleue comme un ciel sans nuages, ses yeux gris comme la lumière des étoiles, sa cape était semée de fleurs d'or et ses cheveux aussi noirs que les ombres du soir. Comme un rayon sur les feuilles d'un arbre, comme le murmure des eaux limpides, comme les astres loin des fumées du monde, telle était sa radieuse beauté, et son visage était tout de lumière.

Mais elle disparut à sa vue et il resta sans voix comme sous l'effet d'un charme. Il erra longtemps dans les bois, sauvage et méfiant comme un animal, à rechercher Lúthien. Dans son cœur il l'appelait Tinúviel, ce qui veut dire le Rossignol, la fille du crépuscule dans la langue des Elfes Gris, car il ne lui connaissait pas d'autre nom. Il la voyait de loin comme une feuille dans le vent d'automne, et en hiver comme une étoile au-dessus des collines, mais ses membres étaient comme enchaînés.

Il arriva, un jour avant la venue du printemps, que Lúthien dansait sur une colline verdoyante, et qu'elle se mit soudain à chanter d'une voix haute et claire, un chant qui vous perçait le cœur comme celui de l'alouette quand il s'élève des portes de la nuit pour lancer sa mélodie vers les étoiles mourantes, voyant déjà le soleil derrière les murailles du monde. Et le chant de Lúthien défit les liens de l'hiver, libéra les eaux gelées qui se mirent à bruire, et des fleurs naquirent de la terre glacée là où s'étaient posés ses pas.

Alors l'enchantement fut levé qui contraignait Beren au silence, et il l'appela Tinúviel, en pleurant, et la forêt fit écho à ce nom. Surprise, elle s'arrêta, cessa de fuir, et Beren vint près d'elle. Dès qu'elle eut porté les yeux sur lui, le destin la frappa et elle en fut amoureuse. Pourtant elle s'échappa de ses bras et disparut à sa vue au moment où le jour se levait. Alors Beren s'évanouit et tomba comme celui qu'auraient frappé en même temps le bonheur et la peine. Il s'enfonça dans un sommeil qui était comme un puits de ténèbres et, à son réveil, il se sentait comme la pierre, le cœur vide et désolé.

Son esprit vagabondait comme un homme venant d'être aveugle et qui tend les mains pour saisir la lumière perdue. C'est ainsi que commença la souffrance dont il devait payer le destin qui pesait sur lui, destin où Lúthien se trouva prise. Immortelle, elle fut comme lui soumise à la mort, libre elle dut porter ses chaînes, et son tourment fut plus grand que celui d'aucun autre des Eldalië.

Alors qu'il désespérait, elle revint vers lui dans les ténèbres où il était plongé, et elle posa les mains sur lui, il y a de cela bien longtemps dans le Royaume Caché. Ensuite elle vint souvent le retrouver, et le printemps et l'été les virent parcourir secrètement les forêts avec une joie qui dépassait tout ce qu'avaient connu auparavant les Enfants d'Ilúvatar, bien que le temps des amants fût mesuré.

Mais le Barde Daeron aimait lui aussi Lúthien d'amour, il espionna ses rencontres avec Beren et la trahit devant Thingol. Le Roi fut pris de colère, car il aimait Lúthien par-dessus tout, la mettant plus haut que tous les Princes des Elfes, alors qu'il n'acceptait même pas les Humains à son service. Il dit sa surprise et sa douleur à Lúthien, mais elle ne voulut rien admettre qu'il n'eût juré devant elle qu'il ne tuerait pas Beren ni ne le tiendrait captif. Il envoya pourtant ses serviteurs qui s'emparèrent de lui et le conduisirent à Menegroth comme un malfaiteur, mais Lúthien les devança et le mena elle-même devant le trône de Thingol, comme s'il était un honorable invité.

Thingol regardait Beren avec une colère méprisante, tandis que Melian ne disait rien.

– Qui es-tu, dit le Roi, toi qui viens là comme un voleur et oses approcher de mon trône sans y être invité?

Beren était rempli de terreur, écrasé par la splendeur de Menegroth et la majesté de Thingol, il ne dit mot. C'est Lúthien qui répondit à son père :

– Il se nomme Beren, fils de Barahir, Seigneur des Humains, grand ennemi de Morgoth, celui dont les exploits sont chantés même par les Elfes!

– Laisse Beren parler! s'exclama Thingol. Que cherches-tu ici, malheureux mortel, et qu'est-ce qui

216

t'a fait quitter tes terres pour venir sur celle-ci, qui est interdite à tes semblables? Peux-tu me donner une raison pour que mon pouvoir ne te fasse pas sentir le châtiment de ton insolente folie?

Alors Beren leva les yeux et rencontra d'abord le regard de Lúthien, puis le visage de Melian, et il lui sembla que les mots lui venaient tout seuls à la bouche. La peur le quitta et la fierté lui revint, celle de la plus ancienne Maison des Humains, et il dit :

— Mon destin, ô Roi, m'a conduit ici à travers les dangers que peu, même parmi les Elfes, oseraient affronter. Et j'ai trouvé ici non pas ce que je cherchais, mais ce que je voudrais garder toujours. Quelque chose de plus haut que l'or et l'argent, que tous les joyaux du monde. Ni le roc, ni l'acier, ni les flammes de Morgoth ni les pouvoirs des Royaumes des Elfes ne pourront m'interdire le trésor auquel j'aspire. Car Lúthien, votre fille, est la plus belle de tous les Enfants du Monde.

Un silence tomba dans la salle du trône. Ceux qui étaient là, stupéfaits et terrorisés, crurent que Beren allait être mis à mort. Mais Thingol lui répondit d'une voix lente :

— Tu as mérité la mort avec ces paroles, et tu l'aurais trouvée sans retard si je n'avais prêté un serment trop hâtif que je regrette bien, mortel bâtard qui a appris au royaume de Morgoth à ramper comme un esclave et un espion.

Et Beren répondit :

— Tu peux me donner la mort, que je la mérite ou non, mais je n'accepterai de toi ni le nom de bâtard, ni d'espion, ni d'esclave. Par l'anneau de Felagund, qu'il donna à mon père Barahir sur le champ de bataille du Nord, ma Maison ne mérite d'être appelée ainsi par aucun Elfe, qu'il soit ou non un Roi.

Il parlait fièrement et tous les regards se portèrent sur l'anneau qu'il brandissait, et on vit soudain briller les pierres vertes taillées à Valinor par les Noldor. La bague avait la forme de deux serpents jumeaux dont les yeux étaient des émeraudes et dont les têtes s'unissaient sous une couronne de fleurs dorées qu'un des serpents portait tandis que l'autre la dévorait. C'était le blason de Finarfin et de sa Maison. Alors Melian se pencha vers Thingol et lui murmura de laisser de côté sa colère :

— Car Beren ne sera pas tué par toi, dit-elle, et si son destin peut le conduire jusqu'au bout du monde, il restera lié au tien. Prends garde !

Thingol regarda Lúthien en silence et il pensait au fond de son cœur : « Malheureux mortels, enfants de petits princes et de rois éphémères, des êtres tels que vous pourraient porter la main sur elle, et vivre ? » Puis il dit à haute voix :

— Je vois l'anneau, fils de Barabir, je vois que tu es fier, que tu te crois puissant. Mais les exploits d'un père, fussent-ils accomplis à mon service, ne sont rien pour gagner la fille de Thingol et de Melian. Ecoute, maintenant ! Moi aussi je désire un trésor interdit. Car le roc et l'acier et les flammes de Morgoth défendent les joyaux que je convoite contre tous les pouvoirs du royaume des Elfes. Je t'ai entendu dire que ces obstacles ne te font pas peur. Alors mets-toi en route ! Que ta main m'apporte un Silmaril de la couronne de Morgoth et là, si elle le veut, Lúthien pourra mettre sa main dans la tienne. Alors tu recevras mon trésor et tu pourras me tenir pour généreux, même si les Silmarils recèlent le destin du Monde.

C'est ainsi qu'il amena la ruine de Doriah et fut pris au piège de la Malédiction de Mandos. Ceux qui l'entendirent parler comprirent qu'il tenait son serment mais n'en envoyait pas moins Beren à la mort, car ils savaient qu'avant même que le siège fût brisé, tous les pouvoirs des Noldor avaient échoué à leur faire ne fût-ce qu'apercevoir de loin l'éclat des Silmarils de Fëanor. Ils étaient sertis dans la Couronne de Fer, joyau le plus précieux du trésor d'Angband, entouré de Balrog aux épées innombrables, gardé par des barreaux d'acier et des murs imprenables sous la noire majesté de Morgoth.

Mais Beren se mit à rire.

– A quel prix dérisoire, dit-il, les Rois des Elfes vendent-ils leurs filles : pour des pierres ou des œuvres d'art. Mais si c'est cela que tu veux, Thingol, je le ferai. Quand nous nous reverrons, j'aurai à la main un des Silmarils de la Couronne de Fer, et ce n'est pas la dernière fois que tu as devant les yeux Beren, le fils de Barahir.

Puis il plongea son regard dans celui de Melian, qui ne dit rien, il dit adieu à Lúthien Tinúviel, s'inclina devant Thingol et Melian, écarta les gardes qui l'entouraient et quitta Menegroth seul et sans escorte.

Alors Melian parla à haute voix et dit à Thingol :

– O Roi, la ruse t'a inspiré, mais si mes yeux n'ont pas perdu leur pouvoir, je prédis qu'il est aussi mauvais pour toi que Beren échoue ou qu'il réussisse. Car tu auras condamné ou ta fille ou toi-même. Et maintenant Doriath va partager le destin d'un royaume plus vaste.

Mais Thingol répondit :

– Ceux que j'aime et que je chéris par-dessus tout, je ne les vends pas, ni aux Elfes ni aux Humains. Et si j'avais pu craindre ou espérer que Beren revînt à Menegroth, jamais plus il n'aurait vu la lumière du soleil et cela, malgré mon serment.

Lúthien resta silencieuse et jamais plus depuis ce jour elle ne fit entendre son chant au Royaume de Doriath. Un lourd silence tomba sur la forêt, et les ombres grandirent au Royaume de Thingol.

On raconte, dans le Lai de Leithian, que Beren traversa Doriath sans encombre pour arriver aux Etangs du Crépuscule et aux Marais du Sirion, qu'il quitta le pays de Thingol et gravit les collines qui surplombent les Chutes du Sirion, là où le fleuve s'engouffre sous terre avec un bruit de tonnerre, qu'il regarda vers l'ouest et qu'il put voir, à travers le brouillard et la pluie qui enveloppaient les collines, Talath Dirnen, la Plaine Fortifiée qui s'étendait entre le Narog et le Sirion, et qu'il aperçut même dans le lointain les hauteurs de Taur-en-Faroth qui dominaient Nargothrond. Alors, proscrit, sans allié et sans aide, il se dirigea dans cette direction.

Les Elfes de Nargothrond montaient sur cette plaine une garde vigilante : la moindre colline des frontières était surmontée de tours cachées aux regards, les champs et les forêts étaient secrètement parcourus par des archers parmi les plus habiles. Leurs flèches étaient infaillibles et mortelles et rien ne pouvait même ramper sans leur permission. Beren s'était à peine avancé sur la route qu'ils le savaient et que la mort s'approchait de lui. Mais il connaissait le danger et leva au-dessus de sa tête l'anneau de Felagund. Alors, sans qu'il vît un seul être vivant, tant l'adresse des chasseurs était grande, il sentit qu'on le surveillait et cria plusieurs fois :

– Je suis Beren, fils de Barahir, ami de Felagund. Menez-moi à votre Roi !

Les chasseurs ne le tuèrent pas, ils se regroupèrent pour lui tendre une embuscade et le contraindre à s'arrêter. Mais, en voyant l'anneau ils s'inclinèrent devant lui, bien qu'il fût en bien triste état, épuisé et hagard, puis ils le conduisirent vers le nord puis vers l'ouest, allant de nuit pour dissimuler leur but. Car il n'y avait à cette époque ni gué ni pont sur le Narog en face des portes de Nargothrond. C'est plus au nord, là où le Ginglith se jetait dans le Narog, que le torrent se faisait moins violent et qu'ils purent le traverser. Les Elfes revinrent vers le sud et amenèrent Beren devant les sombres portes de leurs cavernes à la lumière de la lune.

Beren arriva devant le Roi Finrod Felagund, et celui-ci le connaissait, il n'avait nul besoin d'anneau pour se souvenir du peuple de Bëor et de Barahir. Derrière les portes closes, ils prirent place et Beren lui dit la mort de Barahir et tout ce qu'il lui était arrivé à Doriath, pleurant au souvenir de Lúthien et de la joie qu'ils avaient eue ensemble. Mais Felagund fut surpris et inquiet de ce qu'il entendait, il comprit que le serment qu'il avait juré retombait sur lui en apportant la mort, comme il l'avait jadis prédit à Galadriel. Et c'est avec le cœur lourd qu'il répondit à Beren :

– Il est clair que Thingol désire ta mort, mais il semble que cette malédiction dépasse ses intentions et qu'on y voie l'œuvre du Serment de Fëanor. Car les Silmarils sont sous l'effet d'une haine maudite et celui-là qui se contente de les désirer en paroles réveille un grand pouvoir assoupi. Les fils de Fëanor mèneraient plutôt à la ruine tous les Royaumes des Elfes que de laisser un autre qu'eux-mêmes regagner ou s'emparer d'un Silmaril, car ils sont dominés par le Serment. En ce moment, Celegorn et Curufin sont dans mon domaine, et bien que je sois le Roi, moi le fils de Finarfin, ils ont gagné ici beaucoup de pouvoir et y ont amené un grand nombre des leurs. Ils m'ont prouvé leur amitié en toute occasion, mais je crains qu'ils n'aient pour toi ni amour ni pitié, si ton but est découvert. Je suis tenu moi-même par mon serment, et ainsi nous sommes tous pris au piège.

Alors le Roi Felagund s'adressa à son peuple, rappela les exploits de Barahir et le vœu qu'il avait fait. Il déclara qu'il lui revenait d'aider le fils de Barahir dans le besoin, et qu'il demandait pour cela l'aide de ses lieutenants. Alors Celegrom se dressa dans la foule et tira son épée en s'écriant :

– Qu'il soit un ami ou un ennemi, qu'il soit un démon ou Morgoth, ou Elfe, ou fils des Humains ou de toute créature vivante sur Arda, ni la loi, ni l'amour, ni l'alliance des enfers, ni la puissance des Valar ou de quelque sorcellerie ne pourront le protéger de la haine des fils de Fëanor, celui qui prendra ou trouvera un Silmaril pour le garder. Car les Silmarils sont à nous seuls, jusqu'à la fin du monde.

Et il parla encore longtemps avec des mots aussi forts que jadis à Tirion ceux de son père, qui avaient enflammé la révolte des Noldor. Après lui Curufin parla plus calmement mais avec la même fermeté, évoquant aux esprits des Elfes la guerre et la ruine de Nargothrond. Il fit naître en leurs cœurs une telle peur qu'aucun Elfe de ce royaume ne se risqua plus dans une bataille jusqu'à la venue de Túrin. Mais ils pratiquèrent la ruse et l'embuscade, la magie et les flèches empoisonnées pour traquer les étrangers en oubliant jusqu'aux liens du sang. Ils furent par là déchus du courage et de la liberté des Elfes d'antan et leur pays fut plongé dans l'ombre.

Ils murmurèrent ensuite que le fils de Finarfin n'était pas un Valar pour prétendre les commander, et ils se détournèrent de lui. La malédiction de Mandos s'abattit à nouveau sur les fils de Fëanor et fit lever dans leurs cœurs de noires pensées. Ils décidèrent de conduire Felagund à la mort et d'usurper si possible le trône de Nargothrond, puisqu'ils étaient parmi les plus anciens princes des Noldor.

Et Felagund, voyant qu'il était abandonné de tous, ôta de sa tête la couronne d'argent et la jeta par terre en disant :

— Vous pouvez trahir votre loyauté envers moi, mais je suis tenu par mon serment. Et s'il en reste sur qui l'ombre de notre malédiction ne soit pas encore passée, il y en aura bien quelques-uns pour me suivre, afin que je ne sorte pas d'ici comme un mendiant qu'on laisse à la porte.

Il y en eut dix qui restèrent avec lui, et leur chef, qui s'appelait Edrahil, se pencha pour ramasser la couronne et demanda qu'elle fût confiée à un régent jusqu'au retour de Felagund.

— Car vous restez mon roi, et le leur, dit-il, quoi qu'il advienne.

222

Alors Felagund donna la couronne de Nargothrond à son frère Orodreth pour qu'il règne à sa place. Celegorm et Curufin ne dirent plus rien, mais ils souriaient en sortant du palais.

Un soir d'automne, Felagund et Beren quittèrent Nargothrond avec leurs dix compagnons et remontèrent le Narog jusqu'à sa source aux Chutes d'Ivrin. Près des Montagnes de l'Ombre ils rencontrèrent une troupe d'Orcs qu'ils tuèrent jusqu'au dernier en attaquant leur campement de nuit et ils prirent leurs armes et leur équipement. Felagund usa de son art pour que leurs corps et leurs visages prennent la semblance des Orcs et c'est sous ce déguisement qu'ils continuèrent vers le nord et arrivèrent au Passage de l'Ouest, entre Ered Wethrin et les hauteurs de Taur-nu-Fuin. Sauron les vit du haut de sa tour et il fut pris d'un doute car ils se hâtaient sans même s'arrêter pour raconter ce qu'ils avaient fait, comme devaient le faire tous les serviteurs de Morgoth qui passaient par là. Alors il leur tendit une embuscade et les fit amener devant lui.

Ainsi commença l'épreuve célèbre qui opposa Sauron à Felagund. Car Felagund fit assaut de chants magiques avec Sauron et le pouvoir du Roi était grand, mais Sauron eut le dessus, comme il est dit dans le Lai de Leithian :

Il entonna un chant de sorcier,
Un chant pour percer, ouvrir et trahir,
Révéler, découvrir et tromper.
Et soudain Felagund qui oscillait
Lui répondit d'un chant de fermeté,
De résistance, pouvoir contre pouvoir
De secrets conservés, la force d'un donjon,
Une foi intacte, la liberté, la fuite;
D'une forme mouvante et changeante,
Qui évite les pièges et brise les filets,
Une prison qui s'ouvre, une chaîne qui casse.
D'arrière en avant leur chant se balançait,

Se déroulait, se noyait, chaque fois plus forte
La chanson se gonflait, Felagund luttait
Et mettait dans ses mots la magie et la force
De tous les Elfes.
Doucement dans la nuit ils entendirent les
[oiseaux
De Nargothrond chanter au loin,
Les soupirs de la mer au-delà,
Au-delà du monde occidental, sur le sable,
Le sable nacré du pays des Elfes.
Puis la nuit s'épaissit, les ténèbres
Grandirent sur Valinor, le sang rouge coula
Au bord de la mer, là où les Noldor assassi-
[nèrent
Les Coureurs d'Ecume, volèrent les navires,
Les blancs navires aux voiles blanches,
Et fuirent le ciel étoilé. Le vent se plaint,
Le loup gémit, le corbeau fuit,
Dans les bouches marines murmurent les
[glaces.
Les prisonniers d'Angband en deuil se lamen-
[tent,
Le tonnerre gronde, les feux s'éteignent –
Et tombe Felagund devant le trône.

Sauron les dépouilla de leurs masques et ils se
tinrent nus devant lui, effrayés. Mais s'il avait
dévoilé leur vraie nature, Sauron ne put découvrir
leurs noms ni leur but.

Alors il les jeta au fond d'un puits noir et muet
comme un gouffre et les menaça de les mettre à
mort avec les plus grandes cruautés si l'un d'entre
eux ne lui avouait la vérité. De temps en temps ils
voyaient deux yeux briller dans la nuit et un loup-
garou venait dévorer un des leurs, mais aucun ne
trahit son seigneur.

Au moment où Sauron jeta Beren dans le puits,
Lúthien sentit un poids horrible venir écraser son
cœur. Elle alla prendre conseil auprès de Melian et

apprit que Beren était dans les donjons de Tol-in-Gauroth sans espoir d'être secouru. Comprenant que personne au monde ne pourrait l'aider, Lúthien décida de s'échapper de Doriath pour aller vers Beren, mais elle demanda l'assistance de Daeron qui la dénonça au Roi. Thingol, stupéfait, fut pris de peur, et comme il ne voulait pas priver Lúthien de la lumière du soleil, de peur qu'elle ne pâlisse et disparaisse, et qu'il voulait cependant la garder, il fit construire une maison d'où elle ne pourrait pas s'échapper. Près des Portes de Menegroth se trouvait le plus grand des arbres de la forêt de Neldoreth, un bois de hêtres qui couvrait la moitié nord du royaume. Cet arbre immense s'appelait Hirilorn, il avait trois troncs de même taille couverts d'une écorce lisse et qui montaient très haut avant que le moindre rameau ne s'en sépare. On construisit une maison de bois là-haut dans les branches d'Hirilorn, on y mena Lúthien et on retira les échelles pour les mettre sous bonne garde, sauf quand les serviteurs de Thingol lui apportaient ce dont elle avait besoin.

On raconte dans le Lai de Leithian comment elle s'évada de la maison sur Hirilorn, comment elle employa ses dons de sorcellerie pour faire pousser ses cheveux très longs et en tisser une robe noire qui drapait sa beauté comme une ombre qui de plus inspirait le sommeil. Des mèches qui restaient, elle tressa une corde qu'elle fit pendre à sa fenêtre, et quand le bout se balança au-dessus des gardes assis sous l'arbre ils tombèrent dans un profond sommeil. Alors Lúthien descendit de sa prison, drapée dans son manteau de nuit qui la cachait aux regards de tous, et elle disparut du pays de Doriath.

Il se trouvait que Celegorm et Curufin étaient en train de chasser sur la Plaine Fortifiée parce que Sauron, plein de soupçons, avait envoyé un grand nombre de loups sur les terres des Elfes. Ils chevauchaient donc, précédés de leur meute, pensant qu'avant leur retour ils auraient peut-être des nouvelles du Roi Felagund. Le chef de la meute de Celegorm s'appelait Huan. Il n'était pas né des Terres du Milieu, mais était venu du Royaume Bienheureux, et jadis à Valinor Oromë l'avait donné à Celegorm qu'il avait suivi dans son exil, avant que le malheur ne vienne. Huan resta fidèle à Celegorm et tomba donc sous le coup de la malédiction qui frappait les Noldor : il était écrit qu'il rencontrerait la mort, mais pas avant d'avoir fait face au plus grand loup qui eût jamais parcouru la surface de la terre.

C'est Huan qui surprit Lúthien alors qu'elle s'enfuyait, comme une ombre effrayée par le soleil à travers le feuillage, pendant que Celegorm et Curufin se reposaient près de la frontière occidentale de Doriath. Rien ne pouvait échapper à Celegorm et Lúthien en fut heureuse, apprenant que c'était un Prince des Noldor et un ennemi de Morgoth. Elle se découvrit donc en écartant son manteau, et la soudaine apparition de sa beauté sous le soleil fut telle que Celegorm en fut aussitôt épris, mais il ne lui dit que des belles paroles et lui promit son aide si elle l'accompagnait à Nargothrond, sans montrer d'aucune manière qu'il avait déjà connaissance de Beren et de sa quête, qu'elle lui raconta sans qu'il s'en émeuve.

Ils interrompirent leur chasse et rentrèrent à Nargothrond où Lúthien se trouva trahie : ils la saisirent, lui prirent son manteau et lui interdirent de repasser les portes ou de parler à quiconque sauf aux deux frères, Celegorm et Curufin. Car ils croyaient que Felagund et Beren étaient prisonniers pour toujours, ils se proposaient de laisser périr le Roi, de garder Lúthien et d'obliger Thingol à donner sa main à Celegorm. Le pouvoir qu'ils y gagneraient en ferait les plus puissants Princes des Noldor. Ils ne voulaient pas chercher à reprendre les Silmarils par la ruse ni par la guerre ni laisser quiconque le faire, avant d'avoir sous leur autorité la force de tous les royaumes des Elfes. Orodreth était impuissant à leur résister, car ils savaient jouer sur les sentiments des gens de Nargothrond, et Celegorm envoya des messagers à Thingol pour faire céder sa requête.

Mais Huan, le chien de meute avait le cœur pur, il s'était pris d'amour pour Lúthien dès la première heure qu'il l'avait vue et souffrait de sa captivité. Il venait souvent la voir dans sa chambre et, la nuit, restait couché devant sa porte, sentant que le mal s'était glissé à Nargothrond. Et Lúthien, dans sa solitude, lui parlait beaucoup de Beren, lui qui était l'ami des oiseaux et des bêtes qui ne servaient pas Morgoth, et Huan comprenait tout ce qu'elle disait. Car il ne lui fut donné de parler avec des mots que trois fois durant sa vie, mais il pouvait comprendre toutes les créatures douées de parole.

Alors Huan fit un plan pour aider Lúthien, il vint la voir au milieu de la nuit en lui apportant son manteau et lui donna des instructions. Il la mena ensuite hors de Nargothrond par des passages secrets et ils s'enfuirent tous les deux vers le nord. Il rabaissa son orgueil et permit à Lúthien de le monter comme s'il était un cheval, comme font parfois les Orcs avec les loups, et ils allèrent très vite, car Huan était un coureur rapide et infatigable.

Beren et Felagund étaient au fond de la prison de Sauron. Tous leurs compagnons étaient morts et Sauron ne voulait prendre Felagund qu'en dernier. Il avait compris que c'était un Noldor très sage et très puissant et qu'il était la clef de voûte de leur expédition. Mais quand le loup vint chercher Beren, le Roi rassembla toutes ses forces, fit sauter ses liens et se jeta sur la bête. Il put la tuer avec ses mains et ses dents mais fut lui-même blessé à mort, et il adressa ses derniers mots à Beren :

– Je vais maintenant trouver un long repos dans les cavernes hors du temps qui sont au-delà de la

mer et des Montagnes d'Aman. Il faudra si longtemps avant qu'on ne me revoie parmi les Noldor
que j'ignore si le sort nous mettra de nouveau face à
face dans la vie ou dans la mort, car nos peuples
n'ont pas le même destin. Adieu!

Il mourut alors dans le noir, dans la grande tour
de Tol-in-Gaurhoth qu'il avait lui-même construite.
C'est ainsi que le Roi Finrod Felagund, le plus juste
et le mieux aimé de la Maison d'Enwë, accomplit
son serment pendant que Beren, désespéré, se
lamentait à côté de lui.

Lúthien arriva à ce moment-là. Elle avança sur le
pont qui reliait à la terre l'île de Sauron, et commença une chanson à laquelle aucun mur ne pouvait résister. Beren l'entendit et crut rêver, car
au-dessus de lui, les étoiles brillaient et les rossignols chantaient dans les arbres. Il entonna en
réponse un chant de défi qu'il avait fait en l'honneur des Sept Etoiles, la Faucille des Valar que
Varda avait suspendue au nord pour annoncer la
chute de Morgoth. Mais ses forces le trahirent et il
s'effondra dans la nuit.

Lúthien avait entendu sa voix et elle choisit un
chant plus puissant encore. Les loups se mirent à
hurler et l'île à trembler. Sauron se tenait en haut
de la plus haute tour, drapé sans ses noires pensées.
Il se mit à sourire en entendant la voix, sachant que
c'était la fille de Melian, car la beauté de Lúthien et
la merveille de son chant étaient depuis longtemps
célèbres loin de Doriath et, s'il s'emparait d'elle
pour la mettre au pouvoir de Morgoth, il en serait
grandement récompensé.

Il envoya donc un loup sur le pont, mais Huan le
tua sans un bruit. Sauron continua d'envoyer ses
loups l'un après l'autre, et Huan les prenait à la
gorge et les abattait. Alors Sauron envoya Draugluin, un animal terrifiant, maître du mal et seigneur des loups-garous d'Angband. Sa force était
immense et le combat fut long et dur entre Huan et

lui, mais à la fin Draugluin s'enfuit et revint mourir aux pieds de Sauron en disant à son maître :

– Huan est venu !

Et Sauron savait comme tous ceux de ce pays quel sort était assigné au chasseur de Valinor, et il décida d'être lui-même l'instrument de ce destin. Il prit alors la forme d'un loup-garou, le plus grand qui eût jamais parcouru la terre, et s'avança pour libérer le pont.

Son approche inspira une telle horreur à Huan qu'il sauta de côté, et Sauron bondit sur Lúthien qui s'évanouit à la vue de la créature féroce et l'odeur immonde de son haleine. Mais elle eut le temps de jeter un pan de son manteau sur les yeux de la bête qui chancela sous le coup d'une léthargie soudaine. Alors Huan se jeta sur Sauron. Ce fut la bataille de Huan et de Sauron-le-Loup dont les cris et les hurlements firent trembler les collines alentour, et les guetteurs des remparts d'Ered Wethrin, de l'autre côté de la vallée, les entendirent au loin et en furent effrayés.

Mais aucun charme, aucun sort, ni la griffe, ni le venin, ni l'art du diable, ni la force d'une bête ne pouvaient abattre Huan de Valinor. Il saisit son ennemi à la gorge et le cloua au sol. Sauron changea de forme, de loup il se fit serpent, puis reprit sa forme habituelle, mais il ne pouvait échapper à la prise de Huan qu'en abandonnant son corps à jamais. Avant que son esprit infâme eût quitté la forteresse, Lúthien s'approcha d'eux, elle dit à Sauron qu'il serait dépouillé de son manteau de chair pour que son fantôme tremblant soit renvoyé à Morgoth.

– Là, tu seras nu pour toujours à subir la torture de son mépris et la flamme de son regard, à moins que tu ne me donnes tout pouvoir sur cette forteresse.

Sauron céda, Lúthien eut la maîtrise de l'île et de tout ce qui s'y trouvait, et Huan relâcha le monstre qui prit aussitôt la forme d'un vampire, grand comme un nuage qui cacherait la lune, et s'envola en tachant les arbres du sang qui s'égouttait de sa gorge. Il s'enfuit jusqu'à Taur-nu-Fuin et s'y réfugia, peuplant d'horreur la forêt.

Lúthien, debout sur le pont, proclama son pouvoir et défit l'enchantement qui tenait pierre sur pierre. Les portes s'écroulèrent, les murs s'ouvrirent et les cachots furent mis à nu. Un grand nombre d'esclaves et de prisonniers émerveillés s'avancèrent en pleine confusion, se protégeant les yeux de la pâle lumière de la lune, ayant si longtemps connu la nuit de Sauron. Mais Beren ne vint pas. Huan et Lúthien fouillèrent l'île à sa recherche et le trouvèrent qui se lamentait près de Felagund. Sa douleur était telle qu'il resta sans bouger ni entendre leurs pas. Lúthien, le croyant mort, l'entoura de ses bras et tomba dans une funèbre faiblesse. Mais Beren revint à la lumière, s'éleva des abîmes de son désespoir et releva Lúthien, ils se revirent enfin et le jour qui se levait sur les sombres collines les inonda de lumière.

Ils enterrèrent le corps de Felagund sur le point le plus haut de son île, enfin débarrassée du mal, et sa tombe verdoyante, celle du fils de Finarfin, le plus juste des princes des Elfes, resta inviolée jusqu'à ce que la terre elle-même fût brisée, transformée, submergée sous l'invasion de la mer. Mais Finrod marche aux côtés de son père Finarfin sous les arbres d'Eldamar.

De nouveau Beren et Lúthien étaient libres et réunis. Ils parcoururent les bois dans une joie retrouvée pour un temps, et même l'hiver ne leur faisait aucun mal, car les fleurs poussaient toujours là où passait Lúthien, et les oiseaux chantaient sous les collines enneigées. Quant à Huan, sa fidélité le ramena aux côtés de son maître Celegorm, bien qu'il l'aimât moins qu'avant.

Nargothrond était dans le tumulte. Un grand nombre d'Elfes prisonniers dans l'île de Sauron y

étaient revenus, et il s'éleva une clameur que Celegorm ne put pas étouffer. Ils pleuraient amèrement
la mort de leur roi Felagund, ils disaient qu'une
vierge avait osé là où les fils de Fëanor avaient
reculé, et beaucoup sentaient que Celegorm et
Curufin avaient été guidés par la traîtrise plutôt que
par la peur. Les cœurs de Nargothrond étaient
libérés de leur emprise et purent se tourner vers la
Maison de Finarfin. Ils obéirent alors aux ordres
d'Orodreth. Celui-ci ne supporta point qu'ils exécu-
tent les frères, comme certains l'auraient voulu, car
verser le sang d'un parent les attacherait plus
encore à la malédiction de Mandos. Mais il refusa
d'accorder à Celegorm et Curufin un toit et du pain,
et jura qu'à l'avenir il n'y aurait guère d'amour
perdu entre Nargothrond et les fils de Fëanor.

— Qu'il en soit ainsi! dit Celegorm avec une lueur
de menace dans les yeux, tandis que Curufin souriait.

Ils montèrent à cheval et partirent comme deux
flammes vers l'est pour tenter de retrouver le
restant de leurs sujets. Mais personne ne voulut les
suivre, pas même ceux qui leur étaient le plus
proches. Ils sentaient tous la lourde malédiction qui
pesait sur les deux frères et le malheur qui les
suivait à la trace. Et le fils de Curufin, Celebrimbor,
renia les actes de son père et resta à Nargothrond,
tandis que Huan suivait alors les pas de son maître.

Ils allèrent ensuite vers le nord, voulant faire vite
et traverser Dimbar puis longer la frontière nord de
Doriath, coupant au plus court vers Himring où se
trouvait leur frère Maedhros. Ils pensaient que leur
vitesse les préserverait, d'autant qu'ils restaient
près de Doriath, évitant Nan Dungortheb et laissant
au loin la menace des Montagnes de la Terreur.

On dit aussi que les errances de Beren et de
Lúthien les conduisirent dans la Forêt de Brethil,
près des frontières de Doriath. Beren alors se
souvint de son vœu et décida à contrecœur, puisque

Lúthien pouvait être à nouveau en sûreté dans son pays, de repartir une fois de plus. Mais elle ne voulait plus se séparer de lui et lui dit :

– Tu dois choisir, Beren : ou tu abandonnes ta quête et ton vœu, tu choisis une vie errante, ou tu t'en tiens à ta parole et tu vas défier les puissances des ténèbres sur leur trône. Mais dans les deux cas, je te suivrai et nous aurons le même destin.

Au moment même où ils parlaient de ces choses sans prêter attention à rien de ce qui les entourait, Celegorm et Curufin, qui traversaient la forêt en toute hâte, les aperçurent de loin et les reconnurent aussitôt. Alors Celegorm lança brusquement son cheval vers Beren pour l'écraser, tandis que Curufin se penchait et enlevait Lúthien qu'il posa en travers de sa selle, étant un cavalier accompli. Beren évita Celegorm et bondit sur le cheval de Curufin lancé à toute vitesse. Le Saut de Beren est resté célèbre chez les Humains et les Elfes. Il saisit Curufin à la gorge, par-derrière, le renversa sur sa selle et ils tombèrent tous les deux. Le cheval se cabra et tomba, jetant Lúthien dans l'herbe où elle resta étendue.

Beren étranglait Curufin mais la mort le menaçait car Celegorm s'approchait, l'épée à la main. C'est l'heure où Huan quitta le service de Celegorm : il se jeta devant lui, le cheval fit un écart, terrifié par Huan et l'odeur de la meute, et Huan comme le cheval restèrent sourds aux ordres comme aux jurons de Celegorm. Lúthien se leva pour empêcher la mort de Curufin, et Beren lui prit son armure, ses armes et Angrist, son poignard, une lame forgée par Telchar de Nogrod et qui pendait nue à son côté, car elle aurait fendu un fourreau d'acier comme s'il eût été de bois vert. Ensuite Beren releva Curufin et le jeta loin de lui, lui disant de retourner vers sa noble famille, qu'elle pourrait lui apprendre à employer ses dons à de meilleures causes.

– Quant à ton cheval, dit-il, je le garde pour

Lúthien, et il peut être content de quitter un tel maître.

Sous les nuages et sous le ciel, Curufin maudit longuement Beren.

– Va-t'en d'ici, dit-il, et cours vers une mort rapide et cruelle.

Celegorm le fit monter en croupe et ils firent semblant de s'en aller. Beren se retourna sans prendre garde à ce qu'ils disaient mais Curufin, plein de honte et de rancune, prit l'arc de Celegorm et tira tout en s'enfuyant. La flèche visait Lúthien, Huan bondit, la reçut dans sa bouche, mais Curufin tira encore et Beren se jeta devant Lúthien : il fut frappé au cœur.

On dit que Huan poursuivit les fils de Fëanor qui s'enfuirent, terrorisés, et qu'à son retour il apporta à Lúthien une herbe cueillie dans la forêt. Elle en prit les feuilles pour étancher la blessure de Beren et, grâce à son amour et à ses soins, elle réussit à le guérir. Ils purent enfin retourner à Doriath où Beren, toujours déchiré entre son amour et son vœu, et sachant que Lúthien était en sûreté, se leva un matin avant le soleil, la confiant à la garde de Huan, et s'en alla tristement tandis qu'elle dormait encore sur l'herbe.

Il repartit vers le nord aussi vite qu'il pouvait, vers le Passage du Sirion et, arrivé en lisière de Taur-nu-Fuin, son regard survola le désert d'Anfauglith et vit au loin les sommets du Thangorodrim. Il renvoya le cheval de Curufin, lui disant d'oublier la peur et l'esclavage, qu'il était libre maintenant de courir dans les vertes prairies du pays de Sirion. Seul désormais, et près d'affronter les ultimes dangers, il composa le Chant de la Séparation pour louer la beauté de Lúthien et des astres du ciel, car il croyait abandonner à jamais l'amour et la lumière. Ces quelques mots nous restent de son chant :

Adieu terre si douce, ciel du nord
A jamais bénis, car ici reposa,
Ici courut, aux longues jambes,
Sous la Lune et sous le Soleil,
Lúthien Tinúviel
Plus belle que ne peut dire la bouche d'un
[*mortel.*

Que tombe en ruine le monde entier,
Qu'il soit dissous, rejeté en arrière,
Incréé dans les anciennes abysses,
Il en devient pourtant meilleur, car cela –
l'ombre et l'aurore, la terre et la mer –
Fait qu'un temps a existé Lúthien.

Beren chantait tout haut, sans se soucier d'être entendu, il était sans espoir et ne cherchait pas à se soustraire à son sort.

Pourtant Lúthien l'entendit et chanta pour lui répondre, en s'approchant sans qu'il s'y attendît. Car Huan avait accepté une fois de plus d'être son coursier et il avait suivi la piste de Beren à travers la forêt en toute hâte. Il avait longtemps pensé dans le secret de son cœur à ce qu'il pourrait faire pour alléger les dangers qui attendaient les deux êtres qu'il aimait. Comme ils allaient de nouveau vers le nord, il fit un détour par l'île de Sauron où il prit l'horrible dépouille de Draugluin et les ailes de Thuringwethil. Celle-ci, comme messagère de Sauron, avait coutume de voler à Angband sous la forme d'un vampire, et ses grandes mains ailées se hérissaient de griffes d'acier à toutes les jointures. Huan et Lúthien traversèrent Taur-nu-Fuin recouverts de ces vêtements terrifiants, et tout s'enfuyait devant eux.

Beren s'inquiéta de les voir approcher, il avait cru entendre la voix de Tinúviel, il crut ensuite que ce n'était qu'une illusion faite pour le prendre au piège. Mais ils s'arrêtèrent, dépouillèrent leurs masques et Lúthien courut vers lui. Ainsi Beren et

Lúthien se retrouvèrent une fois de plus entre désert et forêt. Beren, content, resta quelque temps sans rien dire, puis essaya encore de faire renoncer Lúthien à ce voyage.

– Aujourd'hui, je maudis triplement mon serment devant Thingol, dit-il, et je voudrais qu'il m'ait tué à Menegroth plutôt que de te conduire sous l'ombre de Morgoth.

Huan à ce moment fut doué de parole pour la seconde fois, et il donna ce conseil à Beren :

– Désormais, tu ne peux plus sauver Lúthien de l'ombre de la mort, car son amour l'y destine. Tu peux te détourner de ton destin et la conduire en exil où tu chercheras vainement la paix, ta vie durant. Mais si tu ne renies pas ton destin, alors ou bien Lúthien, abandonnée, devra mourir seule, ou bien elle doit défier comme toi le sort qui vous attend – sans espoir mais sans certitude. Je ne puis vous donner d'autres conseils ni vous suivre plus loin. Mais mon cœur me dit que je verrai aussi ce que vous trouverez à la Porte. Tout le reste est obscur à mes yeux, il se peut néanmoins que tous nos chemins nous ramènent à Doriath, et peut-être nous reverrons-nous avant la fin.

Beren comprit alors que Lúthien ne pouvait pas être écartée du sort qui les attendait, et il ne chercha plus à la convaincre. Sur l'avis de Huan et grâce aux pouvoirs de Lúthien, il prit l'apparence de Draugluin, tandis qu'elle gardait celle de Thuringwethil. Il était tout entier loup-garou sauf pour ses yeux où brillait un esprit cruel peut-être, mais pur. Il fut saisi d'horreur en voyant à son côté une sorte de chauve-souris aux ailes plissées, puis, hurlant sous la lune, il descendit la colline en bondissant, accompagné par le vampire qui voletait au-dessus de lui.

Ils traversèrent toutes sortes de dangers et arrivèrent au bout de leur longue route, accablés par la fatigue et la poussière du voyage, dans la sinistre vallée où étaient les Portes d'Angband. Des crevasses noires bordaient la route, d'où sortaient comme des serpents qui se tordaient en tous sens. De chaque côté les collines faisaient comme les murailles d'une forteresse où perchaient des charognards aux crix épouvantables. Devant eux se dressait la Porte invulnérable, une arche haute et noire au pied d'une montagne qui la surmontait d'un à-pic de mille pieds.

Ils ne savaient plus que faire, car la Porte était défendue par un garde dont ils ne savaient rien. Morgoth avait eu vent qu'il se tramait chez les Princes des Elfes des plans inconnus, et on entendait sans cesse dans les forêts les aboiements de Huan, le grand chien de guerre que les Valar avaient jadis délié. Morgoth se souvint du destin de Huan et il choisit un des louveteaux de la race de Draugluin qu'il nourrit de sa main avec de la chair vive pour qu'il acquît sa propre force. Le loup grandit si vite qu'il ne tint plus dans aucune des cavernes, et il restait, énorme et affamé, couché aux pieds de Morgoth. Là, les tourments enflammés de l'enfer entrèrent en lui et il fut comme rempli d'un feu dévorant qui le torturait, lui et sa force terrible. Il eut pour nom Carcharoth, Gueule Rouge, dans les récits de ce temps, et Anfauglir, les Mâchoires de la Soif. Et Morgoth l'envoya, privé de sommeil, devant les portes d'Angband, au cas où Huan viendrait.

Carcharoth les vit venir de loin et il fut plein d'incertitude, car Angband avait appris depuis longtemps la mort de Draugluin. Il leur refusa donc le passage quand ils furent devant lui et s'approcha menaçant, sentant dans l'air quelque chose d'étrange. Alors, soudain, quelque pouvoir venu de l'ancienne race des dieux vint posséder Lúthien qui rejeta son infâme vêture et se dressa devant le monstre Carcharoth, si petite mais rayonnante et terrible. Elle leva la main et lui ordonna de dormir, disant :

– O esprit engendré par le malheur, tombe maintenant dans une nuit profonde et oublie pour un temps le lourd destin de ta vie.

Et Carcharoth s'écroula comme frappé par la foudre.

Beren et Lúthien passèrent la Porte et descendirent les marches du labyrinthe pour accomplir ensemble le plus haut fait de l'histoire des Elfes et des Humains. Ils arrivèrent devant le trône de Morgoth, dans la dernière caverne, un antre que l'horreur avait créé, que les flammes éclairaient, plein d'instruments de torture et de mort. Beren, sous la forme d'un loup, put se glisser derrière le trône, mais l'œil de Morgoth fit s'évanouir le masque de Lúthien. Elle soutint le regard qui se posait sur elle, annonça son vrai nom et proposa à Morgoth de chanter pour lui, offrant ses services comme font les ménestrels. Alors Morgoth, à voir sa beauté, fut pris en son cœur d'un désir pervers et le plan le plus noir qu'il eût jamais conçu depuis qu'il avait fui Valinor lui vint à l'esprit. Et il fut pris au piège de sa propre malice, car il la laissa libre et la contempla quelque temps avec un secret plaisir. Elle disparut brusquement à sa vue et il s'éleva de l'ombre un chant d'une telle beauté et d'un pouvoir si grand qu'il fut forcé de l'écouter, devenu comme aveugle alors que ses yeux la cherchaient de droite et de gauche.

Sa cour entière fut prise de sommeil, les feux pâlirent et s'éteignirent, et alors les Silmarils qui couronnaient la tête de Morgoth se mirent à briller d'une flamme éclatante. Le poids de la couronne et des joyaux lui fit courber la tête comme si le monde entier pesait sur lui, si lourd de peine, de peur et de désir que même la volonté de Morgoth ne pouvait le porter. Lúthien reprit sa robe ailée, s'éleva du sol et sa voix vint tomber comme la pluie dans un lac sombre et profond. Elle jeta son manteau sur les yeux de Morgoth et le plongea dans un rêve aussi noir que le Vide Extérieur où il errait jadis, solitaire. Et il tomba, comme une avalanche au flanc

237

d'une montagne, il fut jeté à bas de son trône comme un tonnerre et s'abattit sur le fond des enfers. La couronne de fer roula de sa tête à grand fracas, puis le silence revint.

Beren était par terre comme une bête morte. Lúthien l'effleura de la main pour le réveiller, et il se dépouilla de sa forme de loup. Il prit Angrist, son poignard, et détacha un Silmaril des griffes d'acier qui le tenaient.

Quand il referma la main sur le joyau celui-ci rayonna dans tout son être et sa main fut comme une lampe allumée, mais le Silmaril accepta son contact et ne le brûla point. Beren alors pensa qu'il pourrait aller au-delà de son vœu et sortir d'Angband les trois joyaux de Fëanor, mais tel n'était pas le destin des Silmarils. La lame d'Angrist cassa et un éclat d'acier vint frapper la joue de Morgoth. Le monstre gronda et remua dans son sommeil, et les armées d'Angband frémirent tout entières.

Beren et Lúthien s'enfuirent alors, pris de terreur, laissant là leurs déguisements et toute leur prudence. Nul ne les retint ni ne les poursuivit, mais ils trouvèrent la Porte fermée devant eux : Carcharoth était sorti de son sommeil et se dressait, enragé, sur le seuil d'Angband. Il fut le premier à les voir et se jeta vers eux.

Lúthien était épuisée, elle n'eut ni le temps ni la force de calmer la bête, mais Beren se mit devant elle et brandit le Silmaril dans sa main droite. Carcharoth eut peur, pour un instant, et s'arrêta.

— Va-t'en, disparais! s'écria Beren. Voilà un feu qui te brûlera, toi et tous les démons.

Et il approcha le Silmaril des yeux du loup.

Carcharoth regarda la pierre bénie, il n'en fut pas effrayé et l'esprit qui le possédait s'éveilla comme un brasier. De sa gueule il saisit la main de Beren et la trancha d'un coup. Alors ses entrailles s'enflammèrent de souffrance et le Silmaril déchira ses chairs maudites. Il s'enfuit en hurlant devant eux et les remparts de la vallée firent écho à sa douleur. Il fut pris d'une si terrifiante folie que toutes les créatures de Morgoth qui vivaient là ou sur les routes voisines s'enfuirent au loin. Sa course enragée le faisait tuer tous les êtres vivants qu'il rencontrait, et ce fut la ruine qui s'abattit sur le monde depuis les Terres du Nord. De tous les fléaux qui ravagèrent Beleriand avant la chute d'Angband, Carcharoth fut le plus terrible, car il avait en lui la puissance du Silmaril.

Et Beren, évanoui devant la Porte des Enfers, sentait la mort venir, car les dents du loup étaient pleines de venin. Lúthien, de sa bouche, aspira le poison et voulut panser la blessure à l'aide de son pouvoir affaibli. Derrière elle, dans les profondeurs d'Angband, s'élevait la rumeur d'une colère immense. Les cohortes de Morgoth se réveillaient.

Alors que la quête du Silmaril semblait devoir sombrer dans la ruine et le désespoir, ils virent au-dessus des collines apparaître trois grands oiseaux qui volaient vers le nord plus vite que le vent. La quête et la détresse de Beren étaient connues par toutes les bêtes et tous les oiseaux, et Huan leur avait dit d'être vigilants afin de pouvoir lui porter secours. Thorondor et ses aides montaient la garde au-dessus du royaume de Morgoth, là-haut dans le ciel, et quand ils virent la folie du Loup et la chute de Beren, ils plongèrent vers le sol au moment où les armées d'Angband s'arrachaient au sommeil.

Ils saisirent Lúthien et Beren et les emportèrent dans les nuages, tandis que sous eux le tonnerre grondait, des éclairs jaillissaient vers le ciel et les montagnes tremblaient. Le Thangorodrim vomit des flammes et de la fumée, des lances de feu furent jetées au loin qui dévastèrent les terres et les Noldor de Hithlum se mirent à trembler. Mais Thorondor poursuivit son vol, loin de la terre, par les routes du ciel, là où le soleil brille sans nuages et où la lune passe au milieu des étoiles. Ils survolèrent bientôt Dor-nu-Fauglith, puis Taur-nu-Fuin et arrivèrent au-dessus de Tumladen, la vallée secrète. Il n'y avait là ni nuage ni brume et Lúthien put voir tout en bas comme un éclat de blancheur venu d'un vert joyau, la belle cité de Gondolin où vivait le Roi Turgon. Mais elle pleurait, croyant que Beren allait mourir, car il ne parlait plus, gardait les yeux fermés, et n'avait rien vu de leur voyage. Enfin les aigles les déposèrent aux frontières de Doriath, et ils se retrouvèrent dans ce même vallon d'où Beren un jour était parti, en cachette et le cœur désolé, laissant Lúthien endormie.

Les aigles l'étendirent à côté de Beren et allèrent retrouver leurs aires sur les sommets du Crissaegrim, mais Huan vint auprès d'elle et c'est ensemble qu'ils soignèrent Beren, comme le jour où elle l'avait guéri de la blessure que lui avait faite Curufin. Celle-là, pourtant, était grave et le venin mortel. Beren resta longtemps couché tandis que son esprit errait aux noirs confins de la mort, tourmenté sans cesse par une angoisse qui le suivait de rêve en rêve. Puis soudain, alors que Lúthien était au bout de l'espoir, il s'éveilla. Il ouvrit les yeux, vit le ciel à travers le feuillage et sous le bruissement des feuilles, il entendit près de lui la chanson douce et lente de Lúthien Tinúviel. Et ce fut de nouveau le printemps.

Beren fut appelé plus tard Erchamion, ce qui veut dire le Manchot, et la souffrance resta gravée sur son visage. Mais l'amour de Lúthien l'avait ramené à la vie, il put se lever, et une fois de plus ils parcoururent ensemble les forêts de Doriath. Ils ne se pressaient pas de quitter le lieu où ils étaient, tant il leur semblait beau. Lúthien voulait même continuer d'errer dans la nature sans retour, oublier le monde et les cités, toute la gloire des royaumes des Elfes, et Beren en fut satisfait quelque temps. Mais il ne pouvait oublier qu'il avait fait le serment de revenir à Menegroth, et il ne voulait pas séparer à jamais Lúthien de Thingol. Car il était tenu par la loi des Humains et pensait qu'il était dangereux de compter pour rien la volonté d'un père, sauf dans les cas extrêmes. De plus il ne trouvait pas convenable qu'une personne aussi belle et royale que Lúthien vécût dans les bois comme les chasseurs les plus frustes, sans maison, sans honneurs, sans rien des belles choses qui font le plaisir des Eldalië. Enfin il put la convaincre et ils quittèrent ensemble la sauvage nature pour retrouver Doriath. Il ramenait Lúthien chez elle, c'est leur destin qui l'avait voulu.

Mais le malheur était tombé sur Doriath. D'abord un douloureux silence s'était abattu sur son peuple au départ de Lúthien. Ils l'avaient longtemps cherchée en vain. Et on dit qu'à ce moment Daeron, le ménestrel de Thingol, quitta le pays et on ne le revit plus. C'est lui qui faisait la musique des chants et des danses de Lúthien avant l'arrivée de Beren, il l'avait aimée et avait mis dans sa musique tout ce qu'il pensait d'elle. Ce fut le plus grand des bardes chez les Elfes à l'est de la mer, précédant même Maglor, le fils de Fëanor. Mais sa recherche désespérée de Lúthien le mena sur les routes inconnues. Il passa les montagnes et arriva dans l'est des Terres du Milieu où il se lamenta pendant des siècles près des eaux noires, pleurant Lúthien, la fille de Thingol, la plus belle de toutes les créatures vivantes.

Thingol s'était retourné vers Melian mais elle lui avait refusé tout conseil, disant que la voie fatale qu'il avait choisie devait être suivie jusqu'au bout et qu'il lui fallait attendre. Thingol apprit que Lúthien était allée très loin de Doriath, car il reçut des messages secrets de Celegorm, comme il a été raconté, disant que Felagund et Beren étaient morts mais que Lúthien était à Nargothrond et que Celegorm allait l'épouser. Thingol fut pris de colère et envoya des espions à Nargothrond, songeant à entrer en guerre. Il apprit alors que Lúthien s'était enfuie de nouveau et que les frères avaient été chassés de Nargothrond. Alors il douta de l'avenir, car il n'avait pas la force d'attaquer les sept fils de Fëanor, et il envoya des messagers à Himring pour demander leur aide dans la recherche de Lúthien, puisque Celegorm ne l'avait pas renvoyée chez son père ni ne l'avait gardée en lieu sûr.

Au nord du royaume ses messagers tombèrent sur un danger inattendu : la furie de Carcharoth, le loup d'Angband. Il était descendu fou furieux depuis le Nord, avait longé Taur-nu-Fuin par l'est et était descendu des sources de l'Esgalduin comme un torrent de feu. Rien ne l'arrêta, pas même les pouvoirs de Melian sur les frontières de Doriath : il était porté par le destin et soutenu par la force du Silmaril qui le torturait. Il fit donc irruption dans la forêt inviolée de Doriath, faisant fuir tout ce qui vivait. Un seul des messagers en réchappa, Mablung, le premier Capitaine du Roi, et il vint apprendre les terribles nouvelles à Thingol.

C'est en ce jour sombre que Beren et Lúthien rentrèrent à Doriath, venus en hâte de l'Ouest, et la nouvelle de leur arrivée volait devant eux comme une musique que le vent portait au fond des maisons obscures où les hommes étaient assis dans leur chagrin. Quand ils parvinrent aux portes de Menegroth, une foule les suivait déjà. Beren mena Lúthien vers le trône de son père qui le regarda avec stupeur, l'ayant cru mort, et qui ne l'aimait pas, tant il avait apporté de malheurs à Doriath. Mais Beren s'agenouilla devant lui :

– Je reviens comme je l'avais juré. Et maintenant, je demande ce qui me revient.

Et Thingol répondit :

– Et ta quête, et ton vœu ?

– Il est accompli, lui dit Beren. Un Silmaril est aujourd'hui dans ma main.

– Montre-le-moi ! s'écria Thingol.

Alors Beren leva sa main gauche, ouvrit lentement les doigts : elle était vide. Puis il tendit son bras droit et, depuis cette heure, il se nomma Camlost, la Main Vide.

Thingol alors se radoucit. Beren prit place devant son trône à gauche, Lúthien à droite, et ils lui firent le récit de la Quête, et tous l'écoutèrent avec émerveillement. Thingol pensa que cet Humain était différent des autres mortels, qu'il était parmi les grands d'Arda. Il pensa aussi que l'amour de Lúthien était quelque chose d'étrange et de nouveau, et comprit qu'aucun pouvoir au monde ne pourrait s'opposer à leur destin. Il accorda donc enfin son consentement et Beren reçut la main de Lúthien, devant le trône de son père.

Mais une ombre tomba sur Doriath en liesse au retour de la belle Lúthien, car le peuple apprit l'origine de la folie de Carcharoth et comprit que ce monstre était chargé d'un pouvoir terrible par le joyau qu'il portait, et qu'il était presque invulnérable. Beren, apprenant les massacres perpétrés par le Loup, comprit que sa quête n'était pas encore terminée.

Comme Carcharoth approchait chaque jour un peu plus de Menegroth, ils se préparèrent à la Chasse au Loup, la plus dangereuse des chasses que les récits nous aient rapportées. S'y rendirent Huan, le Chien de Valinor, Mablung à la Main Lourde, Beleg à l'Arc de Fer, Beren Erchamion et Thingol Roi de Doriath. Ils partirent un matin et traversèrent l'Esgalduin, laissant Lúthien aux portes de Menegroth. Une ombre noire tomba sur elle, et il lui sembla que le soleil avait faibli et que son éclat s'était obscurci.

Les chasseurs allèrent à l'est puis au nord, ils suivirent le fleuve et trouvèrent le Loup Carcharoth dans une sombre vallée, à la frontière nord, là où l'Esgalduin se jetait dans les rapides abrupts. En bas des chutes, la bête buvait à loisir pour calmer sa soif inextinguible et son hurlement la leur fit découvrir. Le Loup les vit approcher mais ne se pressa pas pour les attaquer. Peut-être la ruse infernale de son cœur s'était-elle réveillée de sentir ses souffrances un instant apaisées par les eaux douces de l'Esgalduin mais, quand ils l'approchèrent, la bête les évita et se jeta dans un épais fourré où elle resta cachée. Ils montèrent la garde autour de son repaire et attendirent et les ombres s'allongèrent sur la forêt.

Beren, aux côtés de Thingol, vit soudain que Huan les avait quittés. Des aboiements violents sortirent du fourré où Huan, impatient de voir enfin ce loup, était seul allé le déloger. Mais Carcharoth évita la rencontre et jaillit des ronces en face de Thingol. Beren se jeta devant lui, l'épée à la main, mais la bête la fit voler au loin, jeta Beren à terre et lui mordit la poitrine. A ce moment Huan bondit hors du fourré sur l'échine du loup et ils tombèrent enlacés dans un combat cruel, et jamais chien et loup ne connurent pareille bataille, car on entendait dans les cris de Huan l'écho de la trompe d'Oromë et la colère des Valar, tandis que les hurlements de Carcharoth faisaient entendre la haine de Morgoth et une férocité plus cruelle que des dents d'acier. Ils firent tel bruit que les rochers se fendirent et s'écroulèrent jusqu'à obstruer les chutes de l'Esgalduin, tandis que Thingol, sans plus prêter attention à ce duel à mort, s'agenouillait près de Beren, le voyant grièvement blessé.

Huan put enfin tuer Carcharoth mais, au même moment, dans les forêts touffues de Doriath, son destin depuis longtemps prédit finit par s'accomplir. Le venin de Morgoth était entré en lui et sa blessure était mortelle. Il vint alors près de Beren, il s'écroula devant lui et parla pour la troisième fois, et ce fut pour lui dire adieu. Beren ne dit rien mais posa sa main sur la tête du chien et ils se quittèrent ainsi.

Mablung et Bereg s'étaient portés en hâte au secours du Roi et, quand ils virent ce qui était arrivé, ils jetèrent leurs épées pour pleurer. Puis Mablung prit un poignard et ouvrit le ventre du Loup dont les entrailles parurent consumées par une flamme, alors que la main de Beren qui tenait le joyau était restée intacte. Mais quand Mablung voulut la toucher, la main disparut et le Silmaril apparut sans voile. Son éclat fit disparaître les ombres de la forêt tout autour d'eux. Mablung, effrayé, le prit et le déposa dans la main vivante de Beren qui fut réveillé par ce contact, tendit le bras et offrit le Silmaril à Thingol.

– Maintenant la Quête est terminée, dit-il, et mon destin est accompli.

Et il ne parla plus.

Ils rapportèrent Beren Camlost, fils de Barahir, sur un brancard de branches. Huan, le Chien de Valinor, était à son côté et la nuit tomba avant qu'ils n'eussent atteint Menegroth. Lúthien les rencontra au pied du grand hêtre Hírilor. Ils marchaient lentement et portaient des torches au-dessus du brancard. Elle entoura Beren de ses bras, elle l'embrassa et lui demanda de l'attendre, là-bas au-delà de la mer orientale, et ses yeux ne quittèrent pas les siens quand l'esprit l'abandonna. Mais les étoiles s'étaient éteintes et l'ombre était tombée même sur Lúthien Tinúviel. Ainsi prit fin la Quête du Silmaril, mais le Lai de Leithian, la Délivrance, ne se termine pas là.

A la demande de Lúthien, l'esprit de Beren attendit dans les cavernes de Mandos, refusant de quitter le monde tant que Lúthien ne serait pas venue lui dire son dernier adieu sur les rives obscures de la Mer Extérieure, d'où partent les mortels humains pour un voyage sans retour. L'esprit de Lúthien tomba dans les ténèbres avant de s'envoler enfin, et son corps resta comme une fleur coupée qui garde quelque temps son éclat dans l'herbe où elle repose.

Alors un hiver si froid qu'on eût dit la vieillesse glacée des Humains s'abattit sur Thingol. Puis Lúthien arriva dans les cavernes de Mandos, les lieux assignés aux Eldalië, au-delà des domaines de l'Ouest et près des confins du monde. Ceux qui attendent là, assis dans l'ombre de leurs pensées.

Mais sa beauté était plus grande que leur beauté, sa tristesse plus profonde que leur tristesse, et Lúthien s'agenouilla devant Mandos et chanta pour lui.

Elle chanta devant Mandos le plus beau chant que des mots aient jamais tissés, le plus triste que le monde entendra jamais. Impérissable, inchangé, c'est lui qu'on chante encore à Valinor sans que le reste du monde puisse l'entendre et les Valar pleurent en l'écoutant. Car Lúthien allia deux thèmes dans son chant, la tristesse des Eldar et la souffrance des Humains, les deux races qu'Ilúvatar créa pour qu'elles vivent sur Arda, ce royaume de la Terre au milieu des étoiles. A genoux devant Mandos, ses larmes coulaient sur les pieds du Valar comme la pluie sur des pierres, et lui qui jamais n'avait connu la pitié ni depuis ne l'a connue fut ému par son chant.

Il fit alors venir Beren, et, comme Lúthien l'avait prédit au moment de sa mort, ils se virent une fois encore au-delà de la Grande Mer. Mais Mandos n'avait pas le pouvoir de retenir dans les limites du monde les esprits des Humains trépassés quand leur attente était finie, comme il ne pouvait rien changer au destin des Enfants d'Ilúvatar. Et il alla devant Manwë, Seigneur des Valar, qui régnait sur le monde au nom d'Ilúvatar et Manwë prit conseil au plus profond de son cœur, où lui fut révélée la volonté d'Ilúvatar.

Voici le choix qu'il donna à Lúthien. Ses travaux et ses peines lui valaient d'être libérée par Mandos et d'aller vivre à Valinor jusqu'à la fin du monde parmi le Valar, ayant oublié toutes les souffrances de son existence. Mais Beren ne pouvait pas venir. Car les Valar n'avaient pas le pouvoir de le refuser à la Mort, le don qu'Ilúvatar a fait aux Humains. Ou elle pouvait retourner sur les Terres du Milieu avec Beren, mais sans savoir si elle vivrait ou trouverait la joie. Elle deviendrait alors une mortelle, soumise à une seconde mort comme Beren, elle devrait bientôt quitter le monde et de sa beauté ne resterait qu'un souvenir.

Elle choisit ce destin, abandonnant le Royaume Bienheureux et refusant toute parenté avec ses habitants afin que, quels que soient les chagrins qui les attendent, le sort de Beren et celui de Lúthien soient joints et que leur chemin les conduise ensemble au-delà des limites du monde. Ce fut donc la seule des Eldalië à mourir et, de fait, il y a longtemps qu'elle a quitté ce monde. Son choix pourtant a réuni les Deux Races et elle annonça la venue de ces nombreux êtres en qui les Eldar, bien que le monde ait entièrement changé, croient voir la semblance de Lúthien la bien-aimée, celle qu'ils ont perdue.

20

LA CINQUIÈME BATAILLE :
NIRNAETH ARNOEDIAD

On dit que Beren et Lúthien revinrent dans les régions septentrionales des Terres du Milieu et qu'ils vécurent quelque temps comme de simples mortels avant de rentrer à Doriath. Ils y trouvèrent un accueil fait de joie et de crainte mêlées. Lúthien vint à Menegroth et chassa l'hiver qui courbait Thingol en le trouchant simplement de sa main. Mais Melian regarda ses yeux, y lut le sort qui l'attendait et se détourna. Elle comprit quel abîme les séparait désormais, venu d'au-delà du monde et de sa vie, elle ne connut de douleur ni de perte aussi lourde qu'à cette heure. Puis Beren et Lúthien s'en allèrent seuls et, ne craignant ni la faim ni la soif, ils passèrent le Gelion pour se rendre en Ossiriand où ils vécurent sur Tol Galen, l'île verte au milieu de l'Adurant, et on ne sut plus rien d'eux.

Plus tard les Eldar appelèrent cette région Dor Firn-i-Guinar, le Pays des Morts-Vivants. Un enfant naquit, le beau Dior Aranel, appelé ensuite Dior Eluchil, l'héritier de Thingol. Nul mortel ne parla plus jamais avec Beren, fils de Barahir, et nul ne vit Beren ou Lúthien quitter ce monde ni ne put savoir où reposaient enfin leurs corps.

En ce temps-là il arriva que Maedhros, un des fils de Fëanor, reprit courage et comprit que Morgoth n'était pas invulnérable car de nombreux chants célébraient à Beleriand les exploits de Beren et de Lúthien. Certes, Morgoth les détruirait tous, les uns après les autres, s'ils restaient incapables de s'unir, de former une alliance nouvelle avec un conseil unique, et il entreprit de réunir ce conseil destiné à relever la fortune des Eldar, ce qu'on appela l'Union de Maedhros.

Mais le serment de Fëanor et ses conséquences maléfiques vinrent miner le projet de Maedhros, qui ne reçut pas toute l'aide qu'il avait escomptée. Orodreth ne voulait suivre aucun des fils de Fëanor, à cause de ce qu'avaient fait Celegorm et Curufin, et les Elfes de Nargothrond se fiaient encore à la ruse et au secret pour défendre leur forteresse cachée. Ils n'envoyèrent qu'un petit détachement, conduit par Gwindor, le fils de Guilin, un prince des plus vaillants. Il s'en vint à la guerre du Nord contre le gré d'Orodreth, car il pleurait depuis Dagor Bragollach la perte de son frère Gelmir. Ils prirent le fanion de la maison de Fingolfin et s'avancèrent sous les bannières de Fingon pour ne jamais revenir, sauf un.

Rien ne vint de Doriath, ou presque. Maedhros et ses frères, tenus par leur serment, l'avaient pris de très haut avec Thingol, lui rappelant leurs exigences et lui ordonnant de leur rendre le Silmaril sous peine d'être leur ennemi. Melian lui conseilla de céder, mais les mots des fils de Fëanor étaient si pleins d'orgueil et de menace que Thingol fut pris de colère, se rappelant les souffrances de Lúthien et le sang de Beren dont le Silmaril avait été payé, malgré les crimes de Celegorm et de Curufin. Et chaque fois qu'il regardait le Silmaril, son désir grandissait de le garder toujours, car tel était le pouvoir du joyau. Il renvoya donc les messagers avec des paroles de mépris. Maedhros ne lui répondit pas, il avait déjà commencé d'entreprendre l'union des Elfes, mais Celegorm et Curufin jurèrent publiquement de tuer Thingol et de détruire sa maison s'ils rentraient victorieux de la guerre et si le Silmaril ne leur était pas rendu de bon gré. Thingol fortifia les frontières de son royaume et n'envoya personne à la guerre. Les seuls à venir furent Mablung et Beleg qui ne voulaient pas rester à l'écart de si grands événements. Thingol leur permit de partir à condition qu'ils ne suivent pas les fils de Fëanor et ils rejoignirent l'armée de Fingon.

Mais Maedhros reçut l'aide des Naugrim, des combattants et de grandes quantités d'armes. Les forges de Nogrod et de Belegost étaient en pleine activité. Alors il rassembla ses frères et tous ceux qui voulaient les suivre, il enrôla les Humains de Bor et d'Ulfang, les entraîna à la guerre et ils firent venir de l'Est d'autres Humains encore. A l'ouest, Fingon, ami depuis toujours avec Maedhros, tint conseil à Himring et à Hithlum, les Noldor et les Humains de la maison d'Hador se préparèrent à la guerre. Halmir, seigneur du peuple d'Haleth, rassembla ses hommes dans la Forêt de Brethil, et ils affûtèrent leurs haches, mais Halmir mourut avant la première bataille et ce fut son fils Haldir qui mena son peuple. De tout cela les nouvelles arrivèrent même à Gondolin et aux oreilles de Turgon, le roi caché.

Maedhros voulut trop tôt éprouver ses forces, avant que ses plans fussent achevés et, si les Orcs furent chassés de tout le nord de Beleriand, si même Dorthonion fut quelque temps libéré, Morgoth fut ainsi averti de la levée en masse des Elfes et de leurs amis et il put se préparer. Il envoya parmi eux nombre d'espions et d'artisans de la trahison, ce qui lui était d'autant plus facile que des Humains renégats travaillaient traîtreusement pour lui alors qu'ils partageaient tous les secrets des fils de Fëanor.

Maedhros enfin, ayant réuni tout ce qu'il pouvait d'Elfes, d'Humains et de Nains, décida d'attaquer Angband par l'est et par l'ouest, voulant s'avancer ouvertement, toutes bannières déployées, à travers Anfauglith. Et quand il aurait attiré au-dehors, comme il l'espérait, les armées de Morgoth, Fingon déboucherait des cols d'Hithlum et ils prendraient ainsi Morgoth entre le marteau et l'enclume pour le réduire en pièces. Le signal devait en être la lueur d'un grand feu allumé sur Dorthonion.

Le jour prévu, à la fin d'une nuit d'été, les trompettes des Eldar saluèrent le lever du soleil. Les armes des fils de Fëanor se dressèrent à l'est et à l'ouest celles de Fingon, grand Roi des Noldor. Fingon, depuis les hauteurs d'Eithel Sirion, plongea son regard sur les forêts et les vallées à l'est d'Ered Wethrin, où son armée était rangée hors de vue de l'ennemi, et il savait qu'elle était immense, car tous les Noldor de Hithlum étaient là, ainsi que les Elfes de Falas, la troupe de Gwindor venue de Nargo-thrond et de nombreux Humains. A sa droite se trouvait l'armée de Dor-lómin les vaillants frères Húrin et Huor auxquels s'étaient joints Haldir de Brethil suivi de nombreux hommes des bois.

Puis Fingon regarda le Thangorodrim : un nuage noir le surmontait et une fumée noire s'en élevait. Il sut que la rage de Morgoth était éveillée et que leur défi serait tenu. L'ombre d'un doute lui frôla le cœur et il regarda vers l'est, cherchant à voir de ses yeux d'Elfe la poussière d'Anfauglith se lever sous l'armée de Maedhros. Il ignorait que le départ de Maedhros avait été retardé par la perfidie du maudit Uldor, qui l'avait trompé par la fausse rumeur d'une attaque venue d'Angband.

Un cri monta soudain, repris de vallée en vallée par le vent du sud, et les Elfes comme les Humains crièrent de surprise et de joie. Sans qu'on l'eût appelé, sans avoir prévenu, Turgon avait brisé l'isolement de Gondolin et était venu à la tête de dix mille soldats aux armures brillantes dont les lances et les épées faisaient comme une forêt. Quand Fingon entendit au loin la haute trompe de son frère Turgon, l'ombre de son cœur fut dissipée, et il s'écria :

– *Utulie'n aurë! Aiya Eldalië ar Atanatari utulie'n aurë!* Le jour est venu! Voyez, peuple des Elfes, père des Humains, le jour est venu!

Et tous ceux qui entendirent sa grande voix résonner sur les collines s'écrièrent en réponse :

– *Auta i lomë!* La nuit va finir.

Morgoth, qui savait presque tout ce que faisaient et ce qu'avaient préparé ses ennemis, choisit son heure. Se fiant aux traîtres à son service pour retarder Maedhros et empêcher la réunion de ses adversaires, il envoya une troupe qui semblait importante (mais qui n'était qu'une faible part de ce qu'il tenait en réserve) vers Hithlum. Les soldats étaient vêtus de noir, nul acier ne brillait au jour, et ainsi on ne les vit que lorsqu'ils eurent traversé les dunes d'Anfauglith.

Le cœur des Nodlor s'enflamma, leurs capitaines voulurent se jeter sur les ennemis dans la plaine, mais Húrin s'y opposa. Il les mit en garde contre la fourberie de Morgoth, toujours plus fort qu'il ne semblait, visant toujours ailleurs qu'il n'y paraissait. Alors que la venue de Maedhros n'était pas encore signalée et que l'armée s'impatientait, Húrin les pressa d'attendre et de laisser l'assaut des Orcs se briser sur les collines.

Mais, dans l'Ouest, le capitaine de Morgoth avait l'ordre d'attirer Fingon hors de ses hauteurs par tous les moyens. Il avança donc jusqu'à mener le front de son armée sur le bord du Sirion, entre les remparts du fort d'Eithel Sirion et le confluent du Rivil au Gué de Serech. Les avant-postes de Fingon pouvaient voir les yeux de leurs ennemis. Mais sa provocation resta sans réponse et les insultes des Orcs s'éteignaient sur leurs lèvres quand ils regardaient les remparts muets et la menace cachée dans les collines. Alors le capitaine de Morgoth envoya des cavaliers portant l'emblème des négociateurs, qui se présentèrent devant les défenses de Barad Eithel. Ils amenaient avec eux Gelmir, le fils de Guilin, un seigneur de Nargothrond qu'ils avaient capturé à Bragollach et dont ils avaient crevé les yeux. Et le héraut d'Angband s'avança en criant :

– Nous en avons beaucoup comme lui chez nous mais vous devrez vous dépêcher pour les trouver car à notre retour, nous ferons avec tous comme avec celui-ci.

Ils coupèrent les mains et les pieds de Gelmir et, en dernier, sa tête, en vue des Elfes, puis s'en allèrent.

Par malheur c'est à cet endroit que se tenait Gwindor de Nargothrond, le frère de Gelmir. Sa colère fut changée en rage, il sauta sur son cheval, suivi de beaucoup d'autres, poursuivit les hérauts, les tua et continua de s'avancer au sein de l'armée adverse. Voyant cela, tous les Noldor furent sur des charbons ardents : Fingon mit son heaume blanc, fit sonner les trompettes et toute l'armée d'Hithlum dévala les collines dans un assaut soudain. La lueur des épées nues des Noldor fut comme un incendie dans un champ de broussailles, et ils attaquèrent si violemment que les plans de Morgoth faillirent en être déjoués. L'armée qu'il avait envoyée à l'ouest fut balayée avant que les renforts pussent arriver, les bannières de Fingon traversèrent Anfauglith et se dressèrent devant les remparts d'Angband. Gwindor et les Elfes de Nargothrond n'avaient pas quitté la première ligne, et même alors on ne put les retenir. Ils passèrent l'entrée et tuèrent ceux qui gardaient les escaliers d'Angband. Morgoth frémit sur son trône souterrain aux coups qu'ils donnaient sur ses portes. Mais ils étaient pris au piège, et tous moururent là sauf Gwindor, qu'ils prirent vivant. Fingon n'avait pu leur venir en aide car, par de nombreuses issues cachées dans le Thangorodrim, Morgoth avait fait sortir la grande armée qu'il tenait en réserve et repoussé Fingon loin des remparts avec de lourdes pertes.

Alors, sur la plaine d'Anfauglith, au quatrième jour de la guerre, commença Nirnaeth Arnoediad, les Larmes Innombrables, car il n'est chant ni récit qui puisse en décrire les souffrances. Lors de la retraite de l'armée de Fingon, sur la plaine de sable, le prince des Haladins, Haldir, fut tué à l'arrière-garde. Avec lui tombèrent la plupart des Humains de Brethil et ils ne revirent jamais leurs forêts. A la fin du cinquième jour, comme la nuit tombait et qu'ils étaient encore loin d'Ered Wethrin, les Orcs encerclèrent l'armée de Hithlum, et ils durent se battre jusqu'au jour, serrés de plus en plus près. L'espoir revint au matin, quand on entendit les trompes qui précédaient le gros de l'armée de Gondolin. Elle était restée au sud, gardant le Passage du Sirion, et Turgon avait empêché la plus grande partie de ses gens d'attaquer prématuré-ment. Il se hâtait maintenant au secours de son frère avec ses vigoureux Gondolindrim, vêtus de cottes de mailles, dont les rangs miroitaient au soleil comme un fleuve d'acier.

Les phalanges de la garde du Roi enfoncèrent les rangs des Orcs et Turgon se tailla un chemin aux côtés de son frère. On dit même que la rencontre entre Turgon et Húrin, qui se tenait au côté de Fingon, fut un moment de bonheur au milieu de la bataille. L'espoir revint au cœur des Elfes et, au même instant, à la troisième heure du matin, on entendit enfin retentir à l'est les trompettes de Maedhros et les bannières des fils de Fëanor atta-quèrent l'ennemi sur ses arrières. Certains disent que les forces des Eldar auraient pu l'emporter ce jour-là si toutes leurs armées avaient été présentes, car les Orcs hésitèrent, leur assaut fut repoussé, et certains se préparaient à fuir. Comme l'avant-garde de Maedhros affrontait les Orcs, Morgoth fit donner ses dernières forces et Angband se vida. Il vint des loups, des guerriers montés sur des loups, il vint des Balrogs et des dragons et Glaurung, le père des dragons. La terrible puissance du Grand Ver était devenue telle que les Elfes et les Humains s'effondraient devant lui. Il s'enfonça entre les armées de Maedhros et de Fingon et les sépara l'une de l'autre.

Pourtant ni loup, ni Balrog, ni Dragon n'auraient mené Morgoth à ses fins s'il n'y avait eu la trahison des Humains. C'est l'heure où furent dévoilés les intrigues d'Ulfang. La plupart des soldats venus de l'Est firent demi-tour et s'enfuirent le cœur plein de mensonges et de peur, tandis que les fils d'Ulfang passèrent soudain du côté de Morgoth et se jetèrent sur les arrières des fils de Fëanor. Dans la confusion ainsi créée ils arrivèrent près du fanion de Maedhros. Ils ne jouirent pas de la récompense promise par Morgoth, car Maglor tua Uldor le maudit, le chef des traîtres, et les fils de Bör tuèrent Ulfast et Ulwarth avant de tomber. Mais des troupes fraîches d'Humains renégats sortirent des collines où Uldor les avaient tenues cachées, l'armée de Maedhros fut prise en trois feux, se brisa, se débanda et s'enfuit un peu partout. Le sort épargna les fils de Fëanor et, si tous furent blessés, aucun ne fut tué car ils restèrent ensemble, rassemblèrent quelques Noldor et les Naugrim qui les suivaient pour se tailler un chemin hors de la bataille. Ils s'enfuirent très loin dans l'Est, vers le Mont Dolmed.

La dernière des armées orientales à résister fut celle des Nains de Belegost, et ils en acquirent grand renom. Les Naugrim résistaient mieux au feu que les Elfes ou les Humains, de plus ils avaient coutume de porter à la guerre de grands masques effrayants à voir, qui firent merveille devant les dragons. Sans eux Glaurung et sa progéniture auraient exterminé ce qui restait des Noldor. Mais, quand il les attaqua, les Naugrim l'entourèrent de toutes parts et son armure si formidable fût-elle ne suffit pas à le protéger de leurs coups de hache. Dans sa rage Glaurung se retourna et d'un coup jeta par terre Azaghâl, le Seigneur de Belegost, mais quand il le piétina, le Naugrim lui planta un couteau dans le ventre avec ses dernières forces. Il fut blessé au point de quitter le champ de bataille suivi de ses créatures privées de chef. Les Nains relevèrent le corps d'Azaghâl et l'emportèrent à pas lents, chantant un hymne funèbre de leurs voix profondes, comme à des funérailles dans leur pays, sans plus tenir compte de leurs ennemis, et nul n'osa les arrêter.

A l'ouest de la bataille, Fingon et Turgon furent assaillis par une vague d'ennemis trois fois plus nombreux que les forces qui leur restaient. Gothmog arriva, le Grand Capitaine d'Angband, il s'enfonça comme un coin entre les armées des Elfes, encerclant le Roi Fingon et rejetant Turgon et Húrin vers le marais de Fenech. Puis il se tourna vers Fingon, et la rencontre fut rude. A la fin, Fingon se retrouva seul, tous ses gardes morts autour de lui, à combattre avec Gothmog. Alors un autre Balrog vint par-derrière, lui lança comme une lanière de feu, et Gothmog l'abattit d'un coup de sa hache noire. Une flamme blanche jaillit du heaume de Fingon quand il s'ouvrit, et ainsi tomba le Grand Roi des Noldor. Ils écrasèrent son corps dans la cendre avec leurs masses et ils piétinèrent dans son propre sang sa bannière bleu et argent.

La bataille était perdue mais Húrin, Huor et le reste de la Maison de Hador résistaient encore aux côtés de Turgon, et les légions de Morgoth n'avaient pas encore conquis le Passage du Sirion. Húrin se tourna vers Turgon :

– Pars maintenant, seigneur, pendant qu'il est

temps! Tu es le dernier espoir des Eldar et Morgoth connaîtra la peur tant que vivra Gondolin.

Mais Turgon lui répondit :

— Gondolin ne peut plus rester cachée longtemps et elle tombera quand elle sera découverte.

— Mais si elle tient encore un peu, c'est de ta maison que viendra l'espoir pour les Elfes et les Humains. Je te le dis, Seigneur, avec les yeux de la mort : nous nous séparons ici pour toujours et jamais je ne reverrai les blanches murailles de Gondolin, mais une étoile nouvelle viendra et de toi et de moi. Adieu!

Et Maeglin, le fils de la sœur de Turgon, qui se trouvait là, entendit ces paroles et ne les oublia point, mais il ne dit rien.

Turgon suivit alors le conseil de Húrin et de Huor, il rassembla ce qui restait de l'armée de Gondolin et les soldats de Fingon qu'il put trouver pour faire retraite vers le Passage de Sirion. Ses capitaines, Ecthelion et Glorfindel, gardèrent les flancs de la colonne pour que les ennemis ne pussent les dépasser, mais c'étaient les Humains de Dor-lómin qui tenaient l'arrière-garde, comme le voulaient Húrin et Huor qui, au fond de leur cœur, répugnaient à quitter les terres du Nord et préféraient se combattre jusqu'à la fin s'ils ne pouvaient regagner leurs foyers. C'est là que fut rachetée la trahison d'Uldor et, de tous les exploits accomplis par les pères des Humains pour le compte des Eldar, la résistance des hommes de Dor-lómin est la plus célèbre.

Ainsi donc Turgon se fraya un chemin vers le sud, protégé sur ses arrières par Húrin et Huo, et disparut dans les montagnes, échappant aux regards de Morgoth. Tandis que les deux frères, rassemblant les restes de la maison d'Haldor, reculèrent pied à pied jusqu'au cours du Rivil, derrière le marais de Serech. Et là, ils ne reculèrent plus.

Toutes les cohortes d'Angband s'abattirent sur eux, ils firent un pont de leurs cadavres sur le Rivil et entourèrent ce qui restait d'Hithlum comme la marée qui monte autour d'un rocher. Au soir du sixième jour, quand l'ombre d'Ered Wethrin se fit plus noire, Huor tomba, percé d'une flèche empoisonnée dans l'œil, et tous les vaillants combattants d'Hador tombèrent comme des gerbes autour de lui. Les Orcs leur tranchèrent la tête et en firent un tas qui brillait comme de l'or aux rayons du soleil couchant.

De tous, Húrin resta le dernier debout. Alors il jeta son bouclier et prit sa hache à deux mains. On dit que le fer fumait dans le sang noir des trolls, la garde de Gothmog, et qu'à chaque coup Húrin criait :

– *Aurë, entuluyva!* Le jour reviendra!

Il poussa ce cri soixante et dix fois mais, à la fin, ils le prirent vivant sur l'ordre de Morgoth. Les Orcs jetaient les mains sur lui, elles s'accrochaient encore quand il leur avait coupé les bras, et ils se renouvelaient tant et tant qu'à la fin il fut enfoui sous leur nombre. Alors Gothmog le fit enchaîner et le traîna à Angband sous les insultes.

Ainsi prit fin Nirnaeth Arnoediad et le soleil descendit au-delà de la mer. La nuit tomba sur Hithlum, un grand vent d'ouest se leva en tempête.

Le triomphe de Morgoth était grand. Il avait accompli son plan suivant son cœur, car les Humains avaient tué les Humains, trahi les Eldar, et ceux qui auraient dû s'unir contre lui étaient divisés par la haine et la peur. Depuis ce jour les cœurs des Elfes se détournèrent des Humains, sauf des Trois Maisons des Edain.

Le royaume de Fingon n'existait plus, les fils de Fëanor erraient comme des feuilles au vent, leurs troupes dispersées, leurs alliances dissoutes. Ils vécurent une vie sauvage dans les bois, au pied d'Ered Lindon, mêlés aux Elfes Verts d'Ossiriand, dépouillés de leur gloire et de leur puissance passée. Quelques Haladins vivaient encore à Brethil sous le couvert de la forêt, et Handir, le fils de Haldir, les commandait, mais il ne revint jamais aucun soldat de l'armée de Fingon, aucun des Humains de la maison d'Hador, non plus qu'aucune nouvelle de la bataille et du sort de leurs princes. Morgoth leur envoya les Humains de l'Est qui l'avaient servi, leur refusant les riches terres de Beleriand qu'ils convoitaient. C'est toute la récompense qu'ils reçurent pour avoir trahi Maedhros : harceler et piller les vieillards, les femmes et les enfants qui restaient du peuple d'Hador. Le reste des Eldar d'Hithlum fut envoyé dans les mines du Nord pour y être esclaves, sauf quelques-uns qui échappèrent et se réfugièrent dans le désert ou la montagne.

Les Orcs et les loups parcouraient le Nord en toute liberté, et ils allaient sans cesse plus loin vers le sud de Beleriand, jusqu'à Nantathren, le Pays des Saules, et aux frontières d'Ossiriand. Les champs ni les forêts n'étaient plus sûrs pour personne. Doriath restait intact, les cavernes de Nargothrond existaient toujours, mais Morgoth s'en souciait peu, soit qu'il n'en eût guère entendu parler, soit que leur temps ne fût pas encore venu dans ses plans malfaisants. Beaucoup s'enfuyaient vers les Ports pour se réfugier derrière les murailles de Círdan et les marins patrouillaient la côte pour harceler l'ennemi par de brèves incursions. Mais, l'année suivante, avant l'hiver, Morgoth envoya des troupes par Hithlum et Nevrast. Elles descendirent de Brithon et le Nenning pour venir ravager les Falas et assiéger les remparts de Brithombar et d'Eglarest. Ils avaient amené des sapeurs, des forgerons et des incendiaires qui construisirent de grandes machines et firent tomber les murailles bien qu'elles fussent vaillamment défendues. Les Ports ne furent plus que ruines, la tour de Barad Nimras fut jetée bas, la plupart des habitants de Círdan tués ou capturés. Certains armèrent des navires et fuirent par la mer, et parmi eux Ereinion Gil-galad, le fils de Fingon, que son père avait envoyé aux Ports après Dagor Bragollach. Ces fugitifs allèrent vers le sud, sur l'île de Balar, dont ils firent un refuge pour tous ceux qui viendraient. Ils avaient aussi un avant-poste à l'embouchure du Sirion où ils avaient caché beaucoup de bateaux rapides et légers dans les méandres du fleuve, là où les roseaux faisaient comme une forêt.

Quand Turgon apprit cela, il envoya des messagers à l'embouchure du Sirion pour demander l'aide de Círdan le Charpentier, qui construisit à sa demande sept navires très rapides qui firent aussitôt voile vers l'ouest, mais Balar n'eut jamais plus de leurs nouvelles, sauf du dernier. Les marins avaient longtemps erré sur la mer et avaient fait demi-tour de guerre lasse quand ils avaient été pris dans une tempête alors qu'ils étaient en vue des Terres du Milieu. L'un des marins fut sauvé par Ulmo des foudres d'Ossë et porté par les vagues sur le rivage de Nevrast. Il s'appelait Voronwë et c'était un des messagers que Turgon avait envoyé de Gondolin.

Morgoth ne cessait de penser à Turgon, car de tous les ennemis qu'il voulait en premier capturer ou détruire, c'était celui qui lui avait échappé. Et ces pensées le troublaient, faisaient tache sur sa victoire, d'autant que Turgon, de la Haute Maison de Fingolfin, était maintenant de droit Roi de tous les Noldor. Morgoth haïssait la Maison de Fingolfin parce qu'elle avait l'amitié de son ennemi Ulmo, et aussi à cause des blessures qu'il avait reçues de l'épée de Fingolfin. Et de cette famille Turgon était celui qu'il craignait le plus, car il l'avait déjà remarqué à Valinor : chaque fois qu'il s'approchait de lui une ombre venait peser sur son esprit, annonçant que, dans un avenir encore inconnu, c'est de Turgon que viendrait sa ruine.

Alors Morgoth fit venir Húrin, car le monstre savait que celui-ci avait gagné l'amitié du Roi de

Gondolin, mais Húrin lui résista et l'accabla de moqueries. Morgoth alors le maudit, lui et Morwen et tous leurs descendants, il jeta sur eux une sombre malédiction, puis il fit sortir Húrin de sa prison et l'installa sur un siège de pierre en haut du Thangorodrim que son pouvoir l'empêchait de quitter.

– Reste assis là, lui dit Morgoth, et regarde ces terres où malheur et désespoir vont s'abattre sur ceux que tu aimais. Tu as osé te moquer de moi, défier la puissance de Melkor, le Maître du destin d'Arda. Alors tu vas voir avec mes yeux et entendre avec mes oreilles, et tu ne bougeras de cet endroit que tout soit consommé, jusqu'au fond de la douleur.

Et il en fut ainsi, mais on ne dit pas si jamais Húrin demanda à Morgoth ou sa grâce ou la mort pour lui ou pour aucun des siens.

Sur l'ordre de Morgoth les Orcs rassemblèrent à grand-peine les corps de tous ceux qui étaient tombés pendant la grande bataille, leurs armes et leurs armures, ils en firent un grand tas au milieu d'Anfauglith et ce fut comme une colline qu'on pouvait voir de loin. Les Elfes l'appelèrent Haudh-en-Ndengin, le Mont des Morts, et Haudh-en-Nirnaeth, la Colline des Larmes. L'herbe y poussa et recouvrit la colline de verdure, la seule de ce désert créé par Morgoth, et plus aucune de ses créatures ne passa désormais sur cette terre, là où rouillaient les épées des Eldar et des Edain.

21

TÚRIN TURAMBAR

Rían, fille de Belegun, épousa Huor, fils de Galdor, deux mois avant qu'il partît pour Nirnerth

Arnoediad avec son frère Húrin. Sans nouvelles de son seigneur, elle s'enfuit dans la campagne où elle reçut l'aide des Elfes Verts de Mithrim, qui élevèrent son fils Tuor quand il fut né. Puis Rían quitta Hithlum, se rendit sur Haudh-en-Ndengin, se coucha sur la terre et mourut.

Morwen, fille de Baragund, était la femme de Húrin, le seigneur de Dor-lómin, et leur fils Túrin était né l'année où Beren Erchamion avait rencontré Lúthien dans la forêt de Neldoreth. Ils eurent une fille, nommée Lalaith, le Rire, que son frère Túrin adorait mais, quand elle eut trois ans, une peste s'abattit sur Hithlum, apportée par un vent funeste venu d'Angband, et elle mourut.

Après Nirneath Arnoediad Morwen vivait toujours à Dor-lómin, Túrin n'avait que huit ans, et elle était de nouveau enceinte. C'était une époque malheureuse : les gens de l'Est réfugiés à Hithlum méprisaient ce qui restait du peuple d'Hador, les opprimaient, leur prenaient leurs terres et leurs biens et réduisaient leurs enfants en esclavage. Pourtant la Dame de Dor-lómin était si belle et majestueuse qu'elle faisait peur aux Orientaux qui n'osaient pas porter les mains sur elle ni sur les siens. Ils murmuraient entre eux qu'elle était dangereuse, que c'était une sorcière habile et alliée aux Elfes. Malgré tout elle était pauvre et isolée, si ce n'était qu'une parente de Húrin nommée Aerin lui venait secrètement en aide. Un Oriental, Brodda, avait épousé Aerin et Moewen avait grand-peur qu'on ne lui enlève Túrin pour en faire un escalve. Il lui vint donc à l'idée de le faire partir en secret et de supplier le Roi Thingol de lui accorder asile, puisque Beren, le fils de Barahir, était de la famille de son père, et de plus, qu'avant le temps du malheur, il était un ami de Húrin. Alors, à l'automne de l'Année des Lamentations, Morwen envoya Túrin passer les montagnes accompagné de deux vieux serviteurs, leur disant d'entrer s'ils le pouvaient au royaume de Doriath. Ainsi fut décidé le destin de

Túrin, que raconte en détail le chant qu'on appelle *Narn i Hin Húrin*, le Lai des Enfants de Húrin, le plus long des chants qui nous parlent de cette époque. Ici le récit sera bref, car il est mêlé au sort des Silmarils et des Elfes, et il s'appelle le Chant de la Peine, tant il est triste. C'est là que sont racontés la plupart des forfaits de Morgoth Bauglir.

Morwen donna naissance à la fille de Húrin tout au début de l'année, et elle la nomma Nienor, le Deuil. Pendant ce temps, Túrin et ses compagnons, après avoir traversé de grands dangers, arrivèrent aux frontières de Doriath où ils furent découverts par Beleg à l'Arc de Fer, le Capitaine des Gardes de Thingol, qui les mena à Menegroth. Thingol fit un bon accueil à Túrin et décida même de s'occuper de son éducation, en l'honneur de Húrin le Vaillant, car il avait changé d'attitude envers les maisons amies des Elfes. Des messagers se rendirent à Hithlum pour inviter Morwen à quitter Dor-lómin et les accompagner à Doriath, mais elle ne voulut pas abandonner la maison où elle avait vécu avec Húrin. Et quand les Elfes s'en retournèrent, elle leur confia le Heaume du Dragon de Dor-lómin, le bien le plus précieux de la Maison de Hador.

A Doriath, Túrin devint beau et fort mais il restait marqué par le chagrin. Il resta neuf ans dans le palais de Thingol, et sa peine devint moins lourde, car des messagers allaient parfois à Hithlum et en rapportaient des nouvelles de Morwen et de Nienor. Mais un jour les messagers du Nord ne revinrent pas et Thingol ne voulut plus en envoyer. Túrin eut très peur pour sa mère et sa sœur et il se présenta tristement devant le Roi pour lui demander une armure et un glaive. Il se coiffa du heaume du Dragon et s'en alla faire la guerre aux frontières de Doriath, où il devint le compagnon d'armes de Beleg Cuthalion.

Trois ans passèrent et Túrin revint à Menegroth. Il sortait du désert, il était sale, ses vêtements usés et son armure endommagée. Et il y avait alors à

Doriath un Elfe du peuple de Nandor très haut placé dans l'estime du Roi. Il s'appelait Saeros et il y avait longtemps qu'il en voulait à Túrin des honneurs qu'il avait reçus de Thingol, comme s'il eût été son fils adoptif. Assis en face de lui à la table du conseil, il le provoqua :

– Si les Humains de Hithlum sont aussi sauvages, comment donc sont leurs femmes ? Courent-elles comme des biches, vêtues de leur seule chevelure ?

Túrin, blanc de colère, prit un calice et le lança sur Saeros, qui fut gravement blessé.

Le lendemain, Saeros tendit un piège à Túrin qui quittait Menegroth pour retourner aux frontières mais le jeune homme eut le dessus et chassa Saeros comme un animal, nu à travers les bois, jusqu'à ce que la terreur le fasse tomber dans un torrent et son corps vint s'écraser sur un rocher. D'autres qui passaient par là virent ce qui était arrivé. Mablung était parmi eux, il ordonna à Túrin de le suivre à Menegroth pour être jugé par le Roi et demander son pardon. Mais Túrin, se croyant désormais proscrit et craignant d'être fait prisonnier, refusa de le suivre et s'enfuit. Il traversa l'Anneau de Melian, passa dans la forêt qui se trouvait à l'ouest du Sirion et se joignit à une bande d'hommes sans foyer et sans espoir comme on pouvait en trouver à cette époque funeste dans les terres sauvages. Ils s'attaquaient à tout ce qu'ils trouvaient sur leur chemin, aux Elfes et aux Humains comme aux Orcs.

Quand Thingol apprit ce qui s'était passé, le Roi pardonna à Túrin et dit qu'on lui avait fait tort. Au même moment Beleg à l'Arc de Fer revint des marches du Nord à Menegroth et demanda Túrin. Thingol lui dit alors :

– Mon cœur souffre, Cuthalion, car j'ai pris le fils d'Húrin comme s'il était mon fils et il en sera toujours ainsi, sauf si Húrin revient du pays des ombres pour le réclamer. Je ne voudrais pas qu'on

dise que Túrin a été injustement chassé dans le
désert et je l'accueillerai avec joie, car je l'ai bien
aimé.

– Je chercherai Túrin jusqu'à ce que je le trouve,
répondit Beleg, et je le ramènerai à Menegroth si je
le puis, car je l'aime aussi.

Beleg partit alors à sa recherche et il parcourut
en vain tout Beleriand, traversant de grands dangers pour avoir des nouvelles de Túrin.

Mais celui-ci était resté avec les proscrits, il était
devenu leur chef et s'appelait maintenant Neithan,
Celui à qui on a fait tort. Ils vivaient prudemment
dans les bois au sud de Teiglin et, au bout d'un an,
une nuit, Beleg tomba sur leur retraite. Túrin, par
hasard, était absent, et les proscrits s'emparèrent de
Beleg, l'attachèrent et le traitèrent avec cruauté, le
prenant pour un espion de Thingol. Mais Túrin, à
son retour, voyant ce qu'ils avaient fait, fut frappé
de remords pour toutes les mauvaises actions qu'ils
avaient commises. Il fit relâcher Beleg, leur amitié
reprit comme avant et Túrin jura d'abandonner
pour l'avenir la guerre et le pillage, sauf contre les
serviteurs de Morgoth.

Beleg lui dit alors que le Roi lui avait pardonné et
chercha par tous les moyens à le persuader de
rentrer à Doriath avec lui, disant qu'on avait grand
besoin de sa force et de son courage sur les
marches du Nord.

– Les Orcs ont trouvé maintenant un passage
pour sortir de Taur-nu Fuin, dit-il, et ils ont fait une
route qui traverse le Col d'Anach.

– Je ne m'en souviens pas, dit Túrin.

– Nous ne sommes jamais allés si loin des frontières, lui répondit Beleg. Mais tu as vu au loin les
sommets du Crisseagrim et, à l'est, les sombres
murailles de Gorgoroth. Anach est entre les deux,
au-dessus des sources du Mindeb. Le chemin est
dur et périlleux, pourtant beaucoup le prennent
désormais et Dimbar, qui était encore paisible,
tombe aujourd'hui sous la Main Noire, tandis que

les Humains et Brethil sont inquiets. On a besoin de nous là-bas.

Mais Túrin, dans son orgueil, refusait le pardon du Roi et les paroles de Beleg ne réussirent pas à le faire changer d'humeur. De son côté il pressa Beleg de rester avec lui à l'ouest du Sirion mais Beleg ne le voulut pas.

– Tu es dur, Túrin, et obstiné. Maintenant c'est mon tour. Si tu veux vraiment être aux côtés de l'Arc de Fer, cherche-moi à Dimbar, car c'est là que je vais.

Beleg partit le lendemain et Túrin l'accompagna hors du camp jusqu'à une portée de flèche, mais sans rien dire.

– C'est donc un adieu, fils de Húrin ? demanda Beleg.

Alors Túrin regarda vers l'ouest et vit au loin les hauteurs d'Amon Rûdh. Sans savoir ce qui l'attendait il répondit :

– Tu as dit : cherche-moi à Dimbar. Moi je dis : cherche-moi sur Amon Rûdh ! Sinon, ce sera notre adieu.

Ils se séparèrent alors, toujours amis, mais dans la tristesse.

Beleg revint au pays des Mille Cavernes et se présenta devant Thingol et Melian pour leur dire ce qui s'était passé, leur cachant seulement les mauvais traitements qu'il avait reçus des compagnons de Túrin. Thingol eut un soupir et dit :

– Que voudrait-il que je fasse de plus ?

– Si tu m'en donnes la permission, Seigneur, répondit Beleg, je veillerai sur lui et le guiderai du mieux que je pourrai et personne ne pourra dire que les Elfes prennent leur parole à la légère. Et je ne voudrais pas voir tant de bien se réduire à néant dans le désert.

Thingol permit à Beleg de faire à son gré et ajouta :

– Beleg Cuthalion ! De nombreux exploits te valent ma reconnaissance et le moindre n'est pas d'avoir retrouvé mon fils adoptif. Comme tu t'en vas, demande-moi ce que tu veux, je ne te refuserai rien.

– Je demande alors une épée parmi les meilleures, dit Beleg. Les Orcs viennent maintenant en trop grand nombre pour qu'un arc suffise, et l'épée que j'ai ne vaut rien contre leurs armures.

– Choisis parmi toutes celles que j'ai, dit le Roi, sauf seulement Aranruth, qui est la mienne.

Beleg prit Anglachel, une épée de grande valeur appelée ainsi parce qu'elle avait été forgée d'un acier tombé du ciel comme une étoile enflammée, et qui pouvait fendre tous les aciers tirés de la terre. Sur les Terres du Milieu il n'y en avait qu'une autre comme elle, et ce récit n'en parle pas, bien qu'elle eût été forgée du même acier du même forgeron, Eöl l'Elfe Noir, celui qui avait pris pour femme Aredhel, la sœur de Turgon. Il avait donné Anglachel à Thingol, à contrecœur, en paiement du droit de vivre à Nan Elmoth, mais il avait gardé sa jumelle, Anguirel, jusqu'à ce que son fils Maeglin la lui dérobât.

Quand Thingol tendit à Beleg le pommeau d'Anglachel, Melian regarda l'épée et dit :

– Ce glaive porte en lui le mal. L'esprit sinistre du forgeron l'habite encore. Il n'aimera pas la main qu'il servira et ne te servira pas longtemps.

– Je le tiendrai, néanmoins, tant que je pourrai, dit Beleg.

– Je vais te donner autre chose, Cuthalion, dit Melian, qui te servira dans le désert et servira aussi à ceux que tu choisiras.

Elle lui donna alors une provision de *lembas*, le pain de voyage des Elfes, enveloppés dans des feuilles d'argent et attachés par des liens dont les nœuds étaient scellés du sceau de la Reine, un cachet de cire blanche de la forme d'une fleur de Telperion. D'après les coutumes des Eldalië, il revenait à la Reine et à elle seule de garder ou de

266

donner les *lembas*. Et Melian ne fit jamais à Túrin de faveur aussi grande, car jamais auparavant les Eldar n'avaient permis aux Humains de manger de ce pain et, par la suite, cela n'arriva que très rarement.

Beleg quitta Menegroth muni de ces cadeaux et s'en retourna vers les marches du Nord où il avait ses quartiers et aussi beaucoup d'amis. Les Orcs furent chassés de Dimbar, et Anglachel était joyeuse hors de son fourreau, mais l'hiver revint et la guerre se calma. Alors Beleg disparut et ses compagnons ne le revirent plus.

Quand Beleg avait quitté les proscrits pour retourner à Doriath, Túrin les avait conduits vers l'ouest, loin de la vallée du Sirion, car ils étaient las de cette vie où ils n'avaient jamais de repos, toujours aux aguets, craignant d'être poursuivis, et ils voulaient une retraite plus sûre. Il arriva qu'un soir ils rencontrèrent trois Nains qui s'enfuirent à leur vue, mais ils purent s'emparer du dernier qui restait à la traîne. Un des proscrits prit son arc et lâcha une flèche vers les autres pendant qu'ils se perdaient dans la nuit. Celui qu'ils avaient pris s'appelait Mîm. Il supplia Túrin de lui laisser la vie et offrit en échange de les conduire à ses cavernes si bien cachées que personne ne pourrait les trouver sans son aide. Túrin eut pitié de lui, l'épargna, et lui demanda :

– Où est ta demeure ?

– Très loin au-dessus des terres est la demeure de Mîm, sur la grande montagne qu'on appelle maintenant Amon Rûdh, depuis que les Elfes ont changé tous les noms.

Túrin resta longtemps sans rien dire à regarder le Nain, puis enfin il lui dit :

– Tu vas nous conduire là-bas.

Ils partirent le jour suivant et Mîm les mena sur Amon Rûdh. Cette colline se trouvait en lisière des landes qui séparaient les vallées du Sirion et du Narog, et dressait sa tête rocheuse loin au-dessus des plateaux environnants. Son sommet abrupt et gris était nu, à l'exception du *seregon* qui recouvrait le roc d'un manteau rouge. Comme la troupe de Túrin approchait, le soleil couchant perça les nuages et ses rayons tombèrent sur le *seregon* en fleur. L'un d'eux dit alors:

– Il y a du sang sur le sommet.

Mîm leur fit grimper les pentes escarpées par des chemins secrets puis, arrivé à l'entrée de sa caverne, il s'inclina devant Túrin en disant:

– Entrez à Bar-en-Danwedh, la Maison de la Rançon, c'est ainsi qu'elle s'appellera maintenant.

Un autre Nain, qui portait une lanterne, vint à sa rencontre. Ils échangèrent quelques mots puis s'enfoncèrent brusquement dans l'ombre et Túrin, qui les suivit, arriva enfin dans une pièce creusée au fond de la montagne, mal éclairée par des lampes accrochées à des chaînes. Là, il vit que Mîm était à genoux près d'une couchette en pierre contre le mur et qu'il s'arrachait la barbe en pleurant et en répétant sans cesse le même nom. Un troisième Nain gisait sur la couchette. Túrin vint près de Mîm et lui offrit son aide. L'autre alors le regarda et dit:

– Tu ne peux m'être d'aucune aide. C'est Khîm, mon fils, et il est mort percé d'une flèche. Il est mort au coucher du soleil. Ibun, mon autre fils, me l'a raconté:

Túrin alors sentit la pitié gonfler son cœur et il dit au Nain:

– Hélas! comme je rattraperais cette flèche, si je le pouvais! Maintenant cette maison devra vraiment s'appeler Bar-en-Danwedh et si jamais je deviens riche je donnerai pour ton fils une rançon de pièces d'or en témoignage de deuil, bien que cela ne puisse rien à ton chagrin.

Mîm se releva et regarda longuement Túrin.

– Je t'entends bien, lui dit-il. Tu parles comme jadis un seigneur des Nains, et mon étonnement est grand. Mon cœur est plus calme, maintenant, même s'il n'est pas heureux, et tu peux rester ici, si tu le veux, car je paierai ma rançon.

Ainsi commença le séjour de Túrin dans la demeure secrète de Mîm sur Amon Rûdh. Il s'avança sur l'herbe devant l'entrée de la caverne et regarda à l'est, à l'ouest et au nord. Vers le nord il vit la Forêt de Brethil qui recouvrait toute verte la colline d'Amon Obel qui se dressait en son milieu, et ses regards y revenaient sans cesse sans qu'il sût pourquoi, par son cœur était plutôt porté vers le nord-ouest où il lui semblait apercevoir, très loin au bord du ciel, les Montagnes de l'Ombre, murailles de son pays natal. Puis, le soir, Túrin regarda vers l'ouest, là où le soleil s'enfonçait dans des brumes d'incendie, au-dessus des côtes lointaines, et dans les ombres profondes où se cachait la Vallée du Narog.

Dans les temps qui suivirent, Túrin et Mîm passèrent de longues heures à parler. Assis seul avec le Nain, Túrin écoutait le récit des aventures de sa vie. Car Mîm descendait de ces Nains qui furent autrefois bannis des grandes cités Naugrim de l'Est et ils étaient venus vers l'ouest jusqu'à Beleriand longtemps avant le retour de Morgoth. Mais, peu à peu, leur taille avait diminué, comme leur talent de forgerons, et ils s'étaient mis à vivre de rapines et à marcher le dos courbé et à pas furtifs... Avant que les Nains de Nogrod et de Belegost eussent passé les montagnes, les Elfes de Beleriand ignoraient qui était le peuple de Mîm. Ils les chassaient alors et les tuaient, mais plus tard ils les laissèrent en paix et les appelèrent Noegyth Nibin, les Petits-Nains en langue sindarine. Ils n'aimaient personne qu'eux-mêmes et s'ils haïssaient et craignaient les Orcs, ils n'en détestaient pas moins les Eldar, et surtout les Exilés : car les Noldor, disaient-ils, leur avaient pris leurs terres et leurs demeures. Bien avant que le roi Finrod Felagund fût arrivé par la mer, ils avaient eux-mêmes découvert les cavernes de Nargothrond et avaient commencé à les creuser. Sous la couronne chauve d'Amon Rûdh, les mains lentes des Nains avaient approfondi les grottes pendant les longues années qu'ils y avaient vécu sans être inquiétés par les Elfes Verts de la forêt. Ils s'étaient éteints peu à peu et avaient complètement disparu des Terres du Milieu, tous sauf Mîm et ses deux fils, et Mîm était vieux même pour le peuple des Nains, vieux et oublié. Les forges de ses cavernes étaient silencieuses, les haches se rouillaient et leurs noms ne survivaient que dans les plus anciens récits de Doriath et de Nargothrond.

L'année s'avançait vers le milieu de l'hiver et la neige se mit à tomber du nord, plus épaisse que celle qu'ils avaient connue dans les vallées. Amon Rûdh fut bientôt couverte d'un lourd manteau blanc et on disait que les hivers de Beleriand étaient plus durs à mesure qu'Angband devenait plus puissante. Un jour, seuls les plus courageux osèrent sortir des cavernes, certains tombèrent malades et tous étaient tenaillés par la faim. Soudain, dans la faible lumière grise, apparut parmi eux, semblait-il, un homme de haute et large taille, vêtu d'un manteau et d'un capuchon blancs, qui alla près du feu sans dire un mot. Effrayés, tous les hommes sursautèrent. Alors il éclata de rire, rejeta sa capuche et son manteau, sous lequel il portait un grand sac, et la lueur des flammes révéla une fois de plus à Túrin le visage de Beleg Cuthalion.

Beleg retourna donc avec Túrin, et ils furent heureux de se revoir. Il apportait avec lui le Heaume du Dragon de Dor-lómin, espérant que sa vue pourrait élever les pensées de Túrin plus haut que sa condition de chef d'une petite bande. Mais Túrin ne voulait toujours pas rentrer à Doriath et Beleg, cédant à l'amitié plutôt qu'à la sagesse, ne s'en alla pas. Il resta parmi eux et fit beaucoup pour améliorer la vie des compagnons de Túrin. Il soigna ceux qui étaient malades ou blessés en leur donnant les *lembas* de Melian et ils guérirent vite, car si les Elfes Verts étaient moins habiles et moins savants que les Exilés de Valinor, ils avaient sur la vie des Terres du Milieu des connaissances qui dépassaient celles des Humains. Comme Beleg était fort et résistant, qu'il avait l'esprit aussi clair que la vue, il fut tenu en grand honneur par les proscrits. Pendant ce temps, Mîm était pris d'une haine grandissante pour cet Elfe qui était entré à Bar-en-Danwedh et il restait assis avec son fils Ibun dans les coins les plus sombres de la maison sans parler à personne. Túrin lui prêtait peu d'attention, l'hiver s'achevait, le printemps revenait et ils avaient plus de travail devant eux.

Qui peut connaître les intentions de Morgoth? Qui peut comprendre l'étendue de sa pensée, lui qui fut Melkor, puissant parmi les Ainur de la Grande Musique et qui maintenant restait assis au nord, seigneur des ténèbres sur un trône de nuit, pesant avec haine toutes les nouvelles qui lui parvenaient et connaissant les plans et les actes de ses ennemis mieux que ne pouvaient le craindre les plus sages d'entre eux, sauf la Reine Melian? L'esprit de Morgoth cherchait souvent à l'atteindre, pour échouer chaque fois.

A nouveau, la puissance d'Angband se mit en mouvement, à nouveau ses avant-gardes, comme les longs doigts fureteurs d'une main mauvaise, venaient reconnaître les chemins de Beleriand. Ils vinrent par Anach, Dimbar fut envahie, avec toutes les marches septentrionales de Doriath. Ils descendirent l'ancienne route qui longeait les gorges du Sirion, dépassèrent l'île où s'était dressée la tour de Finrod, Minas Tirith, traversèrent la contrée qui sépare le Malduin du Sirion et allèrent jusqu'au Carrefour de Teiglin, en lisière de Berthil. La route continuait sur la Plaine Fortifiée, mais les Orcs ne s'y avançaient pas encore, car ces terres recelaient une terreur cachée et, sur la colline rouge, des yeux les épiaient dont ils ne savaient rien. Túrin remit sur sa tête le Heaume de Hador et une rumeur courut dans tout Beleriand, dans les sous-bois, sur les torrents et par les sentiers de montagne, disant que l'Arc et le Heaume qui étaient tombés à Dimbar s'étaient levés à nouveau contre tout espoir. Et beaucoup de ceux qui erraient sans chef, dépossédés mais non terrorisés, reprirent courage et s'en vinrent à la recherche des Deux Capitaines. Dor-Cúarthol, la pays de l'Arc et du Heaume, c'est le nom qui fut donné à toute la région entre le Teiglin et la frontière occidentale de Doriath. Túrin prit lui-même un autre nom : Gorthol, le Heaume de la Peur, et il reprit tous ses esprits. L'écho de leurs exploits atteignit Menegroth, pénétra les cavernes de Nargothrond et entra même au royaume caché de Gondolin. Angband aussi les connaissait et Morgoth se mit à rire, car le Heaume du Dragon lui montrait enfin où se trouvait le fils de Húrin et bientôt Amon Rûdh fut entourée d'espions.

Vers la fin de l'année, le Nain Mîm et son fils Ibun sortirent de Bar-en-Danwedh pour ramasser les racines de leurs provisions d'hiver et ils furent capturés par les Orcs. Pour la seconde fois Mîm promit de guider des ennemis jusque chez lui par les chemins secrets, mais il voulut retarder l'exécution de sa promesse et demanda qu'on ne tuât point Gorthol. Le Capitaine des Orcs se mit à rire et lui dit :

– Túrin, le fils de Húrin, ne sera sûrement pas tué.

Bar-en-Danwedh fut donc trahie et les Orcs vinrent de nuit par surprise, guidés par Mîm. Beaucoup des compagnons de Túrin furent tués pendant leur sommeil tandis que certains s'enfuirent par un escalier secret qui les mena au sommet de la colline. La plupart combattirent jusqu'à la mort et leur sang vint arroser le *seregon* qui couvrait le rocher, mais on jeta un filet sur Túrin qui fut ligoté, réduit à l'impuissance et emporté.

A la fin, quand tout fut à nouveau silencieux, Mîm rampa hors de son trou noir et s'en vint près des cadavres sur le sommet de la colline, à l'heure où le soleil perçait les brumes du Sirion. Mais il sentit que tous n'étaient pas morts, car un des corps lui rendit son regard, et il rencontra les yeux de l'Elfe Beleg. Alors, avec une haine longtemps retenue. Mîm s'avança vers lui et tira l'épée Anglachel qui était restée sous un des cadavres. Mais Beleg, chancelant, saisit le glaive et le jeta vers le Nain qui s'enfuit, terrorisé. Et Beleg cria après lui :

– La vengeance de la Maison d'Hador te retrouvera toujours !

Beleg était gravement blessé, mais c'était un des plus grands des Elfes des Terres du Milieu et aussi un maître dans l'art de guérir. Il ne mourut point et ses forces lui revinrent lentement. Il chercha en vain Túrin parmi les morts, pour l'enterrer, mais ne le trouva pas. Il comprit alors que le fils de Húrin était encore vivant, mais prisonnier d'Angband.

Beleg quitta Amon Rûdh sans guère d'espoir et fit route vers le nord sur les traces des Orcs, vers le carrefour de Teiglin. Il traversa le Brithiach puis le pays de Dimbar vers le col d'Anach, se rapprochant des Orcs, car il marchait sans jamais dormir alors qu'ils s'attardaient sur la route et allaient chasser sans craindre de poursuite. Il ne s'écarta jamais de leur piste, pas même dans l'épouvantable forêt de Taur-nu-Fuin, car c'était le plus habile chasseur qu'eussent connu les Terres du Milieu. Mais, alors qu'il traversait de nuit ce pays de malheur, il aperçut quelqu'un qui dormait au pied d'un grand arbre mort. Beleg s'approcha du dormeur sans faire de bruit et vit que c'était un Elfe. Alors il lui parla, lui donna des *lembas* et lui demanda quel sort funeste l'avait conduit dans ce terrible endroit. C'était Gwindor, le fils de Guilin.

Beleg le regardait avec compassion, car Gwindor n'était plus qu'une forme prostrée, l'ombre apeurée pour le corps et l'esprit de ce qu'il était quand, à Nirnaeth Arnoediad, ce prince de Nargothrond avait eu l'audace de s'avancer jusqu'aux portes d'Angband où il s'était fait prendre. Morgoth tuait rarement les Noldor qu'il avait capturés à cause de leurs talents de mineurs et de forgerons, et Gwindor fut mis au travail dans les mines du Nord. Parfois des Elfes s'échappaient grâce à des tunnels qu'ils étaient seuls à connaître, et c'est pourquoi Beleg le rencontra, épuisé et désorienté par les labyrinthes de Taur-nu-Fuin.

Gwindor lui raconta qu'alors qu'il gisait sous le couvert des arbres, il avait vu passer un grand nombre d'Orcs allant vers le nord, accompagnés de loups. Un homme était avec eux, dont les mains étaient enchaînées et qu'ils faisaient avancer à coups de fouet.

– Il était très grand, dit Gwindor, aussi grand que les Humains des collines embrumées de Hithlum.

Beleg lui dit alors ce qu'il faisait à Taur-nu-Fuin, et Gwindor voulut le convaincre d'abandonner sa quête, disant qu'il ne pourrait que rejoindre Túrin dans les tortures qui l'attendaient. Mais Beleg ne voulait pas quitter Túrin et son désespoir même redonna courage à Gwindor qui voulut l'accompagner. Ils suivirent ensemble les Orcs, sortirent de la forêt et se trouvèrent sur les pentes qui descendaient jusqu'aux dunes désertes d'Anfauglith. Les Orcs, en vue des sommets du Thangorodrim, alors que la nuit tombait, établirent leur camp dans une vallée désolée. Ils postèrent des loups en guise de sentinelles et se mirent à festoyer. Pendant que Beleg et Gwindor rampaient vers la vallée, une tempête s'éleva à l'ouest et des éclairs brillèrent au loin sur les Montagnes de l'Ombre.

Quand le camp fut endormi, Beleg prit son arc et abattit les loups qui montaient la garde, un par un, dans le noir et en silence. Ils pénétrèrent dans le camp, malgré le danger, et découvrirent Túrin les mains et les pieds liés à un arbre mort. Tout autour de lui des couteaux qu'on avait lancés s'étaient plantés dans le tronc et il était inconscient, comme évanoui de fatigue. Beleg et Gwindor coupèrent ses liens et le portèrent hors de la vallée, mais ils ne purent pas le porter plus loin et durent s'arrêter un peu plus haut dans un taillis de buissons épineux. Ils le posèrent à terre alors que la tempête était proche. Beleg dégaina Anglachel et trancha les chaînes qui entravaient Túrin, mais ce jour-là le destin fut plus fort, car le glaive glissa sur les maillons et entailla le pied de Túrin. Il s'éveilla soudain, pris de rage et de terreur, aperçut une forme penchée sur lui l'épée à la main et bondit avec un grand cri en croyant que les Orcs étaient revenus le torturer. Luttant dans le noir il s'empara d'Anglachel et en perça le corps de Beleg qu'il prenait pour un de ses ennemis.

Alors, se croyant libre, debout et prêt à vendre chèrement sa vie à des ennemis imaginaires, il vit un éclair briller au-dessus de leurs têtes et sa lueur lui montra le visage de Beleg. Túrin resta silencieux, comme pétrifié, les yeux fixés sur ce terrible visage, comprenant ce qu'il avait fait. Et son propre visage était si épouvantable à voir, éclairé par la foudre qui tombait autour d'eux, que Gwindor se jeta sur le sol et n'osa plus lever les yeux.

Mais, plus bas dans la vallée, les Orcs étaient réveillés et tout le camp était en proie au tumulte, car ils craignaient le tonnerre venu de l'ouest, croyant qu'il leur était envoyé par leurs grands Ennemis d'au-delà de la mer. Le vent se leva, une lourde pluie tomba, des torrents d'eau s'abattirent depuis les hauteurs de Taur-nu-Fuin. Gwindor appela Túrin en criant pour le prévenir du danger qui pressait, mais il ne répondit pas. Il restait sans bouger ni pleurer sous la tempête auprès du corps de Beleg Cuthalion.

Quand vint le matin, l'orage était passé, allant vers Lothlann à l'est, et un soleil d'automne se leva, vif et chaleureux. Pensant que Túrin s'était enfui très loin et que la pluie avait effacé toute trace de son passage, les Orcs levèrent en hâte leur camp et partirent sans faire aucune recherche. Gwindor les vit s'éloigner sur le sable fumant d'Anfauglith, s'en retournant les mains vides vers Morgoth en laissant derrière eux le fils d'Húrin assis sur les pentes de Taur-nu-Fuin, hagard et comme halluciné, chargé d'un fardeau plus lourd que toutes leurs chaînes.

Gwindor fit lever Túrin pour l'aider à enterrer Beleg, et il était comme celui qui marche tout en dormant. Ils couchèrent ensemble Beleg dans une tombe peu profonde et placèrent à côté de lui son arc Belthronding, taillé dans le bois noir d'un if. Gwindor prit pour lui Anglachel, le terrible glaive, disant qu'il lui valait mieux se venger sur les serviteurs de Morgoth que de rester en terre, et il prit aussi les *lembas* de Melian pour leur donner des forces.

Ainsi finit Beleg l'Arc de Fer, le plus fidèle des amis, le plus grand chasseur de tous ceux qui parcoururent les forêts de Beleriand dans les Temps Anciens, mort de la main de celui qu'il aimait le plus. La souffrance qui se grava sur le visage de Túrin ne s'effaça jamais, mais le courage et la force étaient revenus à Gwindor et lui firent quitter Taur-nu-Fuin. Ils errèrent longtemps ensemble sur de durs chemins, et Túrin ne dit jamais un mot. Il marchait sans volonté et sans but tandis que l'année passait et que l'hiver s'avançait sur les terres du Nord. Gwindor était toujours là pour le guider ou le protéger, et ils purent ainsi franchir le Sirion et arriver enfin à Eithel Ivrin, les sources de Narog, aux pieds des Montagnes de l'Ombre. Là, Gwindor s'adressa à Túrin :

– Eveille-toi, Túrin, fils de Húrin Thalion! Le lac d'Ivrin est plein d'une joie inépuisable. Son eau lui vient toujours des sources cristallines et c'est Ulmo, le Seigneur des Eaux, l'artisan de sa beauté au temps jadis, qui la garde de toute souillure.

Túrin se mit à genoux et but de cette eau et soudain il s'écroula. Ses larmes purent enfin couler et il fut guéri de sa folie.

Alors il composa un chant en l'honneur de Beleg, qu'il appela *Laer cu Beleg*, le Chant de l'Arc de Fer, et qu'il chanta tout haut au mépris du danger. Gwindor remit Anglachel entre ses mains et Túrin sentit qu'elle était lourde et forte, que sa puissance était grande, mais il vit que l'acier en était terne et noirci et les tranchants émoussés. Gwindor lui dit alors :

– C'est une épée étrange, différente de toutes celles que j'ai vues sur les Terres du Milieu. Elle pleure Beleg comme tu le fais. Mais console-toi, car je retourne à Nargothrond, de la maison de Finarfin, et tu vas venir avec moi pour te soigner et vivre à nouveau.

– Qui es-tu? dit Túrin.

– Un Elfe vagabond, un esclave évadé, que Beleg a trouvé et soigné, répondit Gwindor. Autrefois j'étais Gwindor, fils de Guilin, un des princes de Nargothrond, jusqu'à ce que j'aille à Nirnaeth Arnoediad et que je sois fait prisonnier d'Angband.

– Et as-tu vu là-bas Húrin, fils de Gador, le guerrier de Dor-lómin? demanda Túrin.

– Je ne l'ai pas vu, mais on murmure à Angband qu'il défie encore Morgoth et que celui-ci l'a maudit ainsi que tous ses parents.

– Je le crois volontiers, répondit Túrin.

Ils se levèrent alors, quittèrent Eithel Ivrin et suivirent les rives du Narog vers le sud où ils furent pris par des Elfes en patrouille et emmenés prisonniers dans la forteresse cachée. C'est ainsi que Túrin entra à Norgothrond.

Gwindor, au début, ne fut pas reconnu par les siens. Il était parti jeune et vigoureux, il paraissait maintenant l'un des plus vieux des mortels, tant il avait connu de souffrances et de travaux. Mais Finduilas, la fille du Roi Orodreth, le reconnut et le reçut avec joie, car elle l'avait aimé avant Nirnaeth et lui-même la trouvait si belle qu'il l'avait appelée Faelivrin, l'éclat du soleil sur les fontaines d'Ivrin. Túrin fut admis à Nargothrond en l'honneur de Gwindor et y fut bien reçu, mais lorsque Gwindor voulut faire connaître son nom, il l'en empêcha en disant :

– Je suis Agarwaen, le fils d'Ulwarth (le sanglant, fils du maudit), un chasseur des bois.

Les Elfes de Nargothrond ne le questionnèrent pas davantage.

Dans les temps qui suivirent, Túrin monta en faveur auprès d'Orodreth et presque tous ceux de Nargothrond se prirent à l'aimer. Il était jeune, il venait seulement d'atteindre l'âge adulte et son aspect en faisait le digne fils de Morwen Eledhwen : la peau blanche et les cheveux noirs, les yeux gris et beaucoup plus beau de visage qu'aucun des mortels qui vivaient au temps jadis. Son langage et son allure étaient ceux de l'ancien royaume de Doriath et les Elfes eux-mêmes eussent pu le croire sorti d'une des grandes maisons des Noldor. Beaucoup l'appelaient Adanedhel, l'Homme-Elfe. L'épée Anglachel fut reforgée par les habiles artisans de Nargothrond : elle resta noire mais le fil en brillait d'un feu pâle, et il la rebaptisa Gurtharig, l'Acier de Mort. Son courage et ses exploits sur les confins de la Plaine Fortifiée furent tels que lui-même fut connu sous le nom de Mormegil, l'Epée Noire, et les Elfes disaient :

– Rien ne peut tuer Mormegil, sauf par hasard ou par une flèche venue de loin.

Et ils lui donnèrent une cotte de mailles faite par les Nains, pour le protéger. Son humeur sévère lui fit trouver dans l'armurerie un masque de Nain tout doré qu'il mettait à la bataille et qui faisait fuir les ennemis à sa vue.

Finduilas, contre sa volonté, sentit son cœur se détourner de Gwindor et son amour se porter vers Túrin sans que celui-ci s'en doutât. Le cœur déchiré, Finduilas devint triste, pâle et silencieuse. Gwindor remuait de sombres pensées et un jour il parla à Finduilas et lui dit :

– Fille de la maison de Finarfin, que nulle peine ne reste entre nous. Morgoth a eu beau détruire ma vie je t'aime toujours. Va donc où l'amour te mène, mais prends garde ! Il n'est pas convenable que les Premiers Enfants d'Ilúvatar épousent les Nouveaux Venus, et cela n'est pas sage, car leur vie est brève, ils passent vite et nous laisseraient en veuvage tant que le monde durerait. Et le destin qui nous gouverne ne le permettra pas, sauf une fois ou deux, pour des raisons si lointaines que nous les ignorons. Et Beren n'est pas cet homme-là. Il y a bien sûr l'ombre du destin, mais une ombre funeste. N'y entre pas ! Si tu le fais, ton amour trahi t'apportera la souffrance et la mort. Ecoute-moi ! S'il s'appelle ici *agarwaen* fils d'*umarth*, son vrai nom est Túrin le fils d'Húrin qui est prisonnier de Morgoth, lequel a maudit tous les siens. Ne doute pas du pouvoir de Morgoth Bauglir ! N'est-il pas gravé sur mon corps ?

Finduilas resta longtemps à méditer, puis elle dit seulement :

– Túrin, fils de Húrin, ne m'aime pas et ne m'aimera pas.

Quand Túrin apprit de Finduilas ce qui s'était passé, il se mit en colère et dit à Gwindor :

– Tu m'as sauvé et protégé; je t'aimais pour cela, mais tu m'as fait du tort, mon ami, en livrant mon vrai nom. Tu as rappelé sur moi le destin auquel je voulais échapper.

Mais Gwindor répondit :

– C'est sur toi que pèse le destin, pas sur ton nom.

Quand Orodreth apprit que Mormegil était en fait le fils de Húrin Thalion, il lui fit grand honneur et Túrin devint l'un des puissants de Nargothrond. Pourtant il n'aimait pas leur manière de faire la guerre, les embuscades, les ruses et les archers invisibles. Il regrettait les batailles, la bravoure à découvert, et ses avis prirent de plus en plus de poids auprès du Roi. Bientôt les Elfes de Nargothrond quittèrent leurs cachettes et livrèrent des batailles en terrain découvert. Ils fabriquèrent de grandes quantités d'armes et construisirent sur les conseils de Túrin un pont immense qui franchissait le Narog devant les Portes de Felagund, afin que leurs troupes puissent sortir en masse. Les créatures de Morgoth furent chassées des terres qui s'étendaient à l'est entre les Narog et le Sirion, et à l'ouest jusqu'au Nenning et Falas désertées. Gwindor s'opposait sans cesse à Túrin au conseil du Roi, disant que sa tactique était funeste, mais personne ne l'écoutait et il tomba en disgrâce, d'autant que ses faibles forces l'empêchaient d'être aux premiers rangs des combats. Nargothrond fut ainsi découverte à la haine et à la rage de Morgoth, mais le vrai nom de Túrin ne fut pas dévoilé à sa demande, et si la rumeur de ses exploits parvint à Doriath et aux oreilles de Thingol, elle ne parlait que de l'Epée Noire de Nargothrond.

En ces temps d'espoir et de répit, quand le pouvoir de Morgoth fut repoussé à l'ouest du Sirion grâce aux exploits de Mormegil, Morwen s'enfuit enfin de Dorlómin avec sa fille Nienor et entreprit le voyage aventureux qui devait la conduire au palais de Thingol. Là, de nouvelles épreuves l'attendaient, car Túrin avait disparu et Doriath n'en avait plus de nouvelles depuis que le Heaume du Dragon avait quitté les terres à l'ouest du Sirion. Elles restèrent toutes les deux à Doriath où elles furent traitées avec honneur par Thingol et Melian. Après que quatre cent quatre-vingt-quinze ans se furent écoulés depuis la venue de la Lune, il arriva qu'un certain printemps deux Elfes se présentèrent à Nargothrond : Gelmir et Arminas. Ils venaient du peuple d'Angrod mais vivaient dans le Sud depuis Dagor Bragollach, chez Círdan le Charpentier. De ces terres lointaines ils rapportèrent qu'un grand rassemblement d'Orcs et de créatures maudites se tenait sous les feuillages d'Ered Wethrin et au Passage du Sirion. Ils dirent aussi qu'Ulmo était venu prévenir Círdan qu'un grand danger menaçait Nargothrond.

– Ecoutez les paroles du Seigneur des Eaux! dirent-ils au Roi. Voici ce qu'il a dit à Círdan le Charpentier : « Le Démon du Nord a souillé les sources du Sirion, et mon pouvoir se retire des eaux courantes. Mais il doit arriver pire encore. » Va donc dire au Prince de Nargothrond : « Ferme les portes de ta forteresse et n'en sors plus. Jette les pierres de ton orgueil dans le tumulte du fleuve afin que le démon qui rampe ne puisse trouver les portes. »

Orodreth fut troublé par les sombres paroles des messagers, mais Túrin ne voulut rien entendre de ces conseils et il ne voulait surtout pas qu'on détruisît le pont, car il était devenu dur et orgueilleux et voulait que toutes choses soient faites à son gré.

Peu après Handir, le Seigneur de Brethil fut tué par les Orcs qui envahirent ses terres. Handir leur livra bataille mais ses hommes furent défaits et repoussés dans leurs forêts. Puis, à l'automne, ayant choisi son moment, Morgoth lâcha sur le peuple de Narog la grande armée qu'il préparait depuis longtemps. Glaurung Uruloki traversa Anfauglith et atteignit le cours supérieur du Sirion où il fit de grands ravages. Il souilla le lac d'Eithel Ivrin, à l'ombre d'Ered Wethrin, passa au royaume de Nargothrond et incendia Talath Dirnen, la Plaine Fortifiée, entre le Narog et le Teiglin.

Alors les guerriers de Nargothrond s'avancèrent.

Túrin ce jour-là paraissait immense et terrible, il marchait à main droite d'Orodreth et inspirait courage à toute l'armée. Mais les légions de Morgoth étaient plus nombreuses que n'avaient dit les éclaireurs et nul ne pouvait tenir à l'approche de Glaurung, sauf Túrin muni de son masque de Nain. Les Elfes durent reculer, ils furent repoussées par les Orcs dans la plaine de Tumhalad, entre le Ginglith et le Narog, d'où ils ne pouvaient sortir. Ce jour-là, l'orgueil et l'armée de Nargothrond disparurent ensemble. Orodreth fut tué au premier rang et Gwindor fut blessé à mort. Mais Túrin vint à son aide, car tout s'enfuyait devant lui, et il emporta Gwindor hors de la mêlée, gagna la forêt et l'étendit sur l'herbe.

Alors Gwindor lui dit :

– Tu m'as porté comme je t'ai porté! mais mon geste était maudit et le tien est vain. Mes blessures sont sans retour et je dois quitter les Terres du Milieu. Et bien que je t'aime, ô fils de Húrin, je maudis le jour où je t'ai repris aux Orcs. Si ce n'étaient ton courage et ton orgueil, j'aurais encore et la vie et l'amour et Nargothrond tiendrait encore un temps. Maintenant, si tu m'aimes, laisse-moi! Cours à Nargothrond et sauve Finduilas. Et je te dis encore ceci : elle seule se tient entre toi et ton destin. Si tu manques à Finduilas, ton destin ne te manquera pas. Adieu!

Túrin revint en toute hâte à Nargothrond, rassemblant en chemin les fuyards qu'il trouva. Ce jour-là, un grand vent faisait tomber les feuilles des arbres, car l'automne laissait place au dur hiver. Mais Glaurung le Dragon et les Orcs arrivèrent avant lui, par surprise, avant que la garde fût avertie de ce qui s'était passé à Tumhalad. Le pont de Nargothrond montra ce jour-là le mal qu'il pouvait faire. Il était si grand et si bien construit qu'on ne pouvait le détruire assez vite et l'ennemi traversa le fleuve sans encombre. Glaurung vint jeter ses flammes sur les Portes de Felagund, les renversa et pénétra dans la forteresse.

A l'arrivée de Túrin, le pillage de Nargothrond était presque achevé. Les Orcs avaient tué ou emmené tous les hommes en armes, ils dévastaient les palais et les maisons, pillant et détruisant tout sur leur passage. Ils avaient conduit les femmes et les jeunes filles qu'ils avaient épargnées sur les terrasses qui s'étendaient devant les Portes, pour être emmenées comme esclaves de Morgoth. Túrin découvrit cette vision de malheur et de ruine et rien ne put ou ne voulut lui résister. Il abattit tous ceux qu'il rencontra pour se tailler un chemin vers les captives.

Ceux qui, en petit nombre, l'avaient suivi s'étaient enfuis, il resta seul et, à ce moment, Glaurung apparut dans les portes béantes et se mit entre Túrin et le pont. Soudain il parla, grâce à l'esprit malin qui était en lui :

– Salut, fils de Húrin. A nous !

Túrin bondit, se jeta vers le dragon, et les tranchants de Guthang brillèrent comme du feu. Glaurung reçut le coup sans broncher et ouvrit tout grands ses yeux de serpent qu'il dirigea sur Túrin. Túrin les regarda sans crainte et leva son épée, c'est là qu'il tomba sous l'effet paralysant des yeux sans paupières et ne bougea plus. Il resta longtemps comme une statue de pierre, seul avec son ennemi dans le silence, devant les portes de Nargothrond. Glaurung parla encore pour le provoquer :

– Tu t'es bien mal conduit, fils de Húrin. Fils ingrat, hors-la-loi, meurtrier de ton ami, voleur d'amour, usurpateur de Nargothrond, capitaine imprudent, et déserteur des tiens. Ta mère et ta sœur sont esclaves à Dor-lómin, dans la misère et le besoin. Tu es vêtu comme un prince alors qu'elles sont en haillons, elles implorent ta venue alors que tu les ignores. Ton père serait heureux de savoir qu'il a fait un tel fils, et il le saura.

Túrin, ensorcelé par Glaurung, entendit ces paroles, se vit comme dans un miroir déformant et fut pris de haine contre lui-même.

Pendant que les yeux du dragon lui maintenaient l'esprit à la torture et qu'il ne pouvait bouger, les Orcs emmenèrent les captives qui passèrent près de Túrin pour traverser le pont. Finduilas était parmi elles, elle pleura en passant près de lui, mais Glaurung ne le lâcha pas avant que les cris et les plaintes des femmes ne se fussent perdus sur la route du Nord, et il ne put s'empêcher d'entendre cette voix qui ne cessa de le hanter.

Soudain, Glaurung leva son regard puis attendit. Túrin remua lentement, comme s'il s'éveillait d'un cauchemar, puis il revint à lui et dans un cri, s'élança sur le dragon. Glaurung rit et lui dit :

— Si tu veux être tué, je le ferai volontiers. Mais cela n'aidera guère Morwen Nienor. Tu n'as rien dit aux cris de la femme-elfe, renieras-tu aussi l'appel de ton sang ?

Túrin leva son glaive et voulut percer les yeux de la bête qui se releva vivement et dit, en le dominant de toute sa hauteur :

— Non ! Au moins tu es vaillant, plus vaillant que tous ceux que j'ai rencontrés. Et ils mentent ceux qui disent que nous n'honorons pas nos ennemis valeureux. Vois donc ! Je t'offre ta liberté. Va vers les tiens, si tu le peux. Va-t'en ! Et s'il reste un Elfe ou un Humain pour chanter cette journée, il t'accablera de mépris si tu refuses ce don.

Túrin, encore sous l'effet des yeux du dragon, et comme s'il traitait avec un ennemi capable de pitié, crut ce que lui disait Glaurung et fit demi-tour pour traverser le pont. La voix de Glaurung le suivit encore, avec un ton cruel :

— Va vite maintenant, fils de Húrin, à Dor-lómin ! Mais peut-être les Orcs arriveront-ils avant toi, comme ici. Et si tu t'attardes à chercher Finduilas, tu ne reverras jamais Morwen, de ta vie tu ne verras Nienor, ta sœur et elles te maudiront.

Túrin s'éloigna sur la route du Nord et Glaurung

rit une fois encore, car il avait accompli la mission de son maître. Puis il se tourna vers son plaisir, lança sa flamme et brûla tout autour de lui. Il réunit tous les Orcs occupés à piller, les emmena et leur enleva leur butin jusqu'à la moindre parcelle. Enfin il fit s'écrouler le pont dans l'écume du Naurog, se trouva ainsi en sûreté, rassembla toutes les dépouilles et les trésors de Felagund, les mit en tas et se coucha dessus dans la plus profonde des cavernes, où il se reposa quelque temps.

Túrin se hâtait sur la route du Nord, à travers les terres désormais dévastées qui étaient entre le Narog et le Teiglin. Un cruel hiver s'abattit à sa rencontre car, cette année-là, la neige tomba avant la fin de l'automne tandis que le printemps fut tardif et sans chaleur. Il lui semblait entendre en marchant les cris de Finduilas qui l'appelait par-delà les bois et les collines. Son angoisse était grande, mais les mensonges de Glaurung étaient encore chauds dans son cœur et il avait sans cesse devant les yeux l'image des Orcs brûlant la maison de Húrin, mettant Morwen et Nienor à la torture, et il continua son chemin sans jamais s'en écarter.

Epuisé par un long voyage sans trêve et sans repos (car il avait fait plus de quarante lieues sans s'arrêter) il arriva enfin aux fontaines d'Ivrin lors des premières glaces de l'hiver. C'est là qu'il s'était déjà soigné, mais le lac n'était plus qu'un miroir gelé, et il ne put y boire.

Il eut alors du mal à franchir les cols de Dorlómin, à cause de la neige féroce qui venait du nord, et à retrouver le pays de son enfance. Il était maintenant vide et nu et Morwen était partie. Sa maison était vide, ouverte et glaciale, nul être vivant ne l'habitait. Túrin alla donc à la maison de Brodda l'Oriental, celui qui avait pris pour femme une parente d'Húrin, Aerin, et il apprit d'un vieux serviteur que Morwen était partie depuis longtemps, qu'elle s'était enfuie de Dor-lómin avec Nienor pour aller nul ne savait où, sauf Aerin.

Alors Túrin s'avança vers la table de Brodda, se saisit de lui et tira son épée. Il demanda qu'on lui dît où était allée Morwen et Aerin lui répondit qu'elle était partie chercher son fils à Doriath.

– Car alors le pays était protégé du démon par l'Epée Noire venue du Sud, celle qui est maintenant tombée, dit-on.

Túrin sentit enfin ses yeux s'ouvrir, les derniers liens du charme de Glaurung se brisèrent, il fut frappé de souffrance et de rage devant les mensonges qui l'avaient égaré, de haine pour les oppresseurs de Morwen, une folie noire s'empara de lui. Il tua Brodda devant sa propre table, et tous les Orientaux qui étaient ses invités avant de s'enfuir dans le froid comme un homme traqué. Il trouva de l'aide auprès des restes du peuple d'Hador qui connaissaient la vie du désert. Il put grâce à eux échapper à la neige et atteindre un refuge de proscrits dans les montagnes au sud de Dor-lómin. Il quitta une fois de plus le pays de son enfance et retrouva la vallée du Sirion, le cœur amer, car il n'avait apporté à Dor-lómin qu'un malheur de plus aux rares survivants de son peuple qui furent heureux de le voir partir. Son seul réconfort était de savoir que les exploits de l'Epée Noire avaient ouvert le chemin de Doriath à Morwen. Et il se disait en lui-même : « Quelles sont donc les actions qui ne font aucun mal ? Et qu'aurais-je pu faire d'autre pour servir les miens, même si j'étais venu plus tôt ? Car si l'Anneau de Melian est brisé, le dernier espoir est mort. Non, il vaut mieux qu'il en soit ainsi, j'apporte la nuit là où je vais. Que Melian les garde ! Et je les laisserai en paix, sans leur porter outrage. »

Alors Túrin descendit l'Ered Wethrin pour chercher vainement Finduilas, parcourant les forêts qui bordaient la montagne, sauvage et méfiant comme une bête, s'embusquant à toutes les routes qui allaient au nord vers le passage du Sirion. Mais il était trop tard, les pistes étaient trop anciennes ou effacées par l'hiver. C'est ainsi qu'en descendant le cours du Teiglin, Túrin tomba sur des Humains de Brethil encerclés par des Orcs et qu'il les délivra, car les Orcs s'enfuirent devant Gurthang. Il se nomma le Sauvage des Bois et ils le supplièrent de les suivre et de vivre avec eux, mais il leur répondit que sa mission n'était pas achevée, qu'il cherchait Finduilas, la fille du roi Orodreth de Nargothrond. Et Dorlas, le chef de ces hommes des bois, lui apporta la douloureuse nouvelle de sa mort. Car les Humains de Brethil avaient pris en embuscade au Carrefour de Teiglin la troupe qui conduisait les captives de Nargothrond, espérant les délivrer, mais les Orcs avaient aussitôt abattu cruellement leurs prisonnières. Pour Finduilas, ils la clouèrent d'une flèche à un arbre, et elle mourut en disant :

– Dites à Mormegil que Finduilas est là.

Ils l'avaient enterrée sous un monticule près de là, qu'ils avaient nommé Haudh-en-Elleth, le Mont de la Jeune Elfe.

Túrin leur demanda de le conduire à la tombe, où il tomba dans une douleur si noire qu'elle était presque la mort. A cause de l'Epée Noire, dont la renommée avait même pénétré au plus profond de Brethil et parce qu'il recherchait la fille du roi, Dorlas comprit que ce Sauvage était en fait Mormegil de Nargothrond, dont on disait que c'était le fils d'Húrin de Dor-lómin. Alors les hommes de Brethil le soulevèrent et l'emportèrent chez eux. Leurs maisons construites sur une hauteur étaient entourées d'une palissade, c'était Elphel Brandir sur la colline d'Amon Obel. Le peuple d'Haleth avait été décimé par la guerre et le seigneur qui les gouvernait, Brandir fils de Handin, était un homme d'humeur calme, infirme depuis l'enfance, et qui se fiait plus au secret qu'aux exploits guerriers pour se protéger des puissances du Nord. C'est pourquoi les nouvelles apportées par Dorlas l'inquiétèrent : un nuage prémonitoire passa sur son cœur quand il vit le visage de Túrin sur sa civière. Il fut pourtant touché par son malheur, le prit dans sa propre maison et le soigna lui-même, car il connaissait l'art de guérir. Et Túrin, à la venue du printemps, sortit de sa nuit et retrouva la santé. Quand il fut debout il pensa rester caché à Brethil en laissant son ombre derrière lui avec tout son passé. Il prit un nouveau nom, Turambar, ce qui signifie dans l'ancienne langue elfe le Maître du Destin, et supplia les habitants des forêts d'oublier qu'il était étranger parmi eux ou qu'il eût jamais porté un autre nom. Il n'abandonnait pas complètement la guerre : comme il ne supportait pas que les Orcs pussent venir au Carrefour de Teiglin et s'approcher de Haudhen-Elleth, il fit de cet endroit un lieu de terreur où ils n'osaient plus venir. Mais il laissa de côté son épée noire et se servit plutôt de son arc et d'une lance.

D'autres nouvelles de Nargothrond parvinrent à Doriath : ceux qui avaient échappé à la défaite et au pillage et qui avaient survécu aux rigueurs de l'hiver dans les contrées sauvages vinrent enfin se réfugier chez Thingol et les garde-frontières les conduisirent devant le Roi. Certains dirent que les ennemis s'étaient retirés vers le nord, d'autres que Glaurung était encore dans les cavernes de Felagund. Il y en eut qui croyaient que Mormegil était mort, d'autres pour affirmer que le dragon l'avait ensorcelé et qu'il était encore devant le pont, comme changé en pierre. Et tous déclarèrent qu'à la fin presque tout Nargothrond savait que Mormegil n'était autre que Túrin, le fils de Húrin de Dor-lómin.

Morwen, frappée de douleur, repoussa les conseils de Melian et partit seule dans la campagne pour chercher son fils ou apprendre la vérité sur son sort. Thingol envoya Mablung après elle, avec de solides guerriers, pour qu'ils la retrouvent et la protègent et aussi apprendre ce qu'ils pourraient. On dit à Nienor de rester à Doriath, mais un même sang intrépide coulait dans ses veines et, un jour funeste, espérant que Morwen reviendrait en voyant que sa fille venait partager les mêmes dangers, Nienor se déguisa, prit l'apparence d'un sujet de Thingol et se lança dans cette entreprise malheureuse.

Mablung rattrapa Morwen sur les rives du Sirion et la supplia de revenir à Menegroth, mais elle était comme folle et ne se laissa pas convaincre. Puis Nienor se montra devant elle et refusa de rentrer malgré l'ordre de sa mère. Mablung dut alors les mener aux barques cachées près des Lacs du Crépuscule et ils passèrent le fleuve. Trois jours de voyage les menèrent à Amon Ethir, le Mont des Espions, que Felagund avait fait édifier jadis à grand-peine, une lieue avant les portes de Nargothrond. Mablung fit garder Morwen et sa fille par un cercle de guerriers, leur interdit d'aller plus loin, et comme il ne voyait aucun ennemi du haut de la colline, il descendit vers le Narog avec ses éclaireurs, aussi prudemment qu'il le put.

Glaurung avait pourtant senti leur présence, il sortit comme une flamme enragée et se jeta dans le fleuve d'où s'éleva un nuage de vapeur nauséabonde. Mablung et sa troupe, aveuglés, se perdirent, et Glaurung traversa le Narog. Les gardes restés sur Amon Ethir virent la charge du dragon et voulurent s'enfuir en hâte vers l'est avec Morwen et Nienor, mais le vent porta vers eux le brouillard aveuglant et l'odeur du monstre affola leurs chevaux qui s'emballèrent, courant dans tous les sens. Certains se tuèrent en se jetant contre les arbres, d'autres galopèrent au loin, et les deux femmes disparurent. Doriath n'eut plus jamais de nouvelles sûres de Morwen, tandis que Nienor, jetée bas de son coursier, mais sans être blessée, retrouva le chemin d'Amon Ethir, pour y attendre Mablung. Elle dépassa le brouillard, retrouva la lumière du soleil et regarda vers l'ouest, droit dans les yeux de Glaurung dont la tête reposait sur le sommet de la colline.

Elle lutta quelques instants contre la volonté du dragon, mais celui-ci, usant de son pouvoir, sut qui elle était et la força à soutenir son regard. Il jeta sur elle un sort de ténèbres et d'oubli complet, elle ne se rappela plus rien de ce qui lui était arrivé, ni son nom ni celui d'aucune chose, et pendant longtemps elle ne put ni entendre, ni voir, ni même bouger de sa propre volonté. Glaurung la laissa seule, debout sur Amon Ethir, et rentra à Nargothrond.

Mablung, qui avait eu l'audace d'explorer les cavernes de Felagund quand Glaurung les avait quittées, s'enfuit au retour du dragon et revint à Amon Ethir. Le soleil se coucha et la nuit tomba comme il montait sur la colline où il ne trouva plus personne que Nienor debout sous les étoiles comme une image de pierre. Elle ne parlait ni entendait, mais elle le suivait s'il lui prenait la main. Alors, frappé de douleur, il l'emmena avec lui, sans espoir, car ils étaient tous deux destinés à périr, seuls et sans aide dans ce pays sauvage.

Trois des compagnons de Mablung les trouvèrent pourtant et ils remontèrent lentement vers le nord et l'est, vers le royaume de Doriath, au-delà du Sirion, jusqu'au pont fortifié proche du confluent de l'Esgalduin. Les forces de Nienor lui revenaient lentement à mesure qu'ils approchaient, mais elle ne pouvait encore ni parler ni entendre et il fallait la conduire comme une aveugle. Enfin, comme ils arrivaient près de la frontière, ses yeux vides se fermèrent et elle put dormir. Ils la couchèrent et se reposèrent eux aussi sans penser à rien, tant ils étaient las. C'est là qu'ils furent attaqués par une bande d'Orcs comme il en venait souvent la nuit rôder près des frontières de Doriath. A ce moment Nienor retrouva la vue et l'entendement, les cris des Orcs la réveillèrent et de terreur elle bondit et se sauva avant qu'ils pussent la prendre.

Les Orcs la suivirent, mais les Elfes leur coururent après, les rattrapèrent et les tuèrent avant qu'ils lui eussent fait du mal. Nienor n'arrêta pas sa course, elle fuyait comme une biche affolée de terreur en arrachant ses vêtements, jusqu'à être nue. Elle disparut à leur vue vers le nord, et de longues recherches ne leur permirent pas de la trouver, ni aucune de ses traces. De désespoir Mablung revint à Menegroth et raconta ce qui s'était passé. Thingol et Melian furent plongés dans l'affliction et Mablung repartit chercher en vain Morwen et Nienor.

Celle-ci courut dans la forêt jusqu'à l'épuisement, puis elle tomba et s'endormit. Elle se réveilla au soleil du matin et se réjouit de la lumière comme si c'était pour elle une nouveauté, tout ce qu'elle voyait lui semblait neuf, étrange, et elle n'avait de noms pour aucune chose. Elle ne se souvenait de rien sauf d'une ombre derrière elle, et de la peur. Elle bougeait avec précaution, comme un animal traqué, et la faim la prit, car elle n'avait rien à manger ni ne savait se nourrir. Elle trouva le Carrefour de Teiglin et le traversa, cherchant l'abri des grands arbres de Brethil, dans son inquiétude, car il lui semblait que la nuit qu'elle avait fuie venait la rattraper.

C'était une tempête d'orage qui arrivait du sud : de terreur elle se jeta sur le monticule de Haudh-en-Elleth, se bouchant les oreilles à cause du tonnerre. La pluie tomba et la mouilla tout entière, et elle gisait comme une bête mourante. C'est là que la trouva Turambar, en allant au Carrefour de Teiglin parce qu'il avait entendu que des Orcs y rôdaient. Il vit à la lueur des éclairs comme le corps d'une jeune fille qu'on aurait tuée sur la tombe de Finduilas et fut frappé au cœur. Mais les hommes des bois la relevèrent. Turambar jeta son manteau sur elle et ils l'emportèrent dans une hutte où elle se réchauffa et put se restaurer. Dès qu'elle eut jeté les yeux sur Turambar elle fut réconfortée, il lui sembla qu'elle avait enfin trouvé ce qu'elle avait cherché dans sa nuit et elle refusait d'en être séparée. Quand il lui demanda son nom, sa famille et ses mésaventures, elle se troubla comme un enfant qui comprend qu'on lui demande quelque chose sans savoir quoi au juste et elle se mit à pleurer. Turambar lui dit alors :

– Ne t'inquiète pas. Ton histoire peut attendre. Mais je vais te donner un nom. Je t'appellerai Niniel, la Jeune Fille en Pleurs.

A cela elle secoua la tête mais répondit « Niniel », le premier mot qu'elle prononça après être sortie de la nuit, et ce nom resta toujours le sien pour les hommes de la forêt.

Ils la menèrent le lendemain vers Elphel Brandir, mais quand ils furent à Dimrost, les Marches de la Pluie, là où le torrent sauvage du Celebros plongeait dans le Teiglin, elle fut prise d'un grand tremblement et depuis, cet endroit fut nommé Nen Girith, l'Eau du Frisson. Avant d'atteindre la demeure des Humains d'Amon Obel, elle fut prise d'une fièvre et resta longtemps malade, soignée par une femme de Brethil qui lui apprenait à parler comme si c'était une enfant. Les talents de Brandir la guérirent avant l'automne et elle put parler, sans rien se rappeler pourtant de sa vie avant que Turambar l'eût découverte sur la colline de Haudh-en-Elleth. Brandir l'aimait, mais le cœur de Niniel était tout entier tourné vers Turambar.

A cette époque, les hommes de Brethil n'étaient pas inquiétés par les Orcs, Turambar n'allait pas guerroyer et le pays connaissait la paix. Le cœur de Turambar se tourna vers Niniel et il la demanda en mariage mais, malgré son amour, elle retarda sa réponse. Car Brandir craignait il ne savait quoi et tentait de la retenir, par égard pour elle plutôt que pour Turambar ou par rivalité avec lui. Il lui apprit que Turambar était Túrin, le fils de Húrin, et bien qu'elle ignorât ce nom, une ombre vint sur son esprit.

Quand trois ans eurent passé depuis le sac de Nargothrond, Turambar demanda de nouveau la main de Niniel et jura qu'il l'épouserait ou qu'il retournerait faire la guerre au loin. Niniel accepta avec joie et les noces eurent lieu au milieu de l'été. Les habitants de Brethil en firent une grande fête. Mais, à la fin de l'année, Glaurung envoya les Orcs qu'il commandait attaquer Brethil, et Turambar ne bougea pas de chez lui, ayant promis à Niniel qu'il n'irait se battre que si leurs maisons étaient attaquées. Les hommes des bois eurent le dessous, Dorlas lui reprocha de ne pas aider ceux qu'il avait choisis pour siens et Turambar sortit à nouveau son épée noire. Il rassembla une grande armée et vainquit les Orcs sans retour. Mais Glaurung apprit que l'Epée Noire était à Brethil et réfléchit aux perfidies qu'il allait inventer.

Niniel conçut au printemps suivant, ce qui la rendit pâle et triste, et en même temps arrivèrent à Elphel Brandir des rumeurs comme quoi Glaurung aurait quitté Nargothrond. Turambar envoya au loin des éclaireurs, puisqu'il commandait maintenant à son gré et que Brandir n'était plus guère écouté. A l'approche de l'été, Glaurung arriva aux frontières de Brethil, près des rives ouest du Teiglin, et le peuple de la forêt eut très peur, certain désormais que le Grand Ver allait les attaquer et dévaster leur pays au lieu de les laisser de côté, comme ils l'avaient espéré, pour remonter vers Angband. Ils demandèrent conseil à Turambar, qui leur dit qu'il serait vain d'envoyer le gros de leurs forces contre Glaurung et que seules la ruse et la chance pourraient leur donner la victoire. Il offrit d'aller chercher lui-même le dragon aux frontières pendant qu'ils resteraient à Elphel Brandir en préparant leur retraite. Car, si Glaurung était victorieux, il viendrait d'abord détruire les demeures des hommes des bois, et ils n'avaient aucune chance de lui résister, alors que, s'ils se dispersaient au loin, beaucoup pourraient en réchapper, car le dragon ne s'installerait pas à Brethil, il reviendrait bientôt à Nargothrond.

Turambar demanda des volontaires pour le suivre au milieu des dangers. Dorlas se présenta, nul autre. Dorlas alors fit honte à son peuple et dit de Brandir, avec mépris, qu'il ne se conduisait pas comme l'héritier de la maison d'Haleth. Brandir fut humilié devant son peuple, et en garda le cœur amer, mais Hunthor, un de ses parents, demanda à partir à sa place. Ensuite Turambar fit ses adieux à Niniel, la laissant pleine de terribles pressentiments, et leur séparation fut douloureuse, puis il partit vers Nen Girith avec ses deux compagnons.

Niniel, trouvant la peur insupportable et refusant d'attendre à Elphel des nouvelles du sort de Turambar, partit sur ses traces, suivie d'une troupe nombreuse. Brandir fut encore plus terrifié, il tenta de les convaincre de ne pas faire cette imprudence, mais ils ne l'écoutèrent point. Alors il renonça à son titre, répudia l'affection qu'il avait jadis éprouvée pour ceux qui, aujourd'hui, le méprisaient et, n'ayant plus rien au monde que son amour pour Niniel, il prit son épée pour la suivre, mais son infirmité le fit rester loin derrière.

Turambar déboucha sur Nen Girith au coucher du soleil et apprit que Glaurung était au bord des falaises du Teiglin mais s'en irait probablement à la nuit. Cela lui parut de bon augure : le dragon se trouvait à Cabed-en-Aras, là où le fleuve coulait au fond d'une gorge étroite et profonde qu'un cerf aurait pu franchir d'un saut. Il ne chercherait donc pas plus loin et essaierait de franchir cette gorge, se proposant pour cela de ramper à la faveur du crépuscule, de descendre à la nuit dans le ravin pour traverser le torrent avant de remonter sur la falaise et de surprendre le dragon.

C'est le plan qu'il suivit, mais le cœur manqua à Dorlas en arrivant devant les rapides du Teiglin et il n'osa pas entreprendre la dangereuse traversée. Il recula et se cacha dans les bois, couvert de honte.

Pourtant Turambar et Hunthor traversèrent sans encombre, le rugissement des eaux noyait tout autre bruit et Glaurung dormait. Mais il se réveilla au milieu de la nuit, jeta à grand bruit l'avant de son corps en travers de la gorge et traîna sa masse derrière lui. Turambar et Huntor furent presque étouffés par la chaleur et la puanteur, car ils étaient dessous et cherchaient à monter le plus vite possible. Hunthor fut tué par une grosse pierre délogée plus haut par le passage du dragon, qui vint le frapper à la tête et le projeter dans le torrent. Ainsi finit l'un des plus vaillants de la maison d'Haleth.

Turambar rassembla ses forces et son courage pour escalader la pente et arriva seul en dessous du dragon. Il tira son épée Gurthang et l'enfonça dans le ventre mou du Ver avec toute la force de son bras et de sa haine jusqu'à la garde. Glaurung hurla, sentant la mort venir, il jeta son énorme masse en avant et traversa le gouffre. Là, il roula et déroula ses anneaux dans les sursauts de son agonie, écrasant tout autour de lui, lançant feu et flamme jusqu'à ce qu'enfin il reste sans bouger et que ses feux s'éteignent.

Gurthang avait été arrachée de la main de Turambar par les sursauts de Glaurung, et elle était restée profondément enfoncée dans le ventre du dragon. Alors Turambar traversa de nouveau le fleuve pour reprendre son épée et contempler son ennemi qu'il trouva étendu de tout son long et tourné sur le côté, l'Epée Noire dépassant de son ventre. Turambar prit la poignée de Gurthang, posa le pied sur la bête et se moqua du dragon et de ce qu'il lui avait dit à Nargothrond :

– Salut, Ver de Mortgoth ! A nous encore ! Meurs maintenant, retourne à la nuit ! Ceci est la vengeance du fils d'Húrin.

Il arracha l'épée mais un flot de sang jaillit sur sa main, et le poison se mit à le brûler. Glaurung ouvrit les yeux et regarda Turambar avec une telle haine qu'il en reçut comme un coup et ce coup ajouté au poison le plongea dans une nuit profonde : il tomba sur son épée comme s'il était mort.

Les hurlements de Glaurung retentissaient dans les bois, ils atteignirent les homme qui attendaient à Nen Girith, et quand ils virent au loin les ruines et les brasiers laissés par le dragon, ils crurent qu'il avait triomphé et s'employait à exterminer ses assaillants. Niniel s'assit en tremblant auprès de la cataracte, les ténèbres dont elle était sortie s'abattirent à nouveau sur elle, et elle fut incapable de bouger de sa propre volonté.

Brandir, revenant enfin à Nen Girith en boitant avec lassitude, la trouva ainsi. Quand il sut que le dragon avait traversé la rivière pour écraser ses ennemis, il fut pris de pitié pour Niniel, mais il pensa aussi : « Turambar est mort, mais Niniel est vivante. Il se peut qu'elle vienne vers moi et je l'emmènerai au loin pour fuir ensemble la menace du dragon. » Il s'arrêta un moment près d'elle puis lui dit :

– Viens ! Il est temps de partir. Si tu le veux, je te conduirai.

Il lui prit la main et elle se leva sans un mot pour le suivre. Nul ne les vit s'enfoncer dans la nuit.

Mais la lune se leva alors qu'ils allaient vers le Carrefour, une lueur grise éclaira la campagne et Niniel demanda :

– Est-ce le bon chemin ?

Brandir répondit qu'il n'en connaissait pas de bon, sinon de fuir Glaurung comme ils le pourraient et de se sauver dans le désert, mais elle répondit :

– L'Epée Noire était mon bien-aimé, il était mon mari. Je vais le retrouver. Que croyais-tu d'autre ?

Et elle le dépassa. Quand elle arriva au Carrefour de Teiglin et qu'elle aperçut Haudh-en-Elleth sous le blanc clair de lune, elle fut prise d'une grande peur, poussa un cri et s'en retourna en courant. Elle jeta son manteau et suivit la rivière vers le sud, sa robe blanche faisait une tache sous la lune.

Brandir la vit courir du haut de la colline, et tourna pour lui barrer le passage, mais il était encore loin derrière elle quand elle arriva aux ruines laissées par Glaurung près du bord de Cabed-en-Aras. Elle vit le corps du dragon mais ne s'en soucia point, car un homme était à côté. Elle courut vers Turambar, cria en vain son nom, vit que sa main était brûlée et la banda d'un morceau de sa robe en la baignant de ses larmes. Puis elle pleura et l'embrassa encore et encore pour le réveiller. Glaurung alors eut un dernier sursaut avant de mourir, et parla dans un dernier souffle :

– Salut, Nienor, fille de Húrin. Nous nous rencontrons une fois encore avant la fin. Je te donne la joie d'avoir enfin retrouvé ton frère, et de le connaître pour ce qu'il est : un lâche meurtrier, fourbe envers ses ennemis et trahissant ses amis, et maudit comme tous les siens : Túrin, fils de Húrin ! Mais tu peux sentir toi-même ce qu'il peut faire de pire.

Glaurung mourut enfin et Nienor fut délivrée du voile tissé par sa magie, elle se souvint de chaque jour de sa vie et regarda Túrin en s'écriant :

– Adieu, ô toi, deux fois aimé ! *A Túrin Turambar turun ambartanen* : maître du destin vaincu par le destin ! Quel bonheur de mourir !

Brandir, qui avait tout entendu, frappé de stupeur, debout au bord des ruines, s'avança vers elle, mais elle l'évita en courant, saisie d'horreur et de peur, arriva au bord de Cabed-en-Aras et se jeta dans le gouffre, où les eaux grondantes l'engloutirent.

Brandir vint regarder vers le fond, puis se détourna avec horreur. S'il ne voulait plus de la vie il ne pouvait non plus chercher la mort dans les eaux du torrent. Plus un homme depuis n'a regardé Cabed-en-Aras, nulle bête n'est venue boire, nul oiseau ne l'a survolé et aucun arbre n'y a poussé.

Son nom est devenu Cabed Naeramarth, le Saut du Destin.

Brandir reprit la route de Nen Girith pour informer son peuple, il rencontra Dorlas dans la forêt et le tua. Ce fut le premier sang qu'il versa, et le dernier. Quand il fut en vue de Nen Girith les hommes lui crièrent :

– L'as-tu vue ? Niniel est partie !

Et il répondit :

– Niniel est partie pour toujours. Le dragon est mort, Turambar est mort, et ce sont de bonnes nouvelles. (A ces mots, il y eut des murmures disant qu'il était fou, mais Brandir ajouta :) Ecoutez-moi jusqu'au bout ! Niniel, la bien-aimée, est morte, elle aussi. Elle s'est jetée dans le Teiglin, ne voulant plus de la vie, car elle a su qu'elle n'était autre que Niemor, la fille de Húrin de Dor-lómin, avant que l'oubli ne la prenne, et que Turambar était son frère, Túrin, fils de Húrin.

Mais, quand il eut fini de parler, provoquant les larmes de l'assistance, Túrin lui-même parut devant eux. Il était revenu de son évanouissement, à la mort du dragon, et il était tombé dans un profond sommeil. Puis le froid de la nuit avait troublé son sommeil et le contact du pommeau de Gurthang dans ses côtes l'avait réveillé. Il vit qu'on avait soigné sa main et se demanda pourquoi on l'avait tout de même laissé couché sur le sol glacé. Alors il appela et, n'obtenant pas de réponse, alla chercher du secours, car il était malade et épuisé.

Quand les hommes des bois le virent, ils reculèrent avec frayeur, pensant que son fantôme n'avait pas trouvé le repos, mais il leur parla :

– Non, soyez contents, car le dragon est mort, et moi, je suis vivant. Mais pourquoi n'avoir pas suivi mes conseils et vous être mis en danger ? Et où est Niniel ? Je veux la voir et sûrement vous ne lui avez pas fait quitter sa maison ?

Alors Brandir lui dit ce qu'il en était, et que Niniel était morte, mais la femme de Dorlas s'écria :

– Non, seigneur, il est fou. Il est venu en disant que tu étais mort, et il a dit que c'était une bonne nouvelle. Et tu es vivant.

Turambar, en colère, croyant que Brandir n'avait agi ou parlé que par malveillance envers lui et Niniel, jaloux de leur amour, insulta Brandir et l'appela Pied-Bot. Mais Brandir rapporta tout ce qu'il avait entendu, il dit que Niniel était Nienor, la fille de Húrin, et il répéta en criant à Turambar les derniers mots de Glaurung, qu'il était une malédiction pour les siens et pour tous ceux qui l'accueillaient.

Alors Turambar fut pris de rage, sentant dans ces paroles que son destin le rattrapait, et il accusa Brandir d'avoir conduit Niniel à la mort et de répandre avec joie les mensonges de Glaurung, s'il ne les avait pas inventés lui-même. Puis il maudit Brandir et enfin le tua, avant de s'enfuir dans la forêt. Au bout d'un temps, sa folie le quitta, il arriva à Haudh-en-Elleth, s'assit par terre et médita sur ce qu'il avait fait. Il implora Finduilas de lui porter conseil, ne sachant plus maintenant s'il valait mieux qu'il allât retrouver les siens à Doriath ou les abandonner à jamais et aller chercher la mort à la guerre.

Comme il était assis, Mablung arriva au Carrefour de Teiglin, suivi d'une troupe d'Elfes Gris. Il connaissait Túrin, le salua, heureux de le trouver encore vivant, car il avait appris la venue de Glaurung, savait qu'il se dirigeait vers Brethil et il avait aussi entendu dire que l'Epée Noire de Nargothrond vivait là-bas. Il venait alors prévenir Túrin et l'aider si besoin était, mais celui-ci répondit :

– Tu es venu trop tard. Le dragon est mort.

Ils furent émerveillés, et le couvrirent de louanges, mais il ne s'en souciait pas.

– Je vous demande seulement ceci : donnez aux miens de mes nouvelles, car j'ai appris qu'ils sont au Royaume caché.

Mablung, alors, effrayé, dut lui dire comment

Morwen avait disparu, que Nienor avait été plongée par magie dans un oubli profond et muet, qu'aux frontières de Doriath elle s'était échappée vers le nord. Túrin comprit enfin que sa malédiction l'avait retrouvé et qu'il avait tué Brandir injustement, accomplissant ainsi la prédiction de Glaurung. Il eut un rire de fou et dit :

– Quelle mauvaise farce, en vérité!

Puis il chassa Mablung, lui dit de rentrer à Doriath et d'être maudit.

– Et que maudite soit ta quête, aussi! Ce n'était rien encore. Maintenant vient la nuit!

Alors, devant les Elfes stupéfaits, il s'enfuit dans la nuit comme le vent. Ils se demandèrent quelle folie le prenait et partirent à sa recherche, mais il allait trop vite pour eux. Túrin arriva à Cabed-en-Aras, entendit le grondement du torrent, vit que toutes les feuilles étaient tombées des arbres comme si l'hiver était venu. Il tira son épée, le seul bien qui lui restait, et s'écria :

– Salut, Gurthang! Tu ne connais ni maître ni loyauté, sauf la main qui te tient. Aucun sang ne te fait peur. Veux-tu prendre alors celui de Túrin Turambar, veux-tu me tuer sans attendre?

Et une voix froide lui répondit, venue de l'épée :

– Oui, je boirai ton sang avec joie pour oublier le sang de Beleg, mon maître, et le sang de Brandir, tué injustement. Je te tuerai promptement.

Túrin posa la poignée sur le sol et se jeta sur la pointe. L'Epée Noire prit sa vie. Mablung et les Elfes arrivèrent, virent d'abord le corps de Glaurung, puis le cadavre de Túrin, et ils se lamentèrent. Quand les hommes de Brethil vinrent et qu'ils apprirent la raison de sa folie et de sa mort, ils restèrent consternés. Mablung dit amèrement :

– J'ai aussi été pris dans la malédiction des Enfants de Húrin, et mes paroles ont causé la mort de celui que j'aimais.

Quand ils relevèrent Túrin, ils virent que Gurthang s'était brisée en deux. Les Elfes et les Humains ramassèrent un grand tas de bois et dressèrent un bûcher immense où le dragon fut réduit en cendres. Ils élevèrent une tombe à Túrin, là où il était tombé, posèrent à ses côtés les tronçons de Gurthang et, quand tout fut terminé, les Elfes chantèrent une complainte pour les Enfants de Húrin. Une grande pierre grise fut posée sur la tombe, et ces mots y furent gravés dans les ruines de Doriath :

TÚRIN TULAMBAR DAGNIR GLAURUNGA

et dessous ils écrivirent aussi : NIENOR NINIEL.

Mais elle n'y était pas, et on ne sut jamais où l'avaient emportée les eaux froides du Teiglin.

22

LA RUINE DE DORIATH

Ainsi prit fin l'histoire de Túrin Turambar, mais Morgoth ne dormait pas, il ne se lassait pas du mal et n'avait pas fini de s'occuper de la maison d'Hador. Sa haine contre eux n'était jamais assouvie, bien qu'il eût Húrin sous ses yeux et que Morwen fût réduite à errer dans le désert.

Húrin subissait un sort cruel, car il devait connaître tous les méandres maléfiques de l'esprit de Morgoth, mensonges et vérités mêlés, de sorte que tout le bien était caché ou déformé. Morgoth cherchait surtout à éclairer d'un jour funeste tout ce qu'avaient jamais fait Thingol et Melian, car il les haïssait autant qu'il les craignait. Et quand il jugea son heure venue, il libéra Húrin de ses liens en lui disant d'aller où il voulait, feignant ainsi d'être pris de pitié pour un ennemi vaincu à tout jamais. Mais il mentait, car dans ses plans, Húrin devait servir encore sa haine envers les Elfes et les Humains, avant de mourir.

Si peu qu'il eût confiance dans les paroles de Morgoth, le connaissant pour être sans pitié, Húrin prit sa liberté et s'en alla avec peine, envenimée encore par les mots du Seigneur des Ténèbres. Un an avait passé depuis la mort de son fils Túrin, vingt-huit années depuis qu'il était prisonnier à Angband, et il était sinistre à voir. Il avait les cheveux et la barbe très blancs et très longs, mais il se tenait droit, un grand bâton noir à la main et une épée au côté. Il vint à Hithlum et le mot courut parmi les chefs des Orientaux qu'une grande troupe de capitaines et de soldats d'Angband traversaient Anfauglith pour accompagner un vieil homme comme s'il était tenu en grand honneur. Et ils ne touchèrent pas Húrin, le laissèrent parcourir le pays à son gré, grande sagesse de leur part, car même le reste de son peuple l'évitait, le voyant ainsi sortir d'Angband comme un allié honoré par Morgoth.

Sa liberté ne fit donc qu'aggraver le poison qui rongeait le cœur d'Húrin. Il quitta le pays d'Hithlum et monta sur les montagnes d'où il aperçut, au loin dans les nuages, les pics du Crissaegrim. Il se souvint de Turgon et voulut se rendre à nouveau dans le royaume caché de Gondolin. Il descendit l'Ered Wethrin, sans savoir que ses moindres pas étaient surveillés par les créatures de Morgoth, traversa le Brithiach, le pays de Dimbar et arriva au pied des sombres Echoriath. C'était une région froide et vide, et il regardait autour de lui sans grand espoir, à côté d'un grand amas de pierres au pied d'une muraille rocheuse. Il ignorait que c'était tout ce qui restait désormais de l'Ancien Passage. La Rivière Sèche était barrée, l'arche de pierre enterrée. Húrin regarda le ciel gris, espérant apercevoir une fois encore les aigles, comme autrefois du temps de sa jeunesse, mais il ne vit que les ombres venues de l'est, les nuages qui tournoyaient sur les sommets inaccessibles, et il n'entendit que le vent qui sifflait sur le roc.

Mais les aigles montaient une garde redoublée, et ils avaient bien vu Húrin, tout en bas, perdu dans la nuit qui tombait. Aussitôt Thorondor alla lui-même porter la nouvelle à Turgon, car elle lui semblait importante, mais le Roi lui répondit :

– Morgoth dormirait-il? Tu t'es trompé.

– Non pas, dit Thorondor. Si les Aigles de Manwë pouvaient se tromper ainsi, seigneur, il y a long-temps que ta retraite serait découverte.

– Alors ta nouvelle est de mauvais augure, dit Thingol, car cela ne peut signifier qu'une seule chose. Même Húrin Thalin a cédé à la volonté de Morgoth. Mon cœur reste fermé.

Mais Turgon, quand Thorondor fut reparti, resta longtemps à méditer et peu à peu se troubla, se souvenant des exploits de Húrin de Dor-lómin. Son cœur s'attendrit et il envoya les aigles chercher Húrin et l'apporter à Gondolin si possible. Mais il était trop tard et ils ne le revirent plus jamais, ni dans l'ombre ni dans la lumière.

Húrin, désespéré, resta debout devant les murailles muettes d'Echoriath. A l'ouest, le soleil perça les nuages et tacha de rouge ses cheveux blancs. Alors, seul dans le désert, il pleura à grands cris, ne se souciant pas d'être entendu, il maudit ce pays sans pitié et grimpa finalement sur un rocher pour s'écrier d'une voix forte, tourné vers Gondolin :

– Turgon, Turgon, souviens-toi du Marais de Serech! O Turgon, n'entends-tu rien derrière tes remparts?

Mais il n'y eut comme réponse que le bruit du vent dans les herbes sèches.

– Elles avaient la même voix à Serech au crépus-cule, dit Húrin.

Comme il disait ces mots, le soleil se cacha derrière les Montagnes de l'Ombre, la nuit tomba, le vent s'apaisa et le désert sombra dans le silence.

Il y eut pourtant des oreilles pour entendre ce qu'avait dit Húrin et tout fut rapporté au Roi Noir sur son trône du Nord. Morgoth sourit, car il savait maintenant où se tenait Turgon, même si les aigles empêchaient qu'aucun des espions pût arriver en vue du pays caché par le cercle des Montagnes. Ce fut le premier mal qu'apporta la libération d'Húrin.

Húrin descendit du rocher dans le noir et s'écroula dans un sommeil lourd et douloureux. Il entendit en dormant la voix de Morwen qui se lamentait et prononçait son nom et il lui semblait que cette voix venait de Brethil. Le jour venu, il se réveilla, repassa le Brithiach, longea la lisière de la forêt de Brethil et arriva au Carrefour de Teiglin à la nuit. Les sentinelles le virent mais furent prises de terreur, car elles crurent voir un fantôme venu d'un ancien champ de bataille qui s'avançait environné de nuit. Húrin donc ne fut pas arrêté, il arriva enfin là où avait brûlé Glaurung et vit la grande pierre qui se dressait au bord de Cabed Naeramarth.

Il ne regarda pas la pierre, sachant déjà ce qui était écrit, ayant vu qu'il n'était pas seul. Une femme était assise à l'ombre de la pierre, la tête sur ses genoux. Devant Húrin qui restait silencieux, elle rejeta soudain d'un geste son capuchon et releva la tête. Elle était vieille et grise, mais son regard rencontra le sien et Húrin la reconnut. Dans ses yeux apeurés et sauvages brillait encore la lueur qui jadis lui avait valu le nom d'Eledhwen, la plus belle et la plus fière des mortelles d'autrefois.

– Enfin tu es venu, dit-elle. Trop longtemps j'ai attendu.

– La route était sombre. Je suis venu comme j'ai pu.

– Mais tu viens trop tard, dit Morwen. Ils sont perdus.

– Je le sais, dit-il, mais pas toi.

– Presque, dit Morwen. Je suis à la fin. Je partirai avec le soleil. Il nous reste peu de temps : si tu le sais, dis-moi! Comment l'a-t-elle trouvé?

Húrin ne répondit pas. Ils restèrent assis près de la pierre et ne parlèrent plus. Quand le soleil se coucha, Morwen soupira et lui prit la main, puis elle ne bougea plus et Húrin sut qu'elle était morte. Il regarda son visage dans le demi-jour et il lui sembla que les rides gravées par les peines et les souffrances s'étaient effacées.

– Elle n'a pas été vaincue, dit-il. Puis il ferma les yeux et resta sans bouger auprès d'elle jusqu'à la nuit. Les eaux de Càbed Naeramarth grondaient tout près, mais il n'entendait rien, il ne voyait rien et ne sentait rien. Son cœur était comme une pierre. Un vent froid se leva qui gifla son visage de pluie, ce qui le réveilla. La colère se leva en lui comme la fumée d'un feu et vint étouffer sa raison. Il n'eut plus que le désir de venger les torts qu'on avait faits à lui et aux siens, accusant dans sa souffrance tous ceux à qui ils avaient eu à faire. Il se leva et alla graver une inscription pour Morwen sur la face ouest de la pierre, au-dessus du gouffre, et il écrivit ces mots : *Ici gît aussi Morwen Eledhwen.*

On dit qu'un voyant de Brethil, qui jouait de la harpe, fit un chant où il était dit que la Pierre des Infortunés ne serait jamais renversée ni souillée par Morgoth, même si le pays entier s'engouffrait sous la mer, ce qui de fait arriva plus tard. Et Tol Morwen se dresse encore, solitaire, dans les eaux au large des nouvelles côtes qui furent taillées au temps de la colère des Valar. Mais Húrin n'y est pas, car son destin l'a fait poursuivre sa route, suivi par l'Ombre.

Il traversa le Teiglin et suivit vers le sud l'ancienne route qui menait à Nargothrond, voyant loin vers l'est le sommet solitaire d'Amon Rûdh et sachant ce qui s'était passé là-bas. Il arriva sur les rives de Narog et entreprit de franchir le fleuve impétueux en se servant des pierres du pont écroulé, comme Mablung de Doriath l'avait fait avant lui, et se retrouva devant les portes brisées de Felagund, appuyé sur son bâton.

Il faut dire ici que Mîm, le Petit-Nain, s'était rendu à Nargothrond après le départ de Glaurung. Il avait rampé dans les cavernes en ruine et en avait pris possession. Depuis il restait assis à manier l'or et les pierreries, les faisant sans cesse couler dans ses mains, et personne ne venait les lui disputer, par peur du fantôme de Glaurung ou de son seul souvenir. Mais, maintenant, quelqu'un se tenait sur le seuil, et Mîm s'avança pour lui demander ce qu'il voulait. Húrin lui dit alors :

– Qui es-tu pour m'empêcher d'entrer chez Finrod Felagund ?

Et le Nain répondit :

– Je suis Mîm, et avant que les orgueilleux soient venus de la mer, les Nains avaient creusé les cavernes de Nulukkizdîn. Je suis seulement revenu prendre ce qui est à moi, car je suis le dernier de mon peuple.

– Alors tu as fini de jouir de ton héritage, dit Húrin, car je suis Húrin, fils de Galdor, de retour d'Angband, et mon fils était Túrin Turambar, que tu n'as pas oublié. C'est lui qui a tué Glaurung le Dragon, celui qui a dévasté les salles où tu te tiens, et je n'ignore pas par qui fut trahi le Heaume de Dragon de Doriath.

Mîm, épouvanté, supplia Húrin de prendre ce qu'il voulait mais de lui laisser la vie. Húrin ne l'écouta pas et l'abattit sur-le-champ, devant les portes de Nargothrond. Puis il entra et resta quelque temps dans cet endroit sinistre où les trésors de Valinor étaient répandus par terre dans l'ombre et mêlés aux ordures. On dit que, quand Húrin sortit des ruines de Nargothrond pour se retrouver debout sous le soleil de cet immense trésor, il n'avait emporté qu'un seul objet.

Il partit vers l'est et arriva au-dessus des Chutes du Sirion, près du Lac du Crépuscule. Là, il fut pris par les Elfes qui gardaient les marches orientales de Doriath et conduit aux Milles Cavernes devant le Roi Thingol. Le Roi, quand il porta les yeux sur ce vieil homme à l'air menaçant et qu'il reconnut Húrin Thalion, le prisonnier de Morgoth, fut saisi d'une douloureuse surprise, mais il le reçut bien et lui rendit honneur. Húrin ne répondit pas aux paroles du Roi, il sortit de sous son manteau l'objet qu'il avait pris avec lui en quittant Nargothrond. Ce n'était rien moins que Nauglamir, le Collier des Nains, fait autrefois pour Finrod Felagund par les artisans de Nogrod et de Belegost, leur chef-d'œuvre le plus célèbre de ce temps-là et que Finrod mettait, quand il vivait, au-dessus de tous les trésors de Nargothrond. Húrin le jeta aux pieds de Thingol avec des mots amers et violents.

– Reçois ton salaire, dit-il, pour avoir si bien gardé mes enfants et ma femme! Car ceci est le Nauglamir, et beaucoup en connaissent le nom chez les Elfes et les Humains. Je l'ai sorti pour toi de la nuit de Nargothrond où l'avait laissé ton parent Finrod quand il est parti, avec Beren, le fils de Barahir, accomplir la mission de Thingol!

Thingol regarda le collier, reconnut le Nauglamir et comprit les intentions de Húrin, mais la pitié lui fit retenir sa colère et supporter le mépris de Húrin. Puis Melian parla :

– Húrin Thalion, Morgoth t'a ensorcelé. Car celui qui voit par les yeux du démon, tout ce qu'il voit est déformé, qu'il le veuille ou non. Ton fils Túrin est longtemps resté à Menegroth où il a reçu l'amour et l'honneur qui reviennent au fils du Roi, et ce n'est ni de mon fait ni de celui de Thingol s'il n'est jamais revenu à Doriath. Ensuite son épouse et ta fille furent accueillies ici volontiers et avec honneur. Nous avons usé de tous les moyens pour empêcher Morwen de reprendre la route de Nargothrond. C'est avec la voix de Morgoth que tu fais des reproches à tes amis.

Aux paroles de Melian, Húrin resta longtemps

immobile, les yeux plongés dans ceux de la Reine et là, dans Menegroth encore protégée par l'Anneau de Melian contre les ténèbres de l'Ennemi, il vit la vérité de tout ce qui s'était passé et put éprouver enfin dans son entier le malheur que lui avait réservé Morgoth Bauglir. Alors il ne dit plus un mot du passé, se pencha pour ramasser le collier devant le trône de Thingol et le donna au Roi en lui disant :

– Accepte maintenant, seigneur, le Collier des Nains, comme un don venu de celui qui n'a rien, et en souvenir de Húrin de Dor-lómin. Car mon destin est rempli et le but de Morgoth est atteint, mais je ne suis plus son esclave.

Alors il s'en alla, sortit des Mille Cavernes, et tous ceux qu'il rencontra reculèrent à la vue de son visage. Personne n'essaya de l'arrêter ni de savoir où il allait. On dit qu'Húrin voulut mettre fin à sa vie, étant désormais sans but et sans désir, et qu'il finit par se jeter dans la mer de l'Ouest. Ce fut la fin du plus grand guerrier parmi les mortels.

Quand Húrin eut quitté Menegroth, Thingol resta longtemps silencieux à regarder le trésor posé sur ses genoux, et il lui vint à l'esprit qu'il fallait le refaire et y sentir le Silmaril. A mesure que les années passaient, les pensées de Thingol se tournaient de plus en plus vers le joyau de Fëanor et s'y attachaient. Il ne souffrait même plus de le laisser derrière les portes de son trésor le plus secret, il fallait maintenant qu'il le portât sur lui la nuit comme le jour.

En ce temps-là, les Nains venaient encore à Beleriand depuis leurs demeures d'Ered Lindon. Ils traversaient le Gelion à Sarn Athrad, le Fort de Pierre, et prenaient l'ancienne route de Doriath. Ils étaient toujours très habiles à travailler le métal et la pierre de Menegroth avait grand besoin de leurs talents. Ils ne venaient plus en petits groupes comme autrefois, mais en grandes compagnies bien

armées pour pouvoir traverser les contrées dangereuses qui s'étendaient entre l'Aros et le Gelion. A
Menegroth, ils habitaient et travaillaient dans des
chambres et des forges qui leur étaient réservées. A
ce moment précis, de célèbres artisans de Nogrod
venaient d'arriver à Doriath et le Roi les convoqua
pour leur annoncer son désir : s'ils en étaient capables, il fallait refaire le Nauglamir et y sertir le
Silmaril. Les Nains examinèrent l'œuvre de leurs
pères et s'émerveillèrent à la vue du brillant joyau
de Fëanor, pris d'un grand désir de s'en emparer
pour l'emporter dans leurs lointaines demeures
creusées dans les montagnes. Mais ils cachèrent
leurs pensées et acceptèrent la tâche proposée.

Ils travaillèrent longtemps. Thingol seul descendait les voir dans leurs forges souterraines et restait
à les regarder travailler. Avec le temps son désir fut
accompli et le chef-d'œuvre des Elfes fut réuni au
chef-d'œuvre des Nains pour n'en faire qu'un, dont
la beauté était immense. Les innombrables gemmes
du Nauglamir reflétaient et projetaient au loin avec
de merveilleux éclats la lumière du Silmaril qu'elles
entouraient. Alors Thingol, seul avec les artisans, fit
le geste de s'en emparer pour le mettre autour de
son cou, mais les Nains lui reprirent le Nauglamir et
lui demandèrent de le leur laisser en disant :

— De quel droit le Roi Elfe revendique-t-il le
Nauglamir ? Nos pères l'ont fait pour Finrod Felagund, qui est mort. Lui-même l'a reçu des mains de
Húrin, l'Humain des Dor-lómin, qui l'a sorti comme
un voleur des ténèbres de Nargothrond.

Mais Thingol comprit le chemin de leur cœur, il
vit qu'ils ne cherchaient qu'un prétexte et de belles
paroles pour cacher le désir qu'ils avaient du Silmaril. Sa colère et son orgueil lui firent oublier le
danger et il leur parla de très haut, méprisant :

— Comment votre race grossière ose me demander quelque chose, à moi Elu Thingol, Prince de
Beleriand, dont la vie s'éveilla près des eaux de

Cuivenen, d'innombrables siècles avant qu'apparaissent les pères de votre peuple chétif?

Droit et fier au milieu d'eux, il leur fit honte et leur ordonna de partir de Doriath les mains vides.

La convoitise des Nains se changea en rage aux paroles du Roi. Ils se levèrent, se jetèrent sur lui et le tuèrent sur place. Ainsi mourut, au plus profond de Menegroth, Elwë Singollo, Roi de Doriath, le seul des Enfants d'Ilúvatar à s'être uni avec une Ainur, le seul aussi des Elfes Exilés qui, après avoir contemplé la Lumière des Arbres de Valinor, eût porté ses derniers regards sur un Silmaril.

Les Nains prirent le Nauglamir, quittèrent Menegroth et fuirent vers l'est à travers Region. Mais les nouvelles couraient vite dans la forêt et il en resta peu pour franchir l'Aros, car ils furent impitoyablement chassés tout au long de la route et le Nauglamir leur fut repris et tristement ramené à la Reine Melian. Il y eut pourtant deux des meurtriers de Thingol pour échapper à la poursuite aux frontières occidentales. Ils purent revenir dans leur lointaine cité des Montagnes Bleues, à Nogrod, où ils racontèrent une partie de ce qui s'était passé, disant que le Roi Elfe avait fait assassiner les Nains de Doriath pour les priver de leur juste récompense.

Les Nains de Nogrod furent pris de colère et se lamentèrent douloureusement sur la mort de leurs frères, leurs meilleurs artisans, ils s'arrachèrent la barbe en gémissant et restèrent longtemps assis à méditer leur vengeance. On dit qu'ils demandèrent l'aide de Belegost mais qu'elle leur fut refusée. Les Nains de Belegost essayèrent de les faire renoncer à leur entreprise mais leur ardeur ne fléchit pas et bientôt une armée sortit de Nogrod, traversa le Gelion et marcha vers l'ouest à travers Beleriand.

A Doriath la situation avait gravement changé. Melian resta longtemps assise près de Thingol son Roi et ses pensées revinrent aux années ensoleillées de leur première rencontre des siècles plus tôt parmi les rossignols de Nan Elmoth. Elle sut que sa séparation d'avec Thingol en annonçait une autre, plus grave et que la chute de Doriath se rapprochait. Car Melian était de la race divine des Valar, une Maia puissante et fort sage, qui avait pris pour l'amour d'Elwë Singollo la forme d'une des Premières Enfants d'Ilúvatar. Cette union l'avait chargée des entraves et des chaînes qui pèsent sur la chair terrestre, elle lui avait permis aussi de lui donner Lúthien Tinúviel. Cette forme enfin lui avait donné pouvoir sur la substance d'Arda et l'Anneau de Melian avait protégé Doriath des dangers extérieurs pendant des siècles. Maintenant, Thingol était mort, son esprit s'en était allé dans les cavernes de Mandos, et sa mort avait aussi transformé Melian. Il arriva donc à ce moment que son pouvoir se retira des forêts de Neldoreth et de Region et Esgalduin, la rivière enchantée, parla d'une voix différente. Doriath était ouverte à ses ennemis.

Melian ne parla plus qu'à Mablung pour lui dire de prendre soin du Silmaril, de faire prévenir en hâte Beren et Lúthien à Ossiriand, puis elle disparut des Terres du Milieu et retourna au pays des Valar au-delà de l'océan. Elle se rendit aux jardins de Lorien, là d'où elle était venue, pour méditer sur sa peine et cette histoire ne parle plus d'elle.

C'est ainsi que l'armée des Naugrim après avoir traversé l'Aros pénétra sans obstacle la forêt de Doriath. Nul ne les affronta, car ils étaient nombreux et pleins d'ardeur, et les capitaines des Elfes Gris furent pris de doute et perdirent espoir, errant sans but ici et là. Les Nains poursuivirent leur chemin, passèrent le grand pont et entrèrent à Menegroth où il arriva la plus grande tragédie des tristes événements des anciens jours. La bataille fit rage dans les Mille Cavernes, beaucoup d'Elfes et de Nains perdirent la vie, et cela ne fut jamais oublié. Les Nains eurent la victoire, les palais de Thingol furent pillés et mis à sac. Mablung à la Main Lourde tomba devant les portes du trésor où était le Nauglamir, et le Silmaril fut pris.

En ce temps-là, Beren et Lúthien vivaient encore à Tol Galen, l'Ile Verte, sur la rivière Adurant, le plus méridional des cours d'eau qui descendaient d'Ered Lindon pour se jeter dans le Gelion. Leur fils Dior Eluchil avait pour femme Nimloth, parente de Celeborn, prince de Doriath, qui avait épousé Dame Galadriel. Dior et Nimloth avaient pour fils Eluréd et Elurin. Une fille leur naquit aussi qui fut nommée Elwing, Ecume des Etoiles, car elle vint au monde une nuit où les étoiles faisaient étinceler l'écume des chutes du Lanthir Lamath près de la maison de son père.

Il arriva donc que, lorsque les Nains de Nogrod, revenant de Menegroth, avec une armée affaiblie, parvinrent à Sarn Athrad, ils furent attaqués par des ennemis invisibles. Ils remontaient les rives du Gelion chargés du butin pris à Doriat quand les bois résonnèrent au son des trompes des Elfes et qu'ils furent criblés de flèches venues de tous les côtés. Beaucoup tombèrent au premier assaut, mais certains échappèrent à l'embuscade, se rassemblèrent et s'enfuirent vers l'est dans les montagnes. Pendant qu'ils gravissaient les longues pentes du Mont Dolmed, ils virent s'avancer les Gardiens des Arbres qui emmenèrent les Nains dans les sombres forêts d'Ered Lindon d'où aucun ne ressortit, dit-on, pour franchir les cols qui menaient à leurs demeures.

Beren livra son dernier combat à la bataille de Sarn Athrad. Il tua le Seigneur de Nogrod et lui arracha le Collier des Nains mais le Naugrim en mourant maudit le trésor qu'il perdait. Alors Beren, émerveillé, regarda le même joyau qu'il avait arraché de la couronne de Morgoth et que l'art des Nains avait entouré d'or et de pierres précieuses. Il lava dans la rivière le sang qui le couvrait et quand tout fut terminé, le trésor de Doriath fut jeté dans la rivière Ascar qui, depuis ce jour, reçut un nouveau nom, Rathloriel, le Lit d'Or. Mais Beren rapporta le Nauglamir à Tol Galen. Le deuil de Lúthien ne fut guère diminué de savoir que le Seigneur de Nogrod avait été tué avec un grand nombre de Nains, mais il est dit et chanté que Lúthien, quand elle porta le collier paré de son immortel joyau, fut la plus belle et la plus glorieuse vision qu'on ait jamais pu voir hors de Valinor. Pendant quelque temps, le Pays des Morts-Vivants parut aux yeux comme le pays des Valar et nul endroit depuis n'a été si beau, ni si fertile, ni si lumineux.

Dior, l'héritier de Thingol, fit ses adieux à Beren et Lúthien. Il quitta Lanthir Lamath avec Nimloth, son épouse, et alla vivre à Menegroth ainsi que ses jeunes fils Eluréd et Elurin et sa fille Elwing. Les Sindar les accueillirent avec joie et sortirent du deuil ténébreux où les avait plongés la mort de leurs frères, celle du Roi et le départ de Melian. Dior Eluchil entreprit de faire renaître la gloire au royaume de Doriath.

Un soir d'automne, alors qu'il se faisait tard, quelqu'un vint frapper aux portes de Menegroth, demandant à voir le Roi. C'était un prince des Elfes Verts venus en hâte d'Ossiriand, et les gardes le conduisirent à Dior qui était seul assis dans sa chambre. L'Elfe, sans rien dire, donna un coffret au Roi et repartit. Dans le coffret se trouvait le collier des Nains où était serti le Silmaril, et Dior en le voyant comprit que c'était le signe de la mort de Beren Erchamion et de Lúthien Tinúvel, qu'ils étaient allés là où le destin des humains les emmène, au-delà du monde.

Dior regarda longtemps le Silmaril que son père et sa mère avaient, contre tout espoir, arraché à la terrible domination de Morgoth et sa douleur était grande que la mort les eût pris si tôt. Les sages disent que le Silmaril avait hâté leur fin, car quand Lúthien le portait, sa beauté avait une telle flamme qu'elle était trop forte pour les terres mortelles.

Dior se leva, mit le collier autour de son cou et

apparut à tous comme le plus beau des enfants du monde, des Edain, des Eldar et des Maiar du Royaume Bienheureux.

On sut bientôt parmi les restes dispersés des Elfes de Beleriand que Dior portait le Nauglamir, et on dit :

– Un Silmaril de Fëanor brûle encore dans les bois de Doriath.

Et le serment des fils de Fëanor sortit à nouveau de l'oubli. Tant que Lúthien avait porté le Collier des Nains, aucun Elfe n'aurait osé s'en prendre à elle, mais la renaissance de Doriath et l'orgueil de Dior firent que les sept frères quittèrent leurs errances pour se retrouver une fois de plus. Ils lui firent alors parvenir leurs exigences.

Dior ne leur fit aucune réponse et Celegorm poussa ses frères à préparer l'attaque de Doriath. Ils vinrent par surprise au milieu de l'hiver, combattirent contre Dior dans les Mille Cavernes et c'est ainsi qu'eut lieu le second massacre des Elfes par des Elfes. Celegorm tomba sous l'épée de Dior, et Curufin, et le sombre Caranthir, mais Dior aussi fut tué, avec sa femme Nimloth, et les cruels serviteurs de Celegorm prirent ses jeunes fils et les abandonnèrent dans la forêt pour qu'ils meurent de faim. Maedhros eut tout de même du remords de cette action, et il les chercha longtemps dans les bois de Doriath, mais ses recherches furent vaines et nul chant ne nous apprend le sort d'Eluréd et d'Elurin.

Doriath fut détruite et ne se releva plus, mais les fils de Fëanor n'obtinrent pas ce qu'ils voulaient, car quelques-uns purent s'enfuir, dont Elwing, la fille de Dior, emportant avec eux le Silmaril, et ils purent aller jusqu'à la mer, à l'embouchure du Sirion.

23

TUOR ET LA CHUTE DE GONDOLIN

Il a été dit que le frère de Húrin, Huor, fut tué à la bataille des Larmes Innombrables. L'hiver suivant, sa femme Ríän donna le jour à un enfant dans les étendues sauvages de Mithrim, il fut nommé Tuor et adopté par Annael des Elfes Verts qui vivait encore dans ces collines. Quand Tuor eut seize ans, les Elfes voulurent quitter les cavernes d'Androth où ils habitaient, pour se rendre secrètement aux Ports du Sirion, loin au sud. Ils furent attaqués par des Orcs et des Orientaux avant d'avoir pu s'échapper. Tuor fut capturé et devint l'esclave de Lorgan, le chef des Orientaux d'Hithlum. Il dut subir cet esclavage trois longues années avant de pouvoir s'évader et de revenir aux cavernes d'Androth où il vécut seul, mais en infligeant de tels dommages aux Orientaux que Lorgan mit sa tête à prix.

Quand Tuor eut vécu quatre ans dans la solitude d'un proscrit, Ulmo lui inspira l'idée de quitter le pays de ses pères, car il l'avait choisi pour être l'instrument de ses plans. Tuor abandonna une fois encore les cavernes d'Androth et traversa Dorlómin vers l'ouest pour arriver à Annon-in-Gelydh, la Porte des Noldor, construite longtemps auparavant par les sujets de Turgon quand ils vivaient à Nevrast. Là, un sombre tunnel s'enfonçait dans la Montagne pour ressortir à Cirith Ninniach, les Chutes de l'Arc-en-Ciel, par lesquelles une eau turbulente courait vers la mer de l'ouest. Ainsi Tuor dans sa fuite ne rencontra ni homme ni Orc et Morgoth n'en sut rien.

Tuor arriva à Nevrast et tomba amoureux de Bellegaer, la Grande Mer, dès qu'il la vit. Le chant des vagues et le désir de la contempler ne quittèrent plus jamais son cœur et l'inquiétude qui l'habitait le conduisit en fin de compte dans les profondeurs du royaume d'Ulmo. A Nevrast il resta seul pendant tout un été et ce fut bientôt la chute de Nargothrond : à l'automne, il aperçut sept grands cygnes qui volaient vers le sud et comprit qu'il n'avait que trop tardé. Il suivit leur vol en longeant le rivage de la mer et arriva enfin dans les salles désertées de Vinyamar, près du Mont Taras, où il entra. Il trouva là le heaume, la cotte, l'épée et le bouclier laissés par Turgon jadis sur l'ordre de Ulmo, il endossa ces armes et descendit sur la grève. Alors une grande tempête vint de l'ouest et Ulmo, le Seigneur des Eaux, sortit de la tempête pour parler à Tuor. Ulmo lui dit de quitter cet endroit et d'aller chercher le royaume caché de Gondolin, et il lui donna un grand manteau d'ombre qui le dissimulerait aux yeux de ses ennemis.

Le matin, quand la tempête se fut évanouie, Tuor rencontra un Elfe qui se tenait sous les murailles de Vinyamar. C'était Voronwë, fils de d'Aranwë de Gondolin, qui avait pris le dernier navire envoyé vers l'ouest par Turgon. Et quand ce navire, revenu enfin des immensités marines, avait sombré dans une tempête alors qu'il était en vue des côtes des Terres du Milieu, Ulmo l'avait enlevé, lui seul de tous les marins, et laissé sur une plage près de Vinyamar. Quand il apprit l'ordre que le Seigneur des Eaux avait donné à Tuor, Voronwë fut si frappé de ce prodige qu'il ne refusa pas de le guider vers les portes secrètes de Gondolin. Ils partirent ensemble au moment où le cruel hiver venu du nord cette année-là tomba sur eux, et voyagèrent prudemment sous le couvert des forêts qui couvraient les Montagnes de l'Ombre.

Leur voyage les mena aux Fontaines d'Ivrain, et ils virent avec tristesse les souillures laissées par le passage de Glaurung le Dragon. A ce moment ils aperçurent une silhouette qui se hâtait vers le nord, un Humain de grande taille, vêtu de noir et qui portait une épée noire. Ils ignoraient son nom, comme tout ce qui s'était passé dans le Sud, et il les dépassa sans qu'ils lui disent mot.

Enfin grâce au pouvoir d'Ulmo qui les couvrait, ils parvinrent aux portes cachées de Gondolin, traversèrent le tunnel jusqu'aux portes intérieures où les gardes les capturèrent. On leur fit remonter le grand ravin d'Orfalch Echor, coupé par les sept portes, et on les mena devant Echtelion de la Source, le capitaine de la grande porte qui fermait cette route escarpée. Là, Tuor rejeta son manteau et les armes qu'il portait depuis Vinyamar prouvèrent qu'il était vraiment envoyé par Ulmo. Il put jeter les yeux sur la belle vallée de Tumladen, placée comme une émeraude au milieu du cercle des montagnes, et il vit au loin sur les hauteurs rocheuses d'Amon Gwareth la grande Gondolin, la ville aux sept noms dont la gloire est sans rivale dans les chants de tous les Elfes des Terres Intérieures. Echtelion donna l'ordre de faire sonner les trompettes sur la tour de la grande porte, et leur sonnerie résonna sur les montagnes. Au loin on entendit les trompettes qui sonnaient en réponse sur les blanches murailles de la ville, teintées de rose par l'aube qui se levait sur la plaine. C'est ainsi que le fils de Huor traversa Tumladen à cheval jusqu'aux portes de Gondolin, qu'il monta les vastes escaliers de la cité jusqu'à la Tour du Roi où il vit les images des Arbres de Valinar. Puis Tuor se présenta devant Turgon, fils de Fingolfin, Grand Roi des Noldor. A main droite du roi se tenait le fils de sa sœur, Maeglin, et à sa main gauche était sa fille Idril Celebrindal. Tous ceux qui entendirent la voix de Tuor furent émerveillés, doutant que ce fût en vérité un Humain de race mortelle tant ses paroles semblaient celles du Seigneur des Eaux, car c'est ainsi qu'il parla.

Tuor avertit Turgon que la Malédiction de Mandos était bien près de s'accomplir et que toutes les œuvres des Noldor seraient englouties. Il lui dit de partir, d'abandonner la belle et puissante cité qu'il avait construite et de descendre le Sirion jusqu'à la mer.

Turgon réfléchit longuement aux conseils d'Ulmo et il lui vint à l'esprit les mots qui lui avaient été adressés jadis à Vinyamar :

– Ne t'attache pas trop aux œuvres de tes mains ni aux désirs de ton cœur, souviens-toi que le véritable espoir des Noldor est à l'ouest et qu'il vient de la mer.

Mais l'orgueil lui était venu au cœur, Gondolin lui semblait aussi belle que le souvenir d'Elven Tirion et il se fiait encore à ses remparts invulnérables et secrets, même si un Valar lui disait le contraire. De plus, après Nirnaeth Arnoediad, les habitants de la ville ne voulaient plus jamais être mêlés aux malheurs des Elfes et des Humains de l'extérieur ni retourner vers l'ouest à travers la peur et le danger. Enfermés derrière leurs collines enchantées et vierges de tout chemin ils ne laissaient entrer personne, pas même le fugitif poursuivi par la haine de Morgoth, les nouvelles des terres extérieures leur parvenaient à peine, comme de très loin, et ils n'y prêtaient guère attention. Les espions d'Angband les cherchaient vainement, leur pays n'était qu'une rumeur, un secret introuvable. Maeglin s'opposa sans cesse à Tuor au conseil du Roi, ses mots avaient d'autant plus de poids qu'ils étaient en accord avec le cœur de Turgon et enfin celui-ci rejeta l'avis d'Ulmo et décida de ne pas suivre ses ordres. Pourtant, l'avertissement du Valar lui remit en tête les mots prononcés jadis sur les côtes d'Araman devant les Noldor qui partaient en exil, et la peur d'être trahi se réveilla dans son cœur. Alors, il fit bloquer l'entrée de la porte cachée qui donnait sous le Cercle des Montagnes et plus personne, désormais, tant que la ville fut debout, ne sortit de Gondolin pour la paix ou pour la guerre. Thorondor, le seigneur des Aigles, lui apprit la chute de Nargothrond, puis le meurtre de Thingol et de son héritier, Dior, et enfin la ruine de Doriath, mais

Turgon se boucha les oreilles aux malheurs du monde et fit vœu de ne jamais marcher aux côtés d'un des fils de Fäenor. Il interdit aussi à ses sujets de jamais franchir le Cercle des Montagnes.

Tuor resta à Gondolin, ensorcelé par sa beauté, le bonheur et la sagesse de ses habitants. Il y grandit en taille comme en esprit et apprit tous les chants des Elfes Exilés. Le cœur d'Idril pencha vers lui, le sien vers elle, et la haine secrète de Maeglin en fut d'autant plus grande, car il désirait par-dessus tout posséder Idril, la seule héritière du Roi de Gondolin. Mais Tuor était si haut dans la faveur du Roi qu'au bout de sept années Turgon ne lui refusa plus rien, pas même la main de sa fille. Car s'il ne suivait pas les avis d'Ulmo il sentait néanmoins que le sort des Noldor était lié à celui de son envoyé, et il n'oubliait pas ce que lui avait dit Huor avant que l'armée de Gondolin eût quitté la bataille des Larmes Innombrables.

Il donna donc une grande et joyeuse fête, car Tuor avait gagné le cœur de tous, sauf de Maeglin et de ceux qui le suivaient en secret. Ce fut la deuxième union entre les Elfes et les Humains.

Au printemps de l'année suivante naquit à Gondolin Eärendil le Demi-Elfe, le fils de Tuor d'Idril Celebrindal, et cela cinq cents et trois ans après la venue des Noldor sur les Terres du Milieu. Eärendil était d'une beauté sans pareille, il avait sur le visage comme la lumière du paradis, alliant la beauté et la sagesse des Eldar à la force et à l'endurance des Humains de jadis. Il eut toujours présente à son oreille et à son cœur la voix de la mer, de même que son père Tuor.

Gondolin vivait alors des jours heureux et paisibles, nul ne savait que la région où se trouvait le royaume caché avait été enfin révélée à Morgoth par les plaintes de Húrin quand il était venu dans le désert sous le Cercle des Montagnes sans plus trouver l'entrée et que, désespéré, il avait appelé

Turgon à grands cris. Depuis, la pensée de Morgoth ne quittait plus cette contrée montagneuse entre Anach et le cours supérieur du Siron où ses serviteurs n'avaient jamais pu aller. Et nulle créature d'Angband ne pouvait encore y pénétrer grâce à la vigilance des aigles, ce qui empêchait Morgoth de poursuivre ses menées. Mais Idril Celebrindal était sage et prévoyante, l'inquiétude vint à son cœur et elle sentit venir comme le nuage d'un pressentiment. Elle fit préparer un passage secret qui descendait sous la ville, passait sous la plaine et ressortait loin hors des murs, au nord d'Amon Gwareth. Elle fit aussi en sorte que très peu en eurent connaissance et qu'aucun murmure ne parvînt aux oreilles de Maeglin.

Il était arrivé un jour, quand Eärendil était encore très jeune, que Maeglin s'était perdu. On a dit qu'il aimait par-dessus tout le travail de la mine et la recherche des métaux. C'était le maître et le premier des Elfes qui travaillaient dans les montagnes loin de la ville pour trouver les métaux dont ils forgeaient des instruments pour la paix comme pour la guerre. Maeglin partait souvent avec quelques amis au-delà des collines, et le Roi ignorait qu'on défiait ainsi ses ordres. Il arriva donc, comme le sort en décida, que Maeglin fut capturé par les Orcs et conduit à Angband. Maeglin n'était ni faible ni lâche, mais la torture qu'on lui infligea eut raison de son esprit, et il racheta sa vie et sa liberté en révélant à Morgoth l'emplacement de Gondolin et les chemins par où on pourrait l'atteindre et l'attaquer. Morgoth en eut grande joie et promit à Maeglin qu'il régnerait sur Gondolin comme son vassal, et aussi qu'il pourrait posséder Idril Celebrindal dès que la ville serait prise. Son désir pour Idril et sa haine envers Tuor facilitèrent la trahison de Maeglin, la plus infâme de toutes celles qu'on trouve dans les récits de l'Ancien Temps. Morgoth le renvoya à Gondolin pour que nul ne soupçonnât sa perfidie et aussi pour qu'il l'aidât de l'intérieur à la prise de la cité quand le moment serait venu. Il vivait donc au palais du Roi, un sourire sur les lèvres et le mal dans le cœur, tandis que les ténèbres s'amoncelaient sur Idril.

Enfin, quand Eärendil eut sept ans, Morgoth fut prêt et lâcha ses Balrogs sur Gondolin et ses Orcs et ses loups et avec eux les dragons engendrés par Glaurung qui étaient maintenant nombreux et terrifiants. L'armée de Morgoth franchit les montagnes au nord, là où elles étaient les plus hautes et où la garde était moins vigilante, elle arriva de nuit au moment d'une fête, alors que tous les habitants de Gondolin étaient sur les remparts pour attendre le lever du soleil et entonner certains chants à son apparition, car c'était la grande fête qu'ils appelaient la Porte de l'Eté. Mais la lueur rouge apparut au-dessus des montagnes vers le nord, non pas à l'est, et il fut impossible d'arrêter l'ennemi jusqu'à ce qu'il fût sous les remparts de Gondolin. La ville fut assiégée sans espoir de salut. De nombreux exploits dus au courage du désespoir et accomplis par les chefs des grandes maisons et leurs guerriers, non les moindres par Tuor, sont racontés dans *La Chute de Gondolin* : le duel entre Echtelion de la Source et Gothmog, le Seigneur des Balrogs au pied de la tour du Roi, où chacun tua son adversaire, la défense de la Tour par Turgon et les gens de sa maison jusqu'à son écroulement qui fut considérable comme fut la chute de Turgon.

Tuor voulut sauver Idril du sac de la cité, mais Maeglin s'était emparé d'elle et d'Eärendil. Il dut se battre avec lui sur les remparts et le corps de Maeglin, en tombant, heurta deux fois les rochers d'Amon Gwareth avant de plonger tout bas dans les flammes. Tuor et Idril rassemblèrent alors tous ceux qu'ils purent trouver dans le désordre provoqué par l'incendie et les menèrent au passage secret aménagé par Idril. Les capitaines d'Angband ne savaient rien de cette issue, ils ne pensaient pas que des fugitifs pourraient aller vers le nord, là où les montagnes étaient les plus hautes et où ils se rapprochaient d'Angband. Les fumées de l'incendie et les vapeurs jetées par les belles fontaines de Gondolin, sous les flammes des dragons, recouvraient d'une brume sinistre la vallée de Tumladen, protégeant la fuite de Tuor et de sa troupe, car il y avait encore un grand espace découvert entre la sortie du tunnel et le pied des montagnes. Ils purent cependant y parvenir et se mirent à grimper sans espoir, misérables et malheureux, tant il y avait là-haut de froidure et de danger, et ils avaient parmi eux beaucoup de blessés, ainsi que des femmes et des enfants.

Il y avait un passage terrible appelé Cirith Thoronath, la Faille des Aigles, où un étroit sentier courait à l'ombre des plus hauts sommets. A droite une muraille rocheuse, à gauche un gouffre sans fond, et c'est là qu'ils tombèrent dans une embuscade tendue par les Orcs, car Morgoth avait laissé des sentinelles sur toutes les montagnes alentour, dirigées par un Balrog. Ce fut une terrible épreuve et même la vaillance de Glorfindel aux cheveux d'or, le chef de la Maison des Fleurs d'Or de Gondolin, ne les aurait pas sauvés si Thorondor n'était pas venu à leur secours juste à temps.

Nombreux furent les chants qui célébrèrent le combat de Glorfindel et du Balrog sur une aiguille rocheuse dans les hauteurs du Cercle des Montagnes. Tous deux finirent par tomber dans le précipice mais les aigles en arrivant plongèrent sur les Orcs qui reculèrent en hurlant, et tous furent tués ou jetés dans l'abîme, de sorte qu'il se passa longtemps avant que Morgoth n'eût vent de la fuite de Glorfindel qu'ils enterrèrent près du sentier sous un amas de pierres où, plus tard, l'herbe poussa et où des fleurs jaunes fleurirent au milieu des rochers stériles jusqu'à la transformation du monde.

Le reste du peuple de Gondolin, conduit par Tuor franchit les montagnes et descendit dans la vallée du Sirion avant de gagner le Sud malgré la fatigue et les dangers. Ils arrivèrent enfin à Nan-tathren, le Pays des Saules, protégés par le pouvoir d'Ulmo qui courait encore dans les eaux du grand fleuve. Ils se reposèrent quelque temps, soignèrent leurs blessures et leur fatigue mais non pas leur tristesse. Ils donnèrent une fête en souvenir de Gondolin et des Elfes qui avaient péri, des jeunes filles et des épouses et des guerriers du Roi, et beaucoup de chants s'élevèrent en l'honneur de Glorfindel le Bien-Aimé sous les saules de Nan-tathren en cette fin d'année. Puis Tuor composa un chant pour son fils Eärendil, sur la venue d'Ulmo le Seigneur des Eaux jadis sur le rivage de Nevrast, et l'amour de la mer se réveilla dans son cœur et dans celui de son fils. Alors Idril et Tuor quittèrent Nan-tathren et descendirent le fleuve jusqu'à la mer, à l'embouchure du Sirion, et ils se joignirent aux gens d'Elwing, la fille de Dior, qui étaient arrivés là peu de temps avant. Quand on sut à Valar la chute de Gondolin et la mort de Turgon, son fils Ereinion Gil-galad fut nommé Grand Roi des Noldor sur les terres du Milieu.

Morgoth croyait son triomphe complet, se souciant peu des fils de Fëanor ou de leur serment, qui ne lui avait jamais fait de tort et, au contraire, l'avait toujours grandement servi. Il riait au fond des ténèbres de son esprit, ne regrettant même pas l'unique Silmaril qu'il avait perdu puisqu'il lui semblait que les derniers lambeaux du peuple des Eldar allaient disparaître des Terres du Milieu et ne plus l'importuner. S'il connaissait l'existence de ceux qui étaient à l'embouchure du Sirion, il n'en donnait aucun signe, attendant son heure, et aussi que fassent leur ouvrage le mensonge et le serment des fils de Fëanor. Pendant ce temps, un peuple d'Elfes grandissait près de la mer et du Sirion, fait des restes de Doriath et de Gondolin. Depuis Balar les marins de Cirdan vinrent les rejoindre et ils tournèrent ensemble vers la mer et la construction des navires, vivant le plus près possible des côtes d'Arvernien, sous l'ombre de la main d'Ulmo.

On dit qu'en ce temps-là Ulmo sortit des eaux profondes, pour aller à Valinor parler aux Valar des Elfes dans le besoin, les suppliant de leur pardonner, de les faire échapper à la puissance écrasante de Morgoth et de sauver les Silmarils où seule, désormais, brillait la lumière des jours bienheureux où les deux Arbres vivaient à Valinor. Mais Manwë ne bougea pas et quel récit dira les mouvements de son cœur? Les sages ont dit que l'heure n'était pas encore venue et qu'un être seul, qui plaiderait en personne la cause des Elfes et des Humains, implorant le pardon pour leurs mauvaises actions et la pitié pour leurs malheurs, pourrait émouvoir le conseil des Puissants. Manwë lui-même ne pouvait peut-être pas lever le serment de Fëanor avant son terme, avant que les fils de Fëanor n'eussent abandonné les Silmarils qu'ils revendiquaient impitoyablement. Car les Valar eux-mêmes avaient créé la lumière qui enflammait les Silmarils.

En ce temps-là aussi, Tuor sentit la vieillesse l'envahir et sa nostalgie des profondeurs marines devint plus forte que jamais. Il construisit un grand navire, qu'il nomma Eärramë, l'Aile Marine, et fit voile avec Idril Celebrindal vers l'ouest où le soleil se couche. Ni chant ni récit ne parle plus de lui, mais plus tard, on raconta que Tuor, seul parmi les mortels, fut accepté parmi la race antique et rejoignit les Noldor qu'il aimait tant. Son sort alors fut séparé de celui des Humains.

24

LE VOYAGE D'EARENDIL
ET LA GUERRE DE LA GRANDE COLÈRE

Eärendil était le seigneur des peuples qui vivaient près de l'embouchure du Sirion. Il prit pour femme la belle Elwing qui lui donna Elrond et Elros, ceux qu'on appela les Demi-Elfes. Eärendil ne trouvait jamais le repos et ses voyages le long des côtes voisines ne calmaient pas son inquiétude. Deux désirs se partageaient son cœur et se fondaient en un seul et grand désir pour l'océan. Il voulait faire voile après Tuor et Idril, qui ne revenaient pas, et il pensait aussi qu'il pourrait trouver l'ultime rivage et y porter avant de mourir le message des Elfes et des Humains aux Valar, afin de leur inspirer pitié pour les tourments des Terres du Milieu.

Eärendil se lia de grande amitié avec Círdan le Charpentier qui vivait sur l'île de Balar avec ceux qui avaient échappé au pillage des ports de Brithombar et d'Eglarest. Avec son aide Eärendil construisit Vingilot, Fleur d'Ecume, le plus beau navire jamais chanté. Ses rames étaient vermeilles et ses flancs étaient blancs, taillés dans les bouleaux de Nimbrethil, et ses voiles étaient argentées comme la lune. Nombre de ses aventures sont chantées dans le *Lai d'Eärendil*, au fond des mers où dans des terres inexplorées, dans tous les océans et sur toutes les îles, mais Elwing ne l'avait pas suivi et restait tristement à l'embouchure du Sirion.

Eärendil ne trouva ni Tuor ni Idril, son voyage ne le porta jamais sur le rivage de Valinor. Il fut dévié par des ombres et des enchantements, repoussé par des vents contraires, et son désir de revoir Elwing le fit enfin retourner vers la côte de Beleriand. Son cœur lui disait de faire vite, car une peur lui était soudain venue d'un rêve et les vents contre lesquels il s'était battu ne le ramenaient pas aussi rapidement qu'il l'aurait voulu.

Quand Maedhros apprit qu'Elwing vivait encore et vivait à l'embouchure du Sirion, toujours en possession du Silmaril, le remords de ce qui s'était passé à Doriath retint son premier mouvement. Mais, avec le temps, le serment qui restait inaccompli revint le tourmenter, lui et ses frères; ils quittèrent leurs chasses errantes pour se réunir et envoyer aux gens des Ports un message d'amitié tout en rappelant fermement leurs exigences. Elwing et le peuple de Sirion ne voulaient pas céder le joyau que Beren avait gagné, que Luthien avait porté et pour lequel le beau Dior avait été tué, d'autant moins que leur seigneur Eärendil était en mer, car il leur semblait devoir au Silmaril le bonheur et la paix dont jouissaient leurs demeures et leurs navires. Alors eut lieu le dernier massacre des Elfes par les Elfes et le plus cruel. Des grands maux amenés par le maudit serment, ce fut le troisième.

Car les fils de Fëanor qui vivaient encore tombèrent par surprise sur les exilés de Gondolin et de Doriath et les anéantirent. Quelques-uns des leurs se tinrent à l'écart de la bataille, peu se révoltèrent et furent tués dans l'autre camp pour aider Edwing contre leurs propres seigneurs (car telle était la triste confusion qui régnait en ce temps dans le cœur des Eldar), mais Maedhros et Maglor furent vainqueurs bien qu'ils restassent les seuls survivants des fils de Fëanor, car Amrod et Amras furent tués. Les navires de Círdan et du Grand Roi Gilgalad vinrent en hâte au secours des Elfes du Sirion mais arrivèrent trop tard, Elwing avait disparu avec ses enfants. Le peu de gens qui avait survécu à l'attaque se joignit à Gil-galad et ils retournèrent à Balar. Ils apprirent qu'Elros et Elrond étaient prisonniers mais qu'Edwing s'était jetée à la mer, le Silmaril à son cou.

Maedhros et Maglor ne regagnèrent pas le joyau

mais il ne fut pas perdu car Ulmo porta Elwing par-dessus les vagues. Il lui donna l'apparence d'un grand oiseau blanc sur le sein duquel le Silmaril brillait comme une étoile et elle s'envola sur la mer à la recherche d'Eärendil son bien-aimé. Une nuit qu'Eärendil était à la proue de son navire, il la vit venir à lui comme un nuage blanc sous la lune qui volerait trop vite, comme une étoile à la course folle au-dessus de la mer, comme un feu pâle sur l'aile de la tempête. Il est dit qu'elle tomba du ciel sur les planches du Vingilot, évanouie, presque tuée par l'ardeur de sa course, qu'Eärendil prit l'oiseau sur son cœur mais qu'au matin il eut la merveilleuse surprise de voir son épouse auprès de lui, dans sa forme véritable. Elle dormait et ses cheveux voilaient son visage.

Eärendil et Elwing se désolaient de savoir en ruine les ports du Sirion, leurs enfants captifs, et ils tremblaient pour leur vie, mais ils ne furent pas tués. Maglor les prit en pitié et en affection et peu à peu, si improbable que ce fût, l'amour grandit entre eux, car Maglor avait le cœur las et dégoûté du fardeau de cet épouvantable serment.

Eärendil croyait n'avoir plus rien à espérer des Terres du Milieu. Il fit demi-tour une fois encore, le cœur navré, non pas pour rentrer chez lui mais pour essayer encore d'atteindre Valinor avec Elwing. Il se tenait presque toujours à la proue du Vingilot, le Silmaril sur son front, et son éclat grandissait à mesure qu'ils allaient vers l'ouest. Les sages disent que c'est grâce au pouvoir de ce joyau béni qu'ils purent naviguer sur des eaux vierges de tous navires sauf de ceux des Teleri. Ils touchèrent aux Iles Enchantées sans succomber à leur magie, ils passèrent la Mer des Ombres sans être pris dans les brumes, ils purent apercevoir Tol Eressëa, l'Ile Solitaire, sans devoir s'y attarder, ils jetèrent l'ancre enfin dans la baie d'Eldamar. Les Teleri furent stupéfiés de voir ce navire surgir de l'Orient précédé par la lumière du Silmaril qui était devenu étincelant. Eärendil fut le premier des Humains à poser le pied sur la rive immortelle, et alors il s'adressa à Elwing et à tous ceux qui l'avaient suivi, des marins qui avaient couru toutes les mers à ses côtés : Falathar, Erellont et Aerandir. Et il leur dit :

— Nul autre que moi ne mettra pied à terre, pour ne pas encourir la colère des Valar. Je prendrai ce danger sur moi seul, au nom des deux races.

Mais Elwing répondit :

— Nos chemins seraient alors à jamais séparés, et je veux avec toi partager tous les dangers.

Elle sauta dans l'écume argentée pour courir vers lui qui fut pris de tristesse, craignant que la colère des Seigneurs de l'Ouest ne s'abattît sur quiconque oserait franchir les frontières d'Aman. Ils firent leurs adieux à leurs compagnons de voyage et ne les revirent plus jamais.

— Attends-moi ici, dit Eärendil, une seule personne peut apporter le message dont le sort m'a chargé.

Il pénétra seul dans les terres et arriva au col de Calacirya qui lui parut désert et silencieux, car de même qu'autrefois Morgoth et Ungoliant, Eärendil arrivait au moment d'une fête et presque tous les Elfes étaient à Valimar ou sur le Taniquetil, dans le palais de Manwë, et il en restait très peu pour garder les remparts de Tirion.

Pourtant il y en eut pour le voir venir de loin, à cause de la grande lueur qui le précédait, et ils allèrent en hâte le dire à Valimar. Eärendil monta sur la colline de Túna, la trouva déserte, parcourut les rues de Tirion qui étaient vides, et il eut soudain le cœur lourd, craignant qu'un fléau se fût abattu sur le Royaume Bienheureux. Il marchait dans les allées silencieuses, la poussière de son manteau et de ses bottes était comme du diamant et il brillait de mille feux en montant les marches d'albâtre. Il appela dans plusieurs langues, celles des Elfes et celles des Humains, mais n'eut pas de réponse.

Alors il se tourna de nouveau vers la mer et, quand il fut sur la route de la plage, une grande voix le héla du haut de la colline et lui dit :

– Salut, Eärendil, toi, le plus grand des marins, celui qu'on cherche et qui vient sans prévenir, celui qu'on attend et qui revient contre tout espoir ! Salut, Eärendil, porteur de lumière sous le Soleil et sous la Lune ! Gloire des Enfants de la Terre, étoile dans la nuit, joyau du crépuscule, aurore du matin !

C'était la voix de Eönwë, le héraut de Manwë, venu de Valimar, qui invita Eärendil à le suivre devant les Puissants d'Arda. Il alla donc à Valinor, dans les palais de Valimar, et ne remit jamais les pieds sur les terres des Humains. Les Valmar tinrent conseil et firent venir Ulmo des profondeurs marines. Eärendil parut devant eux et leur porta le message des deux races. Il demanda pardon pour les Noldor, pitié pour leurs souffrances, grâce pour les Elfes et les Humains et secours pour leur détresse. Sa prière fut entendue.

On dit chez les Elfes qu'après le départ d'Eärendil, qui était allé chercher son épouse Elwing, Mandos discuta du sort qui allait être le sien :

– Un de ces Humains mortels peut-il fouler le sol éternel de Valinor et continuer à vivre ?

Ulmo lui répondit :

– Il est venu au monde pour cela même. Et dis-moi : est-ce Eärendil, fils de Tuor de la Maison d'Hador, ou bien le fils d'Idril, fille de Turgon, Elfe de la Maison de Finwë ?

Mandos dit alors :

– Mais les Noldor, qui ont volontairement choisi l'exil, ne peuvent retourner.

Quand tout fut dit et prononcé, Manwë prononça la sentence :

– En cette affaire le destin repose sur moi. Les dangers qu'Eärendil a bravés pour l'amour des deux races ne retomberont pas sur lui ni sur sa femme Elwing qui l'a suivi par amour, mais ils ne reverront plus jamais les Elfes ou les Humains des

Terres Extérieures. Et voici ce que je décide pour eux : Eärendil, Elwing et leurs fils auront chacun liberté de choisir à quelle race leur destin sera joint, à quelles lois ils devront se soumettre.

Or, Eärendil était parti depuis longtemps et Elwing se sentit seule et apeurée. Elle erra au bord de la mer jusqu'au port d'Alqualondë où se trouvait le flotte de Teleri. Ils l'accueillirent avec amitié, écoutèrent son récit de la chute de Doriath et de Gondolin, les souffrances de Beleriand, pleins de surprise émerveillée. Eärendil à son retour la trouva donc au Port des Cygnes, mais ils furent bientôt convoqués à Valimar pour entendre la sentence de l'Ancien Roi.

Eärendil dit à son épouse :

– Choisis toi-même, car je suis fatigué du monde.

Elwing choisit d'aller avec les Premiers-Nés des enfants d'Ilúvatar, en l'honneur de Lúthien, et Eärendil choisit de même pour la suivre, bien que son cœur penchât plutôt vers les Humains, le peuple de son père. Puis les Valar envoyèrent Eönwë sur le rivage d'Aman où les marins attendaient encore de savoir ce qui s'était passé. Il choisit un navire où furent placés les trois compagnons d'Eärendil et les Valar les poussèrent vers l'est avec un grand vent. Puis les Valar bénirent Vingilot et le firent passer au-dessus de Valinor jusqu'aux limites du monde. Là, il traversa la Porte de la Nuit et s'envola jusqu'aux océans célestes.

Splendide était ce merveilleux navire, il en sortait une flamme ondulante, vive et pure; à sa proue était assis Eärendil, le Marin couvert de la poussière étincelante des gemmes, le Silmaril attaché à son front. En ce navire il voyagea très loin, jusque dans le vide sans étoiles, mais on le voyait le plus souvent le soir ou le matin, paré de l'éclat du levant ou du couchant, quand il revenait à Valinor de ses voyages aux confins du monde.

Elwing ne prit pas part à ces voyages, elle n'aurait

pas supporté le froid et l'espace désert, elle préférait la terre et les douces bises qui caressaient les collines et la mer. Alors on construisit pour elle une tour toute blanche vers le nord, au bord des Mers Extérieures, là où venaient toujours se reposer les oiseaux de l'océan. On dit qu'Elwing apprit le langage des oiseaux, ayant elle-même pris une fois cette forme, qu'ils lui apprirent à voler et que ses ailes étaient blanches et gris-argent. Parfois, quand Eärendil revenait près de la Terre, elle s'envolait à sa rencontre comme elle l'avait fait jadis après avoir été sauvée de la noyade. Et ceux des Elfes qui avaient la vue la plus perçante la voyaient monter comme un oiseau blanc et brillant, taché de rose par le soleil couchant, dans un élan joyeux qui saluait l'arrivée du Vingilot dans le ciel.

Quand le Vingilot fit voile pour la première fois vers les routes célestes, il se dressa soudain, éclatant de blancheur, et les peuples des Terres du Milieu l'aperçurent de loin. Ils s'étonnèrent, dirent que c'était un présage et l'appelèrent Gil-Estel, l'étoile du Grand Espoir. Et lorsqu'on put voir cette étoile la nuit, Maedhros dit à son frère Maglor :

– C'est un Silmaril, sûrement, qui brille désormais à l'ouest ?

Maglor lui répondit :

– Si c'est vraiment le Silmaril que nous avons vu s'engloutir dans la mer et qui se lève à nouveau grâce au pouvoir des Valar, réjouissons-nous, car sa gloire est vue de tous et, pourtant, il est à l'abri de tout mal.

Les Elfes relevèrent la tête, et le désespoir les quitta, mais Morgoth fut rempli d'inquiétude.

On dit aussi que Morgoth n'avait pas prévu l'attaque qui lui vint de l'ouest. Son orgueil était devenu tel que nul, croyait-il, n'oserait jamais plus lui faire une guerre ouverte. En outre, il pensait avoir à jamais séparé les Noldor des Puissances de l'Ouest et que les Valar, dans leur bienheureux royaume, ne se souciaient plus du monde extérieur où il taillait son empire car, pour ce qui est sans pitié, les œuvres de merci sont étranges et impensables. Pourtant l'armée des Valar se préparait à la guerre : le peuple d'Ingwë, les Vanyar, marchaient sous leurs bannières blanches, puis les Noldor qui n'avaient jamais quitté Valinor, conduits par Firnarfin, le fils de Finwë. Rares furent les Teleri à vouloir se battre, car ils se souvenaient du massacre du Port des Cygnes et du vol de leurs navires, mais ils écoutaient les paroles d'Elwing qui était la fille de Dior Eluchil et venait de leur sang. Ils envoyèrent assez de marins pour la manœuvre des navires qui feraient traverser la mer aux armées de Valinor, mais ils restèrent à bord de leurs bateaux et aucun ne posa le pied sur le sol des Terres Extérieures.

Aucun récit ne décrit en détail la marche des Valar vers le nord des Terres du Milieu, car aucun des Elfes qui avait vécu et souffert dans ces terres ne les accompagnait et c'est par eux que les histoires de ce temps nous sont parvenues. Ils n'apprirent ce qui s'était passé que beaucoup plus tard grâce à ceux de leur race qui vivaient à Aman.

Enfin, la puissance de Valinor surgit de l'Occident, le défi des trompettes d'Eönwë fit résonner le ciel et Beleriand fut embrasée de la gloire de leurs armes. L'armée des Valar avait pris des formes si jeunes, si belles et si terribles que les montagnes tremblaient sous leurs pas.

La rencontre des armées de l'Ouest et du Nord fut appelée la Grande Bataille, la Guerre de la Colère. Le trône de Morgoth rassembla toutes ses forces, qui avaient grandi sans mesure, si bien qu'Anfauglith ne pouvait plus les contenir, et le Nord tout entier fut enflammé par la guerre.

Mais cela ne lui servit de rien. Les Balrogs furent détruits, sauf quelques-uns qui s'enfuirent pour se cacher dans des grottes inaccessibles dans les racines de la terre. Les innombrables légions des Orcs périrent comme des brins de paille dans un incendie ou furent balayées comme des feuilles mortes par un ouragan. Pendant longtemps, il en resta bien peu pour inquiéter le monde. Ceux qui avaient survécu à la chute des trois maisons humaines amies des Elfes, les Pères des Hommes, combattirent auprès des Valar, et dans cette journée vengèrent Baragund et Barahir, Galdor et Gundor, Huor et Húrin et beaucoup de leurs princes. Mais un grand nombre des fils des hommes, ceux du peuple d'Uldor ou les nouveaux venus de l'Est, marchèrent avec l'Ennemi et les Elfes ne l'oublièrent pas.

Voyant ses armées en déroute et son pouvoir affaibli, Morgoth eut peur et n'osa pas s'avancer en personne. Il lâcha sur ses ennemis les forces qu'il avait gardées en réserve dans une attaque désespérée, et on vit sortir des cavernes d'Angband les dragons ailés qu'on n'avait encore jamais vus. L'assaut de cette terrible armada fut si brutal et si dévastateur que les armées des Valar reculèrent devant le tonnerre, les éclairs et l'ouragan de flammes qui précédaient les dragons.

Eärendil s'avança, illuminé d'un éclat blanc. Tous les oiseaux du ciel accompagnaient Vingilot, conduits par Thorondor, et la bataille fit rage dans les airs tout un jour et toute une nuit de doute et d'inquiétude. Avant le lever du soleil Eärendil transperça le noir Ancalagon, le plus grand des dragons, et le précipita du haut du ciel. Il tomba sur les pics du Thangorodrim qu'il brisa dans sa chute. Alors le soleil se leva, les armées des Valar eurent à nouveau l'avantage, presque tous les dragons furent exterminés, les cavernes de Morgoth furent enfoncées et mises au jour et la puissance des Valar descendit jusqu'aux entrailles de la terre. Morgoth, acculé, révéla sa lâcheté : il s'enfuit au plus profond de ses mines, implorant la paix et le pardon, mais on lui trancha les pieds et il fut jeté face contre terre. Il retrouva le poids de la chaîne Angainor qu'il avait jadis portée, on fit de sa couronne de fer un collier pour son cou et on lui courba la tête sur les genoux. Les deux Silmerils qui lui restaient lui furent enlevés et ils brillèrent à nouveau, intacts sous le soleil. Eönwë les prit et ne les lâcha plus.

Ainsi fut mis fin au pouvoir d'Angband sur les terres du Nord. Le royaume maléfique fut détruit et une multitude d'esclaves sortirent des prisons souterraines et s'avancèrent à la lumière du jour qu'ils croyaient ne jamais revoir pour contempler un monde qui avait changé. Car la fureur des adversaires avait été telle que le nord des terres occidentales fut coupé en deux et que la mer s'avança dans les fentes en grondant. Il y eut grand trouble et grand vacarme, les fleuves disparurent ou trouvèrent de nouveaux lits, les vallées furent comblées et les montagnes s'effondrèrent, et le Sirion n'exista plus.

Alors Eönwë, héraut de l'Ancien Roi, invita les Elfes de Beleriand à quitter les Terres du Milieu. Maedhros et Maglor refusèrent de le suivre et se préparèrent à nouveau, quoique cette fois avec lassitude et dégoût, à mener à son terme le serment qu'ils avaient fait. Ils étaient prêts à se battre pour les Silmarils s'ils ne leur étaient pas rendus, même contre l'armée victorieuse de Valinor, seuls contre le monde entier. Ils envoyèrent donc un message à Eönwë, lui ordonnant de leur laisser les joyaux faits autrefois par leur père Fëanor et volés par Morgoth.

Eönwë leur répondit que le droit donné par l'œuvre de leur père et dont avaient hérité les fils de Fëanor était maintenant déchu à cause des impitoyables et nombreux forfaits qu'ils avaient commis sous l'empire de leur serment, surtout le meurtre de Dior et la destruction des ports. L'éclat des Silmarils allait revenir à l'Ouest d'où il était venu, et Maedhros et Maglor devaient, eux aussi, rentrer à Valinor pour y subir le jugement des Valar, les seuls qui pouvaient décider du sort des Silmarils dont Eönwë avait la charge. Maglor alors voulut se soumettre le cœur gonflé de larmes et il dit :

– Le serment ne nous interdit pas d'attendre, il se peut qu'à Valinor tout soit oublié et pardonné et que nous rentrions dans notre bien sans guerre.

Mais Maedhros répondit que, si la faveur des Valar leur manquait une fois rentrés à Valnor, ils seraient toujours sous le coup du serment sans l'espoir de jamais le remplir.

– Qui peut dire le terrible destin qui peut nous échoir si nous défions les Puissants dans leur propre royaume et si nous tentons d'y ramener la guerre?

Maglor résistait encore et dit :

– Si Manwë et Varda eux-mêmes nous dénient l'accomplissement d'un serment dont nous les avons fait témoins, ne sera-t-il pas tenu pour nul?

Mais Maedhros dit encore :

– Comment nos voix pourront-elles atteindre Ilüvatar au-delà des cercles du monde? Dans notre folie nous avons juré sur Iluvatar et appelé sur nous l'Eternelle Nuit si nous ne tenons pas nos paroles. Qui peut nous délivrer?

– Si nul ne peut nous délivrer, dit Maglor, alors en vérité la nuit éternelle sera notre lot, que nous tenions ou non notre serment, et nous ferons moins de mal en le brisant.

Pourtant il céda finalement à la volonté de Maedhros et ils se concertèrent pour savoir comment reprendre les Silmarils. Ils se déguisèrent, ils entrèrent dans la nuit dans le camp d'Eönwë et rampèrent jusqu'à l'endroit où on gardait les joyaux. Ils tuèrent les gardiens et s'emparèrent des Silmarils. Aussitôt tout le camp réveillé se dressa contre eux et ils se préparèrent à mourir après s'être défendus jusqu'au bout. Mais Eönwë ne voulut pas permettre qu'on tue les fils de Fëanor et les laissa s'enfuir sans encombre. Chacun prit un Silmaril en disant :

– Comme l'un d'eux est perdu, qu'il n'en reste que deux et que nous sommes les deux seuls qui restent de nos frères, il est clair que le sort a voulu que nous héritions de notre père.

Mais le joyau brûlait la main de Maedhros d'une souffrance insupportable. Il comprit qu'il en était comme avait dit Eönwë, que leur droit était déchu et que leur serment était devenu vain. Fou d'angoisse et de désespoir, il se jeta dans une crevasse béante où grondait un brasier et finit ses jours ainsi. Le Silmaril qu'il portait se perdit dans le sein de la Terre.

On dit que Maglor ne supporta pas non plus la douleur qui le torturait et qu'il finit par jeter le Silmaril à la mer pour ensuite errer à jamais le long des côtes, chantant devant les vagues sa souffrance et son regret. Car c'était un des plus grands chanteurs du temps jadis, ne le cédant qu'à Daeron de Doriath, et jamais il ne revint parmi le peuple des Elfes. Il arriva donc que les Silmarils trouvèrent enfin leur demeure : l'un au firmament du ciel, l'autre dans les flammes au cœur du monde et le troisième dans les profondeurs marines.

En ce temps-là il se construisit un grand nombre de navires sur le rivage de la Mer Occidentale et les Eldar firent voile vers l'ouest dans une flotte immense pour ne jamais revenir sur ces terres de larmes et de malheur. Les Vanyar reprirent leurs blanches bannières et furent portés en triomphe à Valinor, mais la joie de leur victoire fut amoindrie parce qu'ils rentraient sans les Silmarils pris à la couronne de Morgoth, et ils savaient que ces joyaux ne seraient pas retrouvés ni réunis à moins de briser le monde pour le refaire ensuite.

Quand ils arrivèrent à l'ouest, les Elfes de Beleriand s'arrêtèrent à Tol Eressëa, l'Ile Solitaire, celle qui regarde à la fois vers l'ouest et vers l'est et d'où ils pourraient aller un jour à Valinor. Ils trouvèrent à nouveau le pardon des Valar et l'amour de Manwë, les Teleri oublièrent leur ancienne rancune et la malédiction fut oubliée.

Mais les Eldalië n'étaient pas tous disposés à abandonner ces Terres du Milieu où ils avaient si longtemps vécu et souffert, et quelques-uns y restèrent de nombreux siècles. Parmi eux Círdan le Charpentier, Celeborn de Doriath et sa femme Galadriel, la seule qui restait de ceux qui avaient conduit les Noldor en exil à Beleriand. Resta aussi le Grand Roi Gil-galad et avec lui Elrond le Demi-Elfe qui avait choisi, comme il le lui avait été accordé, d'être compté parmi les Eldar, tandis que son frère Elros décida de rester avec les Humains. C'est de ces frères et d'eux seuls qu'est venu aux hommes un peu de sang des Premiers-Nés et une trace des esprits divins qui existaient avant Arda, car c'étaient les fils d'Elwing, fille de Dior, fils de Lúthien, née de Thingol et de Melian; et leur père Eärendil était le fils d'Idril Celebrindal, fille de Turgol de Gondolin.

Quant à Morgoth les Valar le jetèrent au-delà des remparts du Monde par la Porte de la nuit, dans le Vide Eternel, et ils vont à jamais garder ces remparts tandis qu'Eärendil veille sur les routes du ciel. Pourtant les mensonges que Melkor, le puissant et le maudit, Morgoth Bauglir, Puissance de Terreur et de Haine, avait semés dans le cœur des Elfes et des Humains étaient une semence qui ne pouvait ni mourir ni être détruite. Elle renaît et bourgeonne de temps à autre pour donner des fruits noirs, et cela jusqu'aux derniers jours.

Ici se termine le SILMARILLION. De la grandeur et de la beauté il est descendu jusqu'à la ruine et aux ténèbres qui furent jadis le sort d'Arda la Blessée. Si cela doit changer, si la blessure doit guérir, Manwë et Varda le savent peut-être, mais ils ne l'ont pas annoncé, non plus que les sentences de Mandos.

AKALLABETH

La chute de Númenor

Les Eldar racontent que les Hommes vinrent au monde au temps de l'Ombre de Morgoth et qu'ils tombèrent bien vite sous sa coupe. Il envoya des émissaires parmi eux et ils écoutèrent leurs discours perfides et malfaisants et ils adorèrent les Ténèbres tout en les craignant. Mais il y en eut pour se détourner du mal, quitter le pays de leurs pères et s'en aller vers l'ouest, ayant eu vent qu'il y avait là-bas une lumière que l'Ombre ne pourrait amoindrir. Les serviteurs de Morgoth les poursuivirent de leur haine et la route fut longue et dure, mais ils arrivèrent enfin sur les terres qui bordent la mer et pénétrèrent à Beleriand aux jours de la Guerre des Joyaux. Ils furent nommés les Edain en langue sindarine, devinrent amis et alliés des Eldar et accomplirent des exploits audacieux dans la guerre contre Morgoth.

C'est d'eux que descendit, par son père, Eärendil l'Ardent, et il est raconté dans le *Lai d'Eärendil* comment il construisit son navire, le Vingilot, que les hommes appelèrent Rothinzil, que la victoire de Morgoth était presque accomplie, comment il navigua sur les mers inconnues en cherchant Valinor, car il voulait plaider devant les Puissants la cause des Deux Races, afin que les Valar aient pitié d'eux et leur envoient du secours alors qu'ils étaient réduits au désespoir. Les Elfes comme les Humains l'appelèrent ensuite Eärendil le Béni, car sa quête fut couronnée de succès après maintes peines et maints dangers et l'armée des Seigneurs de l'Ouest sortit de Valinor. Mais Eärendil ne revint jamais sur les terres qu'il avait aimées.

Dans la Grande Bataille, quand enfin Morgoth fut renversé et le Thangorodrim écroulé, seuls des peuples humains les Edain avaient combattu pour les Valar, alors que beaucoup d'autres se battaient pour Morgoth. Après la victoire des Seigneurs de l'Ouest, ceux des méchants Humains qui n'avaient pas été tués s'enfuirent à nouveau vers l'est où un grand nombre d'hommes était resté à errer comme des sauvages dans les terres incultes, sans loi et repoussant les invites des Valar comme celles de Morgoth. Les méchants hommes vinrent parmi eux, firent planer la terreur et devinrent leurs rois. Les Valar alors se désintéressèrent pour longtemps de ces Humains des Terres du Milieu qui avaient refusé de les suivre et avaient ensuite pris pour seigneurs les amis de Morgoth. Les Humains vivaient dans l'ombre, harcelés par les créatures malfaisantes inventées par Morgoth pour étendre son règne : des démons, des dragons, des bêtes monstrueuses et les Orcs impurs, caricatures des Enfants d'Ilúvatar. Et tous ces humains étaient malheureux.

Or donc, Manwë rejeta Morgoth et l'enferma au-delà du Monde dans le Vide extérieur, et il ne pouvait plus revenir sur le monde, en personne et visible, tant que les Seigneurs de l'Ouest seraient sur leur trône. Cependant les germes qu'il avait semés poussaient et bourgeonnaient et ils portaient des fruits maléfiques dès qu'on en prenait soin, car sa volonté restait pour guider ses serviteurs et les pousser sans cesse à contrecarrer la volonté des Valar et à détruire ceux qui leur obéissaient. Et les Seigneurs de l'Ouest le savaient fort bien. Quand donc Morgoth eut été rejeté, ils tinrent conseil au sujet des siècles qui allaient suivre. Les Eldar, ceux qui les avaient écoutés et qu'ils avaient rappelés à l'ouest, vivaient sur l'Ile d'Eressëa, et il y a sur cette terre un port qu'on appelle Avallonë, de toutes les villes la plus proche de Valinor. La tour d'Avallonë est la première chose que peut voir le marin au bout des étendues liquides quand il s'approche enfin du Pays Immortel. Les Pères des Humains des trois maisons fidèles furent, eux aussi, richement récompensés : Eönwë vint parmi eux les enseigner, il leur donna la sagesse, le pouvoir et une existence plus longue qu'aucun mortel avant eux. Une terre fut faite pour qu'ils y vivent, séparée des Terres du Milieu comme de Valinor. Ossë la fit surgir du fond de la Grande Mer, elle fut façonnée par Aulë et enrichie par Yavanna, puis les Eldar y apportèrent des fleurs et des fontaines de Tol Eressëa. Les Valar appelèrent ce pays Andor, le Pays de l'Offrande, et l'étoile d'Eärendil brillait à l'ouest pour annoncer aux Edain que tout était prêt et pour les guider à travers les mers. Les Humains s'émerveillèrent grandement de voir cette flamme d'argent dans le sillage du soleil.

Alors les Edain firent voile sur les eaux profondes en suivant l'Etoile, les Valar maintinrent les vagues en paix pendant de nombreux jours, firent donner le soleil et un vent favorable, si bien que les eaux brillaient sous les yeux des navigateurs comme un frémissement de cristal et que l'écume était comme une neige à la proue des navires. Rothinzil brillait d'un tel éclat que les Humains purent la voir dès le matin percer la brume de l'ouest, et qu'elle resplendissait seule dans le ciel nocturne, car tous les astres étaient éclipsés par sa présence. Leur course ainsi guidée, les Edain parcoururent d'innombrables lieues d'étendue marine et virent au loin la terre qui les attendait, Andor, le Pays de l'Offrande, qui frémissait dans un halo doré. Ils débarquèrent pour trouver une terre riche et fertile, ils furent heureux et l'appelèrent Elenna, la Route de l'Etoile, et aussi Anadûn, l'Occidentale, ou Númenorë dans l'Ancien Langage des Eldar.

Ce furent les débuts de ce peuple que la langue des Elfes Verts appelle Dúnedain : les Númenoréens, les Rois parmi les Hommes. Mais ils n'échappèrent pas à la mort qu'Ilúvatar avait destinée à toute l'humanité, et ils restaient mortels bien qu'ils pussent vivre longtemps sans connaître la maladie avant que la nuit ne les recouvrît. Ils grandirent en sagesse et en gloire et en toutes choses ressemblèrent plus aux Premiers-Nés qu'aucun autre peuple des hommes. Ils étaient grands, plus encore que le plus grand des fils des Terres du Milieu, la lumière de leurs yeux faisait comme une étoile, mais leur nombre n'augmentait que lentement : il leur naissait bien des fils et des filles, plus beaux encore que leurs parents, mais ils avaient peu d'enfants.

Autrefois la plus grande ville et le premier port de Númenor se trouvait au milieu de la côte occidentale, et on l'appelait Andunië car elle donnait sur le soleil couchant. Et il y avait au milieu des terres une haute et abrupte montagne appelée Meneltarma, le Pilier du Ciel, en haut de laquelle était un endroit consacré à Eru Ilúvatar. C'était un temple sans murs et sans toit, et aucun autre ne s'élevait au pays des Númenoréens. Au pied de la montagne se dressaient les tombes des Rois et sur une colline voisine Armenelos, la plus belle des cités, où se trouvait la forteresse et la tour construites par le fils d'Eärendil, Elros, que les Valar avaient nommé premier Roi des Dúnedain.

Or, Elros et son frère Elrond descendaient des Trois Maisons des Edain, et aussi en partie des Eldar et des Maiar, car Idril de Gondolin et Lúthien, la fille de Melian, étaient leurs grand-mères. Les Valar ne pouvaient leur enlever le don de la mort que les Humains devaient à Ilúvatar, mais celui-ci leur donna à juger du sort des Demi-Elfes, et ils décidèrent que les fils d'Eärendil choisiraient eux-mêmes leur destin. Elrond voulut rester avec les

Premiers-Nés, et la vie éternelle lui fut octroyée. Quant à Elros, qui devint Roi des Humains, il lui fut accordé un grand nombre d'années, plusieurs fois la vie des Humains des Terres du Milieu, et toute sa descendance, les rois et les princes de la maison royale, jouit d'une vie très longue même pour les Númenoréens. Elros vécut cinq cents ans et régna sur son peuple pendant quatre cent dix ans.

Ainsi les années passaient tandis que les Terres du Milieu replongeaient dans le passé, que la lumière et la sagesse s'y éteignaient. Les Dúnedain vivaient sous la protection des Valar, ils avaient l'amitié des Eldar, et ils purent grandir de corps comme d'esprit. Si le peuple employait encore son langage de toujours, les rois et les princes parlaient aussi la langue des Elfes qu'ils avaient apprise au temps de leur alliance et ils pouvaient ainsi converser avec les Eldar, qu'ils fussent d'Eressëa ou des régions occidentales des Terres du Milieu. Les plus savants d'entre eux apprirent aussi l'Ancien Langage Eldarin du Royaume Bienheureux, dans lequel moult contes et chants sont conservés depuis le commencement du monde. Ils écrivirent des lettres, des parchemins et des livres où ils consignèrent maintes choses sages et merveilleuses quand leur royaume, maintenant oublié, était à son apogée. Il se trouva donc que tous les princes de Númenor portaient des noms eldarin en plus des leurs, de même que pour les villes et les beaux endroits qu'ils créèrent à Númenor et sur les rives des Terres Intérieures.

Car les Dúnedain devinrent de puissants armateurs et s'ils l'avaient voulu, ils auraient pu aisément surpasser les rois malfaisants des Terres du Milieu pour ce qui est des arts de la guerre et de la trempe des armes, mais ils étaient devenus paisibles. De tous les arts, ils préféraient la construction des navires et la navigation, et ils devinrent des marins comme le monde n'en a plus connu depuis qu'il est devenu plus petit. Voyager au grand large des océans était l'exploit et l'aventure préférée des hommes de valeur dans les jours audacieux de leur jeunesse.

Les Seigneurs de Valinor leur interdisaient d'aller vers l'ouest jusqu'à perdre de vue les côtes de Númenor, et les Dúnedain s'en contentèrent pendant longtemps, bien qu'ils ne comprissent pas vraiment le sens de cet interdit. Manwë voulait ainsi les écarter de la tentation d'aller voir le Royaume Bienheureux et d'outrepasser les limites faites à leur bonheur en s'énamourant de l'immortalité des Valar, des Eldar et du pays où toutes choses duraient.

Car, en ce temps, Valinor était encore du domaine des choses visibles et Ilúvatar permettait aux Valar de garder sur la terre un séjour durable, un souvenir de ce qui aurait pu être si Morgoth n'avait jeté son ombre sur le monde. Les Númenoréens le savaient fort bien et parfois, quand l'air était limpide et le soleil à l'est, ils regardaient vers l'ouest et apercevaient sur une rive lointaine une ville blanche et radieuse, un grand port et une tour. A cette époque, les Humains de Númenor avaient la vue perçante, mais c'étaient néanmoins les plus clairvoyants d'entre eux qui jouissaient seuls de cette vision depuis le Meneltarma, par exemple, ou du pont d'un navire avancé aussi loin vers l'ouest qu'il leur était permis d'aller. Car ils n'osaient pas braver l'Interdit des Seigneurs de l'Ouest. Pourtant les plus savants d'entre eux savaient que cette rive lointaine n'était pas vraiment le Royaume Bienheureux de Valinor mais Avallonë, le port des Eldar sur Eressëa, la plus orientale des terres immortelles. Parfois les Premiers-Nés venaient jusqu'à Númenor dans leurs bateaux sans rames comme des oiseaux blancs accourus du soleil couchant. Ils apportaient maintes offrandes à Númenor : oiseaux chanteurs, fleurs odorantes, herbes de hautes vertus, et un jour ils leur firent don d'une pousse de Celeborn, l'Arbre Blanc qui poussait au centre d'Eressëa, lui-même un rejet de Gralathilion l'arbre de Túna, l'image de Telperion que Yavanna avait donnée aux Eldar à Valinor. L'arbre grandit dans les jardins du Roi, à Armenelos, il fleurit et on le nomma Nimloth. Ses fleurs s'épanouissaient au crépuscule et venaient parfumer les ombres de la nuit.

C'est donc à cause de l'Interdit des Valar qu'à cette époque les voyages des Dúnedain les menaient toujours vers l'est, depuis les ténèbres du Nord jusqu'aux chaleurs du Midi et au-delà du Sud, jusqu'aux Ténèbres d'En Bas. Ils allèrent même sur les mers intérieures, contournèrent les Terres du Milieu et aperçurent depuis leurs hautes proues les Portes du Matin à l'Orient. Les Dúnedain touchaient parfois aux plages des Grandes Terres et ils avaient pitié de ce monde abandonné. Les Seigneurs de Númenor reprirent pied sur les rives occidentales des Terres du Milieu aux Ages Sombres de l'humanité, et nul n'osa s'y opposer, car la plupart des Humains de cette époque étaient encore sous l'Ombre qui les avait rendus faibles et craintifs. Les Númenoréens qui vinrent parmi eux leur apprirent beaucoup. Ils leur apportèrent la vigne et le blé, apprirent aux hommes à planter les semences, à moudre le grain et à ordonner leur vie du mieux qu'il était possible sur une terre où la mort était prompte et leur bonheur fugitif.

Leur sort s'améliora, ici et là sur les côtes occidentales, les forêts incultes reculèrent et les Humains secouèrent le joug des créatures de Morgoth et oublièrent leur terreur de la nuit. Ils révéraient le souvenir des grands Rois dé la Mer et, quand ils furent partis, les appelèrent des dieux, espérant qu'ils reviendraient. A cette époque, les Númenoréens ne restaient jamais longtemps sur les Terres du Milieu et n'y construisaient pas de demeures. Ils devaient naviguer vers l'est, mais leur cœur voguait vers l'ouest.

Et cette nostalgie se fit plus forte d'année en année, les Númenoréens furent pris d'une soif ardente pour cette ville immortelle qu'ils voyaient au loin, ils désiraient échapper à la mort et à la fin des plaisirs, connaître une vie sans limite, et leur trouble augmentait à mesure qu'ils gagnaient en puissance et en gloire. Car si les Valar leur avaient fait don de longue vie, ils n'avaient pu les soulager de cette lassitude du monde qui vient avant la mort ni de la mort elle-même qui prenait jusqu'à leurs rois, issus pourtant du sang d'Eärendil. Leur vie était brève aux regards des Eldar et une ombre tomba sur eux, en quoi peut-être on peut voir que l'esprit de Morgoth était toujours à l'œuvre. Les Númenoréens se mirent à murmurer, d'abord au fond de leur cœur, puis à mots découverts, contre le destin des Humains, et d'abord contre l'Interdit qui les empêchait de naviguer vers l'ouest.

Et ils se dirent entre eux :

– Pourquoi les Seigneurs de l'Ouest jouissent-ils d'une paix sans fin alors que nous devons mourir pour aller on ne sait où, quitter nos demeures et tout ce que nous avons fait ? Et les Eldar ne meurent pas, pas même ceux qui se sont révoltés contre leurs Seigneurs. Puisque nous sommes maîtres des océans, qu'il n'est pas une mer si sauvage ou si vaste que nos navires ne pussent la dominer, pourquoi n'irions-nous pas rendre visite à nos amis d'Avallonë ?

D'autres dirent encore :

– Pourquoi ne pas aller aussi sur Aman et y goûter, ne fût-ce qu'un seul jour, le bonheur des Puissants ? Ne sommes-nous pas devenus un des plus grands peuples d'Arda ?

Les Eldar rapportèrent ces paroles aux Valar et Manwë en fut peiné, voyant les nuages s'amasser sur le midi de Númenor. Il envoya des Messagers aux Dúnedain qui parlèrent sévèrement au Roi et à tous ceux qui voulurent les écouter des formes du monde et de son destin.

– Le Destin du Monde, dirent-ils, seul peut le changer celui qui l'a fait. Pourriez-vous naviguer en évitant tous les pièges et illusions de la mer et parvenir jusqu'au Pays d'Aman, le Royaume Bienheureux, que vous n'y gagneriez rien. Car ce n'est pas le pays de Manwë qui rend ses habitants immortels, mais ce sont les Immortels qui ont béni la terre où ils vivent. La fatigue et la vieillesse vous y prendraient d'autant plus vite que vous seriez comme des phalènes prises dans une lumière trop forte.

Et le Roi dit :

— Eärendil, mon grand-père, ne vit-il pas? N'est-il pas au Pays d'Aman?

Et ils répondirent :

— Tu sais qu'il a un destin singulier et qu'il a été joint aux Premiers-Nés, qui ne meurent pas. Il lui est pourtant impossible de jamais revenir sur la terre des mortels. Alors que toi et les tiens n'êtes pas des Premiers-Nés, mais des hommes mortels créés par Ilúvatar. Il semble que vous vouliez maintenant les avantages des deux races : aller quand il vous plaît à Valinor et rentrer chez vous à votre gré. Cela ne peut pas être. Et les Valar ne peuvent pas reprendre les dons d'Ilúvatar. Les Eldar, dites-vous, n'ont pas ce châtiment, et même ceux qui se sont révoltés ne meurent pas. Pour eux ce n'est ni punition ni récompense, mais l'accomplissement de leur destin. Ils ne peuvent y échapper, ils sont attachés à ce monde et ne peuvent le quitter tant qu'il dure, car sa vie est la leur. Et vous seriez punis de la révolte des Humains, dites-vous, à quoi vous n'avez guère pris part, ce serait pour cela que vous mourez. Mais cela n'a pas été établi comme une punition. Vous vous échappez, vous quittez ce monde et n'y êtes pas liés par l'espoir ou la lassitude. Alors qui donc devrait envier l'autre?

Les Númenoréens répondirent à cela :

— Pourquoi ne pas envier les Valar, ou le moindre des immortels? Car on nous demande une confiance aveugle, on nous donne un espoir sans garantie, nous ignorons ce qui nous attend bientôt. Et nous aimons la Terre et ne voulons pas la perdre.

Et les Messagers :

– En vérité les Valar ignorent ce qu'Ilúvatar vous a réservé, car il ne leur a pas révélé toutes les choses à venir. Mais nous tenons ceci pour vrai : que votre demeure n'est pas ici, ni au Pays d'Aman ni ailleurs dans les Cercles du Monde, et le destin des Humains, comme quoi ils doivent partir, fut au départ un don d'Ilúvatar. Ce n'est une peine pour eux que depuis qu'ils sont passés sous l'ombre de Morgoth. Ils se sont cru entourés de ténèbres dont ils ont eu peur, puis certains ont eu l'orgueil obstiné de ne pas céder jusqu'à ce que la vie leur fût arrachée. Nous qui portons le fardeau sans cesse croissant des années, nous le comprenons mal, mais si cette peine est revenue vous troubler, comme vous le dites, alors nous craignons qu'une fois de plus l'Ombre se relève et grandisse dans vos cœurs. C'est pourquoi, bien que vous soyez les Dúnedain, les plus beaux des Humains, ceux qui ont fui l'Ombre de jadis et combattu vaillamment contre elle, nous vous disons : prenez garde ! Nul ne peut s'opposer à la volonté d'Eru, et les Valar vous demandent fermement de ne pas vous refuser à la charge qui vous est dévolue de peur qu'elle ne redevienne bientôt la chaîne qui vous liera. Ayez plutôt l'espoir que le terme assigné verra satisfaits les moindres de vos désirs. L'amour d'Arda fut semé en vos cœurs par Ilúvatar, et il ne plante pas sans but. Pourtant des siècles et des générations d'hommes passeront peut-être avant que ce but soit connu, et c'est à vous alors qu'il sera révélé, non aux Valar.

Ces événements eurent lieu sous le règne de Tar-Ciryatan le Charpentier et de son fils Tar-Atanamir. C'étaient des hommes fiers, aimant la richesse, qui soumirent au tribut les Humains des Terres du Milieu. Ils prenaient désormais, après avoir donné. Les Messagers s'étaient adressés à

Tar-Atanamir, le treizième Roi de Númenor. Il y avait plus de deux mille ans que le royaume existait et il était arrivé au zénith de sa félicité, sinon de sa puissance. Les conseils des Messagers déplurent au Roi qui décida de les ignorer, suivi par la majorité de son peuple. Ils voulaient échapper à la mort à leur manière et ne pas se contenter d'espoir. Atanamir vécut jusqu'à un âge avancé, s'accrochant à la vie après que toutes les joies en furent parties. Il fut le premier des Númenoréens à faire ainsi : il refusa de partir alors que son esprit et sa virilité étaient morts et dénia le trône à son fils dans la force de l'âge. Or, les Princes de Númenor se mariaient tard au cours de leur longue vie et laissaient leur place à leurs fils dès que ceux-ci étaient adultes de corps et d'esprit.

Puis le fils d'Atanamir, Tar-Ancalimon, devint Roi à son tour, dans le même esprit que son père, et sous son règne le peuple de Númenor connut la division. D'un côté, le parti le plus nombreux qu'on appelait les Hommes du Roi, que l'orgueil éloigna des Eldar et des Valar. D'un autre, ceux qu'on appelait les Elendili, les Amis des Elfes, car s'ils restaient loyaux envers le Roi et la Maison d'Elros, ils souhaitaient conserver l'amitié des Eldar et ne repoussaient pas les conseils des Seigneurs de l'Ouest. Et pourtant ceux-là mêmes qui avaient choisi le nom de Fidèles n'échappaient pas entièrement à la souffrance ressentie par le peuple, et ils s'inquiétaient à l'idée de la mort.

Le bonheur de l'Occidentale en fut amoindri tandis que sa gloire et sa puissance grandissaient. Les rois et le peuple n'avaient pas encore renoncé à toute sagesse et, s'ils n'aimaient plus les Valar, ils continuaient de les craindre. Ils n'osaient pas braver ouvertement l'Interdit et naviguer hors des limites fixées. Leurs grands navires allaient toujours vers l'est. Mais la peur de la mort grandissait en eux et ils la retardaient par tous les moyens possibles.

Ils se mirent à construire pour leurs morts de grandes maisons où des savants travaillaient sans relâche à découvrir le moyen de les ramener à la vie ou au moins de prolonger les jours des Humains. Ils trouvèrent seulement l'art de préserver intacte la chair morte des hommes, et ils remplirent le pays de tombes silencieuses où l'idée de la mort était enchâssée par la nuit. Les vivants se tournaient avec ardeur vers les plaisirs et les fêtes, voulant sans cesse accumuler les biens et les richesses. Après le règne de Tar-Ancalimon on négligea d'offrir à Eru les premiers fruits et les Humains se rendirent de moins en moins au lieu béni sur le sommet de Meneltarma, au centre du pays.

Il arriva donc à cette époque que les Númenoréens établirent de grandes colonies sur les côtes ouest des anciennes terres. Leur propre territoire leur semblait rétréci, ils n'y trouvaient plus de repos ni de paix et désiraient maintenant la maîtrise et les richesses des Terres du Milieu, puisqu'on leur refusait l'Occident. Ils dressèrent de hautes tours, creusèrent de grands ports et beaucoup allèrent y vivre, devenus plutôt des seigneurs, des maîtres, ceux qui levaient le tribut, que des aides ou des professeurs. Les grands navires voguaient vers l'est et en revenaient chargés, les rois gagnaient en majesté et en puissance, ils buvaient et festoyaient et se vêtaient désormais d'or et d'argent.

Les Amis des Elfes prirent peu de part à tout cela. Ils étaient maintenant les seuls à se rendre au nord, au pays de Gil-galad, à rester amis avec les Elfes et à les aider contre Sauron. Pelargir, leur port, était au-dessus de l'embouchure du grand fleuve Anduin. Tandis que les Hommes du Roi allaient loin vers le sud : les colonies et les places fortes qu'ils fondèrent ont laissé maints souvenirs dans les légendes des hommes.

A cette époque, comme il est dit ailleurs, Sauron revint sur les Terres du Milieu, il grandit et se tourna de nouveau vers le mal que lui avait enseigné Morgoth dont il avait été l'un des plus puissants serviteurs. Déjà, à l'époque de Tar-Minastir, le onzième Roi de Númenor, il avait fortifié le pays de Mordor et y avait construit la tour de Barad-dûr. Ensuite il s'efforça de dominer les Terres du Milieu pour devenir le roi de tous les rois et un dieu pour les hommes. Sauron haïssait les Númenoréens à cause des exploits de leurs ancêtres, de leur alliance avec les Elfes et de leur allégeance aux Valar. Il n'oubliait pas non plus l'aide que Tar-Minastir avait accordée jadis à Gil-galad, au temps où l'Anneau Unique avait été forgé et où Sauron faisait la guerre aux Elfes d'Eriador. Quand il sut que les Rois de Númenor étaient devenus glorieux et puissants, il les haït d'autant plus et craignit qu'ils n'envahissent ses terres pour lui enlever la maîtrise de l'Orient. Mais pendant longtemps il n'osa pas défier les Seigneurs de la Mer et se retira des côtes.

Sauron ne manquait pas de ruse et on dit que, parmi ceux qu'il prit au piège des Neuf Anneaux, se trouvaient trois grands seigneurs de Númenor. Et quand les Ulairi apparurent, les Spectres de l'Anneau, ses créatures, son empire sur les hommes et la terreur qu'il inspirait devinrent immenses et il put attaquer les forts des Númenoréens sur le bord de la mer.

L'Ombre qui planait sur Númenor s'épaissit alors. La vie des rois de la maison d'Elros devenait plus courte à cause de leur révolte, mais leur cœur n'en était que plus endurci contre les Valar. Quand le vingtième Roi prit le sceptre de ses pères et monta sur le trône sous le nom d'Adûnakhôr, Seigneur de l'Ouest, il abandonna les langages des Elfes et interdit qu'on les emploie devant lui. Pourtant les Tables Royales portèrent son nom dans l'Ancien Langage des Elfes, Herunúmen, à cause d'une coutume si ancienne que les rois craignaient de briser complètement, de peur de conséquences néfastes. Or, ce titre semblait trop fier aux yeux des Fidèles, étant celui des Valar, et ils avaient le cœur cruellement déchiré entre leur loyauté envers la maison d'Elros et leur respect pour les Puissances instituées. Mais le pire était encore à venir. Car le vingt-deuxième roi, Ar-Gimilzôr, fut le plus grand ennemi des Fidèles. Sous son règne, l'Arbre Blanc, délaissé, se mit à dépérir, il interdit complètement l'usage des langages des Elfes et châtia ceux qui accueillaient les navires d'Eressëa qui accostaient encore en secret sur les côtes ouest du pays.

Les Elendili habitaient surtout à l'ouest de Númenor, et Ar-Gimilzôr ordonna d'en faire partir tous ceux qu'on trouverait et de les mener dans l'Est où ils seraient surveillés. Ensuite les Fidèles habitèrent en grand nombre près du port de Romenna d'où beaucoup partirent pour les Terres du Milieu, vers les rivages du Nord où ils pouvaient encore parler avec les Eldar du royaume de Gil-galad. Les rois apprirent ce qu'il en était mais n'y firent pas obstacle du moment que les Elendili partaient pour ne pas revenir, car ils désiraient mettre un terme à toute amitié entre leur peuple et les Eldar d'Eressëa qu'ils appelaient les Espions des Valar. Ils espéraient que tout ce qu'ils faisaient et préparaient pourrait rester ignoré des Seigneurs de l'Ouest, mais Manwë savait tout et les Valar se détournèrent des Rois de Númenor. Ils ne leur donnèrent plus ni aide ni protection, les navires d'Eressëa ne surgirent plus jamais du soleil couchant et les ports d'Andunië furent abandonnés.

Après ceux de la Maison du Roi, les plus grands Seigneurs étaient ceux d'Andunië : ils étaient de la descendance d'Elros par Silmarien, la fille de Tar-Elendil, quatrième Roi de Númenor. Ces seigneurs étaient fidèles au Roi et le respectaient : le Seigneur d'Andunië fut toujours un des premiers conseillers du trône. Depuis toujours aussi ils aimaient particulièrement les Eldar et révéraient les Valar et ils aidèrent les Fidèles tant qu'ils purent à mesure que l'Ombre s'étendait. Mais bientôt il leur fut impossible de parler ouvertement et ils cherchèrent plutôt par leurs conseils à ramener les Rois à la sagesse.

Il y avait une Dame Inzilbêth, célèbre pour sa beauté, dont la mère était Lindórië, la sœur d'Eärendur, Seigneur d'Andunië sous le règne d'Ar-Sakalthôr, le père d'Ar-Gimilzôr. Gimilzôr la prit pour femme bien qu'elle n'en eût guère envie car c'était au fond de son cœur une Fidèle comme le lui avait appris sa mère, mais les rois et leurs fils étaient si orgueilleux qu'on ne pouvait plus s'opposer à leurs désirs. Il n'y eut pas d'amour entre Ar-Gimilzôr et sa reine, non plus qu'entre leurs enfants. L'aîné, Inziladûn, ressemblait à sa mère de corps comme d'esprit tandis que son frère Gimilkhâd, le cadet, était du côté de son père, plus fier et obstiné s'il était possible. Ar-Gimilzôr lui aurait plutôt cédé le trône qu'à son fils aîné si la loi l'avait permis.

Quand Inziladûn reçut le sceptre, il prit à nouveau un titre dans la langue des Elfes, selon l'ancien usage, et s'appela Tar-Palentir, car il voyait loin avec ses yeux comme avec son esprit et même ceux qui le haïssaient craignaient ses paroles comme celles d'un devin. Pendant quelque temps il apporta la paix aux Fidèles et se rendit les jours consacrés au temple d'Eru sur le Meneltarma qu'avait délaissé Ar-Gimilzôr. Il rendit à l'Arbre Blanc les soins et les honneurs qui lui étaient dus, prédisant que la dynastie des Rois s'éteindrait quand l'Arbre périrait. Mais son remords venait trop tard pour apaiser la colère des Valar contre l'insolence de ses ancêtres, et la plus grande part de son peuple n'avait aucun regret. Gimilkhâd, qui était fort et brutal, prit la tête de ceux qu'on avait appelés les Hommes du Roi. Il s'opposa ouvertement aux volontés de son frère autant qu'il l'osa, et plus encore en secret. Les jours de Tar-Palantir furent assombris par le souci. Il passait beaucoup de son temps dans l'Ouest et montait souvent sur l'antique tour du roi Minastir sur la colline d'Oromet, près d'Andunië, d'où il regardait vers l'ouest avec nostalgie, espérant peut-être apercevoir au loin une voile. Mais aucun navire ne vint jamais plus à Númenor et Avallonë restait voilée dans les brumes.

Gimilkhâd mourut deux ans avant d'accomplir son second siècle (ce qui fut une mort prématurée pour un descendant d'Elros, même au déclin de la dynastie), mais cela ne rendit pas la paix au royaume. Car son fils Pharazôn était encore plus impatient, plus avide de pouvoir et de richesse que son père. Il était souvent parti combattre dans les guerres menées par les Númenoréens sur les côtes des Terres du Milieu pour étendre leur domination sur les Humains, et il en avait acquis un grand renom de capitaine sur terre comme sur mer. Quand il rentra à Númenor pour apprendre la mort de son père, le cœur du peuple était déjà prêt à l'accueillir, car il rapportait maintes richesses qu'il distribuait encore sans compter.

Et il arriva que Tar-Palantir mourut, lassé de tous ses chagrins. Il n'avait pas de fils, seulement une fille qu'il avait appelée Míriel dans la langue des Elfes, et le sceptre lui revenait de droit suivant la loi de Númenor. Mais Pharazôn la prit pour femme contre sa volonté, commettant là un double crime en ce que les lois de Númenor interdisaient le mariage, même à la maison royale, entre parents plus proches que des cousins au second degré. Quand ils furent mariés, il s'empara du sceptre et prit le titre d'Ar-Pharazôn (Tar-Calion en langage elfe) et changea le nom de la reine en Ar-Zimraphel.

Ar-Pharazôn le Vermeil fut le plus grand et le plus orgueilleux de tous ceux qui avaient tenu le sceptre des Seigneurs de la Mer depuis la fondation de Númenor, et pourtant vingt-quatre Rois et Reines avaient régné jusqu'alors et dormaient dans leurs tombes creusées au plus profond du Mont Menel-tarma, couchés sur des lits en or.

Assis sur son trône ouvragé dans la cité d'Armenelos, dans toute la gloire de sa puissance, Ar-Pharazôn pensait sombrement à la guerre. Il avait appris sur les Terres du Milieu l'étendue du royaume de Sauron et la haine qu'il portait aux Occidentaux, et maintenant les capitaines et les chefs de guerre revenus de l'Est venaient lui dire que Sauron avait rassemblé ses forces depuis qu'Ar-Pharazôn avait quitté les Terres du Milieu et qu'il menaçait les villes côtières. Il avait pris le titre de Roi des Hommes, annonçait qu'il voulait rejeter les Númenoréens à la mer et même détruire Númenor s'il pouvait.

Ar-Pharazôn fut saisi d'une grande colère et réfléchit longtemps en secret, le cœur pris d'un désir de puissance illimitée où sa volonté serait maîtresse absolue. Il décida, sans l'avis des Valar ni de quiconque hormis lui-même, qu'il revendiquerait lui-même le titre de Roi des Hommes et ferait de Sauron son vassal ou son esclave, car son orgueil ne souffrait pas qu'aucun roi pût devenir assez grand pour rivaliser avec l'héritier d'Eärendil. Il fit alors forger des grandes quantités d'armes et construire de nombreux navires de guerre qu'il garnit de ces armes et, quand tout fut prêt, il fit voile vers l'est à la tête de son armée.

Les Humains virent ses voiles surgir du couchant, teintes d'écarlate et rehaussées d'or et de vermillon, la peur prit ceux qui vivaient sur les côtes et ils s'enfuirent au loin. La flotte arriva en vue d'Umbar, le plus grand port jamais construit par les Númenoréens, et toutes les terres alentour étaient vides et silencieuses. Le Roi de la Mer s'avança sur les Terres du Milieu, bannières et trompettes en tête, et le septième jour, il trouva une colline où il monta pour installer sa tente et son trône. Il se mit sur son trône au milieu du pays, les tentes de son armée rangées autour de lui, bleues, or et blanches, comme une forêt de hautes tours. Puis il envoya ses hérauts ordonner à Sauron de paraître devant lui et lui jurer fidélité.

Et Sauron vint. Il descendit de sa haute tour de Barad-dûr et vint sans offrir la bataille, car il avait compris que la puissance et la majesté du Roi de la Mer surpassaient tout ce qu'on en disait et qu'il ne pouvait pas même se fier à ses meilleurs serviteurs pour s'y opposer. Pour lui l'heure n'était pas venue de mesurer sa volonté à celle de Dúnedain. Or, il était adroit, plein de subtilité, sachant bien obtenir par ruse ce que la force ne lui donnait pas. Alors il s'humilia devant Ar-Pharazôn et courba son langage tant que les Humains s'étonnèrent de sa sagesse et de sa loyauté.

Mais Ar-Pharazôn ne s'y trompa pas et il lui vint à l'esprit que Sauron et ses serments de fidélité seraient d'autant mieux gardés s'il était conduit à Númenor pour y être l'otage de lui-même comme de tous ses vassaux sur les Terres du Milieu. Sauron répondit à cela comme s'il était contraint d'accepter alors qu'il se réjouissait en secret d'un plan qui faisait écho à son désir. Sauron donc traversa la mer et put voir le pays de Númenor et la cité d'Armenelos aux jours de sa gloire. Il en fut stupéfié et son cœur se gonfla d'envie de haine.

Son langage et son esprit étaient si rusés, sa volonté si forte et si bien cachée qu'avant trois ans il partagea les conseils les plus secrets du Roi, car sa langue était toujours enduite du miel de la flatterie et il savait beaucoup de choses qui n'avaient pas encore été revélées aux Humains. Voyant en quelle faveur il était auprès de leur Seigneur, tous les conseillers courbèrent l'échine devant lui hormis un seul, Amandil, le Prince d'Andunië. Lentement, le pays se mit à changer, les cœurs des amis des Elfes furent gravement troublés et la peur en fit partir beaucoup. Ceux qui restaient s'appelaient toujours les Fidèles, mais leurs ennemis les appelaient les Rebelles. Car Sauron avait désormais l'oreille des Humains et il contredisait tout ce que leur avaient enseigné les Valar. Il leur fit croire qu'il y avait dans le monde, à l'est comme à l'ouest, des mers et des terres sans nombre, ouvertes à leur conquête et pleines d'innombrables richesses. Et si même ils arrivaient au bout de ces terres et de ces mers il y avait au-delà la Nuit Originelle.

– C'est d'elle que le monde a été créé. Seule la Nuit doit être révérée, et son Roi pourrait bien encore créer d'autres mondes pour les donner à ceux qui l'auront servi, et leur puissance pourra grandir sans fin.

Ar-Pharazôn demanda :

– Qui est le Roi de la Nuit ?

Sauron le dit au Roi à l'abri des portes verrouillées, et il lui mentit :

– C'est celui dont on parle maintenant : les Valar vous ont trompés sur lui en mettant en avant le nom d'Eru, un fantôme né de leur folie pour enchaîner les hommes à être leurs esclaves. Ce sont eux l'oracle d'Eru, il ne dit que ce qu'ils veulent. Mais leur vrai maître l'emportera et vous délivrera de ce fantôme : son nom est Melkor, Seigneur du Tout, le Libérateur et celui qui vous rendra plus forts que les Valar.

Alors le Roi Ar-Pharazôn se tourna vers l'adoration du Ténébreux, du Seigneur Melkor, d'abord en secret puis ouvertement et devant son peuple dont le plus grand nombre le suivit. Il restait encore des Fidèles, comme on l'a dit, à Romenna et dans les environs, et quelques-uns disséminés dans le pays. Leur chef, celui dont ils attendaient qu'il leur donnât courage et conseils, était Amandil, un conseiller du Roi, son fils Elendil, lequel avait deux fils, Isildur et Anárion, qui pour Númenor étaient encore des jeunes gens. Amandil et Elendil étaient de grands navigateurs de la lignée d'Elros Tar-Minyatur, mais non de la maison à qui revenait le trône et la couronne d'Armenelos. Quand ils étaient jeunes, Pharazôn avait bien aimé Amandil et le garda à son conseil jusqu'à la venue de Sauron, bien qu'il fût Ami des Elfes. Il fut donc renvoyé, puisque Sauron le haïssait plus qu'aucun autre Númenoréen, mais il était si noble et si grand capitaine que beaucoup le tenaient en grand honneur et que ni le Roi ni Sauron n'osaient encore porter la main sur lui.

Amandil se retira à Romenna et fit venir en secret tous ceux qui pensaient être encore fidèles, craignant que le mal ne dressât la tête et que les Amis des Elfes ne courussent un grand danger. Ce qui arriva bientôt. En ce temps le Meneltarma était complètement déserté : Sauron n'osait pas encore profaner le lieu béni mais le Roi interdisait d'y monter sous peine de mort, même aux Fidèles qui adoraient encore Ilúvatar. Sauron pressa le Roi d'abattre l'Arbre Blanc, le Beau Nimloth, qui poussait dans son jardin, puisque c'était un souvenir des Eldar et de la lumière de Valinor.

Au début le Roi refusa, croyant encore que la fortune de sa maison était liée à celle de l'Arbre, comme l'avait prédit Tar-Palantir. Dans sa folie celui qui maintenant haïssait les Eldar et les Valar se raccrochait vainement à l'ombre de l'ancienne allégeance de Númenor. Quand Amandil apprit les intentions perfides de Sauron il en fut blessé au cœur, sachant qu'en fin de compte Sauron en ferait à sa guise. Il alla parler à Elendil et à ses fils, leur raconta l'histoire des Arbres de Valinor, et Isildur, sans rien dire, sortit dans la nuit et accomplit un exploit qui lui valut plus tard la renommée. Il entra seul, déguisé, à Armenelos, pénétra dans les jardins du Roi interdits aux Fidèles, il alla jusqu'à l'Arbre dont personne ne devait approcher sur l'ordre de Sauron et qui était gardé nuit et jour par ses serviteurs. Nimloth ne brillait pas et ne portait aucune fleur, car c'était la fin de l'automne et l'hiver s'approchait. Isildur évita les gardes, prit un fruit qui pendait et voulut repartir. Mais les gardes, alertés, l'attaquèrent et il dut se frayer un chemin à coups d'épée en recevant plusieurs blessures. Son déguisement fit qu'on ignora qui avait porté la main sur l'Arbre, mais c'est à peine s'il put revenir à

Romenna et déposer le fruit dans les mains de son père avant que ses forces ne l'abandonnent. Le fruit fut planté en secret, béni par Amandil, et une pousse s'éleva qui grandit au printemps. Et quand s'ouvrit la première feuille, Isildur, qui était resté longtemps couché sur le seuil de la mort, se leva et oublia ses blessures.

Ce ne fut pas trop tôt car, peu après, le Roi céda à Sauron : il abattit l'Arbre Blanc et abandonna complètement l'allégeance de ses pères. Ensuite Sauron fit construire sur la colline qui était au centre d'Armanelos la Vermeille un gigantesque temple : il était circulaire, les murs épais de cinquante pieds, le diamètre de cinq cents pieds, les murs s'élevaient à cinq cents pieds au-dessus du sol, surmontés d'une énorme coupole. Ce dôme était entièrement couvert d'argent et miroitait au soleil si bien qu'on le voyait de très loin, mais bientôt sa lueur s'éteignit et l'argent se noircit, car il y avait au milieu du temple un autel et un feu, et au milieu du dôme un trou d'où sortait une épaisse fumée. Sauron fit le premier feu avec les branches de Nimloth qui crépitèrent en se consumant, et les hommes furent frappés par la puanteur qui en sortit : un nuage pesa pendant sept jours sur le pays avant de glisser lentement vers l'ouest.

Ensuite le feu et la fumée ne cessèrent plus. Le pouvoir de Sauron grandissait chaque jour et les hommes venaient au temple faire des sacrifices à Melkor, dans le sang, la torture et la plus grande cruauté, pour qu'il les délivrât de la mort. Ils choisissaient le plus souvent leurs victimes parmi les Fidèles, sans jamais les accuser ouvertement de ne pas adorer Melkor, le Libérateur, mais en leur faisant grief de haïr le Roi, de se révolter contre lui, de conspirer contre sa Maison, d'inventer calomnies et poisons. Ces accusations étaient presque toujours fausses, mais l'époque était féroce et la haine fait naître la haine.

La Mort pour autant ne quitta pas le pays, elle

vint au contraire plus tôt et plus souvent, sous des masques terribles. Avant les hommes avaient vieilli lentement et à la fin, quand ils étaient las du monde, s'étaient couchés pour s'endormir, alors que maintenant la maladie et la folie se jetaient sur eux. Ils restaient pourtant terrifiés par la mort et la nuit, le royaume du dieu qu'ils s'étaient choisi, et ils se maudissaient les uns les autres dans leur agonie. En ce temps des hommes prirent les armes, et ils en tuèrent d'autres pour des causes futiles et ils devinrent prompts à la colère. Sauron et ceux qu'il s'était attachés parcouraient le pays en dressant les uns contre les autres, de sorte que le peuple murmurait contre le Roi et les princes ou contre celui qui possédait ce qu'ils n'avaient pas, et les puissants se vengeaient cruellement.

Néanmoins les Númenoréens crurent longtemps que leur peuple prospérait, qu'ils devenaient plus forts sinon plus heureux, et que les riches étaient encore plus riches. Car ils multipliaient leurs biens grâce à l'aide et aux conseils de Sauron, ils inventaient des machines et construisaient des navires toujours plus grands. C'est couverts d'armes qu'ils allaient désormais sur les Terres du Milieu, non plus avec des offrandes ni même en maîtres, mais comme des guerriers impitoyables. Ils chassaient les Humains, prenaient leurs biens, les réduisaient en esclavage et en sacrifiaient beaucoup sur leurs autels. Car ils avaient bâti des temples et de grands tombeaux dans leurs forteresses, les hommes les redoutaient, le souvenir des rois bienveillants de jadis s'évanouit et le monde fut assombri par d'innombrables récits de terreur.

Ainsi Ar-Pharazôn, Roi du Pays de l'Etoile, devint le plus grand tyran que le monde ait connu depuis le règne de Morgoth, bien qu'en vérité ce fût Sauron qui dirigeât tout derrière le trône. Puis les années passèrent, le Roi sentit l'ombre de la mort se rapprocher, ses journées s'allongèrent et il fut pris de peur et de colère. C'était le moment qu'attendait

Sauron et il lui dit que sa puissance était maintenant si grande que sa volonté serait obéie en toutes choses et que nul ne pourrait s'y opposer.

Et il lui dit :

– Les Valar se sont emparés du pays où la mort n'existe pas, et ils vous mentent là-dessus. Ils le cachent du mieux qu'ils peuvent, à cause de leur avarice et de peur que le Roi des Hommes ne leur enlève le royaume immortel et gouverne le monde à leur place. Et bien que, sans aucun doute, le droit à une vie sans fin ne soit pas destiné à tous mais à ceux seuls qui en sont dignes, hommes de grand pouvoir, de haute fierté et de noble descendance, c'est contre toute justice que ce don est refusé à qui il revient de droit : le Roi des Rois, Ar-Pharazôn, le plus puissant des enfants de la Terre à qui seul Manwë peut être comparé, et encore. Mais les grands rois ne souffrant pas de refus, ils prennent leur dû.

Ar-Pharazôn, devenu imbécile et déjà sous l'ombre de la mort, sa vie approchant de son terme, écouta Sauron, et réfléchit en lui-même comment il pourrait faire la guerre aux Valar. Il mit longtemps à dresser ses plans et n'en discuta pas ouvertement, mais c'était impossible de les cacher à tous. Amandil se rendit compte des intentions du Roi et eut grand-peur, car il savait que les Humains ne pouvaient vaincre les Valar, que la ruine s'abattrait sur le monde si cette guerre n'était pas empêchée. Alors il appela son fils Elendil et lui dit :

– L'époque est sombre, l'espoir a déserté les hommes, et les Fidèles sont rares. Je suis donc tenté de suivre la course que prit autrefois notre grand-père Eärendil : aller à l'ouest, interdit ou non, m'adresser aux Valar, à Manwë lui-même, s'il se peut, et demander leur aide avant que tout ne soit perdu.

– Vas-tu donc trahir le Roi? dit Elendil. Tu sais bien ce dont il nous accuse, d'être des traîtres et des espions, et c'était faux jusqu'à aujourd'hui.

– Si je croyais que Manwë a besoin de pareil messager, répondit Amandil, je trahirais le Roi. Car il n'y a qu'une loyauté, une seule, à laquelle, en aucun cas, un homme ne peut se dérober. Mais c'est par pitié envers les hommes et pour les délivrer de Sauron que j'irai plaider, puisque quelques-uns du moins sont demeurés fidèles. Quant à l'Interdit j'en subirai moi-même la peine et nul de mon peuple n'en sera tenu coupable.

– Et que penses-tu, mon père, qui puisse arriver à ceux des tiens que tu laisses derrière toi, si tes actes sont connus?

– Ils ne doivent pas l'être, dit Amandil. Je vais préparer mon départ en secret et je ferai voile vers l'est, comme les navires qui partent chaque jour du port. Ensuite, comme les vents et la chance me le permettront, je ferai le tour par le sud ou par le nord, j'irai à l'ouest et je trouverai ce que je dois trouver. Pour vous et les vôtres, mon fils, je vous conseille de prendre d'autres navires, d'y mettre tout ce que vous ne supportez pas d'abandonner puis, quand tout sera prêt, d'aller au port de Romenna et de mentir en disant que vous attendez le moment de me suivre vers l'est. Amandil n'est plus si cher à notre cousin couronné qu'il souffre outre mesure de notre départ, que ce soit pour une saison ou pour de bon. Mais ne laissez pas voir que vous voulez partir nombreux, sinon il s'inquiétera, à cause de la guerre qu'il prépare en secret et pour laquelle il voudra réunir le plus grande armée possible. Cherche les Fidèles qu'on sait toujours sincères et, s'ils veulent partir avec toi et partager tes desseins, qu'ils te rejoignent en secret.

– Et quels seront ces desseins?

– Ne pas se mêler à la guerre, et observer, répondit Amandil. Je ne peux rien dire de plus avant mon retour. Mais le plus probable, c'est que tu fuiras le Pays de l'Etoile sans étoile pour te guider, car cette terre est profanée. Tu perdras tous ceux que tu as aimés, tu connaîtras la mort dans la vie et tu chercheras ailleurs une terre d'exil. A l'est ou à l'ouest, seuls les Valar peuvent le dire.

Amandil fit ses adieux à toute sa maisonnée comme celui qui va mourir.

– Car il se peut bien, dit-il, que vous ne me voyiez plus jamais et que je ne pourrai vous donner aucun signe, comme autrefois, Eärendil, mais tenez-vous toujours prêts, car la fin du monde que nous avons connu est pour bientôt.

On raconte qu'Amandil partit de nuit dans un petit bateau, d'abord vers l'est, qu'il fit un grand tour et se dirigea vers l'ouest. Il prit avec lui trois serviteurs chers à son cœur, et jamais plus le monde n'en reçut un mot ou un signe, aucun récit ne raconte leur sort ni même ne l'imagine. Une telle ambassade ne pouvait pas sauver les hommes une seconde fois et la trahison de Númenor n'était pas si facile à absoudre.

Elendil fit tout ce qu'avait ordonné son père, ses navires furent placés sur la côte est du pays, les Fidèles y firent monter leurs femmes, leurs enfants, leurs biens de valeur et beaucoup de marchandises. Il y avait là nombre d'objets très beaux et de grand pouvoir, tels que les avaient produits les Númenoréens aux jours de leur sagesse, des coupes, des bijoux et des rouleaux où le savoir était inscrit en lettres rouges et noires. Il y avait les Sept Pierres, le don des Eldar, et le navire d'Isildur portait l'Arbre encore jeune, le rejeton du Beau Nimloth. Elendil se tint prêt et ne se mêla en rien aux entreprises malfaisantes de l'époque, attendant chaque jour un signe qui ne venait pas. Il se rendit secrètement sur la rive ouest et regarda vers la mer, plein de chagrin et de nostalgie, car il aimait beaucoup son père. Mais il ne vit que les flottes d'Ar-Pharazôn qui se rassemblaient dans les ports.

Autrefois dans l'île de Númenor le temps était toujours accordé aux goûts et aux besoins des hommes : la pluie tombait en saison et en bonne mesure, le soleil était tantôt plus ou moins chaud, s'accordant aux vents de la mer. Quand c'était vent d'ouest on croyait l'air empli d'un parfum fugace mais si doux que le cœur frémissait, comme celui des fleurs éternellement épanouies dans les prés immortels et qui n'auraient pas de nom sur les rives mortelles. Mais tout avait changé : le ciel était plus sombre, on voyait venir des tempêtes de pluie et de grêle, de vents violents, et parfois un des grands navires sombrait et ne rentrait pas au port, alors qu'on n'avait pas connu de telle perte depuis l'apparition de l'Etoile. Il arrivait qu'au soir un grand nuage vînt de l'ouest, sous la forme d'un aigle, pour cacher le soleil couchant, et c'était une nuit noire qui s'abattait sur Númenor. Quelques-uns de ces aigles portaient la foudre sous leurs ailes, et le tonnerre résonnait entre le nuage et l'océan.

Les hommes avaient peur :

– Prenez garde à l'Aigle des Seigneurs de l'Ouest! criaient-ils. Les Aigles de Manwë arrivent à Númenor!

Et ils tombaient face contre terre.

Quelques-uns étaient pris de remords, pour un moment, les autres endurcissaient leur cœur et levaient le poing vers le ciel en disant :

– Les Seigneurs de l'Ouest complotent contre nous. Ils attaquent les premiers. Nous porterons le prochain coup!

Le Roi lui-même prononça ces paroles, mais Sauron les inspira.

La foudre devenait plus forte, elle tuait des hommes sur les montagnes, dans les champs, dans les rues de la ville, et un éclair violent toucha la coupole du Temple, la brisa, et elle fut couronnée de flammes. Mais le Temple ne fut pas ébranlé et Sauron monta tout en haut pour défier le tonnerre. Il ne fut pas touché et, dans l'instant, les hommes le prirent pour un dieu et firent tout ce qu'il voulait. Et quand vint le dernier présage ils n'y prirent pas garde : la terre trembla sous eux et on entendit comme un tonnerre souterrain se mêler au rugissement de la mer. De la fumée sortit du sommet du Meneltarma, mais Ar-Pharazôn ne fit que hâter ses armements.

Les flottes des Númenoréens noircissaient la mer à l'ouest du pays, on aurait dit un archipel fait de milliers d'îles, leurs mâts étaient comme la forêt qui couvre la montagne, leurs voiles, comme un nuage gonflé de menaces, et leurs bannières étaient noir et or. On n'attendait plus qu'un mot d'Ar-Pharazôn. Sauron se retira au plus secret du Temple et les hommes lui apportèrent des victimes pour qu'elles fussent brûlées.

Alors les Aigles des Seigneurs de l'Ouest arrivèrent du couchant, rangés comme pour la bataille sur une ligne dont la fin se perdait à l'horizon, et leurs ailes s'élargirent jusqu'à embrasser le ciel. Derrière eux l'Ouest était comme un incendie et ils en étaient illuminés comme par le feu d'une grande colère, Númenor tout entière fut baignée de lumière rouge et, quand les hommes voyaient le visage de leurs semblables, il leur semblait empourpré par la rage.

Ar-Pharazôn rassembla ses esprits et embarqua sur le grand Alcarondas, le Château des Mers. Ses mâts étaient nombreux, ses rames innombrables, ses couleurs d'or et de nuit et le trône du Roi y fut monté. Ar-Pharazôn revêtit son costume d'apparat, ceignit sa couronne, il donna le signal du lever des ancres et les trompettes de Númenor éclipsèrent le tonnerre.

Les flottes de Númenor avancèrent donc vers la menace qui était à l'ouest. Il y avait peu de vent, mais ils avaient des rames et quantité d'esclaves robustes qui s'échinaient sous le fouet. Le soleil se coucha, un grand silence pesa, la nuit tomba sur l'île et la mer ne bougea plus. Le monde attendait ce qui allait se passer. Les navires disparurent lentement à la vue des guetteurs dans les ports, leurs feux s'amoindrirent dans le lointain et la nuit les engloutit. Au matin on ne le voyait plus, car un vent d'est s'était levé qui les avait emportés. Ils avaient outrepassé l'Interdit des Valar, ils s'avançaient sur les mers défendues pour livrer bataille aux Immortels et leur arracher le secret de la vie éternelle à l'Intérieur des Cercles du Monde. Quand la flotte d'Ar-Pharazôn surgit du large pour encercler Avallone et l'île d'Eressëa, les Eldar prirent le deuil; le nuage dcs Númenoréens leur cachait le soleil couchant. Puis la flotte arriva en vue d'Aman, le Royaume Bienheureux, et s'approcha des côtes de Valinor. Tout était silencieux, le destin était suspendu à un fil, Ar-Pharazôn hésita et faillit faire demi-tour. Le cœur lui manqua en voyant les plages muettes et le Taniquetil qui brillait plus blanc que la neige, plus froid que la mort, silencieux, inébranlable, terrible comme l'ombre de la lumière d'Ilúvatar. Mais l'orgueil était devenu son maître, il débarqua du navire et arpenta la grève et affirma que ce pays était sien si nul ne s'y opposait par la guerre. Les Númenoréens campèrent tout armés autour de Túna d'où tous les Edlar s'étaient enfuis.

De la Montagne, Manwë fit appel à Ilúvatar et les Valar à ce moment lâchèrent les rênes d'Arda. Ilúvatar déploya sa puissance et changea d'un seul coup la forme du monde : un gouffre s'ouvrit dans la mer entre Númenor et le Pays Immortel, où l'océan se précipita. Les vapeurs et le bruit de cette cataracte montèrent jusqu'au ciel et le monde en fut ébranlé. Tous les navires de Númenor furent aspirés par le gouffre où ils sombrèrent et furent à jamais engloutis. Le Roi et les guerriers mortels qui avaient mis le pied sur Aman furent enfouis sous la chute des montagnes et on dit qu'ils sont enfermés dans les Cavernes de l'Oubli où ils resteront jusqu'à l'Ultime Bataille au Jour du Jugement.

Le Pays d'Aman et l'île d'Eressëa furent déplacés et mis à jamais hors d'atteinte des Humains. Andor, le Pays de l'Offrande, Númenor des Rois, Elenna de l'Etoile d'Eärendil, fut complètement détruite. Elle se trouvait à l'est, tout près du gouffre, ses fondations furent brisées, elle se renversa et sombra dans la nuit et elle n'exista plus. Et la Terre ne connaît maintenant aucun endroit où subsisterait le souvenir d'une époque d'où le mal eût été absent. Car Ilúvatar rejeta les Grandes Mers à l'ouest des Terres du Milieu, à l'est les Terres Désertes, il fit de nouvelles terres et de nouveaux océans et le monde en resta diminué, puisque Valinor et Eressëa furent emportés au royaume des choses cachées.

Le destin s'abattit par surprise sur les Humains le trente-neuvième jour après le départ de la flotte. Des flammes jaillirent soudain de Meneltarma, un grand vent s'éleva en même temps qu'un vacarme venu de la terre, le ciel bascula et les montagnes se renversèrent. Númenor s'enfonça dans la mer, avec ses femmes, ses enfants, ses jeunes filles et ses fières dames, avec ses jardins, ses palais et ses tours, ses tombes et ses richesses. Tous les joyaux, toutes les étoffes, les peintures et les ciselures, le rire et la gaieté, le savoir et l'histoire, tout disparut à jamais. A la fin une vague haute comme une montagne, verte et glacée, empanachée d'écume, vint recouvrir la terre et prendre en son sein Tar-Míriel, la Reine plus pure que l'argent, l'ivoire ou les perles. Elle voulut trop tard escalader les pentes du lieu sacré sur le Meneltarma, les eaux l'emportèrent et son cri se perdit dans les hurlements du vent.

Amandil parvint-il à Valinor, Manwë écouta-t-il ses prières? En tout cas, les Valar épargnèrent à Elendil, à ses fils et à son peuple le sort de Númenor. Elendil était resté à Romenna ignorant les ordres du Roi qui partait pour la guerre, il avait pu éviter les soldats de Sauron qui étaient venus le prendre pour le traîner sur l'autel du Temple et gagner son navire pour y attendre son heure. L'île le protégea du Maelstrom qui aspirait tout dans les abîmes et des premiers assauts de la tempête. Quand la vague immense et dévorante écrasa le pays et que Númenor s'enfonça sous les eaux, il crut sombrer lui aussi, et eût préféré périr que contempler ce jour de deuil et d'agonie, car nulle mort ne pouvait être si cruelle. Mais l'ouragan le prit, un vent qui venait de l'ouest en hurlant avec une sauvagerie inconnue des Humains, il emporta ses navires au loin, arrachant les voiles et brisant les mâts, projetant les malheureux marins sur les vagues comme des fétus de paille.

Il y avait neuf navires : quatre pour Elendil, trois pour Isildur et deux pour Anarion. La sombre tempête les chassa dans les ténèbres du monde, loin du crépuscule damné. Sous eux l'abîme se convulsait de colère, des vagues comme des montagnes encrêtées de neige les projetaient dans les nuages déchiquetés avant de les jeter beaucoup plus tard dans les rives des Terres du Milieu. Tous les rivages et les régions côtières du monde occidental souffrirent à cette époque de grands dommages, en furent transformés, car les mers envahirent la terre, des côtes s'effondrèrent, des îles furent englouties et d'autres émergèrent, des montagnes croulèrent et le cours des fleuves fut étrangement dévié.

Plus tard, Elendil et ses enfants fondèrent des royaumes sur les Terres du Milieu. Leur savoir et leurs talents n'étaient qu'un écho lointain de ce qu'ils étaient avant que Sauron ne fût venu à Númenor, mais ils parurent immenses aux sauvages qui parcouraient le monde. Beaucoup de récits racontent les exploits des héritiers d'Elendil dans les temps qui suivirent et de leur lutte avec Sauron qui n'était pas finie.

Car Sauron lui-même fut terrorisé par la colère des Valar et la ruine infligée par Eru sur la terre et sur la mer. C'était beaucoup plus qu'il n'avait espéré, voulant seulement la mort des Númenoréens et de leur orgueilleux monarque. Sauron, assis sur son trône noir au centre du Temple, avait ri en entendant les trompettes d'Ar-Pharazôn sonner pour annoncer la bataille, il avait ri en écoutant le tonnerre et la tempête, il avait ri encore à ses propres pensées, rêvant à ce qu'il allait faire dans un monde débarrassé pour toujours des Edain, et au milieu de son rire son trône et son temple plongèrent dans l'abîme. Mais Sauron n'était pas fait de chair mortelle, et si la forme sous laquelle il avait fait tant de mal lui fut arrachée et qu'il ne put plus jamais paraître aimable aux yeux des hommes, son esprit s'échappa du gouffre, passa comme l'ombre d'un vent sinistre sur la mer et regagna les Terres du Milieu et Mordor, sa demeure. Il retrouva ses remparts de Barad-dûr et y resta sombre et muet jusqu'à ce qu'il se fût donné une apparence nouvelle, l'image même de la haine et du mal, et rares étaient ceux qui pouvaient soutenir le regard du terrible Sauron.

Mais cela ne fait pas partie du récit de la Submersion de Númenor, dont tout a été dit. Même le nom de ce pays avait péri et les Humains ne parlèrent plus d'Elenna ni d'Andor, l'Offrande qui fut reprise, ni de Númenor sur les confins du monde. Les Exilés sur le bord de la mer, quand leur cœur se tournait parfois vers l'ouest, parlaient de Mar-nu-Falmar qui fut recouvert par les vagues, d'Akallabêth l'Engloutie, Atalantë dans la langue des Eldar.

Beaucoup des Exilés croyaient que le sommet du Meneltarma, le Pilier du Ciel, n'avait pas sombré à jamais, qu'il se dressait à nouveau sur les vagues comme une île solitaire perdue sur l'océan; car c'était un lieu béni et nul ne l'avait profané même au temps de Sauron. Quelques-uns du sang d'Eärendil partirent plus tard à sa recherche, car il se disait parmi les conteurs qu'autrefois ceux qui voyaient très loin pouvaient apercevoir du haut du Meneltarma un reflet du Pays Immortel. Car même après la catastrophe les cœurs des Dúnedain ne se détournèrent pas de l'ouest, et s'ils savaient qu'en vérité le monde avait changé ils disaient néanmoins :

– Avallonë a disparu de la Terre, le Pays d'Aman

a été emporté et ne peut être retrouvé dans ce monde recouvert de nuit. Mais ils étaient, et ils sont encore, faisant corps avec la forme essentielle du monde tel qu'il fut créé.

Les Dúnedain tenaient que, même les mortels, si la grâce leur en était donnée, pouvaient voir d'autres époques que celle où leur corps vivait. Ils espéraient sans cesse échapper aux ombres de l'exil et retrouver de quelque manière la lumière qui ne meurt pas, car leur tristesse à l'idée de la mort les avait suivis par-delà l'océan. Il se trouvait donc que les grands marins de leur peuple fouillaient encore les mers désertes à la recherche de l'Ile de Meneltarma, dans l'espoir d'y trouver un reflet du passé. Mais ils ne la trouvèrent pas. Ceux qui naviguaient au loin découvrirent seulement les nouvelles terres, qu'ils trouvèrent identiques aux anciennes et sujettes à la mort. Et ceux qui allèrent encore plus loin ne firent que le tour de la Terre et retrouvèrent leur point de départ en disant avec lassitude :

– Maintenant tous les chemins se rejoignent.

Plus tard donc, grâce aux voyages des navires, aux récits et à la connaissance des étoiles, les rois des hommes virent qu'en effet le monde était devenu rond. Pourtant les Eldar avaient encore loisir d'aller et de venir sur Avallonë et sur l'Ouest, s'ils le désiraient. Alors les plus savants des Humains dirent qu'il devait exister une Voie Droite pour ceux qui avaient permission de la trouver. Et ils enseignèrent qu'alors que le nouveau monde était courbe, l'ancienne route et le chemin du souvenir de l'Ouest continuaient tout droit comme un pont invisible et gigantesque jeté dans l'air du souffle et de la lumière (désormais courbé à l'instar du monde) qui traversait Ilmen, où la chair ne peut vivre sans aide, pour atteindre Tol Eressëa, l'Ile Solitaire, et peut-être même Valinor où les Valar vivaient encore et contemplaient le déroulement de l'histoire du monde. Des contes et des rumeurs naquirent sur les rives de la mer à propos des marins et des hommes perdus en mer qui auraient trouvé la Voie Droite, grâce au destin ou à quelque don ou faveur des Valar, vu sombrer sous eux la surface du monde et atteint les quais illuminés d'Avallonë ou même les plages ultimes aux confins du Pays d'Aman, où ils auraient pu contempler la Blanche Montagne, splendide et terrible avant de mourir.

LES ANNEAUX DU POUVOIR
ET LE TROISIÈME AGE

Où ces récits viennent à leur fin

Jadis il y eut Sauron le Maia, que les Sindar de Beleriand appelèrent Gorthaur. Au commencement d'Arda, Melkor le séduisit pour en faire son vassal et il devint le plus grand et le plus fidèle serviteur de l'Ennemi, et le plus dangereux, car il pouvait prendre maintes formes et il put longtemps apparaître à son gré si noble et si beau que seuls les plus méfiants n'en étaient pas trompés.

Quand le Thangorodrim fut mis en pièces et que Morgoth fut renversé, Sauron reprit son beau visage, jura obéissance à Eönwë, le héraut de Manwë, et abjura toutes ses mauvaises actions. Certains tiennent que ce ne fut pas mensongèrement, que Sauron avait réellement des remords, ne fût-ce que par peur, ayant été terrorisé par la chute de Morgoth et par l'immense colère des Seigneurs de l'Ouest. Mais Eönwë n'avait pas le pouvoir d'absoudre ses pairs, il ordonna à Sauron de rentrer au Pays d'Aman pour y subir le jugement de Manwë. Sauron fut humilié, ne voulut pas se présenter ainsi et se voir peut-être condamné par les Valar à une longue servitude en gage de sa bonne foi. Au départ d'Eönwë il se cacha sur les Terres du Milieu et retomba dans le mal tant les liens étaient solides dont Morgoth l'avait chargés.

Lors de la Grande Bataille et du fracas causé par la chute du Thangorodrim, la terre fut prise de convulsions, le pays de Beleriand fut brisé et dévasté et (au nord et à l'ouest) de nombreuses terres sombrèrent sous les eaux de la Grande Mer. A l'est, Ossiriand, les murailles d'Ered Luin s'écroulèrent et il y apparut vers le sud une grande brèche par où la mer s'engouffra. Le fleuve Lhûn prit un nouveau cours pour se jeter dans ce golfe qu'on appela désormais le Golfe de Lhûn. Ce pays, qu'autrefois les Noldor appelaient Lindon, reprit ce nom et beaucoup des Eldar s'y attardaient, répugnant à s'éloigner de Beleriand où ils avaient si longtemps travaillé et combattu. Gil-galad, fils de Fingon, était leur roi, secondé par Elrond le Demi-Elfe, le fils d'Eärendil le Navigateur et le frère d'Elros, le premier roi de Númenor.

Les Elfes édifièrent leurs ports sur les rives du Golfe de Lhûn, ils les nommèrent Mithlond et purent y construire de nombreux navires car la rade était sûre. Parfois les Eldar quittaient les Ports Gris et fuyaient les sombres jours que vivait la Terre, puisque par la grâce des Valar les Premiers-Nés pouvaient encore suivre la Voie Droite et retrouver à leur gré leurs frères d'Eressëa et de Valinor au-delà des cercles de la mer.

D'autres parmi les Eldar franchirent à cette époque les montagnes d'Ered Luin et gagnèrent les terres intérieures. Beaucoup étaient des Teleri, des survivants de Doriath et d'Ossiriand, ils établirent leurs royaumes chez les Elfes des forêts dans les bois et les montagnes les plus éloignés de la mer dont, pourtant, la nostalgie ne leur quittait pas le cœur. Ce ne fut qu'à Eregion, que les Humains appelaient Hollin, que les Elfes venus de Noldor fondèrent au-delà d'Ered Luin un royaume durable. Eregion était près de la grande cité des Nains, Khazad-dûm ou Hadhodrond pour les Elfes, et plus tard Moria. Une grande route menait depuis Ost-in-Edhil, la ville des Elfes, jusqu'à l'entrée ouest de Khazad-dûm, car une amitié naquit entre les Elfes et les Nains comme il n'y en eut nulle part ailleurs, qui fit la richesse des deux peuples. A Eregion les artisans de Gwaith-i-Mirdain, la confrérie des Orfèvres, surpassèrent en talent tout ce qui avait jamais été fait, sauf par Fëanor lui-même. Le plus célèbre d'entre eux fut Celebrimbor, le fils de Curufin qui s'était séparé de son père et était resté à Nargothrond quand Celegrom et Curufin en avaient été chassés, comme il est raconté dans le *Quenta Silmarillion*.

Partout ailleurs les Terres du Milieu connurent la paix pendant de nombreuses années. Les Terres étaient pour la plupart incultes et désolées, sauf là où étaient venus les gens de Beleriand. Beaucoup d'Elfes y vivaient pourtant, comme ils le faisaient depuis toujours, parcourant librement les vastes territoires loin de la mer, mais c'étaient des Avari, pour qui les exploits de Beleriand n'étaient qu'une rumeur et Valinor un nom perdu dans le lointain. Au sud et plus à l'est, les Humains se multipliaient et beaucoup se tournaient vers le mal, car Sauron était à l'œuvre.

Voyant la désolation du monde, Sauron se dit au fond de son cœur que les Valar, après avoir renversé Morgoth, avaient une fois de plus oublié les Terres du Milieu, et son orgueil se redressa. Il n'avait que haine pour les Eldar et il craignait les hommes de Númenor qui revenaient parfois avec leurs navires sur les rives des Terres du Milieu mais, pendant longtemps, il déguisa ses pensées et dissimula les plans maléfiques qu'il dressait dans le secret de son cœur.

De tous les peuples de la Terre ce furent les Humains qu'il trouva le plus facile de détourner, mais il voulut longtemps gagner des Elfes à son service, sachant que les Premiers-Nés avaient de plus grands pouvoirs. Il allait partout parmi eux et son visage était toujours celui d'un être sage et noble. Il évita pourtant Lindon, car Gil-galad et Elrond doutaient de lui et de sa belle apparence, ils refusaient de l'admettre chez eux, même sans savoir ce qu'il était réellement. Partout ailleurs les Elfes l'accueillaient volontiers et il y en avait peu pour écouter les messagers de Lindon venus les mettre en garde. Sauron se donna le nom d'Annatar, le Dispensateur, et au début ils eurent grand profit de son amitié. Et il leur disait :

– Hélas, les Grands ont leurs faiblesses! Car Gil-galad est un puissant roi, Maître Elrond est sage et très savant, pourtant ils ne veulent pas aider mes entreprises. Se peut-il qu'ils ne veuillent pas voir d'autres royaumes connaître le même bonheur qu'eux? Pourquoi les Terres du Milieu resteraient-elles à jamais sombres et désertes si les Elfes peuvent les rendre aussi belles qu'Eressëa, non, que Valinor elle-même? Et puisque vous n'êtes pas retournés là-bas, comme vous l'auriez pu, je sens que vous aimez cette terre-ci comme je l'aime. Notre devoir alors n'est-il pas de travailler à l'enrichir et d'amener toutes les races d'Elfes qui vivent dans l'ignorance au même niveau de connaissance et de puissance que ceux qui vivent au-delà de la Mer?

C'est en Eregion que les conseils de Sauron avaient le meilleur accueil, car les Noldor de ce pays cherchaient sans cesse à perfectionner le talent et la finesse de leurs ouvrages. Et leurs cœurs n'étaient pas en paix depuis qu'ils avaient refusé de rentrer à l'ouest, ils voulaient à la fois rester sur ces terres qu'ils aimaient vraiment et connaître le bonheur de ceux qui étaient partis. Alors ils écoutaient Sauron, et il leur apprit beaucoup de choses, tant son savoir était grand. Cette époque vit les forgerons d'Ost-in-Edhil surpasser tout ce qu'ils avaient fait jusqu'alors : après avoir médité, ils fabriquèrent les Anneaux du Pouvoir. Mais Sauron dirigeait leur travaux et savait tout ce qu'ils faisaient, car il voulait s'attacher les Elfes et les tenir de près.

Les Elfes forgèrent de nombreux anneaux, et Sauron secrètement en fit un, l'Unique, qui gouvernait tous les autres. Leur pouvoir lui était soumis entièrement et ne devait durer que tant qu'il existerait. Sauron mit dans cet Anneau beaucoup de sa force et de sa volonté, car les anneaux des Elfes avaient de grands pouvoirs et ce qui les surpassait devait être encore plus fort, et il établit sa forge dans la Montagne du Feu au Pays de l'Ombre. Quand il portait l'Anneau Unique il savait tout ce qui était accompli par les autres anneaux, en outre il pouvait voir et diriger jusqu'aux pensées de ceux qui les portaient.

Mais les Elfes ne se laissèrent pas prendre si aisément. Dès que Sauron mit l'Anneau sur son doigt, ils le sentirent, comprirent que c'était lui et qu'il pourrait devenir leur maître, ainsi que de tout ce qu'ils feraient. Pris de peur et de colère, ils enlevèrent les anneaux qu'ils portaient, mais lui, voyant qu'il était trahi et que les Elfes ne s'y étaient pas trompés, se mit en rage et s'avança sur eux à force ouverte, exigeant qu'on lui donnât tous les anneaux puisque les Elfes forgerons n'auraient pu les faire sans son savoir et ses conseils. Mais les Elfes s'enfuirent, purent emporter trois des anneaux et les cacher.

C'étaient les Trois qui avaient été faits en dernier et qui avaient le plus grand pouvoir : Narya, Nenya et Vilya, les Anneaux du Feu, de l'Eau et de l'Air, sertis de rubis, de diamants et de saphirs. Sauron les désirait par-dessus tout, car ceux qui les portaient pouvaient échapper aux effets du temps et reculer la fatigue du monde. Il ne put les découvrir, car ils avaient été confiés aux mains des Sages qui les cachèrent et ne les employèrent plus ouvertement tant que Sauron garda l'Anneau Unique. Les Trois restèrent purs de toute souillure, car Celebrimbor seul les avait forgés et la main de Sauron ne les avait jamais touchés. Ils étaient pourtant eux aussi soumis à l'Unique.

Depuis lors, la guerre ne cessa pas entre Sauron et les Elfes. Eregion fut dévasté, Celebrimbor tué, les portes de Moria se refermèrent. Imladis fut fondée à cette époque, la forteresse refuge que les hommes appelaient Rivendell, par Elrond le Demi-Elfe. Elle résista longtemps mais Sauron rassembla tous les anneaux qui restaient et les distribua aux autres peuples des Terres du Milieu, espérant mettre ainsi sous sa coupe tous ceux qui ambitionnaient secrètement d'avoir un pouvoir supérieur aux autres. Il donna sept anneaux aux Nains, et neuf aux Humains, car ils étaient là, comme ailleurs, les premiers à suivre ses volontés. Il pervertit aussi tous ces anneaux, d'autant plus aisément qu'il avait pris part à leur fabrication et tous furent maudits et trahirent en fin de compte ceux qui les avaient utilisés. Les Nains se révélèrent rétifs et difficiles à mater, car ils supportaient mal d'être dominés par d'autres, leurs cœurs n'étaient pas faciles à sonder et on ne pouvait en faire des ombres. Ils ne se servirent des anneaux que pour amasser des richesses : un puissant amour de l'or allié à une rage incessante leur vint au cœur et il en sortit assez de mal ensuite pour que Sauron en tirât profit. On dit qu'au départ de chacun des Sept Trésors des anciens Rois des Nains, il y eut un anneau d'or, mais ces trésors furent pillés et il y a bien longtemps, dévorés par les Dragons, certains des Anneaux furent consumés par les flammes et Sauron reprit les autres.

Les Humains tombèrent plus aisément dans le piège. Ceux qui se servirent des Neuf anneaux devinrent les puissants de leur époque : rois, sorciers et guerriers d'antan, ils gagnèrent la gloire et la richesse, mais cela se retourna contre eux. Il semblait que leur vie n'avait pas de fin mais la vie leur semblait insupportable, ils pouvaient parcourir le monde invisible à tous, même sous le soleil et voir ce qui restait invisible aux mortels, mais ils ne voyaient trop souvent que les fantômes et les illusions de Sauron. Un par un, l'un après l'autre, selon leur force première et le bien ou le mal qui les avaient poussés au départ, ils devenaient esclaves de l'anneau qu'ils portaient et tombaient sous l'empire de l'Unique, celui de Sauron. Ils devenaient invisibles à jamais et pour tous, sauf pour le porteur du Maître Anneau, et ils entraient au royaume des ombres. C'étaient les Nazgûl, les Spectres de l'Anneau, les plus terrifiants serviteurs de l'Ennemi. La nuit marchait avec eux, et la mort criait par leur bouche.

La convoitise et l'orgueil de Sauron ne connurent plus de limites, il voulut devenir le maître de tout ce qui vivait sur les Terres du Milieu, détruire les Elfes et achever s'il le pouvait la ruine de Númenor. Il ne souffrit plus rien de libre ni aucun rival, et se proclama Roi de la Terre. Il pouvait encore porter un masque pour tromper s'il le voulait les regards des Humains et paraître à leurs yeux toujours beau et sage. Mais il régnait plutôt par la force et par la terreur, quand il le pouvait, et ceux qui virent son ombre s'étendre sur le monde l'appelèrent Seigneur des Ténèbres, l'Ennemi. De nouveau il rassembla sous son égide les créatures malfaisantes du règne de Morgoth, celles qui restaient sur la terre ou dessous, et les Orcs vinrent à son ordre et se multiplièrent comme des mouches. Ainsi commencèrent les Années Noires, que les Elfes appellent les Jours de la Fuite. C'est alors que beaucoup d'Elfes des Terres du Milieu s'enfuirent à Lindon puis au-delà des mers pour ne jamais revenir. Beaucoup furent tués par Sauron, mais Gil-galad avait toujours le pouvoir à Lindon et Sauron n'osait pas encore franchir Ered Luin ni attaquer les Ports. Gil-galad recevait l'aide des Númenoréens et Sauron régnait partout ailleurs. Ceux qui voulaient rester libres se réfugiaient sous le couvert des forêts ou des montagnes et la peur les suivait.

Presque tous les Humains à l'est et au sud étaient sous son emprise. Ils devinrent forts et puissants, construisirent maintes cités et remparts de pierre, et ils étaient nombreux, ardents à la bataille et leurs armes étaient d'acier. Sauron était pour eux un roi et un dieu et ils en avaient grand-peur, car il vivait dans une demeure entourée de flammes.

Un moment vint où l'avance de Sauron vers l'ouest dut s'arrêter car sa puissance, comme il est dit dans *Akallabêth*, fut défiée par celle de Númenor, si grande et si glorieuse au midi de son royaume que les serviteurs de Sauron reculaient devant elle. Voulant accomplir par la ruse ce que la force ne lui donnait pas, il quitta quelque temps les Terres du Milieu et se rendit à Númenor comme otage du Roi Tar-Calion. Il y resta jusqu'à ce que ses intrigues eussent corrompu le cœur de la plupart des Númenoréens, qu'il les eût mis en guerre contre les Valar et ainsi précipité leur chute, comme il l'avait voulu. Mais la catastrophe fut plus terrible encore que Sauron ne l'avait prévu, car il avait oublié la force des Seigneurs de l'Ouest quand ils étaient pris de courroux. Le monde fut brisé, l'île engloutie, les mers la recouvrirent et Sauron lui-même fut plongé dans l'abîme. Mais son esprit en sortit et s'envola comme un vent de ténèbres vers les Terres du Milieu pour y trouver refuge. Il découvrit que la puissance de Gil-galad avait grandi pendant son absence, qu'elle s'étendait maintenant sur de vastes territoires au nord et à l'ouest, qu'elle dépassait les Montagnes de l'Ombre et le Grand Fleuve jusqu'aux frontières de la Grande Forêt Verte et se rapprochait des places fortes où il était jadis en sûreté. Sauron se retira dans sa forteresse du Pays Noir et prépara la guerre.

A cette époque ceux des Númenoréens qui échappèrent au désastre s'enfuirent vers l'est, comme il est dit dans *Akallabêth*. Leurs chefs étaient Elendil le Grand et ses fils, Isildur et Anárion. Ils étaient parents du Roi, descendaient d'Elros, mais n'avaient pas voulu écouter Sauron et avaient refusé de partir en guerre contre les Seigneurs de l'Ouest. Ils embarquèrent tous les fidèles qui restaient sur les navires et abandonnèrent Númenor avant sa chute. Les hommes étaient forts, les navires étaient grands et solides, mais ils furent rattrapés par les tempêtes, portés jusqu'aux nuages par des montagnes d'eau et ils s'abattirent sur les Terres du Milieu comme des oiseaux chassés par l'ouragan.

Elendil fut rejeté par les vagues au pays de Lindon où il fut accueilli avec amitié par Gil-galad. Ensuite il passa le fleuve Lhûn et fonda son royaume au-delà d'Ered Luin. Son peuple demeurait un peu partout en Eriador sur les rives du Lhûn et du Baranduin, mais il établit sa capitale à Annúminas, près des eaux du Lac Nenuial. Les Númenoréens s'installèrent aussi sur les Dunes du Nord, à Fornost, de même à Cardolan et sur les collines de Rhudaur, ils dressèrent des tours sur Emyn Beraid et sur Amon Sûl. Il resta beaucoup de ruines et de tombes dans ces régions, mais les Tours d'Emyn Beraid restèrent debout, face à la mer.

Isildur et Anárion furent emportés vers le sud et purent enfin conduire leurs navires dans le Grand Fleuve, l'Anduin, qui traverse Rhovanion pour se jeter dans la mer occidentale dans la baie de Belfalas. Ils fondèrent un royaume qu'on appela plus tard Gondor, tandis que le royaume du Nord fut appelé Arnor. Longtemps auparavant, aux jours de leur gloire, les marins de Númenor avaient construit un port et des forts sur l'embouchure de l'Anduin, malgré la proximité de Sauron à l'est dans le Pays Noir. Puis ne vinrent plus à ce port que les Fidèles de Númenor et ceux qui peuplaient les rivages des alentours et étaient presque parents des Amis des Elfes et des gens d'Elendil, ils leur firent donc bon accueil. La principale cité du royaume méridional était Osgiliath, traversée en son milieu par le Grand Fleuve. Les Númenoréens y jetèrent un grand pont qui se couvrit aussitôt de tours et de maisons en pierre très belles à voir tandis que les quais du port recevaient les grands navires venus de la mer. D'autres forteresses furent construites de chaque côté : Minas Ithil, la Tour de la Lune Montante à l'est, sur un contrefort des Montagnes de l'Ombre, pour menacer Morgoth, et à l'ouest Minas Anor, la Tour du Soleil Couchant aux pieds du Mont Mindolluin, pour repousser les sauvages des basses terres. Isildur demeurait à Minas Ithil, Anárion à Minas Anor, mais ils partageaient le territoire qui les séparait et leurs trônes étaient côte à côte dans la Grande Salle d'Osgiliath. C'étaient les principales demeures des Númenoréens à Gondor mais, au temps de leur puissance, ils édifièrent aussi d'autres constructions merveilleuses et fortifiées : à l'Argonath, à Aglarond, à Erech, et dans le cercle d'Angrenost que les Humains appelaient Isengard, ils dressèrent l'Obélisque d'Orthanc en pierre invulnérable.

Les Exilés avaient rapporté de Númenor maints trésors et objets merveilleux et magiques, dont les plus célèbres étaient les Sept Pierres et l'Arbre Blanc. L'Arbre avait poussé d'un fruit du beau Nimloth qui se dressait dans les jardins du Roi d'Armenelos à Númenor avant que Sauron ne le fît brûler et Nimloth à son tour descendait de l'Arbre de Tirion, fait à l'image du plus vieux des Arbres, le Blanc Telperion que Yavanna avait fait pousser au pays des Valar. L'arbre, souvenir des Eldar et de la lumière de Valinor, fut planté à Minas Ithil devant la demeure d'Isildur, puisque c'est lui qui avait sauvé le fruit, mais les Pierres furent partagées.

Elendil en prit trois et ses fils chacun deux. Celles d'Elendil furent placées dans des tours sur Emyn Beraid, sur Amon Sûl et dans la ville d'Annuminas. Celles de ses fils allèrent à Minas Ithil, Minas Anor, à Orthanc et à Osgiliath. Or, ces Pierres avaient pour vertu qu'on pouvait y voir des choses très éloignées, que ce fût dans le temps ou dans l'espace. Elles ne montraient le plus souvent que ce qui se passait près d'une autre Pierre, car elles se répondaient les unes les autres, mais ceux qui avaient assez de volonté et de force d'esprit· pouvaient apprendre à diriger leur regard. Ainsi les Númenoréens apprenaient maints événements que leurs ennemis voulaient cacher, et presque rien n'échappait à leur vigilance du temps de leur splendeur.

On dit qu'en vérité les tours d'Emyn Beraid ne furent pas construites par les Exilés de Númenor mais par Gil-galad en l'honneur d'Elendil, son ami, et que la Pierre Voyante d'Emyn Beraid fut mise sur Elostirion, la plus haute des tours. Elendil se retirait là-haut et contemplait la mer qui coupait les terres en deux, possédé par la nostalgie de l'exilé. On croit aussi qu'il voyait parfois au loin la Tour d'Avallonë, sur Eressëa, là où était la Pierre Maîtresse et où elle est toujours. Ces Pierres furent données par les Eldar à Amandil, le père d'Elendil, pour réconforter les Fidèles aux jours sombres où les Elfes ne pouvaient plus venir sur l'île tombée sous la coupe de Sauron. On les appelait les Palatíri, celles qui voient de loin, et toutes celles qui avaient été emportées jadis par les Terres du Milieu furent perdues.

Or donc, les Exilés de Númenor établirent leurs royaumes à Gondor et Arnor, et il s'écoula de nombreuses années avant que le retour de leur ennemi, Sauron, ne devînt manifeste. Il revint en secret, comme on l'a dit, à son ancien royaume de Mordor au-delà d'Ephel Dúath, les Montagnes de l'Ombre, qui jouxtait Gondor par sa frontière orientale. Au-dessus de la vallée de Gorgoroth se dressait sa haute forteresse, Barad Dûr, la Tour Noire, et plus loin on voyait un sommet orgueilleux que les Elfes appelaient Orodruin. C'était pour cette raison que Sauron avait choisi cet endroit longtemps auparavant, car il se servait pour ses forges et ses enchantements du feu qui montait là depuis les entrailles de la terre, et c'est au centre du pays de

Mordor qu'il avait façonné le Maître Anneau. Il resta donc à méditer dans la nuit jusqu'à ce qu'il se fût donné une apparence nouvelle, et celle-ci fut terrible, car son beau visage l'avait quitté pour toujours quand il avait été plongé dans l'abîme à la chute de Númenor. Il prit le grand Anneau, se vêtit de son pouvoir et rares sont ceux qui, même parmi les plus grands des Elfes et des Humains, purent supporter son regard malfaisant.

Sauron prépara la guerre contre les Eldar et les Humains de l'Occidentale et les feux de la montagne s'éveillèrent à nouveau. Quand ils virent de loin la fumée sur Orodruin et comprirent que Sauron était de retour, les Exilés donnèrent à cette montagne un nouveau nom : Amon Amarth, le Mont Destin. Sauron fit venir force de ses serviteurs de l'est et du sud, parmi eux beaucoup étaient de la race de Númenor, car au temps où il avait vécu là-bas, le peuple presque tout entier avait tourné son cœur vers les ténèbres. Ainsi nombre de ceux qui étaient partis vers l'est à cette époque et qui avaient construit les forts et les ports de la côte étaient déjà soumis à son pouvoir et le servirent volontiers. Mais, grâce au pouvoir de Gil-galad, ces renégats, des seigneurs aussi puissants que malfaisant, étaient allés s'installer pour la plupart loin vers le sud. Deux pourtant, Herumor et Fuinur, s'élevèrent aux premiers rangs chez les Haradrim, un peuple nombreux et cruel qui vivait au-delà de l'embouchure de l'Anduin, dans les vastes territoires au sud de Mordor.

Quand Sauron crut son heure venue, il se lança de toute sa force contre le nouveau royaume de Gondor. Il prit Minas Ithil, abattit l'Arbre Blanc d'Isildur qui poussait là, mais Isildur s'échappa en emportant une pousse de l'Arbre, descendit le fleuve sur un navire avec sa femme et ses fils et ils prirent la mer pour rejoindre Elendil. Pendant ce temps, Anárion tenait Osgiliath contre l'Ennemi et put le repousser un temps dans les montagnes, mais

Sauron rassembla ses troupes et Anárion comprit que son royaume ne résisterait pas longtemps sans aide.

Elendil et Gil-galad tinrent conseil, sentant que Sauron était maintenant si fort qu'il écraserait ses ennemis les uns après les autres s'ils ne s'unissaient pas contre lui. Ils créèrent alors la Ligue qu'on appela la Dernière Alliance et parcoururent l'est des Terres du Milieu pour rassembler une grande armée d'Elfes et d'Humains. Ils s'arrêtèrent quelque temps à Imladris et on dit que l'armée qui se réunit fut la plus belle et la plus glorieusement armée qu'on vit jamais sur ces terres, la plus grande depuis que les légions des Valar avaient marché sur le Thangorodrim.

Après Imladis ils franchirent les Montagnes de Brume par de nombreux cols et descendirent vers l'Anduin pour enfin rencontrer l'armée de Sauron à Dagorlad, la Plaine de la Bataille, aux portes du Pays Noir. En ce jour, tous les êtres vivants se partagèrent et on trouva de chaque race dans les deux camps, même des bêtes et des oiseaux, sauf pour ce qui fut des Elfes. Seuls ils restèrent unis et suivirent Gil-galad. Peu de Nains combattirent d'un côté ou de l'autre, mais le peuple de Durin, venu de Moria, se rangea contre Sauron.

L'armée de Gil-galad et d'Elendil remporta la victoire, grâce aux Elfes encore puissants à cette époque, et à ceux de Númenor, grands et forts et dont la colère était terrible. Nul ne tenait devant la lance de Gil-galad, Aeglos, tous tremblaient devant le glaive d'Elendil, les Orcs comme les Humains, tant il brillait sous le soleil et sous la lune, et son nom était Narsil.

Puis Gil-galad et Elendil entrèrent à Mordor et encerclèrent la forteresse de Sauron dont ils firent le siège pendant sept ans. Le feu, les flèches et les carreaux de l'Ennemi leur infligèrent des pertes cruelles et Sauron lança souvent des sorties pour les harceler. C'est là, dans la vallée de Gorgoroth, que fut tué Anárion, le fils d'Elendil, et tant d'autres. Enfin le siège devint si dur que Sauron lui-même s'avança, combattit avec Gil-galad et Elendil, qui succombèrent tous les deux, et le glaive d'Elendil se brisa sous lui quand il tomba. Mais Sauron tomba lui aussi et Isildur, s'emparant du tronçon de Narsil, ôta le Maître Anneau de la main de Sauron et le mit à son doigt. Alors Sauron fut cette fois vaincu, il dut abandonner son corps et son esprit s'envola très loin pour se cacher dans le désert. Il fallut de très nombreuses années pour qu'il reprît une forme visible.

Ainsi commença le Troisième Age du Monde, après les Jours Anciens et les Années Noires. L'espoir vivait encore et le souvenir du rire, l'Arbre Blanc des Eldar fleurit longtemps dans les jardins du Roi des Hommes, car Isildur planta le surgeon qu'il avait sauvé dans la citadelle d'Anor en souvenir de son frère avant de quitter Gondor. Les serviteurs de Sauron furent débusqués et chassés, mais non entièrement détruits et, si beaucoup d'Humains se détournèrent du mal et devinrent les sujets des héritiers d'Elendil, il y en eut encore beaucoup qui se rappelaient Sauron et haïssaient les royaumes de l'Ouest. La Tour Noire fut rasée mais ses fondations restèrent et elle ne fut pas oubliée. Les Númenoréens placèrent bien des garnisons au pays de Mordor, mais nul ne voulait vivre là-bas, terrifiés par le souvenir de Sauron, par la Montagne de Feu qui se dressait près de Barad-dûr, et par la vallée de Gorgoroth toute remplie de cendres. Tant d'Elfes, d'Exilés et d'Humains ralliés avaient péri pendant la Bataille et le Siège, Elendil le Grand, le Grand Roi Gil-galad, tous n'étaient plus. Jamais plus on ne vit telle armée ni pareille alliance entre Elfes et Humains, car, après le règne d'Elendil, les deux races se tournèrent le dos.

Le Maître Anneau disparut, même les Sages de l'époque ne savaient rien de lui, mais il ne fut pas détruit. Isildur ne voulut pas le céder à Elrond et

Círdan qui étaient là. Ils lui conseillèrent de le jeter dans les flammes d'Orodruin, toutes proches, là où il avait été forgé, afin qu'il périsse et que le pouvoir de Sauron en reste à jamais diminué, n'étant plus dans le désert qu'un souvenir du mal. Mais Isildur refusa en disant :

— Je le garde pour compenser la mort de mon père et celle de mon frère. N'est-ce pas moi qui ai porté à l'Ennemi le coup mortel?

L'Anneau qu'il tenait lui paraissait excessivement beau et il ne supportait pas de le voir détruit. Il retourna d'abord à Minas Anor où il planta l'Arbre Blanc en souvenir de son frère Anárion, mais repartit bientôt après avoir donné ses instructions au fils de son frère, Meneldil, et lui avoir confié le Royaume du Midi. Il emporta l'Anneau, comme le trésor de sa maison, et s'en alla vers le nord à Gondor par le chemin qu'Elendil avait pris, abandonnant le Royaume du Sud et se proposant de reprendre celui de son père à Eriador, loin de l'ombre du Pays Noir.

Mais il fut submergé par une nuée d'Orcs qui le prirent en embuscade dans les Montagnes de Brume : ils descendirent sur son camp par surprise, entre la Forêt Verte et le Grand Fleuve, près de Loeg Ningloron, la Plaine des Iris. Il ne craignait rien, croyant ses ennemis anéantis, et n'avait pas placé de gardes. Presque tous les siens furent tués, dont ses trois fils aînés : Elendur, Arantan et Círyon, mais il avait laissé à Imladris sa femme et Valandil, son plus jeune fils, quand il était parti pour la guerre. Isildur en réchappa grâce à l'Anneau, puisque quand il le portait, il était invisible à tous, mais les Orcs le suivirent à la piste et à l'odeur jusqu'au Fleuve où il plongea. C'est là que l'Anneau le trahit et vengea son créateur en glissant du doigt du nageur et en se perdant dans l'eau. Les Orcs le virent lutter contre le courant, le percèrent de nombreuses flèches et ce fut sa fin. Trois seulement de ceux qui l'avaient suivi revinrent après avoir longtemps erré dans les montagnes, l'un d'eux était son écuyer Ohtar à qui il avait confié les tronçons du glaive d'Elendil.

Narsil revint donc à Imladis dans les mains de Valandil, l'héritier d'Isildur, mais la lame en était brisée, l'éclat en avait disparu, et on ne la forgea pas de nouveau. Maître Elrond prédit que cela ne serait pas avant le retour du Maître Anneau et celui de Sauron, et les Elfes comme les Humains espéraient que cela n'arriverait jamais.

Valandil choisit de demeurer à Annúminas mais son peuple avait été décimé. Il restait trop peu de Númenoréens et des Humains d'Eriador pour peupler le pays et maintenir tous les forts construits par Elendil, tant il en était tombé à Dagorlad, à Mordor et sur la Plaine des Iris. Après le règne d'Eärendur, le septième roi qui suivit Valandil, il arriva que les Humains de l'Occidentale, les Dúnedain du Nord, se divisèrent en petits royaumes de principautés et furent submergés par leurs ennemis les uns après les autres. Ils diminuèrent au fil des ans et ne laissèrent plus, leur gloire passée, que des tombes où l'herbe poussait. Rien ne resta plus d'eux que des êtres étranges qui se cachaient dans les terres incultes. Les autres hommes ne connaissaient ni leurs demeures ni le but de leur errance et leur origine fut oubliée de tous sauf à Imladris, dans la Maison d'Elrond. Les tronçons du glaive furent gardés avec amour par les héritiers d'Isildur pendant maintes générations et leur lignée, de père en fils, resta intacte.

Au sud le royaume de Gondor survécut et sa gloire grandit même jusqu'à rappeler la richesse et la majesté de Númenor avant sa chute. Ce peuple dressa de hautes tours, des forteresses, des ports pour mille navires, et la Couronne Ailée du Roi des Hommes fut respectée ou redoutée par les Humains de tous pays et de tous langages. L'Arbre Blanc grandit longtemps devant la maison du Roi à Minas Anor, celui dont Isildur avait sauvé la graine de Númenor au fond des mers, et qui avant était venu d'Avallonë, et auparavant encore de Valinor, au jour d'avant les jours où le monde était jeune.

Enfin pourtant, usé par les années qui passaient si vite sur les Terres du Milieu, Gondor déclina et la lignée d'Anárion, fils de Meneldil, s'éteignit. Le sang des Númenoréens se mêla à celui de tant d'autres hommes que leur pouvoir et leur sagesse en furent diminués, leur vie raccourcie, et qu'on négligea de surveiller Mordor. Au temps de Telemnar, le vingt-troisième de la lignée de Meneldil, une peste fut apportée par les vents noirs qui frappa le Roi et ses enfants avant d'emporter une grande partie du peuple de Gondor. Les forts qui bordaient Mordor furent désertés, Minas Ithil vidée de ses habitants et le mal pénétra de nouveau secrètement au Pays Noir. Les cendres de Gorgoroth furent soulevées par un vent glacé, des formes ténébreuses s'y réunirent. On dit qu'en vérité c'étaient les Ulairi, ceux que Sauron appelait les Nazgûl, les Neufs Spectres de l'Anneau depuis longtemps cachés qui revenaient maintenant préparer le chemin du Maître qui grandissait à nouveau.

Ils portèrent leur premier coup sous le règne d'Eärnil, sortant la nuit de Mordor par les cols des Montagnes de l'Ombre. Ils s'installèrent à Minas Ithil et en firent un endroit si terrifiant que nul n'osait y porter le regard. On l'appela ensuite Minas Morgul, la Tour des Sorciers, et Minas Morgul ne cessa de guerroyer avec Minas Anor à l'ouest. Puis Osgiliath, désertée depuis longtemps par ses habitants trop rares, devint un champ de ruines, une ville de fantômes. Seule Minas Anor résista et reçut le nouveau nom de Minas Tirith, la Tour de Garde, car les Rois firent construire au milieu de la forteresse une tour blanche très haute et très belle qui surveillait de vastes territoires. La ville était encore forte et fière, l'Arbre Blanc y fleurissait toujours devant la maison des Rois et le reste des Númenoréens défendait sans répit le Fleuve contre les terreurs de Minas Morgul et tous les ennemis de l'Ouest : Orcs, monstres et Humains pervertis, et ainsi les terres à l'ouest de l'Anduin furent épargnées par la guerre et la destruction.

Minas Tirith résista même après le règne d'Eärnur, fils d'Eärnil et dernier Roi de Gondor. C'est lui qui chevaucha seul jusqu'aux portes de Minas Morgul pour défier le maître des lieux. Il le provoqua en combat singulier mais fut trahi par les Nazgûl et emmené vivant dans la cité de la douleur. Nul vivant ne le revit plus. Eärnur n'avait pas d'héritier et, comme la dynastie faisait défaut, les Intendants de la Maison de Mardil le Fidèle gouvernèrent la ville et son royaume qui se réduisait sans cesse. Les Rohirrim, les Chevaliers du Nord, vinrent vivre sur les vertes terres de Rohan – qui s'appelait autrefois Calenardhon et faisait partie du royaume de Gondor – et ils aidèrent les Seigneurs de la Cité à résister. Au nord, au-delà des Chutes de Rauros et des Portes d'Argonath, il restait encore des ouvrages défensifs, si anciens que les Humains en savaient peu de choses et contre lesquels les créatures du mal n'osaient pas avancer tant que l'heure n'était pas venue qui verrait revenir une fois encore leur sombre seigneur, Sauron. Jusqu'à ce que ce jour fût venu, les Nazgûl, même après le règne d'Eärnil, n'osèrent pas franchir le Fleuve ni sortir de leur cité sous une forme visible pour les Humains.

Pendant toutes les années du Troisième Age qui suivirent la mort de Gil-galad, Maître Elrond resta à Imladris où il réunit de nombreux Elfes et d'autres êtres doués de sagesse ou de pouvoir venus de tous les peuples des Terres du Milieu. Il préserva durant de longues générations le souvenir des belles années, sa demeure fut le refuge des faibles et des opprimés, un trésor de bons conseils et de connaissances utiles. C'est là que se réfugièrent les héritiers d'Isildur, enfants ou vieillards, à cause de leur parenté avec Elrond et aussi parce que son esprit lui disait que de cette lignée naîtrait un homme qui devait jouer un grand rôle dans les événements de cette époque dernière. Elrond conserva tout ce temps la garde des tronçons de Narsil, alors que les Dúnedain entraient dans la nuit et devenaient un peuple errant.

Imladis était la demeure d'élection des Elfes d'Eriador, mais il restait aux Ports Gris de Lindon une partie du peuple de Gil-galad, le Roi Elfe. Ils venaient parfois en Eriador mais vivaient pour la plupart sur les bords de la mer pour construire et entretenir les navires où ceux des Premiers-Nés qui se lassaient du monde embarquaient vers l'Extrême Ouest. Círdan le Charpentier était Seigneur des Ports, un grand parmi les Sages.

Les Sages ne parlèrent plus ouvertement des Trois Anneaux que les Elfes avaient gardés intacts de toute souillure, et peu même chez les Eldar savaient à qui ils avaient été confiés. Leur pouvoir, pourtant, ne cessa d'être à l'œuvre après la chute de Sauron et la joie renaissait partout où ils étaient, rien ne souffrait plus des atteintes du temps. Avant donc la fin du Troisième Age, les Elfes surent qu'Elrond détenait l'Anneau de Saphir dans la belle vallée de Rivendell et qu'au-dessus de sa demeure les étoiles du ciel brillaient comme nulle part ailleurs. L'Anneau de Diamant était au Pays de Lórien où vivait Dame Galadriel, la reine des Elfes des bois. C'était l'épouse de Celeborn de Doriath, mais elle faisait partie des Noldor et se souvenait du jour d'avant les jours à Valinor. Des Elfes qui étaient encore sur les Terres du Milieu, c'était la plus belle et la plus puissante. Mais l'Anneau Rouge resta caché jusqu'à la fin et nul ne savait qui l'avait en sa garde, sauf Elrond, Galadriel et Círdan.

Ainsi fut-il qu'en deux endroits le bonheur et la beauté des Elfes conservèrent leur éclat tant que dura le Troisième Age : à Imladris et à Lothlórien, le pays caché entre l'Anduin et Celebrant, là où les arbres portaient des fleurs d'or et où ni les Orcs ni aucune créature du démon n'osaient entrer. On entendait nombre de voix chez les Elfes prédire que si Sauron revenait, ou il retrouverait le Maître Anneau perdu, ou plutôt ses ennemis le trouveraient et le détruiraient, mais que dans tous les cas les pouvoirs des Trois disparaîtraient et tout ce qu'ils maintenaient s'éteindrait. Ce serait le crépuscule des Elfes et le début du règne des Humains.

Et c'est bien ainsi qu'il en advint : l'Unique, le Septième et le Neuvième ont été détruits, les Trois sont partis et le Troisième Age a fini avec eux. Les récits des Eldar sur les Terres du Milieu touchent à leur fin. Ce furent les Années du Déclin où les dernières fleurs des Elfes à l'est de la Grande Mer entrèrent dans leur hiver. Les Noldor parcouraient encore les Terres intérieures, les plus puissants et les plus beaux des enfants du monde, les oreilles mortelles entendaient encore leur langage. Il restait sur terre beaucoup de choses belles et merveilleuses à voir, et aussi beaucoup de terribles et maléfiques : des Orcs, des dragons, des bêtes cruelles et d'étranges créatures d'une antique sagesse dont les noms sont oubliés peuplaient les bois. Des Nains œuvraient encore avec patience sous les montagnes et rien maintenant n'égale leurs ouvrages de pierre et de métal. Mais le Règne des Humains s'annonçait et tout se mettait à changer, jusqu'à ce qu'enfin le Roi Noir resurgît dans Mirkwood.

Autrefois son nom était la Grande Forêt Verte, ses voûtes et ses allées abritaient des animaux variés, des oiseaux chanteurs, le chêne et le hêtre peuplaient le royaume du Roi Thranduil. Puis, quand près du tiers de cet âge du monde se fut écoulé, une ombre venue du sud se mit lentement à ramper sur la forêt, les clairières obscurcies furent parcourues par la peur, des bêtes sauvages vinrent y chasser et des créatures féroces et maléfiques y tendirent leurs pièges.

Alors la forêt prit le nom de Mirkwood tant la

nuit y était profonde, si bien que peu osaient la traverser, sauf au nord où le peuple de Thranduil tenait encore le mal en respect. Rares ceux qui pouvaient dire d'où le mal venait et il se passa longtemps avant que même les Sages pussent le découvrir. C'était l'ombre de Sauron et le signe de son retour. Car il quitta les déserts de l'Est pour porter sa demeure au sud de la forêt, grandit lentement et reprit une forme. D'une sombre colline où il vivait il tendait ses enchantements et tous se mirent à craindre le Sorcier de Dol Guldur sans savoir au début l'immensité du danger.

Dès que les premières ombres se firent sentir à Mirkwood, apparurent les Istari, ceux que les Humains appelèrent les Mages. Nul à cette époque ne savait d'où ils venaient, sinon Círdan le Charpentier qui ne le révéla qu'à Elrond et à Galadriel. Ils venaient d'au-delà de la mer et, plus tard, on dit chez les Elfes que c'étaient des messagers envoyés par les Seigneurs de l'Ouest pour s'opposer à Sauron, s'il revenait, et pousser les Elfes, les Humains et tous les êtres vivants de bonne volonté à retrouver leur vaillance. Ils avaient l'apparence d'Humains, âgés, mais vigoureux. Les années les marquaient à peine, ils vieillissaient lentement malgré les soucis dont ils étaient chargés, leur grande sagesse et les pouvoirs de leur esprit et de leurs mains. Ils parcoururent longtemps tous les peuples des Elfes et des Humains, conversant aussi avec les bêtes et les oiseaux, et les habitants des Terres du Milieu les appelèrent de toutes sortes de noms, puisqu'ils tenaient cachés leurs noms véritables. Les premiers d'entre eux se nommaient Mithrandir et Curunír, pour les Elfes, et pour les Humains du Nord, Gandalf et Saruman. Curunír, le plus vieux, passait en premier, puis Mithrandir et Radagast. Il y eut d'autres Istari qui restèrent à l'est des Terres du Milieu et qui n'entrent pas dans ce récit. Radagast était l'ami des animaux et des oiseaux. Curunír fréquentait surtout les Humains, il tenait des discours subtils et connaissait tous les arts de la forge. Mithrandir était le plus proche d'Elrond et des Elfes. Il allait loin au nord et à l'ouest sans jamais rester longtemps dans aucun pays, tandis que Curunír voyageait à l'est et vivait entre-temps à Orthanc derrière les Remparts d'Isengart qu'avaient construits les Númenoréens au temps de leur puissance.

Mithrandir, le plus vigilant, avait les plus grands soupçons sur l'ombre de Mirkwood. Beaucoup pensaient qu'elle venait des Spectres de l'Anneau, mais il croyait que c'était le premier signe du retour de Sauron. Il se rendit à Dol Guldur, le Sorcier s'enfuit à sa venue et une paix vigilante survécut quelque temps. Puis l'Ombre revint plus forte que jamais, et c'est à ce moment que se tint le premier Conseil des Sages, le Conseil Blanc, où vinrent Elrond, Galadriel, Círdan, d'autres princes des Eldar ainsi que Mithrandir et Curunír. Ce dernier (appelé aussi Saruman le Blanc) fut choisi pour chef, car c'est lui qui avait le plus étudié les anciennes ruses de Sauron. Galadriel eût souhaité que Mithrandir fût à leur tête, malgré les rebuffades de Saruman gagné par l'orgueil et la soif de pouvoir, mais Mithrandir refusa cette charge, ne voulant de lien ni d'allégeance envers quiconque sauf envers ceux qui l'avaient envoyé, de même qu'il n'habitait nulle part et n'obéissait à aucun ordre. Saruman se mit à étudier les récits des Anneaux de Pouvoir, leur création et leur histoire.

L'ombre grandissait toujours et venait assombrir le cœur d'Elrond et de Mithrandir. Et, un jour, celui-ci se rendit à nouveau à Dol Guldur, bravant le danger, découvrit que ses craintes étaient fondées en voyant les cavernes du Sorcier et put s'enfuir. A son retour il dit à Elrond :

— Notre idée, hélas, était vraie. Ce n'est pas un des Ulairi, comme beaucoup l'ont cru. C'est Sauron lui-même qui a retrouvé une apparence et se met à grandir. Il rassemble tous les anneaux et cherche à retrouver l'Unique ainsi que les héritiers d'Isildur, s'ils vivent encore sur la surface de la terre.

Elrond lui répondit :

– Quand Isildur prit l'Anneau et voulut le garder, son destin fut scellé, et le retour de Sauron assuré.

– Pourtant l'Unique a été perdu, dit Mithrandir, et nous pouvons rester maîtres de l'Ennemi tant qu'il reste caché, si nous unissons nos forces et n'attendons pas trop longtemps.

Le Conseil Blanc se réunit, Mithrandir les pressa d'agir vite, mais Curunír s'y opposa et leur conseilla d'attendre encore et d'observer.

– Car je ne crois pas, dit-il, que l'Unique sera jamais retrouvé sur les Terres du Milieu. Il est tombé dans l'Anduin, et il semble qu'il soit descendu jusqu'à la mer depuis longtemps. Il y restera jusqu'à la fin, quand le monde sera brisé et les abîmes découverts.

Rien, donc, ne fut entrepris, malgré le pressentiment d'Elrond qui dit à Mithrandir :

– Je crois tout de même que l'Unique sera retrouvé, que la guerre va renaître et que cet Age y périra. Il s'achèvera dans les ténèbres une fois de plus, à moins d'un étrange hasard que je suis incapable de voir.

– Le monde en connaît beaucoup, dit Mithrandir, et souvent l'aide vient des faibles quand les Sages font défaut.

Le Conseil était inquiet mais aucun des Sages ne comprit alors que Curunír s'était déjà tourné vers la nuit et que son cœur les trahissait, car il voulait retrouver l'Unique, pour lui et pour personne d'autre, afin de l'employer à soumettre le monde entier à sa volonté. Il avait si longtemps étudié les inventions de Sauron pour les vaincre que, désormais, il l'enviait comme un rival plutôt qu'il ne le haïssait. Il croyait aussi que l'Unique, sorti des mains de Sauron, chercherait son maître si celui-ci se manifestait, alors qu'il resterait caché si Sauron était à nouveau chassé. Il était donc prêt à jouer avec le feu, à laisser Sauron revenir quelque temps, espérant que sa ruse lui permettrait de devancer son Ennemi comme ses amis quand l'Anneau reparaîtrait.

Il fit surveiller la Plaine des Iris et découvrit bientôt que les créatures de Dol Guldur fouillaient toute cette partie du Fleuve. Il comprit alors que Sauron avait appris comment Isildur était mort, il prit peur, se retira à Isengart qu'il fortifia pour se plonger plus encore dans tout ce qui était dit sur les Anneaux de Pouvoir et leur fabrication. Mais il n'en dit rien au Conseil, espérant encore être le premier à entendre parler de l'Unique. Il réunit une grande compagnie d'espions dont beaucoup étaient des oiseaux, car Radagast lui apporta son aide sans rien voir de sa trahison, croyant que c'était pour compléter la garde montée autour de l'Ennemi.

Mirkwood s'enfonçait de plus en plus dans la nuit, des créatures mauvaises ressortaient de tous les endroits sombres de la terre, gouvernées par la même volonté et qui portaient tous leurs coups contre les Elfes et les survivants de Númenor. Le Conseil dut se réunir à nouveau et il fut beaucoup débattu des récits concernant les Anneaux. Mithrandir alors s'adressa au Conseil :

— Il est inutile de retrouver l'Unique, car tant qu'il est sur terre et n'est pas détruit, son pouvoir se maintient et donne espoir à Sauron qui continue de grandir. Les Elfes et leurs Amis sont moins forts qu'autrefois et bientôt Sauron sera trop fort pour vous, même sans le Maître Anneau, car il dirige déjà les Neuf et a retrouvé trois des Sept. Nous devons attaquer.

Curunír se déclara d'accord, voulant chasser Sauron de Dol Guldur, trop près du Fleuve, pour qu'il n'ait plus loisir d'y faire ses recherches. Ce fut la dernière fois qu'il aida le Conseil : ils réunirent leurs forces et donnèrent l'assaut à Dol Guldur. Sauron s'enfuit de sa forteresse et Mirkwood pour un temps trop court redevint ce qu'elle était.

Ils avaient frappé trop tard. Le Prince Noir l'avait

prévu, il avait aménagé sa retraite depuis longtemps et les Ulairi, ses Neuf Serviteurs, étaient partis avant lui pour préparer sa venue. Sa fuite ne fut qu'une feinte et il revint bientôt, reprit son royaume de Mordor avant que les Sages ne pussent l'en empêcher et dressa de nouveau les sombres tours de Barad-dûr. Le Conseil se réunit cette année-là pour la dernière fois puis Curunír rentra à Isengart où il ne prit plus d'autre avis que les siens.

Les Orcs se rassemblaient, à l'est et au sud, les sauvages s'armaient. Alors que la peur montait et qu'on parlait de guerre, les pressentiments d'Elrond se vérifièrent : le Maître Anneau fut retrouvé par un hasard plus étrange encore que Mithrandir n'avait pensé, et resta caché aux yeux de Sauron comme à ceux de Curunír. Car il avait été retiré de l'Anduin bien avant leurs recherches, trouvé par un des petits pêcheurs qui vivaient sur le fleuve avant la chute des Rois de Gondor. Celui-ci l'emmena hors d'atteinte dans une sombre cachette au fond de la montagne où il resta jusqu'au moment de l'assaut contre Dol Guldur. Il fut alors pris par un fugitif qui plongea jusqu'aux entrailles de la terre pour échapper aux Orcs et passa ensuite dans un pays lointain, au pays des Periannath, le Petit Peuple, les Hobbits qui vivaient à l'est d'Eriador. Avant ce jour, les Elfes et les Humains les comptaient pour rien et Sauron non plus que les Sages, sauf Mithrandir, n'avaient pensé à eux dans toutes leurs recherches.

Le hasard et la vigilance de Mithrandir firent qu'il entendit parler de l'Anneau avant Sauron. Pourtant, il eut peur et fut pris de doute. La puissance malfaisante de cet objet était trop grande pour les Sages, à moins de vouloir, comme Curunír, devenir à son tour un tyran, un prince des ténèbres. Mais on ne pourrait éternellement le cacher à Sauron, et la science des Elfes était incapable de le détruire. Mithrandir, avec l'aide des Dúnedain du Nord, fit monter la garde autour du pays des Periannath en espérant gagner du temps. Mais Sauron avait tant d'oreilles qu'il apprit bientôt où se trouvait le Maître Anneau, ce qu'il désirait par-dessus tout, et il envoya les Nazgûl s'en emparer. Ceci déclencha la guerre et le Troisième Age se termina comme il avait commencé, par une bataille avec Sauron.

Or, ceux qui assistèrent aux événements de cette époque fertile en exploits et en prodiges l'ont racontée ailleurs, dans le récit de la Guerre de l'Anneau, ils ont dit comment tout a fini par une victoire imprévue et un malheur depuis longtemps promis. Qu'il soit dit ici qu'en ce temps-là l'Héritier d'Isildur se dressa au nord, qu'il prit les tronçons du glaive d'Elendil pour les faire forger de neuf à Imladris et qu'il partit en guerre comme le grand capitaine des Humains. C'était Aragorn, fils d'Arathorn, trente-neuvième après Isildur en droite ligne, pourtant plus proche d'Elendil que tous ses prédécesseurs. Il y eut bataille à Rohan, le traître Curunír y fut abattu et Isengart détruite. Un grand combat eut lieu devant la Cité de Gondor et le Seigneur de Morgul, le Capitaine de Sauron, fut rejeté dans la nuit, puis l'Héritier d'Isildur conduisit l'armée de l'Ouest contre les Portes Noires de Mordor.

A cette ultime bataille vinrent Mithrandir, les fils d'Elrond, le Roi de Rohan, les Seigneurs de Gondor et l'Héritier d'Isildur avec les Dúnedain du Nord. Là, tout leur courage fut vain, ils trouvèrent enfin la défaite et la mort, Sauron fut le plus fort. Mais ce jour vit aussi se vérifier les paroles de Mithrandir, et l'aide vint des mains des faibles quand les Sages eurent fait défaut. Car, et de nombreux chants l'ont depuis célébré, ce furent les Periannath, le Petit Peuple, ceux qui vivaient dans les prés, sur les collines, qui en fin de compte les délivrèrent du mal.

On raconte que Frodo le Hobbit accepta de se charger de la mission de Mithrandir, qu'il traversa la nuit et les dangers avec un serviteur, qu'il parvint au Mont du Destin malgré la colère de Sauron et qu'il jeta dans les flammes où il avait été forgé le

Grand Anneau de Pouvoir qui fut enfin détruit et consumée sa force malfaisante.

Ainsi Sauron échoua. Il fut à jamais vaincu, se dissipa comme l'ombre d'un démon et les tours de Barad-dûr s'écroulèrent en ruine. Au bruit de leur chute la terre trembla au loin, puis la paix fut de retour. Un nouveau Printemps s'ouvrit sur la terre, l'Héritier d'Isildur fut couronné Roi de Gondor et d'Arnor, les Dúnedain retrouvèrent la puissance et une gloire nouvelle. L'Arbre Blanc fleurit à nouveau dans les jardins de Minas Anor, grâce à une pousse trouvée par Mithrandir dans les neiges de Mindolluin dont la blancheur dominait la Cité de Gondor. Tant que l'Arbre vécut, les Rois gardèrent au cœur un souvenir des Jours anciens.

Tout cela put arriver surtout grâce à la vigilance et aux conseils de Mithrandir et, aux tout derniers jours, il apparut comme un seigneur de haute noblesse qui s'avança, vêtu de blanc, sur le champ de bataille. Mais ce ne fut pas avant le moment de son départ qu'on sut qu'il avait gardé depuis longtemps l'Anneau Rouge du Feu. Cet Anneau avait d'abord été confié à Círdan, Seigneurs des Ports, mais il l'avait cédé à Mithrandir, sachant d'où il venait et où il devrait retourner.

– Prends cet Anneau, dit-il, ton travail sera dur et ta charge pesante, et il t'aidera en tout et soulagera ta fatigue. Car c'est l'Anneau du Feu et avec lui tu pourras peut-être rallumer le courage d'antan dans les cœurs d'un monde refroidi. Quant à moi, mon cœur est avec l'océan et je resterai auprès des plages grises pour garder les Ports jusqu'au dernier navire. Et là, je t'attendrai.

Le dernier navire fut blanc, il avait mis longtemps à être construit et il attendit longtemps la fin dont avait parlé Círdan. Quand tout fut accompli, que l'Héritier d'Isildur eut prit la tête des Humains, que la maîtrise de l'Ouest lui fut assurée, il devint clair aussi que le pouvoir des Trois Anneaux avait pris fin et que le monde devenait vieux et gris aux yeux des Premiers-Nés. Alors le dernier Noldor partit des Ports et quitta pour toujours les Terres du Milieu. Et derniers de tous, les Gardiens des Trois Anneaux se rendirent à la mer et Maître Elrond prit le navire que lui avait gardé Círdan. Ses voiles sortirent de Mithlönd au crépuscule d'automne, bientôt les mers du Monde courbé se dérobèrent sous lui, les vents de la voûte céleste ne le traversèrent plus, les courants du ciel l'emportèrent au-dessus des brumes du monde jusqu'à l'Ancien Ouest, et ce fut la fin des histoires et des chants des Eldar.

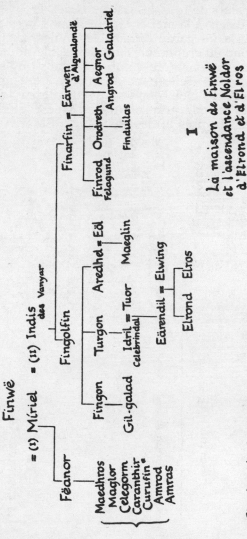

I

La maison de Finwë
et l'ascendance Noldor
d'Elrond et d'Elros

* Père de Celebrimbor

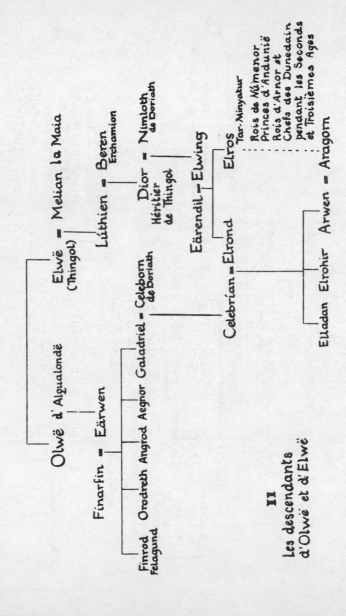

II
Les descendants
d'Olwë et d'Elwë

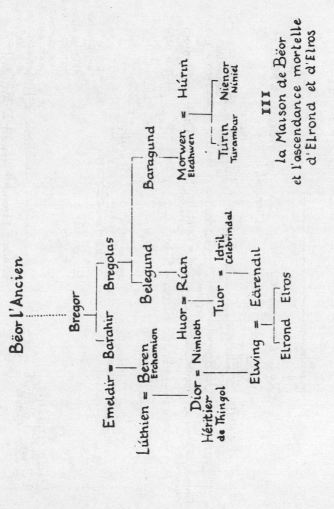

III

la Maison de Bëor
et l'ascendance mortelle
d'Elrond et d'Elros

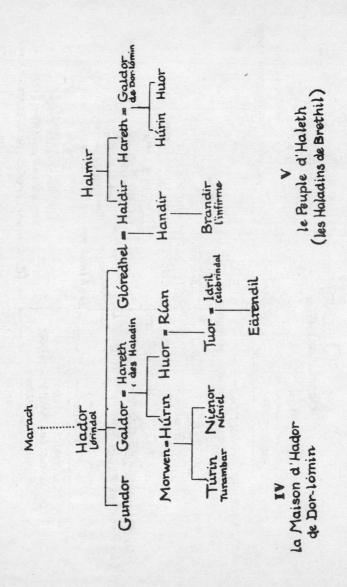

Marrach

Hador
Lórindol

Gundor — Galdor = Hareth — Glóredhel = Haldir — Halmir — Hareth = Galdor
                  (des Haladin)   de Dor-lómin

Morwen = Húrin   Huor = Rían   Handir   Húrin   Huor

Túrin   Nienor   Tuor = Idril   Brandir
Turambar   Níniel   Celebrindal   l'infirme

                    Eärendil

IV
la Maison d'Hador
de Dor-lómin

V
le Peuple d'Haleth
(les Haladins de Brethil)

QUENDI
les Elfes

ELDAR
les Elfes du Grand Voyage depuis Cuiviénen

AVARI
Ceux du Refus : les Elfes qui refusèrent le grand voyage

VANYAR
Tous allèrent à Aman

NOLDOR
Tous allèrent à Aman

TELERI
Ceux qui allèrent à Aman

Ceux qui restèrent à Beleriand

Ceux qui quittèrent les marches de l'est des Montagnes de Brume

SINDAR
Les Elfes-Gris

NANDOR
dont certains allèrent plus tard à Beleriand

LAIQUENDI
Les Elfes-Verts d'Ossiriand

CALAQUENDI
Les Elfes de Lumière (Grands Elfes)
(Ils vivent à Aman au temps des Deux Arbres)

ÚMANYAR
Les Eldar qui n'étaient pas à Aman

MORIQUENDI
Les Elfes de la Nuit
(Ils ne virent jamais la lumière des Arbres)

Les Divisions des Elfes et certains des noms attribués à leurs branches.

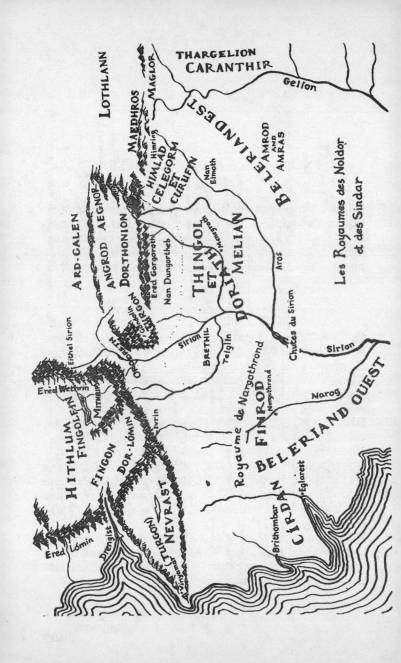

Les Royaumes des Noldor et des Sindar

NOTE SUR LA PRONONCIATION

Cette note veut seulement clarifier les caractéristiques principales de la prononciation des noms dans les langages des Elfes, elle ne se veut aucunement exhaustive. Pour des informations plus complètes voir *Le Seigneur des Anneaux*, Appendice E.

Consonnes

C – toujours *k*, jamais *s* : *Celeborn* se dit *Keleborn*, non *Seleborn*. Pour certains noms, comme *Tulkes* ou *Kementari* un *k* a été employé.

CH – Toujours équivalent à *k*, jamais au *ch* anglais comme dans *church*. Exemples : *Carcharoth, Erchamion.*

DH – représente toujours le *th* anglais, le *th* doux comme dans *then*, non celui de *thin*. Exemples : *Maedhros, Aredhel, Haudh-en-Arwen.*

G – équivaut toujours au *g* anglais comme dans *get* : *Region, Eregion*, ne se prononcent pas comme *region* en anglais, mais comme *reguion* en français. De même la première syllabe de *Ginglith : guinglith.*

T – Les consonnes redoublées allongent la prononciation : *Yavanna* a un *n* allongé comme dans *unnamed* en anglais, ou *penknike*, non pas un *n* comme dans *unaimed, penny.*

Voyelles

AI – se prononce comme l'anglais *eye*, le français *aïe*, ainsi la seconde syllabe de *Edain* se prononce comme *dine* en anglais, non *Dane*.

AU – a en anglais la valeur de *ow* comme dans *town* : ainsi la première syllabe de Aulë se prononce comme l'anglais *owl*, de *Sauron* comme l'anglais *sour* et non pas *sore*.

EI – comme dans *Teiglin*, se prononce comme *grey* en anglais.

IE – ne se prononce pas comme dans *piece* en anglais, mais en prononçant chaque voyelle et en liant : *Ni-enna*, non *Nenna*.

UI – comme dans *Uinen*, se prononce comme *ruin* en anglais.

AE – dans *Aegnor, Nirnaeth*, et *OE* dans *Negyth, Loeg*, par exemple, peuvent se prononcer séparément, a-e, o-e, mais *ae* doit parfois être prononcé comme *ai* en anglais et *Oe* comme dans *toy*.

EA – et **EO** les voyelles ne sont pas liées, mais constituent deux syllabes. On les écrit *ëa et ëo* ou bien, quand elles sont au début d'un nom, *Eä et Eö* : *Aarendil, Eönwë*.

U – dans les noms comme Húrin, Túrin, Túna, se prononce comme l'anglais *oo*. Ainsi *Toorin*, non *Tyoorin*.

ER, IR, UR – devant une consonne (comme dans *Nerdanel, Círdan, Gurthang*) ou à la fin d'un mot (comme dans *Ainúr*), ne doit pas se prononcer comme *fern, fir, fur* en anglais, mais comme *air, eer, oor*.

E – à la fin des mots se prononce toujours comme une voyelle séparée et doit s'écrire *ë*. De même, sans le tréma, au milieu des mots, comme dans *Celeborn, Menegroth*.

Un accent circonflexe dans les syllabes accentuées du sindarin indique une voyelle particulièrement longue (comme *Hîn, Húrin*), alors qu'en adúnaic (númenoréen) et en khudzdûl (la langue des Nains) cet accent indique simplement les voyelles longues.

INDEX DES NOMS

Comme les pages de ce livre sont très nombreuses, cet index fournit une courte notice pour chaque personnage et chaque lieu. Celles-ci ne résument pas tout ce qu'en dit le texte et restent très brèves, même pour les grandes figures du récit, car un index de ce genre ne peut éviter d'être encombrant et j'ai employé plusieurs moyens pour en réduire la taille.

Le premier de ces moyens tient compte de ce que la traduction anglaise (*ici française, NDT*) d'un nom elfe est souvent utilisée isolément. Par exemple la demeure du Roi Thingol est indiquée comme *Menegroth* ou « les Mille Cavernes » (parfois les deux ensemble). Dans la plupart des cas semblables j'ai réuni le nom elfe et sa traduction sous une seule rubrique. Les traductions sont indexées mais renvoient seulement à la rubrique principale, et seulement si elles sont employées isolément. Les mots entre guillemets sont des traductions, et elles sont nombreuses dans le texte (comme *Tol Eressëa*, « l'Ile Solitaire »), mais j'en ai ajouté beaucoup d'autres. L'Appendice contient des informations sur quelques noms non traduits.

J'ai fait une sélection des nombreux titres et des expressions solennelles en anglais dont le texte ne donne pas l'original en langue elfe, comme « l'Ancien Roi » et « Les Deux Races », mais la plupart sont signalés. Les références prétendent être complètes sauf dans de rares cas où il s'agit d'un nom utilisé constamment, comme *Beleriand* ou *Valar*. Dans ces cas des références renvoient aux principaux passages, suivies du mot *passim*, et j'ai éliminé, dans les notices de certains princes de Noldor, les occasions fréquentes où leurs noms sont accolés à ceux de leurs fils ou de leurs maisons.

Il est fait référence au *Seigneur des Anneaux* par le titre du volume.

Adanedhel : « L'homme-Elfe », nom donné à Túrin à Nargothrond.

Adûnakhôr : « Seigneur de l'Ouest », titre pris par le vingtième Roi de Númenor, le premier à le faire en langue adûnaic (de Númenor). En quenya son titre était Herunumen.

Adurant : Le sixième et le plus au sud des affluents du Gelion à Ossiriand. Ce nom signifie « double cours », et renvoie à son lit divisé autour de l'île de Tol Galen.

Aeglos : « Pointe de Neige », la lance de Gil-galad.

Aegnor : Quatrième fils de Finarfin, qui tenait les versants nord de Dorthonion avec son frère Angrod. Tué à Dagor Bragollach. Son nom signifie « Feu Cruel ».

Aelin-ueal : « Lac du Crépuscule », là où l'Aris se jette dans le Sirion.

Aerandir : « Vagabond des Mers », un des trois marins qui accompagnèrent Eärendil dans ses voyages.

Aerin : Parente de Húrin de Dor-lómin. Prise pour femme par Brodda l'Oriental. Aida Morwen après Nirnaeth Arnoediad.

Argawaen : « Le sanglant », nom que se donna Túrin en arrivant à Nargothrond.

Aglarond : « La Caverne Etincelante » dans le Gouffre du Heaume sur Ered Nimrais (voir *Les Deux Tours*).

Aglon : « La Passe étroite » entre Dorthonion et les hauteurs à l'ouest d'Himring.

Ainulindalë : « La Musique des Ainur », aussi appelée *La Grande Musique, le (Grand) Chant*. Aussi le nom du récit de la création qu'on dit avoir été composé par Rúmil de Tirion aux Temps Anciens.

Ainur : « Les Bénis », les premiers êtres créés par Ilúvatar, l'ordre des Valar et des Maiar, nés avant Eä.

Akallabêth : « L'Engloutie », mot adûnaic (de Númenor) équivalent à *Atalentë* en quenya. Titre aussi du récit de la Submersion de Númenor.

Alcarinquë : « La Glorieuse », nom d'une étoile.

Alcarondas : Le Grand navire d'Ar-Pharazôn sur lequel il partit pour Aman.

Aldaron : « Seigneur des Arbres », nom quenya du Valar Oromë.

Aldudenië : « Complainte des Deux Arbres », composée par un Elfe Vanyar appelé Elemnirë.

Almaren : La première demeure des Valar sur Arda, avant la seconde attaque de Melkor : une île sur un grand lac au centre des Terres du Milieu.

Alqualondë : « Le Port des Cygnes », plus grande ville et premier port des Teleri sur les rives d'Aman.

Aman : « Béni, libre de tout mal », nom du pays à l'ouest, au-delà de la Grande Mer, où vécurent les Valar après avoir quitté l'Ile d'Almaren. Souvent nommée *Le Royaume Bienheureux*.

Amandil : « L'Amoureux d'Aman », dernier seigneur d'Andunië à Númenor, descendant d'Elros et père d'Elendil. Partit pour Valinor et ne revint pas.

Amarië : Elfe des Vanyar, ami de Finrod Felagund, qui resta à Valinor.

Ami des Elfes : Les Humains des trois Maisons de Bëor, d'Haleth, et d'Hador, les Edain. Employé aussi dans *Akallabêth* et dans *Les Anneaux du Pouvoir* pour les Númenoréens qui ne s'écartèrent pas des Eldar. Voir *Elendili*. Il est fait certainement référence aux Humains de Gondor et aux Dúnedain du Nord.

Amlach : Fils d'Imlach, fils de Marach. Ayant semé

la discorde chez les Humains d'Estolad, il se repentit et suivit Maedhros.

Amon Amarth : « Mont Destin », nom donné à Orodruin quand ses flammes se réveillèrent après le retour de Sauron de Númenor.

Amon Ereb : « La Colline Solitaire », ou simplement *Ereb*, à l'est de Beleriand, entre Ramdal et le fleuve Gelion.

Amon Ethir : « La Colline des Espions », élevée par Finrod Felagund à l'est des portes de Nargothrond.

Amon Gwareth : La colline où fut construite Gondolin, au milieu de la plaine de Tumladen.

Amon Obel : Une colline au milieu de la forêt de Brethil, où fut construite Ephel Brandir.

Amon-Rûdh : « La Colline Chauve », une hauteur isolée dans les landes au sud de Brethil, demeure de Mîm et repaire des proscrits de Túrin.

Amon Sûl : « Colline du Vent » au royaume d'Arnor.

Amon Uilos : Nom sindarin de Oiolossë.

Amras : Frère jumeau d'Amrod, le plus jeune fils de Fëanor. Tué avec Amarod pendant l'attaque du peuple d'Eärendil à l'embouchure du Sirion.

Amrod : Voir *Amras*.

Anach : Col menant de Taur-nu-Fuin (Dorthorion) à l'extrémité ouest d'Ered Gorgoroth.

Anadûnê : « L'Occidentale », nom de Númenor en langage adûnaic (de Númenor), voir ce terme.

Anar : Nom quenya du Soleil.

Anárion : Plus jeune fils d'Elendil, échappa à la Submersion de Númenor avec son père et son frère Isildur, fonda sur les Terres du Milieu le royaume des Exilés. Seigneur de Minas Anor, tué au siège de Barad-dûr.

Anarríma : Nom d'une constellation.

Ancalagon : Le plus grand des dragons ailés de Morgoth, tué par Eärendil.

Ancien Roi : Manwë.

Andor : « Le Pays de l'Offrande » : Númenor.

Andram : « Le Grand Mur », nom des chutes du fleuve qui séparent en deux Beleriand.

Androth : Cavernes dans les collines de Mithrim où Tuor fut élevé par les Elfes Gris.

Anduin : « Le Grand Fleuve » à l'est des Montagnes de Brume, désigné aussi comme *Le Fleuve* ou *Le Grand Fleuve*.

Andunië : Ville et port sur la côte ouest de Númenor.

Anfauglir : Un des noms du loup Carcharoth, traduit dans le texte par « les Mâchoires de la Soif ».

Anfauglith : Nom de la plaine d'Ard-galen dévastée par Morgoth pendant la Bataille de la Flamme Subite, traduit dans le texte par « La Poussière d'Agonie ».

Angainor : Chaîne forgée par Aulë dont Melkor fut deux fois enchaîné.

Angband : « Prison de Fer », « Enfer d'Acier », la grande forteresse-prison de Morgoth au nord-ouest des Terres du Milieu.

Anghabar : « Les Demeures de Fer », mine dans le Cercle des Montagnes qui entourent la plaine de Gondolin.

Anglachel : Epée forgée dans le minerai d'un météore, donnée par Eöl à Thingon qui la donna à Beleg. Nommée Gurthang après avoir été reforgée par Túrin.

Angrenost : « La Forteresse d'Acier », citadelle des Númenoréens sur la côte ouest de Gondor, habitée ensuite par le Mage Curunír (Saruman). Voir *Isengard*.

Angrim : Père de Gorlim le Malheureux.

Angrist : « Le Couperet », poignard fait par Telchar de Nogrod, pris à Curufín par Beren qui s'en servit pour enlever le Silmaril de la couronne de Morgoth.

Angrod : Troisième fils de Finarfin, tenait avec son frère Aegnor les versants nord de Dorthonion. Tué à Dagor Bragollach.

Anguirél : Glaive d'Eöl, fait du même métal qu'Anglachel.

Annael : Elfe Gris de Mithrim, père adoptif de Tuor.

Annatar : « Le Dispensateur », nom que se donna Sauron au Second Age, au temps où il revint sous une belle apparence parmi les Eldar restés sur les Terres du Milieu.

Anneau Rouge : Voir *Narya*.

Année des Lamentations (L') : L'année de Nirnaeth Arnoediad.

Annon-in-Gelyth : « Porte des Noldor », entrée d'une rivière souterraine dans les collines à l'ouest de Dor-lómin et conduisant à Cirith Ninniach.

Annúminas : « La Tour de l'Occident » (de l'Occidentale, Númenor). Ville des Rois d'Arnor près du Lac Nenuial.

Anor : Voir *Minas Anor*.

Apanónar : « Les Nouveaux Venus », nom elfe pour les Humains.

Aradan : Nom sindarin de Malach, fils de Marach.

Aragorn : Trente-neuvième héritier d'Isildur en droite ligne. Roi des royaumes réunis de Gondor et d'Arnor après la Guerre des Anneaux. Epousa Arwën, fille d'Elrond. Voir *Héritier d'Isildur*.

Araman : Désert sur la côte d'Alman entre les Pelori et la mer, allant au nord jusqu'à l'Helcaraxë.

Aranel : Nom de l'héritier de Thingol, Dior.

Aranrúth : « La Colère du Roi », nom du glaive de Thingol. Aranrúth échappa à la ruine de Doriath et tomba en possession des Rois de Númenor.

Aranwë : Elfe de Gondolin, père de Voronwë.

Aratan : Second fils d'Isildur, tué avec lui sur la Plaine des Iris.

Aratar : « Les Exaltés », les Huit Valar les plus puissants.

Arathorn : Père d'Aragorn.

Arbre Blanc (L') : Voir *Telperion, Galathilion, Nimloth* (1), ainsi que les *Arbres Blancs* de *Minas Ithil* et *Minas Anor*.

Arc de Fer : Traduction de *Cuthalion*, surnom de Beleg.

Arda : « Le Royaume », nom de la Terre, Royaume de Manwë.

Ard-galen : Grande plaine herbeuse au nord de Dorthonion, appelée *Anfauglith* et *Dor-nu-Fauglith* après sa dévastation. Ce nom signifie « la région verte ».

Aredhel : « Elfe Noble », la sœur de Turgon de Gondolin, prise au piège à Nam Elmoth par Eöl, lui donna Maeglin. Appelée aussi *Arfeiniel*, la Blanche Dame des Noldor, la Blanche Dame de Gondolin.

Ar-Feiniel : Voir *Aredhel*.

Ar-Gimilzôr : Vingt-troisième Roi de Númenor, persécuteur des Elendili.

Argonath : « Les Pierres du Roi », les Piliers des Rois, grandes statues d'Isildur et d'Anárion sur l'Anduin aux frontières nord de Gondor.

Arien : Une Maia choisie par les Valar pour conduire le vaisseau du soleil.

Armenelos : Cité des Rois à Númenor.

Arminas : Voir *Gelmir*.

Arnor : « Pays du Roi », royaume des Númenoréens au nord des Terres du Milieu, fondé par Elendil après qu'il eut réchappé de la Submersion de Númenor.

Aros : Fleuve au sud de Doriath.

Arossiach : Les Gués d'Aros, près de l'extrémité nord-est de Doriath.

Ar-Pharazôn : « Le Vermeil », vingt-cinquième et dernier Roi de Númenor, appelé en quenya Tar-Calion. Il captura Sauron puis fut séduit par lui. Commanda la grande Flotte qui partit attaquer Aman.

Ar-Sakalthôr : Père d'Ar-Gimilzôr.

Arthad : Un des douze compagnons de Barahir à Dorthonion.

Arvernien : Rivages des Terres du Milieu à l'ouest de l'embouchure du Sirion. Voir le chant de Bilbo à

Rivendell : « Eärendil fut un marin qui s'attarda en Arvernien... » *Le Seigneur des Anneaux.*

Ar-Zimraphel : Voir *Míriel.*

Ascar : Le plus septentrional des affluents du Gelion à Ossiriand (plus tard appelé Rathloriel). Nom qui signifie : « rapide, impétueux ».

Astaldo : « Le Vaillant », nom du Valar Tulkas.

Atalantë : « L'engloutie », mot quenya équivalent à *Akallabêth.*

Atanamir : Voir *Tar Anamir.*

Atanatári : « Les Pères des Humains », voir *Atani.*

Atani : « Le Second Peuple », les Humains (au singulier *Atan*). Comme à Beleriand depuis longtemps, les seuls Humains que connaissaient les Noldor et les Sindar étaient ceux des Trois Maisons Amies des Elfes, ce nom leur fut plus spécialement réservé (*Adan* sous la forme sindarine, au pluriel *Edain*). Il fut rarement utilisé pour les Humains qui vinrent ensuite à Beleriand ou qu'on croyait habiter au-delà des montagnes. Dans le discours d'Ilúvatar ce nom a pour sens « Humains » en général.

Aulë : Un Valar, un des Aratar, les forgerons et les maîtres des arts; l'époux de Yavanna.

Avallónë : Port et ville des Eldar sur Tol-Eressëa, ainsi nommée, d'après *Akallabêth*, « car de toutes les cités c'est la plus proche de Valinor ».

Avari : « Ceux du Refus », nom donné à tous les Elfes qui ne voulurent pas suivre la marche vers l'ouest depuis Cuivénen. Voir *Eldar* et *Elfes de la Nuit.*

Avathar : « Les Ombres », terre abandonnée sur la côte d'Aman au sud de la Baie d'Eldamar, entre les Pelóri et la mer, où Melkor rencontra Ungoliant.

Azaghâl : Seigneur des Nains de Belegost, blessa Glaurung à Nirnaeth Arnoediad et fut tué par lui.

Balan : Nom de Bëor l'Ancien avant qu'il ne prît du service auprès de Finrod.

Balar : Grande baie au sud de Beleriand où se jette

le Sirion. Egalement l'île qui est sur cette baie, dont on dit qu'elle était la pointe est de Tol Eressëa restée lorsque celle-ci partit. Círdan et Gil-galad y vécurent après Nirnaeth Arnoediad.

Balrog : « Grand Démon », forme sindarine (*Valarauko* en quenya) du nom des démons du feu qui servaient Morgoth.

Barad-dûr : « La Tour Noire » de Sauron à Moldor.

Barad Eithel : « La Tour du Puits », forteresse des Noldor à Eithel Sirion.

Barad Nimras : « La Tour de la Corne Blanche », édifiée par Finrod Felagund sur le cap ouest d'Eglarest.

Baragund : Père de Morwën, l'épouse de Húrin, neveu de Barahir et l'un de ses douze compagnons à Dorthonion.

Barahir : Père de Beren. Sauva Finrod Felagund à Dragor Bragollach, reçut de lui son anneau, fut tué à Dorthonion. Pour ce qu'il advint de l'anneau de Barahir, qui rejoignit le trésor de la Maison » d'Isildur, voir *Le Seigneur des Anneaux*.

Baran : Fils aîné de Bëor l'Ancien.

Baranduin : « Le Fleuve Brun » d'Eriador, se jette dans la mer au sud des Montagnes Bleues. Voir *Le Seigneur des Anneaux*.

Bar-en-Danwedh : « La Maison de la Rançon », nom que le Nain Mîm donna à sa demeure sur Amon Rûdh quand il la céda à Túrin.

Basanés : Voir Orientaux.

Batailles de Beleriand : Première Bataille... Seconde Bataille... (La Bataille sous les Etoiles), voir Dagornuin-Giliath. Troisième Bataille (La Bataille Glorieuse) : voir Dagor Aglareb. Quatrième Bataille (La Bataille de la Flamme Subite) : voir *Dagor Bragollach*. Cinquième Bataille (Les Larmes Innombrables) : voir *Nirnaeth Arnoediad*. « La Grande Bataille »...

Bauglir : Un des noms de Morgoth : « Le Contraignant ».

417

Beleg : Grand archer, chef des garde-frontières de Doriath, appelé Cúthalion, « Arc de Fer ». Ami et compagnon de Túrin, qui le tua.

Belegaer : « La Grande Mer » de l'Ouest, entre les Terres du Milieu et Aman. Souvent appelée *La (Grande) Mer, La Mer de l'Ouest* et *La Grande Eau*.

Belegost : « La Grande Forteresse », une des deux cités des Nains dans les Montagnes Bleues, traduction en sindarin de *Gabilgathol* dans la langue des Nains.

Belegund : Père de Rían, l'épouse de Huor. Neveu de Barahir et l'un de ses douze compagnons sur Dorthonion.

Beleriand : On a dit que ce nom signifiait « le pays de Balar » et qu'il fut d'abord donné aux terres qui entourent l'embouchure du Sirion, en face de l'Ile de Balar. Ensuite ce nom désigna toutes les anciennes côtes depuis le nord-ouest des Terres du Milieu jusqu'à l'estuaire du Drengist, et tout l'arrière-pays au sud d'Hithlum et à l'est jusqu'aux pieds des Montagnes Bleues. Divisé en deux parties est et ouest par le Sirion, Beleriand fut détruit par la catastrophe de la fin du Premier Age et envahi par la mer, de sorte que seul Ossiriand (Lindon) survécut.

Belfalas : Région de la côte sud de Gondor au bord du golfe du même nom, *La Baie de Belfalas*.

Belthil : « Eclat Divin », image de Telperion que Turgon fit à Gondolin.

Belthronding : L'arc de Beleg Cúthalion qui fut enterré avec lui.

Bëor : Appelé l'Ancien, chef des premiers Humains qui vinrent à Beleriand, vassal de Finrod Felagund, ancêtre de la Maison de Bëor (appelée aussi *La Plus Ancienne Maison des Humains, La Première Maison des Edain*). Voir *Balan*.

Bereg : Petit-fils de Baran, le fils de Bëor l'Ancien (ceci n'est pas dit dans le texte). Semeur de discorde parmi les Humains d'Estolad. Repassa les montagnes et retourna en Eriador.

Beren : Fils de Barahir. Enleva un Silmaril de la couronne de Morgoth pour prix de son mariage avec Lúthien, la fille de Thingol, fut tué par Carcharoth, le loup d'Angband, puis fut le seul des mortels à revenir de chez les morts, vécut ensuite avec Lúthien à Tol Galen au pays d'Ossiriand et combattit les Nains à Sarn Athrad. Arrière-grand-père d'Elrond et Elros, ancêtre des Rois de Númenor. Appelé aussi *Camlost, Erchamion* et *Le Manchot.*

Bór : Un chef des Orientaux, qui suivit Maedhros et Maglor ainsi que ses trois fils.

Borlach : Un des trois fils de Bór, tué avec ses frères à Nirnaeth Arnoediad.

Borlad : Un des trois fils de Bór, voir *Borlach.*

Boromir : Arrière-petit-fils de Bëor l'Ancien, grand-père de Barahir, père de Beren, premier Seigneur de Ladros.

Boron : Père de Boromir.

Borthand : Un des trois fils de Bór, voir *Borlach.*

Bragollach : Voir *Dagor Bragollach.*

Brandir : Surnommé l'Infirme, gouverna le peuple d'Haleth après la mort de son père Handir, fut amoureux de Nienor puis tué par Túrin.

Brèche de Maglor : Région entre les deux bras du Gelion où il n'y avait aucune hauteur qui fasse défense naturelle contre l'Ennemi du Nord.

Bregolas : Père de Baragund et de Belegund, tué à Dagor Bragollach.

Bregor : Père de Barahir et de Bregolas.

Brethil : Forêt entre les fleuves Teiglin et Sirion, séjour des Haladin (Le Peuple d'Haleth).

Britlhor : « Torrent Etincelant », quatrième affluent du Gelion en Ossiriand.

Brithiach : Gué du Sirion au nord de la forêt de Brethil.

Brithombar : Le plus septentrional des Ports des Falas sur les côtes de Beleriand.

Brithon : Le fleuve qui se jetait dans la Grande Mer à Brithombar.

Brodda : Oriental venu à Hithlum après Nirnaeth

Arnoediad qui prit pour femme Aerin, une parente de Húrin. Tué par Túrin.

Cabed-en-Aras : Profondes gorges du Teiglin où Túrin tua Glaurung et où Nienor se suicida. Voir *Cabed Naeramarth.*

Cabed Naeramarth : « Le Saut du Destin », nom donné à Cabed-en-Aras après que Nienor eut sauté dans le précipice.

Calacirya : « Le Passage de Lumière », la brèche faite dans les Pelóri où fut édifiée la verte colline de Túna.

Calaquendi : « Les Elfes de Lumière », ceux qui vécurent ou avaient vécu au Pays d'Aman (les Grands Elfes). Voir *Moriquendi* et *Elfes de la Nuit.*

Calenardhon : « La Verte Province », nom de Rohan quand c'était la partie nord de Gondor.

Camlost : « La Main Vide », nom pris par Beren quand il revint chez le Roi Thingol sans le Silmaril.

Caragdûr : Précipice au nord d'Amon Gwareth (la colline de Gondolin) où Eöl fut jeté pour y mourir.

Carenthir : Quatrième fils de Fëanor, appelé le Noir, « le plus dur des frères et le plus prompt à la colère », régna sur Thargelion. Tué pendant l'assaut de Doriath.

Carcharoth : Grand loup d'Angband qui arracha d'une morsure la main de Beren tenant le Silmaril. Tué par Huan à Doriath. Nom traduit dans le texte par « Les Mâchoires Sanglantes ». Appelé aussi *Anfauglir.*

Cardolan : Région du sud de l'Eriador, dans le Royaume d'Arnor.

Carnil : Nom d'une étoile (rouge).

Carrefour de Teiglin : Au sud-ouest de la forêt de Brethil, là où l'ancienne route venue du Passage du Sirion traversait le Teiglin.

Cavernes de l'Attente : Les Cavernes de Mandos.

Cavernes des Nains : Traduction de *Khazad-dûm (Hadhodrond).*

Celeborn (1) *:* « Arbre d'Argent », nom de l'Arbre de Tol Eressëa, un rejeton de Galathilion.

Celeborn (2) *:* Elfe de Doriath parent de Thingol, épousa Galadriel et resta avec elle sur les Terres du Milieu après la fin du Premier Age.

Celebrant : « La Veine d'Argent », rivière venue de *Mirrormere* (Les Etangs de Miroir) qui traverse Lothlorien pour se jeter dans l'Anduin.

Celebrimbor : « Main d'Argent », fils de Curufin resté à Nargothrond quand son père en fut expulsé. Plus grand forgeron d'Eregion au Second Age, il forgea les Trois Anneaux des Elfes. Tué par Sauron.

Celebrindal : « Pied d'Argent », voir *Idril.*

Celebros : « Ecume d'Argent », ou « Pluie d'Argent », torrent de Brethil qui se jette dans le Teiglin près du Carrefour.

Celegorm : Troisième fils de Fëanor, appelé Le Beau. Jusqu'à Dagor Bragollach seigneur de la région d'Himlad avec son frère Curufin. Habite Nargothrond, emprisonne Lúthien, il est le maître de Huan, le chien de meute. Tué par Dior à Menegroth.

Celon : Rivière coulant vers le sud-ouest depuis la colline d'Himring, affluent de l'Aros. Le nom signifie : « torrent coulant d'une hauteur ».

Cercle des Montagnes : Voir *Echoriath.*

Cercle des Mers : Voir *Ekkaia.*

Chaos de Glace : Voir *Helcaraxë.*

Círdan : « Le Charpentier », Elfe des Teleri, Seigneur des Falas, les côtes à l'ouest de Beleriand. Après la destruction des Ports qui suivit Nirnaeth Arnoediad s'enfuit avec Gil-galad sur l'Ile de Balar. Gardien des Ports Gris du Golfe de Lhûn pendant les Second et Troisième Ages. Confia Narya, l'Anneau du Feu, à Mithrandir quand il apparut.

Cirith Ninniach : « Faille de l'Arc-en-ciel », par où

Tuor parvint à la Mer Occidentale. Voir *Amon-in-Gelydh*.

Cirith Thoronath : « Col des Aigles », passage très haut dans les montagnes au nord de Gondolin où Glorfindel combattit un Balrog et tomba dans le gouffre.

Cirth : « Les Runes », inventées par Daeron de Doriath.

Círyon : Troisième fils d'Isildur, tué avec lui sur la Plaine des Iris.

Collier des Nains : Voir *Nauglamir*.

Conseil Blanc (Le) : Le Conseil des Sages au Troisième Age, rassemblé pour s'opposer à Sauron.

Corollairë : « Colline Verte », des deux Arbres de Valinor, aussi appelée *Ezellohar*.

Crissaegrim : Sommets au sud de Gondolin où se trouvaient les aires de Thorondor.

Cuivénen : « Eau de l'Eveil », lac des Terres du Milieu où s'éveillèrent les premiers Elfes, découverts par Oromë.

Culúrien : Un des noms de *Laurelin*.

Curufin : Cinquième fils de Fëanor, appelé le Rusé. Père de Celebrimbor. Pour l'origine de son nom, voir *Fëanor* et pour son histoire, voir *Celegorm*.

Curufinwë : Voir *Fëanor*.

Curunír : « Un Maître des Stratagèmes », nom elfe de Saruman, un des Istari (Mages).

Cuthalion : « Arc de Fer », voir *Beleg*.

Daeron : Ménestrel et premier conteur du Roi Thingol. Inventeur des Cirth (Runes), amoureux de Lúthien, deux fois il la trahit.

Dagnir : Un des douze compagnons de Barahir sur Dorthonion.

Dagnir Glaurunga : « Le Tourmenteur de Glaurung », Túrin.

Dagor Aglareb : « La Glorieuse Bataille », troisième des grandes batailles des guerres de Beleriand.

Dagor Bragollach : « La Bataille de la Flamme Subite » (ou simplement la *Bragollach*), quatrième des grandes batailles des guerres de Beleriand.

Dagorlad : « Le Champ de Bataille », où eut lieu la grande bataille au nord de Mordor entre Sauron et l'Ultime Alliance des Elfes et des Humains à la fin du Second Age.

Dagor-nuin-Giliath : « La Bataille sous les Etoiles », seconde bataille des guerres de Beleriand, se tint à Minthrim après la venue de Fëanor sur les Terres du Milieu.

Dairuin : Un des douze compagnons de Barahir sur Dorthonion.

Delduwath : Un des noms que prit Dorthonion après sa ruine (Taur-Nu-Fuin), signifie « L'Horreur des Ombres de la Nuit ».

Demi-Elfe : Traduction du sindarin *Peredhel*, au pluriel Peredhil, employé pour désigner Elrond et Elros, ainsi qu'Eärendil.

Denethor : Fils de Lenwë, chef des Elfes de Nandor qui finira par franchir les Montagnes Bleues pour s'installer en Ossiriand. Tué sur Amon Ereb à la première bataille de Beleriand.

Deux Races (Les) : Les Elfes et les Humains.

Dimbar : Région qui se trouve entre le Sirion et le Mindeb.

Dimrost : Les chutes de Celebros dans la forêt de Brethil, traduit dans le texte par « Les Marches de la Pluie ». Appelé ensuite *Nen Girith*.

Dior : Appelé *Aranel*, et *Eluchíl*, « L'Héritier de Thingol ». Fils de Beren et de Lúthien, père d'Elwing, la mère d'Elrond. Vint d'Ossiriand à Doriath après la mort de Thingol, reçut le Silmaril après la mort de Beren et de Lúthien, fut tué à Menegroth par les fils de Fëanor.

Dol Guldur : « Mont du Sorcier », forteresse du Nécromancien (Sauron) au sud de la forêt de Mirkwood pendant le Troisième Age.

Dolmed : « La Tête Mouillée », sommet de l'Ered Luin près de Nogrod et de Belegost, les cités des Nains.

Dor Caranthir : « Pays de Caranthir », voir *Thargelion.*

Dor-Cúarthol : « Pays de l'Arc et du Heaume », nom de la région protégée par Beleg et Túrin depuis leur repaire sur *Amon Rûdh.*

Dor Daedeloth : « Pays de l'Ombre de l'Horreur », territoire de Morgoth au nord.

Dor Dínen : « Le Pays du Silence », où rien ne vivait, entre les cours supérieurs de l'Esgalduin et de l'Aros.

Dor Firn-i-Guinar : « Le Pays des Morts-Vivants », nom de la région d'Ossiriand où Beren et Lúthien vécurent après leur retour.

Doriath : « Le Pays Fortifié » (*Dor Iâth*), par référence à l'Anneau de Melian. Autrefois appelé Eglador. Royaume de Thingol et de Melian dans les forêts de Neldoreth et de Region, capitale Menegroth sur l'Esgalduin. Aussi appelé « Le Royaume Caché ».

Dorlas : Un des Haladin de Brethil, accompagna Túrin et Hunthor pour attaquer Glaurung, prit peur et recula, fut tué par Brandir l'Infirme.

Dor-lómin : Région au sud d'Hithlum, le territoire de Fingon, donné comme fief à la Maison d'Hador. Demeure de Túrin et de Morwën. *La Dame de Dor-lómin :* Morwën.

Dor-nu-Fauglith : « Le Pays de la Poussière d'Agonie », voir *Anfauglith.*

Dorthonion : « Le Pays des Pins », grand plateau boisé au nord de Beleriand appelé ensuite Taur-nu-Fuin.

Draugluin : Grand loup-garou tué par Huan à Tol-in-Gauroth et dont Beren prit l'apparence pour entrer à Angband.

Drengist : Grand bras de mer qui traversait Ered Lómin, la frontière occidentale de Hithlum.

Duilwen : Cinquième affluent du Gelion en Ossiriand.

Dúnedain : « Les Edain de l'Ouest », voir *Númenoréens.*

Dungortheb : Voir *Nan Dungortheb*.
Durín : Seigneur des Nains de Khazad-dûm (Moria).

Eä : Le Monde, l'univers matériel. « Eä » signifie en elfe : « Cela est » ou « Que cela soit », ce fut le mot que prononça Ilúvatar au commencement du monde.
Eärendil : Appelé le Demi-Elfe, le Béni, le Brillant, le Navigateur, fils de Tuor et d'Idril, la fille de Turgon, échappa au sac de Gondolin, épousa Elwing, fille de Dior, à l'embouchure du Sirion, fit voile avec elle jusqu'au Pays d'Aman pour demander le secours des Valar contre Morgoth. Envoyé parcourir le ciel dans son navire, le Vingilot, avec le Silmaril sorti d'Angband par Beren et Lúthien. Son nom signifie « Qui aime la Mer ».
Eärendur (1) : Un des Princes d'Andúnië à Númenor.
Eärendur (2) : Dixième Roi d'Arnor.
Eärnil : Trente-deuxième Roi de Gondor.
Eärnur : Fils d'Eärnil, dernier Roi de Gondor avec qui prit fin la lignée d'Anárion.
Eärramë : « Aile de Mer », nom du navire de Tuor.
Eärwen : Fille d'Olwë d'Alqualondë, le frère de Thingol, épousa Finarfin des Noldor. C'est à elle que Finrod, Orodreth, Angrod, Aegnor et Galadriel devaient leur sang teleri et qu'ils purent entrer à Doriath.
Echoriath : « Le Cercle des Montagnes » autour de la plaine de Gondolin.
Ecthelion : Un des Elfes seigneurs de Gondolin qui tua Gothmog, le Prince des Balrogs, pendant le sac de la ville, avant d'être tué par lui.
Edain : Voir *Atani*.
Edrahil : Chef des Elfes de Nargothrond qui accompagnèrent Finrod et Beren dans leur quête et moururent dans les donjons de Tol-in-Gauroth.
Eglador : Ancien nom de Doriath avant d'être

encerclé par l'Anneau de Melian, mot probablement venu de *Eglath*.

Eglarest : Le plus au sud des Ports des Falas sur la côte de Beleriand.

Eglath : « Le Peuple Abandonné », nom que se donnèrent les Elfes des Teleri restés à Beleriand pour chercher Elwë (Thingol) après que la plus grande part de leur peuple fut repartie pour Aman.

Eilinel : Femme de Gorlim le Malheureux.

Eithel Ivrin : « La Source d'Ivrin », source du fleuve Narog au pied d'Ered Lindon.

Eithel Sirion : « Source du Sirion », sur le versant est d'Ered Wethrin, où se trouvait la grande forteresse de Fingolfin et de Fingon. Voir *Barad Eithel*.

Ekkaia : Nom elfe de la Mer Extérieure qui entoure Arda, désignée comme *Océan du Dehors* ou *le Cercle des Mers*.

Elbereth : Nom usuel de Varda en langue sindarine, « L'Etoile-Reine ». Voir *Elentari*.

Eldalië : « Le Peuple des Elfes », équivalent de *Eldar*.

Eldamar : « Séjour des Elfes », région d'Aman où ils vécurent et nom d'une grande baie.

Eldar : D'après la légende elfe le nom *Eldar*, « Le Peuple des Etoiles », fut donné à tous les Elfes par le Valar Oromë. Il n'en vint plus qu'à être employé pourtant que pour les Elfes des Trois Tribus (Vanyar, Noldor et Teleri) qui partirent de Cuivénen pour la grande marche vers l'ouest (qu'ils restèrent ou non sur les Terres du Milieu), et à exclure les Avari. Les Elfes d'Aman et tous les Elfes qui y vécurent furent appelés les Grands Elfes (*Tareldar*), les Elfes de Lumière (*Calaquendi*). Voir *Elfes de la Nuit, Umanyar, Elfes*.

Eldarin : Des Eldar. Employé pour le langage des Eldar. Dans le texte ce terme se réfère au quenya, aussi appelé Haut-Eldarin ou Ancien Langage des Elfes. Voir *Quenya*.

Eledhwen : Voir *Morwen*,

Elemmirë (1) : Nom d'une étoile.

Elemmirë (2) : Elfe des Vanyar, composa l'*Aldude-nië*, la Complainte des Deux Arbres.

Elendë : Un des noms d'Eldamar.

Elendil : Appelé Le Grand. Fils d'Amandil, dernier prince d'Andúnië à Númenor, descendait d'Eärendil et d'Elwing sans appartenir à la lignée royale. Echappa avec ses fils Isildur et Anárion à la Submersion de Númenor et fonda les royaumes des Númenoréens sur les Terres du Milieu. Tué avec Gil-galad à l'occasion de la chute de Sauron à la fin du Second Age. On peut interpréter le nom comme « Ami des Elfes » (voir *Elendili*) ou « Ami des Etoiles ».

Elendili : « Ami des Elfes », nom donné aux Númenoréens qui ne s'éloignèrent pas des Eldar sous le règne de Tar-Ancalimon et des rois suivants. Appelés aussi les *Fidèles*.

Elendur : Fils aîné d'Isildur, tué avec lui sur la Plaine des Iris.

Elenna : Nom (quenya) de Númenor, « Vers les Etoiles », d'après le voyage des Edain avec Númenor guidés par Eärendil au début du Second Age.

Elfes Abandonnés : Voir *Eglath*.

Elfes de la Forêt, ou Elfes Sylvains : A l'origine il semble que ce furent les Elfes de Nandor qui ne franchirent pas les Montagnes de Brume pour aller à l'ouest, mais restèrent dans la vallée de l'Anduin et dans la *Grande Forêt Verte*. Voir *Nandor*.

Elfes de la Nuit : Dans le langage d'Aman tous les Elfes qui ne traversèrent pas la Grande Mer étaient des Elfes de la Nuit (*Moriquendi*); ce terme est parfois employé ainsi : quand Caranthir traita Thingol d'Elfe de la Nuit c'était dans une intention injurieuse, d'autant que Thingol était allé en Aman et « n'était pas compté parmi les Moriquendi ». Mais, pendant le temps que dura l'exil des Noldor, ce nom désigna souvent les Elfes des Terres du Milieu autres que les Noldor et les Sindar, équivalant virtuellement à *Avari*. Elfe Noir est pris encore dans un sens différent dans le titre donné à Eöl, un Sindar, mais Turgon employa ce titre en voulant dire sans aucun doute qu'Eöl était un *Moriquendi*.

Elfes Gris : Voir *Sindar*.

Elfes Verts : Traduction de *Laiquendi*, les Elfes Nandorin d'Ossiriand.

Enetari : « Etoile-Reine », nom de Varda comme celle qui créa les Etoiles. Appelée ainsi dans la complainte de Galadriel à Lórien, voir *Le Seigneur des Anneaux*.

Elenwë : Femme de Turgon, périt en traversant l'Helcaraxë.

Elerinna : « Couronnée d'Etoiles », un des noms du Taniquetil.

Elostirion : La plus haute tour d'Emyn Beraid où fut placé le *Palantir*.

Elrond : Fils d'Eärendil et d'Elwing, choisit à la fin du Premier Age d'être compté parmi les Humains et resta sur les Terres du Milieu jusqu'à la fin du Troisième Age. Maître d'Imladris (Rivendell), gardien de Vilya, l'Anneau de l'Air qu'il reçut de Gilgalad. Appelé *Maître Elrond* et *Elrond le Demi-Elfe*. Son nom signifie « Voûte Etoilée ».

Elros : Fils d'Eärendil et d'Elwing, choisit à la fin du Premier Age d'être compté parmi les Humains et devint le premier Roi de Númenor (*Tar-Minyatur*). Atteignit un âge très avancé. Son nom signifie « Ecume d'Etoile ».

Elu : Forme sindarine d'Elwë.

Eluchíl : « Héritier d'Elu (Thingol) », nom de Dior, fils de Beren et de Lúthien. Voir *Dior*.

Eluréd : Fils aîné de Dior, périt dans l'attaque de Doriath par les fils de Fëanor. Même signification qu'*Eluchíl*.

Elurin : Plus jeune fils de Dior, périt avec son frère Eluréd. Son nom signifie « Souvenir d'Elu » (Thingol).

Elwë : Surnommé *Singollo*, « A la Robe grise ». Chef avec son frère Olwë des armées des Teleri pendant la marche vers l'ouest depuis Cuivénen. Se perdit à Nan Elmoth, devint Seigneur des Sindar, régna sur Doriath avec Melian, reçut le Silmaril de Beren, fut tué à Menegroth par les Nains. Appelé *Elu-Thingol* en sindarin. Voir *Elfes de la Nuit, Thingol*.

Elwing : Fille de Dior, s'échappa de Doriath avec le Silmaril, épousa Eärendil à l'embouchure du Sirion et le suivit à Valinor. Mère d'Elrond et d'Elros. Son nom signifie « Pluie d'Etoiles ». Voir *Lanthir Lamath*.

Emeldiz : Epouse de Barahir et mère de Beren, conduisit les femmes et les enfants de la Maison de Bëor hors de Dorthonion après Dagor Bragollach. (Elle descendait elle-même de Bëor l'Ancien et son père s'appelait Beren, ce qui n'est pas dans le texte.)

Emyn Beraid : « Colline des Tours », à l'ouest d'Eriador, voir *Elostirion*.

Endor : « Pays du Milieu », Terres du Milieu.

Enfants d'Ilúvatar : Aussi *Enfants d'Eru*, traductions de *Hîni Ilúvataro, Erhini*, les Premiers-Nés et les Nouveaux Venus, les Elfes et les Humains. Aussi *Les Enfants, Les Enfants de la Terre, Les Enfants du Monde*.

Engwar : « Les maladifs », un des noms elfes pour les Humains.

Eöl : Appelé l'Elfe Noir. Grand forgeron qui vivait à Nan Elmoth et prit pour femme Aredhel, la sœur de Turgon. Ami des Nains, forgea l'épée Anglachel (Gurthang), père de Maeglin, fut mis à mort à Gondolin.

Eönwë : Un des plus grands des Maiar, appelé le Héraut de Manwë. Conduisit l'armée des Valar contre Morgoth à la fin du Premier Age. •

Epée Noire : Voir *Mormegil*.

Ephel Brandir : « La Palissade autour de Brandir », séjour des Humains de Brethil sur Amon Obel. Appelé aussi *Ephel*.

Ephel Dúath : « Rempart d'Ombre », chaîne de

montagnes entre Gondor et Mordor, appelée aussi les Montagnes de l'Ombre.

Erchamion : « Le Manchot », nom de Beren après qu'il se fut échappé d'Angband.

Erech : Colline à l'ouest de Gondor où était la Pierre d'Isildur (voir *Le Seigneur des Anneaux*).

Ered Engrin : « Les Montagnes de Fer », dans le Grand Nord.

Ered Gorgoroth : « Les Montagnes de la Terreur » au nord de Nan Dungortheb, appelées aussi les *Gorgoroth*.

Ered Lindon : « Les Montagnes de Lindon », autre nom pour Ered Luin, Les Montagnes Bleues.

Ered Lómin : « Les Montagnes de l'Echo», remparts occidentaux d'Hithlum.

Ered Luin : « les Montagnes Bleues », appelées aussi *Ered Lindon*. Après les destructions de la fin du Premier Age, Ered Luin la côte nord-ouest des Terres du Milieu.

Ered Nimrais : Les Montagnes Blanches (*nimrais*, les cornes blanches), la grande chaîne montagneuse qui va d'est en ouest au sud des Montagnes de Brume.

Ered Wethrin : « Les Montagnes de l'Ombre », grand massif courbe en bordure de Dor-nu-Fauglith (Argalen) à l'ouest, et qui sépare Hithlum de l'ouest de Beleriand.

Eregion : « Le Pays du Houx » (appelé *Hollin* par les Humains). Au Second Age, Royaume des Noldor à l'ouest des Montagnes de Brume, là où furent forgés les Anneaux des Elfes.

Ereinion : « Le Rejeton des Rois », fils de Fingon, toujours cité par son surnom *Gil-galad*.

Erellont : Un des trois marins qui accompagnèrent Eärendil dans ses voyages.

Eressëa : Voir *Tol Eressëa*.

Eriador : Pays entre les Montagnes de l'Ombre et les Montagnes Bleues, où se trouvait le royaume d'Arnor (et aussi Le Comté des Hobbits).

Eru : « L'Unique », « Celui qui est le seul » : Ilúvatar. Voir aussi *Les Enfants d'Eru*.

Esgalduin : La rivière de Doriath, séparant les forêts de Neldoreth et de Region, qui se jette dans le Sirion. Le nom signifie « Rivière sous Voile ».

Estë : Une des Reines des Valar, épouse d'Irmo (Lórien), son nom signifie « Repos ».

Estolad : Pays au sud de Nan Elmoth où les Humains des Maisons de Bëor et de Marach s'installèrent après avoir franchi les Montagnes Bleues. Traduit dans le texte par « Le Campement ».

Etangs du Crépuscule : Voir *Aelin-uial*.

Ezellohar : La Colline verte des Deux Arbres de Valinor, aussi appelée *Corollairë*.

Faelivrin : Nom donné par Gwindor à Finduilas.

Falas : Les côtes ouest de Beleriand, au sud de Nevrast.

Falathar : Un des trois marins qui accompagnèrent Eärendil dans ses voyages.

Falathrim : Les Elfes Telerin des Falas, dont le Seigneur était Círdan.

Falmari : Les Elfes de la Mer, nom des Teleri qui quittèrent les Terres du Milieu pour retourner à l'ouest.

Faucille des Valar · voir *Valacirca*.

Fëanor : Fils aîné de Finwë (enfant unique de Finwë et de Míriel), demi-frère de Fingolfin et de Finarfin. Le plus grand des Noldor, chef de leur rébellion, inventa l'écriture fëanorienne, fit les Silmarils. Tué à Mithrim lors de Dagor-nuin-Giliath. Son nom était *Curufinwë* (*curu*, talent), et il le donna à son cinquième fils, Curufin, alors qu'il fut lui-même connu par le nom que lui donnait sa mère : *Fëanaro*, « Esprit du feu », qui donna sous sa forme sindarine *Fëanor*. Voir aussi *Fils de Fëanor*.

Fëanturi : « Maîtres des Esprits », les Valar Námoë (Mandos) et Irmo (Lórien).

Felagund : Nom sous lequel le Roi Finrod fut connu après la fondation de Nargothrond. D'origine naine (*felak-gundu*, « celui qui creuse les cavernes », mais traduit dans le texte par « Seigneur des Cavernes »). Voir *Finrod.*

Fils de Fëanor : Voir *Maedhros, Maglor, Celegorm, Caranthir, Curufin, Amrod, Amaras.* Souvent cités comme un groupe, surtout après la mort de leur père.

Fidèles : Voir *Elendili.*

Finarfin : Troisième fils de Finwë, le plus jeune des demi-frères de Fëanor, il reste au Pays d'Aman après l'Exil des Noldor et règne sur le reste de son peuple à Tirion. Seuls des Princes des Noldor lui et ses descendants eurent les cheveux blonds, transmis par sa mère Indis, une Elfe des Vanyar. Le nom de Finarfin est souvent cité en rapport avec ses fils ou son peuple.

Finduilas : Fille d'Orodreth, aimée de Gwindor, capturée au sac de Nargothrond, tuée par les Orcs au Carrefour de Teiglin.

Fingolfin : Second fils de Finwë, aîné des demi-frères de Fëanor, Grand Roi des Noldor de Beleriand, régna sur Hithlum. Tué par Morgoth en combat singulier. Le nom de Fingolfin est souvent cité en rapport avec ses fils ou son peuple.

Fingon : Fils aîné de Fingolfin, appelé « Le Fidèle » et « L'Ami des Humains ». Fondateur et Roi de Nargothrond, d'où son nom de *Felagund.* Rencontra en Ossiriand les premiers Humains ayant passé les Montagnes Bleues. Fut sauvé par Barahir à Dagor Bragollach, tint son serment envers Barahir en accompagnant Beren dans sa quête, tué en défendant Beren dans les donjons de Tol-in-Gauroth. *Felagund* est aussi employé isolément.

Finwë : Chef des Noldor dans leur marche vers l'ouest depuis Cuivénen, Roi des Noldor au Pays d'Aman, père de Fëanor, Fingolfin et Finarfin. Tué par Morgoth à Formenos... Souvent cité en rapport avec ses fils ou sa Maison.

Firimar : « Mortels », un des noms elfes pour les Humains.

Formenos : « Forteresse du Nord », place forte de Fëanor et de ses fils au nord de Valinor, construite après que Fëanor fut banni de Tirion.

Fornost : « Forteresse du Nord », ville númenoréenne dans les dunes au nord d'Eriador.

Frodo : Voir *Le Seigneur des Anneaux.*

Fuinur : Renégat númenoréen qui devint puissant parmi les Haradrim à la fin du Second Age.

Gabilgathol : Voir *Belegost.*

Galadriel : Fille de Finarfin et sœur de Finrod Felagund, un des chefs de la rébellion des Noldor contre les Valar. Epousa Celeborn à Doriath et resta avec lui sur les Terres du Milieu après la fin du Premier Age. Gardienne de Nenya, l'anneau de l'Eau, à Lothlórien.

Galathilion : L'Arbre Blanc de Tirion, image de Telperion faite par Yavanna pour les Vanyar et les Noldor.

Galdor : Appelé le Grand. Fils d'Hadol Lorindol et Seigneur de Dor-lómin après lui. Père d'Húrin et de Huor, tué à Eithel Sirion.

Galvorn : Métal inventé par Eöl.

Gandalf : Nom chez les Humains de Mithrandir, l'un des Istari (Mages). Voir *Olorin.*

Gelion : Grand fleuve dans l'est de Beleriand, naissant à Himring et au Mont Rerir, grossi par les rivières d'Ossiriand qui coulaient depuis les Montagnes Bleues.

Gelmir (1) : Elfe de Nargothrond, frère de Gwindor, capturé à Dagor Bragollach et ensuite mis à mort en face d'Eithel Sirion pour provoquer les défenseurs, avant Nirnaeth Arnoediad.

Gelmir (2) : Elfe du peuple d'Angrod qui vint de Nargothrond avec Arminas pour prévenir Orodreth du danger.

Gil-Estel : « Etoile de l'Espoir », nom sindarin d'Eärendil portant le Silmaril sur son navire, le Vingilot.

Gil-galad : « Etoile Rayonnante », nom sous lequel

fut connu Ereinion, le fils de Fingon. Après la mort de Turgon il fut le dernier Grand Roi des Nolda sur les Terres du Milieu et resta à Lindon après la fin du Premier Age. Chef avec Elendil de l'Ultime Alliance des Humains et des Elfes et tué avec lui en combattant Sauron.

Gililkhâd : Plus jeune fils d'Ar-Gimilzôr et d'Inzilbêth et père d'Ar-Pharazôn, le dernier Roi de Númenor.

Gimilzôr : Voir *Ar-Gimilzôr*.

Ginglith : Rivière à l'ouest de Beleriand qui se jette dans le Narog au-dessus de Nargothrond.

Glaurung : Premier Dragon de Morgoth, appelé Père des Dragons, parut à Dagor Bragollach, Nirnaeth Arnoediad et au sac de Nargothrond, ensorcela Túrin et Nienor. Tué par Túrin à Cabed-en-Aras. Appelé aussi le Grand Ver et le Ver de Morgoth.

Glingal : « La Flamme Suspendue », image de Laurelin faite par Turgon à Gondolin.

Glirhuin : Ménestrel de Brethir.

Glóredhel : Fille d'Hador Lorindol de Dor-lómin et sœur de Glador, épousa Haldir de Brethil.

Glorfindel : Elfe de Gondolin qui tomba et mourut dans le Cirith Thoronath en combattant un Balrog après avoir échappé au sac de la cité. Son nom signifie « Tête d'Or ».

Golodhrim : Les Noldor; Golodh était la forme sindarine du quenya *Noldo* et *-rim* une terminaison indiquant le pluriel collectif. Voir *Annon-in-Gelydh*, la Porte des Noldor.

Gondolin : « Le Roc Caché » (voir *Odolindë*), cité secrète du Roi Turgon entourée par le Cercle des Montagnes (Echoriath).

Gondolindrim : Habitants de Gondolin.

Gondor : « Pays de Pierre », nom du royaume númenoréen au sud des Terres du Milieu, fondé par Isildur et Anárion. *Cité de Gondor* : Minas Tirith.

Gonnhirrim : « Maîtres de la Pierre », nom sindarin des Nains.

Gorgoroth (1) : Voir *Ered Gorgoroth.*

Gorgoroth (2) : Plateau à Mordor entre les Montagnes de l'Ombre et les Montagnes de Cendre.

Gorlim : Surnommé le Malheureux, un des douze compagnons de Barahir sur Dorthonion qui fut ensorcelé par le fantôme de sa femme Eilinel et indiqua à Sauron la retraite de Barahir.

Gorthaur : Nom de Sauron en sindarin.

Gorthol : « Heaume de Terreur », nom que prit Túrin quand il fut l'un des Deux Capitaines au pays de Dor-Cuarthol.

Gothmog : Prince des Balrogs, grand capitaine d'Angbanb, meurtrier de Fëanor, Fingon et Ecthelion. (Le lieutenant de Minas Morgul au Troisième Age porta le même nom. Voir *Le Retour du Roi* in *Le Seigneur des Anneaux.*)

Grand Fleuve : Voir *Anduin.*

Grand Gelion : Un des deux bras du Gelion au nord, prenant sa source au Mont Rerir.

Grande Forêt Verte : Grande forêt à l'est des Montagnes de Brume nommée ensuite Mirkwood.

Grandes Terres : Terres du Milieu.

Grands Elfes : Voir *Eldar.*

Gué d'Aros : Voir *Arrosiach.*

Gué de Pierres : Voir *Sarn Athrad.*

Grond : Masse d'armes de Morgoth, qu'il prit pour combattre Fingolfin, appelée le Marteau des Enfers. Le Bélier employé contre les portes de Minas Tirith porta le même nom (*Le Retour du Roi*, idem).

Guilin : Père de Gelmir et de Gwindor, Elfes de Nargothrond.

Gundor : Plus jeune fils de Hador Lorindol, seigneur de Dor-lómin, tué avec son père à Eithel Sirion pendant Dagor Bragollach.

Gurthang : « Le Fer de la Mort », nom de l'épée de Beleg, Anglachel, après qu'elle fut reforgée pour Túrin à Nargothrond, et qui lui valut le nom de *Mormegil.*

Gwaith-i-Mírdain : « Peuple des Orfèvres », nom de

la corporation des artisans d'Eregion, dont le plus célèbre fut Celebrimbor, le fils de Curufin.

Gwindor : Elfe de Nargothrond, frère de Gelmir. Esclave d'Angband, il s'échappa et vint aider Beleg au secours de Túrin, puis amena Túrin à Nargothrond. Amoureux de la fille d'Orodreth, Finduilas, tué à la Bataille de Tumhalad.

Hadhrond : Nom sindarin de *khazad-dûm* (Moria).

Hador : Appelé *Lorindol*, « Tête d'Or », et aussi *Hador aux cheveux d'Or*, seigneur de Dor-lómin, vassal de Fingolfin, père de Galdor, le père de Túrin, tué à Eithel Sirion pendant Dagor Bragollach. La Maison de Haldor fut nommée la *Troisième Maison des Edain*.

Haladin : La seconde tribu des Humains qui entra à Beleriand. Appelée plus tard le Peuple d'Haleth, habita la forêt de Brethil.

Haldad : Chef des Haladin quand ils résistèrent aux Orcs qui les attaquèrent à Thargelion, tué à ce moment. Père de Dame Haleth.

Haldan : Fils d'Haldar, chef des Haladin après la mort de Dame Haleth.

Haldir : Fils d'Haldad et frère de Dame Haleth, tué avec son père par les Orcs à Thargelion.

Haleth : Appelée Dame Haleth, chef des Haladin (qui s'appelèrent alors le Peuple d'Haleth), les conduisit de Thargelion aux terres à l'ouest du Sirion.

Halmir : Seigneur des Haladin, fils d'Haldan. Vainquit les Orcs qui descendirent la Passe du Sirion vers le sud après Dagor Bragollach, avec l'aide de Beleg de Doriath.

Handir : Fils d'Haldir et de Gloredhel, père de Brandir l'Infirme. Seigneur des Haladin après la mort d'Haldir, tué à Bretheil en combattant les Orcs.

Haradrim : Les Humains d'Arad (« Le Sud »), pays au sud de Mordor.

Hareth : Fille d'Halmir de Brethil, épousa Galdor de Dor-lómin, mère de Húrin et de Huor.

Hataldir : Appelé le Jeune, un des douze compagnons de Barahir de Dorthonion.

Hatol : Père d'Hador Lorindol.

Haudh-en-Arwen : « La Tombe de la Dame », tertre funéraire de Haleth dans la forêt de Brethil.

Haudh-en-Elleth : Tertre funéraire de Finduilas près du Carrefour de Teiglin.

Haudh-en-Ndengin : « La Colline des Tués » dans le désert d'Anfauglith, où furent entassés les corps des Elfes et des Humains tués à Nirnaeth Arnoediad.

Haudh-en-Nirmaeth : « La Colline des Larmes », autre nom de *Haudh-en-Ndengin*.

Heaume du Dragon de Dor-lómin : Trésor de la Maison d'Hador, porté par Túrin, appelé aussi le *Heaume de Hador*.

Helcar : Mer intérieure au nord-est des Terres du Milieu où était autrefois la montagne qui portait la lampe d'Iluin. Le lac de Cuivénen où s'éveillèrent les premiers Elfes est décrit comme une baie de cette mer.

Helcaraxë : Détroit entre Araman et les Terres du Milieu, appelé aussi *Le Chaos de Glaces*.

Helevorn : « Verre Noir », un lac au nord de Thargelion, sous le Mont Rerir, où vécut Caranthir.

Helluin : L'étoile Sirius.

Herumor : Númenoréen renégat qui devint puissant chez les Haradrim à la fin du Second Age.

Herunúmen : « Seigneur de l'Ouest », nom quenya d'Ar-Adûnakhor.

Hildor : « Les Suivants », « Les Nouveaux Venus », nom elfe pour les Humains, les plus jeunes Enfants d'Ilúvatar.

Hildórien : Pays à l'est des Terres du Milieu où s'éveillèrent les premiers Humains (*Hildor*).

Himlad : « La Plaine Froide », au sud du Col d'Aglon, où s'installèrent Celegorm et Curufin.

Himring : Grande colline à l'ouest de la Brèche de

Maglor où était la forteresse de Maedhros. Traduit dans le texte par « La Toujours Froide ».

Hírilorn : Grand hêtre de Doriath divisé en trois troncs, où Lúthien fut emprisonnée. Le nom signifie « L'Arbre de la Dame ».

Hísilómë : « Pays de la Brume », nom quenya d'Hithlum.

Hithaeglir : « Chaîne des Sommets Embrumés » : les Montagnes de Brume, ou Montagnes Brumeuses.

Hithlum : « Pays de la Brume », région bordée à l'est et au sud par Ered Wethrin et à l'ouest par Ered Lómin.

Hobbits : Voir *Periannath*.

Hommes du Roi (Les) : Númenoréens hostiles aux Eldar et aux Elendili.

Hollin : Voir *Eregion*.

Hollowbold : Traduction de Nogrod, « maison creuse », en vieil anglais.

Huan : Grand chien de meute de Valinor qu'Oromë donna à Celegorm. Ami de Beren et de Lúthien, les aida, tua Carcharoth et fut tué par lui. Le nom signifie... « grand chien », « chien de meute ».

Hunthor : Humain des Haladin de Brethil qui accompagna Túrin pour attaquer Glaurung à Cabed-en-Aras et fut tué par la chute d'un rocher.

Huor : Fils de Galdor de Dor-lómin, époux de Rían et père de Tuor. Se rendit à Gondolin avec son frère Húrin, fut tué à Nirnaeth Arnoediad.

Húrin : Appelé *Thalion*, « L'Inébranlable », « Le Fort », fils de Galdor de Dor-lómin, époux de Morwën, père de Túrin et de Nienor, seigneur de Dor-lómin, vassal de Fingon. Se rendit à Gondolin avec son frère Huor, fut capturé par Morgoth pendant Nirnaeth Arnoediad et enchaîné longtemps sur le Thangorodrim. Après sa libération tua Mîm à Nargothrond et apporta le Nauglamér au Roi Thingol.

Hyarmentir : La plus haute montagne du sud de Valinor.

Iant Iaur : « Le Vieux Pont » sur l'Esgalduin à la frontière nord de Doriath, appelé aussi le Pont de l'Esgalduin.

Ibun : Un des fils de Mîm le Petit-Nain.

Idril : Appelée *Celebrindal*, « Au pied d'Argent », fille et seule enfant de Turgon et d'Elenwë, femme de Tuor, mère d'Eärendil, avec lequel elle s'échappa de Gondolin, se rendit à l'embouchure du Sirion puis partit pour l'ouest avec Tuor.

Iles Enchantées : Les îles placées par les Valar dans la Grande Mer à l'est de Tol Eresseä au moment de la Disparition de Valinor.

Ile Solitaire : Voir *Tol Eressëa*.

Illuin : Une des lampes des Valar faite par Aulë. Illuin était au nord des Terres du Milieu et, après que la montagne qui la portait fut renversée par Morgoth, il se forma au même endroit la Mer Intérieure d'Helcar.

Ilmarë : Une Maia, servante de Varda.

Ilmen : Région au-dessus des airs où sont les étoiles.

Ilúvatar : « Père de Tout », Eru.

Imlach : Père d'Amlach.

Imladris : « Rivendell » (littéralement « Profonde Vallée de la Faille) demeure d'Elrond dans une vallée des Montagnes de Brume.

Indis : Elfe des Vanyar, proche parente d'Inwë, seconde femme de Finwë, mère de Fingolfin et de Finarfin.

Ingwë : Chef des Vanyar, la première des trois légions des Noldor dans leur marche vers l'ouest depuis Cuivénen. Au pays d'Aman il vivait sur le Taniquetil et était le Grand Roi de tous les Elfes.

Inziladûn : Fils aîné d'Ar-Gimilzôr et d'Inzilbêth, appelé ensuite Tar-Palantir.

Inzilbêth : Epouse d'Ar-Gimilzôr, de la Maison des Princes d'Andúnië.

Irmo : Valar appelé habituellement Lórien, du nom

de l'endroit où il demeurait. *Irmo* signifie « Maître du Désir ».

Isengard : Traduction (dans la langue du pays de Rohan) du nom elfe *Angrenost*.

Isil : Nom quenya de la Lune.

Isildur : Fils aîné d'Elendil, échappa à la Submersion de Númenor avec son père et son frère Anárion, fonda sur les Terres du Milieu les royaumes Númenoréens en exil. Seigneur de Minas Ithil, arracha le Maître Anneau de la main de Sauron, fut tué par les Orcs dans l'Anduin quand l'Anneau glissa de son doigt. Voir *Héritier d'Isildur*.

Istari : Les Mages. Voir *Curunir, Saruman, Mithrandir, Gandalf, Olorin, Radagast*.

Ivrin : Le lac et les chutes au pied d'Ered Wethri d'où le Narog prend sa source.

Kelvar : Mot elfe conservé dans les paroles de Yavanna et de Manwë au chapitre II : « Animaux, êtres vivants qui bougent ».

Kementari : « Reine de la Terre », titre de Yavanna.

Khazâd : Nom des Nains dans leur langage (khuzdûl).

Khazâd-dûm : Les grandes cavernes des Nains de la race de Durin dans les Montagnes de l'Ombre (*Hadhodrond, Moria*). Voir *Khazâd*, dûm est probablement un pluriel ou un générique signifiant « excavations », cavernes, demeures.

Khîm : Fils de Mîm le Petit-Nain, tué par un des proscrits de la bande de Túrin.

Ladros : Terres au nord-est de Dorthonion accordées par les Rois Noldor aux Humains de la Maison de Bëor.

Laer Cu Beleg : « Le Chant du Grand Arc », fait par Túrin à Eithel Ivrin en souvenir de Beleg Cuthalion.

Laiquendi : « Les Elfes Verts », d'Ossiriand.

Lalaith : « Rire », fille d'Húrin et de Morwen qui mourut encore enfant.

Lammoth : « Le Grand Echo », région au nord du bras de mer de Drengist, reçut son nom des échos des cris de Morgoth aux prises avec Ungoliant.

Lanthir Lamath : « Chute de l'Echo qui Chante », en Ossiriand, là où demeurait Dior, qui donna son nom à sa fille Elwing (« Pluie d'Etoiles »).

Laurelin : « Chant d'Or », le plus jeune des Deux Arbres de Valinor.

Lai de Leithian : Long poème au sujet des vies de Beren et de Lúthien qui donna sa substance au récit en prose dans le *Silmarillion*. *Leithian* se traduit par « La Délivrance ».

Legolin : Troisième affluent du Gelion en Ossiriand.

Lembas : Nom sindarin du pain de voyage des Eldar (d'un mot plus ancien : *lennmbass*, en quenya *coimas*, « pain de vie »).

Lenwë : Elfe, un des chefs de la légion des Teleri qui refusèrent de franchir les Montagnes de Brume pendant la marche vers l'ouest depuis Cuivénen (les Nandor). Père de Denethor.

Les Dépossédés : La Maison de Fëanor.

Les Jours Anciens : Le Premier Age, appelé aussi l'Ancien Temps.

Les Ports : Brithombar et Eglarest sur la côte de Beleriand. Les ports du Sirion à la fin du Premier Age. Les Ports Gris (Mithlond) sur le Golfe de Lhûn, Alqualondë, le Port des Cygnes, appelé aussi simplement Le Port.

Lhûn : Fleuve d'Eriador qui se jetait dans le golfe de Lhûn.

Linaewen : « Lac des Oiseaux », grand étang à Nevrast.

Lindon : Nom d'Ossiriand au Premier Age. Après les tumultes de la fin du Premier Age ce nom resta aux terres à l'ouest des Montagnes Bleues qui ne furent pas recouvertes par la mer.

Lindórië : Mère d'Inzilbêth.

Loeg Nindloron : « Sources des fleurs d'or », voir *Plaine des Iris*.

Lómelindi : Mot quenya qui signifie le « chanteur de crépuscule », le rossignol.

Lómion : « Fils du Crépuscule », nom quenya qu'Aredhel donna à Maeglin.

Lórellin : Lac de Lórien à Valinor où Estë le Valar dormait le jour.

Lorgan : Chef des Orientaux d'Hithlum après Nirnaeth Arnoediad, qui réduisit Tuor en esclavage.

Lórien (1) : Nom des jardins et de la demeure du Valar Irmo, lui-même appelé habituellement Lórien.

Lórien (2) . Pays gouverné par Celeborn et Galadriel entre le Celebrant et l'Anduin. Le nom originel de cette terre fut probablement changé pour ressembler au nom quenya des jardins du Valar Irmo à Valinor. Le mot sindarin *loth*, « fleur », se fait préfixe dans *Lothlórien*.

Lórindol : « Tête d'Or », voir *Hador*.

Losgar : Endroit où Fëanor incendia les navires des Teleri, à l'entrée du bras de mer de Drengist.

Lothlann : « Vaste et Vide », la grande plaine au nord de la Marche de Madhros.

Lothlórien : « Lórien des Fleurs », voir *Lórien*.

Luinil : Nom d'une étoile (dont la lumière est bleue).

Lumbar : Nom d'une étoile.

Lúthien : Fille du Roi Thingol et de Melian la Maia. Après que fut achevée la Quête du Silmaril et que Beren fut mort, elle choisit de devenir une mortelle pour partager son sort. Voir *Tinúviel*.

Mablung : Elfe de Doriath, premier capitaine de Thingol, ami de Túrin, appelé « La Main Lourde » (signification du mot *Mablung*). Tué à Menegroth par les Nains.

Maedhros : Fils aîné de Fëanor, appelé Le Grand. Sauvé par Fingon du Thangorodrim, a tenu la Colline d'Himring et les terres alentour, a formé l'Union de Maedhros qui prit fin avec Nirnaeth Arnoediad, a gardé un des Silmarils avec lui jusqu'à sa mort à la fin du Premier Age.

Maeglin : « Œil vif », fils d'Eöl et d'Aredhel, la sœur de Turgon. Né à Nan Elmoth, devint puissant à Gondolin qu'il trahit au profit de Morgoth. Tué par Tuor pendant le sac de la ville. Voir *Lómion*.

Maglor : Second fils de Fëanor, grand chanteur et ménestrel, tenait le territoire appelé Brèche de Maglor. A la fin du Premier Age s'empara avec Maedhros des deux Silmarils qui restaient sur les Terres du Milieu et jeta dans la mer celui qu'il détenait.

Magor : Fils de Malach Aradan, chef des Humains de la tribu de Marach qui entrèrent à l'ouest de Beleriand.

Mahal : Nom donné par les Nains à Aulë.

Máhanaxar : Le Cercle du Destin devant les portes de Valmar où étaient installés les trônes des Valar pour leur conseil.

Mahtan : Grand forgeron des Noldor, père de Nerdanel, la femme de Fëanor.

Maiar : Ainur de moindre rang que les Valar.

Malach : Fils de Marach, reçut le nom elfe d'*Arandan*.

Malduin : Tributaire du Teiglin, ce nom signifie probablement « rivière jaune ».

Malinalda : « Arbre d'Or », un des noms de Laurelin.

Mandos : Endroit au Pays d'Aman où demeurait le Valar appelé en fait Námo, le Juge, bien que ce nom fût rarement employé et qu'il fût habituellement appelé Mandos. Voir « Cavernes de Mandos », « Maisons des Morts », « Malédiction de Mandos ».

Manwë : Le premier des Valar, appelé aussi *Súlimo, L'Ancien Roi, le Maître d'Arda*.

Marach : Chef de la troisième tribu des Humains qui vint à Beleriand, ancêtre de Hador Lórindol.

Marches de Maedhros : Terres non protégées au nord des sources du Gelion, tenues par Maedhros et ses frères pour protéger l'est de Beleriand. Appelées aussi *Les Marches de l'Est*.

Mardil : Appelé le Fidèle, premier Intendant Régent de Gondor.

Mar-nu-Falmar : « Le Pays sous les Vagues », nom de Númenor après sa Submersion.

Massacre : Massacre des Teleri par les Noldor à Alqualondë.

Melian : Une Maia qui quitta Valinor pour les Terres du Milieu, devint la Reine de Thingol à Doriath autour de quoi elle établit une barrière enchantée, l'Anneau de Melian. Mère de Lúthien et grand-mère d'Elrond et d'Elros.

Melkor : Nom quenya du grand Valar rebelle, l'origine du mal après avoir été le plus puissant des Ainur. Nommé ensuite *Morgoth*, *Bauglir*, *le Roi Noir*, *l'Ennemi*, etc. *Melkor* avait pour sens « Le Puissant qui se Dresse », la forme sindarine du mot était *Belegûr*, jamais employée, sauf sous une forme volontairement détournée : *Belegurth* « Grande Mort ». Voir *Morgoth*.

Menegroth : « Les Mille Cavernes », la demeure cachée de Thingol et de Melian sur la rivière Esgalduin à Doriath.

Meneldil : Fils d'Anárion, Roi de Gondor.

Menelmacar : « Epéiste du Ciel », la constellation d'Orion.

Meneltarma : « Pilier du Ciel », montagne au milieu de Númenor en haut de laquelle se trouvait le Lieu Béni d'Ilúvatar.

Mer Extérieure : Voir *Ekkaia*.

Mereth Aderthad : « Fête des retrouvailles » donnée par Fingolfin près des Fontaines d'Ivrin.

Mickleburg : Traduction en vieil anglais de *Belegost* : « grande forteresse ».

Mille Cavernes (Les) : Voir *Menegroth*.

Mîm : Petit-Nain chez qui (à *Bar-en-Danwedh* sur Amon Rûdh) Túrin se réfugia avec la bande des proscrits, qui les trahit auprès des Orcs. Tué par Húrin à Nargothrond.

444

Minas Anor : « Tour du Soleil » (aussi seulement *Anor*) appelée ensuite Minas *Tirith*, la ville d'Anarion au pied du Mont Mindolluin.

Minas Ithil : « Tour de la Lune » appelée ensuite Minas Morgul, la ville d'Isildur construire sur une avancée d'Ephel Duath.

Minas Morgul : « Tour du Sorcier » (aussi seulement *Morgul*), nom de Minas Ithil après qu'elle fut prise par les Spectres de l'Anneau.

Minastir : Voir *Tar-Minastir*.

Minas Tirith (1) : « Tour de Garde » construite par Finrod Felagund sur Tol Sirion. Voir *Tol-in-Gauroth*.

Minas Tirith (2) : Nom que prit Minas Anor. Appelée *Cité de Gondor*.

Mindeb : Tributaire du Sirion entre Dimbar et la forêt de Neldoreth.

Mindolluin : « Haute Tête Bleue », grande montagne derrière Minas Anor.

Mindon Eldaliéva : « Haute Tour des Eldalië », tour d'Ingwë à Tirion, appelée aussi *Mindon*.

Míriel (1) : Première femme de Finwë, mère de Fëanor, mourut après sa naissance. Appelée *Serindë*, « La Brodeuse ».

Míriel (2) : Fille de Tar-Palantir épousée de force par Ar-Pharazôn et en tant que reine nommée *Ar-Zimraphel*. Appelée aussi ar-Míriel.

Mirkwood : Voir la « Grande Forêt ».

Mithlond : « Les Ports Gris », ports des Elfes sur le Golfe de Lhûn, appelés aussi *Les Ports*.

Mithrandir : « Les Pèlerins Gris », nom elfe de Gandalf (Olórin), un des Istari (Mages).

Mithrim : Nom d'un lac à l'est d'Hithlum, de la région qui l'entoure et des montagnes qui, à l'ouest, séparent Mithrim de Dor-lómin. Le nom était à l'origine celui des Elfes sindarin qui vivaient là.

Montagne Blanche (La) : Voir *Taniquetil*.

Montagnes Bleues : Voir *Ered Luin* et *Ered Lindon*.

Montagnes de l'Echo : Voir *Ered Lómin*.

Montagnes d'Aman, de Défense : Voir Pelóri.
            de l'Est : Voir *Orocarni*.
            de Fer : Voir *Ered Engrin*.
            de Brume : Voir *Hithaeglir*.
            Mithrim : Voir *Mithrim*.
            de l'Ombre : Voir Ered Wethrin
                          et *Ephel Duath*.

            de la Terreur · Voir *Ered Gorgo-
                          roth*.

Montagnes du Feu : Voir *Oroduin*.

Mont Destin : Voir *Amon Amarth*.

Mordor : « Le Pays Noir », appelé aussi le *Pays de l'Ombre*. Royaume de Sauron à l'est d'Ephel Duath.

Morgoth : « L'Ennemi Noir », nom de Melkor que lui donna le premier Fëanor après le vol des Silmarils. Voir *Melkor*.

Morgul : Voir *Minas Morgul*.

Moria : « La Faille Noire », nom que prit plus tard Khazâd-dûm (Hadhodrond).

Moriquendi : Voir *Elfes de la Nuit*.

Mormegil : « L'Epée Noire », nom donné à Túrin comme capitaine de l'armée de Nargothrond. Voir *Gurthang*.

Morwen : Fille de Baragund (neveu de Barahir, père de Beren), épouse de Húrin, mère de Túrin et de Nienor. Appelée *Eledhwen* (traduit dans le texte par « au teint d'Elfe ») et la *Dame de Dor-lómin*.

Musique des Ainur : Voir *Ainulindalë*.

Nakar : Cheval du Valar Oromë, nommé ainsi à cause de sa voix, disaient les Eldar.

Nains : Voir *Naugrim*.

Námo : Un Valar, un des Aratar, habituellement appelé Mandos, le nom de sa demeure. *Námo* signifie « ordonnateur, juge ».

Nandor : Signifierait « Ceux qui font demi-tour » : les Nandor furent ces Elfes de la légion des Teleri qui refusèrent de franchir les Montagnes de Brume dans la marche vers l'ouest depuis Cuivénen et dont une partie, conduite par Denethor, passa longtemps après les Montagnes Bleues pour s'installer en Ossiriand (les Elfes Verts).

Nan Dungortheb : Aussi *Dungortheb*, traduit dans le texte par « Vallée de l'Epouvantable Mort ». Vallée qui se situe entre les gouffres d'Ered Gorgoroth et l'Anneau de Melian.

Nan Elmoth : Forêt à l'est du Celon où Elwë (Thingol) fut ensorcelé par Melian et se perdit. Fut ensuite le séjour d'Eöl.

Nan-tathren : « Vallée des Saules », traduit comme « le Pays des Saules », là où le Narog se jette dans le Sirion.

Nargothrond : « Grande forteresse souterraine sur la rivière Narog » fondée par Finrod Felagund et détruite par Glaurung. Aussi le royaume de Nargothrond qui s'étendait de part et d'autre du Narog.

Narn i Hîn Húrin : « L'Histoire des Enfants d'Húrin », lai dont s'inspire le chapitre XXI, attribué au poète Dirhavel, un Humain qui vivait aux Ports du Sirion au temps d'Eärendil et qui périt pendant l'attaque des fils de Fëanor. *Narn* est le nom d'un conte en vers destiné à être dit et non chanté.

Narog : Rivière principale de l'ouest de Beleriand, prenait sa source à Ivrin sous Ered Wethrin et se jetait dans le Sirion à Nan-tathren.

Narsil : Glaive d'Elendil, forgé par Telchar de Nogrod, brisé quand Elendil mourut en combattant Sauron. Les tronçons furent reforgés pour Aragorn et l'épée nommée Anduril.

Narsillion : Le Chant du Soleil et de la Lune.

Narya : Un des Trois Anneaux des Elfes, l'Anneau du Feu, l'Anneau Rouge. Porté par Círdan puis par Mithrandir.

Nauglamir : « Le Collier des Nains », fait par les Nains pour Finrod Felagund, rapporté de Nargothrond à Thingol par Húrin, et cause de sa mort.

Naugrim : « Le Peuple Chétif », nom sindarin des Nains.

Nazgûl : Voir *Spectres de l'Anneau*.

Neithan : Nom que se donna Túrin chez les proscrits, traduit par « Celui à qui on a fait tort », le « Dépossédé » littéralement.

Neldoreth : Grande Forêt de chênes couvrant tout le nord de Doriath; appelée *Taun-na-Neldor* dans le chant de Trois Barbes dans *Les Deux Tours*, voir *Le Seigneur des Anneaux*.

Nénar : Nom d'une étoile.

Nen Girith : « Eau Frémissante », nom donné à Dimrost, les chutes du Celebros dans la forêt de Brethil.

Nenning : Fleuve à l'ouest de Beleriand qui se jette dans la mer au port d'Eglarest.

Nennvial : « Lac du Crépuscule », en Eriador, d'où naît la rivière Baranduin et près de la ville d'Annuminas.

Nenya : Un des Trois Anneaux des Elfes, l'Anneau de l'Eau, porté par Galadriel, appelé aussi l'*Anneau d'Adamant*.

Nerdanel : Appelée la Sage, fille du forgeron Mathan, épouse de Fëanor.

Nessa : Une des Valar, sœur d'Oromë et épouse de Tulkas.

Nevrast : Région à l'ouest de Dor-lómin, au-delà d'Ered Lómin, où vivait Turgon avant son départ pour Gondolin. Le nom, qui signifie « Rive Extérieure », fut à l'origine celui de toute la côte nord-ouest des Terres du Milieu (l'opposé étant *Haerast*, « la Rive Lointaine », celle du Pays d'Aman).

Nienna : Une des Valar, comptée parmi les Arantar. Dame du deuil et de la pitié, sœur de Mandos et de Lórien.

Nienor : « Deuil », la fille de Húrin et de Morwen, sœur de Túrin. Ensorcelée par Glaurung à Nargothrond et ignorant son passé, elle épousa Túrin à Brethil sous le nom de Níniel. Se jeta dans le Teiglin.

Nimbrethil : Bois de bouleaux en Arvernien au sud de Beleriand.

Nimloth (1) : Arbre Blanc de Númenor, dont un fruit volé par Isildur avant que l'Arbre ne fût abattu donna l'Arbre Blanc de Minas Ithil. *Nimloth*, « Fleur Blanche », est la forme sindarine du quenya *Ninquelotë*, un des noms de Telperion.

Nimloth (2) : Elfe de Doriath qui épousa Dior, l'héritier de Thingol. Mère d'Elwing, tuée à Menegroth pendant l'attaque par les fils de Fëanor.

Nimphelos : Grande perle donnée par Thingol au seigneur des Nains de Belegost.

Níniel : « Fille aux larmes », nom que Túrin, ignorant leur parenté, donna à sa sœur. Voir *Nienor*.

Ninquelotë : « Fleur Blanche », un des noms de Telperion. Voir *Nimloth*.

Niphredil : Fleur Blanche qui s'épanouissait à Doriath sous la lumière des étoiles quand naquit Lúthien. Elles poussèrent aussi à Lothlórien, sur le Cerin Amroth.

Nirnaeth Arnoediad : « Les Larmes Innombrables ». Voir *Le Seigneur des Anneaux* (aussi seulement *Nirnaeth*); nom donné à la cinquième et dévastatrice des batailles de Beleriand.

Nivrim : Partie de Doriath sur la rive ouest du Sirion.

Noegyth Nibin : « Petits-Nains ». Voir *Nains*.

Nogrod : Une des deux cités des Nains dans les Montagnes Bleues. Traduction en sindarin du naugrim *Tumunzahar*.

Noldolantë : « La Chute des Noldor », lamentation chantée par Maglor, un des fils de Fëanor.

Noldor : Les Elfes Profonds, seconde légion des Eldar pendant la marche vers l'ouest depuis Cuivénen, conduite par Finwë. Le nom (quenya *Noldo*, sindarin *Golodh*) signifie « Les Sages » (dans le sens de ceux qui possèdent le savoir, non de la sagacité ou un jugement sain). Pour le langage des Noldor, voir *Quenya*.

Nóm, Nómin : « Sagesse » et « Sage », les noms que les Humains qui suivaient Bëor donnèrent à Finrod et à son peuple dans leur propre langue.

Nouveaux Venus : Les Plus Jeunes Enfants d'Ilúvatar. Traduction de *Hildor*.

Nulukkizdîn : Nom que les Nains donnaient à Nargothrond.

Númenor : (en entier sous sa forme quenya *Númenorë*), « L'Occidentale », « Terre d'Ouest », grande île préparée par les Valar pour être le séjour des Edain après la fin du Premier Age. Appelée aussi *Anadûnë, Andor, Elenna, Le Pays de l'Etoile,* et après sa submersion *Akallabêth, Atalantë* et *Marnu-Falmar.*

Númenoréens : Humains de Númenor, appelés aussi les *Dúnedain.*

Nurtalë Valinoreva : « La Disparition de Valinor ».

Occidentale (L') : Voir *Anadûnê, Númenor.*

Ohtar : « Guerrier », écuyer d'Isildur qui rapporta à Imladris les tronçons d'un glaive d'Elendil.

Oilossë : « Neige Toujours Blanche », chez les Eldar nom le plus commun du Taniquetil, traduit en sindarin par *Amon Uilos.* Mais d'après le *Valaquenta* c'était « le plus haut sommet du Taniquetil ».

Oiomurë : Région brumeuse près de l'Helcaraxë.

Olórin : Un Maia, l'un des Istari (Mages). Voir *Mithrandir, Gandalf,* etc.

Olvar : Mot elfe conservé dans les paroles de Yavanna et de Manwë au chapitre II, signifiant « choses qui poussent avec des racines dans la terre ».

Olwë : Chef avec son frère Elwë (Thingol) des légions des Teleri pendant la marche vers l'ouest depuis Cuivénen. Seigneur des Teleri d'Alqualondë au Pays d'Aman.

Ondolindë : « Chant de Pierre », premier nom quenya de Gondolin.

Orcs : Créatures de Morgoth.

Orfalch Echor : Grand ravin dans le Cercle des Montagnes par où Gondolin put être approchée.

Orientaux : Appelés aussi les *Basanés.* Vinrent de l'Est, entrèrent à Beleriand après Dagor Bragollach, combattirent dans les deux camps pendant Nirnaeth Arnoediad. Morgoth leur accorda de séjourner à Hithlum, où ils opprimèrent le reste du peuple d'Hador.

Ormal : Une des lampes des Valar faites par Aulë. Ormal était au sud des Terres du Milieu.

Orocrani : Les Montagnes de l'est des Terres du Milieu (le nom signifie « Les Montagnes Rouges »).

Orodreth : Second fils de Finarfin, gardien de la tour de Minas Tirith à Tol Sirion, Roi de Nargothrond après la mort de son frère Finrod, père de Finduilas, tué à la bataille de Tumhalad.

Orodruin : « Montagnes du Feu qui Brûle », à Mordor où Sauron forgea le Maître Anneau. Appelées aussi *Amon Amarth*, « Mont Destin ».

Oromë : Un Valar, l'un des Aratar, le grand chasseur, celui qui mena les Elfes hors de Cuivénen, l'époux de Vána. Son nom signifie « Joueur de Trompe » ou « Son de Trompe ». Voir *Valaroma*.

Oromet : Colline près du port d'Andúnië à l'ouest de Númenor où fut construite la tour de Tar-Miastir.

Orthanc : « Hauteur Fourchue », tour des Númenoréens dans le Cercle d'Isengard.

Osgiliath : « Forteresse des Etoiles », capitale de l'ancien royaume de Gondor, bâtie des deux côtés du fleuve Anduin.

Ossë : Un Vána, vassal d'Ulmo, avec qui il entra dans les eaux d'Arda. Se prit d'affection pour les Teleri dont il fut le précepteur.

Ossiriand : « Pays des Sept Rivières » (le Gelion et ses tributaires qui descendaient des Montagnes Bleues), le pays des Elfes Verts.

Ost-in-Edhil : « Forteresse des Eldar », cité des Elfes en Eregion.

Palantíri : « Celles qui voient de loin », les Sept Pierres clairvoyantes apportées de Númenor par Elendil et ses fils, et faites autrefois par Fëanor.

Pays Immortel : Aman et Eressëa.

Pays de l'Etoile : Númenor.

Pays de l'Ombre : Voir *Mordor*.

Pays des Morts-Vivants : Voir *Dor Firn-i-Guinar.*

Pays Noir : Voir *Mordor.*

Pelargir : « Rade des Navires du Roi », porte des Númenoréens sur le delta de l'Anduin.

Pelóri : « Les hauteurs qui protègent ou défendent », appelées aussi les Montagnes d'Aman et les Montagnes de Défense, élevées par les Valar après la destruction de leur séjour d'Almaren, elles forment un croissant allant du nord au sud près des rives orientales d'Aman.

Periannath : Les Hobbits.

Petit Gelion : Un des deux bras du Gelion dans le Nord, prenant sa source à la colline d'Himring.

Petits-Nains : Traduction de *Noegyth Nibin*. Voir aussi *Nains.*

Peuple d'Haleth : Voir *Haladin* et *Haleth.*

Pharazôn : Voir *Ar-Pharazôn.*

Pierre du Malheur : Stèle en souvenir de Túrin et Nienor à Cabed Naerarmarth près du Teiglin.

Pierres Voyantes (Les) : Voir *Palatiri.*

Plaine Fortifiée : Voir *Talath Dirnen.*

Plaine des Iris : Traduction partielle de *Loeg Ningloron*, les grandes étendues d'iris et de roseaux sur l'Anduin et aux alentours, là où Isildur fut tué et où fut perdu le Maître Anneau.

Plaines du Nord : En Eriador, où fut construire Fornost, cité des Númenoréens.

Pont d'Esgalduin : Voir *Iant Iaur.*

Port des Cygnes : Voir *Alqualondë.*

Portes de l'Eté : Grande fête à Gondolin à l'aube de laquelle la ville fut attaquée par les forces de Morgoth.

Ports-Gris : Voir *Mithlond.*

(Les) Premiers-Nés : Les Aînés des Enfants d'Ilúvatar, les Elfes.

Prince Noir : Expression employée pour Morgoth et pour Sauron.

Prophétie du Nord : La Malédiction des Noldor, proférée par Mandos sur les côtes d'Araman.

Quendi : À l'origine, nom elfe pour les Elfes (de toutes sortes, y compris les Avari), signifie « Ceux qui parlent avec la voix ».

Quenta Silmarillion : « L'Histoire des Simarils ».

Quenya : L'ancien langage commun à tous les Elfes, dans la forme qu'il prit à Valinor. Apporté sur les Terres du Milieu par l'exil des Noldor puis abandonné par eux pour leur usage quotidien, surtout après l'édit du Roi Thingol interdisant son emploi. Voir *Eldarin*.

Radagast : Un des Istari (Mages).

Radhruin : Un des douze compagnons de Barahir à Dorthonion.

Ragnor : Un des douze compagnons de Barahir à Dorthonion.

Ramdal : « La Fin du Mur » (voir *Andram*) où s'arrêtait la chute qui coupe Beleriand en deux.

Rána : « Le Vagabond », un des noms de la Lune chez les Noldor.

Rathlóriel : « Lit d'Or », nom que reçut la rivière Ascar après que le trésor de Doriath y fut jeté.

Rauros : « Grondement d'Ecume », les grandes chutes de l'Anduin.

Region : Epaisse forêt couvrant le sud de Doriath.

Rerir : Montagne au nord du lac Helevorn, d'où naissait le plus grand des deux bras du Gelion.

Rhovanion : « Terre Sauvage », région inculte à l'est des Montagnes de Brume.

Rhudaur : Région au nord-est d'Eriador.

Rían : Fille de Belegund (neveu de Barahir et père de Beren), femme de Huor et mère de Tuor. Après la mort de Huor mourut de chagrin à Haudh-en-Ndengin.

Ringil : L'épée de Fingolfin.

Ringwil : Le torrent qui se jetait dans le Narog à Nargothrond.

Rivendell : Traduction d'*Imladris*.

Rivière Sèche : La rivière qui coulait autrefois sous le Cercle des Montagnes depuis le lac primitif qui devint ensuite Tumladen, la plaine de Gondolin.

Rivil : Torrent descendant de Dorthonion vers le nord et se jetant dans le Sirion aux Marais de Serech.

Robe Grise : Voir *Thingol*.

Rochallor : Le cheval de Fingolfin.

Rohan : « Le Pays des Chevaux », nom que prit à Gondor la grande plaine herbeuse appelée auparavant Calenardhon.

Rohirrim : « Les Princes à Cheval » de Rohan.

Rómenna : Port sur la côte est de Númenor.

Rothinzil : Nom *adûnaic* (númenoréen) du navire d'Eärendil, le *Vingilot*, et ayant le même sens, « Fleur d'Ecume ».

Route des Nains : Route menant des cités de Nogrod et de Belegost à Beleriand, qui traversait le Gelion au gué de Sarn Athrad.

Royaume Bienheureux : Voir *Aman*.

Royaume Caché : Nom donné à Doriath et à Gondolin.

Royaume Fortifié : Voir *Valinor*.

Rúmil : Un Sage Noldor de Tirion, qui inventa le premier les caractères écrits. On lui attribue *Ainulindalë*.

Saeros : Elfe de Nandor, un des premiers conseillers de Thingol à Doriath, insulta Túrin à Menegroth et fut tué par lui.

Salmar : Un des Maia qui entra dans Arda avec Ulmo, celui qui fabriqua les *Ulumúri*, les grandes trompes d'Ulmo.

Sarn Athrad : « Gué de pierres », où la route des Nains venus de Nogrod et de Belegost traversait le Gelion.

Saruman : « Homme Habile », nom chez les Humains de Curunír (dont il est la traduction), un des *Istari* (Mages).

Sauron : « Le Détesté » (*Gorthaur* en sindarin), le plus grand des serviteurs de Melkor, était à l'origine un des Maia de Aulë.

Sauvage des Bois (Le) : Nom pris par Túrin lorsqu'il arriva chez les Humains de Brethil.

Seigneur de l'Ouest : Voir *Valar*.

Seigneur des Eaux : Voir *Ulmo*.

Sept Pères des Nains (Les) : Voir *Nains*.

Serech : Grand marais au nord du Passage du Sirion, alimenté par la rivière Rivil venue de Dorthonion.

Seregon : « Sang de Pierre », une plante aux fleurs rouge foncé qui poussait sur Amon Rhûd.

Serindë : « La Brodeuse », voir *Míriel (1)*.

Silmarien : Fille de Tar-Elendil, quatrième Roi de Númenor, mère du premier Prince d'Andunië, ancêtre d'Elendil et de ses fils, Isildur et Anárion.

Silmarils : Les trois joyaux créés par Fëanor avant la destruction des Deux Arbres de Valinor et donnant la même lumière.

Silpion : Un des noms de Telperion.

Sindar : Les Elfes Gris. Ce nom fut donné à tous les Elfes venus des Teleri que les Noldor trouvèrent à Beleriand à leur retour, à l'exception des Elfes Verts d'Ossiriand. Il se peut que les Noldor aient trouvé ce nom parce que les premiers Sindar qu'ils rencontrèrent vivaient au nord, sous les brumes et le ciel gris du Lac Mithrim (voir *Mithrim*), où parce que les Elfes Gris n'étaient ni des Elfes de Lumière (de Valinor), ni des Elfes de la Nuit (Avari), mais des *Elfes du Crépuscule*. On tenait pourtant que ce nom se référait à *Thingol*, le nom porté par Elwë (en quenya *Sindacollo*, *Singollo*, « Robe Grise »), puisqu'il était reconnu comme Grand Roi des terres et des peuples. Les Sindar s'appelaient eux-mêmes *Edhil*, *Edhel*, au pluriel.

Sindarin : Langue elfe de Beleriand, dérivée du langage originel, le quenya de Valinor, grandement transformée par le temps, employée ensuite par les Noldor exilés à Beleriand. Appelée aussi la langue des Elfes Gris, la langue des Elfes de Beleriand, etc.

Singollo : « Robe Grise », « Manteau Gris », voir *Sindar*, *Thingol*.

Sirion : « Le Grand Fleuve » coulant du nord au sud entre l'est et l'ouest de Beleriand. Voir *Chutes du Sirion, Marais du Sirion, Ports du Sirion, Passage du Sirion, Embouchure du Sirion, Vallée du Sirion.*

Soronumë : Nom d'une constellation.

Spectres de l'Anneau : Esclaves des Neuf Anneaux des Humains et principaux serviteurs de Sauron, appelés aussi *Nazgûl* et *Ulairi*.

Súlimo : Nom de Manwë, rendu dans *Valaquenta* comme « Seigneur du Souffle d'Arda » (littéralement « Celui qui Respire »).

Talath Dirnen : La Plaine Fortifiée, au nord de Nargothrond.

Talath Rhúnen : « La Vallée de l'Est », ancien nom de Thargelion.

Taniquetil : « Haut Sommet Blanc », plus haute des Pelóri et plus haute montagne d'Arda. Au sommet sont les Ilmarin, les demeures de Manwë et de Varda. Appelée aussi la *Montagne Blanche, la Montagne Bénie, la Montagne de Manwë*. Voir *Oiolossë*.

Tar-Ancalimon : Quatorzième Roi de Númenor. Sous son règne les Númenoréens se scindèrent en deux partis opposés.

Taras : Montagne sur un promontoire de Nevrast. Vinyamar, demeure de Turgon avant qu'il n'aille à Gondolin, fut bâtie en dessous.

Tar-Atanamir : Treizième Roi de Númenor, à qui vinrent s'adresser les messagers des Valar.

Tar-Calion : Nom quenya d'Ar-Pharazôn.

Tar-Ciryatan : Douzième Roi de Númenor, père de Silmarien ancêtre d'Elendil.

Tar-Minastir : Onzième Roi de Númenor, qui aida Gil-galad contre Sauron.

Tar-Minyatur : Nom d'Elros le Demi-Elfe en tant que premier Roi de Númenor.

Tar-Míriel : Voir *Míriel* (2).

Tar-Aeluin : Lac de Dorthonion où Barahir et ses compagnons firent leur refuge et où ils furent tués.

Tar-Palantir : Vingt-quatrième Roi de Númenor, se repentit de l'inconduite des Rois et reprit son nom quenya : « Celui qui voit loin ». Voir *Inziladûn*.

Taur-en-Faroth : Plateau boisé à l'est du Narog au-dessus de Nargothrond, appelé aussi le *Haut Faroth*.

Taur-im-Duinath : « La Forêt entre les Fleuves », nom du pays inculte au sud de l'Andram entre le Sirion et le Gelion.

Taur-nu-Fuin : Nom que prit Dorthonion : « La Forêt sous la Nuit ». Voir *Deldúwath*.

Tauron : « Le Forestier » (traduit par « Seigneur des Forêts » dans *Valaquenta*), un des noms d'Oromë chez les Sindar.

Teiglin : Tributaire du Sirion, prenait sa source sur Ered Wethrin, longeait le sud de la forêt de Brethil. Voir *Carrefour de Teiglin*.

Telchar : le plus célèbre forgeron de Nogrod, celui qui trempa Angrist et (d'après Aragorn dans *Les Deux Tours, Le Seigneur des Anneaux*) Narsil.

Telemnar : Vingt-sixième Roi de Gondor.

Teleri : La Troisième et la plus nombreuse des trois légions des Eldar dans leur marche vers l'ouest depuis Cuivénen, conduite par Elwë (Thingol) et Olwë. Ils s'appelaient eux-mêmes les *Lindar*, Les Chanteurs, et le nom de Teleri « Les Retardataires », « Les Derniers » leur fut donné par ceux qui les précédaient dans la marche. Beaucoup de Teleri n'avaient pas quitté les Terres du Milieu, et les Sindar comme les Nador étaient d'origine teleri.

Telperion : L'aîné des Deux Arbres de Valinor. Appelé l'Arbre Blanc.

Telumendil : Nom d'une constellation.

Terres Immortelles : Voir Aman.

Terres Intérieures : Voir *Terres du Milieu*.

Thalion : « Inébranlable, fort » voir *Húrin*.

Thalos : Second tributaire du Gelion en Ossiriand.

Thangorodrim : « Montagnes de la Tyrannie », élevées par Morgoth au-dessus d'Angband, abattues pendant la Grande Bataille à la fin du Premier Age.

Thargelion : « Le Pays au-delà du Gelion », entre le Mont Rerir et la rivière Ascar, où vivait Caranthir. Appelé aussi *Dor Caranthir* et *Talath Rhûnen.*

Thingol : « Robe Grise », « Manteau Gris » (en quenya, *Sindacollo, Singollo*), nom sous lequel fut connu à Beleriand Elwë, chef avec son frère Olwë de la légion des Teleri partie de Cuivénen, puis Roi de Doriath. Appelé aussi le *Roi caché.* Voir *Elwë.*

Thorondor : « Roi des Aigles ». Voir *Le Seigneur des Anneaux, Le Retour du Roi :* « Thorondor l'Ancien, qui bâtit ses aires sur les sommets inaccessibles du Cercle des Montagnes quand les Terres du Milieu étaient jeunes. » Voir *Crissaegrim.*

Thranduil : Elfe Sindarin, Roi des Elfes des Forêts au nord de la Grande Forêt Verte (Mirkwood), père de Legolas, qui fut l'un des Compagnons des Anneaux. Voir *Le Seigneur des Anneaux.*

Thuringwethil : « Femme de l'Ombre Secrète », messagère de Sauron à Tol-in-Gaurhoth qui prenait la forme d'une grande chauve-souris. Lúthien prit son apparence pour entrer à Angband.

Tilion : Un Maia, celui qui conduit la Lune.

Tintallë : « L'Allumeuse », nom de Varda en tant que celle qui créa les étoiles. Appelée ainsi dans la complainte de Galadriel à Lórien, voir *Le Seigneur des Anneaux.*

Tinúviel : Nom que Beren donna à Lúthien, appellation poétique du rossignol, « Fille du Crépuscule ». Voir *Lúthien.*

Tirion : « Grande Tour de Garde », cité des Elfes sur la colline de Túna au Pays d'Aman.

Tol Eressëa : « L'Ile Solitaire » (aussi seulement *Eressëa*) sur laquelle les Vanyar, les Noldor et plus tard les Teleri traversèrent l'océan, tirés par Ulmo, et qui s'ancra finalement dans la Baie d'Eldamar près des côtes d'Aman. Les Teleri y vécurent longtemps avant d'aller à Alqualondë, et beaucoup de Noldor et de Sindar y vinrent après la fin du Premier Age...

Tol Galen : « L'Ile Verte » en Ossiriand sur la rivière

Adurant, où vécurent Beren et Lúthien après leur retour.

Tol-in-Gaurhoth : « L'Ile des Loups-garous », nom de Tol Sirion après qu'elle fut prise par Sauron.

Tol Morwen : Ile restée après que Beleriand eut été recouvert par la mer, où se dressait la stèle en souvenir de Túrin, Nienor et Morwen.

Tol Sirion : Ile se trouvant au Passage du Sirion et sur laquelle Finrod éleva la Tour de Minas Tirith. Appelée Tol-in-Gaurhoth après qu'elle fut prise par Sauron.

Trois anneaux des Elfes : Voir aussi *Narya, Nenya* et *Vilya.*

Tulkas : Un Valar, « le plus grand pour la force et la vaillance », celui qui vint en dernier sur Arda. Appelé aussi *Astaldo.*

Tumhalad : Vallée qui s'étendait entre le Ginglith et le Narog, où l'armée de Nargothrond fut vaincue.

Tumladen : « La Vallée Sauvage », vallée cachée dans le Cercle des Montagnes et où fut construite la cité de Gondolin. (*Tumladen* fut ensuite le nom d'une vallée à Gondor. Voir *Le Seigneur des Anneaux.*)

Tumunzahar : Voir *Nogrod.*

Túna : Colline verdoyante dans la Calacirya sur laquelle fut bâtie Tirion, la cité des Elfes.

Tuor : Fils de Huor et de Rían, élevé par les Elfes Gris de Mirthrim, porta à Gondolin le message d'Ulmo, épousa Idril, la fille du Roi Turgon, échappa au sac de la ville avec sa femme et leur fils Eärendil, fit voile vers l'ouest sur son navire Eärramë.

Turambar : « Maître du Destin » dernier nom pris par Túrin pendant qu'il vivait dans la forêt de Brethil.

Turgon : Appelé le Sage, second fils de Fingolfin, vécut à Vinyamar au pays de Nevrast avant de partir secrètement pour Gondolin où il régna jusqu'à sa mort pendant le sac de la ville. Père d'Idril, la mère d'Eärendil.

Tûr Haretha : Tertre funéraire de la Dame Haleth dans la forêt de Brethil (voir *Haudh-en-Arwen*).

Túrin : Fils de Húrin et de Morwen, personnage principal du lai appelé *Narn i Hîn Húrin* dont s'inspire le chapitre XXI. Pour ses autres noms voir *Neithan, Gorthol, Agarwaen, Mormegil, Turambar.*

Uinen : Une Maia, la Dame des Mers, l'épouse d'Ossë.

Ulairi : Voir *Spectres de l'Anneau.*

Uldor : Appelé le Maudit. Fils d'Ulfang le Noir, tué par Maglor pendant Nirnaeth Arnoediad.

Ulfang : Appelé le Noir. Un des chefs des Orientaux, au service de Caranthir ainsi que ses trois fils, sa trahison fut découverte pendant Nirnaeth Arnoediad.

Ulfast : Fils d'Ulfang le Noir, tué par les fils de Bór pendant Nirnaeth Arnoediad.

Ulmo : Un Valar, un des Aratar, appelé *Seigneur des Eaux* et *Roi de la Mer.* Les Eldar interprétaient ce nom comme : « Celui qui Verse » ou « Celui qui Pleut ».

Ultime alliance : Ligue faite à la fin du Second Age entre Elendil et Gil-galad pour abattre Sauron.

Ulumúri : Les grandes trompes d'Ulmo faites par le Maia Salmar.

Ulwarth : Fils d'Ulfang le Noir, tué par les fils de Bór pendant Nirnaeth Arnoediad.

Umanyar : Nom donné aux Elfes qui partirent de Cuivénen pour la marche vers l'ouest mais n'atteignirent pas Aman. « Ceux qui ne sont pas d'Aman », par rapport à *Amanyar*, « Ceux d'Aman ».

Umarth : « Mauvais Sort », nom fictif de son père donné par Túrin à Nargothrond.

Umbar : Grand port naturel et forteresse des Númenoréens au sud de la Baie de Belfalas.

Ungoliant : La grande araignée qui détruisit avec Melkor les Arbres de Valinor. Dans *Le Seigneur des Anneaux,* Shelob était « le dernier rejeton d'Ungoliant à troubler ce monde malheureux ».

Union de Maedhros : Ligue rassemblée par Maedhros pour abattre Morgoth et qui prit fin à Nirnaeth
Arnoediad.

Urthel : Un des douze compagnons de Barahir sur
Dorthonion.

Urulóki : Nom quenya signifiant « serpent de feu »,
dragon.

Utumno : La première grande forteresse de Melkor,
au nord des Terres du Milieu, qui fut détruite par
les Valar.

Vairë : « La Tisseuse », une des Valar, épouse de
Námo Mandos.

Valacirca : « La faucille des Valar », nom de la
Grande Ourse.

Valandil : Plus jeune fils d'Isildur, troisième Roi
d'Arnor.

Valaquenta : « Histoire des Valar », court récit indé-
pendant du *Silmarillion* proprement dit.

Valar : « Les Puissants », « Les Puissances », nom
donné aux grands Ainur qui vinrent en Eä au
commencement du Temps et assumèrent la garde
et le gouvernement d'Arda. Appelés aussi *les
Grands, les Monarques d'Arda, les Seigneurs de
l'Ouest, les Seigneurs de Valinor*. Voir *Ainur, Aratar*.

Valaraukar : « Démons de la Terreur », nom quenya
correspondant à *Balrog* en sindarin.

Valaroma : La trompe du Valar Oromë.

Valier : « Les Reines des Valar », terme employé
seulement dans le *Valaquenta*.

Valimar : Voir Valmar.

Valinor : Le Pays des Valar à Aman, au-delà des
Pelóri. Appelé aussi la Plaine Fortifiée.

Valmar : Cité des Valar à Valimar, appelée aussi
Valinor. Dans la complainte de Galadriel à Lórien
(*Le Seigneur des Anneaux*) Valimar est l'équivalent
de Valinor.

Vána : Une des Valar, sœur de Yavanna, épouse
d'Oromë, appelée *La Toujours Jeune*.

Vanyar : La première légion des Eldar dans leur

marche vers l'ouest depuis Cuivénen, conduite par Ingwë. Nom qui signifie « les Blonds », par référence aux cheveux dorés des Vanyar. Voir *Finarfin*.

Varda : « L'Exaltée », « La Très Haute », appelée aussi la *Dame des Etoiles*. La plus grande des Reines des Valar, l'épouse de Manwë qui est à ses côtés sur le Taniquetil. Ses autres noms en tant que créatrice des Etoiles furent *Elbereth, Elentaril, Tintalleë*.

Vása : « Le Dévoreur », un des noms du soleil chez les Noldor.

Vilya : Un des Trois Anneaux des Elfes, l'Anneau de l'Air, porté par Gil-galad puis par Elrond. Appelé aussi l'anneau de Saphir.

Vingilot : (*Vingilotë* sous sa forme complète en quenya), « Fleur d'Ecume », nom du navire d'Eärendil. Voir *Rothinzil*.

Vinyamar : Palais de Turgon à Nevrast sous le Mont Taras. Signifie probablement « Maison Neuve ».

Voie Droite, Droit Chemin : Chemin sur la Mer vers l'Ancien Ouest, l'Occident Véritable, que pouvaient encore prendre les navires des Elfes après la Submersion de Númenor et la Transformation du Monde.

Voronwë : « L'Inébranlable », Elfe de Gondolin, seul marin qui survécut au naufrage des sept navires envoyés vers l'ouest après Nirnaeth Arnoediad. Rencontra Túrin à Vinyamar et le conduisit à Gondolin.

Wilwarin : Nom d'une constellation. Signifie « papillon » en quenya, et il s'agit peut-être de Cassiopée.

Yavanna : « Dispensatrice des Fruits ». Une des Reines des Valar comptée parmi les Aratar, épouse d'Aulë, appelée aussi *Kementari*

APPENDICE

Eléments de quenya et de sindarin

Ces notes sont réunies à l'intention de ceux qui s'intéressent aux langages des Elfes, et les exemples sont surtout choisis dans *Le Seigneur des Anneaux*. Les rubriques sont nécessairement concises, elles donnent une impression sûre et définitive qui n'est pas vraiment justifiée, et le choix en a été réduit en fonction de leur longueur et aussi des connaissances du compilateur. Ces rubriques ne sont pas mises dans un ordre systématique, suivant les racines des formes quenya ou sindarines, elles sont présentées de façon un peu arbitraire dans le but de permettre d'identifier le plus facilement possible les éléments qui composent les noms.

adan : (pluriel *Edain*) dans *Adanedhel, Aradan, Dúnedain*. Pour son origine et sa signification voir *Atani* dans l'index.

aelin : « lac, fontaine » dans *Aelin-uial*. Voir *lin*.

aglar : « gloire, éclat », dans *Dagor Aglareb, Aglarond*. Sa forme quenya, *alkar*, transpose les consonnes : *aglareb* en sindarin correspond à *Alkarinquë*. La racine est *Kal* « briller ».

aina : « béni » dans *Ainur, Ainulaindalë*.

alda : « arbre » (quenya) dans *Aldaron, Aldudenië, Malinalda*, correspond au sindarin *galadh* (dans *Caras Galadhon* et les *Galadhrim* de Lothlórien).

alqua : « cygne » (sindarin *alph*) dans *Alqualondë*; de

la racine *alak-* « impétueux », comme dans *Ancala-gon*.

amarth : « destin », dans Amon Amarth, Cabed Nae-ramath, Umarth, et dans la forme sindarine du nom que prit Túrin, « Maître du Destin », *Turamarth*. La forme quenya se trouve dans *Turambar*.

amon : « colline » mot sindarin formant le premier élément de nombreux noms, *emyn* au pluriel comme dans *Emyn Beraid*.

anca : « mâchoires » dans *Ancalagon* (voir *alca* pour le deuxième élément de ce nom).

an (d) : « long » dans *Andram, Anduin, Anfalas* à Gondor, *Cair Andros* (« navire de longue écume », une île sur l'Anduin et *Angerthas*, « longues rangées de dunes »).

andúnë : « couchant, ouest » dans *Andunië*, à quoi correspond le sindarin *annûn*, voir *Annuminas, Henneth, Annûn*, « fenêtre du couchant » à Ithilien. L'ancienne racine de ces mots, *ndu*, signifie « en bas, en haut », elle se trouve aussi dans le quenya *numen* « direction du couchant, ouest » et dans le sindarin *dûn* « ouest », voir *Dúnedain*. En adûnaic *adûn* dans *Adûnakhor* et *Anadûnë* fut un emprunt au langage des Eldar.

anga : « fer » *ang* en sindarin, dans *Angainor, Ang-band, Anghabar, Anglachel, Angrist, Angrod, Anguirel, Gurthang; angren* « de fer » dans *Angrenost*, pluriel *engrin* dans *Ered Engrin*.

anna : « don » dans *Annatar, Melian, Yavanna;* même racine dans *Andor*, « Le Pays de l'Offrande ».

annon : « grande porte ou entrée », pluriel *ennyn*, dans *Annon-in-Gelydh*. Voir *Morannon*, la « Porte Noire » de Mordor et *Sirannon* la porte « porte-fleuve » de Moria.

ar- : « à côté, hors de » (d'où le quenya *ar* « et », *a* en sindarin) se trouve probablement dans *Araman* « hors d'Aman ». Voir aussi *(Nirnaeth) Arnoediad* « Larmes sans nombre ».

ar (a)- : « haut, noble, royal » (se trouve dans de

nombreux noms comme *Aradan, Aredhel, Aronath, Arnor*, etc.) sous une forme plus longue *arat-* se trouve dans *Aratar, arato* « champion, homme éminent », par exemple *Angrod* venant de *Angarato* et *Finrod* de Findarato, de même *aran* « roi » dans *Aranruth*. *Ereinion* « rejeton des rois » (nom de Gil-galad) contient le pluriel d'*aran*, voir *Fornost Erain* à Arnor. Le préfixe *Ar-* des noms *adûnaic* des rois de Númenor en provient.

arien : (la Maia du Soleil) vient de la racine *as-* qu'on trouve aussi dans le quenya *árë* « lumière du soleil ».

atar : « père » dans *Atanatari* (voir *Atani* dans l'index), et *Ilúvatar*.

band : « prison, contrainte » dans *Angband*, originellement *mbando*, se trouve sous sa forme quenya dans *Mandos* (le sindarin *Angband* correspond au quenya *Angamando*).

bar : « demeure » dans *Bar-en-Danwedh*. L'ancien mot *Mbár* (quenya, *mar*, sindarin *bar*) signifiait le « foyer », pour les personnes comme pour les peuples, et on le trouve dans beaucoup de noms de lieux, comme *Brithombar, Dimbar* (dont le premier élément signifie « triste, sinistre »), *Eldamar, Val(i)mar, Vinyamar, Mar-n-Falmar. Mardil*, nom du premier Intendant Régnant de Gondor, signifiait « dévoué à la Maison » (des Rois).

barad : « tour » dans *Barad-dûr, Barad Eithel, Barad Nimras* au pluriel dans *Emyn Beraid*.

belag : « puissant » dans *Beleg, Belegaer, Belegost, Laer Cú Beleg*.

bragol : « soudain » dans *Dagor Bragollach*.

brethil : signifie probablement « bouleau blanc ». Voir *Nimbrethil*, la forêt de bouleaux d'Arvernien, et *Fimbrethil*.

brith : « gravier » dans *Brithiach, Brithombar, Brithon*.

(Voir à K pour beaucoup de noms commençant par C.)

calen (galen) : mot sindarin usuel pour « vert », dans *Ard-galen, Tol-Galen, Calenhardon;* aussi dans Parth Galen (« Pré Vert ») près de l'Anduin et dans *Pinnath Gelio* (« les Vertes Crêtes ») à Gondor; voir *kal-.*

cam : (de kamba) « main », plus spécialement la main tenue comme une coupe pour recevoir ou tenir, dans *Camlost, Erchamion.*

carak- : cette racine se trouve dans le quenya *carca* « croc » dont la forme sindarine *carch* se trouve dans *carcharoth* et dans *Carchost* (« La Dent de Pierre », une des Tours des Dents à l'entrée de Morodor). Voir *Caragdûr, Carach Angren* (« Les Mâchoires de Fer »), rempart et fossé gardant l'entrée d'Udun, à Mordor) et *Helcaraxë.*

caran : « rouge » quenya *carnë,* dans *Caranthir, Carnil, Orocarni;* aussi dans *Cardhras,* de *Caran-rass,* la « Corne Rouge » dans les Montagnes de Brume, et *Carnimirie* « aux gemmes rouges », le sorbier du chant des Vifs-Rayons. Dans le texte, la traduction de *Carcharoth* par « Mâchoire Sanglante » doit venir d'une association avec ce mot; voir *carak-.*

celeb : « argent » (quenya *telep, telpë,* dans *Telperion)* dans *Celeborn, Celebrant, Celebros. Celebrimbor* signifie « poing d'argent », de l'adjectif *celebrin* « d'argent » (qui ne signifie pas « fait d'argent », mais « comme l'argent » par la couleur ou la valeur), et de *paur* (quenya *quarë,* « poing », souvent employé pour « main »). La forme quenya de ce nom était *Telperinguar. Celebrindal* est fait de *celebrin* et de *tal, dal* « pied ».

coron : « tertre » dans *Corollairë* (aussi appelé *Coron Diolairë,* dont le deuxième mot signifie « été sans fin », voir *Oiolossë*). Voir *Cerin Amroth,* la grande colline de Lothlórien.

cú : « arc » dans *Cuthalion, Dor Cuarthol, Laler Cu Beleg.*

cuivië : « éveil » dans *Cuivénen (Nen Echui* en sindarin). D'autres dérivés de la même racine sont *Dor
Firni-Guinar; coirë*, le tout début du printemps,
echuir en sindarin, voir *Le Seigneur des Anneaux*,
Appendice D; et *coimas*, le « pain de vie », nom
quenya des *Lembas*.

cul- : « rouge doré », dans *Culurian*.

curu : « talent », dans *Curufin (wë), curumír*.

dae : « ombre », dans *Dor Daedeloth*, et peut-être
dans *Daeron*.

dagor : « bataille », racine *ndak-*, voir *Haudh-en-
Ndengin*. Autre dérivé : *Dagnir (Dagnir Glauraunga*,
le « Fléau de Glaurung »).

del : « horreur » dans *Delduwath; deloth* « abomina-
tion » dans *Dor Daedeloth*.

dîn : « silencieux » dans *Dor Dînen;* voir *Rath Dînen*,
la Rue Silencieuse de *Minas Tirith*, et *Amon Dîn*, une
des collines-phares de Gondor.

dol : « tête » dans Lórindol, désigne souvent des
collines ou des montagnes, comme dans *Dol Guldur,
Dolmed, Mindolluin* (aussi *Nardol*, une des collines-
phares de Gondor, et *Fanuidhol*, une des Montagnes
de Moria).

dôr : « terre » (terre ferme par opposition à la mer)
dérivé de *ndor*, se trouve dans beaucoup de noms
sindarins, comme *Doriath, Dorthonion, Eriador,
Gondor, Mordor*, etc. En quenya la racine a été
mêlée et confondue avec un mot distinct *norë*,
signifiant « peuple ». A l'origine *Valinorë* signifiait
seulement « le peuple des Valar », puis il y eut
Valandor « le pays des Valar », de même *Nú-
men(n)orë* « peuple de l'Ouest », et *Númendor*, le
« pays de l'Ouest ». Le quenya *Endor* « les Terres du
Milieu » vient de *ened* « milieu » et *ndor*, ce qui en
sindarin devint *Ennor* (voir *ennorath* « terres du
milieu » dans le chant *A Elbereth Gilthoniel*).

draug : « loup » dans *Draugluin*.

du : « nuit, ombre », dans *Delduwath, Ephel Duath*.

Dérivé de *domë*, puis du quenya *lomë*, ainsi *dulin*, « rossignol » en sindarin, correspond à *lomelindë*.

duin : « (long) fleuve » dans *Anduin*, *Baranduin*, *Esgalduin*, *Malduin*, *Taur-im-Duinath*.

dûr : « sombre » dans *Barad-dûr*, *Cargadûr*, *Dol Guldur*, et dans *Durthang* (un château de Mordor).

ëar : « mer » (quenya) dans *Eärendil*, *Eärramë* et beaucoup d'autres noms. Le mot sindarin *gaer* (dans *Belegaer)* vient probablement de la même racine.

echor : dans *Echoriath* « Le Cercle des Montagnes » et *Orfalch Echor*, voir *Rammas Echor*, « le grand mur du cercle extérieur » autour des Plaines de Pelenor à Minas Tirith.

edhel : « elfe » (en sindarin) dans *Adanedhel*, *Aredhel*, *Gloredhel*, *Ost-in-Edhil*, et *Peredhil* « Demi-Elfe ».

eithel : « source » dans *Eithel Ivrin*, *Eitheil Sirion*, *Barad Eithel*, aussi dans *Mitheithel*, la rivière Hoarwell d'Eriador, nommée d'après sa source. Voir *kel-*.

êl, *elen* : « Etoile ». D'après les légendes elfes, elle était au départ une exclamation « regarde! », que firent les Elfes quand ils virent les étoiles pour la première fois. De là viennent les anciens mots *êl* et *elen*, « étoile », et les adjectifs *elda* et *elena*, « des étoiles ». Ces éléments se retrouvent dans un grand nombre de noms. Pour l'emploi plus tardif du mot *Eldar*, voir l'index. L'équivalent sindarin de *Elda* était *Edhel* (pluriel *edhil*), mais la forme qui lui correspondait précisément était *Eledh*, qui se trouve dans *Eledhwen*.

er : « un, seul » dans *Amon Ereb* (voir *Erebor*, la Montagne Solitaire), *Erchamion*, *Eressëa*, *Eru*.

ereg : « épine, houx » dans *Eregion*, *Region*.

esgal : « rideau, cache », dans *Esgalduin*.

falas : « côte, limite des vagues » (quenya *falassë)* dans *Falas*, *Belfalas*, *Anfalas* à Gondor. Voir *Falathar*,

Falathrim. Le quenya *falma* « vague (à crête) » vient aussi de cette racine, d'où *Falmari, Mar-nu-Falmar*.

faroth : Vient d'une racine signifiant « chasse, poursuite ». Dans le Lai de Leithian *Taur-en-Faroth* audessus de Nargothrond sont appelées les Collines des Chasseurs.

faug- : « brèche » dans *Anfauglith, Anfauglir, Dornu-Fauglith*.

fëa : « esprit » dans *Fëanor, Fëanturi*.

fin : « chevelure » dans *Finduilas, Fingond, Finrod, Glorfindel*.

formen : « nord » (quenya) dans *Formenos*. En sindarin *forn* (aussi *for, forod*) dans *Fornost*.

fuin : « ténèbres, obscurité » (quenya *huinë*) dans *Fuinur, Tuar-nu-Fuin*.

gaer : « mer » dans *Belegaer* (et dans *Gaerys*, nom sindarin d'Ossë). Viendrait de la racine *gaya* « crainte, terreur », et aurait été employé pour désigner la Grande Mer, immense et terrifiante, quand les Eldar arrivèrent sur ses rives.

gaur : « loup-garou » (de *ngwaw-* « hurler ») dans *Tol-in-Gaurhoth*.

gil : « étoiles » dans *Dagor-nuin-Giliath, Osgiliath (giliath* « légion des étoiles »); *Gil-Estel, Gil-galad*.

girith : « tremblant » dans *Nen Girith*, voir aussi *Girithon*, nom du dernier mois de l'année en sindarin *(Le Seigneur des Anneaux*, appendice D).

glin : « éclat » (surtout pour les yeux) dans *Meaglin*.

golodh : forme sindarine du quenya *Noldo*, voir *gûl*. Pluriel *Golodhrim*, et *Gelydh* (dans *Annon-in-Gelydh*).

gond : « pierre » dans *Gondolin, Gondor, Gomnhirrim, Argonath, seregon*. Le nom de la cité secrète du Roi Turgon, fut inventé par lui en quenya : *Ondolindë* (quenya *ondo*, sindarin *gond*, et *lindë* « chantant, chant »), mais la légende le cite toujours sous sa forme sindarine Gondolin, qui fut probablement interprétée comme *gond-dolen* « Roc Caché ».

gor : « horreur, terreur » dans *Gorthaur, Gorthol; gortoth* a le même sens, c'est un doublon de *gor* qui se trouve dans *Gorgoroth, Ered Gorgoroth.*

groth (grod) : « cavité, demeure souterraine » dans *Menegroth, Nogrod* (probablement aussi dans *Nimrodel,* « dame de la caverne blanche »). *Nogrod* était à l'origine *Novrod* « caverne creuse » (d'où la traduction en vieil anglais *Hollowbold),* mais se transforma sous l'influence de *naug* « nain ».

gûl : « sorcellerie » dans *Dol Guldur, Minas Morgul.* Ce mot vient de la même ancienne racine *ngol-* qu'on trouve dans *Noldor,* voir le quenya *nolë,* longue étude, savoir, connaissance ». Mais le mot sindarin a vu son sens obscurci par son usage fréquent dans le composé *morgul,* « magie noire ».

gurth : « mort » dans *Gurthang* (voir aussi *Melkor* dans l'index).

gwaith : « peuple » dans *Gwaith-i-Mirdain.* Voir *Enedwaith* « Peuple du Milieu » nom du pays entre le *Greyflood* et l'*Isen.*

gwath, wath : « ombre » dans *Delduwath, Ephel Duath,* aussi dans *Gwathlo,* la rivière *Greyflood* en Eriador. Formes voisines dans *Ered Wethrin, Thuring-wethil.* (Ce mot sindarin désignait une lumière très faible, non l'absence de lumière, l'ombre d'un objet, on appelait cette ombre *morchaint,* la « forme noire ».)

hadhod : Dans *Hadhodrond* (traduction de *Khazad-dûm),* équivalent de *khazad* dans les sons de la langue sindarine.

haudh : « tertre » dans *Haudh-en-Arwen, Haudh-en-Elleth,* etc.

heru : « Seigneur » dans *Herumor, Herunumen. Hir* en sindarin dans *Gonnhirrim, Rohirrim, Barahir; hiril* « dame » dans *Hirilorn.*

him : « frais » dans *Himlad* et (*Himring?).*

hini : « enfants » dans *Eruhini* « enfants d'Eru »; *Narn i Hîn, Húrin.*

hîth : « brume » dans *Hithaeglir, Hithlum* (aussi

470

dans *Nen Hithoel*, un lac sur l'Anduin). *Hithlum* est un mot sindarin adapté du quenya *Hisilomë*, nom donné par les Noldor exilés (quenya *hisië* « brume », voir *Hisimë*, nom du onzième mois de l'année dans *Le Seigneur des Anneaux*, appendice D).

hoth : « légion, horde » (presque toujours dans un sens péjoratif) dans *Tol-in-Gauroth*, dans *Loss(h)oth*, les Hommes des Neiges de Forochel *(Le Seigneur des Anneaux*, appendice A) et *Glamhoth* « horde bruyante » un nom des Orcs.

hyarmen : « sud » (quenya) dans *Hyarmentir*. En sindarin *har-*, *harn*, *harad*.

iâ : « vide, abysse » dans *Moria*.

iant : « pont » dans *Iant Iaur*.

iâth : « barrière » dans *Doriath*.

iaur : « vieux » dans *Iant Iaur*. Voir le nom elfe de Bombadil, *Iarwain*.

ilm- : « cette racine se trouve dans *Ilmen*, *Ulmarë*, *Ilmarin* (« demeure dans les hauteurs de l'air », le séjour de Manuwë et de Varda sur l'Oiolossë).

iluvë : « le tout, l'ensemble » dans *Ilúvatar*.

kal-(gal) : cette racine, « briller », se trouve dans *Calacirya*, *Calaquendi*, *Tar-calion*, *galvorn*, *Gil-galad*, *Galadriel*. Ces deux derniers noms n'ont aucun rapport avec le mot sindarin *galadh*, « arbre », bien qu'un tel rapport ait souvent été fait dans le cas de Galadriel et son nom changé en Galadhriel. Dans le Haut Langage des Elfes son nom était *Al(a)tariel*, de *alata* « éclat » (*galad* en sindarin) et *riel* « jeune fille couverte de guirlandes » (de la racine *rig-* « entourer, mêler ») : le sens complet, « jeune fille couronnée d'une guirlande radieuse », se référait à sa chevelure. *Calan (galen)* « vert », étymologiquement « brillant », vient de cette racine. Voir aussi *aglar*.

kano : « commandant » mot quenya à l'origine du second élément des noms *Fingon* et *Turgon*.

kel- : « s'éloignant », pour l'eau « s'écoulant, descendant », dans Celon. De *et-kele* « sortie de l'eau »,

« source » fut dérivé, en transposant les consonnes, le quenya *ethele*, le sindarin *eithel*.

kemen : « terre » dans *Kementari*. Un mot quenya qui se réfère à la terre en tant que sol posé sous le ciel, *menel*.

khelek- : « glace » dans *Helcar*, *Helcaraxë* (quenya *helka*, « glacé, gelé »). Mais le premier élément de *Helevorn* est le sindarin *heled* « verre », repris du khuzdul *kheled* (voir *Kheled-zâram*, Etang-Miroir); *Helevorn* signifie « verre noir » (voir *galvorn*).

khil- : « suivre » dans Hildor, *Hildorien*, *Eluchil*.

kir- : « coupe, fente » dans *Calacirya*, *Cirith*, *Angerthas*, *Cirith (Ninniach, Thoronath)*. Du sens « passer vite à travers » fut dérivé le quenya *cirya* « navire à la proue tranchante », sens qui se retrouve aussi dans *Cirdan, Tar-Ciryatan*, et sans doute dans le nom du fils d'Isildur, *Ciryon*.

lad : « plaine, vallée », dans *Dagorlad, Himlad. Imlad* est une vallée étroite aux flancs escarpés, dans *Imladris* (voir aussi *Imlad Morgul* dans *Ephel Duath*).

laurë : « doré » (d'une couleur ou d'une lumière, non fait de métal) dans *Laurelin*. Les formes sindarines sont *Gloredhel, Glorfindel, Loeg Ningloron, Lórindol, Rathloriel*.

lhach : « flamme qui s'élance » dans *Dagor Bragollach* et probablement dans *Anglachel* (l'épée faite pour Eöl dans le minerai d'un météore).

lin (1) : « mare, étang » dans *Linaewen* (qui contient *aew* (quenya *aiwë*) « petit oiseau »), *Teiglin*. Voir *aelin*.

lin- (2) : cette racine, qui signifie « chanter, faire un son musical », se trouve dans *Ainulindalë, Laurelin, Lindar, Lindon, Erejo, Lindon, lomelindi*.

lith : « cendre » dans *Anfauglith, Dor-nu-Fauglith*. Aussi dans *Ered Lithui*, les Montagnes de Cendres qui sont la limite nord de Mordor, et *Lithlad*, la « Plaine des Cendres » au pied d'*Ered Lithui*.

lok : « courbe, boucle » dans *Uruloki* (quenya *(h)lokë* « serpent », sindarin *lhûg).*

lom : « écho » dans *Dor-lómin, Ered Lómin*, et des mots voisins comme *Lammoth, Lanthir Lamath.*

lomë : « port fermé par la terre » dans *Alqualondë.* La forme sindarine *lond (lonn)* se trouve dans *Mithrond.*

los : « neige » dans *Lothlórien, Nimloth*. En quenya *lotë* dans *Ninquelotë, Vingilotë.*

luin : « bleu » dans *Ered Luin, Helluin, Luinil, Mindolluin.*

maeg : « aigu, perçant » (quenya *maika*) dans *Maeglin.*

mal- : « or » dans *Malduin, Malinalda, mallorn*, et dans les Plaines de *Carmallen* (qui signifie « cercle d'or ») qui reçurent leur nom des arbres *culumalda* qui y poussaient (voir *cul-).*

man- : « bon, béni, intact » dans *Aman, Manwë*, dérivés dans *Amandil, Araman, Umanyar.*

mel- : « amour » dans *Melian* (de *Melyanna* « don très cher »). On trouve aussi cette racine dans le mot sindarin *mellon* « ami », dans l'inscription de la porte ouest de Moria.

men : « voie » dans *Numen, Hyarmen, Romen, Formen.*

menel : « les cieux » dans *Meneldil, Menelmacar, Menel tarma.*

mereth : « fête » dans *Mereth Aderthad, Merethrond,* la Salle des Fêtes de *Minas Tirith.*

minas : « tour » dans *Annuminas, Minas Anor, Minas Tirith*, etc. La même racine se trouve dans d'autres mots qui désignent des choses ou des lieux isolés, proéminents, par exemple *Mindolluin, Mindon;* est probablement lié au quenya *minya* « premier » (voir *Tar-Minyatur*, le nom d'Elros en tant que premier Roi de Númenor).

mîr : « joyau » (quenya *mirë) dans Elemnirë, GwaithMirdain, Miriel, Nauglamir, Tar-Atanamir.*

mith : « gris » dans *Mithloud Mithrandir, Mithrim;*

aussi dans *Mitheithel,* la rivière *Hoarwell* en Eriador.

mor : « noir » dans *Mordor, Morgoth, Moria, Moriquendi, Mormegil, Morwen,* etc.

moth : « crépuscule » dans *Nan Elmoth.*

nan (d) : « vallée » dans *Nan Dungortheb, Nan Elmoth, Nan Tathren.*

nar : « feu » dans *Narsil, Narya.* Se trouve aussi dans les formes premières d'*Aegnor* : *Aikanaro* « Violente Flamme » ou « Feu Cruel »; de *Fëanor; Fëanaro* « Esprit du Feu ». La forme sindarine était *naur,* comme dans *Sammath Naur,* les Chambres du Feu sur l'Orodruin. La même ancienne racine *(a)nar* se trouve dans le nom du Soleil, en quenya *Anar* (aussi dans *Anárion),* en sindarin *Anor.* Voir *Minas Anor, Anorien.*

naug : « nain » en *Naugrim.* Voir aussi *Nogrod* à la rubrique *groth.* Un autre mot sindarin pour « nain » lui est voisin, *nogoth,* au pluriel *noegyth (Noegyth Nibin,* « Petits-Nains ») et *nogothrim.*

-(n)dil : Est une terminaison fréquente pour les noms de personnes, *Amandil, Eärendil* (en abrégé *Eärnil), Elendil, Mardil,* etc. Elle implique la « dévotion », « l'amour désintéressé » (voir *Mardil* à la rubrique *bar).*

-(n)dur : Dans les noms comme *Eärendur* (abrégé *Eärnur)* a le même sens que *-(n)dil.*

neldor : « hêtre » dans *Neldoreth.* Mais il semble que ce fut le nom de *Hírilorn,* le grand hêtre aux trois troncs *(Neldë* « trois » et *orn).*

nen : « eau », se dit des lacs, fontaines et petites rivières, dans *Nen Girith, Nenning, Nenuial, Nenya, Cuivénen, Uinen.* Se trouve aussi dans de nombreux noms du *Seigneur des Anneaux,* comme *Nen Hithoel, Bruinen, Emyn Arnen, Nurnen. Nîn* « mouillé » dans *Loeg Ningloron* et dans *Nindalf.*

nim : « blanc » (de *nimf, nimp;* plus ancien) dans *Nimbrethil, Nimloth, Nimphelos, niphredil (niphred* « pâleur »), *Barad Nimras, Ered Nimrais.* La forme quenya était *ninquë* et *Ninquelotë* équivaut à *Nim-loth*. Voir aussi *Taniquetil*.

orn : « arbre » dans *Celeborn, Hirilorn, Fangorn* dans trois Barbes et *mallorn*, au pluriel *mellvrn*, les arbres de Lothlórien.

orod : « montagne » dans *Orodruin, Thangorodrim, Orocarni, Oromet.* Pluriel *ered* dans *Ered Engrin, Ered, Lindon,* etc.

os (t) : « forteresse » dans *Angrenost, Belegost, Formenos. Fornost, Mandos, Nargothrond* (de *Nargosostrond), Os(t)giliath, Ost-in-Edhil.*

palan : (quenya) « partout » dans *palatiri, Tar-Palantir.*

pel- : « Va autour, encercle » dans *Pelargir, Pelóri, Pelennor,* les terres fortifiées de Minas Tirith, aussi dans *Ephel Brandir, Ephel Duarth (ephel* de *et-pel* « barrière extérieure »).

quen : « dire, parler » dans *Quendi (Calquendi, Laiquendi, Moriquendi)* en quenya, *Valaquenta,* Quenta Silmarillion. Les formes sindarines mettent *p (ou b)* pour *qu;* par exemple *pedo* « parler » dans l'inscription de la Porte Ouest de Moria, correspond au quenya *quet-,* et les paroles de Gandalf devant la porte, *lasto beth lammen* « écoute les paroles de ma langue » où *beth* « les mots » correspond au quenya *quetta.*

ram : « mur » (quenya *ramba)* dans *Andram, Ramdal,* aussi dans *Rammas Echor,* le mur autour des Plaines de Pelennor à Minas Tirith.

ran : « errer, se perdre » dans *Rana,* la Lune, *Mithrandir, Aerandir,* aussi dans *Gilraen,* une rivière de Gondor.

rant : « cours » dans les noms de rivières *Adurant* (avec *adu* « double ») et *Celebrant* (Veine d'Argent).

ras : « corne » dans *Barad Nimras, Caradhras* (« Corne Rouge »), *Methedras* (« Dernier Sommet ») dans les Montagnes de Brume, *rais* au pluriel dans *Ered Nimrais*.

rauko : « démon » dans *Valarankar*. En sindarin *raug*, *rog* dans *Balrog*.

ril : « éclat » dans *Idril*, *Simaril*, *Enduril* (l'épée d'Aragorn), *mithril* (argent de Moria). En quenya le nom d'*Idril* était *Itarillë* (ou *Itarildë*), de la racine *ita-* « étincelle ».

rim : « grand nombre, légion » (quenya *rimbë*), suffixe habituellement employé pour former des pluriels collectifs, comme *Golodhrim*, *Mithrim* (voir l'index), *Naugrim*, *Thangorodrim*, etc.

ring : « froid, glacé » dans *Ringil*, *Ringwil*, *Himring*, *Ringlo*, une rivière de Gondor, *Ringarë*, nom quenya du dernier mois de l'année *(Le Seigneur des Anneaux*, appendice D).

ris : « fente » semble s'être mêlé au radical *kris-* de même sens (dérivé de la racine *kir-* « couper, fendre »). D'où *Angrist* (et aussi *Orcrist* « Coupeur d'Orcs », l'épée de *Thorin Dakenshield*), *Crissaegrim*, *Imladris*.

roch : « cheval » (quenya *rokko*) dans *Rochallor*, *Rohan* (de *Rochand* « pays des chevaux »), *Rohirrim*, *Roheryn*, « le cheval de la dame » (voir *heru*) le cheval d'Aragorn ainsi nommé parce qu'il lui avait été donné par Aewen *(Le Retour du Roi)*.

rom- : racine employée pour désigner le son des trompettes et des trompes qu'on trouve dans *Oromë* et *Valaroma*, voir *Bema*, nom de ce Valar dans le langage de Rohan traduit en vieil anglais dans *Le Seigneur des Anneaux*, appendice A : *beme*, « trompette » en vieil anglais.

romen : « lever, aube; est » (quenya) dans *Romenna*. Les mots sindarins pour est, *rhûn* (dans *Talath Rhunen*) et *amrun*, avaient la même origine.

rond : indique une voûte, une arche, ou une grande salle ainsi couverte : *Nargothrond* (voir *ost*), *Hadhodrond*, *Aglarond*. Pouvait désigner le ciel, d'où le nom *Elrond*, « dôme des étoiles ».

ros : « écume, embrun, jet d'eau », dans *Celeros*,

Elros, Rauros, Cair Andros, une île sur le fleuve Anduin.

ruin : « flamme rouge » (quenya *runya*) dans *Orodruin*.

rûth : « colère » dans *Aranrûth*.

sarn : « (petite) pierre » dans *Sarn Athrad (Sarn Ford* sur le *Brandywine* en est la demi-traduction), *Sarn Gebir* (« pieux de roc » : *ceber*, au pluriel *cebir* « poteaux ») les rapides sur l'Anduin. En vient *Serni*, nom d'une rivière de Gondor.

sereg : « sang » (quenya *Serkë*) dans *seregon*.

sil- : (variante *thil-*) « briller (d'un éclat blanc ou argenté) » dans *Bethil, Galathilion, Silpion*, dans le quenya *Isil*, Sindarin *Ithil*, la Lune (d'où *Isildur, Narsil, Minas Ithil, Ithilien*). On dit que le mot quenya *Silmaril* vient du nom *silima* que Fëanor donna à la substance dont il fit les joyaux.

sîr : « rivière », de la racine *sir-* « flot », dans *Ossiriand* (le premier élément vient de la racine du nombre sept, en quenya *otso*, en sindarin *odo*), dans *Sirion, Sirannon* (la « Porte-Fleuve » de Moria) et *Sirith* (« un écoulement », de même que *tirith* « regardant », vient de *tir*), une rivière de Gondor. En changeant les *s* en *h* au milieu des mots cette racine se trouve dans *Minhiriath* « entre les rivières », région qui s'étend entre le *Brandywine* et le *Greyflood*; dans *Nanduhirion*, « vallée de faibles rivières » ou *Dimrill Dale* en vieil anglais (voir *nan(d)* et *dû*); et dans *Ethir Anduin*, le delta de l'Anduin (de *et-sîr*).

sûl : « vent » dans *Amon Sûl, Sulimo*. Voir *Sulimë*, nom quenya du troisième mois de l'année (*Le Seigneur des Anneaux*, appendice D).

tal (dal) : « pied » dans *Celebrindal*, et signifiant « fin » dans *Ramdal*.

talath : « pays plat, plaine » dans *Talath Dirnen, Talath Rhunen*.

tar : « haut » (quenya *tara* « très haut »), préfixe des noms quenya des Rois de Númenor; aussi dans

Annatar. Au féminin *tari* « Celle qui est haut, la Reine » dans *Elentari, Kementari*. Voir *tarma* « pilier » dans *Meneltarma*.

tathar : « saule » en adjectif *tathren* dans *Nantathren*. En quenya *tasarë* dans Tasarinan, Nantasarion (voir *Nan tathren* dans l'index).

taur : « bois, forêt » (quenya *taurë*) dans *Tauron, Taur-im-Duinath, Taur-nu-Fuin*.

tel- : « fin, terminaison, dernier » dans *Teleri*.

thalion : « fort, sans peur » dans *Cuthalion, Thalion*.

thang : « oppression » dans *Thangorodrim, Durthang* (un château de Mondor). Le quenya *sanga* signifie « presse, foule », d'où *Sangahyando* « Qui fend la foule », nom d'un homme de Gondor; *Le Seigneur des Anneaux*, appendice A).

thar- : « en travers » dans *Sarn Athrad, Thargelion, Tharbad*, de *thara-pata*, « carrefour » où l'ancienne route d'Arnor à Gondor traversait le *Greyflood*.

thaur : « abominable, horrible » dans *Sauron* (de *Thauron), Gorthaur*.

thin (d) : « gris » dans *Thingol*. (En quenya *sinda* dans *Sindar, Singollo Sindacollo: collo* « manteau ».)

thôl : « heaume » dans *Dor Cuarthôl, Gorthol*.

Thoron : « aigle » dans *Thorondor* (en quenya *Sorontar), Cirith Thoronath*. La forme quenya est peut-être présente dans le nom d'une constellation, *Soronumë*.

til : « pointe, corne » dans *Taniquetil, Tilion* (la « Cornue »), dans *Celebdil* « L'Argentine », une des Montagnes de Moria.

tin- : « étinceler » (en quenya *tinta* « fait étinceler », *tinwë* « étincelle ») dans *Tintallë*, dans *tindomë* « crépuscule étoilé » *(Le Seigneur des Anneaux*, appendice D), d'où vient *tindomerel* « fille du crépuscule », nom poétique du rossignol (en sindarin *Tinúviel*). Se trouve aussi dans le sindarin *ithildin* « lune des étoiles », la substance dont furent faits les instruments de la Porte Ouest de Moria.

tir : « regarder, surveiller » dans *Minas Tirith*, *palantiri*, *Tar-Palantir*, *Tirion*.

tol : « île » (aux rives abruptes dans la mer ou une rivière) dans Tol Eressëa, Tol Galen, etc.

tum : « vallée » dans Tumhalad, Tumladen. En quenya *lumbo* (voir dans Trois Barbes *tumbalemorna* « vallée noire et profonde », *Les Deux tours*). Voir *Utumno*, en sindarin *Udûn* (à Moria, Gandulf appelait les Balrog « Flammes d'*Udûn* »), nom employé plus tard pour la profonde vallée de Mordor entre le Morannon et l'Isenmouthe.

tur : « pouvoir, maîtrise » dans *Turambar*, *Turgon*, *Túrin*, *Fëanturi*, *Tar-Minyatur*.

uial : « crépuscule » dans *Aelin-uial*, *Nennial*.

ur- : « chaleur, chaud », dans *Uruloki;* voir *Urimë* et *Urui*, noms quenya et sindarin du huitième mois de l'année *(Le Seigneur des Anneaux*, appendice D). Un mot voisin est le quenya *aurë* « jour, lumière du soleil » (voir le cri de Fingon avant Nirnaeth Arnoediad), le sindarin *aur*, qui, dans sa forme *or-*, vient en préfixe devant les noms des jours de la semaine.

val : « pouvoir » dans *Valar*, *Valacirca*, *Valaquenta*, *Valaraukar*, *Val(i)mar*, *Valinor*. La racine était à l'origine *bal-*, elle est préservée dans le sindarin *Balan*, au pluriel *Belain*, les Valar, et dans *Balrog*.

wen : « jeune fille », terminaison fréquente, comme dans *Eärwen*, *Morwen*.

wing : « écume, embrun » dans *Elwing* et *Vingilot*, et dans ces deux noms seulement.

yave : « fruit » (quenya) dans *Yavanna*. Voir *Yavannië*, nom quenya du neuvième mois de l'année, et *yavië*, « automne » *(Le Seigneur des Anneaux*, appendice D).

Imprimé en France sur Presse Offset par

BRODARD & TAUPIN

GROUPE CPI

9883 – La Flèche (Sarthe), le 07-11-2001
Dépôt légal : novembre 1984

POCKET – 12, avenue d'Italie - 75627 Paris cedex 13
Tél. : 01.44.16.05.00